Gilbert Keith Chesterton, geboren 1874 in [Kensington, gestorben 1936 in] Beaconsfield bei London, studierte auf einer Kunstschule und arbeitete als Illustrator und Karikaturist, bevor er sich dem Journalismus und der schriftstellerischen Arbeit zuwandte. Seinen bedeutenden literarischen Ruf hat er sich nicht nur als hartnäckiger Widerpart G. B. Shaws, sondern auch als Verfasser von Romanen, Dramen, Balladen, Kurzgeschichten und Essays erworben. Chesterton ist vor allem ein Meister des Paradoxons, der verblüffenden Wendung und des echt englischen Humors.

Vollständige Taschenbuchausgabe
Droemersche Verlagsanstalt Th. Knaur Nachf. München
Copyright © Miss D. E. Collins
Umschlaggestaltung H & M Höpfner-Thoma
unter Verwendung eines Fotos aus dem Film
»Das schwarze Schaf«, 1960, mit Heinz Rühmann
(Bildarchiv Dr. Karkosch)
Satz IBV Lichtsatz KG, Berlin
Druck und Bindung Clausen und Bosse, Leck
Printed in Germany · 1 · 40 · 385
ISBN 3-426-01222-7

1. Auflage

G. K. Chesterton

Das Große Pater-Brown-Buch

Knaur

ISBN 3-426-01222-7   800

Das Geheimnis des Pater Brown

Detektivgeschichten

Inhalt

Das Geheimnis des Pater Brown

Flambeau, einst der berüchtigtste Verbrecher Frankreichs, späther Privatdetektiv in England, hatte beide Beschäftigungen schon seit langem aufgegeben und sich zur Ruhe gesetzt. Das Umsatteln vom Verbrecher zum Detektiv dürfte ihm freilich nicht gerade leichtgefallen sein, und es hieß, er habe aus seinem ersten Beruf so viele Skrupel mitgebracht, daß er in seinem zweiten lange nicht so erfolgreich arbeiten konnte. Jedenfalls war Flambeau nach einem sehr bewegten Leben an einem Plätzchen gelandet, das man wohl als den geeigneten Ort zum Abschluß einer solchen Karriere bezeichnen kann: auf einem Schloß in Spanien. Es war kein großes Schloß, aber doch ein solider Bau; einen beträchtlichen Teil des sonst braunen Berghangs bedeckten die schwarze Erde eines Weinbergs und das leuchtende Grün eines Gemüsegartens. Flambeau hatte es nach all seinen stürmischen Abenteuern fertiggebracht, sich wirklich zur Ruhe zu setzen – so, wie es viele Romanen können, während diese Fähigkeit den Amerikanern beispielsweise fast völlig abgeht. So gibt es bei den romanischen Völkern manch großen Hotelbesitzer, dessen einziger Ehrgeiz es ist, irgendwo in Ruhe als bescheidener, kleiner Landmann zu leben, und viele französische Kaufleute aus der Provinz ziehen sich vom Geschäft zurück, um sich in Frieden ihrer Häuslichkeit und dem Dominospiel zu widmen, und zwar just in dem Augenblick, da sie sich in einen widerlichen Millionär verwandeln und eine ganze Geschäftsstraße aufkaufen könnten. Rein durch Zufall und fast Hals über Kopf hatte sich Flambeau in eine Spanierin verliebt, sie geheiratet und mit ihr eine zahlreiche Familie gegründet, ohne je noch einmal das Verlangen zu zeigen, die Grenzen seines Besitztums zu überschreiten. Eines schönen Morgens jedoch merkte seine Familie, daß er außergewöhnlich unruhig und aufgeregt war. Er erwartete nämlich einen Gast, und als dieser schließlich als kleines, schwarzes Pünktchen in der Ferne auftauchte, stürmte Flambeau bereits, gefolgt von seinen jüngsten Sprößlingen, den Berghang hinunter, um den das Tal heraufwandernden Ankömmling zu begrüßen.

Langsam vergrößerte sich der schwarze Punkt, ohne allerdings sein Aussehen merklich zu verändern; er blieb weiterhin rund und schwarz. Das schwarze Habit der Geistlichen war in dieser Gegend durchaus nichts Ungewöhnliches; die lange, schwarze Soutane des Besuchers hatte jedoch eine gewisse bürgerliche Unauffälligkeit und zugleich doch etwas Flottes an sich, so daß ihr Träger auf den ersten Blick als ein Bewohner der Britischen Inseln zu erkennen war, so deutlich, als trüge er ein Plakat mit dem Namen seiner Heimat mit sich herum. In der Hand hatte er einen unförmigen Regenschirm mit keulenartigem Griff. Beim Anblick dieses Schirmes wäre Flambeau fast in Tränen der Rührung ausgebrochen, denn dieses Monstrum hatte ehemals in vielen gemeinsamen Abenteuern der beiden Freunde eine Rolle gespielt. Der Ankömmling war Pater Brown, ein englischer Freund des Franzosen, der endlich seinen langersehnten, aber immer wieder aufgeschobenen Besuch abstattete. Zwar waren die beiden in ständigem Briefwechsel miteinander gestanden, hatten sich aber schon seit Jahren nicht mehr gesehen.

Pater Brown wurde herzlich im Kreise der Familie aufgenommen, die so groß war, daß man immer den Eindruck hatte, sich in einer kleineren Versammlung zu befinden. Er machte Bekanntschaft mit den großen, vergoldeten Holzfiguren der Heiligen Drei Könige, die den Kindern zu Weihnachten Geschenke bringen, denn in Spanien spielen die Kinder im häuslichen Leben eine große Rolle. Dann wurde er dem Hund, der Katze und dem gesamten lebenden Inventar des Hauses vorgestellt. Und schließlich machte er durch Zufall auch noch die Bekanntschaft eines Nachbarn, der gleich ihm in dieses abgelegene Tal die Sitten und Gebräuche ferner Länder getragen hatte.

Drei Tage waren seit seiner Ankunft vergangen, als Pater Brown einen stattlichen Fremden erblickte, der mit Verbeugungen, wie sie kein spanischer Grande zuwege gebracht hätte, der Familie seine Aufwartung machte. Er war groß, hager, grauhaarig und sehr elegant, mit gepflegten Händen, leuchtendweißen Manschetten und blitzenden Manschettenknöpfen. Aber entgegen der Vorstellung, die man sich von einem Herrn mit makellosen Manschetten und manikürten Händen zu machen pflegt, trug sein schmales Gesicht keine Spur von Hochnäsigkeit und schläfriger Langeweile. Im Gegenteil, es war auffallend frisch und beweglich, und in seinen Augen zeigte sich eine so kindliche Neugier, wie man sie bei einem Graukopf nur selten sieht. Dies allein schon hätte einem sagen können, welcher Nation dieser Mann angehörte; hinzu kamen noch der nasale Ton seiner sonst so gepflegten Stimme und seine Gewohnheit, allem Europäischen, das ihm begegnete, auf der Stelle ein gewaltiges Alter zuzuschreiben. Der Besucher war in der Tat kein Geringerer als Mister Grandison Chace aus Boston, der seine Weltreise, auf der er begriffen war, für kürzere Zeit unterbrochen hatte. Aus diesem Grunde hatte er sich das an Flambeaus Besitztum angrenzende Gut gepachtet, das übrigens dem Flambeaus zum Verwechseln ähnlich sah. Mr. Chace hatte eine Riesenfreude an seinem alten Schloß und betrachtete auch seinen Nachbarn als eine Art von örtlicher Sehenswürdigkeit. Flambeau hatte es nämlich, wie wir schon berichtet haben, tatsächlich fertiggebracht, sich richtig zur Ruhe zu setzen; es war, als habe er auf dem Berg bereits Wurzeln geschlagen, als wüchse er schon seit vielen Jahren zusammen mit seinen Rebstöcken und Feigenbäumen aus dieser Erde. Er hatte auch seinen wirklichen Namen Duroc wieder angenommen, denn der Name »Flambeau«, »Fackel«, war nur ein Deckname gewesen, unter dem er seinen Krieg gegen die Gesellschaft geführt hatte. Nun aber war er ein guter Gatte und Familienvater und entfernte sich niemals weiter vom Haus, als ein kleiner Pirschgang es erforderte. In den Augen des Amerikaners war er die Verkörperung jener heiteren bürgerlichen Behaglichkeit, jenes maßvollen Wohllebens, wie sie der Weltenbummler unter den Völkern des Mittelmeers angetroffen hatte, eine Lebenshaltung, die er als kluger Mann sehr bewunderte. Der Mann aus dem Westen, ständig unterwegs, war also recht froh, in dieser altehrwürdigen, von der modernen Hetze noch nicht berührten Gegend für kurze Zeit Ruhe gefunden zu haben.

Mr. Chace hatte auch von Pater Brown schon gehört, und als er sich nun an ihn wandte, trat im Ton seiner Stimme eine leichte Veränderung ein – er sprach, wie man eben mit berühmten Leuten spricht. Taktvoll, aber einfach nicht zurückzuhalten, erwachte in ihm der Fragetrieb. Und ganz vorsichtig begann er, Pater Brown auszuhorchen, nach der unauffälligen, geschickten amerikanischen Methode.

Sie saßen in einer Art halboffenem Vorhof, wie er oft den Eingang zu spanischen Häusern bildet. Die Dämmerung sank schnell herab, und da es in den Bergen nach Sonnenuntergang rasch kühl wird, hatte man einen kleinen Ofen auf die Steinfliesen gestellt, dessen Glut rote Kringel auf den Boden malte und dessen Öffnungen und der Dunkelheit funkelten wie die rotglühenden Augen eines Kobolds. Hin und wieder züngelte der Feuerschein bis an die untersten Steine einer unverputzten braunen Backsteinmauer, die steil in die tiefblaue Nacht emporstieg. Undeutlich sah man im Zwielicht Flambeaus breitschultrige Gestalt und seine langen, wie Kavalleriesäbel gebogenen Schnurrbarthälften. Er zapfte dunklen Wein aus einem großen Faß und reichte ihn herum. Neben ihm wirkte der Priester klein und wie zusammengeschnurrt; er hatte sich ganz an den Ofen hingekauert. Der Amerikaner jedoch hatte sich elegant vorgelehnt und den Ellbogen aufs Knie gestützt; sein feines, scharfgeschnittenes Gesicht war hell beleuchtet, seine Augen waren forschend auf den Priester gerichtet.

»Sie dürfen mir glauben«, begann er, »wir betrachten Ihre Aufklärung des Mondscheinmordes als den größten Triumph, den die Detektivwissenschaft bis zum heutigen Tag zu verzeichnen hat.«

Pater Brown murmelte etwas vor sich hin, ein Gemurmel, das fast wie ein Stöhnen klang.

Aber der Amerikaner ließ sich dadurch nicht aus der Fassung bringen. »Wir alle kennen«, so fuhr er fort, »die angeblichen Leistungen Dupins und anderer Phantasiegestalten der edlen Detektivkunst, wie Lecocq, Sherlock Holmes und Nic Carter. Auffallend ist aber doch, daß Ihre Art, eine Sache aufzugreifen, sehr verschieden ist von den Methoden dieser anderen scharfsinnigen Denker, seien sie nun wirkliche Detektive oder nur Ausgeburten der Phantasie eines Kriminalschriftstellers. Manche Leute gehen sogar so weit, zu behaupten, dieser Unterschied bestehe darin, daß Sie selbst überhaupt keine Methode haben.« Pater Brown schwieg. Dann fuhr er plötzlich auf, fast als wäre er über dem Ofen eingenickt, und sagte: »Entschuldigen Sie, bitte. Jawohl... Keine Methode... Aber leider fehlt es im Augenblick auch ganz an meiner Aufmerksamkeit.«

»Ich meine das Fehlen einer genau festgelegten wissenschaftlichen Methode«, fuhr der wissensdurstige Amerikaner fort. »Edgar Allan Poe hat beispielsweise in einigen kleinen Essays Dupins Methode mit ihren scharf logischen Gedankenverbindungen darzulegen versucht. Doktor Watson wiederum muß den recht exakten Darlegungen der Methode von Sherlock

Holmes lauschen, die sich durch subtile Beobachtung kleinster Einzelheiten auszeichnet. Aber niemand scheint es bis heute fertiggebracht zu haben, Ihre Methode, Herr Pater, richtig zu deuten, und ich habe erfahren, daß Sie das Anerbieten, darüber in den Staaten eine Reihe von Vorträgen zu halten, abgelehnt haben.«

»Das stimmt«, antwortete der Priester mit einem unwilligen Blick auf den Ofen, »das habe ich abgelehnt.«

»Nun, Ihre Ablehnung hat eine beträchtliche Anzahl höchst interessanter Diskussionen entfesselt«, bemerkte Chace. »Ich darf Sie vielleicht darauf aufmerksam machen, daß man bei uns verschiedentlich der Auffassung ist, Ihre Methode könne wissenschaftlich gar nicht erklärt werden, weil sie mehr sei als eine auf Naturgesetzen gegründete Wissenschaft. Man glaubt sogar, daß Ihr Geheimnis deshalb nicht erklärt werden könne, weil es im Grunde genommen okkulter Natur sei.«

»Wie, bitte?« fragte Pater Brown scharf.

»Nun, irgendwie esoterischer Natur«, entgegnete der andere. »Sie können mir glauben, Mordfälle wie die an Gallup, Stein, Merton, Gwynne oder der Doppelmord, den der auch in den Staaten nicht unbekannte Dalmon ausgeführt hat, haben die Gemüter reichlich in Wallung gebracht. Man zerbrach sich vergeblich den Kopf, aber plötzlich tauchten Sie auf und erzählten jedem, der es hören wollte, wie der Mord ausgeführt wurde, aber keinem, woher Sie Ihre Kenntnisse hatten. So kam man natürlich auf den Gedanken, daß Sie alles sozusagen mit geschlossenen Augen entdecken. Charlotte Brownson beispielsweise hat einen Vortrag über Hellsehen gehalten, bei dem sie als Beweis für ihre Ausführungen gerade Ihre Fälle angeführt hat. Und die Frauenliga vom Zweiten Gesicht in Indianapolis...«

Pater Brown starrte immer noch in die Ofenglut; dann sagte er, wie zu sich selbst, aber laut und deutlich:

»Guter Gott, so kann das ja nicht weitergehen.«

»Nun, ich wüßte wirklich nicht, wie Sie das verhindern wollen«, meinte Mr. Chace belustigt. »Gegen die Frauenliga vom Zweiten Gesicht werden Sie einen schweren Stand haben. Ich sehe nur einen Weg, diesen ganzen Unfug zu unterbinden: Sie müssen endlich den Schleier Ihres Geheimnisses lüften.«

Pater Brown stöhnte. Er kroch noch mehr in sich zusammen und verbarg sein Gesicht in den Händen. So verharrte er eine ganze Weile, als dächte er angestrengt nach. Schließlich sah er auf und sagte leise: »Es bleibt mir wohl nichts anderes übrig. Ich muß das Geheimnis preisgeben.«

Finster glitt sein Blick über den Hof, über den die Nacht hereinsank, von den rotglühenden Augen des kleinen Ofens zu den dräuenden Schatten der alten Mauer und hinauf zu den leuchtenden Sternen des südlichen Himmels, die immer klarer und heller aus der Nacht hervortraten.

»Das Geheimnis besteht darin...« Er hielt inne, als sei es ihm unmöglich, fortzufahren. Doch schließlich gab er sich einen Ruck und begann von neuem: »Nun, sehen Sie, ich selbst habe all diese Leute umgebracht.«

»Wie?« Die Stimme des Amerikaners klang ganz leise, wie aus unendlichen Fernen.

»Ja, ich selber habe sie alle ermordet«, erklärte Pater Brown geduldig, »und so wußte ich natürlich, wie der Mord vor sich gegangen war.«

Langsam wuchs Grandison Chace aus seinem Sessel empor, als würde er durch eine Explosion im Zeitlupentempo zur Decke emporgetrieben. Mit aufgerissenen Augen starrte er auf den Priester herab und wiederholte fassungslos seine Frage.

»Nun ja, ich habe jedes Verbrechen genau überlegt und geplant«, fuhr Pater Brown fort. »Ich habe mir genau ausgedacht, wie so etwas wohl angepackt werden müßte, in welcher Verfassung ein Mensch sein müßte, der wirklich zu solch einer Tat fähig ist. Und wenn ich ganz sicher war, daß ich mich völlig in den Mörder hineingefühlt hatte, dann wußte ich natürlich auch, wer der Mörder gewesen war.«

Chace, der wie erstarrt dagestanden hatte, atmete erleichtert auf. Es klang wie ein Seufzer.

»Sie haben mir da keinen schlechten Schrecken eingejagt«, gestand er. »Im ersten Augenblick war ich wirklich der Meinung, Sie selbst seien der Mörder gewesen. Schon glaubte ich die Überschriften in allen Zeitungen zu sehen: *Frommer Heuchler als Mörder entlarvt: Die hundert Verbrechen des Pater Brown.* Natürlich, natürlich: Sie haben das lediglich bildlich gemeint und wollten damit nur sagen, daß Sie die psychologischen Hintergründe der Verbrechen rekonstruieren wollten...«

Pater Brown klopfte mit seiner kurzen Pfeife, die er gerade stopfen wollte, heftig an den Ofen. Er regte sich nur selten auf, aber jetzt sah man ihm deutlich an, daß er sich ärgerte. »Nein und abermals nein!« rief er fast wütend. »Was ich gesagt habe, ist nicht nur eine bildliche Redewendung. Aber das kommt dabei heraus, wenn man versucht, über Dinge zu sprechen, die tiefer liegen... Wird man nicht immer mißverstanden, wenn man auch nur den Mund aufmacht? Wenn man einmal über eine rein geistige Wahrheit sprechen will, so glauben die Leute immer, es sei alles nur bildhaft gemeint. Ein leibhaftiger Mann auf zwei Beinen hat einmal zu mir gesagt: *Ich glaube an den Heiligen Geist nur in geistigem Sinn.* Darauf konnte ich ihm selbstverständlich nur erwidern: *In welch anderem Sinn könnten Sie denn überhaupt an ihn glauben?* Und schon meinte er, ich hätte sagen wollen, er brauche nur an die Entwicklungslehre, an die allgemeine Verbrüderung oder an ähnlichen Unsinn zu glauben!... Nein, ich wollte vorhin ausdrücken, daß ich mich höchstpersönlich und mit meinem wirklichen Ich diese Morde begehen sah. Ich habe natürlich diese

Menschen nicht in Wirklichkeit ermordet, aber darauf kommt es ja eigentlich auch gar nicht an. Letztlich war es ein Backstein oder irgendein Werkzeug, das ihnen den Tod gebracht hat. Nein, was ich sagen wollte, ist: Ich dachte unablässig nach, wodurch wohl ein Mensch zum Mörder werden könne, bis ich schließlich selbst in einer solchen Verfassung war, daß nur noch der letzte Schritt fehlte. Diese Methode ist mir einst von einem Freund als eine Art religiöse Übung anempfohlen worden. Meines Wissens hat sie dieser Freund von Papst Leo XIII., der schon immer mein Vorbild gewesen ist.«

»Ich fürchte«, sagte der Amerikaner, immer noch etwas zweifelnd und indem er den Priester anstarrte, als habe er ein fremdartiges Tier vor sich, »ich fürchte, Sie werden mir noch vieles erklären müssen, ehe ich verstehe, worauf Sie eigentlich hinauswollen. Die Wissenschaft der Aufklärung von Verbrechen . . .«

Pater Brown knipste voll lebhaften Unwillens mit den Fingern. »Das ist es ja«, rief er beinahe ungehalten, »das ist ja der Punkt, an dem sich unsere Wege trennen. Wissenschaft ist etwas Großes, wenn sie richtig angewandt wird, ja, einer der größten Begriffe der Welt. Aber was verstehen denn die Menschen heute in neun von zehn Fällen unter diesem Wort? Was meint man denn heute, wenn man die Aufklärung von Verbrechen als eine Wissenschaft bezeichnet, wenn man die Kriminologie eine Wissenschaft nennt? Man versteht darunter, einen Menschen von außen her zu studieren, als wäre er ein riesiges Insekt, und das nennt man dann objektive und unparteiische Betrachtung. Ich möchte das lieber eine mitleidlose Leichensektion nennen! Man versteht darunter, sich möglichst weit von einem Menschen zu entfernen und ihn zu betrachten, als wäre er ein prähistorisches Ungeheuer; seinen ›Verbrecherschädel‹ zu beglotzen, als sei dieser Schädel ein so seltsamer Auswuchs wie das Horn eines Rhinozerosses. Wenn der ›wissenschaftliche‹ Kriminologe von ›Typen‹ spricht, dann meint er natürlich niemals sich selbst, sondern immer seinen Mitmenschen, und meist seinen ärmeren Mitmenschen. Ich leugne nicht, daß eine objektive, unparteiische Betrachtungsweise manchmal ihr Gutes haben mag, obschon sie in einem gewissen Sinn gerade das Gegenteil von Wissenschaft ist. Nicht nur, daß uns diese Betrachtungsweise keine neuen Erkenntnisse zu vermitteln vermag – nein, oft löscht sie sogar das, was wir bereits wissen, in uns aus. Das bedeutet, daß wir einen Freund wie einen Fremden behandeln, daß wir so tun, als ob etwas uns nahe Vertrautes in Wirklichkeit fern und geheimnisvoll sei. Es ist gerade so, als wolle man bei einem Menschen nicht mehr von einer ›Nase‹, sondern von einem ›Rüssel‹ sprechen, nicht mehr von ›Schlaf‹, sondern von einem alle vierundzwanzig Stunden einmal auftretenden ›Anfall von Empfindungslosigkeit‹. Nun, was Sie als mein ›Geheimnis‹ bezeichnen, ist das genaue Gegenteil einer solchen Betrachtungsweise. Ich versuche nicht, von einem Menschen Abstand zu gewinnen. Ich versuche vielmehr, in die Haut des Mörders hineinzuschlüpfen... Aber das drückt die Sache noch nicht richtig aus. Ich weiß nicht, ob Sie mich verstehen können, aber ich krieche wirklich in einen Menschen hinein, ja, ich stecke tatsächlich in seiner Haut, bewege seine Arme und Beine. Und dann warte ich, bis ich weiß, daß ich in einem Mörder stecke. Ich denke seine Gedanken, kämpfe mit seinen Leidenschaften, bis ich mich ganz in seinen geduckt nach dem Opfer ausspähenden Haß hineinversetzt habe, bis ich die Welt mit seinen blutunterlaufenen, schielenden Augen sehe, dieselben Scheuklappen eines verwirrten Geistes trage und nichts mehr zu sehen vermag als den in meinen Augen brennenden kurzen Weg, der in einer Blutlache endet – bis ich wirklich ein Mörder bin.«

»Oh!« rief Mr. Chace aus, und auf seinem Gesicht malte sich das Entsetzen, »und das nennen Sie eine religiöse Übung?«

»Allerdings«, erwiderte Pater Brown, »das nenne ich eine religiöse Übung.«

Nach kurzem Schweigen fuhr er fort: »Es ist tatsächlich eine so tiefreligiöse Übung, daß ich besser gar nicht darüber gesprochen hätte. Aber andererseits konnte ich doch auch nicht zulassen, daß Sie heimfahren und Ihren Landsleuten womöglich erzählen, mein ›Geheimnis‹ habe irgend etwas mit Hellseherei zu tun. Vielleicht habe ich mich nicht recht glücklich ausgedrückt, aber was ich gesagt habe, ist wahr. Kein Mensch taugt in Wirklichkeit etwas, ehe er nicht weiß, wie schlecht er ist oder doch sein könnte, ehe er nicht einzusehen vermag, daß es vermessen ist, in dieser hochmütigen und verächtlichen Weise über ›Verbrecher‹ zu sprechen, als wären dies Affen in einem zehntausend Meilen entfernten Urwald. Erst muß er sich von dieser elenden Selbsttäuschung, von ›Verbrechertypen‹ und ›anomalen Schädeln‹ zu sprechen, frei machen, sich frei machen von dem ganzen salbungsvollen Pharisäertum, bis er schließlich erkennt, daß jeder Mensch zum Verbrecher werden kann und daß es seine Aufgabe ist, den in ihm schlummernden Verbrecher niederzuhalten und nicht zum Durchbruch kommen zu lassen.«

Flambeau trat aus dem Schatten hervor und füllte seinem Gast einen großen Becher mit spanischem Wein, wie er vorher seinen nachbarlichen Besucher versorgt hatte. Dann griff er zum erstenmal in die Unterhaltung ein.

»Ich glaube, Pater Brown hat seit unserer letzten Begegnung wieder einige recht merkwürdige Geschichten erlebt. Wir haben uns ja erst kürzlich darüber unterhalten, nicht wahr, Mr. Chace?«

»Ja, diese Geschichten kenne ich mehr oder weniger, zumindest den äußeren Hergang, nicht aber den inneren«, meinte Chace, indem er nachdenklich sein Glas hob. »Könnten Sie nicht Ihre Methode vielleicht an ein paar Beispielen erläutern?... Ich meine, haben Sie die letzten Mordfälle auch mit Ihrer introspektiven Methode gelöst?«

Auch Pater Brown hob sein Glas. Im Widerschein des Feuers erglühte der rote Wein wie das prächtig blutrote Glas eines buntfarbigen Kirchenfensters.

Das tiefrote Glühen schien seinen Blick zu bannen und tiefer und tiefer in sich hineinzuziehen, als umfasse der Becher ein mit dem Blut aller Menschen angefülltes tiefrotes Meer, als tauche seine Seele hinab in den Bodensatz aller Niedrigkeit und aller bösen Gedanken, tiefer noch als die Ungeheuer der Tiefsee und als die ältesten Schlammablagerungen des Meeresgrundes.

Wie in einem roten Spiegel sah Pater Brown in dem Glas das Treiben der Welt.

Die Ereignisse, die er jüngst erlebt hatte, bewegten sich vor ihm in karmesinroten Schatten. All die Geschehnisse, von denen er den beiden hier berichten sollte, tauchten vor ihm auf, und all die Geschichten, die dieses Buch erzählt, zogen vor seinem Blick vorüber. Bald sah er im Leuchten des Weines einen Strand, auf dem sich schwarz die Gestalten von Menschen gegen einen in Abendglut getauchten Himmel abhoben; eine dieser Gestalten war zusammengesunken, eine zweite lief auf sie zu. Dann wieder war es, als löse sich das Glühen in einzelne Flecken auf: Rote Lampions erschienen, die, von Baum zu Baum gespannt, sich in einem Teich widerspiegelten. Und dann ballte sich die ganze Farbenpracht zusammen wie zu einem einzigen Kristall, einem Edelstein, der, einer roten Sonne gleich, die ganze Welt erleuchtete, und dunkel hob sich aus diesem Licht die Gestalt eines hochgewachsenen Mannes ab, der einen seltsamen Kopfputz trug, wie er in fernen Zeiten vielleicht von den Priestern längst vergangener Kulturen getragen wurde. Schließlich schmolz der Glanz zusammen, bis nur das Flammen eines wilden, roten Bartes übrigblieb, der im Wind

über ein gespenstisch graues Moor wehte. All die Geschehnisse, geweckt von der Frage des Amerikaners, standen in Pater
Browns Erinnerung auf und begannen, sich zu einem Bericht
zu formen.

»Ja«, sagte er, als er den Becher langsam zu seinen Lippen
führte, »ich kann mich noch gut erinnern...«

Der Spiegel des Richters

James Bagshaw und Wilfred Underhill waren alte Freunde. Sie hatten die Gewohnheit, gemeinsam zu nächtlicher Stunde umherzustreifen; in endlosen Gesprächen durchwandelten sie die stillen und wie ausgestorben daliegenden Straßen und Gäßchen des Vorstadtviertels, in dem sie wohnten. James Bagshaw, ein großer, brünetter, gutmütiger Mann mit einem Schnurrbärtchen, war von Beruf Kriminalbeamter; Wilfred Underhill, blond, mit scharfgeschnittenen Gesichtszügen und lebhaftem Blick, spielte gern den Amateurdetektiv. Und ganz im Gegensatz zu dem, was man sonst in Kriminalromanen liest – eifrige Leser von Detektivgeschichten werden es mit Entrüstung vernehmen –, führte der Polizist das Wort, während ihm der Amateur aufmerksam zuhörte.

»Unser Beruf ist der einzige«, meinte Bagshaw gerade, »von dem die öffentliche Meinung behauptet, der Fachmann verstehe sich nicht auf sein Geschäft. Aber zum Kuckuck noch mal, kein Mensch kommt auf den Gedanken, Geschichten zu schreiben, in denen Friseure vorkommen, die nicht Haare schneiden können und es erst von ihren Kunden lernen müssen, oder in denen sich ein Taxifahrer erst von seinem Fahrgast in die Geheimnisse des Autofahrens einweihen lassen muß. Zugegeben, wir neigen oft dazu, uns in ausgefahrenen Geleisen zu bewegen, denn unser Beruf hat all die Nachteile, die das Vorgehen nach einem Schema nun einmal mit sich bringt. Aber darin tun uns die Romanschreiber unrecht: Sie übersehen ganz, daß methodisches Vorgehen auch sein Gutes hat.«

»Nun«, unterbrach ihn Underhill, »aber auch Sherlock Holmes behauptet doch, daß er nach einer logischen Methode vorgehe.«

»Ganz gewiß«, antwortete Bagshaw, »aber ich verstehe unter Methodik eine kollektive Methodik. Unsere Arbeit gleicht der eines militärischen Stabes: Viele scheinbar unbedeutende Mitteilungen laufen zusammen und werden dann zu einem Gesamtbild vereinigt.«

»Und du glaubst, daß diese Tatsache in den Detektivgeschichten einfach übersehen wird?« fragte sein Freund.

»Nun, denken wir uns nur einmal einen beliebigen Fall, in dem Sherlock Holmes und Lestrade, der Polizeidetektiv, eine Rolle spielen. Nehmen wir an, Sherlock Holmes könne auf den ersten Blick erkennen, daß ein ihm gänzlich fremder Mensch, der die Straße überquert, ein Ausländer ist, nur weil er sich verkehrt umschaut, weil er gewöhnt ist, daß rechts statt links gefahren wird. Ich will gern zugeben, daß Holmes eine solche Beobachtung durchaus machen kann. Ich bin auch überzeugt, daß Lestrade nichts dergleichen bemerken würde. Aber der Kriminalschriftsteller übersieht ganz dies: Der Polizist vermag wohl den Fremden nicht an seinem Benehmen zu erkennen, aber er kennt ihn vielleicht doch bereits, denn seine Dienststelle hat ja nicht nur auf die Hiesigen aufzupassen, sondern auch die Ausländer zu überwachen. Als Polizist freue ich mich jedenfalls, daß die Polizei soviel weiß, denn schließlich will jeder aus seinem Beruf das Beste machen. Als Bürger allerdings frage ich mich zuweilen, ob die Polizei nicht etwas zuviel weiß.«

»Du willst doch nicht etwa im Ernst behaupten«, meinte Underhill ungläubig, »daß du über einen fremden Menschen in einer fremden Stadt Bescheid weißt? Wenn zum Beispiel da drüben jemand aus dem Haus käme, würdest du ihn tatsächlich kennen?«

»Wenn es der Hausherr wäre, gewiß«, entgegnete Bagshaw.

»Das Haus ist von einem Dichter gemietet, einem Anglo-Rumänen, der gewöhnlich in Paris lebt, sich zur Zeit aber in England aufhält, um wegen der Aufführung eines Theaterstückes zu verhandeln. Er heißt Osric Orm, ist ein moderner Dichter und meines Wissens ziemlich schwer zu lesen.«

»Nun ja, diesen einen kennst du vielleicht. Aber alle Leute, die hier in der Straße wohnen, kennst du bestimmt nicht. Ich dachte gerade, wie fremd, neu und namenlos hier alles aussieht – die hohen, kahlen Mauern, die einsamen Häuser in den großen Gärten. Alle kannst du doch unmöglich kennen.«

»Alle nicht, aber einige kenne ich«, sagte Bagshaw. »Die Gartenmauer, an der wir jetzt entlanggehen, schließt das Besitztum von Sir Humphrey Gwynne ab, besser bekannt unter dem Namen Richter Gwynne; der alte Richter, weißt du, der während des Krieges solch ein Spionenriecher gewesen ist. Das nächste Haus gehört einem reichen Zigarrengroßhändler. Er kommt aus Südamerika und sieht recht braun gebrannt und spanisch aus, obwohl er den gut englischen Namen Buller führt. Das übernächste Haus... Hast du das gehört?«

Er stand lauschend still. Auch Underhill stutzte.

»Ja, ich habe etwas gehört, habe aber keine Ahnung, was das gewesen sein könnte.«

»Aber ich weiß es«, sagte der Detektiv rasch. »Zwei Schüsse aus einem ziemlich großkalibrigen Revolver und gleich darauf ein Hilferuf. Und der Knall kam aus dem Garten des Richters Gwynne, diesem Paradies des Friedens und der Rechtmäßigkeit.« Gespannt spähte er nach beiden Seiten der Straße, dann fuhr er fort: »Und der einzige Zugang zum Garten ist ein paar hundert Meter entfernt auf der anderen Seite. Wenn bloß die Mauer etwas niedriger oder ich ein bißchen leichter wäre... Na, wir müssen es halt versuchen.«

»Weiter vorn ist sie niedriger«, sagte Underhill, »und da steht auch ein Baum, an dem wir vielleicht hochklettern können.«

Sie liefen rasch an der Mauer entlang und kamen bald an eine Stelle, wo die Mauer plötzlich beträchtlich niedriger war, als sei sie halb in der Erde versunken. Ein Baum, dessen farbige Blüten im Licht einer einsamen Straßenlaterne leuchteten, ragte mit einem niederhängenden Ast aus dem Garten in die Straße hinaus. Bagshaw ergriff den Ast und schwang sich über die Mauer, und im nächsten Augenblick standen sie knietief im dichten Gewächs eines Gartenbeetes.

Der Garten des Richters Gwynne bot zur Nachtzeit einen recht merkwürdigen Anblick. Er war sehr ausgedehnt und lag hier, am Ende der Vorstadt, im Schatten eines großen, dunklen Hauses. Das Haus war in der Tat stockdunkel, alle Fensterläden waren geschlossen, kein Lichtschimmer war zu sehen, wenigstens auf der dem Garten zugekehrten Seite nicht. Die beiden Freunde hatten erwartet, auch den Garten in völliger Dunkelheit vorzufinden. Doch überall verstreut sahen sie Lichter, die aussahen wie die Funken eines niedergehenden Feuerwerks: Es war, als sei eine erlöschende Riesenrakete in die Bäume gefallen. Als sie nun tiefer in den Garten vordrangen, erkannten sie, daß dieses Licht von buntfarbigen Lampen herrührte, die wie Aladins Edelsteinfrüchte in den Bäumen hingen. Mittelpunkt des Lichterkreises war ein kleiner, runder Teich, dessen Wasser in gedämpften Farben funkelte, als werde es von unten her beleuchtet.

»Vielleicht gibt er ein Gartenfest«, meinte Underhill, »und hat deshalb den Garten illuminiert.«

»O nein«, entgegnete Bagshaw, »diese Illuminierung betreibt er als Liebhaberei und meines Wissens meist nur dann, wenn er allein ist. In dem kleinen Häuschen da drüben, wo er arbeitet und auch seine ganzen Papiere aufbewahrt, hat er sich eine elektrische Schaltstation eingerichtet. Buller, der gut mit ihm bekannt ist, sagte mir, die farbigen Lampen seien meist ein Zeichen dafür, daß er nicht gestört sein wolle.«

»Sehen eher aus wie Notsignale«, warf Underhill ein.

»Mein Gott! Ich fürchte, es sind wirklich Notsignale!« Und Bagshaw begann zu laufen.

Einen Augenblick später erkannte auch Underhill, was sein Freund gesehen hatte. Der bleiche Lichtring, der wie der Hof des Mondes um die schräg zum Wasser abfallenden Ränder des Teiches lag, wurde von zwei schwarzen Streifen unterbrochen, die sich beim Näherkommen als die langen, schwarzgekleideten Beine eines Mannes erwiesen, der mit dem Kopf im Wasser lag. »Los, komm her!« rief der Detektiv scharf. »Das sieht doch aus, als ob...«

Seine Stimme verlor sich. In großen Sätzen überquerte er den von den Lampen schwach erleuchteten Rasen und eilte auf den Teich und die liegende Gestalt zu. Underhill trabte in derselben Richtung hinter seinem Freund drein, als sich etwas ereignete, das ihn einen Augenblick stutzen ließ. Bagshaw, der wie eine Kugel auf den Teich zugeschossen war, schlug plötzlich einen scharfen Haken und lief mit noch größerer Schnelligkeit auf den dichten Schatten hinter dem Haus zu. Underhill konnte nicht erkennen, was dies bedeuten sollte. Im nächsten Augenblick aber, als der Detektiv im Schatten verschwunden war, hörte er aus der Dunkelheit ein Aufeinanderprallen und einen Fluch, und Bagshaw kehrte in den Garten zurück, einen kleinen, sich heftig sträubenden rothaarigen Mann hinter sich herschleifend. Der Gefangene hatte offenbar versucht, im Schutz der Dunkelheit zu entfliehen, als die scharfen Ohren des Detektivs ihn rascheln hörten wie einen Vogel im Gezweig.

»He, Underhill!« rief Bagshaw, »lauf doch mal zu, und schau schon nach, was unten am Teich los ist. So, und wer sind Sie?« fragte er stehenbleibend. »Wie heißen Sie?«

»Michael Flood«, sagte der Unbekannte kurz angebunden. Er war ein unnatürlich magerer, kleiner Mann mit einer Adlernase, die für sein Gesicht viel zu groß war. Im Verhältnis zu seinem rötlichen Haar wirkte seine Gesichtshaut farblos wie Pergament. »Ich habe mit dieser ganzen Sache nichts zu tun. Ich wollte ihn eigentlich nur für eine Zeitung interviewen, aber als ich hierherkam, fand ich ihn tot daliegen, und darüber bin ich so erschrocken, daß ich weglief.«

»Steigen Sie eigentlich, wenn Sie berühmte Leute interviewen wollen, immer über die Gartenmauer?« fragte Bagshaw ironisch. Und mit grimmiger Miene wies er auf eine Reihe von Fußstapfen hin, die von einem Blumenbeet an der Mauer ausgingen und wieder in dieselbe Richtung zurückführten.

Der Mann, der sich Flood nannte, machte ein ebenso grimmiges Gesicht: »Warum sollte ein Interviewer nicht auch mal über eine Mauer steigen? Ich habe an der Haustür geläutet, aber es hat mir niemand geöffnet. Der Diener war ausgegangen.«

»Woher wissen Sie denn das?« fragte der Detektiv argwöhnisch.

»Weil ich«, entgegnete Flood spöttisch und mit aufreizender Langsamkeit, »nicht der einzige bin, der über Gartenmauern steigt. Wahrscheinlich sind Sie auf dieselbe Weise hier hereingekommen; und den Diener habe ich gerade eben gesehen, wie er auf der anderen Seite des Gartens direkt beim Tor über die Mauer geklettert ist.«

»Warum ging er denn nicht durch das Tor?« fragte der Detektiv.

»Das weiß ich doch nicht«, entgegnete Flood. »Wahrscheinlich ist das Tor geschlossen. Aber fragen Sie ihn doch am besten selbst. Er muß jetzt dicht beim Haus sein.«

Wirklich hob sich im schwachen Licht der bunten Lampen eine schattenhafte Gestalt ab, ein gedrungener Kerl mit einem eckigen Schädel und einer ziemlich schäbigen Livree, deren Hauptbestandteil eine rote Weste bildete. Eilends, doch fast geräuschlos strebte er einem Seiteneingang des Hauses zu, als ihn

Bagshaw aufforderte, stehenzubleiben. Sehr zögernd kam er näher, und aus dem Dunkel tauchte sein volles, gelbliches Gesicht auf; es hatte etwas Asiatisches an sich, genauso wie sein glattes, blauschwarzes Haar.

Bagshaw wandte sich wieder dem Mann namens Flood zu. »Ist hier jemand in der Nähe«, fragte er, »der Ihre Identität bezeugen kann?«

»Meine Bekannten sind spärlich gesät«, brummte Flood. »Ich bin erst vor kurzem aus Irland gekommen. Der einzige, den ich kenne, ist der Priester der St.-Dominikus-Kirche, Pater Brown.«

»Das werden wir gleich haben. Sie bleiben mal vorläufig hier«, meinte der Detektiv, und zum Diener gewandt: »Und Sie gehen jetzt ins Haus und rufen die St.-Dominikus-Pfarrei an. Fragen Sie Pater Brown, ob er so gut wäre, sofort hierherzukommen. Aber machen Sie mir bloß keine Dummheiten!«

Während sich der energische Kriminalbeamte mit seinen beiden Gefangenen abgab und mit ihrer Bewachung beschäftigt war, war sein Freund zu der Stelle geeilt, wo sich die Tragödie abgespielt hatte. Ein höchst seltsamer Anblick bot sich ihm dort; wäre das, was passiert war, nicht so tragisch gewesen, hätte die ganze Szene höchst phantastisch gewirkt. Der Tote – denn es erwies sich nach ganz kurzer Untersuchung, daß der Mann wirklich tot war – lag mit dem Kopf im Teich, und das im Wasser sich spiegelnde Licht umgab den Kopf mit einem Strahlenkranz, der wie ein – wenngleich sehr unheiliger – Heiligenschein aussah. Das Gesicht war hager und trug einen ziemlich finsteren Ausdruck, um den kahlen Schädel lagen ein paar spärliche stahlgraue Locken. Trotz der entstellenden Wunde, die die Kugel in die Schläfe geschlagen hatte, erkannte Underhill die ihm von vielen Abbildungen her bekannten Züge von Sir Gwynne. Der Tote war im Abendanzug, seine langen, schwarzen, fast spinnenartig dürren Beine lagen gespreizt am steilen Rand des Teiches, den er herabgefallen war. Mit gespenstischer Langsamkeit sickerte aus der Schläfenwunde das Blut und zog durch das Wasser wie Wolkenstreifen im Rot des Sonnenuntergangs.

Underhill wußte nicht, wie lang er auf den Toten niedergestarrt hatte. Als er aufblickte, sah er eine Gruppe von vier Männern am Teichrand stehen. Bagshaw und den von ihm festgenommenen Iren erkannte er sogleich, ebenso den Diener mit seiner roten Weste. Die vierte Gestalt paßte in ihrer grotesken Feierlichkeit merkwürdigerweise gut zu dieser unheimlichen Szene. Der Neuankömmling war klein und gedrungen; ein Hut umgab sein rundes Gesicht wie ein schwarzer Heiligenschein. Underhill war sich bald darüber klar, daß er einen Geistlichen vor sich hatte; die Gestalt hatte etwas an sich, das an einen jener seltsamen alten Totentanzholzschnitte erinnerte. Dann hörte er, wie Bagshaw zu dem Geistlichen sagte:

»Es freut mich, daß Sie diesen Mann kennen und Auskunft über ihn geben können; ich muß Ihnen allerdings sagen, daß er nicht ganz unverdächtig ist. Natürlich kann er auch unschuldig sein, aber mir fiel auf, daß er den Garten auf etwas ungewöhnlichem Weg betreten hat.«

»Ich bin fast überzeugt, daß er unschuldig ist«, sagte der kleine Priester mit klangloser Stimme. »Aber natürlich kann ich mich auch irren.«

»Warum sind Sie von seiner Unschuld überzeugt?«

»Gerade deshalb, weil er den Garten nicht auf dem gewöhnlichen Weg betreten hat«, entgegnete der Geistliche. »Schauen Sie, ich zum Beispiel habe den Garten auf gewöhnlichem Wege betreten, aber es sieht fast so aus, ob ich der einzige wäre, der auf diese Weise hierhergekommen ist. Alle feinen Leute scheinen heute über Gartenmauern zu steigen.«

»Was verstehen Sie denn überhaupt unter dem gewöhnlichen Weg?« fragte der Detektiv.

Erstaunt blickte Pater Brown ihn an. Dann meinte er mit ernsthafter Miene: »Nun, ich bin durch die Haustür gekommen. Ich pflege Häuser meistens durch die Haustür zu betreten.«

»Entschuldigen Sie«, fragte Bagshaw irritiert, »aber ist es überhaupt von Bedeutung, wie Sie hier hereingekommen sind, wenn Sie nicht gerade sich selbst als den Mörder bezeichnen wollen?«

»Ja, ich denke schon«, sagte der Priester nachsichtig. »Als ich nämlich das Haus betrat, habe ich etwas bemerkt, das wohl niemand von Ihnen gesehen hat, was aber meines Erachtens wohl etwas mit der Sache zu tun hat.«

»Was haben Sie denn gesehen?«

»Auf dem Flur war ein heilloses Durcheinander. Ein großer Spiegel war zerbrochen, ein kleiner Palmbaum umgestoßen, und die Scherben des Blumenkübels waren über den ganzen Boden verstreut. Da hatte ich gleich so ein Gefühl, daß hier etwas passiert sein müsse.«

»Da haben Sie recht«, sagte Bagshaw nach einer Pause. »Wenn Sie wirklich so etwas gesehen haben, dann hat dies sicherlich mit unserem Fall zu tun.«

»Und wenn dem so ist«, bemerkte der Priester liebenswürdig, »dann ist es auch fast sicher, daß einer unter uns nichts mit der Sache zu tun hat. Ich meine Herrn Michael Flood, der den Garten auf dem ungewöhnlichen Weg über die Mauer betreten und dann versucht hat, ihn auf dieselbe Weise wieder zu verlassen. Ebendies läßt mich an seine Unschuld glauben.«

Bagshaw unterbrach ihn. »Jetzt wollen wir uns doch mal das Haus näher ansehen!«

Der Diener ging voran und führte sie zu einer Seitentür, die auf den Garten ging. Bagshaw blieb einige Schritte zurück, um mit seinem Freund ein paar Worte zu wechseln.

»Mit diesem Diener stimmt etwas nicht«, sagte er. »Er nennt sich Green, obschon er gar nicht so grün aussieht. Allerdings scheint er wirklich Gwynnes Diener zu sein, wohl sein einziger ständiger Diener. Aber er streitet glatt ab, daß sein Herr überhaupt tot oder lebend im Garten gewesen ist. Nach seiner Behauptung ist der alte Richter zu einem großen Juristenbankett eingeladen gewesen und hat erst spät heimkommen wollen. Damit entschuldigt er auch sein Weggehen.«

»Hat er eigentlich auch eine ausreichende Erklärung, warum er bei seiner Rückkehr über die Mauer gestiegen ist?« fragte Underhill.

»Nein, wenigstens kann ich mit dem, was er sagt, nichts anfangen«, entgegnete der Detektiv. »Ich weiß wirklich nicht, was ich von ihm halten soll. Irgend etwas scheint ihm einen mächtigen Schreck eingejagt zu haben.«

Vom Seiteneingang aus kamen sie in den Flur, der sich durch das ganze Haus bis zur Vordertür hinzog. Durch ein halbkreisförmiges, altmodisches Fächerfenster über dieser Tür, das einen recht trostlosen Eindruck machte, sickerte mattes, farbloses Licht; ein trüber Morgen kündigte sich an. Beleuchtet war der Flur von einer gleichfalls altmodischen Schirmlampe, die in einer Ecke auf einer Konsole stand. Im schwachen Schein dieser Lampe konnte Bagshaw die Trümmer erkennen, von denen Pater Brown gesprochen hatte. Eine schlanke Palme mit langen, niederhängenden Blättern lag der ganzen Länge nach auf dem Boden, und der dunkelrote Topf, in den sie eingepflanzt gewesen war, war zerschlagen. Die Scherben und die bleiern schimmernden Bruchstücke eines zertrümmerten Spiegels lagen auf dem Teppich herum; der fast leere Rahmen des Spiegels hing hinter ihnen an der Wand am Ende des Vestibüls. Der Seitentür, durch die sie gekommen waren, direkt gegenüberliegend führte ein ähnlicher Gang im rechten Winkel zu den übrigen Gemächern des Hauses. Ganz am Ende dieses Ganges war das Telefon zu erkennen, das der Diener benützt hatte, um den Priester herbeizurufen. Eine halboffene Tür, durch deren Spalt man die dichtgedrängten Reihen großer, in Leder gebundener Bücher sehen konnte, bildete den Eingang zum Arbeitszimmer des Richters.

Bagshaw betrachtete den zerbrochenen Palmenkübel und die Spiegelscherben. »Sie haben ganz recht«, sagte er dann zu dem Priester, »hier hat ein Kampf stattgefunden, und zwar ein Kampf zwischen Gwynne und seinem Mörder.«

»Ja, ich hatte gleich so den Eindruck«, meinte Pater Brown zurückhaltend, »wie wenn hier etwas passiert wäre.«

»Und mir ist auch völlig klar, wie das Ganze vor sich gegangen ist«, bemerkte der Detektiv. »Der Mörder ist durch die Haustür gekommen und hat Gwynne überrascht. Es ist aber auch durchaus möglich, daß ihn Gwynne selbst hereingelassen hat. Dann begann ein Kampf auf Leben und Tod. Ein vorbeigegangener Schuß hat wahrscheinlich den Spiegel getroffen, aber vielleicht ist dieser auch durch einen Stoß oder sonstwas in Trümmer gegangen. Gwynne ist es dann gelungen, sich loszureißen und in den Garten zu fliehen, doch der Mörder verfolgte ihn und schoß ihn am Teich nieder. So, glaube ich, hat sich das Verbrechen abgespielt; aber ich muß erst noch die übrigen Räume besichtigen, ehe ich etwas Endgültiges sagen kann.«

In den anderen Räumen war jedoch nur wenig zu sehen; der einzige Gegenstand von Interesse war ein geladener Revolver, den Bagshaw in einer Schreibtischschublade entdeckte.

»Aha«, sagte er, »das sieht ja ganz so aus, als habe er schon so etwas erwartet. Aber warum hat er dann eigentlich den Revolver nicht mitgenommen, als er auf den Flur ging?«

Schließlich kehrten sie wieder zurück und gingen auf die Haustür zu. Gedankenverloren ließ Pater Brown seinen Blick über den Flur schweifen; die grauen, verblichenen Tapeten, die grüne Patina an der bronzenen Lampe, der mattschimmernde goldene Rahmen des zerbrochenen Spiegels – das war die verstaubte, überladene Pracht der frühviktorianischen Zeit.

»Es soll Unglück bedeuten, wenn ein Spiegel zerbrochen wird«, meinte er. »Hier sieht es wirklich aus wie in einem Unglückshaus. Schon allein die Einrichtung hat etwas an sich...«
Scharf unterbrach ihn die Stimme Bagshaws. »Das ist doch höchst merkwürdig. Ich dachte, die Vordertür sei verschlossen, sie ist aber nur eingeklinkt.«
Niemand erwiderte etwas. Nacheinander traten sie in den Vorgarten, der nicht sehr groß und in Blumenbeete aufgeteilt war. Auf der einen Seite zog sich eine merkwürdig gestutzte Hecke hin mit einer Öffnung, die aussah wie der Eingang zu einer Höhle. Undeutlich konnte man einige morsche Stufen erkennen. Pater Brown ging auf die Öffnung zu, bückte sich und schlüpfte hinein. Er war noch nicht lange verschwunden, als die Zurückgebliebenen zu ihrem Erstaunen seine Stimme über ihren Köpfen vernahmen. Es hörte sich so an, als unterhalte er sich mit jemandem, der im Gipfel des Baumes steckte. Nun kroch auch der Kriminalbeamte in die Öffnung, und plötzlich sah er sich einer versteckten Treppe gegenüber, die zu einer erhöhten Plattform führte. Diese zog sich durch den verlassenen, dunklen Teil des Gartens hin bis um die Ecke des Hauses, und von dort aus konnte man die bunt illuminierten Bäume vor und unter sich sehen. Wahrscheinlich hatte Gwynne einmal vorgehabt, eine Terrasse auf Bogenpfeilern durch den Garten zu führen, später aber diese bauliche Spielerei wieder aufgegeben und die angefangenen Teile einfach stehenlassen. Wirklich ein recht merkwürdiger Aufenthaltsort für jemanden, und besonders zu nachtschlafender Zeit, dachte Bagshaw. Aber er sah sich den Baum nicht näher an, sondern faßte den Mann ins Auge, den Pater Brown hier oben aufgestöbert hatte.
Der Unbekannte stand mit dem Rücken zu ihm. Man konnte nur erkennen, daß er klein war und einen hellgrauen Anzug trug. Ein prächtiger Haarschopf bedeckte sein Haupt, so gelb und leuchtend wie die Blüte eines riesigen Löwenzahns. Die

Haare bildeten einen regelrechten Strahlenkranz um sein Haupt, und unwillkürlich dachte man sich ein entsprechendes Gesicht dazu. Aber das Gesicht, das er ihnen jetzt langsam und widerwillig zuwandte, entsprach nicht im mindesten der Vorstellung, die man sich von ihm gemacht hatte. Bagshaw hatte erwartet, ein ovales, mildes Engelsgesicht zu sehen; aber was er erblickte, war ein unregelmäßiges, mürrisches, ältliches Gesicht mit mächtigen Kinnbacken und einer kurzen Nase, die an die eingeschlagene Nase eines Boxers erinnerte.

»Herr Orm, der berühmte Dichter, wenn ich mich nicht irre«, sagte Pater Brown mit einer so selbstverständlichen Ruhe, als stelle er zwei Leute einander im Salon vor.

»Wer dieser Herr auch ist«, meinte Bagshaw, »ich möchte ihn dringend bitten, mit mir zu kommen und mir ein paar Fragen zu beantworten.«

Herr Osric Orm, der Dichter, war durchaus kein Meister des Ausdrucks, wenn es galt, Fragen zu beantworten. Im Winkel des alten Gartens, als das graue Zwielicht der Morgendämmerung sich über die dichten Hecken und die seltsame Aussichtsbrücke zu verbreiten begann, ebenso wie später in den langwierigen Verhören, die eine für ihn immer unheilvollere Wendung nahmen, verweigerte er hartnäckig jede Aussage. Er gab lediglich die Erklärung ab, daß er Sir Humphrey Gwynne einen Besuch habe abstatten wollen, dazu aber nicht gekommen sei, weil sich niemand auf sein Läuten gemeldet habe. Hielt man ihm darauf entgegen, daß die Tür ja praktisch offenstand, dann schnaubte er wütend. Machte man eine Andeutung, daß er die Stunde für seinen Besuch reichlich spät gewählt habe, dann knurrte er. Das wenige, was aus ihm herauszubekommen war, gab keinen rechten Sinn, entweder weil er wirklich kaum Englisch konnte oder weil er es für besser hielt, es nicht zu können. Er war offenbar Nihilist, denn er äußerte ziemlich destruktive Ansichten – eine Tendenz, die man ja auch in seinen Gedichten feststellen konnte, sofern man diese überhaupt verstand. Es schien durchaus nicht unmöglich, daß sein Besuch beim Richter und der Streit mit ihm, dessen er verdächtigt wurde, auf anarchistische Motive zurückgingen. Von Richter Gwynne wußte man, daß er überall kommunistische Agenten zu sehen glaubte, wie er zur Zeit des Ersten Weltkrieges in jedem Unbekannten einen deutschen Spion erkennen wollte. Ein merkwürdiges Zusammentreffen, das sich ereignete, kurz nachdem sie den Garten verlassen hatten, verstärkte Bagshaws Eindruck, daß auf Orm der Hauptverdacht falle. Als sie nämlich durch die Gartentür auf die Straße traten, begegnete ihnen zufällig ein weiterer Nachbar des Richters, der Zigarrenhändler Buller. Er war an seinem braungebrannten, schlauen Gesicht und der kostbaren Orchidee im Knopfloch leicht zu erkennen, denn in der Orchideenzucht hatte er sich einen Namen gemacht. Die anderen waren einigermaßen überrascht, als Buller seinen Nachbarn, den Dichter, mit einer Selbstverständlichkeit begrüßte, als habe er erwartet, ihn hier zu sehen.

»Na, da sind wir ja wieder«, meinte er. »Ziemlich lange mit dem alten Gwynne geschwatzt, wie?«

»Sir Humphrey Gwynne ist ermordet worden«, mischte sich Bagshaw ein. »Ich habe den Fall übernommen und muß Sie bitten, mir zu erklären, was Sie mit dieser Bemerkung meinen.«

Völlig überrumpelt, erstarrte Buller zur Salzsäule. Sein braunes Gesicht lag im Schatten; man konnte nicht erkennen, was darauf vorging. Lediglich das glimmende Ende seiner Zigarre glühte wie im Takt mehrmals auf. Seine Stimme hatte einen völlig veränderten Klang, als er schließlich wieder sprach.

»Ich wollte Herrn Orm nur daran erinnern«, sagte er, »daß er, als ich vor zwei Stunden hier vorbeikam, gerade durch das Tor ging, um Sir Humphrey zu besuchen.«

»Herr Orm behauptet aber, daß er ihn nicht gesehen habe und überhaupt nicht im Haus gewesen sei«, erwiderte Bagshaw.

»So lange pflegt man doch nicht vor einer verschlossenen Türe stehenzubleiben«, bemerkte Buller.

»So lange pflegt man aber auch nicht auf der Straße herumzustehen«, warf Pater Brown ein.

»Ich bin inzwischen zu Hause gewesen«, entgegnete der Zigarrenhändler. »Ich habe Briefe geschrieben und bin eben unterwegs, sie zum Briefkasten zu bringen.«

»Sie werden später noch Gelegenheit haben, das alles ausführlich zu erzählen«, sagte Bagshaw. »Gute Nacht jetzt, oder besser: guten Morgen.«

Osric Orm wurde also angeklagt, Sir Humphrey Gwynne ermordet zu haben. Wochenlang füllten die Berichte über die Gerichtsverhandlung die Spalten der Zeitungen. Es ging um das gleiche Rätsel wie bei der kurzen Unterredung, die damals in der grauen Dämmerung der morgendlichen Straße unter der Laterne geführt worden war. Alles drehte sich um die zwei Stunden zwischen dem Zeitpunkt, da Buller den Dichter Orm in das Gartentor hatte treten sehen, und der Minute, als Pater Brown ihn im Garten entdeckte – eine Zeitspanne, für die Orm keinerlei glaubwürdige Aussagen machen konnte. Er hatte sicher Zeit gehabt, sechs Morde zu begehen, und es war eigentlich erstaunlich, daß er sie nicht begangen hatte, denn er mußte sich ja in diesen zwei Stunden schrecklich gelangweilt haben. Einen zusammenhängenden Bericht über sein Tun und Treiben in dieser Zeit konnte der Angeklagte jedenfalls nicht geben. Vom Vertreter der Anklage wurde mit Nachdruck darauf hingewiesen, daß für ihn die Möglichkeit, Sir Humphrey Gwynne zu ermorden, durchaus gegeben war, da die Haustür nicht verschlossen war und die in den großen Garten führende Seitentüre sogar offenstand. Mit großem Interesse folgte der Gerichtshof sodann den Ausführungen Bagshaws, der in knappen, klaren Sätzen den Kampf im Flur an Hand der Spuren rekonstruierte; die Polizei hatte später auch die Kugel entdeckt, die den Spiegel zertrümmert hatte. Und schließlich war es auch höchst verdächtig, daß die Öffnung in der Hecke, durch die Pater Brown dem Angeklagten gefolgt war, durchaus als Versteck angesehen werden konnte. Sir Matthew Blake jedoch, Orms sehr geschickter Verteidiger, verwandte dieses letzte Argument im umgekehrten Sinne und fragte, ob ein Mensch wohl wirklich so dumm sein könne, sich freiwillig selbst an einem Ort einzusperren, der nur einen einzigen Ausgang hatte, wo es doch offensichtlich viel vernünftiger gewesen wäre, sich über die Straße davonzumachen. Vor allem aber war es dem Gerichtshof nicht möglich gewesen, den Schleier des Geheimnisses zu lüften, der über dem Motiv des Mordes lag, eine Tatsache, die der Verteidiger klug zugunsten seines Klienten auszunutzen wußte. In der Frage nach dem Motiv nahmen die Rededuelle zwischen Sir Matthew Blake und Sir Arthur Travers, dem ebenso glänzenden Vertreter der Anklage, eine für den Angeklagten günstige Wendung. Die einzigen Argumente, die Sir Arthur vorbringen konnte, waren wenig überzeugende Andeutungen über eine bolschewistische Verschwörung, der Orm angehört haben könnte. Als es aber galt, Orms geheimnisvolles Benehmen in der Mordnacht zu erklären, gewann der Anklagevertreter wieder die Oberhand über den Verteidiger.

Der Angeklagte ließ sich einem Kreuzverhör unterziehen, hauptsächlich deshalb, weil sein kluger Anwalt glaubte, es werde einen schlechten Eindruck machen, wenn er es nicht täte. Aber der Verteidiger brachte fast ebenso wenig aus ihm heraus wie der Staatsanwalt. Sir Arthur Travers legte dieses hartnäckige Schweigen sogleich zugunsten der Anklage aus, aber selbst dadurch gelang es nicht, dem Angeklagten den Mund zu öffnen.

Sir Arthur war ein langer, hagerer Mann mit einem länglichen, leichenblassen Gesicht; ein auffallender Gegensatz zu der stämmigen Gestalt und dem vogelhellen Blick von Sir Matthew Blake. Mußte man bei Sir Matthew an einen fröhlich-frechen Spatzen denken, so hätte man Sir Arthur eher mit einem Kranich oder mit einem Storch vergleichen können. Wie er sich nun vorbeugte, um den Dichter mit seinen Fragen auszuquetschen, wirkte seine lange Nase tatsächlich wie ein langer, spitzer Schnabel.

»Sie wollen doch nicht etwa den Herren Geschworenen erzählen«, fragte er in verletzend ungläubigem Ton, »daß Sie das Haus des Ermordeten überhaupt nicht betreten haben?«

»Habe ich nicht!« antwortete Orm kurz.

»Aber Sie hatten doch die Absicht, Sir Humphrey Gwynne zu besuchen, und der Besuch muß Ihnen sehr wichtig gewesen sein, denn schließlich haben Sie ja zwei Stunden vor der Haustür gewartet – oder nicht?«

»Doch«, entgegnete Orm.

»Und dabei wollen Sie nicht einmal bemerkt haben, daß die Tür offenstand?«

»Nein!«

»Aber hören Sie mal, man stellt sich doch nicht einfach zwei geschlagene Stunden vor die Haustür eines anderen Menschen«, drängte der Staatsanwalt weiter. »In diesen zwei Stunden haben Sie doch bestimmt etwas getan!«

»Allerdings!«

»Und Sie wollen mir nicht sagen, was Sie getan haben?« fragte Sir Arthur mit beißendem Spott.

»Vor Ihnen ist es ein Geheimnis«, antwortete der Dichter.

Auf dieser Andeutung eines Geheimnisses baute Sir Arthur seine Anklage auf. Die Tatsache, daß ein Motiv für den Mord immer noch nicht gefunden worden war – das stärkste Argument der Verteidigung –, beutete er mit einer Kühnheit, die an Gewissenlosigkeit grenzte, zu seinen Gunsten aus. Er stellte die Sache so dar, als werde hier der Schleier über einer höchst gefährlichen und ausgedehnten Verschwörung gelüftet, in deren Polypenarmen ein aufrechter Patriot sein Leben habe lassen müssen.

»Ja«, rief er mit stahlharter Stimme, »der Herr Verteidiger hat vollkommen recht! Wir wissen nicht genau, weshalb dieser ehrenwerte Mensch ermordet worden ist, der dem Staat so große Dienste geleistet hat. Ebensowenig werden wir den Grund wissen, wenn der nächste Repräsentant der Öffentlichkeit von Mörderhänden gemeuchelt werden wird. Und wenn der Herr Verteidiger selbst schließlich wegen seiner hervorragenden Tüchtigkeit dem Haß, den die höllischen Mächte der Zerstörung gegen die Wächter der Ordnung hegen, zum Opfer fallen wird, dann wird auch er niemals erfahren, weshalb er ermordet wurde. Der halbe Gerichtshof hier wird im Bett ermordet werden, ohne daß wir jemals den Grund dafür wissen. Niemals werden wir es erfahren, und das Gemetzel wird nicht aufhören, bis unser Land entvölkert ist, solange es der Verteidigung erlaubt ist, mit der alten, abgedroschenen Frage nach dem Motiv des Mordes den Lauf der Gerechtigkeit aufzuhalten, während doch alles – die Ungereimtheit der Aussagen des Angeklagten und vor allem sein hartnäckiges Schweigen – uns sagt, daß hier ein Kain vor uns steht.«

»Ich habe Sir Arthur noch niemals so erregt gesehen«, meinte Bagshaw später zu einer Gruppe seiner Kollegen. »Es wurde sogar die Meinung laut, daß er mit seiner Rede zu weit gegangen sei und daß ein Staatsanwalt in einem Mordprozeß nicht derart als Rachegott auftreten dürfe. Gewiß – dieser kleine, merkwürdige Orm mit seinem gelben Haar hat etwas Unheimliches an sich, das Sir Arthur recht zu geben scheint. Wenn ich ihn so sehe, muß ich immer an die Beschreibung denken, die De Quincey von Williams gibt, jenem schrecklichen Verbrecher, der in aller Stille zwei ganze Familien abgeschlachtet hat. Auch

Williams' Haar war von einem auffallend unnatürlichen Gelb; De Quincey meint, daß es nach einem indischen Rezept gefärbt gewesen sei, denn in Indien färbt man sogar Pferde grün oder blau. Dazu kam sein sonderbares, steinernes Schweigen, so daß ich schließlich dank dieser Gedankenverbindung beinahe das Gefühl hatte, auf der Anklagebank säße wirklich eine Art Ungeheuer. Wenn allerdings nur Sir Arthurs Beredsamkeit bewirkt hat, daß ich – und mit mir sicherlich auch viele andere – den Angeklagten in diesem Licht sehe, dann hat er mit seiner Leidenschaftlichkeit eine schwere Verantwortung auf sich genommen.«

Underhill sah die Sache von einer anderen Seite. »Schließlich ist der arme Gwynne doch der Freund von Sir Arthur gewesen. Ein Bekannter von mir hat sie noch kürzlich nach einem großen Juristenbankett vergnügt zusammen zechen sehen. Deshalb geht ihm der Fall wahrscheinlich so nahe. Eine andere Frage ist es allerdings, ob sich ein Angehöriger des Gerichts so sehr von seinem persönlichen Gefühl hinreißen lassen darf.«

»Wegen eines rein persönlichen Gefühls würde sich Sir Arthur nicht so sehr ins Zeug legen«, meinte Bagshaw. »Wir dürfen nicht vergessen, daß er von seiner beruflichen Stellung sehr eingenommen ist. Er gehört zu den Männern, deren Ehrgeiz auch dann noch nicht befriedigt ist, wenn sie ihre Ziele längst erreicht haben. Ich kenne niemanden, der sich so viel Mühe geben würde wie er, seine Stellung in den Augen der Welt zu festigen. Nein, seine donnernde Anklage hat sicherlich einen ganz anderen Grund, als du annimmst. Meiner Meinung nach verfolgt er mit seinen leidenschaftlichen Ausbrüchen das Ziel, die Leute vom Bestehen einer politischen Verschwörung zu überzeugen, und dann will er eine Bewegung gegen diese Verschwörung gründen, deren Leitung er zu übernehmen beabsichtigt. Sein Wunsch, Orm zu überführen, und seine Überzeugung, daß ihm dies gelingen wird, müssen ihren tiefen

Grund haben. Wahrscheinlich glaubt er, daß die Tatsachen ihm recht geben werden. Seine zuversichtliche Haltung läßt für den Angeklagten nicht viel zu hoffen übrig.«

Er unterbrach seine Rede, denn er hatte in der Gruppe einen unscheinbaren Mann entdeckt. »Nun«, meinte er lächelnd, »was halten Sie von dem Gerichtsverfahren, Pater Brown?«

»Na ja«, entgegnete der Priester ziemlich zerstreut, »am meisten fiel mir dabei auf, wie sehr eine Perücke den Menschen verändern kann. Sie sprachen gerade davon, wie schneidig der Staatsanwalt ist. Aber ich habe zufällig gesehen, wie er seine Perücke abnahm, und da erkannte ich ihn kaum wieder. Wußten Sie übrigens, daß er ganz kahl ist?«

»Aber hören Sie mal, deshalb kann er doch ein schneidiger Staatsanwalt sein«, sagte Bagshaw. »Oder wollen Sie etwa die Verteidigung auf der Tatsache aufbauen, daß der Staatsanwalt eine Glatze hat?«

»Das nun auch nicht gerade«, meinte Pater Brown gutgelaunt. »Um die Wahrheit zu sagen, ich dachte gerade darüber nach, wie wenig wir doch über unsere Mitmenschen wissen. Angenommen, ich käme zu einem fremden Volk, das noch niemals etwas über England und seine Sitten gehört hätte. Angenommen, ich würde diesen Leuten erzählen, daß es bei uns einen Mann gibt, der, ehe er Fragen, bei denen es um Leben und Tod geht, behandelt, sich einen aus Pferdehaar verfertigten, hinten mit kleinen Schwänzchen und an der Seite mit Korkenzieherlocken versehenen Aufbau auf den Kopf stülpt, so daß er aussieht wie eine alte Frau aus der Biedermeierzeit. Diese Leute würden bestimmt glauben, daß ein solcher Mann doch ein recht verschrobener Narr sei; aber er ist durchaus nicht verschroben, denn er handelt ja nur getreu einer alten, erstarrten Tradition. Die Fremden würden das glauben, weil sie eben das englische Gerichtsverfahren nicht kennen, weil sie nicht wissen, was ein Staatsanwalt ist. Aber wie es diesen Leuten mit dem Staatsanwalt geht, so geht es dem Staatsanwalt mit dem Dichter: Auch er weiß nicht, was ein Dichter ist. Er begreift nicht, daß die Überspanntheiten eines Dichters anderen Dichtern in keiner Weise überspannt vorkämen. Er hält es für sonderbar, daß Orm zwei Stunden lang in einem schönen Garten spazierengeht, ohne etwas Bestimmtes zu tun. Du meine Güte! Ein Dichter könnte auch zehn Stunden in einem solchen Garten auf und ab gehen, wenn er gerade mit einem Gedicht beschäftigt ist. Aber selbst Orms Verteidiger hat in dieser Hinsicht versagt. Es kam ihm gar nicht in den Sinn, an Orm eine sehr naheliegende Frage zu richten.«

»Was für eine Frage meinen Sie?« fragte verständnislos der Detektiv.

»Nun, Sir Matthew hätte ihn fragen sollen, welches Gedicht er gerade gemacht hat«, sagte Pater Brown etwas ungeduldig. »Bei welcher Zeile er steckengeblieben ist, welches Beiwort, welche Steigerung er gesucht hat. Wenn nur ein paar einigermaßen gebildete Leute bei Gericht wären, die eine Ahnung von Literatur haben, so hätten sie sofort herausgebracht, ob Orm nicht doch etwas Sinnvolles in jenem Garten zu tun gehabt hat. Wenn er ein Fabrikant wäre, hätten sie ihn gewiß gefragt, wie es mit seiner Produktion steht – aber wie ein Gedicht verfertigt wird, davon hat doch wohl keiner dieser guten Leute auch nur eine Ahnung. Dichten kann man nur in völliger Untätigkeit.«

»Das ist ja alles recht und gut«, entgegnete der Kriminalbeamte, »aber warum hat er sich dann versteckt? Warum ist er dann jene kleine morsche Treppe hinaufgestiegen, die doch nirgendwo hinführte, warum ist er oben geblieben?«

»Eben weil sie nirgends hinführte«, sagte Pater Brown scharf, unwillig über die Verständnislosigkeit seines Gegenübers. »Jeder, der diese im leeren Raum endigende Treppe sieht, sollte eigentlich wissen, daß sie für jeden Künstler wie für jedes Kind eine große Anziehung haben muß.«

Pater Brown hatte sich sofort wieder gefaßt und sagte entschuldigend: »Verzeihen Sie, aber es scheint mir doch merkwürdig, daß kein Mensch dies zu begreifen vermag. Und dann kommt noch etwas anderes dazu. Wissen Sie nicht, daß es für jeden Künstler stets und bei allem nur einen einzigen Gesichtswinkel gibt, den er gelten läßt? Ein Baum, eine Kuh, eine Wolke bedeuten für sich gar nichts, sie haben einen Sinn nur, wenn sie in Beziehung zu etwas gesetzt werden, wie beispielsweise drei Buchstaben nur in einer ganz bestimmten Anordnung ein Wort ergeben. Nun, für den Dichter konnte der illuminierte Garten nur von der halbzerfallenen Brücke aus richtig gesehen werden. Dieser Gesichtswinkel war für ihn so einzigartig wie etwa die vierte Dimension. Es war eine ganz zauberhafte Perspektive: Es war, als wenn man von oben auf den Himmel niederblickte, die Sterne schienen auf den Bäumen zu wachsen, und der leuchtende Teich sah aus wie ein Märchenmond, der auf die Felder herabgefallen war. Dieses Bild hätte unser Dichter eine Ewigkeit lang betrachten können. Wenn Sie ihm sagen würden, daß der Weg nirgendwo hinführte, so würde er gewiß antworten, daß er ihn ans Ende der Welt geführt habe. Aber erwarten Sie etwa von ihm, daß er diese Aussage vor Gericht macht? Sie können sich ja selbst denken, welche Antwort er hierauf zu erwarten hätte. Man behauptet doch immer, ein jeglicher Mensch dürfe nur durch seinesgleichen gerichtet werden. Warum sitzen dann hier nicht lauter Dichter auf der Geschworenenbank?«

»Sie sprechen ja, als wären Sie selbst ein Dichter«, sagte Bagshaw.

»Danken Sie Ihrem Stern, daß ich keiner bin«, entgegnete Pater Brown. »Danken Sie Ihrem Glücksstern, daß ein Priester barmherziger sein muß als ein Dichter. Großer Gott, wenn Sie wüßten, welch eine zermalmende, grausame Verachtung so ein Dichter für Leute Ihres Schlages hat! Sie würden sich vorkommen, als stünden Sie unter den Niagarafällen.«

»Nun, vielleicht wissen Sie mehr über die Veranlagung eines Künstlers als ich«, sagte Bagshaw nach kurzer Pause. »Aber so hieb- und stichfest sind Ihre Argumente nun auch wieder nicht. Sie haben nur erklärt, was er hätte tun können, wenn er das Verbrechen nicht begangen hat. Aber ein Beweis dafür, daß er als Täter nicht in Frage kommt, ist das keineswegs. Und wer sollte es denn schließlich sonst gewesen sein?«

»Haben Sie an den Diener Green gedacht?« fragte Pater Brown nachdenklich. »Er hat doch eine recht sonderbare Geschichte erzählt.«

»Aha!« rief Bagshaw. »Sie halten also Green für den Täter?«

»Ich bin im Gegenteil fest davon überzeugt, daß er nicht der Täter ist«, entgegnete der Priester. »Ich habe nur gefragt, ob Ihnen an der sonderbaren Geschichte, die er uns erzählt hat, nichts aufgefallen ist. Green ist einer Kleinigkeit wegen ausgegangen; vielleicht hatte er eine Bestellung auszurichten oder wollte schnell ein Glas Bier trinken. Sagte er nicht, daß er den Garten durch das Tor verließ, aber über die Gartenmauer zurückkam? Das bedeutet, daß er das Tor offengelassen hatte, aber als er zurückkehrte, war es geschlossen. Und warum war es geschlossen? Weil inzwischen ein anderer den Garten durch das Tor verlassen hatte.«

»Also der Mörder«, murmelte der Kriminalbeamte, noch nicht sehr überzeugt. »Wissen Sie vielleicht auch, wer der Mörder war?«

»Ich weiß, wie er aussieht«, antwortete Pater Brown ruhig. »Das ist das einzige, was ich mit Sicherheit weiß. Ich sehe ihn fast vor mir, wie er zur Haustür hereinkommt und in den matten Schein der Flurlampe tritt; ich sehe seine Gestalt, seine Kleidung, selbst sein Gesicht!«

»Was soll das heißen?«

»Er sah aus wie Sir Humphrey Gwynne.«

»Zum Teufel noch mal, was wollen Sie damit sagen?« fragte

Bagshaw völlig überrascht. »Gwynne lag doch tot im Garten, Sie waren doch dabei, als wir ihn gefunden haben!«

»Ganz richtig«, bemerkte Pater Brown.

Nach einer Weile fuhr er fort: »Kehren wir doch einmal zu Ihrer Theorie zurück, die recht brauchbar war, obschon ich ihr nicht ganz beistimme. Sie nehmen an, daß der Mörder durch die Haustür hereinkam, im Flur auf den Richter stieß, mit ihm kämpfte und dabei den Spiegel zertrümmerte; daß der Richter dann in den Garten floh und dort schließlich erschossen wurde. Ehrlich gesagt, das scheint mir nicht recht plausibel. Wenn Gwynne tatsächlich den langen Hausflur entlang flüchtete, dann stieß er doch am Ende des Flurs auf zwei Türen, die eine zum Garten, die andere ins Zimmer. Warum hat er sich dann nicht in das Zimmer zurückgezogen? Dort hatte er ja seinen Revolver, von dort aus hätte er telefonieren können, und auch seinen Diener mußte er dort vermuten. Selbst seine nächsten Nachbarn wohnen alle in dieser Richtung. Warum sollte er also erst die Gartentür öffnen und in den einsamen, verlassenen Garten fliehen?«

»Aber wir wissen doch, daß er das Haus verlassen hat«, erwiderte Bagshaw verdutzt. »Er wurde doch draußen im Garten gefunden, also muß er das Haus verlassen haben.«

»Wieso denn? Er brauchte das Haus nicht zu verlassen, denn er war gar nicht darin gewesen«, sagte Pater Brown. »Jedenfalls nicht an diesem Abend. Er saß in seinem Gartenhäuschen. Das wußte ich gleich, als ich die bunte Beleuchtung im Garten sah. Die elektrische Schaltanlage befand sich doch in dem Häuschen, und da die Lampen brannten, muß er dortgewesen sein. Er versuchte also vielmehr, ins Haus und zum Telefon zu gelangen, als ihn sein Mörder am Teich niederschoß.«

»Aber was haben dann die umgeworfene Palme und der zertrümmerte Spiegel zu bedeuten?« rief Bagshaw, der sich darüber ärgerte, daß seine schöne Theorie so widerlegt wurde.

»Sie haben doch schließlich selbst diese Spuren entdeckt und behauptet, daß in dem Flur ein Kampf stattgefunden haben müsse!«

Der Priester dachte angestrengt nach. »Wirklich? Nein, das habe ich bestimmt nicht behauptet; daran habe ich nicht einmal im Schlaf gedacht. Meines Wissens sagte ich nur, daß auf dem Flur etwas passiert sei. Und es ist dort auch etwas passiert. Allerdings war es kein Kampf.«

»Und wie soll dann der Spiegel zerbrochen sein?« fragte Bagshaw etwas pikiert.

»Durch eine Kugel«, antwortete Pater Brown ernst. »Durch eine Kugel, die der Mörder abfeuerte. Und die herabfallenden Scherben haben dann Kübel und Palme umgestürzt.«

»Aber wenn Gwynne nicht im Haus war, auf wen hat dann der Mörder eigentlich geschossen?« fragte der Detektiv.

»Hier ist der Punkt, an dem wir einhaken müssen, um herauszubekommen, wer der Mörder war. Es grenzt beinahe an Metaphysik«, sagte der Priester sehr nachdenklich. »Natürlich schoß der Mörder in einem gewissen Sinn auf Gwynne, obschon Gwynne gar nicht da war. Der Mörder war ganz allein auf dem Flur.«

Er schwieg einen Augenblick, dann fuhr er ruhig fort: »Nun, stellen Sie sich einmal vor, wie es im Flur ausgesehen hat, ehe der Spiegel zertrümmert wurde. Der Spiegel hing ganz am Ende des Flurs, und neben ihm stand die Palme. Die eintönig grauen Wänden wurden vom Spiegel so zurückgeworfen, daß bei dem herrschenden Zwielicht der Eindruck entstehen mußte, als sei der Spiegel nichts anderes als die Rückwand des Flurs. Wenn nun jemand aus einiger Entfernung den Flur entlang in den Spiegel blickte, so sah es aus, als komme jemand aus dem Inneren des Hauses. Und dieser Jemand konnte wie der Herr des Hauses aussehen — wenn nur das Spiegelbild etwas ähnlich war.«

»Moment mal«, unterbrach ihn Bagshaw. »Ich glaube, ich sehe jetzt allmählich...«

»Sie sehen jetzt allmählich«, fuhr Pater Brown fort, »warum alle in diesem Fall verdächtigten Personen unschuldig sein müssen. Nicht ein einziger hätte sein eigenes Spiegelbild für den alten Gwynne halten können. Orm hätte gleich erkennen müssen, daß sein gelber Haarschopf kein Kahlkopf ist. Flood hätte sicherlich seine roten Haare erkannt und Green seine rote Weste. Übrigens sind sie alle von kleiner Statur und reichlich schäbig gekleidet; keiner von ihnen hätte sich einbilden können, er sehe im Spiegel wie ein großer, hagerer, alter Herr im Abendanzug aus. Wir müssen uns schon nach einem anderen Mann umsehen, der ebenso groß und hager ist wie der Richter. Das meinte ich, als ich sagte, ich wisse, wie der Mörder aussieht.«

»Und was folgern Sie daraus?« fragte Bagshaw, ihn fest ansehend.

Der Priester lachte kurz und schneidend auf, ein Lachen, in dem nichts mehr von seiner gewohnten Milde zu hören war.

»Ich folgere daraus eben das, was Sie noch vor wenigen Minuten für so lächerlich und unmöglich gehalten haben.«

»Wie meinen Sie das?«

»Ich werde die Verteidigung auf der Tatsache aufbauen, daß der Staatsanwalt eine Glatze hat!«

»O Gott!« sagte der Detektiv leise. Seine Gestalt straffte sich; er begann zu verstehen.

Pater Brown ließ sich durch das Staunen seines Gegenübers nicht aus der Fassung bringen, und er fuhr in seinem Monolog fort: »Ihr von der Polizei habt in dieser Sache allen möglichen Leuten nachgespürt; ihr habt euch dafür interessiert, was der Dichter, der Diener und der Ire in jener Nacht gemacht haben. Aber über einen habt ihr ganz vergessen, Nachforschungen anzustellen, nämlich über den Ermordeten selbst. Es ist euch gar nicht aufgefallen, daß der Diener ehrlich erstaunt war über die frühe Rückkehr seines Herrn. Der alte Gwynne war zu einem großen Juristenbankett gegangen, hatte es aber plötzlich verlassen und sich heimbegeben. Es kann ihn nicht etwa ein Unwohlsein befallen haben, denn er hat niemanden um Beistand gebeten; es ist also fast sicher, daß er mit irgendeinem anderen Juristen auf dem Bankett eine berufliche Auseinandersetzung gehabt hat. Wir müssen den Mörder demnach unter seinen Kollegen suchen. Sir Humphrey Gwynne kehrte also zurück und schloß sich in sein Gartenhäuschen ein, wo er geheime Papiere und Dokumente mit belastendem Material aufbewahrte. Der Kollege wußte, daß diese Dokumente auch gegen ihn etwas enthielten, und nachdem der Streit ausgebrochen war, mußte er befürchten, daß Richter Gwynne es gegen ihn verwenden würde. So folgte er seinem Feind, auch er im Abendanzug, nur dazu mit einem Revolver in der Tasche. Das ist alles. Kein Mensch hätte dies je erraten können, wenn nicht der Spiegel gewesen wäre.«

Er sah einen Augenblick versonnen vor sich hin, dann fügte er hinzu:

»So ein Spiegel ist doch ein merkwürdiges Ding, ein Rahmen, der Hunderte verschiedener Bilder faßt. Sie leuchten auf und verschwinden dann für immer. Aber mit dem Spiegel, der am Ende des grauen Korridors unter der grünen Palme hing, hatte es eine besondere Bewandtnis. Wie bei einem Zauberspiegel ist das Bild, das er aufgenommen hat, nicht verschwunden; selbst nachdem der Spiegel nicht mehr war, hing das Bild noch wie ein Gespenst im Zwielicht des alten Hauses, wie ein geheimes Zeichen. Wir können sogar in dem leeren Rahmen das Bild noch heraufbeschwören, das – Sir Arthur gesehen hat. Übrigens, in einem hatten Sie recht, als Sie vorhin über den Staatsanwalt sprachen.«

»Na also, wenigstens etwas«, sagte Bagshaw, indem er gute Miene zum bösen Spiel machte. »Und womit hatte ich recht?«

»Sie sagten, daß Sir Arthur sicherlich gute Gründe für seinen Wunsch haben müßte, Orm gehängt zu sehen.«

Eine Woche später traf der Priester den Detektiv wieder. Von ihm erfuhr er, das Gericht habe auf Grund der von Pater Brown vorgebrachten Argumente bereits neue Erhebungen angestellt, diese seien aber durch ein aufsehenerregendes Ereignis unterbrochen worden.

»Sir Arthur Travers...« begann Pater Brown.

»Sir Arthur Travers ist tot«, sagte Bagshaw kurz.

»So!« Pater Browns Stimme klang etwas heiser. »Hat er...?«

»Ja«, antwortete Bagshaw, »er hat wieder auf denselben Mann geschossen, aber dieses Mal nicht in den Spiegel.«

Der Mann mit den zwei Bärten

Diese Geschichte erzählte Pater Brown dem berühmten Kriminologen Professor Crake nach Tisch in einem Klub, wo sie einander vorgestellt worden waren, weil sie ja beide das Steckenpferd der Beschäftigung mit Mord und Totschlag ritten. Angeregt wurde Pater Brown zu seiner Erzählung durch eine kleine Kontroverse, bei der der Professor mit seinem ganzen wissenschaftlichen Geschütz auffuhr, während der Priester sich reichlich skeptisch zeigte.

»Aber, mein lieber Herr«, sagte der Professor protestierend, »glauben Sie wirklich nicht, daß die Kriminologie eine Wissenschaft ist?«

»Ich möchte es nicht mit Bestimmtheit behaupten«, erwiderte Pater Brown. »Eine Gegenfrage: Glauben Sie, daß die Hagiologie eine Wissenschaft ist?«

»Was soll denn das heißen?« fragte der Verbrecherspezialist in spitzem Ton.

»Nun, nichts für ungut«, meinte der Geistliche lächelnd. »Man versteht darunter das Studium heiliger Personen und Dinge. Das ›finstere Mittelalter‹ hat nämlich versucht, eine Wissenschaft über gute Menschen zu begründen, während unser ach so humanes und aufgeklärtes Zeitalter sich anscheinend nur für schlechte Menschen interessiert. Wir von der Kirche wollen von einem Menschen beweisen, daß er ein Heiliger gewesen ist. Sie hingegen, fürchte ich, legen es darauf an, zu beweisen, daß ein Mensch ein Mörder ist.«

»Nun, jedenfalls glaube ich, daß sich die Mörder ganz gut klassifizieren lassen«, bemerkte Crake. »Das Schema ist zwar etwas umfangreich und trocken, aber es ist, wie ich glaube, durchaus erschöpfend. Zuerst einmal kann man alles Töten in rationales und irrationales einteilen. Nehmen wir das letzte zuerst, weil es bedeutend seltener vorkommt. Es gibt so etwas wie eine abstrakte Mordlust, einen Trieb zum Töten. Es gibt eine Art irrationaler Antipathie, obschon sie selten zu einem Mord führt. Dann kommen wir zu den eigentlichen Motiven, die teilweise wieder weniger rational sein können, weil sie sich entweder auf längst Vergangenes beziehen oder aus einer – sagen wir – überspannten Veranlagung resultieren. Reine Racheakte sind beispielsweise meist völlig sinnlos. So wird ein Liebhaber etwa seinen Nebenbuhler töten, obwohl er genau weiß, daß er nie an dessen Stelle treten wird.

Meist jedoch liegen solchen Morden ganz vernünftige Erwägungen zugrunde, das heißt, die Mörder hoffen, mit ihrer Tat irgendein Ziel zu erreichen. In die zweite Abteilung – Verbrechen aus vernünftiger Überlegung – gehören die meisten Morde. Auch hier gibt es zwei Kategorien: Entweder mordet jemand, um sich den Besitz eines anderen anzueignen, oder er mordet, um den anderen an einem bestimmten Handeln zu hindern, beispielsweise einen Erpresser oder einen politischen Gegner oder auch einen Ehemann oder eine Ehefrau, deren Weiterleben sich mit anderen Interessen nicht mehr vereinbaren läßt. Ich halte diese Klassifizierung für ziemlich lückenlos und glaube, daß sie, richtig angewandt, alle vorkommenden Fälle umfaßt. Aber wenn man das so erzählt, klingt es etwas sehr farblos. Ich hoffe, daß ich Sie nicht langweile.«

»Nicht im mindesten«, entgegnete Pater Brown. »Entschuldigen Sie bitte, wenn ich nicht ganz bei der Sache zu sein schien. Ich mußte nämlich gerade an einen Mann denken, dem ich vor Jahren einmal begegnet bin. Er war ein Mörder; aber leider ist mir nicht ganz klar, in welcher Abteilung Ihres Mördermuseums er Platz finden könnte. Er war weder verrückt, noch machte ihm das Morden Spaß. Er haßte sein Opfer nicht, er kannte den Mann kaum und hatte sicherlich keinen Anlaß, an ihm Rache zu nehmen. Der Ermordete besaß nichts, was den Mörder irgendwie hätte verlocken können, und er stand ihm auch nicht im geringsten im Wege, er konnte ihm weder schaden noch ihn irgendwie behindern. Es war weder eine Frau im Spiel, noch lag ein politischer Beweggrund vor. Dieser Mann hat einen Mitmenschen getötet, der ihm völlig fremd war, und dazu aus einem sehr sonderbaren Beweggrund, der vielleicht in der menschlichen Geschichte einzigartig ist.«

Und so erzählte er in seinem gemütlichen Plauderton folgende Geschichte, die an einem ziemlich respektablen Ort beginnt, nämlich am Frühstückstisch einer in einem Vorort von London wohnenden achtbaren, obschon reichen Familie namens Bankes. Anstatt wie üblich die neuesten Zeitungsmeldungen zu besprechen, unterhielt man sich dort an diesem Tag über ein Ereignis, das in der unmittelbaren Nachbarschaft vorgefallen war. Man sagt solchen Leuten oft fälschlicherweise nach, sie hätten nichts anderes zu tun, als zu klatschen. Aber in diesem Punkt sind sie erstaunlich unschuldig. Auf dem Dorf erzählen sich die Bauern noch wahre oder falsche Geschichten über ihre Nachbarn, aber die merkwürdigen Kulturmenschen der modernen Großstadt, die zwar alles glauben, was in der Zeitung über die Schlechtigkeit des Papstes oder den Heldentod eines Kannibalenhäuptlings steht, erfahren in der Aufregung über so viele interessante Neuigkeiten gar nicht, was im Nachbarhause vor sich geht. Die Nachricht aber, die an diesem Tag soviel Aufregung brachte, stammte nicht nur aus der Zeitung, sie betraf sogar die Familie unmittelbar, war doch in ihrem Leib- und Magenblatt der Stadtteil erwähnt worden, in dem sie wohnten. Jetzt erst waren auch sie etwas, denn der Name ihres Stadtteils hatte in der Zeitung gestanden! Dadurch waren sie genauso ge-

genständlich und wirklich geworden wie jener Kannibalen-häuptling.

In der Zeitung wurde berichtet, daß ein ehemals berüchtigter Verbrecher, der unter dem Namen Michael Moonshine und mancherlei anderen Namen, auf die er wahrscheinlich ebenso-wenig Anspruch hatte, vor einigen Jahren die Welt in Atem ge-halten hatte, nach Verbüßung einer langjährigen Strafe aus dem Zuchthaus entlassen worden sei. Seinen derzeitigen Auf-enthaltsort wisse man nicht, doch nehme man allgemein an, daß er sich in dem fraglichen Stadtteil – sagen wir Chisham – niedergelassen habe. Im Anschluß an diese Notiz folgte eine Zusammenstellung einiger seiner berühmtesten und tollsten Stückchen und Ausbrüche; denn es ist charakteristisch für die Tageszeitung, daß sie stets annimmt, der Leser habe kein Ge-dächtnis. Es ist ja in der Tat so. Während die Landbevölkerung das Andenken an einen Strauchdieb wie Robin Hood jahrhun-dertelang bewahrt, wird der Büromensch der Großstadt sich kaum an den Namen eines Verbrechers erinnern, über den er erst vor zwei Jahren in der Straßenbahn oder Untergrundbahn heftig diskutiert hat. Und doch hatte Michael Moonshine auch etwas von der heroisch-frechen Unbekümmertheit eines Robin Hood an sich, und er hätte es durchaus verdient, in die Legende und nicht nur in die Zeitungsspalten einzugehen. Er war als Einbrecher viel zu geschickt, um je zum Mörder zu werden. Seine Bärenkraft, die ihn einen Polizisten wie einen Kegel um-werfen ließ, mit der er seine Opfer bewußtlos schlug, um sie dann zu fesseln und zu knebeln, und die Tatsache, daß er nie je-manden tötete, legten einen Schleier des Geheimnisses und des Grauens um Michael Moonshine. Man hatte beinahe das Ge-fühl, er würde menschlicher gehandelt haben, wenn er getötet hätte.

Herr Simon Bankes, das Oberhaupt besagter Familie, war bes-ser belesen und nicht so modern vergeßlich wie die anderen Familienmitglieder. Er war von gedrungener Gestalt, trug einen kurzen, grauen Bart und hatte eine von Falten durchzogene Stirn. Ein Freund von Anekdoten, hing er gern und oft vergangenen Dingen nach; noch ganz deutlich erinnerte er sich der Zeit, da Michael Moonshine ganz London in Atem gehalten hatte. Ihm gegenüber saß seine Frau, hager und schwarz. Sie war von einer Art bissiger Eleganz, denn ihre Familie hatte viel mehr Geld als die ihres Mannes, dafür aber auch bedeutend weniger Bildung. Frau Bankes hatte oben in ihrem Zimmer sogar ein sehr kostbares Smaragdhalsband liegen, weshalb sie bei einer Unterhaltung über Diebe das erste Wort führen zu müssen meinte. Ferner war da Opal, ihre Tochter, ebenfalls schwarz und hager; es hieß von ihr, sie sei hellseherisch veranlagt – zumindest hielt sie sich selbst dafür, schon um ihre geringe Neigung zu haushälterischen Pflichten zu rechtfertigen. (Jungen Mädchen, die gern mit der Geisterwelt verkehren, kann man nur den guten Rat geben, sich nicht als Mitglieder einer großen Familie zu materialisieren.) Neben ihr saß ihr Bruder John, ein dicker, stämmiger Bursche, der seine Gleichgültigkeit gegenüber den spirituellen Fähigkeiten seiner Schwester gerne in lärmenden Ausführungen an den Tag legte und sich außerdem nur durch sein Interesse für Autos auszeichnete. Immer war er offenbar gerade dabei, einen alten Wagen zu verkaufen und dafür einen neuen anzuschaffen; durch ein äußerst merkwürdiges, allen volkswirtschaftlichen Theorien hohnsprechendes Verfahren gelang es ihm auch stets, durch den Verkauf eines beschädigten oder außer Mode gekommenen Wagens ein viel besseres, funkelnagelneues Modell einzuhandeln. Der nächste im trauten Familienkreise war sein Bruder Philipp, ein junger Mann mit schwarzem Lockenhaar, der dadurch hervorstach, daß er großen Wert auf tadellose Kleidung legte – was zweifelsohne zu den Pflichten eines Bankangestellten gehört, aber, wie sein Prinzipal oft und nachdrücklich zu betonen pflegte, sicherlich nicht als einzige Aufgabe eines Bankangestellten angesehen werden kann. Schließlich war noch Philipps Freund Daniel Devine anwesend, ebenfalls schwarzhaarig, ebenfalls tadellos gekleidet; er trug jedoch einen Bart, der ziemlich ausländisch und deshalb für manche Leute etwas verdächtig aussah.

Dieser Devine hatte die Zeitungsmeldung aufs Tapet gebracht, um damit taktvoll einer Auseinandersetzung ein Ende zu machen, die wie der Anfang einer kleinen Familienzwistigkeit aussah; denn die medial veranlagte Tochter hatte gerade begonnen, eine ihrer Visionen zu beschreiben: wie in stockdunkler Nacht bleiche Gesichter vor ihrem Fenster hin und her schwebten. Daraufhin hatte ihr Bruder John versucht, diese Offenbarung eines höheren seelischen Zustandes mit noch größerer Herzlichkeit, als man sonst bei ihm gewohnt war, niederzubrüllen.

Die Zeitungsnotiz jedoch über den neuen und womöglich gefährlichen Nachbarn bereitete dem Streitfall ein rasches Ende.

»Wie schrecklich!« rief Frau Bankes. »Er ist sicherlich erst vor ganz kurzer Zeit in unserem Viertel zugezogen; aber wer könnte es denn sein?«

»Neu ist hier, soviel ich weiß, nur Sir Leopold Pulman in Beechwood House«, bemerkte Herr Bankes.

»Du scherzest wohl, mein Lieber«, erwiderte die Dame des Hauses spitz. »Wie kann man nur so etwas sagen! Sir Leopold!« Und nach einer kurzen Pause setzte sie hinzu: »Verdächtiger erscheint mir eher sein Sekretär – jener Kerl mit dem Backenbart. Seitdem er die Stelle erhalten hat, die eigentlich unser Philipp hätte bekommen sollen, sage ich immer...«

»Nichts zu machen«, steuerte Philipp lässig seinen einzigen Beitrag zur Unterhaltung bei. »War mir nicht gut genug.«

»Ich kenne nur einen Mann, der neu zugezogen ist«, bemerkte Devine, »nämlich jenen Carver, der auf Smith' Hof beschäftigt ist. Er lebt sehr zurückgezogen, aber man kann sich trotzdem recht gut mit ihm unterhalten. Meines Wissens hat John auch schon mit ihm zu tun gehabt.«

»Er kennt sich ein bißchen in Autos aus«, gab der autobesessene John zu. »Und er wird noch einiges dazulernen, wenn er erst mal in meinem neuen Wagen gesessen hat.«

Devine verzog sein Gesicht zu einem spöttischen Grinsen. Alle waren sie von John mit einer Einladung zu einer Fahrt in seinem neuen Wagen bedroht worden. Dann meinte er nachdenklich: »Ich bin mir nicht ganz im klaren über diesen Mann. Er weiß allerhand vom Autofahren, muß viel gereist sein und kennt sich auch im praktischen Leben aus, und doch geht er nie aus und stolpert nur um die Bienenkörbe des alten Smith herum. Er behauptet, er interessiere sich nur für Bienenzucht und bleibe aus diesem Grunde bei Smith. Für einen Mann seiner Art scheint mir dies ein reichlich langweiliges Hobby zu sein. Aber ich bin sicher, daß Johns Wagen ihn ein bißchen aufmuntern wird.«

Als Devine am späten Nachmittag das Haus verließ, zeigte sich auf seinem dunklen Gesicht der Ausdruck angestrengten Nachdenkens. Wir wollen an dieser Stelle seinen sicherlich recht interessanten Gedankengang nicht weiter verfolgen; auf jeden Fall faßte er schließlich den Entschluß, sofort das Gut des Mr. Smith aufzusuchen, um Herrn Carver einen Besuch abzustatten. Auf dem Wege dorthin begegnete er Herrn Barnard, dem Sekretär von Sir Leopold Pulman. Er erkannte ihn sofort an seiner schmächtigen Gestalt und seinem Backenbart, den Frau Bankes als eine persönliche Beleidigung empfand. Devine und Barnard waren nur oberflächlich miteinander bekannt, und so beschränkte sich ihre Unterhaltung auf wenige Worte.

»Verzeihen Sie meine Frage«, wandte sich Devine ohne lange Einleitung an Barnard, »stimmt es, daß Lady Pulman sehr wertvolle Juwelen im Haus hat? Nicht, daß ich die Absicht hätte, gelegentlich nachts einzusteigen, aber ich habe gerade erfahren, daß sich in unserer Gegend ein professioneller Dieb herumtreibt.«

»Ich werde Lady Pulman raten, ein wachsames Auge auf ihren Schmuck zu haben«, entgegnete der Sekretär. »Um Ihnen die Wahrheit zu sagen, ich habe mir bereits erlaubt, sie zu warnen, und hoffe, daß sie sich das zu Herzen genommen hat.«

In diesem Augenblick ertönte hinter ihnen das häßliche Aufheulen einer Autohupe. Unmittelbar neben ihnen kam der Wagen zum Stehen, und Johns grinsendes Gesicht tauchte hinter dem Steuerrad auf. Als er hörte, wohin Devine wollte, behauptete er, auch er habe dasselbe Ziel, doch konnte man ihm deutlich anmerken, daß dies nur ein Vorwand war, ein Opfer für seinen Wagen zu finden. Also stieg Devine ein und mußte nun die ganze Fahrt über die überschwenglichen Lobsprüche Johns auf seinen Wagen anhören, der dieses Mal besonders wegen seiner Wetterfestigkeit gerühmt wurde.

»Schließt so dicht ab wie ein Geldschrank und läßt sich so leicht öffnen, wie – wie man den Mund auftut.«

Devines Mund schien jedoch zu dieser Stunde nicht gerade leicht zu öffnen, und John fuhr in seinem Monolog fort, bis sie auf Smith' Gut ankamen. Als sie das äußere Tor durchfuhren, wurde Devine sofort des Mannes ansichtig, den er aufsuchen wollte, und so brauchte er nicht erst in das Haus zu gehen. Der Gesuchte ging, die Hände in den Taschen, einen großen, weichen Strohhut auf dem Kopf, im Garten spazieren. Sein Gesicht war schmal, sein Kinn kräftig; die breite Hutkrempe warf auf den oberen Teil seines Gesichtes einen Schatten, der fast wie eine Maske aussah. Im Hintergrund beleuchtete die Sonne eine Reihe von Bienenkörben, an denen ein älterer Mann, vermutlich Herr Smith, in Begleitung eines kleinen, dicken, schwarzgekleideten Geistlichen entlangschritt.

»Hallo!« rief der stürmische John, noch ehe Devine Gelegenheit gehabt hatte, sich mit einer höflichen Begrüßung vorzustellen. »Ich habe jetzt meinen Wagen dabei, da können wir mal ein bißchen durch die Gegend brausen. Sagen Sie selbst, ist das nicht ein tolles Modell?«

Herrn Carvers Mund umspielte ein Lächeln, das wohl liebenswürdig sein sollte, aber ziemlich grimmig aussah: »Ich fürchte, ich werde heute abend zuviel zu tun haben, um eine Spazierfahrt machen zu können.«

»Donnerwetter!« bemerkte Devine. »Ihre Bienen müssen aber gewaltig fleißig sein, wenn Sie sogar des Nachts nicht von den Bienenstöcken wegkommen. Es würde mich doch interessieren...«

»Was?« fragte Carver in kühlem, herausforderndem Ton.

»Nun«, sagte Devine, »ein Sprichwort sagt, man soll Heu machen, solange die Sonne scheint. Vielleicht machen Sie Honig, während der Mond scheint.«

Im Schatten des breitkrempigen Hutes blitzte es auf, und man sah das Weiße in den Augen des Geheimnisvollen.

»Vielleicht gehört auch Mondschein zu diesem Geschäft«, meinte er. »Aber ich warne Sie: Meine Bienen liefern nicht nur Honig, sie stechen auch!«

»Wollen Sie nun mitfahren oder nicht?« fragte John ungeduldig. Aber Carver, obwohl er jetzt viel freundlicher war und die dunklen Andeutungen, mit denen er Devines Fragen beantwortet hatte, schon wieder vergessen zu haben schien, blieb fest bei seiner Ablehnung.

»Ich kann jetzt unmöglich weggehen«, sagte er. »Ich habe noch eine Menge zu schreiben. Vielleicht sind Sie aber so freundlich und laden einen der Herren hier ein, wenn Sie schon unbedingt Gesellschaft haben wollen. Da sind sie schon: Herr Smith und Pater Brown.«

»Selbstverständlich!« rief John. »Steigen Sie nur ein, meine Herren!«

»Haben Sie vielen Dank für Ihre freundliche Einladung«, sagte

Pater Brown, »aber leider muß ich ablehnen, denn ich muß jetzt gleich zur Abendandacht.«

»Aber Herr Smith wird sicherlich nicht ablehnen«, meinte Carver fast ungeduldig. »Herr Smith wird sich sicher freuen, wenn er mal Auto fahren kann.«

Smith verzog zwar seinen Mund zu einem breiten Lachen, schien aber nicht die geringste Lust zu dieser oder einer ähnlichen Lustbarkeit zu haben. Er war ein rüstiger, kleiner Herr und trug eine jener ehrbaren Perücken, die genausowenig auf dem Kopf gewachsen erscheinen wie ein Hut. Ihre gelbliche Farbe stach stark gegen sein blasses Gesicht ab. Smith schüttelte den Kopf und sagte liebenswürdig, aber entschlossen:

»O danke, nein; ich kann mich noch ganz gut erinnern, wie ich vor zehn Jahren einmal in einem solchen Karren von Holmgate, wo meine Schwester wohnt, hierher gefahren bin. Seither bringen mich keine zehn Pferde mehr in ein solches Vehikel. Mir langt's noch, wie ich damals durcheinandergerüttelt worden bin.«

»Na ja, vor zehn Jahren!« rief John Bankes geringschätzig. »Ebensogut können Sie sagen, daß Sie vor zweitausend Jahren in einem Ochsenkarren gefahren sind. Glauben Sie denn, die Autos hätten sich in den zehn Jahren nicht verändert? In meinem Straßenkreuzer merken Sie gar nicht, daß sich die Räder drehen. Da meinen Sie direkt, Sie fliegen.«

»Ich bin davon überzeugt, daß Herr Smith gerne einmal fliegen würde«, sagte Carver drängend. »Es ist der Traum seines Lebens. Los, Smith, fahren Sie doch nach Holmgate hinüber, und machen Sie Ihrer Schwester einen Besuch. Sie haben doch schon lange vor, sie einmal zu besuchen. Fahren Sie mit; Sie können ja vielleicht die Nacht über bei Ihrer Schwester bleiben.«

»Ich gehe gewöhnlich zu Fuß nach Holmgate und bleibe auch meist die Nacht über dort«, bemerkte der alte Smith. »Es ist also nicht im mindesten nötig, ausgerechnet heute den Herrn mit seinem Auto zu inkommodieren.«

»Aber bedenken Sie doch, wie sehr sich Ihre Schwester freuen wird, wenn sie Sie in einem Auto ankommen sieht!« rief Carver. »Machen Sie ihr doch die Freude, und seien Sie kein Egoist!«

»Richtig«, stimmte John zu und strahlte den Alten wohlwollend an. »Seien Sie doch kein Egoist, sondern machen Sie Ihrer Schwester die Freude. Es wird Ihnen bestimmt nichts passieren. Oder haben Sie etwa Angst?«

Smith dachte einige Augenblicke lang nach. Dann meinte er: »Na gut, ich will kein Egoist sein, und Angst habe ich auch keine, das können Sie mir glauben. Wenn Sie die Sache so hinstellen, dann komme ich mit.«

Die beiden fuhren ab. Die Zurückbleibenden winkten ihnen nach – anscheinend so fröhlich, als werde ein vergnügliches Ereignis gefeiert. Während aber Devine und der Priester nur aus Höflichkeit mittaten, sah es aus, als ob Carver dem Alten ein endgültiges Lebewohl zuwinkte. Einen Augenblick lang spürten beide die eigentümliche Kraft, die von der Persönlichkeit dieses Mannes ausging.

Sobald der Wagen außer Sicht war, wandte sich Carver ihnen zu und sagte nur kurz und bündig: »So!«

Es war eine herzliche Aufforderung, die aber das genaue Gegenteil einer Einladung darstellte und etwa besagte: Und nun macht, daß ihr wegkommt!

»Ich muß jetzt gehen«, sagte Devine. »Wir dürfen den eifrigen Bienenvater nicht stören. Leider verstehe ich von Bienen nur wenig; ich kann eine Biene kaum von einer Wespe unterscheiden.«

»Ich habe auch schon Wespen gehalten«, antwortete der geheimnisvolle Herr Carver.

Kaum waren sie auf der Straße, als Devine plötzlich zu seinem

Begleiter meinte: »Eine recht merkwürdige Sache, finden Sie nicht auch?«

»Ja«, entgegnete Pater Brown. »Was halten Sie eigentlich von der Geschichte?«

Devine sah den kleinen Mann im schwarzen Rock an. Etwas im Blick seiner großen, grauen Augen ließ die Sorge, die er heute schon einmal gehabt hatte, neu aufleben. »Ich glaube«, sagte er, »daß es Carver sehr darum zu tun war, das Haus heute nacht für sich allein zu haben. Ist Ihnen das nicht aufgefallen, und haben Sie sich nicht auch schon Gedanken darüber gemacht?«

»Vielleicht habe ich mir meine Gedanken gemacht«, erwiderte der Priester, »aber ich weiß nicht, ob sie sich in derselben Richtung bewegen wie die Ihrigen.«

Als an diesem Abend das letzte Grau der Dämmerung im Garten in der schwarzen Dunkelheit der Nacht versank, wanderte Opal Bankes durch die finsteren, leeren Räume ihres Elternhauses. Noch mehr als sonst waren ihre Gedanken der Wirklichkeit abgekehrt, und ein aufmerksamer Beobachter hätte bemerkt, daß ihr bleiches Gesicht noch blasser war als gewöhnlich. Das Haus war zwar mit gutbürgerlichem Luxus eingerichtet, wirkte als Ganzes gesehen aber doch trostlos: Es strömte jene geradezu greifbare Melancholie aus, die nicht so sehr von alten, wie von veralteten Sachen ausgeht. Die Räume beherbergten ein Sammelsurium aus der Mode gekommener Dinge in längst überholten Stilen. Hier und da brachten bunte Glasvasen aus der frühviktorianischen Zeit einen Farbschimmer in das trübe Zwielicht. Durch die hohen Decken wirkten die langen Zimmer schmal, und am Ende des Raumes, durch den Opal Bankes jetzt gerade ging, war ein rundes Fenster, wie man es in Häusern jener Zeit nicht selten findet. In der Mitte des Zimmers angelangt, blieb sie plötzlich stehen – sie schwankte, als hätte ihr eine unsichtbare Hand ins Gesicht geschlagen.

Einen Augenblick später hörte sie durch die geschlossenen Zimmertüren ein gedämpftes Klopfen an der Haustür. Obwohl sie wußte, daß die übrigen Familienmitglieder sich in den oberen Räumen des Hauses aufhielten, fühlte sie sich durch eine ihr selbst unerklärliche Macht getrieben, selbst die Haustür zu öffnen. Auf der Schwelle stand – im Dämmer verschwommen – eine kleine Gestalt in Schwarz. Sofort erkannte Opal den katholischen Priester namens Brown. Sie war mit ihm nur ganz oberflächlich bekannt; immerhin war er ihr nicht unsympathisch. Nicht etwa, daß Pater Brown ihren spiritistischen Neigungen Vorschub geleistet hätte – ganz im Gegenteil. Aber er tat sie nicht lediglich mit einer Handbewegung ab als etwas Uninteressantes, sondern schenkte ihnen ernste Beachtung. Es war also nicht so, daß er für ihre Ansichten kein Verständnis hatte, aber er war mit ihnen nicht einverstanden. All diese Gedanken fuhren ihr nun blitzschnell durch den Kopf, als sie, ohne Pater Brown zu begrüßen oder zu fragen, was ihn herführe, ihn ansprach:

»Ich bin so froh, daß Sie gekommen sind. Ich habe einen Geist gesehen.«

»Darüber brauchen Sie nicht beunruhigt zu sein«, entgegnete Pater Brown. »Das passiert oft. Die meisten Geister sind überhaupt keine Geister, und die paar, die vielleicht echt sind, werden Ihnen sicherlich nichts Böses tun. War es ein besonderer Geist?«

»Nein«, gestand sie mit einem vagen Gefühl der Erleichterung. »Die Erscheinung wirkte eigentlich gar nicht wie ein Geist, sondern eher wie eine Verkörperung scheußlicher Verwesung, wie das unheimliche Phosphoreszieren morscher Baumstämme. Es war ein Gesicht. Ein Geist am Fenster. Es glotzte bleich zum Fenster herein und sah aus wie der leibhaftige Judas.«

»Ja, es gibt Leute, die so aussehen«, meinte der Priester nachdenklich, »und sie blicken auch wohl zuweilen ins Fenster. Darf ich hereinkommen und mir das Zimmer einmal ansehen?«

Als sie jedoch mit dem Besucher in das Zimmer zurückkehrte, hatten sich dort schon andere Mitglieder der Familie versammelt, die mit der Geisterwelt nicht auf so vertrautem Fuß standen, und hatten das Licht angedreht. In Gegenwart der Hausfrau befleißigte sich Pater Brown der ausgesuchtesten Höflichkeit und entschuldigte sich wegen seines Eindringens.

»Seien Sie mir bitte nicht böse, gnädige Frau, wenn ich Sie noch zu so später Abendstunde belästige«, sagte er. »Aber ich denke, Sie werden sofort verstehen, daß das, was mich hierherführt, auch Sie betrifft. Ich war eben bei Pulmans drüben, als ich angerufen und gebeten wurde, sofort hierherzugehen, um hier auf einen Mann zu warten, der Ihnen eine für Sie sicherlich wichtige Mitteilung zu machen hat. Ich hätte sonst gewiß nicht mehr gestört, aber anscheinend wünscht man meine Anwesenheit, weil ich zufällig Zeuge der Vorgänge im Hause Pulman gewesen bin. Ich habe nämlich Alarm geschlagen.«

»Was ist denn passiert?« fragte die Dame des Hauses atemlos.

»Es ist drüben ein Einbruch verübt worden«, sagte Pater Brown ernst, »bei dem, wie ich fürchte, Lady Pulmans Juwelen gestohlen worden sind. Und ihr unglücklicher Sekretär, Herr Barnard, ist tot im Garten aufgefunden worden. Offensichtlich hat ihn der Einbrecher niedergeschossen, als Barnard ihn auf der Flucht aufhalten wollte.«

»Aber ich dachte doch«, rief Frau Bankes erstaunt, »daß gerade der Sekretär...«

Sie begegnete dem ernsten Blick des Priesters, und plötzlich verstummte sie.

»Ich habe mich mit der Polizei und mit noch jemandem, der an diesem Fall interessiert ist, in Verbindung gesetzt«, fuhr Pater Brown in seinem Bericht fort. »Wie man mir mitteilte, hat man schon bei einer oberflächlichen Untersuchung Fußspuren und

Fingerabdrücke gefunden, die zusammen mit anderen Kennzeichen auf einen wohlbekannten Verbrecher hinweisen.«

An diesem Punkt wurde sein Bericht durch die Rückkehr John Bankes' unterbrochen. Die Autofahrt schien kein gutes Ende genommen zu haben. Der alte Smith war doch wohl ein recht unerfreulicher Fahrgast gewesen.

»Der feige Kerl hat es mit der Angst bekommen«, verkündete John mit lauter Entrüstung. »Ist ausgerissen, während ich einen Reifen untersuchte. So einen dummen Bauern werde ich noch mal mitnehmen...«

Aber niemand schenkte ihm und seinem Lamento Beachtung. Alles stand um den Priester herum und lauschte gespannt seinem Bericht. Pater Brown fuhr mit der gleichen Zurückhaltung fort: »Es wird gleich jemand kommen, der mich hier ablösen wird. Wenn ich Ihnen diesen Mann vorgestellt habe, werde ich meine Pflicht als Zeuge in dieser traurigen Angelegenheit erfüllt haben. Ich möchte nur noch erwähnen, daß mir ein Dienstmädchen im Hause Pulman gesagt hat, sie habe an einem der Fenster ein Gesicht gesehen...«

»Ich habe auch ein Gesicht gesehen, und zwar hier im Haus vor einem unserer Fenster«, sagte Opal.

»Du siehst ja überall Gesichter«, bemerkte ihr Bruder John grob.

»Es ist immer gut, wenn man Tatsachen zu sehen vermag, auch wenn es sich um Gesichter handelt«, sagte Pater Brown, »und ich glaube, das Gesicht, das Sie gesehen haben...«

Er wurde unterbrochen durch ein Klopfen an der Haustür. Bald darauf wurde die Zimmertür geöffnet, und ein weiterer Besucher trat ein. Devine fuhr erstaunt aus seinem Sessel hoch, als er den Neuankömmling erblickte.

Es war ein großer, straff aufgerichteter Mann mit einem schmalen, leichenblassen Gesicht, das in einem mächtigen Kinn endete. Die hohe Stirn und die strahlend blauen Augen waren früher, als Devine den Mann zuerst gesehen hatte, durch einen breitkrempigen Strohhut verdeckt gewesen.

»Bleiben Sie doch bitte ruhig sitzen«, sagte der Mann, der sich Carver nannte, klar und höflich. Aber für den armen, verwirrten Devine hatte die Höflichkeit eine verdächtige Ähnlichkeit mit der eines Straßenräubers, der eine Menschengruppe mit der Pistole in Schach hält.

»Setzen Sie sich doch bitte, Herr Devine«, sagte Carver, »und wenn Frau Bankes erlaubt, werde ich Ihrem Beispiel folgen. Ich möchte Ihnen erklären, warum ich hier bin. Ich glaube, Sie hatten mich im Verdacht, ein berühmter Einbrecher zu sein.«

»Allerdings«, meinte Devine grimmig.

»Wie Sie selbst zu sagen beliebten«, sagte Carver, »ist es nicht immer leicht, eine Wespe von einer Biene zu unterscheiden.« Nach einer Pause fuhr er fort: »Ich kann wohl von mir sagen, daß ich zu den nützlicheren, wenngleich ebenso lästigen Insekten gehöre. Ich bin Detektiv und habe mich hier aufgehalten, um nach dem Verbrecher zu fahnden, der den Namen Moonshine führt, denn man hatte uns berichtet, er habe seine Tätigkeit wieder aufgenommen. Juwelendiebstähle waren seine Spezialität, und drüben im Hause Pulman ist gerade ein solcher Diebstahl ausgeführt worden. Alle Spuren weisen auf Moonshine als den Täter hin. Nicht nur stimmen die Fingerabdrücke mit den seinen überein; wir haben noch etwas anderes in Erfahrung gebracht, das einwandfrei auf Moonshine hinweist. Vielleicht ist Ihnen bekannt, daß er sich, als er das letzte Mal festgenommen wurde und wahrscheinlich auch schon bei früheren Anlässen, auf eine ebenso einfache wie wirksame Weise unkenntlich gemacht hat, nämlich durch einen roten Bart und eine große Hornbrille.«

Opal Bankes lehnte sich mit brennenden Augen vor.

»Ja, das stimmt genau!« rief sie aufgeregt. »Dieses Gesicht habe ich gesehen, ein Gesicht mit einer großen Brille und einem roten, zerzausten Judasbart. Ich habe gemeint, es sei ein Geist.«

»Denselben Geist hat auch das Dienstmädchen bei Pulmans gesehen«, entgegnete Carver trocken.

Er legte einige Papiere und Päckchen vor sich auf den Tisch und begann, sie sorgfältig auseinanderzufalten. »Wie gesagt«, fuhr er fort, »ich wurde hierhergeschickt, um diesem Moonshine nachzuspüren. Darum habe ich mich für die Bienenzucht interessiert und bin zu Herrn Smith gezogen.«

Keiner sagte etwas. Schließlich fuhr Devine auf: »Sie wollen doch nicht im Ernst behaupten, daß dieser nette, alte Mann...«

»Hören Sie mal, Herr Devine«, unterbrach ihn Carver lächelnd, »Sie glaubten, der Bienenstand sei nur ein Versteck für mich gewesen. Warum sollte er nicht auch für ihn ein Versteck sein?«

Devine nickte düster vor sich hin, und der Detektiv wandte sich wieder seinen Papieren zu. »Da ich also Smith im Verdacht hatte, wollte ich ihn aus dem Hause haben, um in Ruhe seine Sachen durchsuchen zu können. Dabei kam mir Herrn Bankes' freundliche Einladung sehr zustatten, und deshalb habe ich Herrn Smith auch so ermuntert, doch mitzufahren. Als ich nun das Haus untersuchte, fand ich einige Sachen, die man bei einem alten, scheinbar nur an Bienenzucht interessierten Landmann nicht hätte vermuten sollen. Unter anderem habe ich dies hier gefunden.« Und er zog aus einem der Päckchen einen langen, fast scharlachroten Gegenstand hervor – einen Bart, wie er auf der Bühne getragen wird. Und daneben lag eine alte, schwere Hornbrille.

»Ich habe aber außerdem etwas gefunden«, fuhr Carver fort, »das in engerer Beziehung zu diesem Haus steht und deshalb sicherlich mein Eindringen zu so später Stunde rechtfertigt. Ich fand nämlich eine Aufstellung über die in der Nachbarschaft vorhandenen Schmucksachen und ihren mutmaßlichen Wert. Gleich nach Lady Pulmans Diadem wird ein Smaragdhalsband erwähnt, das sich im Besitz von Frau Bankes befindet.«

Frau Bankes, die bis jetzt die beiden späten Besucher mit hochmütigem Staunen betrachtet hatte, wurde plötzlich aufmerksam. Sie sah sofort erheblich älter und intelligenter aus. Aber noch bevor sie etwas sagen konnte, hatte sich schon der stürmische John wie ein trompetender Elefant zu seiner ganzen Höhe aufgereckt. »Das ist ja gut!« brüllte er. »Das Diadem ist bereits weg. Da muß ich doch gleich nachsehen, ob das Halsband nicht auch schon verschwunden ist!«

»Kein schlechter Gedanke«, sagte Carver, als der junge Mann aus dem Zimmer stürzte. »Natürlich haben wir unsere Augen offengehalten, seit wir hier sind, aber die Entzifferung der chiffrierten Liste hat mich doch etwas aufgehalten. Als Pater Brown mich anrief, war ich gerade damit fertig. Ich bat ihn, sofort hierherzugehen und Sie auf die Gefahr aufmerksam zu machen; ich wollte ihm möglichst schnell folgen, und so...«

Ein schriller Schrei unterbrach seine Erklärungen. Opal war aufgesprungen und zeigte starr auf das runde Fenster.

»Da ist es wieder!« rief sie.

Alle Gesichter flogen herum, und für wenige Sekunden sahen sie wirklich etwas – etwas, das die so oft gegen die junge Dame erhobene Beschuldigung, sie sei eine Lügnerin und ein hysterisches Frauenzimmer, zunichte machte. Vor der schieferblauen Dunkelheit draußen hob sich ein Gesicht ab: leichenblaß. Jedenfalls schien es so, weil es gegen die Scheibe gepreßt war. Die weit aufgerissenen, wie mit Ringen umgebenen Augen ließen an einen Fisch denken, der aus dem dunkelblauen Meereswasser durch das Bullauge eines Schiffes glotzt. Kiemen und Flossen dieses seltsamen Fisches waren kupferrot – die entsetzten Betrachter erkannten den brennendroten Bart. Schon im nächsten Augenblick war das Gesicht verschwunden.

Devine war mit einem einzigen Satz auf das Fenster losge-stürzt, als plötzlich ein ohrenbetäubendes Geschrei das Haus erschütterte. Man konnte zwar keine einzige Silbe verstehen, aber Devine erriet sofort, was geschehen war.

»Der Halsschmuck ist weg!« brüllte John Bankes. Er erschien einen Augenblick groß und mächtig in der Tür und verschwand wieder wie ein Jagdhund, der die Fährte aufnimmt.

»Den Dieb haben wir eben am Fenster vorbeikommen sehen!« rief der Detektiv, stürzte auf die Tür zu und hinter John her, der bereits im Garten war.

»Vorsicht!« kreischte Frau Bankes. »Diebe haben meistens Waffen bei sich!«

»Ich auch!« kam die Stimme des furchtlosen John aus der Tiefe des Gartens.

Tatsächlich hatte Devine bemerkt, daß der junge Mann dro-hend einen Revolver in der Hand schwang, als er hinaus-stürmte, aber er hoffte, er werde es nicht nötig haben, sich zu verteidigen.

Aber kaum war ihm dieser Gedanke durch den Kopf gegangen, als zwei Schüsse aufpeitschten, kurz hintereinander, zuerst der eine, dann der andere. Der stille Vorstadtgarten hallte vom Knall wider, dann wurde es ganz still.

»Ob John... tot ist?« fragte Opal mit leiser, zitternder Stimme. Pater Brown war bereits tiefer in den dunklen Garten vorgedrungen. Hier stand er, den Rücken dem Haus zuge-kehrt, und sah auf den Boden nieder. Er war es, der schließlich antwortete.

»Nein«, sagte er, »es ist der andere.«

Carver war zu ihm getreten, und die beiden Männer, von denen der eine den anderen weit überragte, entzogen den übrigen den Anblick, den ihnen der bleiche, nur ab und zu hinter den jagen-den Wolken hervorbrechende Mond ohnehin schwer genug ge-währt hätte. Dann traten sie auf die Seite, und die anderen sahen im Mondlicht eine kleine, hagere Gestalt liegen, im Todeskampf verkrümmt und nun starr. Wie eine Anklage flammte der falsche rote Bart zum Himmel empor, und der Mond spiegelte sich in den großen Brillengläsern des Mannes, der zu Lebzeiten den Namen Moonshine geführt hatte – Mondschein.

»Was für ein Ende«, murmelte der Detektiv Carver. »Nach so vielen Abenteuern fast zufällig von einem Effektenmakler in einem Vorstadtgarten niedergeschossen zu werden!«

Der glorreiche Schütze John jedoch genoß seinen Triumph, stolzgeschwellt, wenngleich er eine gewisse Nervosität nicht verbergen konnte.

»Es blieb mir nichts anderes übrig«, stieß er hervor, noch vor Anstrengung keuchend. »Es tut mir leid, daß ich ihn niederschießen mußte, aber er hat zuerst auf mich geschossen.«

»Es wird natürlich eine gerichtliche Untersuchung geben«, sagte Carver. »Aber ich denke, Sie brauchen sich deswegen nicht zu beunruhigen. Aus dem Revolver, der seiner Hand entfallen ist, ist ein Schuß abgegeben worden, und er hat sicherlich nicht mehr geschossen, nachdem er Ihre Kugel im Leib hatte.«

Währenddessen hatten sie sich schon wieder ins Zimmer zurückbegeben, und der Detektiv packte seine Sachen zusammen. Pater Brown stand ihm gegenüber und blickte, wie in tiefes Nachdenken versunken, auf den Tisch. Dann sagte er plötzlich:

»Herr Carver, Sie haben diesen Fall in wirklich überragender Weise geklärt. Ich hatte eigentlich kein allzu großes Vertrauen in Ihr routinemäßiges Vorgehen, aber ich bin erstaunt, wie schnell Sie das alles zu einem einheitlichen Bild zusammengefügt haben – die Bienen, den Bart, die Brille, die chiffrierte Liste, den Halsschmuck und all das andere.«

»Es ist immer befriedigend, wenn man einen Fall richtig abzurunden versteht«, bemerkte Carver.

»Sicher«, meinte Pater Brown, noch immer auf den Tisch sehend. »Ich muß sagen, ich bewundere Sie.« Dann setzte er mit einer Ruhe, die einem auf die Nerven gehen konnte, hinzu: »Aber, ehrlich gesagt, ich glaube kein Wort davon.«

Devine wurde plötzlich aufmerksam. Er lehnte sich vor: »Glauben Sie nicht, daß der Einbrecher Moonshine ist?«

»Ich weiß, daß er der Einbrecher ist, aber ich weiß auch, daß er nicht eingebrochen hat«, entgegnete Pater Brown. »Ich weiß, daß er weder zum Haus Pulman noch hierher gekommen ist, um Juwelen zu stehlen oder sich bei ihrem Fortschaffen erschießen zu lassen. Wo sind denn überhaupt die Juwelen?«

»Wahrscheinlich dort, wo sie gewöhnlich in solchen Fällen sind«, sagte Carver. »Er hat sie entweder versteckt oder einem Komplicen übergeben. An diesem Einbruch waren sicherlich mehrere beteiligt. Meine Leute sind eben damit beschäftigt, den Garten zu durchsuchen und die Nachbarn zu warnen.«

»Vielleicht«, äußerte Frau Bankes, »hat der Komplice den Halsschmuck gestohlen, während Moonshine zum Fenster hereinsah.«

»Warum aber hat Moonshine überhaupt zum Fenster hereingesehen?« fragte Pater Brown ruhig. »Welchen Grund könnte er denn gehabt haben, zum Fenster hereinzuschauen?«

»Was glauben Sie denn?« rief John, der seine gute Laune wiedergefunden zu haben schien.

»Ich glaube«, sagte Pater Brown langsam, »daß er niemals die Absicht gehabt hat, zu diesem Fenster hereinzusehen.«

»Na, hören Sie mal, aber er hat doch hereingesehen«, meinte Carver leicht verärgert. »Was reden Sie denn da zusammen? Wir haben es doch schließlich alle gesehen!«

»Ich habe schon vieles gesehen, an dessen Wirklichkeit ich nicht glaube«, entgegnete der Priester. »Und auch Sie werden schon so manches gesehen haben, das nur Theater war – und nicht nur auf der Bühne!«

»Pater Brown«, sagte Devine respektvoll, »wollen Sie uns bitte sagen, warum Sie in diesem Fall nicht Ihren Augen glauben können?«

»Schön, ich will es versuchen«, antwortete der Priester. Dann fuhr er mit großer Milde fort: »Sie kennen mich und meinesgleichen. Wir mischen uns nicht viel in Ihre Angelegenheiten. Wir versuchen, mit allen unseren Mitmenschen gut auszukommen. Aber Sie dürfen deshalb nicht etwa glauben, daß wir nichts tun und nichts wissen. Wir beschränken uns auf unseren Beruf, auf unsere seelsorgerischen Aufgaben, aber diese kennen wir, und wir kennen auch unsere Leute. Auch den Toten draußen habe ich sehr gut gekannt, denn ich war sein Beichtvater und sein Freund. Soweit es einem Menschen überhaupt möglich ist, kannte ich sein Innerstes, und ich kannte es auch, als er heute seinen Garten verließ. Ich kann Ihnen sagen, sein Inneres war wie ein gläserner Bienenkorb voller goldener Bienen. Wenn man sagen würde, seine Bekehrung war aufrichtig, so hätte man noch viel zuwenig gesagt. Er war einer jener großen Büßer, denen die aufrichtige Reue mehr Segen bringt als anderen ihre Tugend. Ich habe gesagt, ich war sein Beichtvater; in Wirklichkeit aber war ich es, der zu ihm ging, um mir bei ihm Trost und Mut zu holen. Es tat mir gut, in der Nähe eines so gütigen Menschen zu sein. Und als ich ihn nun vorhin tot im Garten liegen sah, da war es mir, als hörte ich eine geheimnisvolle Stimme jene alten Worte sprechen, die wir in der Bibel finden. Ja, wenn jemals ein Mensch direkt in den Himmel kam, dann wohl er...«

»Zum Teufel noch mal«, fuhr John Bankes nervös auf, »schließlich war er doch ein auf frischer Tat ertappter Dieb.«

»Das leugne ich nicht«, entgegnete Pater Brown, »aber denken Sie daran: Nur ein überführter und verurteilter Dieb hat einst als einziger Mensch auf dieser Welt das Versprechen gehört: ›Noch heute wirst du bei mir im Paradies sein!‹«

Verlegen schwiegen alle, bis schließlich Devine die Frage stellte: »Aber wie erklären Sie sich denn die ganze Geschichte?«

Der Priester schüttelte den Kopf. »Im Augenblick habe ich überhaupt noch keine Erklärung«, sagte er zurückhaltend. »Es sind mir zwar einige seltsame Sachen aufgefallen, aber ich kann sie noch nicht in Zusammenhang bringen. Bis jetzt habe ich, um die Unschuld dieses Mannes zu beweisen, nur den Toten selbst. Aber ich bin fest davon überzeugt, daß ich mich nicht irre.«

Er seufzte tief auf und griff nach seinem großen schwarzen Hut. Als er ihn gerade aufheben wollte, blieb er plötzlich wie erstarrt stehen, seinen kugelrunden Kopf mit den kurzgeschnittenen Haaren spähend vorgestreckt, die Augen verblüfft aufgerissen. Auch die anderen blickten verwundert auf den Tisch, konnten aber dort nichts sehen als das, was der Detektiv hingelegt hatte: den alten Theaterbart und die Brille.

»Merkwürdig«, murmelte Pater Brown, »der Tote draußen hat doch Bart und Brille an!« Er ging plötzlich auf Devine zu. »Sie haben mich vorhin nach Anhaltspunkten gefragt. Hier haben Sie etwas, das Sie interessieren dürfte: Warum hatte er wohl zwei Bärte?«

Damit verließ er in seiner unkonventionellen Art das Zimmer. Devine, der vor Neugierde fast platzte, folgte ihm in den Garten. »Ich kann Ihnen jetzt noch nichts sagen«, beruhigte ihn Pater Brown. »Noch bin ich nicht ganz sicher, ob meine Vermutung stimmt, und ich weiß auch nicht, was ich unternehmen soll. Besuchen Sie mich doch morgen, dann kann ich Ihnen wohl die ganze Sache erklären. Für mich ist das Rätsel vielleicht jetzt schon gelöst, und... Was ist denn das?«

»Ach, da fährt nur ein Auto weg«, bemerkte Devine.

»Das Auto des Herrn John Bankes«, sagte der Priester. »Soviel ich weiß, ist das ein sehr schneller Wagen.«

»John wenigstens ist dieser Meinung«, meinte Devine lächelnd. »Es wird heute nacht sehr schnell und sehr weit fahren«, sagte Pater Brown.

»Was wollen Sie damit sagen?« fragte der andere.

»Ich will damit sagen, daß John Bankes nicht zurückkehren wird«, antwortete der Priester. »Er hat aus dem, was ich sagte, Verdacht geschöpft. John Bankes ist fort und mit ihm auch die Smaragde und all die anderen Schmucksachen.«

Als Devine am folgenden Tag Pater Brown aufsuchte, fand er ihn vor den Bienenkörben auf und ab gehen. Er trauerte um den Verlust seines Freundes, und doch zeigte sich auf seinen Zügen eine gewisse Heiterkeit.

»Ich habe die Bienen gezählt«, sagte er. »Sie wissen doch, daß man die Bienen zählen muß?« Träumerisch schaute er auf die summenden Bienenkörbe, dann fuhr er fort: »Er wird sich sicher freuen, wenn man nach seinen Bienen sieht.«

»Aber vergessen Sie dabei bitte nicht die Menschen, die schon vor Neugierde brennen«, bemerkte der junge Mann. »Es hat sich herausgestellt, daß Sie ganz recht hatten, als Sie annahmen, John Bankes sei mit den Schmucksachen durchgebrannt. Aber wie haben Sie das herausgebracht, wie sind Sie überhaupt daraufgekommen, daß die Sache nicht stimmte?«

Pater Brown blinzelte wohlgefällig zu den Bienenkörben hin und sagte:

»Man stolpert sozusagen über manche Dinge, und gleich zu Anfang lag so ein Stein des Anstoßes im Wege. Es gab mir zu denken, daß der arme Barnard in Beechwood House getötet worden war. Nun hat aber Michael Moonshine selbst zu einer Zeit, da er der berüchtigte und gefürchtete Meistereinbrecher war, es stets als Ehrensache angesehen, ja, er hat seinen persönlichen Stolz dareingesetzt, seine Einbrüche zu bewerkstelligen, ohne je ein Menschenleben zu gefährden. Es schien mir ganz undenkbar, daß er jetzt, da er doch wirklich ein Heiliger geworden war, plötzlich seine früheren Grundsätze verleugnen und eine Todsünde begehen sollte, die er schon verabscheut hatte, als er noch selbst ein Sünder war. Über alles andere war ich mir bis zuletzt noch nicht im klaren; das einzige, was ich wußte, war, daß die Sache so, wie sie sich zuerst ausnahm, nicht stimmen konnte. Als ich aber den Bart und die Brille auf dem Tisch sah, ging mir schließlich ein Licht auf, denn mir fiel ein, daß der Einbrecher ja auch Bart und Brille getragen hatte, als er tot im Garten lag. Es hätte zwar sein können, daß er die Sachen doppelt besaß; aber es war doch merkwürdig, daß er dann nicht den alten Bart und die alte Brille benutzt hatte, die doch beide noch in gutem Zustand waren. Natürlich wäre es auch denkbar gewesen, daß er die Sachen zu Hause gelassen hatte und so gezwungen war, sich neue zu verschaffen; aber dies schien mir doch recht unwahrscheinlich. Niemand konnte ihn ja zwingen, zu John Bankes ins Auto zu steigen, und selbst dann hätte er leicht seine Ausrüstung in die Tasche stecken können, wenn er wirklich die Absicht gehabt hätte, irgendwo einzubrechen. Und schließlich mußte er sich doch sagen, daß er sich einen solchen Bart und eine solche Brille in der ihm zur Verfügung stehenden Zeit nicht ohne große Schwierigkeiten hätte beschaffen können. Nein – je mehr ich darüber nachdachte, um so mehr hatte ich das Gefühl, daß hier etwas nicht stimmte. Und dann begann mir die Wahrheit, die ich instinktiv bereits geahnt hatte, auch im Verstand heraufzudämmern. Michael hatte, als er in Bankes' Wagen stieg, nicht im entferntesten die Absicht, seine alte Verkleidung anzulegen. Und er hat sie auch niemals angelegt. Ein anderer, der sie vorher in aller Ruhe nachgeahmt hat, war es, der sie ihm angelegt hat.«

»Ihm angelegt?« wiederholte Devine erstaunt. »Wie hat er denn das tun können?«

»Lassen Sie uns zurückgehen«, sagte Pater Brown, »und die

Sache einmal durch ein anderes Fenster betrachten – das Fenster, durch das die junge Opal Bankes den Geist gesehen hat.«

»Den Geist?« warf Devine fragend ein.

»Sie hat ihn für einen Geist gehalten«, meinte der kleine Mann ruhig, »und vielleicht hatte sie damit gar nicht einmal so unrecht. Daß sie mediale Fähigkeiten hat, stimmt schon. Sie begeht dabei nur immer den Fehler zu glauben, daß diese Fähigkeiten eine besondere Vergeistigung verraten. Es gibt aber sogar Tiere, die medial veranlagt sind. Auf jeden Fall aber ist sie sehr sensibel, und sie hatte durchaus recht, als sie meinte, daß das Gesicht am Fenster von schrecklichem Todesgrauen umwittert war.«

»Wollen Sie sagen...« begann Devine.

»Ich möchte damit sagen, daß eine Leiche zum Fenster hereingeschaut hat«, fuhr Pater Brown fort. »Es war ein Toter, der um die verschiedenen Häuser herumgekrochen ist und in mehr als ein Fenster hineingesehen hat. Gräßlich, nicht wahr? Aber es war eigentlich genau das Gegenteil eines Geistes, denn es war nicht die von den Fesseln des Leibes befreite Seele, sondern die leere Hülle eines Körpers, den die Seele verlassen hatte.«

Er blinzelte wieder zu den Bienenkörben hin und setzte hinzu: »Aber die kürzeste Erklärung läßt sich geben, wenn man vom Täter ausgeht. Sie kennen ihn. Es ist John Bankes.«

»Dem hätte ich es am allerwenigsten zugetraut«, antwortete Devine.

»Er war aber der erste, an den ich gedacht habe«, entgegnete Pater Brown, »soweit man überhaupt ohne feste Anhaltspunkte das Recht hat, jemanden zu verdächtigen. Mein lieber Freund, es gibt keine ›guten‹ oder ›schlechten‹ sozialen Typen oder Berufe. Jeder Mensch kann ein Mörder sein wie John Bankes, und jeder Mensch, sogar derselbe Mensch, kann auch ein Heiliger sein wie der arme Michael. Aber wenn es einen Menschentyp gibt, der in Gefahr gerät, nach der schlimmsten Gottlosigkeit hin zu tendieren, so sind es jene Menschen, die einem brutalen und rücksichtslosen Geschäftsgeist verfallen sind. Sie haben keine sozialen Ideale, von Religion ganz zu schweigen, sie haben weder die Kultur eines Gentleman noch das Klassengefühl eines organisierten Arbeiters. Wenn John Bankes sich rühmte, gute Geschäfte gemacht zu haben, so bedeutete dies bei ihm nur, daß er andere übers Ohr gehauen hatte. Sein Spott über die spiritistischen Neigungen seiner Schwester war abscheulich. Natürlich ist ihr Mystizismus heller Unsinn; er aber haßte diese ganze Geisterseherei nur deshalb, weil sie etwas mit Geist zu tun hatte. Auf jeden Fall besteht kein Zweifel daran, daß er der Schurke in dieser Sache ist; interessant ist nur die gemeine Niederträchtigkeit, mit der er zu Werke ging. Er hat Moonshine ermordet aus einem Motiv heraus, das wirklich neu und einzigartig ist. Er mordete, um den Körper des Toten als Staffage, als eine Art schreckliche Geisterpuppe zu gebrauchen. Zuerst hatte er eigentlich nur den Plan gehabt, Michael im Auto zu töten, um dann den Leichnam mit nach Hause zu nehmen und so zu tun, als habe er ihn als Einbrecher im Garten aufgestöbert und erschossen. Daß dieser anfängliche Plan eine so phantastische Erweiterung fand, folgte fast zwangsläufig aus der Tatsache, daß er nachts in seinem geschlossenen Auto den Leichnam eines bekannten und leicht zu identifizierenden Einbrechers zur Verfügung hatte. Er konnte also überall dessen Fingerabdrücke und Fußspuren hinterlassen und das bekannte Gesicht in den Fenstern auftauchen lassen. Sie werden sich erinnern, daß Moonshine gerade am Fenster erschien und verschwand, kurz nachdem John Bankes das Zimmer verlassen hatte, angeblich um nach dem Halsschmuck zu sehen.

Schließlich brauchte der Mörder nur noch den Leichnam auf den Rasen zu werfen und aus jedem Revolver einen Schuß abzufeuern. Die Wahrheit wäre vielleicht nie herausgekommen, wenn mir die zwei Bärte nicht verdächtig vorgekommen wären.«

»Nun würde es mich aber doch noch interessieren«, meinte Devine nachdenklich, »warum Ihr Freund Michael den alten Bart bei sich bewahrt hat.«

»Nun, ich kannte ihn, und mir erscheint das ganz natürlich«, erwiderte Pater Brown. »Er stand zuletzt seinem ganzen früheren Leben so gegenüber wie dem alten falschen Bart. Nicht daß er etwas Falsches vorspiegeln wollte, nicht daß er die alte Verkleidung noch gebraucht hätte – aber er hatte auch keine Angst vor ihr. Er würde es nicht als recht empfunden haben, wenn er den alten Bart vernichtet hätte. Das wäre ihm sicherlich so vorgekommen, als wolle er sich verstecken; aber er versteckte sich nicht, weder vor Gott noch vor sich selbst. Er scheute das Licht des Tages nicht. Er war von einer inneren Fröhlichkeit, die auch dann nicht hätte zerbrochen werden können, wenn man ihn ins Zuchthaus zurückgebracht hätte. Das Urteil der Menschen konnte ihm nichts mehr anhaben. Es war etwas Seltsames um ihn – fast so seltsam wie der groteske Totentanz, den er noch nach seinem Tod hat aufführen müssen. Schon als er sich noch lächelnd hier unter den Bienenstöcken bewegte, war er in einem gewissen Sinn tot. Er war dem Urteil dieser Welt entzogen.«

Es trat eine kurze Pause ein. Dann zuckte Devine die Schultern und sagte: »Ja, das schlimme ist eben, daß sich die Wespen und Bienen in dieser Welt so ähnlich sehen.«

Das Lied an die fliegenden Fische

Für Herrn Peregrinus Smart gab es nur ein einziges in der Welt, das ihm Lebensinhalt und größte Freude war. An und für sich war es ein harmloses Vergnügen; es bestand darin, alle Leute zu fragen, ob sie schon seine Goldfische gesehen hätten. Freilich waren diese Goldfische auch ein kostspieliges Vergnügen, doch für Herrn Smart bestand das Vergnügen weniger im materiellen Wert seines Schatzes als in der Freude, all seine Bekannten mit der Frage nach seinen Goldfischen zu beglücken. Wenn er nämlich mit seinen Nachbarn ins Gespräch kam, die die neuen, rings um den alten Dorfanger aufgeschossenen Häuser bewohnten, dann versuchte er stets, so schnell wie nur möglich das Gespräch auf seine Liebhaberei zu bringen. Bei Doktor Burdock, einem jungen Biologen mit energisch vorspringendem Kinn und nach deutscher Art zurückgebürstetem Haar, machte er es sich leicht: »Sie interessieren sich doch für Naturgeschichte; haben Sie meine Goldfische schon gesehen?« Einem so orthodoxen Anhänger der Entwicklungstheorie war zwar alle Natur eins; dennoch war die Verbindung zu den Goldfischen leider gar nicht so leicht herzustellen, da er als Spezialist sich gänzlich auf die paläontologische Vorfahrenreihe der Giraffen verlegt hatte. Sprach er mit Pater Brown, dem Pfarrer an einer Kirche der benachbarten Provinzstadt, so machte er in Blitzesschnelle folgenden gewaltigen Gedankensprung: Rom – St. Peter – Fischer – Fische – Goldfische. Im Gespräch mit Herrn Imlack Smith, dem Bankdirektor, einem schmächtigen, gutgekleideten, bleichen Mann von sehr ruhigen Umgangsformen, steuerte er die Unterhaltung mit aller Gewalt auf die Goldwährung hin, von der es dann bis zum Goldfisch natürlich nur noch ein kleiner Schritt war. Dem berühmten Orientreisenden und Gelehrten Graf Yvon de Lara – dessen Titel französisch und dessen Gesicht russisch, um nicht zu sagen: tatarisch war – zeigte der gewandte Causeur ein lebhaftes Interesse für den Ganges und den Indischen Ozean, worauf dann ganz von selbst die Rede auf das mögliche Vorhandensein von Goldfischen in jenen Gewässern kam. Aus Herrn Harry Hartopp, einem ebenso reichen wie schüchternen und schweigsamen jungen Herrn, hatte er schließlich nach langer Fragerei die Mitteilung herausgepreßt, daß besagter verwirrter Jüngling sich *nicht* fürs Fischen interessierte, und ihn umgehend gefragt: »Da wir gerade vom Fischen sprechen – haben Sie eigentlich meine Goldfische schon gesehen?«

Diese vielzitierten Goldfische hatten die eigentümliche Eigenschaft, daß sie tatsächlich aus Gold bestanden. Sie waren Teil einer exzentrischen, aber kostspieligen Spielerei, die angeblich der Laune eines orientalischen Fürsten entsprungen sein sollte. Herr Smart hatte sie auf einer Auktion oder in einem Antiquitätengeschäft erstanden, denn er liebte es, sein Haus mit allen möglichen ausgefallenen und nutzlosen Dingen vollzustopfen. Sah man dieses sein Spielzeug aus der Ferne, dann erblickte man ein recht ungewöhnlich großes Gefäß, in dem nicht minder ungewöhnlich große Fische herumschwammen. Bei näherem Zusehen erwies es sich jedoch als ein wunderschön geblasenes venezianisches Glas, das mit einer sehr dünnen und zarten Schicht einer schwach leuchtenden Farbe bedeckt war; im Innern hingen groteske Fische mit großen Rubinaugen. Allein das Material hatte bereits einen recht beträchtlichen Wert, ganz zu schweigen von dem Liebhaberwert, den diese kunstvolle Kuriosität bei Sammlern haben mußte. Herrn Smarts neuer Sekretär, ein junger Mann namens Francis Boyle, war,

obschon Irländer und nicht gerade als besonders vorsichtig ver-
schrien, doch etwas überrascht, daß Herr Smart so offenherzig
über dieses Prunkstück seiner Sammlung sprach, und das gar
zu Leuten, die ihm verhältnismäßig fremd waren und sich
mehr oder weniger zufällig in der Nachbarschaft angesiedelt
hatten; denn Sammler sind doch sonst sehr wachsam und oft
äußerst zurückhaltend. Wie er sich aber allmählich in seinen
neuen Aufgabenkreis einlebte, entdeckte Herr Boyle, daß er
nicht der einzige war, der sich darüber wunderte; die anderen
Angehörigen des Haushalts tadelten bereits mit ernster Miene
das Betragen ihres Herrn.

»Es ist beinahe ein Wunder, daß man ihm noch nicht die Kehle
durchgeschnitten hat«, meinte Harris, Herr Smarts Diener,
und fast klang es, als bedaure er, daß es noch nicht geschehen
sei.

»Es ist nicht zu glauben, wie er seine Sachen herumstehen
läßt«, sagte Jameson, Herr Smarts Buchhalter, der sein Büro
für kurze Zeit verlassen hatte, um den neuen Sekretär in sein
Amt einzuführen. »Und dabei legt er nicht einmal Wert darauf, daß die alte, baufällige Tür mit den nicht minder baufälli-
gen Eisenstangen verriegelt wird.«

»Bei Pater Brown und dem Doktor geht's ja noch halbwegs«,
setzte Herrn Smarts Haushälterin mit vielsagender Miene, wie
sie meist zu sprechen pflegte, hinzu. »Wenn es sich aber um
Ausländer handelt, so nenne ich das die Vorsehung herausfor-
dern. Und übrigens meine ich nicht nur den Grafen; auch der
Bankmensch sieht mir für einen Engländer viel zu unenglisch
aus.«

»Dafür ist der junge Hartopp ein Engländer bis auf die Knochen«, meinte Boyle scherzend. »Er treibt sein Schweigen so
weit, daß er gleich gar nichts sagt.«

»Um so mehr denkt er«, entgegnete die Haushälterin. »Er ist
vielleicht kein Ausländer, aber so dumm, wie er aussieht, ist er

nicht. Wer sich ausländisch benimmt, ist nun einmal für mich ein Ausländer«, schloß sie etwas sibyllenhaft dunkel.

Vielleicht hätte sie ihrer Mißbilligung in noch schärferen Worten Ausdruck verliehen, wenn sie die Unterhaltung hätte hören können, die noch am selben Nachmittag im Salon ihres Herrn geführt wurde. Wie immer sprach man über die Goldfische, aber allmählich schob sich der abenteuerliche Orientreisende mehr und mehr in den Vordergrund. Nicht, daß er viel gesprochen hätte – aber schon sein Schweigen hatte etwas Beredtes und Bedeutendes an sich. Wie ein dunkel dräuender Berg thronte er auf einem Haufen Kissen und wirkte so noch massiger, als er ohnehin schon war. Aus der aufkommenden Dämmerung trat leuchtend sein mongolisches Gesicht hervor wie ein blasser Vollmond. Vielleicht war es auch der Hintergrund, vor dem er saß, der seinem Gesicht und seiner ganzen Gestalt etwas derartig Asiatisches verlieh: Im ganzen Raum häuften sich nämlich mehr oder weniger kostbare Kuriositäten, darunter zahlreiche asiatische Waffen, Pfeifen und Vasen, Musikinstrumente und bunte Handschriften aus dem Fernen Osten. Boyle jedenfalls hatte, je länger die Unterhaltung dauerte, immer mehr das Gefühl, daß die dunkel gegen die Dämmerung sich abhebende Gestalt auf den Kissen allmählich einem riesigen Buddhabild täuschend ähnlich wurde.

Die Unterhaltung war allgemein, denn der ganze kleine Nachbarnkreis hatte sich zusammengefunden. Die Einwohner der vier oder fünf um den Dorfanger stehenden Häuser hatten die Gewohnheit, sich des öfteren gegenseitig zu besuchen, und allmählich hatte sich so eine Art Klub gebildet. Smarts Haus war unter den Gebäuden bei weitem das älteste, größte und malerischste. Es nahm fast eine ganze Seite des Wiesenvierecks ein und ließ nur Platz für eine kleine Villa, die von einem pensionierten Oberst namens Varney bewohnt wurde, der dem Vernehmen nach krank sein sollte. Noch niemand hatte ihn zu Gesicht bekommen. Im rechten Winkel zu diesen beiden Häusern standen zwei oder drei kleine Kaufläden; daran anstoßend erhob sich an der Ecke der Gasthof »Zum blauen Drachen«, in dem Hartopp, der Fremde aus London, zur Zeit wohnte. Auf der gegenüberliegenden Seite des Platzes standen drei Häuser, von denen das erste von dem Grafen de Lara, das zweite von Doktor Burdock gemietet war, während das dritte noch leerstand. Auf der vierten Seite schließlich befanden sich die Bank und ein Haus, in dem der Bankdirektor wohnte; den Abschluß bildete ein Stück noch unbebautes Land, das durch einen Bretterzaun abgegrenzt war. Der Rand der Dorfwiese war also nicht übermäßig bevölkert, und da sich auf allen Seiten um den Weiler offenes Land erstreckte, waren die Bewohner mehr und mehr auf gegenseitigen gesellschaftlichen Verkehr angewiesen. An diesem Nachmittag jedoch war ein Fremder in ihren Kreis eingebrochen, ein Mann mit scharfgeschnittenen Zügen und buschigen Augenbrauen und einem ebensolchen Schnurrbart. Er war so schäbig gekleidet, daß er entweder ein Millionär oder ein Herzog sein mußte, wenn er wirklich, wie behauptet wurde, hierhergekommen war, um mit dem alten Sammler ein Geschäft zu machen. Aus seinem Namen konnte man allerdings nichts entnehmen, denn er ließ sich im »Blauen Drachen« als »Herr Harmer« ansprechen.

Er hatte soeben das Loblied auf die goldenen Fische über sich ergehen lassen müssen, und man hatte ihm auch die Bedenken mitgeteilt, die hinsichtlich ihrer Bewachung bestanden.

»Man sagt mir immer, ich solle sorgfältiger auf sie aufpassen und sie wegschließen«, bemerkte Herr Smart, indem er mit einem verschmitzten Blick über die Schulter auf Jameson deutete, der mit einigen Geschäftspapieren in der Hand hinter ihm stand. Smart war ein kleiner, rundlicher alter Herr mit einem ebenso rundlichen Gesicht und erinnerte in manchem an einen gerupften Papagei. »Jameson und Harris und die anderen liegen mir immer in den Ohren, ich solle die Tür doch ja mit eisernen Stangen verriegeln, als wäre das Haus eine Burg. Ich dagegen bin der Meinung, daß die alten, verrosteten Stangen doch gar zu mittelalterlich sind, um einen Verbrecher abhalten zu können. Ich vertraue lieber auf das Glück und auf die Polizei.«

»Der beste Verschluß muß nicht unbedingt auch der sicherste sein«, meinte der Graf. »Es kommt ganz darauf an, wer den Versuch unternimmt, ihn zu durchbrechen. Vielleicht kennen Sie die Geschichte jenes Hindu-Eremiten, der nackt in einer Höhle hauste und dem es gelang, durch die drei Armeen, die den Großmogul bewachten, unbemerkt hindurchzukommen, den großen Rubin aus dem Turban des Herrschers zu nehmen und wie ein Schatten zurückzugleiten, ohne daß ihm etwas geschah. Er hatte dem Mächtigen damit lediglich zeigen wollen, wie klein doch die Gesetze von Raum und Zeit sind.«

»Mag sein. Aber wenn man der Sache auf den Grund geht, entdeckt man, wie derartige Tricks gemacht werden«, sagte Doktor Burdock sarkastisch. »Unsere westliche Wissenschaft hat einen großen Teil der östlichen Magie aufgehellt. Zweifellos spielen Hypnose und Suggestion dabei eine wesentliche Rolle, von einfachen Taschenspielertricks ganz zu schweigen.«

»Aber bedenken Sie, daß sich der Rubin nicht im Zelt des Herrschers befand«, warf der Graf ein. »Der Hindu hat ihn trotzdem aus Hunderten von Zelten herausgefunden.«

»Kann das alles nicht einfach durch Telepathie erklärt werden?« fragte der Doktor spitz.

Die Frage klang um so schärfer, als niemand eine Antwort gab. Tiefes Schweigen breitete sich aus – es war, als sei der berühmte Orientreisende mit nicht ganz vollendeter Höflichkeit eingeschlafen.

»Verzeihen Sie«, sagte er schließlich, indem er mit einem plötzlichen Lächeln auffuhr. »Ich hatte ganz vergessen, daß wir hier uns ja mit Worten zu unterhalten pflegen. Im Osten ist das ganz anders. Da sprechen wir mit Gedanken, und deshalb mißverstehen wir uns auch nie. Es ist doch sonderbar, wie ihr Leute aus dem Westen die Worte hochachtet und an Worten Genüge findet. Kommt man aber einer Sache auch nur um ein Haarbreit näher, wenn man sie, anstatt sie wie früher einfach als Humbug zu bezeichnen, jetzt Telepathie nennt? Wenn ein Mensch auf einem Mangobaum in den Himmel klettert, so nannte man das früher Hokuspokus, jetzt sagt man, es sei eine Überwindung der Schwerkraft; aber was hat sich damit geändert? Wenn mich eine Hexe aus dem Mittelalter mit ihrem Zauberstab in einen Pavian verwandeln würde, so würden Sie sagen, das sei nur ein Atavismus.« Der Doktor blickte einen Augenblick lang drein, als wollte er sagen, daß eine solche Veränderung bei dem Grafen schließlich kaum auffallen würde. Aber noch ehe er seinem Ärger in solchen oder ähnlichen Bemerkungen Luft machen konnte, schaltete sich plötzlich der Mann namens Harmer in das Wortgefecht ein. Er meinte wegwerfend:

»Ich will nicht bestreiten, daß diese indischen Beschwörer manchmal recht sonderbare Dinge zuwege bringen, aber mir fällt doch auf, daß das fast ausschließlich in Indien geschieht. Vielleicht arbeiten sie doch mit Helfershelfern, vielleicht ist es auch bloß Massensuggestion. Ich glaube nicht, daß solche Zauberkunststücke je in einem englischen Dorf funktionieren würden, und so dürften Herrn Smarts Goldfische hier ziemlich sicher sein.«

»Ich will Ihnen eine Geschichte erzählen«, sagte de Lara, der noch immer regungslos wie ein Götzenbild dasaß, »eine Geschichte, die sich nicht in Indien zugetragen hat, sondern vor einer englischen Kaserne im modernsten Viertel Kairos. Hinter dem eisernen Gitter, das das Kasernengelände abschloß, stand ein Posten und sah durch die Stäbe auf die Straße. Da erschien vor dem Gitter ein barfüßiger und zerlumpter einheimischer Bettler und verlangte von der Schildwache in auffallend klarem und reinem Englisch ein offizielles Dokument, das aus Sicherheitsgründen in der Kaserne verwahrt wurde. Der Soldat sagte dem Bettler natürlich, daß er nichts in der Kaserne drinnen verloren habe, worauf ihm der Bettler lächelnd antwortete: ›Was ist drinnen, was ist draußen?‹ Der Soldat schaute noch immer verächtlich durch die Gitterstäbe, als ihm langsam zum Bewußtsein kam, daß auf einmal er, obwohl weder er selbst noch das Gittertor sich bewegt hatte, draußen auf der Straße stand und in den Kasernenhof hineinblickte, wo jetzt der Bettler regungslos lächelnd verharrte. Als nun der Bettler sich anschickte, in die Kaserne hineinzugehen, raffte der Soldat das bißchen Verstand, das ihm noch geblieben war, zusammen und alarmierte die Soldaten auf dem Kasernenhof, sie sollten den Bettler festnehmen. Diesem selbst rief er hämisch zu: ›Heraus kommst du jedenfalls nicht mehr!‹ Der Bettler aber antwortete mit einer silberhellen Stimme: ›Was ist draußen, was ist drinnen?‹ Da sah der Soldat, der noch immer durch dieselben Gitterstäbe starrte, daß sich diese wieder zwischen ihm und der Straße befanden, auf der sich der Bettler völlig unbehelligt davonmachte, noch immer lächelnd und das Dokument in den Händen.«

Herr Imlack Smith, der Bankdirektor, starrte gedankenverloren vor sich auf den Teppich. Er hatte seinen schwarzen, glattgekämmten Kopf ein wenig vorgeneigt und mischte sich zum erstenmal an diesem Abend in das Gespräch ein.

»Ist mit dem Dokument irgendwas passiert?«

»Ihr Berufsinstinkt hat Sie auf den rechten Weg gebracht«, sagte der Graf mit grimmiger Verbindlichkeit. »Das Dokument repräsentierte einen beträchtlichen finanziellen Wert. Die Auswirkungen dieses Diebstahls waren international.«

»Hoffentlich kommen solche Fälle nicht oft vor«, meinte der junge Hartopp melancholisch.

»Ich interessiere mich nicht für die politische Seite dieser Angelegenheit«, sagte der Graf mit heiterer Gelassenheit, »sondern für die philosophische. Der Fall in Kairo zeigt, wie ein weiser Mann hinter Raum und Zeit treten und gleichsam ihre Hebel in Bewegung setzen kann, so daß sich die ganze Welt vor unseren Augen dreht. Aber Menschen wie Sie, meine Herren, vermögen wohl nur schwer zu glauben, daß geistige Kräfte in der Tat mächtiger sind als materielle.«

»Ich erhebe durchaus nicht den Anspruch«, sagte der alte Smart lächelnd, »daß ich eine Autorität auf dem Gebiet geistiger Kräfte sei. Was meinen Sie zu der ganzen Angelegenheit, Pater Brown?«

»Mir fällt nur auf«, antwortete der kleine Priester, »daß all die übernatürlichen Taten, von denen wir gehört haben, Diebstähle zu sein scheinen. Und Diebstahl bleibt Diebstahl, ob er nun mit Hilfe geistiger oder rein materieller Kräfte ausgeführt wird.«

»Pater Brown ist halt doch ein Philister«, bemerkte Smith lächelnd.

»Der Stamm der Philister ist mir gar nicht so unsympathisch«, entgegnete ihm Pater Brown. »Ein Philister ist nichts weiter als ein Mensch, der recht hat, ohne zu wissen, warum.«

»Diese Gespräche gehen über meinen Horizont«, meinte Hartopp aufrichtig.

»Vielleicht«, lächelte Pater Brown, »würden Sie ebenfalls lieber ohne Worte reden, wie der Graf es vorgeschlagen hat. Er würde damit beginnen, bedeutend – nichts zu sagen, und Sie würden ihm mit Schweigsamkeit antworten.«

»Die Musik könnte uns gute Dienste leisten«, murmelte der Graf verträumt vor sich hin. »Sie wäre bestimmt klarer als die vielen Worte, die wir hier machen.«

»Ja, vielleicht würde ich sie auch besser verstehen«, sagte der junge Mann leise.

Boyle hatte die Unterhaltung mit besonderem Interesse verfolgt, denn es war etwas am Benehmen einiger der Anwesenden, das ihm recht eigentümlich erschien. Als jetzt das Gespräch auf Musik kam – eine zarte Aufforderung an den eleganten Bankdirektor, der als Musikdilettant nicht ganz ohne Verdienste war –, erinnerte sich der junge Sekretär plötzlich an seine Pflichten und machte Herrn Smart darauf aufmerksam, daß Jameson noch immer geduldig mit den Papieren in der Hand dastand.

»Ach, das hat Zeit«, sagte Smart leichthin. »Es betrifft nur mein persönliches Konto, ich werde nachher mit Herrn Smith darüber sprechen. Sie sagten doch, Herr Smith, daß das Cello...«

Aber der kalte Hauch geschäftlicher Dinge hatte genügt, den duftigen Schleier transzendentaler Gespräche zu zerreißen, und die Gäste begannen, sich allmählich zu verabschieden. Nur Herr Smith, Bankdirektor und Musikfreund, blieb bis zuletzt; als die übrigen gegangen waren, begaben er und Smart sich in das anstoßende Zimmer, in dem die Goldfische aufbewahrt wurden, und machten die Tür hinter sich zu.

Das Haus war langgestreckt und schmal. Im ersten Stockwerk verlief auf der Straßenseite eine gedeckte Veranda. Diesen ersten Stock bewohnte in erster Linie der Hausherr selbst, dort lagen sein Schlaf- und Ankleidezimmer und daran angrenzend ein kleiner Raum, wohin manchmal die besonders wertvollen Stücke seiner Sammlungen, die sonst meist im Erdgeschoß blieben, des Nachts verbracht wurden. Die Veranda bereitete, ebenso wie die unzureichend verschlossene Haustüre, der Haushälterin, dem Buchhalter und den anderen manche bange Stunde und ließ sie über die Sorglosigkeit ihres Herrn jammern. In Wirklichkeit aber war der schlaue alte Herr gar nicht so unvorsichtig, wie es den Anschein hatte. Zwar hielt er nicht viel von den veralteten Sicherungsvorrichtungen, die vor den

Augen der nörgelnden Haushälterin dahinrosteten; dafür hatte er sich einen regelrechten strategischen Plan ausgedacht. Er verbrachte nämlich allabendlich seine geliebten Goldfische in das an sein Schlafzimmer angrenzende Gemach, das nur durch sein Schlafzimmer betreten werden konnte, und bewachte sie so im Schlaf; unter seinem Kopfkissen hatte er außerdem eine Pistole versteckt.

Als Boyle und Jameson, die auf das Ende der Besprechung warteten, schließlich Herrn Smart aus der Tür treten sahen, trug er die große Glasvase so ehrfürchtig, als sei sie eine Reliquie.

Während draußen noch der Rand des grünen Dorfplatzes in den letzten Strahlen der untergehenden Sonne aufleuchtete, hatte man im Haus schon eine Lampe angezündet, und in der eigenartigen Mischung des letzten Tagesscheins mit dem künstlichen Licht erglühte die farbige Glaskugel wie ein gewaltiger Edelstein; die phantastischen Umrisse der feuerroten Fische gaben ihr etwas von der geheimnisvollen Kraft eines Talismans und erinnerten an seltsame Formen, wie sie ein Hellseher vielleicht in seiner Kristallkugel sehen mag. Rätselhaft starr wie das Antlitz einer Sphinx erschien über der Schulter des alten Herrn das Gesicht von Herrn Imlack Smith.

»Ich fahre noch heute abend nach London, Herr Boyle«, sagte der alte Smart mit einem bei ihm ungewöhnlichen Ernst. »Herr Smith und ich nehmen den Zug um sechs Uhr fünfundvierzig. Ich möchte Sie, Jameson, bitten, heute nacht in meinem Zimmer zu schlafen. Wenn Sie die Goldfische wie üblich in das hintere Zimmer stellen, dürften sie wohl in Sicherheit sein. Ich glaube allerdings nicht, daß Sie irgend etwas zu befürchten haben.«

»Es kann immer mal etwas passieren«, meinte Herr Smith mit seinem starren Lächeln. »Soviel ich weiß, nehmen Sie doch gewöhnlich einen Revolver mit ins Bett. Vielleicht ist es ratsam, ihn im Hause zu lassen.«

Peregrinus Smart gab hierauf keine Antwort, und bald darauf verließen die beiden das Haus und wanderten auf dem Weg rund um den Dorfplatz dem Bahnhof zu.

Der Sekretär und Herr Jameson schliefen in der kommenden Nacht wie ausgemacht in Herrn Smarts Schlafzimmer. Genauer gesagt, Jameson hatte sich ein Bett im Ankleidezimmer aufstellen lassen, aber die Tür stand offen, so daß die beiden nach vorn hinausgehenden Zimmer praktisch einen Raum bildeten. Nur hatte das Schlafzimmer eine große, auf die Veranda führende Flügeltür, und eine weitere Tür führte aus diesem Zimmer in den hinteren Raum, in dem die Goldfische untergebracht waren. Boyle schob sein Bett quer vor diese Tür, um den Eingang zu versperren; dann legte er den Revolver unter sein Kopfkissen, zog sich aus und begab sich ins Bett mit dem Gefühl, daß er alle nur erdenklichen Vorsichtsmaßnahmen gegen ein Ereignis getroffen hatte, an das ja doch keiner glaubte oder das doch zumindest als höchst unwahrscheinlich gelten durfte. Warum sollte auch ausgerechnet an diesem Tag ein Diebstahl zu befürchten sein? Wenn er jetzt kurz vor dem Einschlafen an die außergewöhnlichen Diebstähle dachte, von denen der Graf de Lara berichtet hatte, so nur, weil diese Erzählungen selbst wie Träume anmuteten und er allmählich in einen tiefen Schlaf versank, der von bunten Träumen erfüllt war. Der alte Buchhalter war ein bißchen unruhiger als gewöhnlich, aber nachdem er ein wenig länger als sonst herumgefuhrwerkt hatte und, wie es seine Art war, über die schlechte Aufbewahrung der Schätze geklagt und zum soundsovielten Male seine schrecklichen Befürchtungen geäußert hatte, legte auch er sich ins Bett und schlief schließlich ein. Der Mond leuchtete strahlend und verblaßte wieder; der grüne Platz und die grauen Häuser lagen still und einsam und scheinbar völlig unbewohnt da. Erst als die Morgendämmerung mit bleichen Fingern am grauen Osthimmel herumgeisterte – da geschah es.

Boyle als der Jüngere hatte natürlich einen gesünderen und tieferen Schlaf als der alte Jameson. So lebendig er war, wenn er wach war – es dauerte doch reichlich lange, bis er aufwachte. Überdies hatte er Träume, die das auftauchende Bewußtsein wie mit Polypenarmen umschlungen hielten und ihn gar nicht recht wach werden ließen. Seine Träume waren kunterbunt, gemischt aus vielerlei Eindrücken, deren letzter der Blick war, den er von der Veranda aus auf die grauen Straßen und den grünen Platz geworfen hatte. Aber die Traumbilder wechselten in schwindelerregender Folge, und immer begleitete sie ein leise mahlendes Geräusch, das sich anhörte wie ein unterirdischer Fluß – vielleicht war dies nur das Schnarchen des alten Jameson, der im Nebenraum schlief. Im Traum aber verknüpften sich dieses Geräusch und die schnell wechselnden Bilder mit den Reden des Grafen de Lara von übernatürlichen Fähigkeiten, mit denen es möglich sein sollte, über Raum und Zeit zu herrschen und so die Welt zu verändern. Im Traum war es ihm, als ob tatsächlich eine gewaltige, ächzende Maschinerie im Innern der Erde ganze Landschaften hin und her bewegte, so daß plötzlich der Pol der Erde in irgendeinem Vorgarten auftauchte oder dieser Vorgarten über ferne Meere hinweg fortgeschoben wurde.

Das erste, was er wieder mit Bewußtsein wahrnehmen konnte, waren die Worte eines Liedes, begleitet von einem feinen, metallischen Ton. Die Worte wurden mit ausländischem Akzent gesungen; die Stimme kam ihm zugleich fremd und doch merkwürdig bekannt vor. Doch er war noch so schlaftrunken, daß er erst überlegen mußte, ob er nicht das Ganze träume:

>Über das Land und über das Meer
Ruf' ich meine fliegenden Fische her.
Sie hören das Lied, sie kommen gern
Geschwind geflogen zu ihrem Herrn.

Das Lied, das sie weckt, das sie mir erhält,
Es stammt nicht aus dieser kleinen Welt...«

Boyle sprang auf und sah, daß sein Mitwächter bereits aus dem Bett war.

Jameson hatte die Verandatür aufgerissen und fuhr scharf jemanden an, der unten auf der Straße stehen mußte.

»Wer sind Sie?« rief er drohend. »Was wollen Sie?«

Aufgeregt wandte er sich zu Boyle um und sagte: »Da unten treibt sich ein Kerl herum. Ich habe ja immer gesagt, daß mal etwas passieren wird! Und wenn der alte Smart hundertmal meint, daß es nichts nützt: Ich gehe runter und lege die Eisenstangen vor die Haustüre.«

Er stürzte zur Tür und eilte nach unten, und alsbald konnte Boyle das Klirren und Rasseln der Stangen hören. Nun trat auch der junge Sekretär auf die Veranda und blickte auf die lange, graue Straße, die zum Haus führte. Er glaubte noch immer zu träumen.

Auf der Straße, die durch das Moor und den kleinen Weiler führte, stand eine Gestalt, die wie aus fernen Zeiten und fremden Zonen hierherversetzt zu sein schien – eine Gestalt, die aussah, als sei sie aus einer der phantastischen Geschichten des Grafen oder aus Tausendundeiner Nacht lebendig geworden. Das gespenstisch graue Zwielicht, das vor Tagesanbruch die Umrisse aller Dinge schärfer hervortreten läßt, aber gleichzeitig alles seltsam farblos macht, hob sich langsam wie ein grauer Gazeschleier: Da stand wirklich eine seltsame Gestalt in orientalischen Gewändern. Ein Schal von eigentümlich meerblauer Farbe war wie ein Turban um den Kopf und um das Kinn gewickelt, und das Gesicht verschwand darunter wie unter einer Maske, denn der Schal verhüllte es wie ein Schleier. Der Kopf war über ein merkwürdiges Musikinstrument gebeugt, das aus Silber oder Stahl zu sein schien und die Form einer seltsam gekrümmten Geige hatte. Gespielt wurde es mit einem gezackten Stab, ähnlich einem silbernen Kamm, und die Töne waren sonderbar dünn und hell. Bevor noch Boyle den Mund öffnen konnte, ertönte unter dem Burnus wieder dieselbe merkwürdige Stimme, und der geheimnisvolle Unbekannte sang weiter:

»Wie die goldenen Vögel zum Zauberbaum
Fliegen meine Fische durch Zeit und Raum
Zurück zu mir...«

»Hören Sie mal, Sie haben hier nichts zu suchen!« rief Boyle wütend, ohne recht zu wissen, was er überhaupt sagte.
»Ich suche hier meine Goldfische!« rief der Fremde zurück – mit einer Würde, die eher zu König Salomon gepaßt hätte als zu einem barfüßigen Beduinen in einem schäbigen blauen Mantel. »Und ich werde sie bekommen. Kommt!«
Er entlockte seiner seltsamen Geige einen schrillen Ton, und ebenso schrill erhob er seine Stimme bei dem letzten Wort. Dieser Ton ging Boyle durch Mark und Knochen. Wie ein Echo folgte ein leiserer Ton, ein schwirrendes Flüstern. Es kam aus dem dunklen Zimmer, in dem die Vase mit den Goldfischen stand.
Boyle fuhr herum. Im gleichen Augenblick schrillte es im hinteren Zimmer auf wie eine elektrische Klingel, und gleich darauf hörte man ein leises Klirren, als fiele Glas zu Boden. Erst wenige Minuten waren vergangen, seit Boyle den Mann vom Balkon aus gesehen und angerufen hatte, da kam auch schon der alte Buchhalter wieder die Treppen heraufgestiegen. Er war dabei etwas außer Atem gekommen, denn sein Herz war solchen Strapazen nicht gewachsen.
»Die Tür habe ich jedenfalls verriegelt«, stieß er hervor.
»Die Stalltür«, erwiderte Boyle finster aus dem Dunkel des kleinen Raumes heraus.

Jameson folgte ihm nun in dieses Zimmer und fand ihn dort, wie er auf den Boden starrte, der mit bunten Glasstückchen bedeckt war, als sei ein Regenbogen in Stücke zerbrochen.

»Die Stalltür? Was wollen Sie damit sagen?« begann Jameson.

»Ich will damit sagen, daß das Roß gestohlen ist«, entgegnete Boyle. »Die fliegenden Rosse oder, besser gesagt, die fliegenden Fische, denen unser arabischer Freund da draußen nur zu pfeifen brauchte. Er hat sie herausgezogen wie Marionetten an der Schnur.«

»Aber wie war denn so etwas möglich?« stieß der alte Buchhalter aufgeregt hervor. Allmählich dämmerte ihm die Tragweite des Geschehens.

»Jedenfalls sind sie fort«, sagte Boyle kurz angebunden. »Da liegt das zerbrochene Glas. Das Glas sachgemäß zu öffnen hätte einige Zeit in Anspruch genommen; aber indem das Glas zertrümmert wurde, hat es nur einige Sekunden gedauert. Auf jeden Fall sind die Fische verschwunden, und ich habe keine Ahnung, wie das passiert sein kann. Darüber könnte uns nur unser arabischer Freund etwas sagen.«

»Wir vertrödeln hier unsere Zeit«, meinte Jameson unruhig. »Wir müssen ihm sofort nachjagen.«

»Ich glaube, es ist viel zweckmäßiger, wenn wir sofort die Polizei verständigen«, antwortete Boyle. »Die wird ihm mit ihren Streifenwagen und Telefonverbindungen schon das Leben sauer machen und ihn eher erwischen, als wenn wir ihm im Nachthemd durch das Dorf nachhopsen. Es kann allerdings auch Dinge geben, gegen die selbst Streifenwagen und Telefon machtlos sind.«

Während Jameson aufgeregt mit der Polizei telefonierte, trat Boyle wieder auf die Veranda und warf einen schnellen Blick über die im ersten Morgengrauen daliegenden Straßen. Der Mann mit dem Turban war nirgends mehr zu sehen, die Straßen und Häuser lagen wie ausgestorben da, und nur aus dem Gasthaus »Zum blauen Drachen« konnte ein scharfes Ohr vielleicht einige leise Geräusche hören. Boyle jedoch sah jetzt zum erstenmal etwas mit vollem Bewußtsein, was er unbewußt schon die ganze Zeit über bemerkt hatte. Er war noch immer etwas schlaftrunken, doch er wurde hellwach, als ihm klar wurde, was seine Beobachtung bedeutete: Der graue Platz vor ihm war eigentlich überhaupt nie ganz grau gewesen, denn inmitten der bleichen Farblosigkeit leuchtete ein goldener Fleck: das Licht einer Lampe aus einem der gegenüberliegenden Häuser. Plötzlich sagte etwas in ihm, das mit dem Verstand nicht zu fassen war, daß die Lampe schon die ganze Nacht hindurch gebrannt hatte und erst jetzt im Morgengrauen langsam erlosch. Wessen Haus war es? Er zählte die Häuser, und was er herausbekam, mochte eine Vermutung bestätigen, über die er sich selbst allerdings noch nicht völlig klar war. Es war ganz offensichtlich das Haus des Grafen de Lara.

Inzwischen war Inspektor Pinner mit mehreren Polizeibeamten angekommen und hatte schnell und entschlossen mit seinen Erhebungen begonnen, denn er war sich wohl bewußt, daß gerade wegen der Absonderlichkeit der gestohlenen Gegenstände der Fall in den Zeitungen großes Aufsehen erregen würde. Er hatte alles untersucht, alles gemessen, jedermanns Aussage zu Protokoll genommen, sich jedermanns Fingerabdrücke gesichert, hatte alles auf den Kopf gestellt. Schließlich ergaben alle Fakten eine ihn selbst höchst unwahrscheinlich anmutende Geschichte: Ein Wüstenaraber war die Dorfstraße heraufgekommen bis vor das Haus des Herrn Peregrinus Smart, in dessen hinterem Zimmer ein Behälter mit künstlichen Goldfischen aufbewahrt wurde. Dann hatte er ein Gedichtchen gesungen oder rezitiert, worauf der Glasbehälter wie eine Bombe geplatzt war und die Fische sich in Nichts aufgelöst hatten. Dem Inspektor war es kein Trost und erst recht keine

Beruhigung, daß ein ausländischer Graf ihm mit leiser, schnurrender Stimme erzählte, die Grenzen menschlicher Erfahrung würden eben immer weiter hinausgeschoben.

Es war übrigens interessant zu beobachten, wie sich die zu dem kleinen Kreis gehörigen Personen verhielten. Der Hauptbetroffene, Peregrinus Smart, hatte die Nachricht von dem Verlust erfahren, als er am frühen Morgen aus London zurückkam. Natürlich zeigte er sich zuerst sehr erschrocken, aber es war typisch für die Unternehmungslust und Tatkraft, die in dem kleinen, alten Herrn steckte und seiner gedrungenen Figur etwas von einem kecken Kampfhahn gab, daß sein Interesse am Verlauf der Nachforschungen größer war als der Kummer über den Verlust.

Dem Herrn, der sich Harmer nannte und der eigens gekommen war, um die Goldfische zu kaufen, hätte man es nicht übelnehmen können, wenn er sich über das Verschwinden der begehrten Vase geärgert hätte. Aber davon war ihm nichts anzumerken; von den gesträubten Haaren seines Schnurrbartes und seiner buschigen Augenbrauen ging etwas ganz anderes aus; dieselbe argwöhnische Wachsamkeit, die auch in seinen Augen blitzte, mit denen er die Gesellschaft musterte.

Das olivfarbene Gesicht des Bankdirektors, der inzwischen ebenfalls aus London zurückgekehrt war, wenn auch mit einem späteren Zug als Smart, schien diese hellen, suchenden Augen immer wieder wie ein Magnet anzuziehen.

Was die beiden anderen Gestalten des kleinen Kreises anbelangte, so schwieg Pater Brown meistens, wenn man ihn nicht ansprach und um seine Meinung fragte, und der völlig verdatterte Hartopp sagte fast überhaupt nichts, auch wenn man ihn fragte.

Der Graf jedoch war nicht der Mann, eine Gelegenheit ungenutzt vorübergehen zu lassen, die seinen Ansichten recht zu geben schien. Mit dem verbindlichsten Lächeln eines Mannes, der es versteht, die Leute durch seine Liebenswürdigkeit zum Rasen zu bringen, wandte er sich an seinen rationalistischen Widersacher, den Doktor Burdock.

»Sie werden doch zugeben«, meinte er, »daß mindestens einige der Geschichten, die Sie gestern noch für so unwahrscheinlich gehalten haben, nach den Ereignissen von heute nacht etwas glaubhafter klingen. Wenn es einem zerlumpten Bettler möglich ist, mit einem Wort ein festes Gefäß zum Zerspringen zu bringen, das innerhalb der vier Wände des Hauses, vor dem er steht, eingeschlossen ist, dann dürfte dies doch ein geradezu prächtiges Beispiel sein für die Macht geistiger Kräfte.«

»Für mich ist es eher ein Beispiel für meine Behauptung«, fuhr ihm der Doktor scharf in die Rede, »daß bereits eine Handvoll wissenschaftlicher Erkenntnisse genügt, um aufzuzeigen, wie derartige Tricks gemacht werden.«

»Wollen Sie damit etwa sagen«, fragte Smart, der diesen Streit mit lebhaftem Interesse verfolgt hatte, »daß Sie imstande sind, diese geheimnisvolle Geschichte wissenschaftlich zu erklären?«

»Allerdings«, entgegnete Doktor Burdock. »Was der Graf eben als Geheimnis bezeichnet hat, läßt sich mühelos erklären, denn es ist durchaus nicht geheimnisvoll. Was die zerbrochene Vase angeht, so ist die Sache ganz einfach die: Ein Ton ist nichts anderes als eine Schwingungswelle, und gewisse Schwingungswellen können Glas zerbrechen, wenn nur Ton und Glas aufeinander abgestimmt sind. Der Mann stand also nicht einfach auf der Straße herum und dachte vor sich hin, was nach Auffassung des Grafen die ideale orientalische Art der Unterhaltung ist. Er sang vielmehr lauthals heraus, was ihn hierhergeführt hatte, und entlockte dabei seinem Instrument einen schrillen Ton. Die Methode, mit bestimmten Tönen Glas von einer besonderen Zusammensetzung zum Zerspringen zu bringen, ist durchaus nichts Neues.«

»Ist das vielleicht auch nichts Neues«, meinte der Graf, »wenn dabei mehrere Klumpen massiven Goldes verschwinden?«

»Da kommt ja Inspektor Pinner«, sagte Boyle. »Unter uns gesagt, ich glaube, daß er des Doktors natürliche Erklärung ebenso als Märchen betrachten würde wie die übernatürliche Erklärung des Grafen. Dieser Herr Pinner scheint mir ein sehr skeptischer Herr zu sein und besonders, soweit es mich angeht. Ich glaube, er hat mich im Verdacht.«

»Wir werden wohl alle mehr oder weniger verdächtig sein«, lächelte der Graf.

Boyle jedoch nahm die Sache nicht ganz so leicht, und deshalb wandte er sich an Pater Brown, um bei ihm Rat und Hilfe zu holen.

Längere Zeit wandelten sie um den grasbewachsenen Dorfplatz herum. Der Priester, der bei Boyles Bericht mit gerunzelter Stirn zu Boden geblickt hatte, blieb plötzlich stehen.

»Sehen Sie das da?« fragte er seinen Begleiter. »Hier ist das Pflaster geschrubbt worden – allerdings nur dieser kleine Streifen, gerade vor Oberst Varneys Haus. Es würde mich doch interessieren, ob das schon gestern passiert ist.«

Pater Brown betrachtete nachdenklich das hohe, schmale Haus, dessen buntgestreifte Jalousien stark verschossen waren. Dadurch erschienen die Ritzen, durch die man einen Blick ins Innere der Zimmer werfen konnte, um so dunkler, ja, sie sahen in der von der Morgensonne golden beleuchteten Fassade aus wie schwarze Mauerritzen.

»Das ist doch Oberst Varneys Haus?« fragte Pater Brown. »Soviel ich weiß, kommt auch er aus dem Osten. Was für ein Mensch ist er eigentlich?«

»Ich habe ihn noch nie zu Gesicht bekommen«, antwortete Boyle. »Ich glaube nicht, daß außer Doktor Burdock ihn überhaupt schon jemand gesehen hat, und anscheinend sucht ihn auch der Doktor nur dann auf, wenn es unumgänglich ist.«

»Nun, dann will ich ihm einmal einen kurzen Besuch abstatten«, sagte Pater Brown.

Die große Haustür öffnete sich und verschlang den kleinen Priester. Das war so schnell geschehen, daß Boyle noch ganz verdutzt dastand, als sich die Tür wenige Minuten später wieder öffnete und Pater Brown lächelnd hervortrat. Als wäre nichts geschehen, setzte er seinen langsamen Marsch um die Dorfwiese fort. Es schien, als habe er überhaupt die ganze Angelegenheit schon wieder vergessen, denn er machte gelegentlich Bemerkungen über historische und soziale Fragen oder über die Entwicklungsaussichten des Landkreises. Über eine neuanzulegende Straße plauderte er, die von der Bank ausgehen sollte und zu der schon der Boden ausgehoben war. Dann blickte er mit einem unbestimmbaren Ausdruck über die alte Dorfwiese hin.

»Gemeindeland. Eigentlich sollten die Leute ihre Schweine und Gänse darauf treiben, wenn sie welche hätten. Aber so wachsen nur Disteln und Nesseln darauf. Wie schade, eigentlich sollte es eine große, schöne Wiese sein, aber es ist nur ein Unkrautparadies. Übrigens, gehört das Haus dort drüben nicht Doktor Burdock?«

»Ja«, stotterte Boyle, der bei dieser unerwarteten direkten Frage erschrocken hochgefahren war.

»Aha«, entgegnete Pater Brown. »Gut. Dann wollen wir mal wieder heimgehen.«

Während sie das Smartsche Haus wieder betraten und die Treppen emporstiegen, berichtete Boyle seinem Begleiter nochmals ausführlich über das Drama, das sich zu Tagesanbruch dort abgespielt hatte.

»Sie sind doch nicht etwa wieder eingeschlafen, während Jameson unten die Tür verriegelte, so daß jemand Zeit hatte, auf die Veranda zu klettern?« fragte Pater Brown.

»Nein, ganz sicher nicht. Ich wachte auf, als Jameson den

Fremden von der Veranda aus anrief, dann hörte ich, wie er die Treppen hinunterstürzte und die Stangen vorlegte, und mit zwei Sätzen war ich dann selbst auf der Veranda.«

»Wäre es nicht möglich gewesen, daß sich von einer anderen Seite her jemand zwischen Ihnen beiden hätte hindurchschleichen können? Hat das Haus vielleicht noch einen Nebeneingang?«

»Nicht daß ich wüßte«, entgegnete Boyle bestimmt.

»Es ist doch besser, wenn ich selbst nochmals nachsehe«, meinte Pater Brown, und damit schlurfte er wieder die Treppe hinab. Boyle blieb in dem nach der Straßenseite gelegenen Schlafzimmer und sah ihm kopfschüttelnd nach. Doch schon nach verhältnismäßig kurzer Zeit kam das breite, ein wenig bäuerische Gesicht wieder auf der Treppe zum Vorschein. Der Pater hatte seinen Mund verzogen, so daß er aussah wie ein behaglich lächelnder Rübengeist.

»Nichts. Ich glaube, die Frage wegen der Tür ist gelöst«, sagte er wohlgemut. »Und jetzt, da wir all unser Material fein säuberlich zusammenhaben, können wir ans Sichten gehen. Es ist wirklich eine recht merkwürdige Geschichte.«

»Glauben Sie«, fragte Boyle, »daß der Graf oder der Oberst oder sonst einer dieser Ostasienreisenden mit der Sache etwas zu tun hat? Halten Sie das, was in diesem Haus vorgegangen ist, für – übernatürlich?«

»Nun, eines kann ich Ihnen sagen«, antwortete der Priester nachdenklich, »wenn der Graf oder der Oberst oder ein anderer der Nachbarn sich als Araber verkleidet hat und in der Dunkelheit zu diesem Haus hergeschlichen ist, dann... dann handelt es sich tatsächlich um etwas Übernatürliches.«

»Aber wieso denn?«

»Weil der Araber keine Fußspuren hinterlassen hat. Die nächsten Nachbarn sind doch der Oberst und der Bankdirektor. Zwischen diesem Haus und der Bank liegt aber ungepflasterter roter Tonboden, in dem sich bloße Füße wie in Gips abdrücken müßten und hinterher auch überall rote Spuren hinterlassen würden. Ich habe mich aber außerdem – selbst auf die Gefahr hin, daß mich der Oberst mit dem Blitz seines Zornes zerschmettert – vergewissert, daß das Pflaster vor seinem Haus gestern und nicht erst heute geschrubbt worden ist. Also war es auch auf dieser Seite so naß, daß auf der ganzen Straße Spuren zu sehen wären, wenn dort heute nacht jemand gegangen wäre. Wäre der nächtliche Besucher allerdings der Graf oder der Doktor gewesen, so hätten die natürlich auch quer über den Platz kommen können. Aber mit bloßen Füßen wäre dies ein reichlich unangenehmes Unternehmen gewesen, denn der Platz ist, wie ich schon gesagt habe, völlig mit Disteln und Brennesseln bedeckt. Da würde sich der rätselhafte angebliche Araber bestimmt die Füße blutig gerissen und so irgendwelche Spuren hinterlassen haben – es sei denn, er ist tatsächlich, wie Sie sagen, ein übernatürliches Wesen.«

Boyle sah dem kleinen Priester unverwandt in das ernste, unergründliche Gesicht.

»Glauben Sie das?« fragte er schließlich.

»Sie dürfen eines nicht vergessen«, sagte Pater Brown. »Es ist eine bekannte Tatsache, daß uns etwas so nahe sein kann, daß wir es selbst gar nicht mehr sehen. So kann man beispielsweise sein eigenes Ohr nicht sehen, obwohl es doch kaum zehn Zentimeter vom Auge entfernt ist. Oder denken Sie an die Geschichte von dem Mann, der eine winzige Fliege im Auge hatte und durchs Fernrohr schaute, weshalb er glaubte, er habe im Mond einen unglaublich großen Drachen entdeckt. Und wenn man seine eigene Stimme genau wiedergegeben hört, soll sie wie die Stimme eines Fremden klingen. Steht so etwas direkt vor uns im Leben, dann sehen wir es gewöhnlich nicht, und könnten wir es sehen, wir würden es höchst merkwürdig finden. Ist es dann aber von uns weg in eine mittlere Entfernung gerückt, dann kommt es uns vor, als sei es aus weiter Ferne auf uns zugekommen. Bitte, kommen Sie doch noch einen Augenblick mit mir vors Haus. Ich möchte Ihnen zeigen, wie die Sache von unten aussieht.«

Pater Brown erhob sich und ging voran, und während sie die Treppen hinuntergingen, setzte er seine Bemerkungen fort, doch es klang so unzusammenhängend, als dächte er laut.

»Der Graf und die ganze asiatische Atmosphäre passen ganz gut dazu, denn bei einer solchen Sache kommt es hauptsächlich darauf an, daß die Phantasie der Leute erregt wird. Man kann auf diese Weise jemanden so weit bringen, daß er fest davon überzeugt ist, ein ihm auf den Kopf fallender Dachziegel sei ein babylonischer Ziegelstein mit eingeritzter Keilschrift, der aus den Hängenden Gärten der Semiramis herabkommt. In diesem Zustand fällt es dem Betroffenen gar nicht ein, sich den Stein genauer anzusehen, um zu entdecken, daß der Stein nicht anders ist als jeder andere Stein. Ähnlich war es ja in Ihrem Falle –«

»Was ist denn hier los?« unterbrach ihn Boyle und starrte überrascht auf die Haustür. »Die Tür ist ja verriegelt!«

Dieselbe Haustür, durch die sie erst vor kurzem eingetreten waren, war nun durch die großen, rostigen Eisenstangen versperrt – durch die gleichen Stangen, die, wie er sich am Morgen ausgedrückt hatte, die Stalltüre zu spät verriegelt hatten. Es war wie eine Ironie des Schicksals, daß die alten Stangen ihnen nun den Weg nach außen versperrten, als seien sie von selbst vor die Tür geglitten.

»Ach ja«, meinte Pater Brown ganz nebenbei, »die Stangen habe ich eben vorgelegt. Haben Sie es denn nicht gehört?«

»Nein«, antwortete Boyle verdutzt, »nicht das geringste.«

»Das habe ich mir gleich gedacht«, sagte der andere gleichmütig. »Es ist eigentlich auch gar nicht einzusehen, warum man oben im Haus das Vorlegen dieser Stangen hören sollte, denn der Haken paßt ja säuberlich in diese Öffnungen hier. Wenn man ganz nahe dabeisteht, hört man ein dumpfes Geräusch, sobald der Haken einschnappt, aber das ist auch alles. Das einzige Geräusch, das laut genug ist, um oben gehört zu werden, ist dieses.«

Mit diesen Worten zog er den Haken aus der Vertiefung und ließ die Stange klirrend an der Türe niederfallen.

»Man hört es nur, wenn man die Vorlegestangen abnimmt«, sagte Pater Brown ernst, »selbst wenn dies mit größter Vorsicht geschieht.«

»Wollen Sie behaupten...«

»Ich behaupte«, sagte Pater Brown, »daß Jameson die Tür geöffnet und nicht geschlossen hat. Und jetzt wollen wir selbst einmal die Tür öffnen und nach draußen gehen.«

Als sie dann unter der Veranda standen, fuhr der kleine Priester mit seinen Erklärungen so ungerührt fort, als halte er eine Vorlesung über Chemie.

»Wie ich schon sagte, kann man manchmal in einer Verfassung sein, daß man etwas sehr Entferntes zu sehen glaubt, das in Wirklichkeit doch sehr nahe und uns selbst vielleicht ganz ähnlich ist. Als Sie auf die Straße hinuntersahen, erblickten Sie eine seltsame, ausländisch anmutende Gestalt. Sie haben sich aber wahrscheinlich nicht gefragt, was diese wohl sah, als sie zur Veranda aufsah.«

Boyle starrte zur Veranda hinauf, ohne zu antworten, und der Geistliche fuhr fort:

»Sie hielten es sicherlich für höchst erstaunlich und eigenartig, daß ein Araber mit bloßen Füßen durch unser zivilisiertes England hermarschiert kommt. Dabei haben Sie gar nicht daran gedacht, daß Sie im selben Augenblick ja auch bloße Füße hatten.«

Endlich fand Boyle die Sprache wieder, aber nur, um einen Satz zu wiederholen, den der Priester kurz vorher gesagt hatte:

»Jameson hat die Tür geöffnet«, kam es mechanisch von seinen Lippen.

»Ganz richtig. Jameson hat die Tür geöffnet und ist im Nachthemd auf die Straße getreten, gerade als Sie auf die Veranda kamen. Er hatte unterwegs zwei Dinge zusammengerafft, die Sie wohl schon hundertmal gesehen haben: den alten blauen Vorhang, den er um den Kopf schlang, und eines der orientalischen Musikinstrumente, das Sie sicherlich auch schon in der Sammlung gesehen haben. Alles übrige war Sinnestäuschung und Schauspielerei, denn dieser Verbrecher ist ein ganz gerissener Schauspieler.«

»Jameson... ein Verbrecher!« rief Boyle ungläubig aus. »Er war doch ein solch vertrockneter alter Trottel, daß er mir überhaupt nicht aufgefallen ist.«

»Gerade das war auch seine Absicht. Er war früher Schauspieler. Und wenn er fünf Minuten lang einen Zauberer oder einen fernöstlichen Troubadour so vollendet und mit so primitiven Mitteln spielen konnte, glauben Sie dann nicht, daß er fünf Wochen lang auch einen Buchhalter darstellen kann?«

»Aber ich verstehe nicht ganz, welches Ziel er mit der ganzen Schauspielerei verfolgte«, meinte Boyle hilflos.

»Sein Ziel hat er erreicht oder doch beinahe erreicht«, erwiderte Pater Brown. »Er hätte die Goldfische natürlich am liebsten schon längst gestohlen, denn er hatte ja zwanzigmal Gelegenheit dazu. Aber wenn er sie einfach gestohlen hätte, dann würde jeder sofort gemerkt haben, daß gerade er die beste Gelegenheit dazu gehabt hatte. Dadurch jedoch, daß er vom Ende der Welt einen geheimnisvollen Magier herzauberte, hat er die Gedanken aller Beteiligten von sich weg und nach Asien oder Arabien hin gelenkt. Er hat Ihnen ja so den Kopf durcheinandergebracht, daß Sie selbst kaum mehr glauben können, wie sich die Geschichte hier vor dem Haus abgespielt hat. Sie konnten das alles nicht begreifen, weil es Ihnen zu nahe war.«

»Wenn das stimmt«, sagte Boyle, »dann war es für ihn aber doch eine sehr gewagte Sache, und er mußte es außerordentlich schlau anpacken. Jetzt allerdings fällt mir auf, daß der angebliche Mann auf der Straße kein Wort sagte, solange ihn Jameson von der Veranda aus ansprach, und Jameson hatte auch Zeit genug, das Haus zu verlassen, bis ich endlich ganz wach geworden war und aus dem Bett gesprungen bin. Ja, der Schwindel ist durchaus möglich, denn ich bin ja nicht gleich aufgewacht.«

»Ein Verbrechen kommt immer nur dann zustande, wenn jemand nicht rechtzeitig aufwacht«, entgegnete Pater Brown. »Und leider ist es so, daß die meisten Menschen in jedem Sinn zu spät aufwachen. Auch ich bin beispielsweise viel zu spät wach geworden, und sicherlich ist der Kerl inzwischen längst über alle Berge.«

»Jedenfalls sind Sie eher aufgewacht als alle anderen«, sagte Boyle, »und ich, muß ich gestehen, wäre in dieser Sache wohl niemals wach geworden. Jameson war so korrekt und farblos, daß ich mir überhaupt nie Gedanken über ihn machte.«

»Man hüte sich vor dem Mann, an den man nicht denkt«, entgegnete der Pater, »er ist der einzige, der uns wirklich schaden kann. Aber auch ich habe keinen Verdacht auf ihn gehabt, bis Sie mir schließlich erzählten, wie er die Tür versperrte.«

»Jedenfalls verdanken wir die Klärung des Falles ganz Ihnen«, meinte Boyle warm.

»O nein, Sie verdanken sie Frau Robinson«, sagte Pater Brown lächelnd.

»Frau Robinson?« fragte der Sekretär erstaunt. »Sie meinen doch nicht die Haushälterin?«

»Man hüte sich doppelt vor der Frau, an die man nicht denkt«, antwortete Pater Brown. »Der Mann war ein sehr geschickter Verbrecher und als ausgezeichneter Schauspieler auch ein guter Psychologe. Ein Mann wie der Graf hört immer nur seine eigene Stimme: Jameson aber konnte zuhören, wo keiner an ihn dachte, wo alle seine Anwesenheit vergessen hatten, und so das geeignete Material für seinen nächtlichen Auftritt sammeln. So wußte er genau, wie er es anfangen mußte, um Sie alle in die Irre zu führen. Aber er machte einen ganz bösen Fehler: Er setzte den Charakter der Frau Robinson nicht in Rechnung.«

»Das verstehe ich nicht«, meinte Boyle verwirrt. »Was hat denn die mit der Geschichte zu tun?«

»Jameson hat nicht damit gerechnet, daß die Vorlegestangen vor der Tür waren. Er wußte, daß die meisten Menschen, besonders so sorglose Menschen wie Sie und Ihr Arbeitgeber, tage- und wochenlang sich mit dem Vorsatz begnügen können, es solle, müsse und könne etwas geschehen. Aber wenn man erst einmal einer Frau die Meinung in den Kopf setzt, daß etwas geschehen müsse, dann besteht immer die Gefahr, daß sie es plötzlich tatsächlich tut.«

Das Alibi der Schauspielerin

Der Theaterdirektor Mundon Mandeville durcheilte mit raschen Schritten den Gang, der hinten unter der Bühne entlangführte. Er war elegant und festlich gekleidet, vielleicht ein wenig zu festlich: Festlich war die Blume in seinem Knopfloch, festlich der Glanz seiner wohlpolierten Schuhe – nur sein Gesicht war alles andere als festlich. Er war groß, stiernackig, schwarz und finster, und in diesem Augenblick sah er noch finsterer drein als gewöhnlich. Natürlich hatte er die hundert Sorgen, die ein Theaterdirektor eben hat, große und kleine, alte und neue. Er ärgerte sich über die alte Pantomimenszenerie, die hier unten aufgestapelt lag; denn er hatte vor langer Zeit seine erfolgreiche Laufbahn an dieser Bühne mit sehr volkstümlichen Pantomimen begonnen, sich aber später dazu verleiten lassen, zu ernsteren Stücken und klassischen Dramen überzugehen, was ihn ein gutes Stück Geld gekostet hatte. Als er daher die blauen Tore von Blaubarts blauem Palast oder die Kulissen des verzauberten Orangenhains wiedersah, die, mit Spinnweben bedeckt und von Mäusen angenagt, an der Wand lehnten, fühlte er in sich keineswegs jene rührende Wehmut, die wir eigentlich empfinden sollten, wenn wir wieder einmal einen Blick auf das Wunderland unserer Kindheit werfen dürfen. Aber an diesem Tag hatte er auch gar keine Zeit, eine Träne dort zu verlieren, wo er schon soviel Geld verloren hatte, oder vom Paradies früherer Zeiten zu träumen, denn er war eiligst gerufen worden, um ein sehr gegenwärtiges Problem zu meistern, das dringend sofortige Lösung verlangte – eines jener

Probleme, wie sie manchmal in der wunderlichen Welt hinter den Kulissen auftauchen und durchaus ernst genommen sein wollen.

Fräulein Maroni, eine sehr talentierte Schauspielerin italienischer Herkunft, die in dem an diesem Nachmittag zu probenden und am Abend aufzuführenden Stück eine bedeutende Rolle übernommen hatte, hatte sich im letzten Augenblick mit aller Gewalt geweigert, in dem Stück aufzutreten. Dabei hatte Herr Mandeville die launische Dame überhaupt noch nicht gesehen, und da sie sich in ihrer Garderobe eingeschlossen hatte und der Welt durch die Tür Trotz bot, war es auch unwahrscheinlich, daß ihm dies vorerst gelingen würde. Herr Mundon Mandeville als echter Engländer erklärte sich die ärgerliche Sache unter wütendem Gemurmel damit, daß eben alle Ausländer verrückt seien. Aber der Gedanke, daß ihn ein gütiges Geschick auf die einzige geistig normale Insel der Erde versetzt hatte, vermochte ihn ebensowenig zu besänftigen wie die Erinnerung an den verzauberten Orangenhain. All dies mochte gewiß sehr ärgerlich sein; einem aufmerksamen Beobachter aber hätte der Verdacht kommen können, daß Herr Mandeville sich nicht nur darüber ärgerte, sondern daß überhaupt mit ihm etwas nicht ganz stimmte.

Denn er sah schrecklich mitgenommen und abgezehrt aus, soweit es einem wohlgenährten und ansonsten gesunden Mann überhaupt möglich ist, abgezehrt auszusehen. Sein Gesicht war fleischig und rund, aber seine Augen lagen tief in den Höhlen. Seine Lippen zuckten beständig, als versuche er, auf die Enden seines schwarzen Schnurrbarts zu beißen, der für ein solches Vorhaben freilich zu kurz war. Wenn man ihn so sah, konnte in einem der Gedanke aufsteigen, er sei rauschgiftsüchtig geworden, wofür man andererseits durchaus hätte Verständnis aufbringen können: Man sah ihm an, daß er dazu Grund hätte, daß also nicht das Rauschgift Ursache seiner Verfassung, sondern sein Zustand Ursache des Rauschgifts war. Was aber auch immer sein großes Geheimnis war – es steckte offenbar in dem dunklen Ende des langen Ganges, dort, wo sich der Eingang zu seinem eigenen kleinen Zimmer befand. Und als er nun den öden Korridor entlangschritt, warf er dann und wann einen nervösen Blick zurück. Aber Geschäft ist Geschäft, und so eilte er entschlossenen Schrittes zum entgegengesetzten Ende des Ganges, wo Fräulein Maroni den Weg zu sich mit einer glatten, grüngestrichenen Tür versperrt hatte. Hier hatte sich bereits eine Gruppe von Schauspielern und anderen Theaterleuten zusammengefunden. Die ganze Gesellschaft sah drein, als überlege und berate sie, ob man nicht am besten einen Rammklotz in Tätigkeit treten lassen sollte. In der Gruppe fiel eine bekannte Gestalt auf, deren Foto auf manchem Kaminsims und deren Autogramm in manchem Album stand. Norman Knight war zwar noch jugendlicher Held an diesem etwas provinziellen und altmodischen Theater, wo seine Verdienste nicht gebührend gewürdigt wurden, doch war schon deutlich zu erkennen, daß er größeren Triumphen entgegenging. Er sah recht gut aus mit seinem wohlgeformten Kinn und dem blonden, tief in die Stirn gekämmten Haar, das ihm ein ziemlich neronisches Aussehen gab, wozu seine jähen und schnellen Bewegungen allerdings gar nicht paßten. Neben ihm stand Ralph Randall, der meist ältere Charakterrollen spielte. Sein freundliches, scharfgeschnittenes Gesicht war bleich von Schminke, nur die Wangen zeigten den bläulichen Schimmer der Rasur. Außerdem befand sich in der Gruppe Mandevilles zweiter jugendlicher Held, ein dunkler, kraushaariger Jüngling mit leicht semitischen Zügen, der den Namen Aubrey Vernon trug. Weiter standen da die Garderobiere von Mandevilles Frau, eine sehr imponierende Person mit dichtem, rotem Haar und einem harten, unbeweglichen Gesicht, und zufällig auch Frau Mandeville, die sich ruhig im Hintergrund hielt. Ihr Gesicht war bleich, sie sah geduldig, fast gleichmütig drein, ihre Gesichtszüge hatten eine klassische Ebenmäßigkeit und Strenge, die in ihren jüngeren Jahren noch stärker ausgeprägt gewesen sein mußten. Sie sah um so bleicher aus, als auch ihre Augen völlig farblos waren und ihr hellblondes Haar in zwei Zöpfen um den Kopf gelegt war, womit sie in etwa an eine sehr archaische Madonna erinnerte. Nicht jeder wußte, daß sie früher sehr erfolgreich Ibsen gespielt hatte. Aber ihr Mann hielt nicht viel von Problemstücken, und in diesem Augenblick konzentrierte sich sein ganzes Interesse ohnehin auf das eine Problem, wie man eine ausländische Schauspielerin aus einem verschlossenen Zimmer herausbringen könne.

»Ist sie noch immer nicht herausgekommen?« fragte er, mehr zu der geschäftigen Garderobiere als zu seiner Frau gewandt.

»Nein«, antwortete Frau Sands düster.

»Allmählich werden wir doch etwas unruhig«, meinte der alte Randall. »Sie schien ganz aufgelöst, und wir fürchten beinahe, sie könnte sich etwas antun.«

»Zum Teufel!« sagte Mandeville in seiner einfachen, ungekünstelten Art. »Reklame ist ja ganz gut, aber für diese Art Reklame haben wir hier keine Verwendung. Ist denn niemand von euch mit ihr befreundet? Gibt es denn niemanden, der einen Einfluß auf sie hat?«

»Jarvis meint, der einzige, der mit ihr fertig werden kann, sei ihr Priester von der Kirche gleich um die Ecke«, entgegnete Randall. »Ich hielt es für das beste, ihn sofort herholen zu lassen, falls sie wirklich die Absicht hat, sich aufzuhängen. Jarvis holt ihn eben, und ... Ach, da kommt er ja auch schon!«

Zwei weitere Gestalten tauchten in dem unterirdischen Gang hinter der Bühne auf. Der erste war Ashton Jarvis, ein lustiger Geselle, der gewöhnlich Bösewichter darstellte, gegenwärtig dieses hohe Fach aber an den kraushaarigen Jüngling mit der semitischen Nase abgegeben hatte. Sein Begleiter war klein, kugelrund und ganz in Schwarz gekleidet – es war Pater Brown von der nahe gelegenen Kirche.

Pater Brown schien es für ganz natürlich und selbstverständlich zu halten, daß man ihn herbeigerufen hatte, um sich das seltsame Benehmen eines seiner Schäfchen anzusehen und sich darüber klarzuwerden, ob es sich um ein schwarzes Schaf oder nur um ein verlorenes Lamm handele. Er glaubte allerdings nicht im geringsten daran, daß es zu einem Selbstmord kommen könnte.

»Sie wird wohl einen guten Grund haben, warum sie so wütend ist«, sagte er. »Hat jemand von Ihnen eine Ahnung, worum es sich handeln könnte?«

»Ich glaube, sie ist mit ihrer Rolle unzufrieden«, antwortete der ältere Schauspieler.

»Das sind sie immer«, brummte Herr Mundon Mandeville. »Ich dachte, meine Frau hätte dafür gesorgt, daß alles klappt.«

»Dazu kann ich nur sagen«, bemerkte Frau Mandeville mit ziemlich müder Stimme, »daß ich ihr die meiner Meinung nach beste Rolle gegeben habe. Schließlich wollen ja solch ehrgeizige junge Schauspielerinnen immer die schöne junge Heldin spielen, die in einem Blumenregen und unter dem stürmischen Beifall der Galerie den schönen jungen Helden heiratet; und diese Rolle habe ich ihr auch gegeben. Frauen meines Alters müssen sich damit begnügen, ehrenwerte Matronen darzustellen, und ich habe es mir auch gar nicht einfallen lassen, andere Wünsche zu hegen.«

»Es wäre jetzt sowieso praktisch unmöglich, die Rollenverteilung nochmals zu ändern«, sagte Randall.

»Daran ist überhaupt nicht zu denken«, erklärte Norman Knight bestimmt. »Vielleicht könnte ich ja versuchen... Aber nein, jetzt ist es auf jeden Fall zu spät.«

Pater Brown war vorsichtig an die verschlossene Tür getreten und lauschte.

»Ist nichts zu hören?« fragte der Direktor besorgt und setzte dann mit leiserer Stimme hinzu: »Glauben Sie, daß sie sich etwas angetan haben kann?«

»Man hört etwas«, antwortete Pater Brown ruhig. »Nach den Geräuschen zu urteilen, ist sie gerade damit beschäftigt, Fenster oder Spiegel einzuschlagen, wahrscheinlich mit den Füßen. Nein, ich glaube nicht, daß die Gefahr eines Selbstmords besteht. Zumindest wäre das Zerschmettern von Spiegeln eine recht ungewöhnliche Vorbereitung zu einem Selbstmord. Wenn sie eine Deutsche wäre, die sich zurückgezogen hätte, um über Metaphysik und Weltschmerz zu meditieren, dann allerdings wäre ich dafür, die Tür aufzubrechen. Aber Italienerinnen sterben nicht so schnell und haben auch durchaus nicht die Gewohnheit, sich gleich umzubringen, wenn sie mal einen Wutanfall haben. Eher bringen sie dann einen anderen um... Es dürfte ratsam sein, die üblichen Vorsichtsmaßnahmen zu ergreifen, wenn sie mit einem Satz aus dem Zimmer herausgestürzt kommt.«

»Sie sind also nicht dafür, daß man die Tür aufbricht?« fragte Mandeville.

»Wenn Sie wollen, daß sie heute abend auftritt, dann lieber nicht«, entgegnete Pater Brown. »Wenn Sie die Tür aufbrechen, wird sie noch mehr rasen und sich weigern, auch nur einen Augenblick länger zu bleiben; wenn Sie sie aber in Ruhe lassen, wird es ihr wahrscheinlich zu langweilig werden, und sie wird schon aus reiner Neugier zum Vorschein kommen. An Ihrer Stelle würde ich lediglich jemanden vor der Tür lassen, der ein wenig aufpaßt, und erst einmal ein oder zwei Stunden abwarten.«

»In diesem Fall«, meinte Mandeville, »können wir nur die Szenen proben, in denen sie nicht auftritt. Meine Frau wird alles Nötige veranlassen. Schließlich ist ja auch der vierte Akt die Hauptsache im Stück. Am besten fangt ihr gleich damit an.«

»Aber keine Kostümprobe«, sagte Frau Mandeville.

»Einverstanden«, bemerkte Knight. »Wozu Kostümprobe? Die Kostüme sind ohnehin lästig genug.«

»Wie heißt denn eigentlich das Stück?« fragte der Priester, der nun doch etwas neugierig wurde.

»›Die Lästerschule‹«, antwortete Mandeville. »Es mag ja ein ganz gutes literarisches Stück sein, aber ich habe doch lieber Stücke, in denen mehr Handlung und mehr Schwung ist. Meine Frau liebt die klassischen Komödien, die aber leider meist mehr klassisch als komisch sind.«

In diesem Augenblick watschelte der alte Pförtner Sam, der einzige Bewohner des Theaters in den Stunden, da nicht gespielt und geprobt wurde, auf Mandeville zu, überreichte ihm eine Karte und bestellte, Lady Miriam Marden wünsche ihn zu sprechen. Mandeville verließ die Gruppe und wandte sich seinem Zimmer zu; Pater Browns Blick blieb jedoch noch ein paar Sekunden auf Mandevilles Frau hängen, und er sah auf ihrem bleichen Gesicht ein schwaches Lächeln – ein durchaus nicht angenehmes Lächeln.

Nun verließ auch Pater Brown die kleine Gruppe, begleitet von dem jungen Mann, der ihn geholt hatte. Dieser hatte, was unter Schauspielern durchaus nicht ungewöhnlich ist, die gleiche Weltanschauung wie der Pater. Im Weggehen hörte er, wie Frau Mandeville der Garderobiere, Frau Sands, mit ruhiger Stimme die Anweisung gab, an der verschlossenen Tür aufzupassen.

»Frau Mandeville scheint eine recht intelligente Frau zu sein«, sagte der Priester zu seinem Begleiter, »wenn sie sich auch ziemlich im Hintergrund hält.«

»Sie ist sogar eine hochintelligente Frau und war früher auch nicht unbekannt«, meinte Jarvis melancholisch. »Aber man sagt wohl nicht zuviel, wenn man behauptet, daß sie durch die Heirat mit diesem Hohlkopf von Mandeville ziemlich abgestiegen ist. Wie Sie schon gehört haben, hat sie hohe künstlerische Ideale, die sie aber bei ihrem Herrn und Meister natürlich nur selten durchsetzen kann. Wissen Sie auch, daß er tatsächlich von einer solchen Frau verlangt hat, bei einer Pantomime in einer Hosenrolle aufzutreten? Er streitet ja durchaus nicht ab, daß sie eine große Schauspielerin ist, aber er meint, daß Pantomimen eine bessere Kasse bringen. Aus dieser Äußerung können Sie sich schon ein Bild machen über sein Einfühlungsvermögen und sein Verständnis für die Künstlernatur seiner Frau. Trotzdem hat sie sich niemals beklagt. Sie sagte einmal zu mir: ›Klagen kommen wie ein Echo vom Ende der Welt zurück, aber Schweigen stärkt uns.‹ Hätte sie doch nur jemanden geheiratet, der sie verstünde – sie wäre vielleicht eine der größten Schauspielerinnen unserer Zeit geworden. Aber auch heute noch wird sie von maßgebenden Kritikern hochgeschätzt. Es ist ewig schade, daß sie mit einer solchen Null verheiratet ist.«

Dabei zeigte Jarvis auf den breiten, schwarzen Rücken Mandevilles. Der Direktor unterhielt sich gerade mit den Damen, die ihn ins Vestibül gebeten hatten. Lady Miriam war eine hochgewachsene, elegante Dame mit einem maßlos gelangweilten Gesichtsausdruck. Sie war nach der neuesten Mode gekleidet, einer Mode, deren Schöpfer sich wohl von ägyptischen Mumien hatten inspirieren lassen. Ihr schwarzes Haar war helmförmig zugestutzt, ihre stark bemalten, aufgeworfenen Lippen gaben ihrem Gesicht einen Ausdruck, als blicke sie ständig verachtungsvoll auf die Welt herab. Ihre Begleiterin war eine sehr lebhafte Dame mit einem trotz seiner Häßlichkeit anziehenden Gesicht und grau gepudertem Haar. Sie nannte sich Miss Theresa Talbot und redete wie ein Wasserfall, während ihre Begleiterin anscheinend zu müde oder zu bequem war, auch nur den Mund aufzutun. Immerhin brachte Lady Miriam, gerade als die beiden Männer vorübergingen, die Energie auf, zu sagen: »Theaterstücke langweilen mich fürchterlich, aber ich habe noch nie eine Probe in Straßenkleidern gesehen. Das könnte eigentlich ganz lustig sein. Man sieht heutzutage kaum noch etwas Neues, alles hat man schon gesehen.«

»Also, Herr Mandeville«, sagte Fräulein Talbot und tätschelte dem Direktor mit freundschaftlichem Nachdruck den Arm, »Sie lassen uns doch bestimmt bei der Probe zusehen? Wir können heute abend nicht kommen und haben übrigens auch gar keine Lust dazu. Aber wir möchten gerne einmal all diese komischen Leute ohne Kostüme spielen sehen.«

»Ich kann Ihnen gern eine Loge zur Verfügung stellen«, sagte Mandeville eifrig. »Wollen die Damen die Güte haben, mir zu folgen.« Und er führte sie durch einen anderen Gang hinweg.

»Es würde mich doch interessieren«, meinte Jarvis nachdenklich, »ob etwa Mandeville diese Art Frauen vorzieht.«

»Haben Sie einen Grund, das anzunehmen?« fragte sein Begleiter.

Jarvis sah ihm einen Augenblick fest in die Augen, ehe er ernst fortfuhr: »Mandeville ist uns allen ein Geheimnis. Ich weiß wohl, daß er sich äußerlich in nichts von jedem harmlosen Biedermann unterscheidet, der sonntags die Straßen entlangbummelt. Und doch ist wirklich ein Geheimnis um ihn. Es muß ihn irgend etwas bedrücken. Irgendein Schatten liegt auf seinem Leben. Und ich glaube, dies hat mit galanten Abenteuern ebensowenig zu tun wie mit seiner armen, vernachlässigten Frau. Wenn aber doch, dann steckt mehr hinter der Sache, als man auf den ersten Blick vermutet. Durch einen Zufall weiß ich mehr darüber als irgendein anderer. Aber auch ich kann mit dem, was ich weiß, nichts anfangen, es bleibt für mich nach wie vor ein Rätsel.«

Er blickte rasch um sich, um nachzusehen, ob sie allein seien; dann fuhr er leise fort:

»Ihnen kann ich es ja sagen, denn von Ihnen weiß ich, daß Sie ein Geheimnis für sich behalten können. Da habe ich doch neulich eine recht merkwürdige Sache erlebt, und nicht nur einmal, sondern schon wiederholt. Wie Sie wissen, arbeitet Mandeville in dem kleinen Zimmer am Ende des Ganges, unmittelbar unter der Bühne. Zufällig kam ich mal an diesem Zimmer vorüber, als wir alle glaubten, er sei allein, und, was wichtiger ist, als ich mit Sicherheit wußte, daß alle Schauspielerinnen und alle Frauen, die möglicherweise mit ihm zu tun haben konnten, entweder nicht im Haus oder auf ihren üblichen Posten waren.«

»Was heißt hier ›alle Frauen‹?« fragte Pater Brown verwundert.

»Es war nämlich eine Frau bei ihm«, sagte Jarvis fast flüsternd. »Es muß eine Frau geben, die ihn ständig besucht, eine Frau, die keiner von uns kennt. Ich weiß nicht einmal, wie sie zu ihm gelangt, denn sie kommt nie durch den Korridor hier. Ich glaube allerdings, einmal eine verschleierte oder verhüllte Frauengestalt im Zwielicht hinten aus dem Theater wie einen Geist verschwinden gesehen zu haben. Natürlich war das kein Geist. Aber auch um eine gewöhnliche Liebschaft kann es sich nicht handeln. Mit Liebe hat die Sache kaum zu tun. Ich glaube vielmehr, daß Mandeville erpreßt wird.«

»Wie kommen Sie auf diese Vermutung?« fragte Pater Brown.

Jarvis' Gesicht wurde noch ernster. »Ich habe einmal gehört, wie drinnen heftige Worte gewechselt wurden; es war ein regelrechter Streit. Und dann sagte die fremde Frau mit einer metallischen, drohenden Stimme vier Worte: ›Ich bin deine Frau.‹«

»Glauben Sie, daß er in Bigamie lebt?« fragte Pater Brown nachdenklich. »Bigamie und Erpressung gehen natürlich oft Hand in Hand. Aber vielleicht war die Frau auch bloß hysterisch oder regelrecht verrückt. Theaterleute haben ja oft mit solchen Menschen zu tun. Sie mögen recht haben, aber ich würde doch lieber mit solchen Schlußfolgerungen etwas vorsichtiger sein… Doch da fällt mir gerade ein: Sie gehören ja auch zur Truppe. Hat die Probe nicht schon begonnen?«

»Ich trete in dieser Szene nicht auf«, antwortete Jarvis lächelnd. »Sie proben jetzt nur einen Akt, bis Ihre italienische Freundin wieder zu Verstand gekommen ist.«

»Da Sie gerade von meiner italienischen Freundin sprechen – es würde mich doch interessieren, ob sie sich inzwischen wieder beruhigt hat.«

»Wir können ja zurückgehen und mal nachsehen«, sagte Jarvis. So wandelten sie den langen Korridor wieder zurück, an dessen einem Ende sich das Zimmer des Theaterdirektors, an dessen anderem sich die verschlossene Tür der Signorina Maroni befand. Die Tür war offensichtlich noch immer verschlossen, und Frau Sands saß mit grimmiger Miene davor, bewegungslos wie ein hölzernes Götzenbild.

Sie sahen gerade noch, wie am anderen Ende des Ganges einige Schauspieler die Treppe zur Bühne hinaufstiegen. Vernon und der alte Randall liefen rasch voraus, Frau Mandeville in ihrer ruhigen, würdevollen Art hatte es anscheinend nicht so eilig, und Norman Knight schien etwas zurückzubleiben, um mit ihr zu sprechen. Ein paar Worte drangen zu den Ohren der unfreiwilligen Lauscher.

»Glauben Sie mir doch«, rief Knight aufgeregt, »er hat Frauenbesuch!«

»Pst!« sagte Frau Mandeville mit ihrer silberhellen Stimme, die einen stahlharten Beiklang hatte. »Sie dürfen nicht so reden. Bedenken Sie doch, daß er mein Mann ist.«

»Ich wollte, ich könnte es vergessen«, entgegnete Knight und stürzte davon, die Treppe zur Bühne hinauf.

Frau Mandeville folgte ihm, bleich und unbewegt wie immer.

»Es weiß also doch noch jemand davon«, sagte der Priester ruhig, »aber das kann uns ja eigentlich gleichgültig sein.«

»Nun ja«, murmelte Jarvis, »anscheinend weiß jeder etwas, aber niemand etwas Genaueres.«

Sie schritten den Gang entlang bis zu der verschlossenen Tür, vor der Frau Sands immer noch regungslos saß.

»Nein, sie ist noch nicht zum Vorschein gekommen«, sagte sie in ihrer mürrischen Art. »Tot ist sie nicht, denn ich habe sie umhergehen hören. Ich möchte nur wissen, was sie eigentlich vorhat.«

»Wissen Sie vielleicht«, fragte Pater Brown höflich, aber kurz, »wo sich Herr Mandeville augenblicklich befindet?«

»O ja«, erwiderte sie prompt. »Ich habe ihn eben erst gesehen, wie er in sein kleines Zimmer am anderen Ende des Ganges trat, gerade bevor die Probe begann. Er muß noch drinnen sein, denn ich habe ihn nicht mehr herauskommen sehen.«

»Sein Zimmer hat also keinen zweiten Eingang?« fragte Pater Brown so ganz nebenbei. »Die Probe scheint ja jetzt in vollem Gange zu sein, auch wenn die Signorina schmollt.«

»Ja«, bemerkte Jarvis nach kurzem Schweigen. »Man kann die Stimmen von der Bühne bis hier hören. Der alte Randall hat ein recht kräftiges Organ.«

Sie lauschten eine kleine Weile, und in der Stille konnte man tatsächlich die Stimme des Schauspielers ziemlich deutlich vernehmen. Aber noch bevor einer von ihnen wieder etwas sagen konnte – ehe sie recht zur Besinnung gelangt waren, drang ein anderer Laut an ihre Ohren, ein dumpfer, schwerer Fall. Das Geräusch kam aus Mandevilles Privatzimmer.

Wie ein vom Bogen geschnellter Pfeil sauste Pater Brown den Gang entlang und rüttelte bereits heftig an der Türklinke, noch ehe Jarvis überhaupt klargeworden war, was los war.

»Die Tür ist verschlossen«, rief Pater Brown, dessen Gesicht ein wenig bleich geworden war. »Und diesmal bin ich der Meinung, daß es notwendig ist, die Tür einzudrücken.«

»Meinen Sie«, fragte Jarvis, der inzwischen gefolgt war und in dessen Augen Angst aufstieg, »daß die unbekannte Besucherin wieder bei ihm ist? Glauben Sie, daß es etwas... Ernstliches ist?« Und er fügte hinzu: »Vielleicht kann ich den Riegel von außen zurückstoßen, ich kenne den Mechanismus dieser Schlösser.«

Er kniete nieder, zog ein Taschenmesser mit einer langen Stahlklinge hervor und arbeitete eine Weile an dem Schloß herum, bis die Tür tatsächlich aufsprang. Auf den ersten Blick konnten sie sehen, daß das Zimmer keine zweite Tür hatte, ja nicht einmal ein Fenster; das Licht kam allein von einer großen elektrischen Tischlampe. Aber noch etwas anderes sprang ihnen sofort in die Augen: Mitten im Zimmer lag Mandeville, das Gesicht nach unten gekehrt. Blutfäden, die in dem künstlichen Licht unheimlich aussahen wie Siegellack, sickerten unter seinem Gesicht hervor. Sie wußten nicht, wie lange sie sich gegenseitig angestarrt hatten. Endlich wagte Jarvis aufzuatmen, und nun fand er auch die Worte wieder, um auszusprechen, was er schon die ganze Zeit gedacht hatte: »Wenn die Fremde irgendwie hereingekommen ist, so ist sie jetzt auf jeden Fall wieder verschwunden.«

»Vielleicht denken wir zuviel an die Fremde«, erwiderte Pater Brown. »In diesem seltsamen Theater gibt es so viele merkwürdige und fremde Dinge, daß man leicht einige davon vergißt.«

»Was meinen Sie damit?« fragte der Schauspieler.

»Nun, denken Sie zum Beispiel an die andere Tür, die ebenfalls verschlossen ist.«

»Aber die Tür der Maroni ist doch tatsächlich verschlossen«, rief Jarvis erstaunt.

»Trotzdem haben Sie sie vergessen«, meinte Pater Brown. Nach einer Weile setzte er nachdenklich hinzu:

»Diese Frau Sands ist doch ein reichlich brummiges, unfreundliches Wesen.«

»Glauben Sie«, fragte sein Begleiter leise, »daß sie uns anlügt und die Italienerin inzwischen doch ihr Zimmer verlassen hat?«

»Keineswegs«, entgegnete der Priester ruhig. »Das war nur so nebenbei gemeint, als Charakterstudie.«

»Sie wollen doch nicht etwa sagen«, rief der Schauspieler erstaunt, »daß Frau Sands als Täterin in Frage kommt?«

»Ich habe nicht gesagt, daß sich die Charakterstudie auf *sie* bezog.«

Während sie diese kurzen Bemerkungen austauschten, war Pater Brown neben Mandeville niedergekniet und hatte festgestellt, daß jede Spur von Leben aus dem Körper gewichen war. Neben der Leiche lag, von der Tür aus nicht sofort sichtbar, ein Dolch, wie er auf der Bühne verwendet wird; er lag da, als sei er aus der Wunde oder aus der Hand des Mörders gefallen. Jarvis, der den Dolch eingehend in Augenschein nahm, meinte, das Mordwerkzeug könne sicher nicht viel zur Ermittlung des Täters beitragen, falls nicht zufällig Fingerabdrücke darauf seien; es handle sich um einen Requisitendolch, der dem Mörder zufällig in die Hände gekommen sein dürfte. Der Priester stand auf und sah sich nachdenklich im Zimmer um.

»Wir müssen sofort die Polizei verständigen«, sagte er, »und einen Arzt holen lassen, wenn auch der Arzt natürlich zu spät kommt... Übrigens, wenn ich mir das Zimmer so ansehe, dann verstehe ich nicht, wie unsere Italienerin das zuwege bringen konnte.«

»Die Italienerin?« rief der Schauspieler. »Wieso gerade die Italienerin? Wenn einer von uns ein Alibi hat, dann doch wohl sie. Überlegen Sie mal: zwei getrennte Zimmer, beide verschlossen, an den entgegengesetzten Enden eines langen Korridors gelegen, und vor der einen Tür noch dazu eine Aufpasserin.«

»Das Alibi ist durchaus nicht ganz lückenlos«, sagte Pater Brown. »Zwar ist es mir nicht recht klar, wie sie hierhergekommen sein könnte. Aber ich glaube, sie ist aus ihrem Zimmer ausgebrochen.«

»Und warum glauben Sie das?«

»Ich sagte Ihnen doch, daß es sich anhörte, als werde drinnen Glas zerbrochen, ein Spiegel oder das Fenster. Dummerweise vergaß ich dabei eine Tatsache, die mir gut bekannt ist, daß Fräulein Maroni nämlich sehr abergläubisch ist. Es ist also kaum anzunehmen, daß sie einen Spiegel zerbrochen hat, und deshalb dürfte es ein Fenster gewesen sein. Allerdings liegen die Zimmer im Kellergeschoß; es könnte sich also höchstens um einen Lichtschacht handeln. Aber... es scheint hier ja gar keine Lichtschächte zu geben.« Der Pater starrte eine ganze Zeit lang nachdenklich zur Decke empor.

Plötzlich kam er mit einem Ruck wieder in Bewegung. »Wir müssen hinaufgehen, telefonieren und den traurigen Fall bekanntgeben. Es ist wirklich eine traurige Sache... Mein Gott, hören Sie, wie die Schauspieler da oben noch immer deklamieren und herumtoben? Die Probe ist noch im Gange. Etwas Derartiges meint man wohl, wenn man von tragischer Ironie spricht.«

Als das Theater auf diese Weise in einen Ort der Trauer verwandelt war, hatten die Schauspieler beste Gelegenheit, die echten Tugenden ihres Standes zu zeigen und zu beweisen. Nicht alle unter ihnen hatten Mandeville geschätzt oder ihm Vertrauen geschenkt, aber sie alle wußten nun genau das zu sagen, was die Gelegenheit erforderte. In ihrer Haltung gegenüber der Frau des Ermordeten bewiesen sie nicht nur Sympathie, sondern auch feines Taktgefühl. Sie war in einem neuen und ganz anderen Sinn eine Tragödin geworden; ihr geringstes Wort war Befehl, und während sie traurig umherwandelte, bemühten sich die Schauspieler, ihr jeden Wunsch von den Augen abzulesen und ihr Los zu erleichtern, so gut es nur ging.

»Sie ist schon immer ein starker Charakter gewesen«, sagte der alte Randall mit etwas heiserer Stimme. »Keiner von uns war so klug wie sie. Der arme Mandeville konnte es natürlich, was Bildung und ähnliches angeht, nicht mit ihr aufnehmen, aber dennoch hat sie immer voll und ganz ihre Pflicht erfüllt. Es griff einem ans Herz, wenn sie manchmal seufzend den Wunsch äußerte, es möge ihr ein Dasein gegeben sein, das auch dem Geist wenigstens etwas böte; aber Mandeville – nun, nil nisi bonum, wie der Lateiner sagt.« Und der alte Schauspieler schüttelte traurig den Kopf und zog sich zurück.

»Nil nisi bonum, das ist ja gut!« wiederholte Jarvis grimmig. »Randall jedenfalls scheint von der Geschichte mit der fremden Dame noch nichts gehört zu haben. Was ich sagen wollte: Glauben Sie nicht, daß diese fremde Dame vielleicht die Täterin ist?«

»Das kommt ganz darauf an«, meinte der Priester, »wen Sie mit dieser fremden Dame meinen.«

»Natürlich nicht die Italienerin«, beeilte sich Jarvis zu sagen. »Übrigens haben Sie vorhin ganz richtig geraten. Als man die Tür aufbrach, war das Lichtschachtfenster zertrümmert und das Zimmer leer. Aber soviel die Polizei feststellen kann, ist sie ganz einfach heimgegangen. Nein, ich meine die Frau, die ihn bei jener geheimen Unterredung bedroht und sich als seine Frau bezeichnet hat. Glauben Sie, daß sie wirklich seine Frau gewesen ist?«

»Das ist durchaus nicht ausgeschlossen«, sagte Pater Brown, der völlig geistesabwesend ins Leere starrte.

»Dann wäre ja das Motiv zum Mord klar: Eifersucht wegen seiner Wiederverheiratung, denn ein Raubmord liegt nicht vor. Man braucht also keine verbrecherischen Angestellten oder irgendeinen abgebrannten Schauspieler zu verdächtigen. Was die Schauspieler angeht, so ist Ihnen doch sicherlich etwas aufgefallen, was den Fall recht merkwürdig macht.«

»Mir sind verschiedene merkwürdige Sachen aufgefallen. Was meinen Sie mit Ihrer Andeutung?«

»Ich meine, daß alle Personen ein Alibi haben«, entgegnete Jarvis. »Es dürfte wohl nicht oft vorkommen, daß praktisch eine ganze Gruppe von Personen ein solches Alibi hat. Die Bühne war hell erleuchtet, und jeder konnte den anderen sehen. Es war auch ein glücklicher Zufall, daß Mandeville diese beiden spleenigen Damen in die Loge gesetzt hat, damit sie der Probe beiwohnen konnten. Sie können bezeugen, daß der ganze Akt in einem Zug durchgespielt worden ist und sich alle Schauspieler auf der Bühne befanden. Die Probe hatte schon begonnen, als wir Mandeville sahen, wie er sein Zimmer betrat. Und sie spielten noch fünf oder zehn Minuten, nachdem wir beide die Leiche gefunden hatten. Es waren also in dem Augenblick, da wir Mandeville fallen hörten, alle auf der Bühne.«

»Das ist sicher sehr wichtig und vereinfacht auch die Untersuchung«, meinte Pater Brown. »Nun wollen wir aber doch nochmals einzeln die Personen durchgehen, auf die sich dieses Alibi erstreckt. Zuerst Randall. Meiner Meinung nach hat Randall den Direktor aufrichtig gehaßt, wenn er auch jetzt seine Gefühle recht gut verbirgt. Aber er kommt nicht in Frage, denn wir haben ja im entscheidenden Augenblick seine Stimme von der Bühne herabdonnern hören. Dann ist da unser jugendlicher Held, Herr Knight. Ich habe guten Grund anzunehmen, daß er in Mandevilles Frau verliebt ist und dieses Gefühl wahrscheinlich nicht so gut zu verstecken wußte, wie es wohl wünschenswert für ihn gewesen wäre. Aber auch er kommt nicht in Betracht, denn er war ja auf der Bühne als Partner von Randall, ihm galt nämlich die laute Rede des Schauspielers. Auch der liebenswürdige jüdische Jüngling Aubrey Vernon scheidet aus. Es bleibt nur noch Frau Mandeville übrig, die ebenfalls nicht in Frage kommt. Dieses Gesamtalibi hängt allerdings hauptsächlich von der Aussage der Lady Miriam und ihrer Freundin ab;

aber man nimmt ja sowieso an, daß der Akt, wie es bei solchen Proben üblich ist, ohne Unterbrechung durchgespielt worden ist. Dennoch werden vor Gericht wahrscheinlich Lady Miriam und ihre Freundin, Miss Talbot, als Zeuginnen auftreten. Gegen sie haben Sie doch sicherlich nichts einzuwenden?«

»Gegen Lady Miriam?« fragte Jarvis überrascht. »O ja, ich weiß wohl, Sie meinen, weil sie ein wenig wie ein Vamp aussieht? Aber Sie haben ja keine Ahnung, wie selbst Damen aus den besten Familien heutzutage herumlaufen. Haben Sie übrigens Anlaß, die Aussagen der beiden Damen anzuzweifeln?«

»Eigentlich nicht, aber damit sind wir beide in einer verzwickten Lage. Wie Sie sehen, werden alle außer uns durch das gemeinsame Alibi gedeckt. Diese vier Personen waren zur fraglichen Zeit die einzigen anwesenden Schauspieler. Personal war kaum da, nur der alte Sam am Haupteingang und die Frau, die vor Fräulein Maronis Tür saß. Bleiben also nur noch wir beide übrig. Es ist gar nicht ausgeschlossen, daß wir beide des Verbrechens angeklagt werden, besonders da wir die Leiche gefunden haben. Die anderen, die ja alle ein Alibi haben, dürften als Verdächtige wohl ausscheiden. Sie haben ihn doch nicht zufällig umgebracht, während ich gerade meine Augen anderswo hatte?«

Erschrocken fuhr Jarvis hoch und starrte ihn entgeistert an, aber gleich zog wieder ein Lächeln über sein gebräuntes Gesicht. Er schüttelte den Kopf.

»Sie waren es also nicht«, fuhr Pater Brown fort, »und wir wollen einmal annehmen, daß auch ich es nicht gewesen bin. Da die Schauspieler, die mit der Probe beschäftigt waren, nicht in Frage kommen, bleiben wirklich nur die Signorina hinter der verschlossenen Tür, die Schildwache vor ihrer Tür und der alte Sam übrig. Oder haben Sie etwa die beiden Damen in der Loge im Verdacht? Sie könnten natürlich die Loge auf einen Augenblick unbemerkt verlassen haben.«

»Das glaube ich nicht«, entgegnete Jarvis. »Ich denke an die unbekannte Dame, die sich als Mandevilles Frau bezeichnet hat.«

»Vielleicht war sie's auch«, sagte der Priester, und seine Stimme hatte einen so sonderbaren Klang, daß Jarvis wieder hochfuhr. »Richtig«, bemerkte er leise und aufgeregt, »wir haben ja schon vorhin darüber gesprochen, daß diese erste Frau auf Mandevilles zweite Frau eifersüchtig gewesen sein könnte.«

»Nein«, sagte der Priester. »Sie hätte vielleicht auf die Italienerin oder auf Lady Miriam Marden eifersüchtig sein können, aber bestimmt nicht auf die zweite Frau.«

»Und warum nicht?«

»Weil es keine zweite Frau gibt. Herr Mandeville scheint mir das genaue Gegenteil eines Bigamisten gewesen zu sein – ein höchst monogam veranlagter Mensch. Seine Frau war sogar fast zu viel um ihn herum, so viel, daß Sie alle barmherzigerweise annehmen, es müsse noch eine zweite Frau im Spiel sein. Aber ich verstehe nicht, wie sie bei ihm sein konnte, als er getötet wurde, denn wir sind uns darüber einig, daß sie die ganze Zeit über oben auf der Bühne war und dazu noch eine wichtige Rolle spielte...«

»Meinen Sie wirklich«, rief Jarvis, »daß die Unbekannte, die zu ihm kam wie ein Geist, niemand anders war als Frau Mandeville, die wir doch alle kennen?« Aber er erhielt keine Antwort, denn Pater Brown starrte völlig geistesabwesend mit einem beinahe idiotischen Ausdruck ins Leere – er sah immer am idiotischsten aus, wenn er die klügsten Gedanken hatte.

Im nächsten Augenblick erhob er sich. Sein Gesichtsausdruck wurde immer gequälter und betrübter. »Scheußlich«, sagte er. »Es sieht fast so aus, als sei dies der unangenehmste Fall, mit dem ich je zu tun gehabt habe. Aber ich muß damit fertig werden. Seien Sie doch bitte so freundlich, und fragen Sie Frau

Mandeville, ob ich sie einmal unter vier Augen sprechen könnte.«

»Aber gerne«, antwortete Jarvis und wandte sich zur Tür. »Sagen Sie mal, was ist eigentlich los mit Ihnen?«

»Ich ärgere mich nur, weil ich solch ein Narr bin, eine sehr weit verbreitete Klage in diesem Tal der Tränen. Wie konnte ich auch nur vergessen, daß das gespielte Stück ›Die Lästerschule‹ war!« Unruhig ging er im Zimmer auf und ab, bis Jarvis wieder erschien. Sein Gesichtsausdruck war jetzt ganz anders als vorher; er war sichtlich beunruhigt.

»Ich kann sie nirgendwo finden«, sagte er. »Niemand scheint sie gesehen zu haben.«

»Norman Knight dürfte wohl auch verschwunden sein?« fragte Pater Brown sarkastisch. »Nun, auf diese Weise bleibt mir wenigstens die peinlichste Unterredung meines Lebens erspart. Gott sei mir gnädig, aber ich habe doch beinahe Angst vor dieser Frau gehabt. Doch auch sie hatte Angst vor mir, Angst vor etwas, das ich gesehen oder gesagt hatte. Knight lag ihr schon immer in den Ohren, sie solle mit ihm fliehen. Jetzt hat sie's getan, und er tut mir wirklich leid.«

»Er?« fragte Jarvis.

»Nun, es ist sicherlich kein besonders angenehmes Gefühl, mit einer Mörderin davonzulaufen«, entgegnete Pater Brown ruhig. »Aber sie ist noch weit schlimmer als eine Mörderin.«

»Und was gibt es Schlimmeres?«

»Sie ist eine Egoistin«, sagte Pater Brown. »Sie gehört zu den Menschen, die immer zuerst in den Spiegel schauen, ehe sie aus dem Fenster sehen, und das ist das schlimmste Unglück, das uns Sterblichen passieren kann. Der Spiegel hat ihr Unglück gebracht, aber eben deshalb, weil er nicht zerbrochen ist.«

»Ich verstehe kein Wort, was das alles bedeuten soll«, meinte Jarvis. »Jeder hielt sie für eine Frau von hohen Idealen, die auf einer höheren geistigen Ebene lebt als wir übrigen...«

»Sie hat sich selbst in diesem Licht gesehen und hat es auch verstanden, allen anderen die gleiche Meinung beizubringen. Ich habe mich wahrscheinlich deshalb nicht von ihr täuschen lassen, weil ich sie noch nicht lange genug kannte. Aber fünf Minuten nachdem ich sie zum erstenmal gesehen hatte, wußte ich, was für ein Mensch sie ist.«

»Seien Sie doch gerecht«, rief Jarvis. »Überlegen Sie, wie rücksichtsvoll sie sich der Italienerin gegenüber benommen hat.«

»Sie hat sich immer tadellos benommen. Jeder hat mir hier berichtet, wie fein und vornehm und geistig überlegen sie Mandeville gegenüber war. Aber wenn man der Sache auf den Grund geht, dann bleibt eigentlich nur eines: Sie war sicher eine Lady, er aber keineswegs ein Gentleman. Ich weiß jedoch nicht, ob Petrus am Himmelstor nur darauf sieht. Und was das übrige angeht«, fuhr er mit steigender Lebhaftigkeit fort, »so erkannte ich schon an ihren ersten Worten, daß sie trotz der zur Schau getragenen kalten Hochherzigkeit der armen Italienerin gegenüber sich durchaus nicht fair verhielt. Und als ich erfuhr, daß es sich bei dem zu spielenden Stück um ›Die Lästerschule‹ handelt, da habe ich sie endgültig durchschaut.«

»Das geht mir viel zu schnell«, stöhnte Jarvis in hilfloser Verwirrung. »Was hat denn das Stück damit zu tun?«

»Sie erinnern sich doch, wie sie sagte, sie habe der Italienerin die Rolle der schönen Heroine gegeben und sich mit der Rolle einer Matrone begnügt. Bei fast jedem anderen Theaterstück wäre dies eine hochherzige Rollenverteilung gewesen, aber gerade bei diesem Stück liegen die Dinge anders. Sie kann nur gemeint haben, daß sie dem Mädchen die Rolle der Maria zugeteilt hat, die kaum eine Rolle zu nennen ist. Und die Rolle der sich angeblich im Hintergrund haltenden verheirateten Frau, von der sie sprach, kann nur die Rolle der Lady Teazle gewesen sein, die einzige, die jede Schauspielerin zu erhalten wünscht. Wenn also die Italienerin tatsächlich eine erstklassige Schauspielerin ist, der man eine erstklassige Rolle versprochen hatte, so war dies durchaus eine Entschuldigung oder doch ein guter Grund für ihre italienische Raserei. Wenn Italiener aus der Ruhe geraten, dann haben sie meistens einen guten Grund, denn sie sind ein recht logisches Volk. Ebendieser scheinbar unbedeutende Umstand sagte mir, wie es um ihre Großherzigkeit bestellt sein muß. Aber da war noch etwas anderes, das mir gleich aufgefallen ist. Sie haben gelacht, als ich sagte, das mürrische Gesicht der Frau Sands sei für mich eine Charakterstudie, aber keine Studie über den Charakter der Frau Sands. Diese meine Bemerkung war mein voller Ernst. Wenn man über eine Frau wirklich Bescheid wissen will, so darf man nicht sie selbst betrachten, denn sie kann einen täuschen. Man darf auch nicht die Männer betrachten, von denen sie umgeben ist, denn diese können in sie vernarrt sein. Aber sehen Sie sich eine Frau an, die immer in ihrer Nähe ist, und besonders eine Frau, die unter ihr steht. In diesem Spiegel werden sie ihr wirkliches Gesicht erblicken; und das Gesicht, das sich in Frau Sands' Zügen spiegelte, war sehr häßlich.

Und wie steht es mit meinen anderen Eindrücken? Alle sagten, wie wenig der alte Mandeville doch ihrer wert gewesen sei – eine Einschätzung, die meines Erachtens von ihr verbreitet wurde. Das war mir sofort klar, denn da jedermann hier so sprach, mußte sie offensichtlich bei jedem über ihre geistige Vereinsamung gestöhnt haben. Sie selbst haben gesagt, sie beklage sich niemals, und dann haben Sie ihre Worte über die Seelenstärke klaglosen Schweigens zitiert. Das ist unverkennbar der Stil dieser Egoisten. Leute, die klagen, sind liebenswerte, schwache Menschenwesen, die man bedauern kann. Aber Leute, die klagen, daß sie niemals klagen – die sind des Teufels. Sie sind selbst wahrhafte Teufel, denn ist dieser großtuerische Stoizismus nicht der Angelpunkt des Byronschen Satanskults? Ich habe mir all das angehört, aber so weit ich auch meine Ohren aufgesperrt habe, so konnte ich doch nicht entdecken, worüber sie sich eigentlich zu beklagen hatte. Niemand behauptete, daß ihr Mann trank oder sie schlug oder ihr kein Geld gab oder untreu war – wenn man nicht das Gerücht über seine geheimen Zusammenkünfte so auslegen will, und auch dieses Gerücht hat sie selbst durch ihre pathetische Gewohnheit verschuldet, ihm in seinem Arbeitszimmer Gardinenpredigten zu halten. Wenn man sich aber losmacht von dieser vagen Vorstellung eines Märtyrerdaseins, die sie bei allen hervorzurufen versucht hat, wenn man einmal die Tatsachen als solche betrachtet, dann erhält man ein ganz anderes Bild. Mandeville hat seine geldbringenden Pantomimen aufgegeben und sein Geld für die Aufführung klassischer Dramen geopfert, nur um ihr damit einen Gefallen zu erweisen. Sie richtete Stück und Ausstattung ganz nach ihrem Belieben ein. Sie wollte Sheridans Stück aufführen, und sie durfte es auch, sie wollte die Rolle der Lady Teazle spielen, und sie hat sie bekommen, sie wünschte gerade zu dieser Stunde eine Probe ohne Kostüme, und die Probe hat stattgefunden. Und ebendieser merkwürdige Wunsch einer Probe ohne Kostüme verdient besondere Aufmerksamkeit.«

»Aber was soll denn dieser ganze Vortrag?« fragte der Schauspieler, der kaum jemals seinen geistlichen Freund so viel Worte hatte machen hören. »Mit diesen psychologischen Erklärungen kommen wir doch nur immer weiter vom Mord weg. Sie mag mit Knight durchgebrannt sein, sie mag Randall und mich zum Narren gehalten haben, aber ihren Mann kann sie nicht ermordet haben, denn es steht doch fest, daß sie während des ganzen Aktes auf der Bühne gewesen ist. Sie mag schlecht und durchtrieben sein, aber zaubern kann sie doch nicht!«

»Nun, so bestimmt will ich das nicht behaupten«, meinte Pater Brown lächelnd. »Aber abgesehen davon – es bedurfte in diesem Fall gar keiner Zauberei. Ich weiß jetzt, daß sie den Mord ausgeführt hat, und die Ausführung war ganz einfach.«

»Warum sind Sie dessen so sicher?« fragte Jarvis verwundert.

»Weil das geprobte Stück ›Die Lästerschule‹ war«, entgegnete Pater Brown. »Und dann gerade dieser eine Akt der ›Lästerschule‹. Ich möchte Sie daran erinnern, wie ich eben sagte, daß sie bei der Inszenierung völlig freie Hand hatte und die Kulissen und die Einrichtung stellen konnte, wie es ihr paßte. Sie dürfen auch nicht vergessen, daß die Bühne ursprünglich für Pantomimen gebaut und benützt wurde, daß also sicher Falltüren und allerlei Versenkungen vorhanden sind. Und wenn Ihrer Meinung nach die beiden Damen bezeugen können, daß alle Schauspieler sich auf der Bühne befunden haben, so möchte ich Sie daran erinnern, daß in der Hauptszene des Stückes eine der Hauptpersonen nach der Regieanweisung zwar auf der Bühne bleibt, aber für beträchtliche Zeit nicht sichtbar ist. Theoretisch befindet sie sich also auf der Bühne, aber in Wirklichkeit kann sie während dieser Zeit ganz woanders sein. Das ist das Versteck der Lady Teazle und damit zugleich das Alibi von Frau Mandeville.«

Völlig verblüfft stand Jarvis da. Dann meinte er: »Sie glauben also, daß sie, gedeckt durch eine Kulisse, durch eine Falltür ins Zimmer des Direktors gelangt ist?«

»Wahrscheinlich«, sagte Pater Brown. »Das ist mir schon aus dem Grund wahrscheinlich, weil sie eine Probe ohne Kostüme angesetzt hat. Ich vermute, daß sie dies alles bis ins einzelne vorausgeplant hat. Hätte sie nämlich eine Kostümprobe veranstaltet, dann wäre es für sie reichlich schwierig gewesen, im Reifrock des achtzehnten Jahrhunderts durch die Falltür zu kommen. Es ist natürlich noch eine ganze Reihe kleinerer Unklarheiten da, aber ich denke, sie werden im Laufe der Zeit ihre Aufklärung finden.« Jarvis dachte angestrengt nach; stöhnend stützte er den Kopf auf die Hände. »Aber mir ist es immer noch nicht klar, wie eine so starke, ernste Frau derartig ihr inneres Gleichgewicht verlieren und all ihre moralischen Hemmungen über Bord werfen konnte. Gibt es überhaupt ein Motiv, das sie zu einer solchen Tat befähigte? War denn ihre Liebe zu Knight so groß?«

»Ich möchte es wünschen«, entgegnete Pater Brown, »denn das wäre noch die menschlichste Entschuldigung. Aber ich muß leider sagen, daß ich meine Zweifel habe. Sie wollte einfach ihren Mann los sein, der ihr ein zu rückständiger Provinzler war und ihr nicht einmal genug Geld verdiente. Sie wollte als die Frau eines glänzenden und rasch berühmt werdenden Schauspielers Karriere machen. Sie hat ihren Mann nicht aus einer menschlich-leidenschaftlichen Aufwallung heraus ermordet, sondern aus kühler Überlegung, weil sie an seiner Seite nicht die Rolle spielen konnte, die sie erträumt hatte. Sie setzte ihrem Mann ständig im geheimen zu, er solle sich scheiden lassen oder ihr sonstwie den Weg freigeben, und da er sich weigerte, mußte er schließlich seine Weigerung mit dem Tod bezahlen. Und Sie müssen sich noch etwas anderes vor Augen halten. Sie verehrten diese Frau wegen ihrer philosophischen und literarischen Neigungen. Aber ihre ganze Philosophie drehte sich nur um den Willen zur Macht und das Recht auf Leben und Erlebnisse... Alles verdammter Unsinn und mehr als das – Unsinn, der zur Verdammnis führt.«

Zornig runzelte Pater Brown die Stirn, was bei ihm selten vorkam, und mit finsterem Gesicht setzte er seinen Hut auf und schritt hinaus in die Nacht.

Vaudreys Verschwinden

Sir Arthur Vaudrey, in einem hellgrauen Sommeranzug, den weißen Hut in keckem Schwung auf das Haupt gedrückt, spazierte vergnügt und raschen Schrittes die Straße längs des Flusses daher, die von seinem Haus zu der kleinen Gruppe winziger, fast wie Nebengebäude seiner prächtigen Villa wirkender Häuschen führte, betrat die kleine Siedlung und – war verschwunden, wie vom Erdboden verschluckt.

Dieses plötzliche Verschwinden war um so unerklärlicher, als die Örtlichkeiten aber auch gar nichts Geheimnisvolles an sich hatten und die Begleitumstände alles andere als kompliziert waren. Die Siedlung konnte man beim besten Willen nicht als Dorf bezeichnen; sie bestand eigentlich nur aus einer schmalen Straße mit kleinen Häusern, die einsam und verlassen in der weiten Flur dalagen. Es gab da vier oder fünf Läden, in denen die Bewohner der Gegend, ein paar Bauern und die Insassen des großen Hauses, das Allernotwendigste kaufen konnten. Gleich an der Ecke befand sich ein Metzgerladen, vor dem, wie sich später herausstellte, Sir Arthur zuletzt gesehen worden war, und zwar von zwei jungen Leuten, die in seinem Haus wohnten: von Evan Smith, der als sein Sekretär fungierte, und von John Dalmon, der, wie man allgemein annahm, sich demnächst mit Sir Arthurs Mündel verheiraten sollte. Gleich daneben lag ein kleiner Laden, in dem alles mögliche zu haben war, wie das oft in Dörfern der Fall ist: eine alte Frau verkaufte hier Schokolade und Bonbons, Spazierstöcke und Golfbälle ebenso wie Leim, Schnur und vergilbtes Schreibpapier. Es folgte ein Tabakladen, zu dem sich die beiden jungen Männer gerade begaben, als sie Sir Arthur vor dem Metzgerladen zum letztenmal erblickten. Daneben betrieben in einem armseligen Häuschen zwei unscheinbare Damen ein Konfektionsgeschäft. Den Schluß bildete ein düsterer, schäbiger Laden, in dem man eine wäßrige, grünliche Limonade in großen Gläsern erstehen konnte, denn das einzige richtige Gasthaus stand noch ein gutes Stück weiter an der Landstraße abwärts. Zwischen dem Gasthaus und der Siedlung lag eine Straßenkreuzung, an der ein Polizist und ein uniformierter Angestellter eines Automobilklubs sich die Zeit vertrieben. Beide sagten übereinstimmend aus, daß Sir Arthur diesen Punkt der Straße nicht passiert habe.

Es war ein strahlender Sommermorgen, als der alte Herr, fröhlich ausschreitend, seinen Spazierstock schwingend und seine gelben Handschuhe durch die Luft wirbelnd, die Straße zur Siedlung entlangmarschierte. Er hatte viel von einem Dandy an sich, war aber für sein Alter doch recht kräftig und lebhaft. Sein körperlicher Zustand war bemerkenswert, und wenn man ihn so sah, wußte man nicht recht, war sein Haar wirklich weiß oder war es nur so blond, daß es weiß erschien. Sein glattrasiertes Gesicht war ebenmäßig und angenehm; er hatte eine Adlernase wie der Herzog von Wellington. Das hervorstechendste Merkmal an ihm waren jedoch seine Augen, und das nicht nur in bildlichem Sinn. Sie wölbten sich geradezu aus ihren Höhlen und waren so das einzige Unregelmäßige in seinen sonst so ebenmäßigen Gesichtszügen. Seine Lippen waren voll, aber eigenwillig fest zusammengepreßt. Der ganze Grund und Boden ringsum gehörte ihm und die Siedlung natürlich auch. In einem solchen Dörfchen kennt nicht nur jeder jeden, sondern jeder weiß meist auch von jedem, wo er sich in jedem Augenblick befindet. Sir Arthurs Spaziergang wäre normalerweise so verlaufen: Er wäre ins Dorf gegangen, hätte dem Metzger oder wen er gerade aufsuchen wollte, gesagt, was er zu sagen hatte, und wäre in einer halben Stunde wieder zu Hause gewesen wie die beiden jungen Männer, die sich im Tabakladen Zigaretten gekauft hatten. Aber als die beiden wieder heimwärts gingen, sahen sie keinen Menschen auf der Straße außer einem weiteren Gast Sir Arthurs, einem gewissen Doktor Abbott, der, seinen breiten Rücken ihnen zugewandt, geduldig am Flußufer saß und angelte.

Als die drei sich zum Frühstück versammelt hatten, machten sie sich kaum Gedanken darüber, daß Sir Arthur noch nicht da war; als der Tag jedoch fortschritt und er auch zum Mittagessen nicht erschienen war, begannen sie sich natürlich allmählich den Kopf zu zerbrechen, und Sybil Rye, die dem Haushalt vorstand, fing an, sich ernsthaft zu ängstigen. Man suchte nach ihm, entdeckte aber keinerlei Spuren des Verschwundenen, und als es schließlich Abend wurde, war alles in heller Aufregung. Sybil hatte Pater Brown, den sie gut kannte, um seinen Beistand gebeten, und da die Sache offensichtlich eine bedenkliche Wendung nahm, hatte er eingewilligt, bis zur Lösung des Rätsels im Haus zu bleiben.

Als nun auch bei Anbruch des kommenden Tages noch keine Nachricht von dem Verschwundenen gekommen war, zog Pater Brown in der ersten Morgendämmerung los, um auf eigene Faust Nachforschungen anzustellen. Seine schwarze, untersetzte Gestalt tauchte auf dem Gartenweg dicht am Flußufer auf, und seine kurzsichtigen Augen schweiften unaufhörlich über die Landschaft. Da bemerkte er, daß noch jemand, noch unruhiger als er selbst, am Ufer auf und ab ging: Evan Smith, der Sekretär. Der Pater rief ihn laut an.

Evan Smith, ein großer, blonder junger Mann, war ziemlich verstört und beunruhigt, was bei der Ungewißheit, die alle bedrückte, durchaus nicht verwunderlich war. Aber etwas von dieser Unruhe war immer an ihm. Vielleicht fiel das an ihm besonders auf, weil er die athletische Gestalt, das ruhige Wesen und das hellblonde Löwenhaar hatte, die nun einmal – in Romanen immer und manchmal sogar in Wirklichkeit – zu einem frisch-fröhlichen »englischen Jüngling« gehören. Aber er hatte tiefliegende Augen und einen unruhigen, flackrigen Blick, und dieser Kontrast zu seiner wohlgebauten Gestalt und dem blonden Haar war irgendwie unheimlich. Pater Brown jedoch lächelte ihm freundlich zu und sagte dann, ernster werdend: »Das ist eine recht heikle Sache.«

»Besonders für Fräulein Rye ist es schlimm«, antwortete der junge Mann finster. »Für mich ist dies das Schlimmste an der ganzen Sache, und ich sehe nicht ein, warum ich es verbergen sollte, auch wenn sie mit Dalmon verlobt ist. Nun sind Sie wohl entsetzt, wie?«

Pater Brown sah nicht gerade entsetzt aus, aber bei ihm konnte man oft nicht erkennen, woran man war. Er sagte nur nachsichtig:

»Natürlich geht uns allen ihre Angst und Besorgnis zu Herzen. Sie haben wohl auch nichts Neues erfahren? Haben Sie sich schon eine Ansicht über Sir Arthurs Verschwinden gebildet?«

»Nein, mit Neuigkeiten kann ich nicht aufwarten, ich habe auch nichts weiter gehört. Und meine Meinung über die ganze Angelegenheit...« Er verfiel in nachdenkliches Schweigen.

»Es würde mich sehr interessieren, wie Sie darüber denken«, sagte der kleine Priester freundlich. »Seien Sie mir nicht böse, aber ich glaube, Sie haben etwas auf dem Herzen.«

Der junge Mann öffnete den Mund, schloß ihn aber wieder und sah den Priester mit zusammengezogenen Augenbrauen, die einen dunklen Schatten über seine tiefliegenden Augen warfen, fest an.

»Ja, Sie haben recht«, sagte er schließlich. »Ich glaube, es ist am besten, ich schütte jemandem mein Herz aus. Und bei Ihnen scheinen mir meine Geheimnisse am besten aufgehoben.«

»Wissen Sie, was Sir Arthur zugestoßen ist?« fragte Pater Brown ruhig, als handle es sich um die nebensächlichste Frage der Welt.

»Ja«, sagte der Sekretär mit heiserer Stimme, »ich glaube, ich weiß, was Sir Arthur zugestoßen ist.«

»Ein herrlicher Morgen«, sagte plötzlich eine weiche Stimme ganz in der Nähe. »Ein herrlicher Morgen, der gar nicht zu einem so traurigen Anlaß paßt.«

Wie von einer Schlange gebissen, fuhr der Sekretär herum, als nun der breite Schatten Doktor Abbotts im hellen Schein der bereits hoch stehenden Sonne über den Weg fiel. Doktor Abbott hatte noch seinen Morgenrock an, einen prächtigen orientalischen Morgenrock, der, über und über mit farbigen Blumen und Drachen bedeckt, aussah wie ein in glühender Sonne leuchtendes, üppiges Blumenbeet. Er trug dazu große, flache Pantoffeln, die es ihm wahrscheinlich ermöglicht hatten, sich so ungehört zu nähern. Eigentlich paßte dieses Heranschleichen gar nicht zu ihm, denn er war ein sehr großer, breiter und schwerer Mann mit einem kräftigen, gutmütigen, sonnenverbrannten Gesicht, das von einem altmodischen, grauen Kinn- und Backenbart umrahmt war. Üppig gewachsene, lange graue Locken umrahmten sein ehrfurchtgebietendes Haupt. Seine zusammengekniffenen grauen Augen blickten reichlich schläfrig drein, was bei einem so alten Mann, der sich zu so früher Stunde erhoben hatte, schließlich nicht verwunderlich war. Aber er sah trotz seines Alters sehr robust und abgehärtet aus, wie ein alter Bauer oder Matrose, der bei jedem Wetter im Freien gewesen ist. Von all den Gästen Sir Arthurs war er der einzige Freund und Altersgenosse des Gastgebers.

»Ich kann es wirklich nicht verstehen«, sagte er kopfschüttelnd. »Diese kleinen Häuser sind doch wie Puppenstuben die ganze Zeit über vorn und hinten offen, und wenn man darin jemanden verbergen wollte, so wäre dies bei dem wenigen Platz ja kaum möglich. Abgesehen davon – ich wüßte nicht, warum ihm jemand übelwollte. Dalmon und ich haben gestern alle Bewohner der Siedlung gesprochen; es sind meistens kleine alte Frauen, die keiner Fliege etwas zuleide tun könnten. Die Männer sind fast alle bei der Ernte, außer dem Metzger, und Arthur wurde zum letztenmal gesehen, als er aus dem Metzgerladen herauskam. Auf dem Rückweg längs des Flusses kann ihm auch nichts zugestoßen sein, denn ich habe den ganzen Vormittag am Ufer gesessen und geangelt.«

Dann sah er Smith an, und dabei sahen seine schmalen Augen gar nicht mehr verschlafen aus; für kurze Sekunden blitzte darin etwas Hinterhältiges auf. »Sie und Dalmon werden es ja bezeugen können«, sagte er, »daß Sie mich die ganze Zeit über hier haben sitzen sehen, sowohl als Sie ins Dorf gingen, als auch als Sie zurückkamen.«

»Allerdings«, erwiderte Smith kurz angebunden. Er schien sich über die lange Unterbrechung ziemlich zu ärgern.

»Ich kann mir die Sache nur so vorstellen . . .« fuhr Doktor Abbott langsam fort, wurde aber nun seinerseits unterbrochen. Eine geschmeidige, aber kräftige Gestalt tauchte zwischen den Blumenbeeten auf und überquerte schnell den Rasen. Es war John Dalmon, der, ein Stück Papier in der Hand, auf sie zueilte. Er war elegant gekleidet, sein markantes, an Napoleon erinnerndes Gesicht war tiefbraun, und seine Augen hatten einen so traurigen Ausdruck, daß sie einem beinahe tot vorkamen. Er stand offenbar in der Blüte der Jahre, doch war sein schwarzes Haar an den Schläfen vorzeitig ergraut.

»Ich habe soeben von der Polizei dieses Telegramm erhalten«, sagte er. »Ich habe gestern abend noch telegrafiert, und jetzt erhielt ich die Nachricht, daß man sofort jemanden hersenden wird. Herr Doktor Abbott, wissen Sie vielleicht noch jemanden, den wir verständigen müssen? Etwaige Verwandte oder Bekannte?«

»Vor allem müssen wir seinen Neffen Vernon Vaudrey benachrichtigen«, sagte Doktor Abbott. »Wenn Sie mit mir kommen wollen, ich glaube, ich kann Ihnen seine Adresse geben... und Ihnen etwas sehr Merkwürdiges über ihn erzählen.«

Doktor Abbott und Dalmon gingen zum Haus zurück, und als sie außer Hörweite waren, sagte Pater Brown, als wären sie in ihrem Gespräch nie unterbrochen worden:

»Ja und?«

»Sie haben einen kühlen Kopf«, sagte der Sekretär erstaunt.

»Das kommt wohl vom Beichtehören. Und mir ist auch zumute, als wollte ich eine Beichte ablegen. Allerdings hat mir dieser alte Elefant, der wie eine Schlange herangeschlichen kam, beinahe die Stimmung, in der man zu Geständnissen aufgelegt ist, wieder genommen. Aber es ist vielleicht besser, wenn ich mich trotzdem nicht abhalten lasse, obschon es in Wirklichkeit gar nicht meine Beichte ist, sondern die eines anderen.« Er stockte einen Augenblick, zog die Brauen zusammen, strich über seinen Schnurrbart und stieß dann plötzlich hervor: »Ich glaube, Sir Arthur ist entflohen, und ich denke, ich weiß auch den Grund.«

Pater Brown sagte kein Wort, und Evan Smith fuhr nach einer kurzen Pause hastig fort: »Ich bin in einer gräßlichen Lage, und viele würden mein Handeln verurteilen. Ich werde in der Rolle eines hinterhältigen Angebers erscheinen, und doch glaube ich, damit nur meine Pflicht zu tun.«

»Das müssen Sie selbst am besten wissen«, entgegnete Pater Brown ernst. »Aber warum halten Sie es für Ihre Pflicht?«

»Ich bin in der ganz scheußlichen Lage, einen Nebenbuhler, und noch dazu einen erfolgreichen Nebenbuhler, anschwärzen zu müssen«, sagte der junge Mann bitter. »Aber ich sehe keinen anderen Weg. Sie haben mich gefragt, ob ich mir Vaudreys Verschwinden erklären könne. Ich bin unbedingt davon überzeugt, daß die Erklärung bei Dalmon liegt.«

»Sie meinen also«, sagte Pater Brown, ohne großes Staunen zu zeigen, »daß Dalmon Sir Arthur ermordet hat?«

»Aber nein!« fuhr Smith verwundert auf. »Nein und hundertmal nein! Was Dalmon auch sonst verbrochen haben mag – das hat er bestimmt nicht getan! Was er auch sonst sein mag – ein Mörder ist er nicht. Er hat das denkbar beste Alibi, die positive Aussage eines Menschen, der ihn haßt. Ich werde sicherlich nicht aus Liebe zu Dalmon einen Meineid leisten, und ich könnte jederzeit beschwören, daß er gestern dem alten Mann nichts angetan haben kann. Dalmon und ich waren den ganzen Tag über – oder doch zumindest in der fraglichen Zeit – ständig beisammen, und er hat im Dorf nichts getan, als Zigaretten zu kaufen. Ich bin zwar davon überzeugt, daß er ein Verbrecher ist, aber ermordet hat er Vaudrey nicht. Ich möchte sogar sagen: Eben weil er ein Verbrecher ist, hat er Vaudrey nicht ermordet.«

»Nun gut«, sagte Pater Brown geduldig, »und was wollen Sie damit sagen?«

»Ich will sagen«, antwortete der Sekretär, »daß er ein anderes Verbrechen begeht, das nur verübt werden kann, wenn Vaudrey am Leben bleibt.«

»Ich verstehe«, sagte Pater Brown.

»Ich kenne Sybil Rye ziemlich gut, und ihr Charakter spielt in dieser Geschichte eine große Rolle. Sie ist in doppelter Bedeutung des Wortes ein feiner Charakter, das heißt, sie ist von vornehmer, aber auch sehr empfindlicher Art. Sie gehört zu jenen Menschen, die schrecklich gewissenhaft und peinlich genau sind, ohne jedoch den aus Gewohnheit und nüchternem Verstand geschmiedeten Panzer zu besitzen, den sich viele dieser so gewissenhaften Menschen mit der Zeit umlegen. Sie ist fast krankhaft empfindlich und zugleich völlig selbstlos. Ihre Lebensgeschichte ist recht seltsam. Sie war eine Waise, und wie ein Findelkind besaß sie buchstäblich keinen einzigen Pfennig.

Sir Arthur hat sie in sein Haus aufgenommen und mit einer Achtung behandelt, die viele Leute in Erstaunen gesetzt hat, denn, ohne ihm etwas Böses nachsagen zu wollen, es lag ihm nicht sehr, andere auf diese Weise zu behandeln. Als sie aber etwa siebzehn Jahre alt war, bekam sie plötzlich eine überraschende Erklärung für Sir Arthurs Verhalten: Ihr Vormund hielt um ihre Hand an. Nun komme ich zum springenden Punkt dieser Geschichte. Zufällig hatte Sybil durch irgend jemanden – wahrscheinlich durch den alten Abbott – erfahren, daß Sir Arthur Vaudrey in seinen wilden Jugendjahren irgendein Verbrechen oder wenigstens ein großes Unrecht begangen hatte – eine Tat, durch die er mit dem Gesetz in ernstlichen Konflikt gekommen war. Was es war, weiß ich nicht. Aber dem jungen, empfindlichen Mädchen erschien die Tat ganz schrecklich; Sir Arthur kam ihr wie ein Ungeheuer vor, und es war ihr einfach unvorstellbar, daß sie mit ihm eine Ehe eingehen sollte. Es ist typisch für sie, wie sie sich in dieser Lage verhielt. In hilflosem Schrecken und mit heroischem Mut sagte sie ihm mit zitternden Lippen die Wahrheit. Sie gestand, daß ihre Abneigung vielleicht krankhaft sei, sie gab sie offen zu wie eine verborgengehaltene Verrücktheit. Zu ihrer Erleichterung und Überraschung nahm Sir Arthur ihr Geständnis ruhig und höflich entgegen und kam niemals wieder auf seinen Antrag zurück. Und sein Verhalten bei einer späteren Gelegenheit verstärkte in ihr noch den Eindruck von seinem Edelmut. In ihr einsames Leben war nämlich ein ebenso einsamer Mann getreten. Wie ein Einsiedler hauste er draußen auf einer der Flußinseln, und wahrscheinlich fühlte sie sich von seinem geheimnisvollen Wesen angezogen, obwohl ich zugeben muß, daß er schon rein äußerlich als Mann gesehen anziehend genug ist. Von besten Umgangsformen, sehr geistreich, aber mit einem melancholischen Einschlag, was wohl den romantischen Eindruck noch verstärkt. Sie werden schon wissen, wen ich meine:

Dalmon. Aber ich weiß heute noch nicht, ob sie ihn wirklich liebt; auf jeden Fall hat sie ihm erlaubt, bei ihrem Vormund um ihre Hand zu bitten. Ich kann mir gut vorstellen, daß sie das Ergebnis dieser Aussprache mit Zittern und Beben erwartet und sich gefragt hat, wie der alte Geck wohl das Auftauchen eines Nebenbuhlers aufnehmen würde. Aber auch jetzt mußte sie entdecken, daß sie ihm offenbar unrecht getan und ihn falsch eingeschätzt hatte. Sir Arthur begrüßte den Jüngeren mit großer Herzlichkeit und schien sich über das zukünftige Glück des jungen Paares ehrlich zu freuen. Er ging zusammen mit Dalmon auf die Jagd und zum Fischen, und die beiden waren offensichtlich die besten Freunde. Da erlebte sie eines Tages eine neue Überraschung. Zufällig entschlüpfte Dalmon bei einer Unterhaltung die Bemerkung, daß sich der Alte in den letzten dreißig Jahren nicht sehr verändert habe, und mit einem Schlag verstand sie die Ursache für die merkwürdige Vertrautheit der beiden Männer. Das ganze Kennenlernen und die freundliche Aufnahme waren nur Theater gewesen; die beiden kannten sich offenbar von früher her. Deshalb also war der Jüngere so heimlich in die Gegend gekommen. Deshalb war auch der Ältere so schnell bereit gewesen, zu der Verbindung mit seinem Mündelkind seine Zustimmung zu geben. Nun, was halten Sie davon?«

»Was Sie davon halten, ist mir völlig klar«, sagte Pater Brown lächelnd, »und Ihr Schluß scheint auch ganz logisch zu sein. Auf der einen Seite haben wir Vaudrey mit irgendeinem dunklen Punkt in seiner Vergangenheit, auf der anderen einen geheimnisvollen Fremden, der sich an ihn heranmacht und unter Ausnützung seiner Kenntnis dieses dunklen Punktes von ihm bekommt, was er haben will. Mit anderen Worten: Sie halten Dalmon für einen Erpresser.«

»Allerdings«, entgegnete Smith, »und das ist ein scheußlicher Gedanke.«

Pater Brown überlegte einen Augenblick und sagte dann: »Ich halte es für das beste, ich gehe jetzt ins Haus und rede mal ein Wörtchen mit Doktor Abbott.«

Als er nach einigen Stunden wieder aus dem Haus trat, konnte er zwar mit Doktor Abbott gesprochen haben, er kam jedoch nicht mit ihm, sondern mit Sybil Rye heraus, einem blassen Mädchen mit rötlichem Haar und einem zarten, sehr sensitiven Gesicht. Wenn man sie so sah, konnte man sofort verstehen, was der Sekretär von ihrer mimosenhaften Zartfühligkeit berichtet hatte. Man mußte an die berühmte Lady Godiva und an gewisse Legenden von jungfräulichen Märtyrinnen denken; nur derartig scheue Menschen können um ihres Gewissens willen so schamlos und schonungslos werden. Smith ging ihnen entgegen, und sie blieben eine Weile auf dem Rasen stehen. Die Sonne, die am frühen Morgen strahlend aufgegangen war, brannte jetzt glühend hernieder, aber immer noch trug Pater Brown in der Hand seinen schwarzen Schirm und auf dem Kopf den schwarzen Hut, der mit seinem breiten Rand wie ein aufgespannter Schirm aussah. Es war, als habe er sich für ein Unwetter gerüstet, und – obwohl er sich dessen wahrscheinlich gar nicht bewußt war – auch sein Gesicht sah nach Sturm aus.

»Was ich am meisten hasse, ist das Gerede, das bereits beginnt«, sagte Sybil leise. »Jeder wird verdächtigt. John und Evan können ja füreinander einstehen, aber Doktor Abbott hat mit dem Metzger eine stürmische Auseinandersetzung gehabt. Der Metzger glaubt, daß man ihn verdächtigt, und streut nun seinerseits alle möglichen Verdächtigungen aus.«

Evan Smith war es deutlich anzusehen, daß es ihm in seiner Haut nicht recht wohl war. Er platzte heraus:

»Schau mal, Sybil, ich kann nicht viel sagen, aber wir halten dieses ganze Getue für unnötig. Die Sache ist schlimm genug, aber an eine – Gewalttat glauben wir nicht.«

»Sie haben also schon eine Erklärung für das Verschwinden?«
fragte Sybil Rye und richtete ihre Augen sofort auf den Priester.

»Ich habe eine Erklärung gehört«, sagte dieser, »die mir recht plausibel klingt.«

Gedankenverloren sah er zum Fluß hinüber, während das Mädchen und Smith sich leise in schnellen Worten unterhielten. Vor sich hinsinnend, ging der Priester langsam das Ufer entlang und verschwand dann in einem Gebüsch an einer Stelle, wo das Ufer steil zum Fluß hin abfiel. Die glühende Sonne brannte auf dem dünnen Schleier der kleinen, tanzenden Blättchen, so daß diese aussahen wie grüne Flämmchen. Kurze Zeit später hörte Smith, wie aus der grünen Tiefe des Dickichts leise, aber deutlich sein Name gerufen wurde. Rasch eilte er in die Richtung, aus der der Ruf gekommen war, und sah Pater Brown aus dem Gebüsch wieder auftauchen. Hastig zog ihn der Priester zur Seite und flüsterte ihm zu:

»Sorgen Sie dafür, daß Fräulein Rye nicht hierherkommt. Können Sie sie nicht irgendwie loswerden? Schicken Sie sie weg, sie soll telefonieren oder sonstwas tun, und kommen Sie dann sofort zurück.«

Evan Smith versuchte verzweifelt, sich nichts anmerken zu lassen, als er sich nun wieder Fräulein Rye zuwandte, aber da sie ein Mensch war, der gern für andere etwas besorgte, war sie sehr bald im Haus verschwunden.

Pater Brown war bereits wieder in dem Dickicht untergetaucht, als Smith zurückkehrte. Direkt unterhalb des Gebüsches befand sich eine kleine Bucht; hier zog sich das grasbewachsene Steilufer bis zum Flußsand hinab. Am Rand dieser schmalen Bucht stand Pater Brown und blickte auf den Sand hinunter, und obwohl die Sonne glühend auf seinen Kopf herniederbrannte, hielt er – entweder aus Gedankenlosigkeit oder absichtlich – seinen Hut in der Hand.

»Es ist besser, wenn zwei Zeugen dies sehen«, sagte er todernst. »Aber machen Sie sich auf etwas Schreckliches gefaßt.«

»Auf etwas Schreckliches?« fragte der andere schaudernd.

»Auf den schrecklichsten Anblick, den ich je in meinem Leben gehabt habe«, sagte Pater Brown.

Evan Smith trat an den Rand des grasbewachsenen Ufers. Entsetzt fuhr er zurück, und nur mit Mühe konnte er einen lauten Aufschrei unterdrücken.

Sir Arthur Vaudrey starrte ihm grinsend entgegen. Gräßlich – das Gesicht war so dicht vor ihm, daß er seinen Fuß hätte daraufsetzen können; der Kopf war zurückgeworfen, der Schopf des weißlich-hellen Haares dem Beschauer zugekehrt, so daß man das Gesicht von unten her sah. Das machte den Anblick noch grausiger, denn es sah aus, als sei der Kopf verkehrt herum auf den Körper gesetzt. Was tat er da nur? War es möglich, daß Vaudrey wirklich so herumkroch, sich in dieser kleinen, grasbewachsenen Bucht verbarg und in dieser unnatürlichen Stellung zu ihnen hinaufsah? Der Körper war eigenartig verkrümmt, wie verkrüppelt oder verstümmelt, und erst bei näherem Zusehen erkannte man, daß dieser Eindruck nur durch den Gesichtswinkel entstand, aus dem man den zusammengesunkenen Körper sah. War Sir Arthur etwa verrückt geworden? Je mehr Smith hinsah, desto steifer und unnatürlicher erschien ihm die ganze Haltung.

»Von dort aus, wo Sie stehen, können Sie es wahrscheinlich nicht erkennen«, sagte Pater Brown. »Man hat ihm die Kehle durchgeschnitten.«

Smith schauderte zusammen. »Ich glaube Ihnen gern, daß dies der schrecklichste Anblick ist, den Sie je gehabt haben«, sagte er. »Wahrscheinlich sieht es deshalb so gräßlich aus, weil man das Gesicht verkehrt herum erblickt. Ich habe dieses Gesicht zehn Jahre lang Tag für Tag bei jeder Mahlzeit mir gegenüber gesehen, und immer sah es freundlich und liebenswürdig aus.

Man braucht so ein Gesicht nur einmal umgekehrt zu sehen, und schon sieht es aus wie das Gesicht eines bösen Menschen.«

»Das Gesicht lächelt«, sagte Pater Brown trocken, »eine Tatsache, die ich mir nicht erklären kann. Es gibt nicht viele Leute, die lächeln, wenn man ihnen die Kehle durchschneidet, selbst dann nicht, wenn sie es selbst tun. Dieses Lächeln, und dazu seine hervortretenden Augen, die ja schon immer aussahen, als wollten sie aus dem Kopf kommen, dürfte wohl erklären, warum der Anblick so grausig ist. Aber Sie haben recht, es sieht alles anders aus, wenn man es umdreht. Künstler stellen ihre Bilder oft auf den Kopf, um zu prüfen, ob die Zeichnung richtig ist. Manchmal, wenn es Schwierigkeiten macht, den Gegenstand selbst auf den Kopf zu stellen – wie zum Beispiel beim Matterhorn –, pflegen sie sich selbst auf den Kopf zu stellen oder versuchen, zwischen den Beinen durchzusehen.«

Der Priester, der munter drauflosredete, um die Nerven seines Begleiters zu beruhigen, schloß in ernsterem Ton mit den Worten: »Ich verstehe recht gut, daß dieser Anblick Sie erschüttert hat. Unglücklicherweise ist dadurch noch etwas anderes erschüttert worden.«

»Etwas anderes? Wie meinen Sie das?«

»Unsere ganze schöne Theorie, die so überzeugend schien«, antwortete Pater Brown und kletterte das Ufer hinab zu dem schmalen Sandstreifen, der sich am Fluß entlangzog.

»Vielleicht hat er selbst Hand an sich gelegt«, meinte Smith plötzlich. »Vielleicht war es der einzige Ausweg, den er noch vor sich sah; das würde recht gut zu unserer Theorie passen. Er suchte einen abgelegenen Platz, kam hierher und schnitt sich die Kehle durch.«

»Er ist aber nicht hierhergekommen«, sagte Pater Brown, »wenigstens nicht lebend und nicht vom Land her. Hier hat er seinen Tod nicht gefunden, dafür sind nicht genug Blutspuren vorhanden. Die heiße Sonne hat sein Haar und seine Kleidung bereits fast völlig getrocknet; aber am Sand können Sie noch deutlich erkennen, wie hoch das Wasser gestanden hat. Bis hierher etwa kommt die Flut vom Meer herauf und erzeugt einen Strudel, der den Leichnam in diese kleine Bucht hineingeschwemmt hat, wo er dann liegenblieb, als sich der Wasserspiegel bei Ebbe wieder senkte. Zunächst allerdings muß der Körper den Fluß hinuntergespült worden sein, wahrscheinlich von der Siedlung her, denn die Häuschen stehen ja unmittelbar am Fluß; der arme Vaudrey hat sicherlich dort seinen Tod gefunden, aber ich glaube nicht, daß er Selbstmord begangen hat. Die Frage ist nur: Wer in der winzigen Siedlung könnte ihn ermordet haben?«

Und er begann mit der Spitze seines kurzen Regenschirms allerlei merkwürdige Linien in den Sand zu zeichnen.

»Wir wollen einmal sehen. Wie folgen doch die Läden aufeinander? Zuerst kommt der Metzgerladen. Ein Metzger mit einem langen Schlachtmesser wäre natürlich ein geradezu idealer Halsabschneider. Aber Sie haben doch selbst gesehen, wie Vaudrey aus dem Laden gekommen ist, und überdies ist es nicht sehr wahrscheinlich, daß er ruhig im Laden stehenblieb, während der Metzger sagte: ›Guten Morgen. Gestatten Sie bitte, daß ich Ihnen die Kehle durchschneide. So, danke sehr. Der nächste, bitte.‹ Sir Arthur scheint mir durchaus nicht der Mann gewesen zu sein, der so etwas freundlich lächelnd mit sich geschehen ließe. Schließlich war er kräftig genug und hatte ein ziemlich heftiges Temperament. Aber wer außer dem Metzger hätte es mit ihm aufnehmen können? Der nächste Laden gehört einer alten Frau. Dann kommt der Tabakladen. Der Inhaber ist zwar ein Mann, aber, wie ich höre, ein kleines, schüchternes Kerlchen. Das Konfektionsgeschäft gehört zwei alten Damen, die beide unverheiratet sind, und in dem Laden mit den Erfrischungen bedient die Frau des Inhabers, da der

Mann gegenwärtig im Krankenhaus liegt. Die zwei oder drei Burschen, die als Gehilfen oder Laufjungen beschäftigt sind, hatten gestern zufällig alle auswärts Besorgungen zu erledigen. Der Erfrischungsladen ist das letzte Haus an der Straße, darüber hinaus liegt nur noch das Gasthaus, aber dazwischen stand ja ein Polizist.«

Er drückte mit der eisernen Spitze seines Regenschirms ein Loch in den Sand, das den Polizisten darstellen sollte, und blickte nachdenklich den Fluß hinauf. Plötzlich fuhr er mit der Hand durch die Luft, trat schnell zu dem Leichnam und beugte sich über ihn.

»Aha!« sagte er, richtete sich auf und holte tief Luft. »Der Tabakladen! Wie konnte ich das nur vergessen!«

»Was ist denn mit Ihnen los?« fragte Smith verblüfft, denn Pater Brown rollte die Augen und murmelte Unverständliches vor sich hin, und das Wort ›Tabakladen‹ hatte einen unheimlichen Beiklang gehabt, als enthielte es einen vernichtenden Urteilsspruch.

»Ist Ihnen an seinem Gesicht nicht etwas sehr Merkwürdiges aufgefallen?« fragte der Priester nach einer Pause.

»Etwas Merkwürdiges? Sie sind ja gut«, sagte Evan, dem noch der Schreck in allen Gliedern steckte. »Schließlich hat man ihm doch die Kehle…«

»Ich sagte: an seinem Gesicht«, bemerkte Pater Brown ruhig. »Sehen Sie übrigens nicht, daß er sich an der Hand verletzt hat und einen kleinen Verband trägt?«

»Oh, das hat mit der Sache nichts zu tun«, sagte Evan Smith schnell. »Diese kleine Wunde hat er sich rein zufällig und noch vor der Ermordung zugefügt. Er hat sich die Hand an einem zerbrochenen Tintenfaß verletzt, als wir zusammen arbeiteten.«

»Und doch hat das etwas mit seinem Tod zu tun«, erwiderte Pater Brown.

Lange Zeit schwiegen beide, und der Priester ging nachdenklich, seinen Regenschirm hinter sich nachziehend, auf dem Sandstreifen auf und ab, ständig vor sich hinmurmelnd. Immer wieder war das Wort ›Tabakladen‹ zu hören, so daß Smith schließlich kalte Furcht überrieselte, so unheimlich wirkte das Wort auf ihn. Dann hob Pater Brown plötzlich den Regenschirm und zeigte auf ein Bootshaus, das zwischen dem Schilf sichtbar war.

»Das Bootshaus gehört doch zum Haus Vaudrey?« fragte er.

»Es wäre mir lieb, wenn Sie mich den Fluß hinaufrudern würden. Ich möchte gerne einmal diese Häuser von hinten sehen. Wir haben keine Zeit zu verlieren. Vielleicht wird in der Zwischenzeit der Leichnam hier gefunden, aber darauf müssen wir es ankommen lassen.«

Sie waren schon eine ganze Zeit in dem kleinen Boot unterwegs, das Smith mit kräftigen Ruderschlägen flußaufwärts lenkte, ehe Pater Brown wieder etwas sagte.

»Ich habe übrigens vom alten Abbott erfahren, was der arme Vaudrey sich früher hat zuschulden kommen lassen. Es ist eine höchst merkwürdige Geschichte. Ein ägyptischer Beamter hatte ihm gegenüber die beleidigende Äußerung getan, ein guter Moslem meide Schweinefleisch und Engländer; wenn er aber wählen müsse, so würde er den Schweinen den Vorzug geben. So oder ähnlich war die taktvolle Bemerkung. Dieser Streit lebte anscheinend einige Jahre später, als dieser Ägypter nach England kam, wieder auf, und Vaudrey in seiner leidenschaftlichen Rachsucht schleppte den Mann in einen Schweinestall, der zu seinem Haus gehörte, und warf ihn mit solcher Wucht hinein, daß der sich einen Arm und ein Bein brach. In diesem Zustand ließ er ihn bis zum nächsten Morgen liegen. Die Geschichte erregte seinerzeit natürlich großes Aufsehen; viele Leute waren allerdings der Auffassung, Vaudrey habe in einer verzeihlichen patriotischen Aufwallung gehandelt. Auf keinen Fall aber glaube ich, daß sich ein Mensch wegen einer solchen Tat jahrelang stillschweigend erpressen lassen würde.«

»Dann glauben Sie also nicht, daß diese Geschichte mit unserer Theorie etwas zu schaffen hat?«

»Ich glaube, mit meiner Theorie, die ich jetzt aufgestellt habe, hat sie sogar sehr viel zu schaffen«, entgegnete Pater Brown.

Das Boot zog an der niedrigen Mauer vorüber, die den von der Hinterfront der Häuser steil zum Ufer abfallenden Streifen Gartenland abschloß. Pater Brown zählte die Häuser mit erhobenem Regenschirm, und als er zum dritten kam, sagte er:

»Der Tabakladen! Es würde mich doch interessieren, ob der Inhaber... Aber das werde ich ja leicht erfahren können. Jetzt will ich Ihnen auch sagen, was mir an Sir Arthurs Gesicht auffgefallen ist.«

»Was denn?« fragte sein Begleiter und hielt gespannt im Rudern inne.

»Er hat doch stets so großen Wert auf seine äußere Erscheinung gelegt. Aber sein Gesicht – war nur halb rasiert... Könnten Sie hier einen Augenblick halten? Am besten binden wir das Boot an den Pfosten hier.«

Ein paar Minuten später waren sie schon über die kleine Mauer gestiegen und kletterten den schmalen, steilen, mit Kieselsteinen belegten Gartenweg hinauf, der von Blumen- und Gemüsebeeten gesäumt war.

»Dachte ich es mir doch gleich«, bemerkte Pater Brown. »Der Tabakhändler zieht also Kartoffeln. Und wo es viele Kartoffeln gibt, gibt es auch bestimmt viele Kartoffelsäcke. Diese kleinen Krämer auf dem Land haben noch nicht alle ländlichen Gewohnheiten aufgegeben: Meist üben sie noch zwei oder drei Berufe gleichzeitig aus. Und in den Tabakläden auf dem Land wird seit eh und je noch ein zweiter wichtiger Beruf ausgeübt, an den ich erst dachte, als ich Vaudreys Kinn sah. Man kann hier nicht nur Tabak kaufen, man kann sich hier auch rasieren lassen. Sir Arthur hatte sich in die Hand geschnitten und konnte sich deshalb nicht selbst rasieren; also ging er hierher. Fällt Ihnen dabei nicht etwas ein?«

»Man kann auf alle möglichen Gedanken kommen«, erwiderte Smith, »aber ich glaube, daß mein Gedankenflug bei weitem nicht so schnell ist wie Ihrer.«

»Mir fällt bei dieser Gelegenheit ein, daß es nur eine einzige Gelegenheit gibt, bei der ein kräftiger und ziemlich temperamentvoller Mann lächeln könnte, wenn ihm die Kehle durchgeschnitten wird.«

Im nächsten Augenblick hatten sie bereits den dunklen Flur des Hinterhauses durchschritten und gelangten in den rückwärtigen Ladenraum; er war nur spärlich durch trübes Licht erhellt, das matt von draußen hereinsickerte und von einem schmutzigen, von Rissen durchzogenen Spiegel zurückgeworfen wurde. Es war ein Licht, ähnlich dem grünlichen Zwielicht eines Brunnenschachts, aber doch immerhin hell genug, um in Umrissen die Einrichtung einer Barbierstube und das bleiche, schreckverzerrte Gesicht des Barbiers und Tabakhändlers Wicks erkennen zu lassen.

Pater Browns Auge schweifte im Zimmer umher, das anscheinend erst vor kurzem gereinigt und aufgeräumt worden war, bis sein Blick in einer staubigen Ecke unmittelbar hinter der Tür etwas entdeckte. An einem Kleiderhaken dort hing ein Hut – ein weißer Hut, den jedes Kind im Dorf kannte. Auf der Straße hatte ihn jeder schon von weitem erkannt, hier aber war er als unbedeutende Nebensächlichkeit von dem Mann vergessen worden, der offensichtlich so peinlich den Boden geschrubbt und alle Blutspuren aus der Kleidung und vom Boden entfernt hatte.

»Sir Arthur Vaudrey ist hier gestern vormittag rasiert worden«, sagte Pater Brown, ohne die Stimme zu heben.

Der Barbier, ein kleines, unscheinbares, bebrilltes Männlein, war über das plötzliche Auftauchen dieser beiden Gestalten entsetzt, als sehe er zwei Gespenster, die vor seinen Augen aus einem Grab stiegen. Man merkte es ihm auf den ersten Blick an, daß er kein gutes Gewissen haben konnte. Er kroch, er schrumpfte sozusagen in eine Ecke des Raumes zusammen, bis von dem ganzen Männlein nicht viel mehr als nur noch die großen Brillengläser übrig zu sein schienen.

»Sagen Sie mir eines«, sagte der Priester ruhig, »hatten Sie Grund, Sir Arthur zu hassen?«

Das Männlein in der Ecke stammelte etwas, das Smith nicht verstehen konnte, aber der Priester nickte.

»Ich wußte es«, sagte er. »Sie haben ihn gehaßt, und deshalb weiß ich auch, daß Sie ihn nicht ermordet haben. Wollen Sie uns erzählen, wie sich die Sache zugetragen hat, oder soll ich es tun?«

Der Barbier schwieg. Man hörte nichts als das leise Ticken einer Uhr, das aus der Küche drang. Schließlich fuhr Pater Brown fort: »Der Hergang war so: Herr Dalmon kam in Ihren Laden und verlangte eine bestimmte Zigarettenmarke, die im Schaufenster ausgestellt war. Sie gingen einen Augenblick auf die Straße hinaus, um nachzusehen, welche Marke Herr Dalmon genau meinte. In diesem Augenblick sah Dalmon hier im Hinterzimmer das Rasiermesser, das Sie gerade aus der Hand gelegt hatten, und den über die Sessellehne zurückgebeugten weißblonden Haarschopf von Sir Arthur. Wahrscheinlich fiel gerade die Sonne schräg durch jenes Fenster und ließ Messer und Haare hell aufleuchten. Er brauchte nur einen Augenblick, um das Messer zu ergreifen, die Kehle zu durchschneiden und in den Laden zurückzukehren. Weder das Messer noch die Hand, die es führte, schreckten Sir Arthur aus seinem Träumen auf. Er starb, während er über seine Gedanken schmunzelte – und über was für Gedanken! Auch Dalmon, glaube ich, war völlig ruhig. Er hatte die Tat so schnell und geräuschlos vollbracht, daß Sie, Herr Smith, vor Gericht hätten schwören können, die ganze Zeit über mit ihm zusammengewesen zu sein. Ein anderer aber war mit Recht erschreckt und aufgeregt, und das waren Sie, Herr Wicks. Sie hatten mit Sir Arthur wegen rückständiger Pachtzinsen und ähnlicher Dinge Streitereien gehabt. Und nun kamen Sie in Ihre Rasierstube zurück und entdeckten, daß Ihr Feind in Ihrem Sessel und mit Ihrem Rasiermesser ermordet worden war. Es ist durchaus erklärlich, daß Ihnen Zweifel kamen, ob Sie Ihre Unschuld würden beweisen können, und so zogen Sie es vor, die Spuren der Tat zu beseitigen, den Boden zu schrubben und den Leichnam in einem lose zugebundenen Sack nachts in den Fluß zu werfen. Es traf sich glücklich, daß Ihre Barbierstube nur zu bestimmten Zeiten geöffnet ist, denn so hatten Sie Zeit genug dazu. Sie scheinen an alles gedacht zu haben, nur nicht an den Hut... Sie brauchen keine Angst zu haben, ich werde alles vergessen, auch den Hut.«

Und damit ging Pater Brown ruhigen Schrittes durch den Tabakladen hinaus auf die Straße, gefolgt von dem staunenden Smith, während der Barbier ihnen fassungslos nachstarrte.

»Sehen Sie«, sagte der Pater zu seinem Begleiter, »hier haben wir einen der Fälle, wo wir den Mörder nicht ohne weiteres durch die Frage nach dem Motiv überführen können, wo diese Frage aber doch ermöglicht, einen Menschen als unschuldig zu erkennen. Ein kleiner, zappliger Mann wie der Tabakhändler wäre sicherlich der letzte, der einen großen, kräftigen Mann wegen einer Geldstreitigkeit wirklich umbringen würde. Aber als erster hat er Angst, er würde beschuldigt werden, die Tat begangen zu haben... Nein, der Mann, der Sir Arthur umgebracht hat, hatte ein ganz anderes Motiv.« Und er verfiel wieder in tiefes Nachdenken und starrte gedankenverloren ins Leere.

»Es ist einfach gräßlich«, stöhnte Evan Smith. »Ich habe Dalmon zwar schon vor einigen Stunden als Erpresser und Schurken bezeichnet, aber ich bin doch tief erschüttert bei dem Gedanken, daß er wirklich den Mord begangen haben soll.«

Der Priester wandelte immer noch wie ein Träumender, wie in Trance; er machte den Eindruck eines Menschen, der in einen tiefen Abgrund starrt. Schließlich bewegten sich seine Lippen, und er murmelte etwas vor sich hin, das wie ein Stoßseufzer klang: »Barmherziger Gott, was für eine schreckliche Rache!«

Evan Smith, der noch immer verzweifelt versuchte, zu verstehen, was der Priester meinte, sah ihn fragend an. Aber Pater Brown schien ihn gar nicht zu sehen und fuhr wie im Selbstgespräch fort: »Welch entsetzlicher Haß! Wie kann nur ein sterblicher Erdenwurm an einem anderen solch eine gräßliche Rache nehmen! Werden wir jemals die Abgründe eines Menschenherzens erhellen können, in denen solch schreckliche Gedanken reifen konnten! Gott bewahre uns vor Hochmut, aber ich kann mir von einem solchen Haß und einer solchen Rache immer noch keine rechte Vorstellung machen.«

»Mir ergeht es genauso«, sagte Smith. »Ich kann mir nicht vorstellen, warum Dalmon überhaupt Vaudrey getötet hat. Wenn er ein Erpresser war, dann wäre es doch eher verständlich, wenn Sir Arthur ihn umgebracht hätte. Wie Sie sagen, diese durchgeschnittene Kehle... war entsetzlich, aber...«

Pater Brown fuhr auf und blinzelte wie jemand, der aus tiefem Schlaf erwacht. »Ach, *das* meinen Sie!« unterbrach er Smith schnell. »Nein, daran habe ich jetzt nicht gedacht. Ich habe nicht den Mord in der Barbierstube gemeint, als ich von der schrecklichen Rache sprach. Dieser Teil der Geschichte ist zwar scheußlich genug, aber ich dachte an etwas noch viel Gräßlicheres. Der Mord an und für sich ist viel begreiflicher; den hätte fast jeder begehen können. Dieser Mord war beinahe ein Akt der Notwehr.«

»Wie?« rief der Sekretär verblüfft aus, und auf seinem Gesicht malte sich ungläubiges Staunen. »Wenn ein Mensch sich von hinten an einen anderen heranschleicht, während dieser in einem Barbierstuhl friedlich zur Decke emporschmunzelt, und ihm den Hals durchschneidet, dann nennen Sie das Notwehr?«

»Ich habe nicht gesagt, daß es gerechte Notwehr gewesen sei«, erwiderte Pater Brown. »Ich sagte nur, daß auch andere zu dieser Tat hätten getrieben werden können, um sich vor einem schrecklichen Unglück zu schützen, das überdies ein furchtbares Verbrechen war. Und an dieses andere Verbrechen habe ich vorhin gedacht. Um mit der Frage zu beginnen, die Sie mir soeben gestellt haben: Warum sollte der Erpresser der Mörder sein? Nun, über eine Frage wie diese herrschen meist ganz falsche Vorstellungen.« Er hielt inne, als müsse er sich nach dem grauenerregenden Blick, den er soeben in den Abgrund des menschlichen Herzens getan hatte, erst wieder sammeln. Dann aber fuhr er in seinem gewöhnlichen Tonfall fort:

»Was haben Sie also an Fakten beobachtet? Zwei Männer, ein älterer und ein jüngerer, stecken viel beisammen und werden sich über ein Heiratsprojekt einig. Ein dunkler Punkt: Der Ursprung ihrer Vertraulichkeit liegt lange zurück und wird geheimgehalten. Der eine ist reich, der andere arm; und deshalb schließen Sie auf Erpressung. Bis hierher haben Sie auch ganz recht. Ihr großer Irrtum liegt darin, daß Sie den Erpresser in der falschen Person suchen: Sie nehmen an, daß der Arme den Reichen erpreßte. In Wirklichkeit aber war es umgekehrt.«

»Aber das ist doch absolut widersinnig«, warf der Sekretär ein.

»Es ist noch viel schlimmer, und dabei ist es etwas, was alles andere als selten ist«, entgegnete Pater Brown. »Heutzutage besteht ja sogar die Politik zur Hälfte aus Erpressungen, die die Reichen am Volk verüben. Ihre Meinung, das sei Unsinn, beruht auf zwei Illusionen, die selbst unsinnig sind. Zum ersten nehmen Sie an, daß reiche Leute niemals noch reicher zu sein wünschen, und zum anderen glauben Sie, daß man nur Geld erpressen könne. Und den zweiten Fall haben wir hier. Sir Arthur Vaudrey handelte nicht aus Habsucht, sondern aus Rachsucht. Und er plante die gräßlichste Rache, von der ich je gehört habe.«

»Aber welchen Grund hatte er denn, an John Dalmon Rache zu nehmen?« fragte Smith.

»Er wollte sich gar nicht an Dalmon rächen«, antwortete der Priester ernst.

Beide schwiegen, und als Pater Brown fortfuhr, schien er von etwas ganz anderem sprechen zu wollen. »Als wir den Leichnam fanden, sahen wir das Gesicht umgedreht, und Sie sagten, es sehe aus wie das Gesicht eines bösen Menschen. Haben Sie daran gedacht, daß der Mörder, als er von hinten an den Barbierstuhl herantrat, das Gesicht ebenso gesehen haben muß?«

»Ach, das habe ich nur so im ersten Schreck dahergesagt«, erwiderte sein Begleiter. »Wenn ich früher das Gesicht jeden Tag sah, konnte ich niemals etwas Ungewöhnliches daran entdekken.«

»Aber vielleicht haben Sie das Gesicht gar nie richtig gesehen«, sagte Pater Brown. »Ich habe Ihnen schon gesagt, daß die Maler ein Bild auf den Kopf stellen, wenn sie es richtig sehen wollen. Vielleicht haben Sie sich in den ganzen Jahren an das Gesicht eines bösen Menschen gewöhnt.«

»Worauf wollen Sie denn eigentlich hinaus?« fragte Smith ungeduldig.

»Ich spreche in Gleichnissen«, entgegnete Pater Brown finster. »Natürlich war Sir Arthur kein gewöhnlicher Hasser; sein Charakter wurde durch eine Anlage bestimmt, die ihn auch zum Guten hätte führen können. Schon seine vorstehenden, mißtrauischen Augen, seine zusammengepreßten, nervös zitternden Lippen hätten Ihnen einiges sagen können, wenn Sie daran nicht so sehr gewöhnt gewesen wären. Wie Sie wissen, gibt es körperliche Wunden, die nie mehr heilen. Und so etwas gibt es auch bei der Seele. Es gibt Menschen mit einer Gemütsverfassung, die ein vermeintliches oder wirkliches Unrecht nie vergessen kann. Ein solches Gemüt hatte Sir Arthur – ein Gemüt gleichsam ohne Haut. Seine Eitelkeit lag ständig auf der Lauer. Aus seinen vorstehenden Augen spähte unablässig ein Egoismus, der nicht zuließ, daß sie sich ruhig schließen konnten. Natürlich braucht Empfindsamkeit durchaus nicht immer Selbstsucht zu sein; auch Sybil Rye ist so veranlagt und dennoch fast eine Heilige. Bei Vaudrey jedoch wurde alles zu einem Hochmut voller Gift, einem Hochmut, der ihn nicht einmal seiner selbst sicher sein ließ. Jedes noch so kleine Ritzchen, das seine Seele verwundete, wurde deshalb zum eiternden Geschwür. Erst wenn Sie dies wissen, werden Sie die alte Geschichte von dem Ägypter und dem Schweinestall richtig verstehen können. Hätte er den Ägypter sofort, nachdem ihn dieser beleidigt hatte, in den Schweinestall geworfen, so könnte man das als verzeihlichen Jähzorn verstehen und entschuldigen. Aber es war gerade kein Schweinestall da, und so fehlte die rechte Pointe. Viele Jahre hindurch schleppte Vaudrey diese törichte Beleidigung mit sich herum und wartete auf eine Gelegenheit – und sei sie noch so unwahrscheinlich –, bis er den Ägypter tatsächlich in der Nähe eines Schweinestalls antraf. Und jetzt erst nahm er die Rache, die er als einzig angemessen und sinnreich betrachtete... O Gott, und so wollte er seine Rache immer haben!«

Smith sah ihn voll höchster Spannung an. »Sie denken jetzt nicht an die Geschichte mit dem Schweinestall«, sagte er.

»Nein, ich denke an die andere Geschichte.«

Man merkte seiner Stimme an, wie sehr Pater Brown aufgewühlt war. Aber er hatte sich bald wieder gefaßt und fuhr fort:

»Jahrelang hatte also Vaudrey sein Sinnen und Trachten darauf gerichtet, eine der Beleidigung seiner Meinung nach angemessene Rache zu nehmen. Und nun zu unserem Fall: Kennen Sie vielleicht noch jemanden, der Vaudrey beleidigte oder ihm etwas zugefügt hatte, das in seinen Augen eine tödliche Beleidigung war? Allerdings... Ein weibliches Wesen hatte ihn beleidigt.«

Jetzt begann Evan Smith zu verstehen, und Entsetzen packte ihn. Er lauschte gespannt.

»Ein Mädchen, wenig mehr als ein Kind, weigerte sich, ihn zu heiraten, weil er wegen der dem Ägypter zugefügten Körperverletzung kurze Zeit im Gefängnis gesessen hatte. Und darauf beschloß dieser Wahnsinnige in seinem teuflischen Herzen: ›Sie soll einen Mörder heiraten.‹«

Sie schlugen den Weg zum Haus ein und gingen eine ganze Weile schweigend am Fluß entlang, ehe Pater Brown wieder sprach.

»Vaudrey war also der Erpresser, denn er wußte, daß Dalmon einen Mord auf dem Gewissen hatte. Dalmon dürfte übrigens nicht der einzige der früheren Freunde Vaudreys gewesen sein, der einen Mord begangen hat, denn Vaudreys Freundeskreis damals war eine recht wüste Gesellschaft. Wahrscheinlich hat Dalmon in wilder Leidenschaft gemordet, vielleicht war es gar ein Totschlag, der milde Richter gefunden hätte. Auf jeden Fall war Dalmon durchaus kein Scheusal – er sieht mir aus wie ein Mensch, der weiß, was Reue ist, und der es sogar bereuen wird, daß er Vaudrey gemordet hat. Aber er befand sich in Vaudreys Gewalt und mußte tun, was dieser von ihm forderte. Die beiden lockten das Mädchen sehr geschickt in die Verlobung hinein, Dalmon ohne jeden Hintergedanken, denn er liebte Sybil ehrlich, und der andere tat so, als wolle er großmütig das junge Glück fördern. Die ganze Zeit über wußte Dalmon nicht, was der alte Teufel in Wirklichkeit im Schilde führte.

Aber vor einigen Tagen machte dann Dalmon eine schreckliche Entdeckung. Er hatte Vaudrey gehorcht, und durchaus nicht widerwillig. Doch er war nichts als ein Werkzeug gewesen, und nun mußte er plötzlich entdecken, daß dieses Werkzeug zerbrochen und weggeworfen werden sollte. Er fand in Vaudreys Bibliothek Schriftstücke, die, so vorsichtig sie auch abgefaßt waren, ihm verrieten, daß Vaudrey beabsichtigte, die Polizei auf ihn aufmerksam zu machen. Mit einem Schlag durchschaute er Vaudreys Absicht, und sicherlich war er ebenso erschüttert über diese abgrundtiefe Bosheit, wie ich es gewesen bin, als ich den Plan erstmals erkannt hatte. Vaudrey hatte einen teuflischen Plan ausgeheckt: Sobald das Paar verheiratet war, sollte der Mann verhaftet, abgeurteilt und gehängt werden. Die anspruchsvolle Dame, die einen Mann nicht hatte heiraten wollen, nur weil er einmal im Gefängnis gesessen hatte, sollte nun einen Mann haben, der am Galgen baumelte. Das also war die ›angemessene‹ Rache, die Vaudrey an dem Mädchen nehmen wollte.«

Evan Smith war totenbleich; dieser gräßliche Bericht hatte ihm die Rede verschlagen. In der Ferne sahen sie auf der menschenleeren Straße die breite Gestalt Doktor Abbotts auf sich zukommen. Trotz der großen Entfernung konnten sie erkennen, daß der Mann mit dem großen Hut ziemlich aufgeregt war. Aber sie waren beide selbst noch völlig erschüttert von dem, was sie in den vergangenen Stunden erlebt hatten.

»Sie haben recht, Haß ist etwas Fürchterliches«, sagte Evan Smith schließlich, »und ich atme auf, weil ich fühle, daß mein ganzer Haß gegen den armen Dalmon von mir gewichen ist – jetzt, da ich weiß, daß er ein zweifacher Mörder ist.«

Schweigend gingen sie weiter, bis sie auf Doktor Abbott stießen. Dessen grauer Bart war vom Wind zerzaust, und mit einer verzweifelten Gebärde warf er seine großen, behandschuhten Hände in die Luft.

»Ich bringe Ihnen schreckliche Nachrichten!« rief er. »Man hat Arthurs Leiche gefunden. Er scheint im Garten Selbstmord verübt zu haben.«

»Was Sie nicht sagen!« sagte Pater Brown mechanisch. »Das ist ja schrecklich!«

»Und dann ist noch etwas passiert«, fuhr Doktor Abbott atemlos fort. »John Dalmon ist fortgefahren, um Vernon Vaudrey, Arthurs Neffen, zu benachrichtigen, aber Vernon hat nichts von ihm gehört; Dalmon ist wie vom Erdboden verschwunden!«

»Wirklich?« sagte Pater Brown. »Wie eigenartig!«

Das schlimmste aller Verbrechen

Pater Brown pilgerte durch eine Gemäldegalerie, aber es war ihm deutlich anzumerken, daß er nicht hergekommen war, um sich die Bilder anzusehen. Er hatte wirklich nicht das geringste Verlangen, die Bilder zu betrachten, obschon er sonst ein großer Kunstliebhaber war. Nicht daß er etwa an diesen hochmodernen Gemälden und Zeichnungen etwas Unmoralisches oder Unziemliches festzustellen gehabt hätte – o nein, wer durch diese Darstellungen unterbrochener Spiralen, umgestülpter Kegel und zerfetzter Zylinder, mit denen die Kunst der Zukunft die Menschheit beglückt oder bedroht, sich etwa zu sündhaften Leidenschaften angeregt fühlen würde, müßte in der Tat ein leichtentzündliches Temperament haben. Pater Brown wandelte vielmehr nur deshalb zwischen diesen bildgewordenen Alpträumen umher, weil er eine junge Bekannte suchte, die ihm diesen reichlich ausgefallenen Treffpunkt angegeben hatte, da sie selbst etwas futuristisch veranlagt war. Die junge Dame war zugleich mit ihm verwandt – eine der wenigen Verwandten, die er besaß. Sie hieß Elizabeth Fane, wurde aber meist nur Betty genannt und war die Tochter einer seiner Schwestern, die in eine vornehme, aber verarmte Landadelsfamilie eingeheiratet hatte. Da der Landjunker nunmehr außer der Armut auch den Tod kennengelernt hatte, war Pater Brown nicht nur ihr Onkel und Seelsorger, sondern auch ihr Beschützer und Vormund geworden. In diesem Augenblick betätigte er sich jedoch in keiner dieser vier Rollen, sondern richtete seine kurzsichtigen Augen auf die einzelnen in der Galerie herumstehenden und dahinwandernden Grüppchen, ohne allerdings das vertraute braune Haar und das freundliche Gesicht seiner Nichte zu erblicken. Was er sah, waren ein paar Leute, die er kannte, und viele, die er nicht kannte, und unter diesen wieder so manche, die er aus einer instinktiven Abneigung heraus gar nicht kennenzulernen wünschte.

Unter den Leuten, die er nicht kannte, die aber sein Interesse erweckten, war ein schlanker, behender junger Mann. Er war elegant gekleidet und sah wie ein Ausländer aus, denn sein Bart war viereckig zugestutzt wie bei einem alten Spanier, während sein schwarzes Haar so kurz geschnitten war, daß man es für eine enganliegende kleine Kappe hätte halten können. Unter den Leuten, auf deren Bekanntschaft der Priester keinen großen Wert gelegt haben würde, befand sich eine sehr imponierende, in auffallendes Rot gekleidete Dame, deren blonder Haarschopf zu lang war, um noch als Bubikopf gelten zu können, aber auch zu kurz und ungebändigt, um irgendeine andere Bezeichnung zu verdienen. Sie hatte ein energisches, ziemlich fülliges Gesicht von bleicher, ungesunder Farbe, und wenn sie jemanden ansah, so gab sie sich alle Mühe, den Zauber eines Basiliskenblicks spielen zu lassen. Als ihren gehorsamen Diener zog sie einen kleinen, rundlichen Mann mit einem mächtigen Bart, sehr breitem Gesicht und schläfrig zusammengekniffenen Augen hinter sich her. Sein Gesichtsausdruck war heiter und wohlwollend, und wenn man ihn so sah, hatte man das Gefühl, als sei er gar nicht richtig wach; erblickte man ihn aber von hinten, so wirkte er mit seinem Stiernacken etwas brutal.

Pater Brown betrachtete die Dame mit dem Gefühl, daß das Erscheinen seiner Nichte ein angenehmer Kontrast sein würde. Und doch wandte er seine Augen nicht von ihr ab, bis er schließlich so weit war, daß ihm der Anblick eines jeden beliebigen Menschen ein erfreulicher Gegensatz gewesen wäre. Er drehte sich daher, als er seinen Namen nennen hörte, mit ei-

nem Gefühl der Erleichterung, wenn auch etwas wie ein aufge-
scheuchter Träumer, um und fand sich einem bekannten Gesicht gegenüber.

Es war das scharfgeschnittene, aber nicht unfreundliche Gesicht eines Rechtsanwalts namens Granby, dessen graumelier-
tes Haar man beinahe für eine gepuderte Perücke hätte halten
können, so wenig paßte es zu seinen jugendlich energischen
Bewegungen. Er war einer jener Citymänner, die in ihren Bü-
ros und auf der Straße wie Schuljungen herumlaufen. Ganz so
konnte er sich in der Galerie allerdings nicht tummeln, aber er
sah aus, als habe er große Lust dazu, und aufgeregt und unruhig schaute er nach links und rechts, offenbar einen Bekannten
suchend.

»Ich wußte gar nicht«, sagte Pater Brown lächelnd, »daß Sie ein
Freund der neuen Kunst sind.«

»Ebensowenig wußte ich das von Ihnen«, entgegnete der andere. »Ich bin hierhergekommen, um hier jemanden zu treffen.«

»Hoffentlich haben Sie Glück«, meinte der Priester. »Ich warte
auch auf jemanden.«

»Sagte mir, er wäre auf der Durchreise nach dem Kontinent«,
brummte der Anwalt, »und ich möchte ihn in diesem verrückten Laden hier treffen.« Er überlegte einen Augenblick, dann
sagte er plötzlich: »Ich weiß, daß Sie ein Geheimnis für sich behalten können. Kennen Sie Sir John Musgrave?«

»Nein«, antwortete der Priester. »Aber ich kann mir kaum
denken, daß er ein Geheimnis sein soll, obgleich man sagt, er
vergrabe sich in seinem Schloß. Ist das nicht jener sagenhafte
Alte, über den so verrückte Geschichten erzählt werden – er
soll in einem Turm hinter einem wirklichen Fallgitter und einer Zugbrücke wohnen und äußerst wenig Neigung zeigen, aus
dem dunklen Mittelalter ins helle Licht der Neuzeit zu kommen? Ist er einer Ihrer Klienten?«

»Nein«, erwiderte Granby kurz. »Sein Sohn, Hauptmann Musgrave, hat uns aufgesucht. Aber der Alte spielt in dieser Geschichte eine wichtige Rolle, und dabei habe ich keine Ahnung, wie und wer er ist. Das ist für mich der springende Punkt. Ich sagte Ihnen ja schon, die Sache ist vertraulicher Natur, aber ich weiß, daß ich mich auf Sie verlassen kann.« Er dämpfte seine Stimme und zog seinen Freund in eine verhältnismäßig leere Seitengalerie.

»Der junge Musgrave«, sagte er, »will von uns eine große Summe entleihen, die er nach dem Tod seines alten, in Northumberland lebenden Vaters zurückzahlen will. Der alte Musgrave ist schon weit über die Siebzig, es ist also anzunehmen, daß er eines Tages das Zeitliche segnen wird. Die Frage ist nur, ob er auch seinen Sohn segnen wird. Was wird nach seinem Tod mit seinem Barvermögen, mit den Schlössern, Fallgittern und all dem übrigen Zeug geschehen? Es ist ein sehr schönes Besitztum und sicherlich eine ganze Menge wert, aber sonderbarerweise ist es kein Fideikommiß. Sie sehen also, wie wir stehen. Und nun ist die Frage: Wie steht der Alte zu seinem Sohn?«

»Steht er gut mit ihm, so steht es um Sie desto besser«, bemerkte Pater Brown. »Aber ich fürchte, ich kann Ihnen in dieser Sache auch nicht weiterhelfen. Ich habe Sir John Musgrave nie kennengelernt, und wie man hört, ist es heute so gut wie unmöglich, zu ihm vorzudringen. Aber Sie müssen sich natürlich in diesem Punkt Klarheit verschaffen, bevor Sie dem jungen Herrn das Geld Ihrer Firma leihen. Gehört er vielleicht zu jener Sorte von Söhnen, die Aussicht haben, enterbt zu werden?«

»Das weiß ich eben nicht«, antwortete der Rechtsanwalt. »Er ist bekannt und beliebt und überdies ein ausgezeichneter Gesellschafter, aber er ist viel im Ausland, und zu allem ist er auch einmal Journalist gewesen.«

»Nun, das ist doch kein Verbrechen«, schmunzelte Pater Brown, »oder doch nur in den seltensten Fällen.«

»Unsinn!« fuhr Granby dazwischen. »Sie wissen schon, wie ich das meine. Er ist ein ewig unruhiger Geist, ist Journalist, Vortragskünstler und Schauspieler gewesen und noch anderes mehr. Ich muß genau wissen, wie ich mit ihm dran bin... Na, da ist er ja endlich!«

Und der Anwalt, der ungeduldig in der fast menschenleeren Galerie auf und ab gewandelt war, drehte sich plötzlich zur Tür und eilte in den stärker besuchten Hauptraum. Er lief auf den großen, elegant gekleideten jungen Mann mit dem kurzen Haar und dem spanischen Bart zu, der Pater Brown schon vor einiger Zeit aufgefallen war.

Nach kurzer Begrüßung gingen die beiden in angeregter Unterhaltung fort. Pater Brown sah ihnen mit seinen zusammengekniffenen kurzsichtigen Augen nach. Sein Blick wurde jedoch durch die Ankunft seiner Nichte Betty von ihnen abgelenkt; sie war ganz außer Atem und begrüßte ihn mit einem Schwall von Worten. Zur Überraschung ihres Onkels zog sie ihn sofort in den Nebenraum zurück und drückte ihn auf einen Stuhl nieder.

»Ich muß dir etwas erzählen«, sagte sie. »Es ist so verrückt, daß ein anderer es gar nicht verstehen wird.«

»Du machst mich aber neugierig«, meinte Pater Brown. »Handelt es sich um die Sache, die mir deine Mutter angedeutet hat? Verlobung und dergleichen?«

»Du weißt«, sagte sie, »daß sie mich mit Hauptmann Musgrave verloben will.«

»Davon hatte ich keine Ahnung«, sagte Pater Brown resigniert, »aber Hauptmann Musgrave scheint heute ein sehr beliebtes Gesprächsthema zu sein.«

»Du weißt ja, daß wir sehr arm sind, und es hat keinen Zweck, vor dieser Tatsache die Augen zu verschließen.«

»Möchtest du ihn eigentlich gern heiraten?« fragte Pater Brown, sie aus halbgeschlossenen Augen ansehend.

Ihre Stirn umwölkte sich, sie sah zu Boden und antwortete leise: »Bis vor kurzem ja. Wenigstens glaube ich es. Aber inzwischen ist etwas passiert, das mir einen gehörigen Schreck eingejagt hat.«

»Was denn?«

»Ich habe ihn lachen hören.«

»Was ist denn da schon dabei?«

»Ach, du verstehst mich nicht. Es war kein gewöhnliches Lachen. Es war für mich direkt unheimlich.«

Sie hielt einen Augenblick inne. Dann fuhr sie fort:

»Ich bin schon ziemlich früh hierhergekommen. Da sah ich ihn ganz allein in der Galerie vorn sitzen, in der die modernen Bilder hängen. Der Raum war noch ganz leer. Er hatte keine Ahnung, daß noch jemand außer ihm in der Galerie war. Ganz allein saß er da und lachte.«

»Nun, das ist doch kein Wunder«, sagte Pater Brown. »Ich bin zwar kein Kunstsachverständiger, aber wenn man sich die Bilder so ansieht...«

»Oh, du willst mich nicht verstehen«, unterbrach sie ihn fast zornig. »So klang das Lachen nicht. Die Bilder hat er sich gar nicht angesehen. Er starrte zur Decke empor, aber seine Augen schienen nach innen gekehrt, und er lachte, daß es mir kalte Schauder über den Rücken jagte.«

Der Priester hatte sich erhoben und ging, die Hände auf den Rücken gelegt, im Saal auf und ab.

»Du darfst in einem solchen Fall nicht vorschnell urteilen und verurteilen«, begann er. »Es gibt zwei Arten von Menschen... Aber wir können uns jetzt kaum über ihn unterhalten, denn da kommt er selbst.«

Elastischen Schrittes betrat Hauptmann Musgrave den Raum und überflog ihn mit einem Lächeln. Granby, der Rechtsanwalt, folgte ihm auf dem Fuße, sein strenges Juristengesicht trug einen Ausdruck der Erleichterung und Befriedigung.

»Ich nehme alles zurück, was ich über Musgrave erzählt habe«, sagte er zu dem Priester, als sie zusammen der Tür zu gingen. »Er benimmt sich recht vernünftig und versteht meinen Standpunkt durchaus. Er fragte mich selbst, warum ich nicht nach Northumberland führe und mit seinem alten Vater spräche, dann könnte ich ja aus dessen eigenem Mund hören, wie es mit der Erbschaft bestellt sei. Das ist doch ein sehr vernünftiger Vorschlag, nicht wahr? Aber er hat es so eilig, zu Geld zu kommen, daß er mir sogar anbot, mich in seinem eigenen Wagen nach Schloß Musgrave Moss zu fahren. Ich habe ihm vorgeschlagen, daß wir beide vielleicht zusammen fahren könnten. Damit ist er einverstanden, und morgen früh geht es los.«

Während sie so sprachen, erschienen Betty und der Hauptmann in der Türe und gaben in diesem Rahmen ein Bild ab, das so manches empfindsame Gemüt sicherlich den Kegeln und Zylindern vorgezogen hätte. Was die zwei auch sonst gemeinsam haben mochten – sie sahen beide gut aus. Der Rechtsanwalt wollte gerade über diese nicht wegzuleugnende Tatsache eine entsprechende Bemerkung machen, als sich die Szene plötzlich änderte.

Hauptmann Musgrave sah in den Hauptsaal zurück. Und da fielen seine triumphierend lachenden Augen auf etwas, das ihn mit einem Schlag zu verwandeln schien. Auch Pater Brown blickte wie in einer Vorahnung in dieselbe Richtung – und sah das gesenkte Gesicht der in Rot gekleideten Frau, das unter ihrer blonden Löwenmähne jetzt fast totenbleich erschien. Leicht vornübergebeugt stand sie da – wie ein Stier, der seine Hörner zum Angriff senkt –, und der Ausdruck ihres bleichen, teigigen Gesichts war so grausam, so hypnotisierend, daß man neben ihr den kleinen Mann mit dem großen Bart kaum noch bemerkte.

Ganz automatisch, einer aufgezogenen Laufpuppe gleich, glitt Hauptmann Musgrave auf die Rote zu. Leise sagte er ihr einige Worte ins Ohr, die die übrigen nicht verstehen konnten. Sie antwortete nicht, aber dann wandten sie sich beide um und gingen den langen Saal hinunter. Sie schienen miteinander zu streiten. Der kleine, stiernackige Mann schlich wie ein grotesker, koboldhafter Page hinter ihnen drein.

»Gott sei uns gnädig!« murmelte Pater Brown, der ihnen mit zusammengezogenen Augenbrauen nachsah. »Wer mag diese Frau wohl sein?«

»Meine Freundin ist sie gottlob nicht«, erwiderte Granby mit grimmigem Humor. »Sieht so aus, als ob schon ein kleiner Flirt mit ihr unheilvoll enden könnte, nicht wahr?«

»Ich glaube nicht, daß er mit ihr flirtet«, sagte Pater Brown. Kaum hatte er dies gesagt, als auch schon die seltsame Gruppe sich am Ende des Saales trennte und Hauptmann Musgrave mit hastigen Schritten zu ihnen zurückkam.

»Es tut mir außerordentlich leid«, sagte er in ganz natürlichem Ton, der aber wenig zu seiner veränderten Gesichtsfarbe paßte, »aber ich kann leider morgen nicht mit Ihnen nach Northumberland fahren, Herr Granby. Sie können natürlich trotzdem meinen Wagen haben. Ich möchte Sie sogar darum bitten, denn ich brauche ihn nicht. Ich – ich muß einige Tage in London bleiben. Wenn Sie Gesellschaft haben wollen, so nehmen Sie doch bitte jemanden mit.«

»Mein Freund, Pater Brown...« begann der Rechtsanwalt.

»Wenn Herr Musgrave nichts dagegen hat, fahre ich gern mit«, sagte Pater Brown ernst. »Ich darf vielleicht bemerken, daß ich meinerseits ein gewisses Interesse an Herrn Granbys Erkundigungen habe, und es würde mir recht gut passen, wenn ich mitfahren könnte.«

So kam es, daß am nächsten Tag ein sehr eleganter Wagen mit einem ebenso eleganten Chauffeur über die weiten Moorflä-

chen Yorkshires nach Norden schoß, besetzt mit zwei recht un-
gleichen Fahrgästen, einem Priester, der wie ein schwarzes
Stoffbündel aussah, und einem Rechtsanwalt, der es gewohnt
war, seine eigenen Füße zu gebrauchen, anstatt auf den Rädern
fremder Leute einherzujagen.

Sie unterbrachen ihre Fahrt in einem der großen Flachtäler von
West Riding, stärkten sich mit einer ausgezeichneten Mahlzeit
und schliefen in einem behaglichen Gasthof. Am nächsten
Morgen brachen sie sehr früh auf und fuhren die Küste von
Northumberland entlang, bis sie eine Landschaft erreichten,
die ein buntes Gemisch von Sanddünen und üppigen Weiden
war; im Herzen dieser Landschaft lag das alte Schloß, das als
ein einzigartiges Denkmal uralter Grenzkriege übriggeblieben
war. Sie folgten einer Straße, die eine tief ins Landesinnere
vorstoßende Meeresbucht begleitete, und dann einem halbzerfallenen Kanal, der im Wallgraben des Schlosses endete. Das
Schloß war eine richtige, viereckige, zinnenbewehrte Burg, die
typische Normannenburg, wie man sie von Palästina bis hinauf
nach Schottland findet. Und wahrhaftig – da waren auch ein
Fallgitter und eine Zugbrücke, die wie ein Überbleibsel aus dem
Mittelalter dräuend emporragte und schuld war, daß ihre Fahrt
vor dem Wallgraben vorerst einmal ein unvorhergesehenes
Ende fand.

Der Pater und der Anwalt wateten durch langes, hartes Gras
und Disteln bis zum Rand des Grabens, dessen morastiges
Wasser, von welken Blättern und träg dahinziehenden Blasen
bedeckt, wie ein Band aus goldgeschmücktem Ebenholz die
Mauern umschloß. Der Wassergraben war fast zwei Meter
breit, und auf der anderen Seite, jenseits eines grünen Rasen-
streifens, ragten die mächtigen Pfeiler der Toreinfahrt empor.
Aber anscheinend stand diese einsame Burg so wenig mit der
Außenwelt in Verbindung, daß die auf das ungeduldige Rufen
Granbys hinter dem Fallgitter undeutlich sichtbar werdenden

Gestalten offenbar die größte Mühe hatten, die rostige Zugbrücke überhaupt in Bewegung zu setzen. Sie ratterte halbwegs herunter, schwankte wie ein gewaltiger fallender Turm über dem Graben und blieb dann stecken.

Granby, der ungeduldig am Grabenrand auf und ab lief, rief seinem Begleiter zu:

»Diese langweilige Wirtschaft geht mir auf die Nerven! Ich denke, es ist einfacher, wenn wir über den Graben springen.«

Und mit jugendlichem Schwung setzte er zum Sprung an und kam trotz leichten Strauchelns sicher am anderen Ufer an. Pater Brown war mit seinen kurzen Beinen weniger zum Springen geschaffen, aber er wollte nicht zurückbleiben und – landete mit einem Plumps in dem reichlich schlammigen Wasser. Nur durch das schnelle Zufassen seines Begleiters entging er einem allzu nassen Bad. Kaum hatte ihn dieser aber das grüne, glitschige Ufer emporgezogen, als der Priester sich auch schon niederbückte und eine ganze Weile auf einen bestimmten Punkt am Abhang starrte.

»Botanisieren Sie etwa?« fragte Granby verärgert. »Nach Ihrem mißglückten Versuch, als Taucher die Wunder der Tiefe zu erforschen, haben wir jetzt keine Zeit mehr, seltene Pflanzen zu sammeln. Kommen Sie, dreckig oder nicht, wir müssen dem Baron unsere Aufwartung machen.«

Sie gingen weiter und kamen in den Schloßhof. Dort wurden sie von einem alten Diener, dem einzigen lebenden Wesen, das zu sehen war, mit geziemender Höflichkeit empfangen und, nachdem sie ihm den Zweck ihres Besuches auseinandergesetzt hatten, in ein großes, eichengetäfeltes Zimmer geführt, dessen mittelalterliche Fenster vergittert waren. Waffen aus verschiedenen Jahrhunderten hingen, symmetrisch angeordnet, an den dunklen Wänden, und eine vollständige Rüstung aus dem vierzehnten Jahrhundert stand wie eine Schildwache neben dem großen Kamin. Durch die halboffene Tür des anstoßenden

Raumes konnte man die stark nachgedunkelten Porträts der Ahnengalerie sehen.

»Ich komme mir vor, als sei ich in einen Ritterroman und nicht in ein bewohntes Haus geraten«, sagte der Rechtsanwalt. »Ich hatte keine Ahnung, daß es heutzutage noch Leute gibt, die in solch einer Umgebung leben.«

»Ja, der alte Herr führt seinen historischen Spleen mit großer Konsequenz durch«, entgegnete Pater Brown. »Und überdies sind all diese Sachen echt. Man sieht, sie sind nicht von jemandem aufgestellt, der glaubt, alle Menschen des Mittelalters hätten zur gleichen Zeit gelebt. Manchmal setzen unerfahrene Sammler solche Rüstungen aus Teilen ganz verschiedenen Alters zusammen, nur um sie komplett zu haben. Und dabei vergessen sie völlig, daß diese Stücke oft nur einzelne Körperteile bedeckt haben. Diese Rüstung hier bedeckte allerdings ihren Träger von Kopf bis Fuß. Es ist eine richtiggehende Turnierrüstung aus dem späten Mittelalter.«

»Apropos spät: Der Baron scheint es gar nicht eilig zu haben, uns zu empfangen«, brummte Granby. »Er läßt uns ja schon eine ganz schöne Zeit warten.«

»An einem solchen Ort muß man darauf gefaßt sein, daß alles etwas langsam vor sich geht«, sagte Pater Brown. »Ich finde, es ist dem alten Herrn schon hoch anzurechnen, daß er uns überhaupt empfängt: zwei Menschen, die ihm gänzlich fremd sind und die ihn über sehr persönliche Dinge ausfragen wollen.«

Und wirklich, als der Herr des Hauses endlich erschien, konnten sie sich über ihren Empfang nicht beklagen. Es war erstaunlich zu sehen, wie er in dieser barbarischen Einsamkeit und nach so vielen Jahren ländlicher Zurückgezogenheit und griesgrämigen Brütens die angeborene und überlieferte Kultur des gesellschaftlichen Umgangs so würdevoll und mühelos pflegen konnte. Der Baron schien über den seltenen und sicherlich unerwarteten Besuch weder überrascht noch verwirrt zu sein. Es mochte sein, daß er ein halbes Menschenalter hindurch keinen Gast mehr im Hause gehabt hatte, und doch war sein Benehmen so, als habe er erst im Augenblick zuvor Herzoginnen zur Tür hinauskomplimentiert. Er war weder verschlossen noch ungehalten, als sie auf den sehr heiklen und sehr privaten Grund ihres Besuches zu sprechen kamen. Nach kurzer, ruhiger Überlegung schien er ihre Neugierde als gerechtfertigt anzuerkennen. Der Baron war ein hagerer, scharfäugiger alter Herr mit dichten, schwarzen Augenbrauen und einem langen Kinn, und wenn auch sein sorgfältig gekräuseltes Haar zweifellos eine Perücke war, so war er doch so verständig, die graue Perücke eines älteren Mannes zu tragen.

»Was die Frage anbetrifft, die Sie unmittelbar angeht«, sagte er, »so ist die Antwort in der Tat sehr einfach. Ich habe die feste Absicht, mein gesamtes Eigentum meinem Sohn zu hinterlassen, wie ich es von meinem Vater geerbt habe, und nichts – ich sage ausdrücklich: nichts – könnte mich veranlassen, meinen Entschluß zu ändern.«

»Ich bin Ihnen für diese Auskunft zu tiefem Dank verpflichtet«, antwortete der Rechtsanwalt. »Aber Ihre Liebenswürdigkeit ermutigt mich, zu bemerken, daß ich es ungewöhnlich finde, wie Sie Ihre Zusage ohne jede Bedingung erteilen. Es liegt mir durchaus fern, als möglich zu unterstellen, daß das Benehmen Ihres Sohnes Sie doch noch veranlassen könnte, Ihren Entschluß zu ändern, weil er Ihnen vielleicht als Erbe nicht würdig erschiene. Aber andererseits könnte er...«

»Ganz richtig«, unterbrach ihn Sir John Musgrave sarkastisch. »Er könnte. Der Potentialis dürfte in diesem Fall sogar eine Unterschätzung vorhandener Möglichkeiten sein. Wollen Sie die Güte haben, mit mir einen Augenblick in das nächste Zimmer zu kommen.«

Und er führte sie in den großen Raum mit der Ahnengalerie, die sie schon flüchtig durch die halboffene Tür gesehen hatten, und blieb mit feierlichem Ernst vor einer Reihe der geschwärzten, rissigen Porträts stehen.

»Dies hier ist Sir Roger Musgrave«, sagte er und zeigte auf einen Mann mit langem Gesicht und schwarzer Perücke. »Er war einer der gemeinsten Lügner und größten Schurken in der doch gewiß schurkischen Zeit Wilhelms von Oranien. Er hat zwei Könige verraten und zwei Frauen ermordet oder doch wenigstens zu Tode befördert. Dies hier ist sein Vater, Sir Robert, ein alter Ritter ohne Furcht und Tadel. Und dieses ist sein Sohn, Sir James, einer der edelsten Streiter, die unter Jakob II. für ihren Glauben das Leben gelassen haben, und einer der ersten, die den Versuch gemacht haben, für die Kirche und die Armen eine Wiedergutmachung des ihnen zugefügten Unrechts durchzusetzen. Sie sehen also, die Tatsache, daß die Macht, die Ehre, das Ansehen des Hauses Musgrave von einem guten Menschen zum anderen durch einen schlechten Menschen weitergegeben worden sind, ist, im großen gesehen, unwesentlich. Eduard I. hat England gut regiert. Eduard III. hat das Land mit Ruhm bedeckt. Und doch stand zwischen diesen beiden der schändliche, unfähige Eduard II., der vor Gaveston kroch und vor Bruce davonlief. Glauben Sie mir, Herr Granby, die Größe eines großen Hauses mit einer großen Geschichte ist mehr als diese vergänglichen Einzelpersonen, die vom Schicksal beauftragt sind, die große Tradition weiterzutragen, auch wenn sie selbst völlig versagen. Unser Besitz ist stets vom Vater auf den Sohn vererbt worden, und so soll es auch bleiben. Sie können versichert sein, meine Herren, und Sie können auch meinem Sohn diese Versicherung geben, daß ich mein Geld nicht in alle vier Winde verstreuen werde. Bis der Himmel einstürzt, soll es jeder Musgrave einem Musgrave hinterlassen.«

»Ja«, sagte Pater Brown nachdenklich, »ich verstehe, was Sie damit sagen wollen.«

»Und es wird uns ein besonderes Vergnügen sein«, fügte der

Anwalt hinzu, »diese frohe Botschaft Ihrem Sohn übermitteln zu dürfen.«

»Jawohl, Sie können ihm das ausrichten«, sagte der Baron ernst. »Er wird auf jeden Fall das Schloß, den Titel, das Land und das Geld bekommen. Unter diese Zusage ist nur noch eine kleine Fußnote rein privater Natur zu setzen. Unter keinen Umständen werde ich, solange ich lebe, ihn jemals empfangen oder mit ihm sprechen.«

Der Rechtsanwalt verharrte in derselben respektvollen Haltung, nur in seinen Augen machte sich ein höfliches Erstaunen bemerkbar: »Aber was hat er denn nur...«

»Ich bin nicht nur der Bewahrer einer großen Erbschaft«, unterbrach ihn Musgrave, »sondern ich bin schließlich auch noch ein Mensch und ein Gentleman. Mein Sohn aber hat etwas so Entsetzliches getan, daß er aufgehört hat – das Wort ›Gentleman‹ will ich in diesem Zusammenhang gar nicht in den Mund nehmen –, daß er aufgehört hat, ein menschliches Wesen zu sein. Er hat das schlimmste aller Verbrechen begangen. Erinnern Sie sich, was Douglas sagte, als Marmion ihm die Hand geben wollte?«

»Ja«, antwortete Pater Brown.

»›Meine Schlösser gehören von der Zinne bis zum Grundstein meinem König, aber meine Hand gehört mir‹«, sagte Musgrave.

Er führte seine ziemlich verdutzten Besucher wieder in das andere Zimmer zurück.

»Sie nehmen doch eine Kleinigkeit zu sich?« fragte er in derselben gleichmütigen Art. »Wenn Sie nicht sofort wieder abzureisen gedenken, würde es mir ein Vergnügen sein, Sie für die Nacht im Schloß zu beherbergen.«

»Wir danken Ihnen, Sir John«, sagte der Priester mit klangloser Stimme, »aber ich glaube, wir müssen uns doch wieder auf die Reise machen.«

»Ich werde sofort die Brücke herabsenken lassen«, sagte Sir John, und kurze Zeit später erfüllte das Quietschen dieser mächtigen und lächerlich veralteten Anlage das ganze Schloß. So rostig die Brücke auch war, diesmal funktionierte sie ohne Störung, und bald standen sie wieder auf dem grasbewachsenen Ufer jenseits des Festungsgrabens.

Granby wurde plötzlich von einem Schauder geschüttelt.

»Was kann sein Sohn denn nur getan haben?« rief er.

Pater Brown gab keine Antwort. Als sie aber mit ihrem Wagen in das nahe gelegene Dorf Graystones gekommen und dort im Gasthof »Zu den sieben Sternen« abgestiegen waren, mußte der Anwalt zu seinem nicht geringen Erstaunen feststellen, daß Pater Brown anscheinend nicht die mindeste Absicht hatte, die Reise fortzusetzen, sondern aus einem ganz bestimmten Grund in der Nähe des Schlosses bleiben wollte.

»Ich kann mich mit dieser Auskunft nicht zufriedengeben«, sagte er ernst. »Ich bleibe hier; Sie werden ja wahrscheinlich möglichst schnell mit dem Wagen nach Hause kommen wollen. Ihre Frage ist beantwortet. Bei Ihnen handelt es sich darum, ob Ihre Firma dem jungen Musgrave das Geld leihen kann. Aber meine Frage ist nicht beantwortet, ich weiß immer noch nicht, ob er als Mann für meine Nichte Betty in Frage kommt. Ich muß versuchen herauszubekommen, ob er wirklich ein so schreckliches Verbrechen begangen hat oder ob das Ganze nur die Einbildung eines verrückten Alten ist.«

»Aber«, warf der Rechtsanwalt ein, »wenn Sie etwas über den jungen Musgrave herauszubekommen wünschen, wäre es da nicht besser, Sie suchen seine Nähe auf, als daß Sie hier in diesem öden Nest bleiben, wohin er doch kaum jemals kommen wird?«

»Was für einen Zweck hätte es, wenn ich hinter ihm herlaufen würde?« entgegnete Pater Brown. »Soll ich ihn etwa in Bond Street ansprechen und ihn fragen: ›Verzeihung, haben Sie vielleicht ein so schreckliches Verbrechen begangen, daß man Sie nicht länger als menschliches Wesen betrachten darf?‹ Wenn er tatsächlich zu einem solchen Verbrechen fähig war, dann ist er sicherlich auch fähig, es zu leugnen. Und dabei wissen wir nicht einmal, worum es sich handeln könnte. Nein, es gibt nur einen Menschen, der mir darüber sichere Auskunft zu geben vermag, und vielleicht bringe ich ihn so weit, daß er es mir in einem neuen Ausbruch entrüsteter Beredsamkeit verrät. Auf jeden Fall bleibe ich vorläufig in seiner Nähe.«

Und tatsächlich hielt sich Pater Brown, so gut es ging, in der Nähe des exzentrischen Barons und traf auch gelegentlich mit ihm zusammen, wobei auf beiden Seiten größte Höflichkeit gewahrt wurde. Der Baron war trotz seines Alters sehr rüstig und ging viel spazieren. Man sah ihn oft im Dorf und auf den Feldern. Schon einen Tag nach ihrem Besuch im Schloß bemerkte Pater Brown, als er aus dem Gasthaus hinaus auf den Marktplatz trat, die hohe, vornehme Gestalt des Barons, der mit zügigen Schritten dem Postamt zuging. Er war sehr einfach in Schwarz gekleidet, sein scharfgeschnittenes Gesicht trat im hellen Sonnenlicht markant hervor; mit seinem silbergrauen Haar, den dunklen Augenbrauen und dem langen Kinn erinnerte er an Henry Irving oder einen anderen berühmten Schauspieler. Trotz seines altersgrauen Haares machten Gestalt und Gesicht den Eindruck jugendlicher Kraft; er trug seinen Stock wie einen Knüttel, nicht wie eine Krücke. Der Baron grüßte den Priester freundlich und kam gleich auf den Punkt zurück, bei dem er am Tage zuvor mit seinen Enthüllungen stehengeblieben war.

»Wenn Sie sich noch für meinen Sohn interessieren«, sagte er, das Wort ›Sohn‹ mit eisiger Gleichgültigkeit aussprechend, »so werden Sie nicht viel von ihm zu sehen bekommen. Er hat soeben England verlassen. Unter uns gesagt, er ist aus England geflohen.«

»Was Sie nicht sagen!« erwiderte Pater Brown und sah ihn ernst und durchdringend an.

»Leute, von denen ich niemals gehört habe – Gunow heißen sie –, wollten von mir seinen Aufenthaltsort wissen, und ich bin jetzt gerade dabei, ihnen telegrafisch mitzuteilen, daß er, soviel ich weiß, sich in Riga aufhält und Briefschaften nur postlagernd empfängt. Sie sehen also, ich habe nichts als Ärger mit meinem Herrn Sohn. Ich wollte eigentlich schon gestern depeschieren, bin aber fünf Minuten zu spät auf die Post gekommen. Bleiben Sie länger hier? Ich hoffe, Sie werden mich wieder einmal besuchen.«

Als der Priester dem Rechtsanwalt, der ebenfalls im Dorf geblieben war, von dieser Unterredung mit dem alten Musgrave berichtete, war dieser erstaunt und interessiert zugleich.

»Warum ist der junge Musgrave wohl geflohen? Und was sind das für Leute, die sich so sehr für seinen jetzigen Aufenthaltsort interessieren? Wer sind denn diese Gunows eigentlich?«

»Warum er geflohen ist, weiß ich auch nicht«, antwortete Pater Brown. »Vielleicht ist sein geheimnisvolles Verbrechen inzwischen entdeckt worden. Ich vermute sehr, daß die Leute, die ihn suchen, Erpresser sind. Und wer diese Gunows sind, glaube ich zu wissen. Erinnern Sie sich an die Szene in der Galerie? Die scheußliche fette Frau mit dem gelbblonden Haar dürfte wohl Frau Gunow sein, und der kleine Mann, der sie begleitete, ist wahrscheinlich ihr Mann.«

Am nächsten Tag kam Pater Brown ziemlich erschöpft ins Gasthaus zurück und stellte seinen schwarzen, unförmigen Regenschirm in die Ecke wie ein Pilger seinen Stab. Er sah niedergeschlagen aus. Aber das war oft bei ihm zu beobachten, wenn er ein Verbrechen der Aufklärung näher gebracht hatte. Er war niedergeschlagen, nicht weil ihm die Aufklärung mißlungen, sondern weil sie ihm gelungen war.

»Es ist furchtbar«, sagte er mit matter Stimme, »aber ich hätte es ja gleich merken können. Mir hätte schon ein Licht aufgehen müssen, als ich das Zimmer zum erstenmal betrat und das Ding da stehen sah.«

»Als Sie was sahen?« fragte Granby ungeduldig.

»Als ich sah, daß nur eine Rüstung vorhanden war«, entgegnete Pater Brown.

Der Rechtsanwalt starrte seinen Freund verständnislos mit aufgerissenen Augen an.

Nach einer Weile fuhr Pater Brown fort: »Neulich in der Galerie war ich gerade dabei, meiner Nichte zu erklären, daß es zwei Arten von Menschen gibt, die allein lachen können. Etwas allgemein gefaßt: Ein Mensch, der allein lacht, ist entweder sehr gut oder sehr schlecht. Er vertraut seinen Spaß entweder Gott an oder dem Teufel. Auf jeden Fall aber hat er ein inneres Leben. Es gibt wirklich Menschen, die ihren Spaß mit dem Teufel teilen. Es macht ihnen nichts aus, daß kein anderer Mensch an diesem Spaß teilhaben kann, ja, daß ein anderer diesen Spaß nicht einmal ahnen darf. Der Spaß selbst genügt ihnen, wenn er nur böse und teuflisch genug ist.«

»Wovon sprechen Sie überhaupt?« fragte Granby. »Wen meinen Sie damit? Wer teilt hier einen unheimlichen Spaß mit Seiner Satanischen Majestät?«

Pater Brown sah ihn mit einem geisterhaften Lächeln an. »Tja«, sagte er, »das ist ja eben der Spaß!«

Und wieder schwiegen beide, aber das Schweigen war erfüllt von einer unheimlichen Spannung und bedrückend wie das Zwielicht. Pater Brown saß unbeweglich da, die Arme auf den Tisch gestützt, und als er schließlich zu sprechen fortfuhr, war in seiner Stimme keine Bewegung zu spüren.

»Ich bin die Reihe der Musgraves durchgegangen«, sagte er. »Sie sind eine kräftige, langlebige Rasse, und ich glaube, selbst bei natürlichem Verlauf müßten Sie ziemlich lange auf Ihr Geld warten.«

»Darauf sind wir gefaßt«, erwiderte der Rechtsanwalt; »aber ewig kann es doch auch wieder nicht dauern. Der Mann ist immerhin schon fast achtzig, obgleich er noch wie ein Junger herumläuft und die Leute hier im Dorf sagen, sie glaubten nicht, daß er jemals sterben werde.«

Pater Brown sprang in einer seiner seltenen überraschenden Aufwallungen empor, ließ jedoch die Hände auf dem Tisch, neigte sich vor und sah dem Rechtsanwalt ins Gesicht.

»Das ist's!« rief er mit leiser, aber erregter Stimme. »Das ist das ganze Problem. Das ist die einzige wirkliche Schwierigkeit. Wie um Himmels willen soll er bloß sterben?«

»Wie meinen Sie denn das?« fragte der Rechtsanwalt verblüfft.

»Ich glaube«, tönte die Stimme des Priesters durch den inzwischen völlig dunkel gewordenen Raum, »daß ich das von James Musgrave begangene Verbrechen kenne.«

Seine Stimme klang so unheimlich, daß Granby erschauernd zusammenfuhr. Aber er hatte noch immer nicht verstanden.

»Es ist wirklich das schlimmste Verbrechen, das es auf der Welt gibt«, fuhr Pater Brown fort. »Wenigstens haben es viele Völker zu vielen Zeiten für das schlimmste aller Verbrechen gehalten. Seit den frühesten Zeiten wurde es bei den Stämmen und Völkern auf das schrecklichste bestraft. Ja, jetzt weiß ich, was der junge Musgrave getan hat und warum er es tat.«

»Und was hat er getan?« fragte der Rechtsanwalt gespannt.

»Er hat seinen Vater ermordet«, antwortete der Priester.

Nun erhob sich auch der Anwalt und blickte mit zusammengezogenen Brauen über den Tisch.

»Aber sein Vater ist doch im Schloß!« rief er schneidend.

»Nein, sein Vater liegt im Schloßgraben«, entgegnete der Priester, »und ich muß ein Brett vor dem Kopf gehabt haben, daß mir dieser Gedanke nicht gleich gekommen ist, als mir etwas an der Rüstung auffiel. Können Sie sich noch erinnern, wie der

Raum aussah? Zwei gekreuzte Schlachtäxte hingen auf der einen Seite des Kamins, zwei auf der anderen. An der einen Wand hing ein runder schottischer Schild, ein zweiter an der anderen. Auf der einen Seite des Kamins stand eine vollständige Rüstung, aber – die andere Seite war leer. Ich kann mir nicht denken, daß ein Mann, der den ganzen Raum mit einer solch beinahe übertriebenen Symmetrie ausgestaltet hat, diesen einen Platz, der dazu noch sehr in die Augen fiel, übersehen haben sollte. Ich bin davon überzeugt, daß früher an dieser Stelle noch eine zweite Rüstung gestanden hat. Und was ist aus ihr geworden?«

Er hielt einen Augenblick inne und fuhr dann mehr in der sachlichen Art eines Berichterstatters fort:

»Wenn man sich alles überlegt, so war der Plan recht gut entworfen und löste auch das schwierige Problem, wie die Leiche beseitigt werden sollte. Der Tote konnte stunden-, ja tagelang in der geschlossenen Rüstung stehen, während der Diener ein und aus ging, bis der Mörder in einer dunklen Nacht die Gelegenheit hatte, die Rüstung mit der Leiche hinauszutragen und im Graben zu versenken, wobei er nicht einmal die Zugbrücke zu benutzen brauchte. Und dabei hatte er kaum zu befürchten, daß die Sache je aufkäme! Sobald die Leiche in dem stehenden Wasser verfault war, blieb nichts mehr übrig als ein Skelett in einer Rüstung aus dem vierzehnten Jahrhundert, und ein solcher Fund im Wassergraben einer alten Grenzburg wäre sicherlich niemandem verdächtig vorgekommen. Es war zwar unwahrscheinlich, daß überhaupt jemand dort nach etwas suchen würde, aber auch wenn man suchte, hätte man in kurzer Zeit nur noch das Skelett in der Rüstung gefunden. Mir war auch noch etwas anderes aufgefallen. Wissen Sie noch, wie ich über den Graben sprang und dann auf dem Boden herumsuchte? Sie fragten mich, ob ich botanisiere. Was ich damals gesehen hatte, war keine seltene Pflanze; es waren Eindrücke zweier Füße, so tief in den festen Rasen eingesunken, daß ich überzeugt war, der Mann müsse entweder sehr schwer gewesen sein oder einen sehr schweren Gegenstand getragen haben. Ich habe aus meinem prächtigen, katzengleichen Sprung über den Graben auch noch etwas anderes gelernt.«

»Mir wird schon ganz schwindlig«, sagte Granby, »aber ich beginne allmählich zu verstehen, worauf Sie hinauswollen. Und wie war das mit Ihrem Katzensprung?«

»Als ich heute auf dem Postamt war«, sagte Pater Brown, »habe ich mich so nebenbei erkundigt, wann dort geschlossen wird. Der Baron hat mir nämlich gestern gesagt, er habe an dem Tag, da wir ankamen, gerade ein Telegramm aufgeben wollen, sei aber um einige Minuten zu spät gekommen. Er muß also zur selben Zeit beim Postamt gewesen sein, als wir vor der halb herabgelassenen Zugbrücke standen. Verstehen Sie, was das bedeutet? Es bedeutet, daß er nicht im Schloß war, als wir hier eintrafen, und daß er irgendwie ins Schloß gelangte, während wir vor der Zugbrücke standen. Darum mußten wir auch so lange warten. Und als ich mir hierüber klargeworden war, sah ich plötzlich ein Bild vor mir, das mir die ganze Geschichte enthüllte.«

»Ja und?« fragte der andere ungeduldig. »Was für ein Bild haben Sie gesehen?«

»Ein alter Mann von achtzig Jahren kann spazierengehen«, sagte Pater Brown, »er kann dabei sogar unter Umständen ziemlich weite Strecken zurücklegen. Aber ein alter Mann kann nicht springen. Er würde dabei eine noch viel weniger gute Figur abgeben als ich bei meinem vorgestrigen Sprung. Aber wenn der Baron nun zurückkam, während wir vor dem Tor warteten, muß er auf demselben Weg hineingelangt sein wie wir – durch Überspringen des Wassergrabens –, denn die Brücke wurde ja erst später herabgelassen. Übrigens glaube ich, daß er den Mechanismus selbst in Unordnung gebracht hat, um unbequeme Besucher aufzuhalten, denn sonst hätte sie nicht so schnell repariert werden können. Aber das ist in diesem Zusammenhang unwichtig. Als ich nun dieses Bild vor meinen Augen sah – die schwarzgekleidete Gestalt mit dem grauen Haar, die mit einem Satz über den Graben springt –, da wußte ich sofort, daß der Springer nur ein junger Mann sein konnte, der sich als Greis verkleidet hatte. Da haben Sie die ganze Geschichte.«

»Sie meinen also«, sagte Granby leise, »daß dieser nette, junge Mann seinen Vater ermordete, den Leichnam in der Rüstung verbarg, diese in den Wassergraben versenkte, sich dann verkleidete und die Rolle des Alten spielte?«

»Die beiden waren sich sehr ähnlich«, sagte der Priester. »An den Familienporträts konnte man deutlich sehen, wie stark diese Ähnlichkeit war. Sie sprechen von seiner Verkleidung. Aber in einem gewissen Sinn ist jedermanns Kleidung eine Verkleidung. Der alte Mann verkleidete sich mit einer Perücke, der junge mit einem spanisch zugestutzten Bart. Als er sich nun den Bart abrasierte und die Perücke auf sein kurzgeschorenes Haar stülpte, sah er genauso aus wie sein Vater – wenn er außerdem seine Gesichtszüge mit ein wenig Schminke ins Greisenhafte verzog. Vielleicht wird Ihnen jetzt auch klar, warum er uns so höflich eingeladen hat, die Reise in seinem Wagen zurückzulegen. Er bot Ihnen seinen Wagen an, weil er selbst noch am selben Abend mit dem Zug fahren wollte. So kam er eher hier an als Sie, beging sein Verbrechen, verkleidete sich und war für die Verhandlung wegen der Erbschaft bereit.«

»Ach, die Erbschaft!« sagte Granby nachdenklich. »Sie glauben also, daß der alte Baron sich in dieser Frage ganz anders verhalten haben würde?«

»Er würde Ihnen offen erklärt haben, daß sein Sohn niemals auch nur einen Pfennig von ihm zu erwarten hätte. Der Mord war, so seltsam das klingt, wirklich die einzige Möglichkeit, Ihnen diese Einstellung des alten Musgrave vorzuenthalten. Aber bedenken Sie auch die listige Verschlagenheit, die hinter seiner Erzählung steckte. Diese Russen erpreßten ihn wegen irgendeiner Schurkerei, von der sie Kenntnis hatten; ich vermute, daß Musgrave während des Krieges Landesverrat begangen hat. Mit diesem Streich konnte er ihnen entwischen, und wahrscheinlich suchen sie ihn jetzt in Riga. Aber am raffiniertesten war seine Erklärung, die er uns in der Maske seines Vaters gab, daß er nämlich seinen Sohn zwar als Erben, nicht aber als menschliches Wesen betrachte. Auf diese Weise war die Erbschaft gesichert, und andererseits war dies auch ein Ausweg aus der größten Schwierigkeit, der er sich bald gegenübersehen mußte.«

»Ich sehe da verschiedene Schwierigkeiten«, sagte Granby, »welche meinen Sie?«

»Wenn er seinen Sohn nicht enterbte, so mußte es doch sehr sonderbar erscheinen, daß Vater und Sohn niemals zusammenkamen. Wenn er nun erklärte, er habe eine unüberwindliche persönliche Abscheu vor seinem Sohn, so war diese Schwierigkeit behoben. Es blieb also nur noch ein Problem übrig, das dem sauberen Herrn jetzt wahrscheinlich Kopfzerbrechen macht. Wie um Himmels willen soll der alte Mann bloß sterben?«

»Wer weiß, wie er wohl sterben sollte«, sagte Granby langsam. Pater Brown schien in träumerisches Nachsinnen verloren, dann fuhr er gedankenvoll fort:

»Und doch hat die ganze Sache noch einen tieferen Hintergrund. Dieser Plan gefiel ihm auch aus einem anderen Grund. Es verschaffte ihm ein persönliches perverses Vergnügen, Ihnen in der Rolle des Vaters zu erzählen, daß er als Sohn ein Verbrechen begangen habe – wo er doch wirklich seinen Vater ermordet hat. Das war die höllische Ironie, von der ich sprach, das war der Spaß, den er mit dem Teufel geteilt hat. Vielleicht klingt es paradox, aber manchem macht es teuflisches Vergnügen, die Wahrheit zu sagen – und vor allem sie so zu sagen, daß jedermann sie mißversteht. Darum eben gefiel er sich in seiner Rolle, sich als ein anderer auszugeben und sich selbst dann so schwarz zu malen – so, wie er in Wirklichkeit ist. Darum auch hörte ihn meine Nichte in der Gemäldegalerie vor sich hin lachen.«

Granby fuhr auf wie jemand, der aus seinen Träumen plötzlich wieder in den Alltag zurückversetzt wird.

»Ihre Nichte!« rief er. »Wollte ihre Mutter sie nicht mit Musgrave verheiraten? Sie glaubte wohl, ihre Tochter könne damit eine reiche und vornehme Partie machen?«

»Allerdings«, sagte Pater Brown sarkastisch; »die Mutter wollte unbedingt, daß Betty gut verheiratet sei.«

Der Rote Mond von Meru

Alle waren sich darüber einig, daß der Wohltätigkeitsbasar in Mallowood Abbey, für den Lady Mounteagle liebenswürdigerweise das Protektorat übernommen hatte, eine wohlgelungene Veranstaltung war. Da gab es Karussells, Schaukeln und Buden, auf und in denen sich die Leute prächtig amüsierten. Man könnte auch der Wohltätigkeit Erwähnung tun, die doch angeblich der Hauptzweck der ganzen Veranstaltung war, wenn nur irgendeiner der zahlreichen Anwesenden hätte sagen können, wem diese Wohltätigkeit nun eigentlich zugute kommen sollte.

Wir haben es in unserer Geschichte jedoch nur mit einigen der Festteilnehmer zu tun, und besonders mit dreien von ihnen, einer Dame und zwei Herren, die in angeregter Diskussion zwischen den beiden Hauptzelten einhergingen. Zu ihrer Rechten befand sich das Zelt des »Meisters vom Berge«, des weltbekannten Wahrsagers, Kristallsehers und Handliniendeuters, ein prächtiges purpurrotes Zelt, über und über bedeckt mit den in Schwarz und Gold gemalten bizarren Umrissen asiatischer Götter, die wie Kraken ihre zahlreichen Arme durch die Gegend schwangen. Vielleicht sollten sie versinnbildlichen, wie leicht dort drinnen göttliche Hilfe zu haben sei, vielleicht sollte es auch nur eine diskrete Andeutung sein, daß der Idealbesucher eines Handlesers möglichst viele Hände haben sollte. Auf der anderen Seite stand das einfachere Zelt des Phrenologen Phroso. Als Dekoration trug es nur die geometrisch schematisierten Köpfe von Sokrates und Shakespeare, die beide offensichtlich recht unförmige Schädel gehabt haben müssen. Sie waren bloß in Schwarz und Weiß dargestellt und mit Zahlen und Anmerkungen versehen, wie es der würdevollen Strenge einer rein rationalistischen Wissenschaft geziemt. Das Purpurzelt hatte eine Öffnung, die aussah, als ginge es in eine finstere Höhle, und drinnen war es mäuschenstill, wie es sich gehörte. Phroso, der Phrenologe, indessen, ein magerer, schäbiger Kerl mit sonnenverbranntem Gesicht und einem unwahrscheinlich üppigen, schwarzen Schnurrbart und ebensolchen Koteletten, stand draußen vor seinem Tempel, pries seine Kunst nach Leibeskräften an, selbst wenn niemand da war, der ihn hörte, und versicherte allen Vorbeigehenden, daß sich ihre Köpfe bei genauer Untersuchung als ebenso knorrig erweisen würden wie der Kopf Shakespeares. Als nun die Dame, von der wir eben sprachen, zwischen den Zelten auftauchte, sprang der eifrige Vertreter der Wissenschaft auf sie zu, verbeugte sich und fragte, ob er die Höcker ihres Kopfes befühlen dürfe.

Sie lehnte mit einer höflichen Bestimmtheit ab, die fast verletzend wirkte, doch sei zu ihrer Entschuldigung erwähnt, daß sie gerade in einer hitzigen Diskussion begriffen war. Zu ihrer Entschuldigung sei ferner angeführt, daß sie die Protektorin der Veranstaltung war, Lady Mounteagle selbst. (Womit allerdings nicht gesagt sein soll, daß sie völlig unbedeutend gewesen wäre – keineswegs!) Hübsch, aber verstört aussehend, lag in ihren tiefen dunklen Augen eine flackernde Unruhe, und ihr Lächeln hatte etwas Leidenschaftliches, fast Ungestümes an sich. Ihre bizarre Kleidung erinnerte an das purpurne Zelt: Sie war halb orientalisch und mit geheimnisvollen exotischen Zeichen geschmückt. Aber es war ja eine in der ganzen Gegend bekannte Tatsache, daß die Mounteagles verrückt waren. So jedenfalls drückte das Volk die Tatsache aus, daß Lady Mounteagle und ihr Gatte sich für die Religionen und Kulturen des Fernen Ostens interessierten.

Das etwas ausgefallene Benehmen der Dame stand in krassem Gegensatz zu der bürgerlichen Korrektheit der beiden Herren, die von den Handschuhspitzen bis zu den wohlgebürsteten Zylinderhüten vor Steifheit und Zugeknöpftheit geradezu glänzten. Aber sogar zwischen ihnen war ein Unterschied festzustellen. Denn während James Hardcastle einen durchaus korrekten und seriösen Eindruck machte, sah Tommy Hunter zwar korrekt, aber doch ziemlich gewöhnlich aus. Hardcastle war ein vielversprechender Politiker, der sich in Gesellschaft für alles mögliche außer Politik zu interessieren schien. Ein Spötter könnte auf den Gedanken kommen, hier einzuwerfen, daß alle Politiker im wahrsten Sinne des Wortes vielversprechend seien, aber um Hardcastle Gerechtigkeit widerfahren zu lassen, sei erwähnt, daß er schon oft Proben seiner Kunst abgelegt hatte. Bei dem Basar war nun allerdings kein Purpurzelt für ihn aufgeschlagen, in dem er seine Kunst hätte zeigen können.

»Ich meinerseits glaube«, sagte er, indem er das Monokel, den einzigen Lichtpunkt in seinem hartgeschnittenen Juristengesicht, ins Auge klemmte, »daß wir erst alle Möglichkeiten der Hypnose ergründen müssen, ehe wir von Magie reden. Zweifellos gibt es selbst bei anscheinend rückständigen Völkern bemerkenswerte psychische Kräfte. Es ist bekannt, daß manche Fakire wahrhaft wunderbare Dinge vollbracht haben.«

»Das ist doch alles Schwindel«, meinte der andere junge Mann mit der unschuldigsten Miene von der Welt.

»Tommy, schwätz doch nicht so dummes Zeug«, wandte sich Lady Mounteagle an ihn. »Warum mischst du dich denn dauernd in Dinge ein, die du nicht verstehst? Du kommst mir vor wie ein Schuljunge, der sich damit brüstet, daß er weiß, wie ein Taschenspielertrick funktioniert. Wenn du nur wüßtest, wie altmodisch dieser jungenhafte Skeptizismus ist! Was aber die Hypnose angeht, so glaube ich kaum, daß sie zur Erklärung...«

Plötzlich verstummte Lady Mounteagle. Sie schien jemanden erblickt zu haben, den sie suchte, eine schwarze, untersetzte Gestalt, die vor einer Bude stand, wo Kinder mit Reifen nach schrecklich aussehenden Figuren warfen. Sie eilte hinüber und rief: »Pater Brown, ich habe Sie schon überall gesucht. Ich möchte Sie etwas fragen. Glauben Sie an Wahrsagerei?«

Der Angeredete blickte ziemlich verlegen auf den kleinen Reifen nieder, den er in der Hand hielt, und sagte schließlich: »Ich weiß nicht, wie Sie das Wort ›glauben‹ verstehen. Wenn die Sache natürlich auf einen Betrug hinausläuft...«

»O nein, der ›Meister vom Berge‹ ist keineswegs ein Betrüger«, unterbrach ihn die Lady. »Er ist kein gewöhnlicher Zauberer oder Wahrsager. Es ist für mich eine große Ehre, wenn er sich herabläßt, meinen Gästen wahrzusagen, denn in seiner Heimat ist er eine bedeutende Persönlichkeit des religiösen Lebens, ein Prophet und Seher. Er verspricht den Leuten auch nicht wie ein gewöhnlicher Wahrsager Geld oder Glück. Er offenbart uns große geistige Wahrheiten über uns selbst und unsere Gedanken.«

»Das ist's ja eben«, erwiderte Pater Brown. »Dagegen nämlich muß ich Einspruch erheben. Ich wollte gerade sagen, daß es mir nicht so schlimm erscheint, wenn das Ganze nur ein gewöhnlicher Schwindel ist. Die meisten Sachen, die einem auf Wohltätigkeitsbasaren angeboten werden, sind ja schließlich mehr oder weniger Schwindel. Wenn es also nur das wäre, so könnte man es gleichsam als ein amüsantes Zauberkunststück nehmen. Wenn sich aber die Wahrsagerei als Religion maskiert und geistige Wahrheiten zu offenbaren vorgibt – dann ist sie Teufelswerk, und ich würde ihr in einem großen Bogen aus dem Weg gehen.«

»Das klingt doch reichlich paradox«, sagte Hardcastle lächelnd.

»Was erscheint Ihnen daran so paradox?« fragte der Priester

nachdenklich. »Mir scheint, die Sache ist doch ganz klar. Ich will es Ihnen an einem Beispiel klarmachen: Wenn sich jemand als Spion verkleidet und behauptet, dem Feind alles mögliche dumme Zeug aufgebunden zu haben – das ist doch weiter nicht schlimm. Wenn aber jemand wirklich mit dem Feind verhandelt, dann allerdings sieht die Sache anders aus! Wenn also ein Wahrsager...«

»Sie glauben tatsächlich...« begann Hardcastle grimmig.

»Ja, ich glaube, er verhandelt mit dem Feind.«

Tommy Hunter lachte laut auf. »Nun, wenn Pater Brown die Wahrsager für gut und harmlos hält, solange sie nur Betrüger sind, so dürfte er diesen kupferbraunen Propheten wohl schon gar als einen Heiligen betrachten.«

»Mein Vetter Tom ist unverbesserlich«, sagte Lady Mounteagle. »Er ist regelrecht darauf aus, Adepten hereinzulegen, wie er das nennt. Ich habe ihn im Verdacht, daß er extra im Eiltempo hierhergekommen ist, als er von der Anwesenheit des Meisters hörte. Er würde, wenn es möglich wäre, auch versuchen, Moses oder Buddha hereinzulegen.«

»O nein, ich wollte nur ein wenig auf dich aufpassen«, sagte der junge Mann, und ein breites Grinsen erschien auf seinem runden Gesicht. »Und darum bin ich halt hergekommen. Aber ehrlich gesagt: Es gefällt mir nicht, daß dieser braune Affe hier herumkriecht.«

»Laß doch diese Ausfälle!« sagte Lady Mounteagle. »Als ich vor einigen Jahren in Indien war, hatten wir auch alle diese dummen Vorurteile gegen Menschen brauner Hautfarbe. Aber seit ich ihre wunderbaren geistigen Kräfte ein wenig kenne, darf ich sagen, daß ich meine früheren Vorurteile abgelegt habe.«

»Sie scheinen da ganz anders zu denken als ich«, bemerkte Pater Brown. »Sie verzeihen ihm seine braune Farbe, weil er Brahmane ist, und ich verzeihe ihm das Brahmanische, weil er braun ist. Offen gestanden, ich selbst gebe nicht viel auf diese geistigen Kräfte. Geistige Schwäche ist mir viel sympathischer. Ich verstehe übrigens gar nicht, warum man vor ihm Abscheu haben sollte, nur weil er dieselbe schöne Farbe hat wie Kupfer oder Kaffee oder die lieblichen Moorbäche Schottlands. Aber vielleicht«, setzte er schelmisch hinzu, Lady Mounteagle aus freundlich blinzelnden Augen ansehend, »bin ich von vornherein ein wenig voreingenommen für alles, was ›braun‹ heißt.«

»Na also!« rief Lady Mounteagle triumphierend. »Ich habe es ja gleich gewußt, daß Sie nicht im Ernst gesprochen haben.«

»Aber sowie jemand mal etwas Vernünftiges sagt, nennst du es einen schuljungenhaften Skeptizismus«, brummte der gekränkte junge Mann mit dem runden Gesicht. »Wann soll denn das Kristallsehen losgehen?«

»Du kannst jederzeit hineingehen«, sagte Lady Mounteagle. »Übrigens ist es gar kein Kristallsehen; er sagt wahr aus der Hand. Aber das wird dir sicher egal sein, denn deiner Meinung nach ist das ja alles der gleiche Unsinn.«

»Ich glaube, es gibt zwischen diesen so entgegengesetzten Meinungen doch noch einen Mittelweg«, meinte Hardcastle lächelnd. »Es gibt für die erstaunlichsten Vorgänge oft ganz natürliche und durchaus sinnvolle Erklärungen. Kommen Sie doch herein, und sehen Sie sich die Sache einmal an. Ich muß gestehen, ich bin sehr gespannt, was dabei herauskommen wird.«

»Ach, für diesen Unsinn habe ich einfach nicht die Geduld«, stieß der junge Mann hervor, dessen rundes Gesicht in hitziger Bezeugung seiner Verachtung und Ungläubigkeit ganz rot angelaufen war. »Verschwenden Sie Ihre Zeit nur bei diesem braunen Schwindler, ich werfe inzwischen lieber nach Kokosnüssen.«

Der Phrenologe, der noch immer in der Nähe herumstrich, ließ sich diesen Anknüpfungspunkt nicht entgehen.

»Köpfe, mein lieber Herr«, sagte er, »Menschenköpfe haben weit sanftere Konturen als Kokosnüsse. Keine Kokosnuß kann den Vergleich mit Ihrem eigenen sehr...«

Hardcastle war bereits im dunklen Eingang des Purpurzeltes verschwunden. Man hörte drinnen ein leises Stimmengemurmel. Tom Hunter hatte gerade den Phrenologen mit einer ungeduldigen Antwort abgefertigt, wobei er eine bedauerliche Gleichgültigkeit gegen die Grenzlinie zwischen natürlichen und übernatürlichen Wissenschaften zeigte, während Lady Mounteagle sich eben dem Priester zuwenden wollte, um die Diskussion mit ihm fortzusetzen. Da hielt sie plötzlich überrascht inne und sah verblüfft nach dem Zelt.

James Hardcastle war wieder aus der dunklen Zeltöffnung aufgetaucht. Sein zusammengekniffenes Gesicht und sein blinkendes Monokel drückten größte Überraschung aus.

»Er ist nicht da«, meldete der Politiker kurz. »Er ist weggegangen. Ein alter Neger, der wahrscheinlich sein Reisebegleiter ist, quasselte mir etwas vor, der Meister habe es für besser gehalten, von hier wieder fortzugehen, als heilige Geheimnisse für Geld zu verkaufen.«

Lady Mounteagle wandte sich strahlend ihren Begleitern zu: »Na, was habe ich Ihnen gesagt? Er ist doch erhabener, als Sie sich vorstellen können. Er haßt Gewühl und Gedränge, er hat sich wieder in seine Einsamkeit zurückgezogen.«

»Es tut mir leid«, sagte Pater Brown ernst. »Vielleicht habe ich ihm doch unrecht getan. Wissen Sie, wohin er sich begeben hat?«

»Ich glaube wohl«, antwortete Lady Mounteagle mit demselben Ernst. »Wenn er allein sein will, geht er immer in den Kreuzgang am Ende des linken Flügels, wo mein Mann sein Studierzimmer und sein kleines Privatmuseum hat. Vielleicht ist Ihnen bekannt, daß unser Haus ehemals eine Abtei gewesen ist.«

»Ich habe schon so etwas gehört«, antwortete der Priester mit einem schwachen Lächeln.

»Wenn Sie Lust haben, kommen Sie doch mit uns. Sie sollten sich wirklich einmal die Sammlungen meines Mannes ansehen, auf jeden Fall aber den Roten Mond. Haben Sie schon von dem Roten Mond von Meru gehört?... Ja, es ist ein Edelstein.«

»Auch ich würde mir die Sammlungen gerne einmal ansehen«, sagte Hardcastle langsam, »inbegriffen den ›Meister vom Berge‹, wenn er sich gegenwärtig als Schaustück in Ihrem Haus befindet.« Damit schlugen sie gemeinsam die Richtung auf das Haus Mounteagle ein.

»Jetzt würde es mich doch interessieren«, murmelte der ungläubige Thomas, der den Zug beschloß, vor sich hin, »warum dieser braune Kerl überhaupt hierhergekommen ist, wenn er gar nicht wahrsagen will.«

Als er sich nun zum Gehen wandte, sprang der unerschütterliche Phroso noch einmal hinter ihm drein, und es sah so aus, als wollte er ihn bei den Rockschößen festhalten.

»Ihre Höcker, mein Herr...« begann er.

»Rutsch mir den Buckel runter, und nimm meine Schulden mit; das sind die einzigen Höcker, die ich habe, wenn ich Mounteagle besuche.« Und er machte sich eilends auf die Socken, um den hartnäckigen Bemühungen des Phrenologen zu entgehen.

Auf ihrem Weg zum Kreuzgang kamen die Besucher durch den langen Saal, in dem Lord Mounteagle seine recht umfangreichen asiatischen Sammlungen eingerichtet hatte. Durch eine offene Tür in der gegenüberliegenden Mauer konnten sie die gotischen Bogen und zwischen ihnen das helle Tageslicht des viereckigen offenen Platzes sehen, um dessen überdachten Wandelgang in alter Zeit die Mönche meditierend auf und ab gegangen waren. Aber bevor sie diese Tür erreichten, kamen

sie an einer Gestalt vorüber, die auf den ersten Blick weit ungewöhnlicher erschien als der Geist eines alten Mönches.

Es war ein älterer Herr, ganz in Weiß gekleidet, auf dem Kopf
einen blaßgrünen Turban. Sein Gesicht war rosig hell, ein echtes Europäergesicht, und der glatte, weiße Schnurrbart verriet
den angloindischen Oberst. Der freundliche Herr war in der
Tat niemand anders als Lord Mounteagle, der seinen orientalischen Zeitvertreib melancholischer oder wenigstens ernster
nahm als seine Frau. Seine einzigen Gesprächsthemen waren
orientalische Philosophie und Religion, und er hatte es sogar
für nötig gehalten, sich nach der Art eines orientalischen Ere-
miten zu kleiden. Der Lord freute sich offensichtlich darüber,
daß er jemandem seine Schätze zeigen konnte; diese Kostbar-
keiten liebte er sicherlich viel mehr, weil seiner Meinung nach
in ihnen tiefe Wahrheiten versinnbildlicht waren, als etwa wegen ihres Sammlerwerts, vom Geldwert ganz zu schweigen.
Selbst als er den großen Rubin hervorholte, vielleicht den einzigen Gegenstand seines Privatmuseums, der auch rein in Geld
ausgedrückt einen großen Wert repräsentierte, sah man ihm
an, daß ihn dessen Name und Bedeutung viel mehr fesselten als
seine erstaunliche Größe oder der immerhin beträchtliche
Geldwert.

Mit weit aufgerissenen Augen starrten die Besucher auf den erstaunlich großen, roten Stein, in dem die Sonnenstrahlen
brannten, als sähe man sie durch einen Regen von Blut. Lord
Mounteagle ließ ihn über seine Handfläche rollen, ohne ihn
anzusehen; er blickte zur Decke und erzählte eine lange Geschichte von dem legendären Berg Meru, der nach der gnosti-
schen Mythologie der Kampfplatz namenloser urzeitlicher
Kräfte gewesen sei.

Gegen Ende seines Vortrags über den Demiurg der Gnostiker,
dessen Zusammenhang mit den parallelen Auffassungen des
Mani nicht übersehen werden dürfe, hielt sogar der ansonsten

sehr zurückhaltende und taktvolle Herr Hardcastle den Augenblick für gekommen, etwas abzulenken. Er bat um die Erlaubnis, den Stein näher ansehen zu dürfen, und da der Abend herannahte und es in dem großen Saal immer dunkler wurde, trat er in den Kreuzgang hinaus, um den Stein bei besserem Licht betrachten zu können. Die anderen folgten ihm. Erst jetzt wurden sie sich langsam und fast unheimlich der lebendigen Gegenwart des »Meisters vom Berge« bewußt.

Der Kreuzgang selbst war zwar noch in seiner ursprünglichen Form erhalten, doch waren die gotischen Pfeiler und Spitzbogen, die das innere offene Viereck begrenzten, durch eine niedrige, etwa einen Meter hohe Mauer miteinander verbunden. Dadurch waren die ursprünglichen Bogenöffnungen in eine Art Fenster verwandelt worden, und die Verbindungsmauern wirkten wie flache Fenstersimse. Diese Veränderung war wohl schon zu einem früheren Zeitpunkt vorgenommen worden; es gab aber noch andere Veränderungen seltsamerer Art, die von den jetzigen Besitzern der alten Abtei herstammten und Zeugnis ablegten für ihre ziemlich ausgefallene Schwärmerei. Zwischen den Pfeilern hingen nämlich dünne, aus Glasperlen und leichtem Rohr verfertigte Vorhänge – beinahe Schleier, wie man sie gelegentlich in südlichen Ländern antrifft; und auf diesen Schleiern konnte man die farbigen Umrisse asiatischer Drachen und Götzen erkennen, die zu dem grauen gotischen Mauerwerk einen höchst seltsamen Kontrast bildeten. Durch diese merkwürdigen Vorhänge fiel das langsam verblassende Tageslicht in bunten Farben; aber so eigenartig dieser Anblick war, so war er doch gar nichts gegen den Anblick, den die Besucher jetzt mit unterschiedlichen Gefühlen wahrnahmen.

Auf dem offenen Platz, den der Kreuzgang umschloß, lief ringsherum ein kreisrunder, mit mattfarbigen Steinen gepflasterter Pfad, der mit einer Art grünem Email eingefaßt war.

Genau in der Mitte des Platzes erhob sich das dunkelgrüne Bassin eines Wasserspiels, eines etwas erhöhten Teiches, in dem große, weiße Seerosen schwammen und Goldfische hin und her flitzten. Das Ganze war überragt von einer hohen, grünen Statue, deren Umrisse sich dunkel gegen das verdämmernde Tageslicht abhoben. Die Besucher sahen von der Statue nur den Rücken, das Gesicht war durch die gebückte Haltung des Bildwerks völlig unsichtbar, so daß es schien, als habe sie keinen Kopf. Aber trotz des Zwielichts konnte man schon an der Form des dunklen Umrisses erkennen, daß es sich hier um kein christliches Bildwerk handelte.

Einige Meter abseits, auf dem kreisrunden Pfad, das Gesicht der gewaltigen grünen Gottheit zugewandt, stand der Mann, den man den »Meister vom Berge« nannte. Seine scharfgeschnittenen, gleichsam feinziselierten Gesichtszüge glichen einer von Künstlerhand geformten Maske aus Kupfer. Auf diesem Untergrund wirkte sein dunkelgrauer Bart fast indigoblau. Schmal am Kinn beginnend, breitete sich der Bart wie ein gewaltiger Fächer oder ein Pfauenrad seitwärts aus. Der Meister war in ein pfauengrünes Gewand gehüllt und trug auf seinem kahlen Kopf eine hohe Mütze, einen Kopfputz von ganz ungewöhnlicher, nie zuvor erblickter Form, der jedoch eher ägyptisch als indisch aussah. Die weit geöffneten Fischaugen des Fremden blickten so starr und bewegungslos, daß sie den gemalten Augen der Mumienschreine glichen. Die Gestalt des »Meisters vom Berge« sah wahrlich sonderbar genug aus; dennoch wandten einige aus der Gesellschaft, unter ihnen auch Pater Brown, nicht ihm ihre Aufmerksamkeit zu, sondern betrachteten immer noch das dunkelgrüne Götzenbild, auf das auch der Fremde seine Augen gerichtet hielt.

»Ich finde«, bemerkte Hardcastle mit einem leichten Stirnrunzeln, »diese Figur paßt wirklich nicht in den Kreuzgang einer alten Abtei.«

»Nun seien Sie doch nicht so kindisch«, sagte Lady Mount-eagle. »Es war ja gerade unsere Absicht, die großen Religionen des Ostens und des Westens, Buddhismus und Christentum, miteinander in Verbindung zu bringen. Sie begreifen doch sicherlich, daß alle Religionen im Grunde gleich sind.«

»Wenn dem so ist«, sagte Pater Brown mild, »so erscheint es mir ziemlich unnötig, sich eine mitten aus Asien zu holen.«

»Lady Mounteagle will sagen, daß alle Religionen verschiedene Seiten ein und derselben Sache sind, so wie dieser Stein verschiedene Facetten hat«, begann Hardcastle. Interesse an dem neuen Gesprächsthema gewinnend, legte er den großen Rubin auf das Verbindungsmäuerchen zwischen zwei Pfeilern. »Aber daraus folgt noch nicht, daß wir einfach die künstlerischen Stile, die jede Religion hervorgebracht hat, miteinander vermischen dürfen. Man kann Christentum und Islam vermischen, nicht aber den gotischen und den sarazenischen Stil, vom indischen ganz zu schweigen.«

Während er so sprach, schien der »Meister vom Berge«, der wie ein Starrsüchtiger dagestanden hatte, wieder zum Leben zu kommen. Ernst und gewichtig schritt er einen Viertelbogen des Kreises ab, so daß er jetzt direkt vor Lord und Lady Mounteagle und ihren Gästen zu stehen kam. Er hatte ihnen den Rücken zugewandt und stand wie sie selbst im Rücken des Götzenbildes. Anscheinend bewegte er sich langsam um die Figur, und in jedem Viertel des Kreises blieb er, in Betrachtung versunken, stehen.

»Was hat er denn eigentlich für eine Religion?« fragte Hardcastle mit einem leichten Anflug von Ungeduld.

»Er sagt«, antwortete Lord Mounteagle ehrfürchtig, »daß sie älter ist als der Brahmanismus und reiner als der Buddhismus.«

»So, so«, meinte Hardcastle und starrte weiter durch sein Monokel, die Hände tief in den Rocktaschen vergraben.

»Man sagt«, bemerkte Lord Mounteagle in seinem sanften, aber professorenhaft trockenen Ton, »daß die Gottheit, die den Namen ›Gott der Götter‹ führt, in riesiger Gestalt in die Höhle des Berges Meru aus dem Felsen gemeißelt...«

Sein so interessanter Vortrag wurde jäh durch eine Stimme unterbrochen, die hinter seinem Rücken aufklang. Die Stimme kam aus dem in völliger Dunkelheit daliegenden Museum, aus dem sie kurz zuvor in den Kreuzgang getreten waren. Die beiden jüngeren Männer sahen sich zuerst völlig verblüfft, dann wütend an und brachen schließlich in ein unbändiges Gelächter aus.

»Hoffentlich störe ich nicht«, ließ sich die höfliche, einschmeichelnde Stimme des Professors Phroso vernehmen, dieses unerschütterlichen Wahrheitssuchers, »aber ich dachte mir, vielleicht hätten einige der Herrschaften doch etwas Zeit übrig für die zu Unrecht verachtete Wissenschaft der Phrenologie. Ihre Höcker, meine Herren...«

»Ich habe keine Höcker«, rief Tommy Hunter aufbrausend, »aber Sie werden jetzt gleich ein paar Beulen haben, Sie...«

Hardcastle hielt ihn zurück, als er sich durch die Tür auf Herrn Phroso stürzen wollte. Die ganze Gesellschaft hatte sich umgedreht und blickte in den Saal.

In diesem Augenblick passierte es. Wieder war es der ungestüme Tommy, der zuerst in Bewegung geriet, und diesmal mit besserem Erfolg. Bevor noch irgend jemand etwas gesehen hatte und als es Hardcastle eben mit Schrecken zum Bewußtsein kam, daß er den Edelstein auf der Mauer hatte liegenlassen, war Tommy schon mit einem katzenartigen Sprung an der Umfassungsmauer und brüllte, während er sich weit zwischen zwei Pfeilern hinausbeugte, mit einer triumphierenden, durch den Kreuzgang hallenden Stimme: »Ich habe ihn!«

In diesem Bruchteil einer Sekunde, als sie alle herumgefahren waren, kurz bevor Tommys triumphierender Schrei ertönte, sahen sie mit eigenen Augen, wie es passierte: Eine braune oder vielmehr bronzefarbene Hand, deren matter Goldton ihnen nicht unbekannt war, kam blitzschnell um die Ecke eines der beiden Pfeiler hervor und war ebenso schnell wieder verschwunden. Schnell wie eine zuschnappende Schlange hatte die Hand zugefaßt; sie war so plötzlich hervorgeschnellt wie die lange Zunge eines Ameisenbären, und – der Edelstein war verschwunden. Im bleichen, verlöschenden Licht sah man nur noch die leere Steinplatte des Fenstersimses.

»Ich habe ihn«, keuchte Tommy Hunter, »aber er will sich losreißen. Springt schnell über die Mauer – er muß ihn noch haben.«

Die anderen folgten seinem Ruf. Einige liefen den Gang entlang, andere sprangen über die niedrige Mauer, und schließlich umgab die kleine Schar, bestehend aus Hardcastle, Lord Mounteagle, Pater Brown und dem nicht abzuschüttelnden Phrenologen Phroso, den gefangenen »Meister vom Berge«. Grimmig hatte ihn Hunter mit einer Hand beim Kragen gepackt und schüttelte ihn in einer Weise hin und her, die mit der Würde eines so großen Propheten durchaus nicht zu vereinbaren war.

»Jedenfalls haben wir ihn«, sagte Hunter, indem er tief Luft holte und seinen Gefangenen schließlich losließ. »Wir brauchen ihn nur zu durchsuchen. Der Stein muß dasein.«

Aber eine dreiviertel Stunde später standen sich Hunter und Hardcastle, deren Zylinderhüte, Krawatten, Handschuhe und Fußgamaschen durch ihre gerade beendete anstrengende Tätigkeit arg mitgenommen waren, Aug in Aug gegenüber und sahen sich ziemlich dumm an.

»Nun«, fragte Hardcastle mit verhaltenem Ärger, »können Sie sich das erklären?«

»Eine verteufelte Geschichte«, sagte Hunter. »Wir haben doch alle gesehen, wie er den Stein von der Platte wegnahm.«

»Das schon, aber wir haben nicht gesehen, wo er ihn vielleicht wieder weggeworfen oder versteckt hat. Die Frage ist: Wo kann der Stein sein, so daß wir ihn nicht finden können?«

»Irgendwo muß er schließlich sein«, meinte Hunter. »Haben Sie den Brunnen durchsucht und das Fundament, auf dem dieser blöde Götzenkerl steht?«

»Ich habe überall gesucht, nur den kleinen Fischen habe ich noch nicht den Bauch aufgeschlitzt«, entgegnete Hardcastle, indem er sein Monokel ins Auge schob und sein Gegenüber musterte. »Denken Sie etwa an den Ring des Polykrates?« Aber anscheinend überzeugte ihn die Musterung des runden Gesichtes, daß seinem Begleiter solche Meditationen über die griechische Sagenwelt durchaus fernlagen.

»Zugegeben, wir konnten den Ring nicht bei ihm finden«, sagte Hunter plötzlich. »Aber vielleicht hat er ihn verschluckt.«

»Sollen wir nun auch noch den Propheten aufschlitzen?« fragte der andere lächelnd. »Und was sagt Lord Mounteagle dazu?«

»Eine höchst betrübliche Sache«, meinte der Lord, indem er mit nervöse zitternder Hand an seinem weißen Schnurrbart zupfte. »Schrecklich, einen Dieb im Hause zu haben, und noch schrecklicher der Gedanke, der Meister könnte der Dieb sein. Aber ich muß gestehen, daß ich aus seiner Art, wie er über den Diebstahl spricht, nicht recht klug werde. Kommen Sie doch bitte herein, und sagen Sie mir, was Sie darüber denken.«

Hardcastle ging mit ihm hinein, während Hunter zurückblieb und mit Pater Brown ins Gespräch kam, der im Kreuzgang auf und ab wandelte.

»Sie müssen aber sehr stark sein«, bemerkte der Priester in freundlichstem Ton. »Sie brachten es fertig, ihn mit einer Hand zu halten, während wir die größte Mühe hatten, ihn mit unseren acht Händen zu bändigen, als wir uns wie einer dieser indischen Götter achtarmig auf ihn stürzten.«

In angeregtem Gespräch gingen sie einige Male im Kreuzgang auf und ab, dann betraten auch sie den Saal, wo der »Meister vom Berge« als Gefangener auf einer Bank saß, jedoch mit einer Miene, so hoheitsvoll, wie sie kein König hätte aufsetzen können.

Lord Mounteagle hatte ganz recht gehabt, als er sagte, daß diese Miene und sein Tonfall nicht leicht zu verstehen seien. In den Worten des »Meisters« kam ein gelassen, wenn auch nicht offen ausgesprochenes Machtgefühl zum Ausdruck. Über die laut angestellten Vermutungen der Gesellschaft, wo der Edelstein wohl verborgen sein könne, machte er sich offenbar nur lustig, und er war jedenfalls durchaus nicht beleidigt, daß man ihn als Dieb verdächtigte. Für all die Bemühungen, den Gegenstand wieder ausfindig zu machen, den sie ihn doch alle hatten wegnehmen sehen, hatte er nur ein geheimnisvolles Lachen übrig.

»Sie lernen jetzt ein wenig«, sagte er mit unverschämter Herablassung, »die Gesetze der Zeit und des Raumes kennen, in deren Erforschung Ihre ganze moderne Wissenschaft noch um tausend Jahre hinter unserer ältesten Religion zurückgeblieben ist. Sie wissen nicht einmal, was das eigentlich heißt, ein Ding verstecken. Ja, meine lieben armen Freunde, Sie wissen nicht einmal, was das heißt, einen Gegenstand sehen, sonst würden Sie ihn vielleicht genauso deutlich sehen, wie ich ihn sehe.«

»Wollen Sie damit etwa sagen, daß er hier ist?« fragte Hardcastle barsch.

»›Hier‹ ist ein Wort, das viele Bedeutungen hat«, antwortete der Magier. »Aber ich habe nicht gesagt, daß er hier ist. Ich habe nur gesagt, ich könne ihn sehen.«

Verwirrt schwiegen alle, und er fuhr wie schläfrig fort: »Wenn Sie ganz und gar still wären, würden Sie vielleicht einen Ruf vom anderen Ende der Welt hören, den Ruf eines einsamen Andächtigen aus jenen Bergen, wo das Urbild steht, selbst ei-

nem Berge gleich. Man sagt, daß sogar Christen und Moham-
medaner dieses Bild verehren könnten, weil es nicht von Menschenhand geschaffen ist. Öffnen Sie Ihre Ohren! Hören Sie
den Ruf, mit dem er sein Haupt hebt und in der Steinhöhle, die
seit Anbeginn der Zeiten besteht, den Roten Mond, das Auge
des Berges, sieht?«

»Wollen Sie wirklich behaupten«, rief Lord Mounteagle, den
die geheimnisvollen Worte des Inders ziemlich erschüttert hatten, »daß Sie den Stein von hier auf den Berg Meru magisch
übertragen könnten? Ich habe schon immer geglaubt, daß Sie
große geistige Kräfte besitzen, aber...«

»Vielleicht besitze ich mehr«, erwiderte der Meister, »als Sie je
fassen können.«

Hardcastle erhob sich ungeduldig und begann, die Hände in
den Taschen seines Rockes, ungeduldig auf und ab zu gehen.
»Ich habe zwar niemals in dem Maße an solche Sachen geglaubt
wie Sie, aber ich gebe durchaus zu, daß gewisse Kräfte existie-
ren... Mein Gott!«

Seine kräftige, schneidende Stimme brach plötzlich ab, er blieb
stehen und starrte zur Tür hinaus, das Monokel fiel ihm aus
dem Auge. Alle Gesichter wandten sich nach derselben Richtung, und auf jedem Gesicht schien dieselbe verhaltene Erregung zu liegen.

Der Rote Mond von Meru lag genau da, wo sie ihn zuletzt gesehen hatten, auf der Mauer. Er sah aus wie ein verwehter Funken, wie ein Rosenblatt, und er lag genau auf demselben Platz,
wo Hardcastle ihn so unachtsam niedergelegt hatte.

Hardcastle versuchte gar nicht, den Stein wieder aufzuneh-
men, sein Verhalten war recht eigentümlich. Langsam drehte
er sich herum und begann wieder, den Saal zu durchschreiten,
aber in seinen vorher so unruhigen Bewegungen lag jetzt etwas
Beherrschtes. Schließlich blieb er vor dem »Meister« stehen
und verbeugte sich mit einem etwas gezwungenen Lächeln.

»Meister«, sagte er, »wir alle müssen Sie um Verzeihung bitten. Aber, was wichtiger ist, Sie haben uns eine Lektion erteilt. Glauben Sie mir, wir werden diese Lektion genauso zu würdigen wissen wie den kleinen Spaß, den Sie uns bereitet haben. Ich werde nie vergessen, welch bemerkenswerte Kräfte Sie in Wirklichkeit besitzen und welchen Gebrauch Sie davon machen. Lady Mounteagle«, fuhr er fort, indem er sich ihr zuwandte, »Sie werden mir verzeihen, daß ich zuerst mit dem Meister gesprochen habe, aber Sie werden sich erinnern, daß ich die Ehre hatte, Ihnen diese Erklärung bereits vorher zu geben. Ich darf vielleicht sagen, daß ich den Vorgang erklärt habe, schon bevor er passiert war. Ich sagte Ihnen schon heute nachmittag, daß die meisten Vorgänge dieser Art durch eine hypnotische Beeinflussung erklärt werden könnten. Auch das bekannte indische Zauberkunststück mit dem Mangobaum und dem Knaben, der an einem in die Luft geworfenen Seil emporklettert, wird mit Massensuggestion erklärt. In Wirklichkeit geschieht nämlich gar nichts, aber die Zuschauer werden so hypnotisiert, daß sie den Vorgang in ihrer Phantasie sehen. So wurden auch wir hypnotisiert, daß wir uns alle einbildeten, der Diebstahl sei wirklich geschehen. Die braune Hand, die hinter dem Pfeiler hervorkam und den Edelstein wegnahm, war nur eine Sinnestäuschung, nicht mehr als ein Wachtraum. Und als wir uns nun einbildeten, der Stein sei verschwunden, kamen wir gar nicht mehr auf den Gedanken, ihn an seinem ursprünglichen Platz zu suchen. Wir durchsuchten den Teich und drehten jedes einzelne Blatt der Wasserrosen um, und es hätte nicht viel gefehlt, und wir hätten den Fischen Brechmittel verabreicht. Dabei hat der Rubin die ganze Zeit über auf dem Steinsims gelegen.«

Er blickte in die schillernden Augen und auf den lächelnden bärtigen Mund des »Meisters« und sah, daß das Lächeln ein ganz klein wenig breiter geworden war als vorher. Etwas in diesem Lächeln bewirkte, daß alle, wie aus einem schlimmen Traum aufwachend, befreit aufatmeten. Man erhob sich.

»Ich freue mich, daß die Sache eine so befriedigende Aufklärung gefunden hat«, sagte Lord Mounteagle mit einem verlegenen Lächeln. »Es ist zweifellos so, wie Sie sagen, Herr Hardcastle. Es war eine sehr peinliche Untersuchung, und ich weiß wirklich nicht, welche Entschuldigung...«

»Ich bin Ihnen deshalb nicht böse«, sagte der »Meister vom Berge«, noch immer lächelnd. »An mich kommt das alles gar nicht heran.«

Während die übrigen mit Hardcastle, der der Held des Tages war, sich über den glücklichen Ausgang der Angelegenheit freuten, schlenderte der kleine Phrenologe zu seinem komischen Zelt zurück. Als er sich umblickte, sah er zu seiner Überraschung, daß Pater Brown ihm folgte.

»Soll ich Ihre Höcker fühlen?« fragte der gelehrte Mann in mild sarkastischem Ton.

»Ich glaube nicht, daß Sie dazu noch Lust haben«, meinte der Priester gutgelaunt. »Sie sind Detektiv, nicht wahr?«

»Richtig geraten«, erwiderte der andere. »Lady Mounteagle bat mich, ein wachsames Auge auf den ›Meister‹ zu haben, denn bei all ihrer Schwärmerei ist sie doch keine Törin. Als nun der ›Meister‹ sein Zelt verließ, konnte ich ihm nur folgen, indem ich mich wie ein Verrückter benahm. Wenn wirklich jemand in mein Zelt gekommen wäre, hätte ich mich erst in einem Lexikon über meine Wissenschaft orientieren müssen.«

»Die Hauptsache ist, daß man gleich weiß, wo man nachzuschlagen hat«, entgegnete Pater Brown. »Sie paßten in diesen Wohltätigkeitsrummel ganz gut hinein.«

»Ein sonderbarer Fall, meinen Sie nicht auch?« fragte der falsche Phrenologe. »Merkwürdig, daß das Ding die ganze Zeit über dagelegen haben soll.«

»Sehr merkwürdig!« meinte der Priester.

In seiner Stimme lag etwas, das den Phrenologen erstaunt aufblicken ließ.

»Was haben Sie denn?« rief er. »Was schauen Sie so komisch drein? Glauben Sie denn etwa nicht, daß der Stein die ganze Zeit über dort lag?«

Pater Brown fuhr zusammen, als habe man ihm einen Stoß versetzt. Dann sagte er langsam und zögernd: »Allerdings nicht... Tatsache ist... Ich kann es wirklich nicht glauben, daß er die ganze Zeit über dagelegen haben soll.«

»Wenn Sie das sagen, dann haben Sie Ihre Gründe«, bemerkte der andere nachdenklich. »Und warum glauben Sie nicht, daß der Stein die ganze Zeit auf der Mauer gelegen hat?«

»Weil ich ihn selbst wieder hingelegt habe«, erwiderte Pater Brown.

Der Detektiv blieb wie vom Donner gerührt stehen, und es fehlte nicht viel, so wären ihm die Haare zu Berge gestanden. Er öffnete den Mund, konnte aber kein Wort hervorbringen.

»Oder vielmehr«, fuhr der Priester ruhig fort, »war es so: Ich habe ihm erzählt, was ich beobachtet hatte, und ihm klargemacht, daß er noch Zeit habe, seine Tat zu bereuen. Da Sie ja sozusagen ein Kollege sind, kann ich Ihnen die Sache vertraulich mitteilen. Übrigens glaube ich nicht, daß die Mounteagles jetzt, da sie den Stein zurückbekommen haben, die Sache zur Anzeige bringen werden, besonders wenn man bedenkt, wer der Dieb war.«

»Meinen Sie den ›Meister‹?« fragte der gewesene Phroso.

»Aber nein«, erwiderte Pater Brown, »der ›Meister‹ hat ihn nicht gestohlen.«

»Das verstehe, wer will«, entgegnete der andere. »Niemand stand doch hinter der Mauer außer ihm, und ich habe selbst gesehen, daß die Hand von außen kam.«

»Die Hand kam von außen, aber der Dieb von innen«, sagte Pater Brown.

»Das klingt mir aber reichlich mysteriös. Schauen Sie, ich bin ein Mann des praktischen Lebens; mir müssen Sie die Sache schon etwas einfacher machen. Ich wollte nur wissen, ob die Geschichte mit dem Rubin stimmt...«

»Ich wußte, daß sie nicht stimmt, noch bevor ich überhaupt von dem Rubin etwas wußte.«

Nach einer kurzen Pause fuhr Pater Brown nachdenklich fort: »Schon als ich die Diskussion zwischen den Zelten hörte, wußte ich, daß etwas nicht stimmte. Da redet man so daher, daß Theorien nichts bedeuten und daß Logik und Philosophie keinen praktischen Wert haben. Glauben Sie das nicht. Den Verstand hat uns Gott gegeben, und wenn wir uns etwas nicht richtig erklären können, dann stimmt meist etwas nicht. Nun, diese theoretische Diskussion endete etwas komisch. Vielleicht erinnern Sie sich noch, was dabei gesagt wurde. Hardcastle gab sich recht überlegen und meinte, all diese Zauberkunststücke seien durchaus möglich, aber sie kämen wohl in den meisten Fällen durch Hypnose oder Hellsehen zustande – übrigens sogenannte wissenschaftliche Namen für Dinge, die man sich nicht erklären kann, die man aber für erklärt hält, wenn man einen Namen dafür hat. Hunter dagegen hielt alles für glatten Betrug und wollte ihn aufdecken. Nach Lady Mounteagles Zeugnis war es nicht nur eine Gewohnheit von ihm, Wahrsager und ähnliche Leute hereinzulegen, sondern er war eigens gekommen, um den ›Meister‹ zu entlarven. Dabei kam er durchaus nicht oft her. Er vertrug sich mit Mounteagle nicht recht, den er als alter Schuldenmacher stets anzupumpen suchte; aber als er hörte, daß der ›Meister‹ hier sein werde, kam er schleunigst. So weit, so gut. Trotzdem war es Hardcastle, der den Zauberer konsultieren wollte, Hunter aber lehnte es ab, das Zelt zu betreten. Er sagte, er wolle an solch einen Unsinn keine Zeit verschwenden, obschon er doch einen guten Teil seines Lebens darauf verwendet hat zu beweisen, daß es Unsinn sei.

Darin liegt doch offensichtlich ein Widerspruch. Er glaubte ursprünglich, es handle sich um Kristallseherei, aber im letzten Augenblick erfuhr er, daß der ›Meister‹ Wahrsagerei aus der Hand betreibt.«

»Meinen Sie, daß er deshalb nicht mitging?« fragte sein Begleiter, dem noch immer kein Licht aufging.

»Das dachte ich auch zuerst«, sagte Pater Brown, »aber jetzt weiß ich, daß er einen ganz bestimmten Grund hatte. Er war durch die Entdeckung, daß es um Handlesen gehe, wirklich betroffen, weil er...«

»Nun?« fragte der Detektiv ungeduldig.

»Weil er den Handschuh nicht abziehen wollte«, sagte der Pater.

»Seinen Handschuh nicht abziehen?« wiederholte der andere.

»Hätte er ihn nämlich abgezogen«, fuhr Pater Brown bedächtig fort, »so hätten wir alle sehen können, daß seine Hand bereits mattbraun gefärbt war... Jawohl, er kam eigens her, weil der ›Meister‹ hier war. Er hatte sich gründlich vorbereitet.«

»Sie wollen also sagen«, rief Phroso, »daß es Hunters braungefärbte Hand war, die hinter dem Pfeiler zum Vorschein kam? Aber er war doch die ganze Zeit bei uns!«

»Versuchen Sie es doch einmal an Ort und Stelle selbst, und Sie werden merken, daß es durchaus möglich ist. Hunter sprang mit einem Satz in den Wandelgang und lehnte sich über die Brüstung; im Nu konnte er seinen Handschuh ausziehen, den Ärmel hochkrempeln und mit der Hand um den Pfeiler herum nach dem Sims fassen, während er mit der anderen Hand den Inder packte und laut rief, er habe den Dieb erwischt. Es fiel mir gleich auf, daß er den Dieb nur mit einer Hand festhielt, wo doch ein vernünftiger Mensch seine beiden Hände gebraucht hätte. Aber mit der gefärbten Hand ließ er den Rubin in seine Hosentasche gleiten.«

Nachdenklich sah der Ex-Phrenologe vor sich hin. Nach einer

langen Pause begann er zögernd: »Nun, das nenne ich einen tollen Streich. Aber die Sache will mir noch nicht recht einleuchten. Vor allem bleibt mir das sonderbare Verhalten des alten Zauberers unerklärlich. Wenn er doch völlig unschuldig war, warum, zum Henker, hat er dann seine Unschuld nicht beteuert? Warum war er nicht entrüstet, daß man ihn als Dieb bezeichnete und ihn durchsuchte? Warum saß er lächelnd da und deutete nur geheimnisvoll an, zu welch unerklärlichen und wunderbaren Dingen er fähig sei?«

»Ha!« rief Pater Brown scharf, »jetzt kommen Sie endlich auf den springenden Punkt! Jetzt kommen Sie endlich auf das zu sprechen, was all diese Leute nicht verstehen und nie verstehen werden. ›Alle Religionen sind gleich‹, sagt Lady Mounteagle. O nein, nein, nein! Ich sage Ihnen, einige dieser Religionen sind so verschieden voneinander, daß der beste Mensch der einen dickfellig scheint, wo der schlechteste der anderen empfindlich sein wird. Ich habe heute schon einmal gesagt, daß mir der Begriff ›geistige Macht‹ nicht gefällt, weil der Akzent auf der ›Macht‹ liegt. Ich will durchaus nicht behaupten, daß der ›Meister‹ fähig wäre, einen Rubin zu stehlen; höchstwahrscheinlich würde er das nie tun, sehr wahrscheinlich würde er ihn des Stehlens nicht für wert halten. Für ihn gibt es andere Versuchungen: So wird er versucht sein, sich Wundertaten zuschreiben zu lassen, auf die er ebensowenig Anspruch hat wie auf den Edelstein. Einer solchen Versuchung ist er heute erlegen; diesen Diebstahl hat er heute begangen. Es gefiel ihm, daß wir dachten, er besitze die wunderbaren geistigen Kräfte, einen Gegenstand durch den Raum fliegen lassen zu können; und so ließ er uns in dem Glauben, er habe den Diebstahl begangen, obwohl er völlig unschuldig war. Der Gedanke, daß es sich bei dem Edelstein um fremdes Gut handelt, ist ihm zumindest anfänglich überhaupt nicht gekommen. Er wurde nicht versucht durch die Frage: ›Soll ich diesen Stein stehlen?‹, sondern durch die Frage: ›Könnte ich diesen Stein weghexen und ihn auf einen fernen Berg zaubern?‹ Wessen Stein es war, war ihm dabei völlig gleichgültig. Diese unterschiedliche Geisteshaltung meine ich, wenn ich sage, die Religionen seien verschieden. Er ist sehr stolz auf seine sogenannten geistigen Kräfte. Aber was er geistig nennt, bedeutet nicht dasselbe wie das, was wir sittlich nennen. Er versteht darunter Gehirnkräfte, Herrschaft des Geistes über die Materie, Macht des Magiers über die Elemente. Aber wir Christen sind nicht so wie er, auch wenn wir als Menschen nicht besser, ja selbst wenn wir schlechter sind als er. Wir, deren Väter zumindest Christen waren, die wir unter diesen mittelalterlichen Bogengängen aufgewachsen sind, selbst wenn wir sie geschmacklos mit allen Dämonen Asiens bevölkern, wir sind in unserem Ehrgeiz und in unserem Schamgefühl genau entgegengesetzt ausgerichtet. Wir wären ängstlich darauf bedacht, daß ja niemand von uns annähme, wir hätten den Stein verschwinden lassen. Er aber gab sich alle Mühe, uns glauben zu machen, er habe ihn gestohlen – obwohl er an dem Diebstahl ganz unschuldig war. Er stahl sich das Renommee des Stehlens! Während wir den Tatverdacht von uns abzuschütteln suchen wie eine Viper, lockte er ihn an sich heran wie ein Schlangenbeschwörer. Aber Schlangen sind bei uns keine Haustiere. Bei einem solchen Anlaß kommen sofort die tiefverwurzelten Anschauungen des Christentums zum Vorschein. Sehen Sie sich zum Beispiel den alten Mounteagle an! Man kann noch so sehr für das Orientalische schwärmen und so geheimnisvoll tun, wie man will, man kann einen Turban und wallende Gewänder tragen und nach den Weisungen Mahatmas leben – wenn einem aber so ein Steinchen im Haus gestohlen wird und Freunde und Bekannte in Verdacht kommen, dann wird man sehr bald entdecken, daß man ein ganz gewöhnlicher Engländer ist, der das Zittern bekommt, sobald er nur das Wort Diebstahl hört. Der Mann, der den Diebstahl wirklich beging, möchte auf keinen Fall, daß wir ihn des Diebstahls verdächtigen, denn auch er ist ein echter Engländer. Er war sogar noch etwas Besseres, er war ein christlicher Dieb. Und ich hoffe und glaube, daß er auch ein reuiger Dieb ist.«

»Nach Ihrer Auffassung«, meinte sein Begleiter lachend, »kamen sich der christliche Dieb und der heidnische Betrüger also von zwei verschiedenen Seiten entgegen. Dem einen tat es leid, daß er den Diebstahl begangen hat, dem anderen, daß er ihn nicht begangen hat.«

»Wir dürfen über keinen von beiden zu hart urteilen«, sagte Pater Brown nachsichtig. »Andere Engländer haben schon vor diesem gestohlen, und Gesetz und Politik haben sie dabei noch geschützt. Auch der Westen hat seine eigene Methode, den Diebstahl durch spitzfindige Ausflüchte zu entschuldigen. Schließlich ist dieser Rubin nicht der einzige wertvolle Stein auf dieser Welt, der seinen Besitzer gewechselt hat. Auch andere kostbare Steine, geschnitten wie Kameen und vielfältig und bunt wie Blumen, sind gestohlen worden...«

Der andere sah ihn fragend an, und der Priester deutete mit dem Finger auf die gotischen Umrisse der großen Abtei.

»Ein großer, herrlicher Stein«, sagte er, »und auch er wurde gestohlen...«

Der Marquis von Marne

Ein greller Blitz tauchte die grauen Bäume in fahles Licht und ließ das Blätterdach bis zum letzten gekräuselten Blättchen deutlich hervortreten. Die ganze Szene sah aus wie mit dem Silberstift gemalt, wie in Silber gestochen. Und als nun im Bruchteil einer Sekunde Millionen winziger Einzelheiten aus der Dämmerung auftauchten, konnte man auch die nächste Umgebung erkennen: die unter den weitästigen Bäumen herumliegenden Überreste eines Picknicks, eine fahle Sandstraße, die sich durch den Wald zog, und am Waldrand einen weißen Wagen, der verlassen dastand. Schon vorher hatte das graue Dämmerlicht des Abends in der Ferne undeutlich einen düster aussehenden Herrensitz erkennen lassen, schloßartig, mit vier Türmen; die grauen Wände wirkten wie eine am Horizont aufsteigende, zerfetzte Wolke. Als nun der Blitz aufzuckte, schien das Schloß plötzlich in die Nähe zu rücken; hoch ragte es auf mit seinem zinnenbewehrten Dach und den schwarzen, gespenstischen Fenstern. Auf die kleine Gruppe von Menschen, die unter den Bäumen standen, wirkte dies wie eine Enthüllung – es war, als habe der Blitz plötzlich den Schleier vor einem längst vergangenen Ereignis heruntergerissen: Wie ein verblichener Schemen war das Schloß, war die Vergangenheit wieder ins Leben getreten.

Das unwirklich silberhelle Licht des Blitzes enthüllte für einen kurzen Augenblick aber auch eine menschliche Gestalt. Unbeweglich stand sie da wie die Türme des Schlosses, hochgewachsen, auf einer kleinen Bodenerhebung etwas höher als die übrigen Mitglieder der Picknickgesellschaft; diese saßen im Gras oder suchten das Geschirr zusammen. Ein Mann war es. Er trug einen malerischen kurzen Mantel oder Umhang, der mit einer silbernen Schnalle und einer Kette zusammengehalten wurde. Im Schein des Blitzes funkelte die Schnalle wie ein Stern; die bewegungslose Gestalt schien aus Erz gegossen zu sein, während das dichtgelockte Haar mit seiner brennendgelben Farbe wie Gold leuchtete. Man hätte unter diesem Haar eigentlich ein jüngeres Gesicht erwartet. Dieses Gesicht – mit einer Adlernase und scharfgemeißelten Zügen – war zwar in seiner Art schön zu nennen, sah aber in dem grellen Licht etwas faltig, gleichsam verwittert aus. Wahrscheinlich hatte die Haut des Mannes unter dem vielen Schminken gelitten, denn Hugo Romaine war der größte Schauspieler seiner Zeit. Im Augenblick, da der Blitz aufzuckte, sah er – mit seinem gelockten, goldenen Haar, dem elfenbeinernen Gesicht und der silbernen Schnalle an der Kette – fast wie ein geharnischter Ritter aus; als aber die Landschaft wieder in Dunkel getaucht war, zeichnete sich seine Gestalt schwarz vor dem trüben Grau des gewitterschwülen Abendhimmels ab.

Mit seiner statuenhaften, steinernen Ruhe unterschied sich Romaine von den übrigen Personen der Gruppe. Als der Blitz so unerwartet aufzuckte, waren alle anderen unwillkürlich zusammengefahren. Die einzige anwesende Dame hatte sogar die Augen ganz geschlossen und einen leisen Schrei ausgestoßen. Sie war Amerikanerin, was deutlich daran zu erkennen war, daß sie ihr graues Haar mit außerordentlicher Anmut trug, fast als sei sie stolz darauf. Ihr Mann, der englische General Outram, ein alter, wackerer Angloinder mit kahlem Kopf, schwarzem Schnurrbart und altmodischem Backenbart, blickte nur kurz mit einer steifen Bewegung auf und fuhr dann ruhig mit Aufräumen fort. Ein ebenso schlanker wie schüchterner junger Mann namens Mallow, der die braunen, treuen Augen eines

Hundes hatte, ließ einen Teller fallen und stammelte verlegen eine Entschuldigung. Ein dritter, sehr elegant gekleideter Mann, dem die glatt zurückgekämmten grauen Haare das Aussehen eines forschen Terriers gaben, war kein anderer als der große Zeitungskönig Sir John Cockspur; er fluchte munter drauflos, aber es klang nicht eben sehr englisch und durchaus nicht akzentfrei, denn er kam von Toronto. Einzig die hochgewachsene Gestalt in dem kurzen Umhang stand buchstäblich wie ein Standbild aufrecht in der Dämmerung. Das Adlergesicht hatte im Schein des Blitzes wie die Büste eines römischen Kaisers ausgesehen, und nicht einmal seine Augenlider hatten sich bewegt.

Als bald darauf der Donner die dunkle Himmelswölbung durchkrachte, kam Leben in den Schauspieler. Er wandte den Kopf rückwärts, seinen Gefährten zu, und sagte lässig:

»Zwischen Blitz und Donner liegen etwa anderthalb Minuten; ich glaube, das Gewitter kommt näher. Ein Baum soll zwar kein guter Schutz gegen den Blitz sein, aber wir werden ihn bald als Schirm gegen den Regen brauchen.«

Der junge Mann warf einen besorgten Blick auf die Dame und fragte: »Könnten wir nicht irgendwo anders Schutz suchen? Dort drüben scheint doch ein Haus zu sein.«

»Sie haben ganz recht, Herr Mallow, ein Haus ist da«, bemerkte der General ziemlich grimmig, »aber man kann es nicht gerade als ein gastliches Haus bezeichnen.«

»Sonderbar«, seufzte seine Frau gedankenverloren, »daß wir in ein Gewitter geraten sind, und es gibt kein anderes Haus weit und breit als das alte Schloß.«

In ihrem Ton lag etwas, das den sehr taktvollen und feinfühligen jungen Mann veranlaßte, keine weiteren Fragen zu stellen. Der Mann aus Toronto war jedoch weniger rücksichtsvoll. »Was ist denn mit dem Haus?« fragte er. »Sieht mir eher wie eine Ruine aus.«

»Dieses Schloß«, bemerkte der General mit einem Anflug von Sarkasmus, »gehört dem Marquis von Marne.«

»Aha!« rief John Cockspur. »Von diesem komischen Vogel habe ich schon allerhand gehört. Im vergangenen Jahr habe ich ihm sogar im ›Komet‹ eine ganze Fortsetzungsgeschichte gewidmet unter dem Titel ›Der Edelmann, den niemand kennt‹.«

»Ich habe auch schon von ihm gehört«, warf der junge Mallow leise ein. »Es werden die unheimlichsten Geschichten erzählt, warum er so zurückgezogen lebt. Er soll eine Maske tragen, weil er den Aussatz hat. Ein Bekannter hat mir auch allen Ernstes erzählt, auf der Familie liege ein Fluch; man sprach von einem Kind, einer schrecklichen Mißgeburt, das in einem dunklen Zimmer verborgen gehalten wird.«

»Der Marquis von Marne hat drei Köpfe«, sagte Romaine mit unbeweglichem Gesicht. »Alle dreihundert Jahre einmal wird der Familie ein dreiköpfiger Sohn geboren. Kein Mensch wagt sich dem fluchbeladenen Haus zu nähern außer einer schweigenden Prozession von Hutmachern, die eine ungeheuerliche Anzahl von Hüten heranschleppen. Aber...«, und seine Stimme vibrierte in jenem unheimlichen Ton, der bei seinen Auftritten auch dem letzten Theaterbesucher kalte Schauer über den Rücken jagte, »...edle Freunde! Diese Hüte sind nicht für menschliche Häupter gemacht.«

Die Amerikanerin blickte stirnrunzelnd und etwas zweifelnd zu ihm hin, als ginge ihr dieser Stimmaufwand sehr gegen den Strich.

»Ich mag Ihre dämonischen Späße nicht«, sagte sie. »Ich wäre Ihnen dankbar, wenn Sie darüber keine Späße machen würden.«

»Ich höre und gehorche«, erwiderte der Schauspieler, »aber darf ich wie ein guter Soldat nicht einmal fragen, warum Sie dies wünschen?«

»Ich wünsche es«, entgegnete sie, »weil der Marquis von Marne durchaus nicht – wie behauptet wird – ein Edelmann ist, den niemand kennt. Ich selbst kenne ihn, oder wenigstens kannte ich ihn sehr gut vor etwa dreißig Jahren, als wir noch alle jung waren. Er war damals Attaché in Washington. Und damals trug er keine Maske, wenigstens nicht in meiner Gegenwart. Er war kein Aussätziger, obschon er vielleicht ebenso einsam war. Und er hatte nur einen Kopf und nur ein Herz, und das war gebrochen.«

»Eine unglückliche Liebesgeschichte natürlich«, sagte Cockspur. »Das könnte ich eigentlich für den ›Komet‹ recht gut gebrauchen.«

»Es soll sicherlich ein Kompliment für uns Frauen sein«, erwiderte die Amerikanerin nachdenklich, »daß Sie immer annehmen, das Herz eines Mannes werde nur durch eine Frau gebrochen. Aber es gibt noch andere Arten der Liebe und des Kummers. Haben Sie niemals ›In Memoriam‹ gelesen? Haben Sie niemals von David und Jonathan gehört? Der arme Marquis zerbrach am Tod seines Bruders. Das heißt, es war eigentlich nicht sein Bruder, sondern ein Vetter, aber er war mit ihm zusammen erzogen worden und stand ihm näher, als das selbst bei Brüdern der Fall ist. James Mair, wie der Marquis zur Zeit unserer Bekanntschaft hieß, war von beiden der ältere, aber er blickte immer wie anbetend zu Maurice Mair auf – wie zu einem Gott. Für ihn war sein Vetter Maurice ein Wunderkind; aus jedem Wort, das er über ihn sprach, konnte man das heraushören. James selbst war durchaus kein Dummkopf und ein sehr guter Politiker; wenn er aber über Maurice sprach, dann gab es für ihn nur eine Meinung: Maurice könne jeden Beruf aufs beste ausfüllen. Er sei ein glänzender Künstler, Schauspieler und Musiker, von allem anderen gar nicht zu reden. James selbst war ein sehr hübscher Mann, hochgewachsen, kraftvoll und energisch, obgleich die jungen Leute von heute ihn mit seinem geteilten Backenbart, wie er damals Mode war, sicherlich sehr komisch finden würden. Maurice hingegen trug keinen Bart, aber er war nach den Bildern, die ich gesehen habe, ebenfalls sehr schön, wenn er auch einem Tenor ähnlicher sah, als das einem Gentleman eigentlich zusteht. Immer und immer wieder fragte mich James, ob sein Vetter nicht ein wahres Wunder sei, ob sich nicht jede Frau in ihn verlieben müsse und so weiter und so weiter. Und es war schon gar nicht mehr auszuhalten mit seiner Fragerei, bis das alles dann eines Tages plötzlich so tragisch endete. James' ganzes Leben schien in diesem Vergöttern geradezu aufzugehen, bis eines Tages das Idol von seinem Sockel herunterstürzte und zerbrach wie ein Nippesfigürchen. Eine Erkältung, die sich Maurice an der See zugezogen hatte – und alles war vorüber.«

»Und dann«, fragte der junge Mann, »hat sich der Marquis so ganz und gar von der Welt abgeschlossen?«

»Zuerst ging er auf Reisen«, antwortete sie, »nach Asien, in die Südsee und weiß Gott, wohin. Solche erschütternden Erlebnisse wirken ja auf jeden Menschen verschieden. Der Marquis jedenfalls mied von nun an jede menschliche Gesellschaft und suchte sogar der Erinnerung so weit als möglich zu entfliehen. Man durfte ihm gegenüber nicht einmal mehr die leiseste Andeutung über die alte Freundschaft machen, er konnte kein Bild des Toten mehr sehen, mochte nichts mehr von ihm hören und hielt alles von sich fern, was nur irgendwie mit ihm zusammenhing. Er konnte den Pomp eines großen öffentlichen Begräbnisses nicht ertragen. Er hatte nur einen Wunsch, die Gegend zu verlassen, in der sich das Schreckliche zugetragen hatte. Zehn Jahre blieb er seiner Heimat fern. Es ging das Gerücht, daß er gegen Ende seines freiwilligen Exils wieder etwas aufgelebt sei; aber als er wieder hier war, brach er völlig zusammen. Er verfiel in religiöse Melancholie und ist wohl dem Wahnsinn nahe.«

»Man sagt, die Pfaffen hätten sich seiner bemächtigt«, brummte der alte General. »Ich weiß, er gab Riesensummen für die Gründung eines Klosters her und lebt sogar selbst fast wie ein Mönch oder jedenfalls wie ein Einsiedler. Ich verstehe nicht, wie man so etwas machen kann.«

»Dieser verfluchte Aberglaube!« schnarrte Cockspur. »Das sollte man wirklich an die große Glocke hängen. Machen sich also diese elenden Vampire an einen Mann heran, der dem Staat und der Welt zweifellos noch große Dienste hätte erweisen können, und saugen ihm das Blut aus den Adern. Ich wette, bei ihren unnatürlichen Ansichten über Welt und Leben haben sie ihn nicht einmal heiraten lassen.«

»Da haben Sie recht, verheiratet ist er nicht«, sagte die Amerikanerin. »Er war zwar verlobt, als ich ihn kennenlernte, aber ich glaube nicht, daß diese Liebe für ihn so wichtig war, und sie wurde mitbegraben, als alles andere zusammenstürzte. Wie es bei Hamlet und Ophelia war – die Liebe entglitt ihm, als ihm das Leben entglitt. Ich kannte seine Braut, ich kenne sie auch heute noch. Unter uns, es war Viola Grayson, die Tochter des alten Admirals. Auch sie hat übrigens nie geheiratet.«

»Das ist ja schändlich! Das ist eine Teufelei!« rief Sir John aufspringend. »Es ist nicht nur eine Tragödie, sondern ein Verbrechen! Ich habe der Öffentlichkeit gegenüber eine Pflicht zu erfüllen, und ich werde diesen empörenden Fall in allen meinen Zeitungen brandmarken. Es ist doch kaum zu glauben – so etwas im zwanzigsten Jahrhundert!« Er erstickte fast an seiner Entrüstung.

Der alte Krieger aber sagte nach einer Weile: »Ich will nicht behaupten, daß ich viel von diesen Dingen verstehe, aber ich glaube, diese frommen Leute sollten sich an ein Bibelwort erinnern, das da heißt: ›Lasset die Toten ihre Toten begraben.‹«

»Nur daß unglücklicherweise die Mahnung dieses Textes gerade hier sehr genau befolgt zu werden scheint«, bemerkte seine Frau seufzend. »Es klingt doch fast wie eine unheimliche Sage, in der ein Toter unablässig und für ewig einen anderen Toten begräbt.«

»Das Gewitter ist über uns hinweggezogen«, sagte Romaine mit einem undefinierbaren Lächeln. »Sie werden also diesem ungastlichen Haus keinen Besuch abzustatten brauchen.«

Die Amerikanerin fuhr schaudernd zusammen. »Oh, das werde ich sowieso nie wieder tun!« rief sie.

Mallow sah erstaunt zu ihr hin. »Was heißt ›wieder‹? Haben Sie es denn schon einmal versucht?« fragte er.

»Ja, einmal habe ich den Versuch gemacht«, sagte sie leichthin, nicht ohne einen Anflug von Stolz, »aber es ist besser, wir sprechen jetzt nicht davon. Übrigens, wenn es auch nicht regnet, so dürfte es doch ratsam sein, wenn wir zum Wagen zurückgehen.«

Einzeln und paarweise brachen sie auf. Mallow und der General bildeten den Abschluß der Gruppe, und plötzlich sagte der General mit leiser Stimme:

»Dieser Cockspur braucht es ja nicht zu hören, aber da Sie gefragt haben, ist es wohl besser, wenn Sie die Wahrheit erfahren. Diese Brüskierung meiner Frau ist das einzige, was ich dem Marquis niemals verzeihen werde; aber ich glaube, die Mönche haben ihn derartig zugerichtet, daß er nicht mehr anders kann. Meine Frau, die treueste Freundin, die er in Amerika je gehabt hat, besuchte ihn, als er gerade im Garten spazierenging. Er wandelte umher, die Augen niedergeschlagen wie ein Mönch, und dabei steckte er in einer schwarzen Kapuze, die wirklich aussah wie eine lächerliche Maskierung. Sie hatte ihm ihre Karte hineingeschickt und erwartete ihn nun im Garten auf dem Weg, den er dahergeschritten kam. Und was glauben Sie – ohne ein Wort oder auch nur einen Blick ging er an ihr vorbei, als sei sie nichts als ein Stein am Wegrand. Er war kein menschliches Wesen mehr, er war nur noch eine grauenhafte wandelnde Marionette. Meine Frau hat wirklich recht, wenn sie ihn als einen Toten bezeichnet.«

»Das ist doch alles recht seltsam«, sagte der junge Mann gedankenverloren. »Es ist alles so ganz anders, als... als ich eigentlich erwartet hätte.«

Als der junge Mallow von diesem ziemlich trübselig verlaufenen Picknick nach Hause kam, machte er sich auf die Suche nach einem Freund, mit dem er sich über das Erlebte aussprechen konnte. Er kannte zwar keine Mönche, aber er kannte einen Priester, dem er von diesen seltsamen Berichten, die er am Spätnachmittag gehört hatte, erzählen wollte. Gar zu gerne hätte er gewußt, was es mit den schrecklichen Geschichten über den Marquis auf sich hatte – Geschichten, die über dem geheimnisvollen Schloß hingen wie die dräuend schwarzen Gewitterwolken des Nachmittags.

Nachdem er lange Zeit vergeblich gesucht hatte, traf er Pater Brown schließlich im Hause eines katholischen Freundes, der eine sehr zahlreiche Familie hatte. Mallow fand Pater Brown auf dem Fußboden sitzend und sehr ernsthaft darum bemüht, einen grellbunten Puppenhut auf dem Kopf eines Teddybären zu befestigen.

Mallow fühlte, daß das, was er mitzuteilen hatte, gar nicht zu dieser Szene paßte; aber er war von den ihn bewegenden Fragen zu sehr erfüllt, um die Unterhaltung darüber mehr, als unbedingt nötig, hinauszuschieben. In seinem Unterbewußtsein hatte es schon die ganze Zeit über gearbeitet und rumort, und so erzählte er jetzt die Tragödie des Hauses Marne, wie er sie von der Frau des Generals gehört hatte, und vergaß auch nicht die Bemerkungen des Generals und des Zeitungskönigs. Als der Name Cockspur fiel, horchte Pater Brown plötzlich mit gespanntem Interesse auf.

Es kam Pater Brown weder zum Bewußtsein, noch hätte es ihn sonderlich gekümmert, daß seine Haltung recht komisch und nicht im mindesten salonfähig war. Er blieb weiterhin auf dem Boden sitzen, wo er mit seinem großen Kopf und den kurzen Beinen aussah wie ein spielendes Kind. Aber in seine großen, grauen Augen kam plötzlich ein Ausdruck, der in den vergangenen neunzehnhundert Jahren zu den verschiedensten Zeiten in den Augen vieler Männer aufgeglommen war – nur saßen diese Männer im allgemeinen nicht auf dem Boden, sondern an Konferenztischen oder auf den Thronsesseln von Äbten, Bischöfen und Kardinälen. Es war jener weitschauende, wachsame Späherblick, in dem zugleich die ganze Demut liegt, wie sie ein Amt verlangt, das für einen Menschen allzu schwer ist. Diesen wachsamen Blick in die Weite kann man in den Augen von Seeleuten ebenso beobachten wie bei jenen, die Sankt Peters Schiff durch so viele Stürme und Fährnisse zu steuern hatten und haben.

»Es ist sehr gut, daß Sie mir dies erzählen«, sagte Pater Brown. »Ich bin Ihnen wirklich sehr dankbar, denn wir werden in dieser Angelegenheit vielleicht etwas unternehmen müssen. Wenn nur Leute wie Sie und der General dabeigewesen wären, könnte man die Sache eventuell als private Angelegenheit betrachten. Wenn aber Sir John Cockspur in seinen Blättern Lärm schlägt und irgendwelchen Unsinn verbreitet ... Er ist ja ein alter Katholikenfresser. Wir werden uns da kaum heraushalten können.«

»Aber was gedenken Sie denn zu tun? Was meinen Sie überhaupt zu der ganzen Geschichte?« fragte Mallow unsicher.

»Nun«, entgegnete Pater Brown, »als erstes fällt mir auf, daß die Geschichte so, wie Sie sie mir erzählt haben, nicht sehr wahr klingt. Nehmen wir doch einmal theoretisch an, wir Geistliche wären wirklich solch lebensfeindliche Vampire, die darauf aus sind, das Glück der Menschen zu zerstören. Nehmen Sie also einmal an, ich sei ein solcher Vampir.« Er rieb seine Nase mit dem Teddybären, aber als es ihm dunkel zum

Bewußtsein kam, daß dies wenig zum Ernst der Sache passe, legte er ihn weg. »Nehmen wir an, wir Geistliche wären darauf aus, alle Freundschafts- und Familienbande zu zerreißen. Warum sollten wir dann aber umgekehrt ein Interesse daran haben, jemandem solche Familienbande wieder aufzuzwingen, wenn er gerade dabei war, sich davon zu befreien? Es ist doch unsinnig, uns zu beschuldigen, wir zerstörten die Familienbindungen, und uns im selben Atemzug zur Last zu legen, wir drängten sie einem Menschen auf. Ich sehe auch nicht ein, warum ein mit religiösem Wahnsinn geschlagener Mensch einen solchen aberwitzigen Kultus der Vergangenheit betreiben sollte, schon gar nicht aber, wie die Religion diesen Wahnsinn fördern könnte. Wahrscheinlicher wäre es doch, daß echter Glauben ihm ein wenig Hoffnung schenken würde.«

Nach einer Pause setzte er nachdenklich hinzu: »Ich würde mich sehr gern einmal mit Ihrem General unterhalten.«

»Nicht er, sondern seine Frau hat mir das alles erzählt«, sagte Mallow.

»Ich weiß«, erwiderte der Priester. »Aber mich interessiert das, was er verschwieg, mehr als das, was seine Frau erzählt hat.«

»Sie meinen also, daß er mehr weiß als sie?«

»Ich glaube, er weiß mehr, als sie gesagt hat«, antwortete Pater Brown. »Nach Ihrem Bericht hat er gesagt, diese Brüskierung könne er dem Marquis niemals verzeihen. Was hat er sonst noch zu verzeihen?«

Pater Brown erhob sich und ordnete sein weites Gewand. Dann sah er den jungen Mann mit zusammengekniffenen Augen und rätselhaftem Gesichtsausdruck an. Plötzlich wandte er sich um, nahm seinen unförmigen Regenschirm zur Hand, setzte seinen großen, schäbigen Hut auf und stapfte davon.

Er überquerte viele Straßen und Plätze, bis er im Westend an ein schönes, altes Haus kam. Den Diener, der ihm auf sein Läuten hin öffnete, fragte er, ob er den General sprechen könne, und nach einigem Hin und Her wurde er in ein weniger mit Büchern als mit Karten und Globen ausgestattetes Arbeitszimmer geführt, in dem der kahlköpfige, schwarzbärtige General am Tisch saß, eine lange, dünne, schwarze Zigarre rauchte und sich damit vergnügte, Stecknadeln in eine Karte zu bohren.

»Verzeihen Sie bitte die Störung«, sagte der Priester, »besonders deshalb, weil es so aussehen wird, als wollte ich mich mit meinem Besuch in Ihre Privatangelegenheiten mischen. Ich möchte Sie in einer sehr persönlichen Sache sprechen, aber ich denke, daß alles, was wir sprechen werden, unter uns bleiben kann. Leider ist zu befürchten, daß andere die Sache an die Öffentlichkeit bringen wollen. Sir John Cockspur dürfte ja auch für Sie, Herr General, kein Unbekannter sein.«

Der dichte, schwarze Schnurrbart und der Backenbart bedeckten die untere Gesichtshälfte des alten Generals wie eine Maske, und so konnte man nur schwer erkennen, ob er lächelte. Nur seine buschigen, dunklen Augenbrauen zwinkerten hin und wieder.

»Ich glaube, den kennt jeder«, brummte er. »Ich selbst kenne ihn freilich nicht besonders gut.«

»Aber es dürfte Ihnen immerhin bekannt sein, daß jedermann erfahren wird, was er weiß«, sagte Pater Brown lächelnd, »wenn er es für zweckmäßig hält, seine Kenntnisse in Druckerschwärze umzusetzen. Und wie mir mein Freund, Herr Mallow, den Sie ja wohl ebenfalls kennen, berichtete, beabsichtigt Sir John, einige flammende antiklerikale Artikel vom Stapel zu lassen, die er auf das sogenannte Geheimnis des Schlosses Marne aufbauen will. ›Mönche treiben Marquis zum Wahnsinn‹ – so etwa!«

»Na und?« meinte der General. »Wenn Sir John das vorhat, dann verstehe ich nicht, warum Sie in dieser Sache zu mir kommen. Ich möchte Sie darauf aufmerksam machen, daß ich überzeugter Protestant bin.«

»Überzeugte Protestanten sind mir sehr sympathisch«, erwiderte Pater Brown. »Ich habe Sie aufgesucht, weil ich sicher bin, daß Sie mir die Wahrheit sagen werden. Ich hoffe, es ist nicht ungerecht, wenn man in dieser Hinsicht bei Sir John Cockspur weniger überzeugt ist.«

Wieder zwinkerten die braunen Augen, aber der General sagte kein Wort.

»Herr General«, fuhr Pater Brown fort, »stellen Sie sich einmal vor, Cockspur oder Leute seines Schlages würden in der ganzen Welt Greuelmärchen über Ihr Land oder Ihre Fahne verbreiten. Denken Sie sich, er würde die Behauptung aufstellen, Ihr Regiment sei in der Schlacht davongelaufen oder Ihr Stab stehe im Sold des Feindes. Würden Sie in diesem Fall nicht alles unternehmen, die Unrichtigkeit solcher Behauptungen vor aller Welt zu beweisen? Würden Sie sich durch irgend etwas an der Feststellung der Wahrheit hindern lassen? Nun, auch ich habe ein Regiment, auch ich gehöre einer Armee an. Sie wird verleumdet durch Berichte, die meiner Meinung nach frei erfunden sind; aber ich kann dies noch nicht beweisen, weil ich den wahren Hergang nicht kenne. Können Sie mir einen Vorwurf daraus machen, daß ich mich bemühe, ihn herauszufinden?«

Der General schwieg.

»Ich habe die Geschichte gehört, die man Mallow gestern erzählt hat. Danach soll sich Marne, gebrochen durch den Tod seines Vetters, der ihm mehr bedeutete als ein Bruder, gänzlich von der Welt zurückgezogen haben. Aber ich bin davon überzeugt, daß hinter dieser Sache noch mehr steckt. Und ich bin hergekommen, um zu fragen, ob Sie mehr hierüber wissen.«

»Nein«, sagte der General schroff, »mehr kann ich Ihnen auch nicht sagen.«

»Herr General«, meinte Pater Brown mit einem breiten Lächeln, »mich würden Sie einen Jesuiten genannt haben, hätte ich mich so aus der Schlinge gezogen.«

Der General lachte rauh auf und brummte dann mit noch größerer Feindseligkeit: »Gut denn, ich will Ihnen also nichts sagen. Was sagen Sie jetzt?«

»Na schön«, antwortete der Priester sanft, »wenn Sie nicht wollen, dann muß eben ich Ihnen etwas erzählen.«

Die braunen Augen zwinkerten nicht mehr; groß und fest waren sie auf den Priester gerichtet.

Pater Brown fuhr fort: »Sie zwingen mich also dazu, Ihnen auseinanderzusetzen – und vielleicht in weniger sympathischer Weise, als es Ihnen selbst möglich gewesen wäre –, warum ganz offensichtlich mehr hinter der Geschichte steckt, von der Ihre Frau berichtet hat. Ich bin fest davon überzeugt, daß der Marquis sich nicht nur deshalb in seine melancholische Einsamkeit zurückgezogen hat, weil er einen Freund verloren hat. Ich glaube kaum, daß irgendein Priester überhaupt etwas mit dieser Sache zu tun hat, ja ich weiß nicht einmal, ob er ein Konvertit ist oder nur ein Mensch, der sein Gewissen durch Wohltätigkeiten zur Ruhe bringen will. Aber einer Sache bin ich sicher: Die Trauer um einen verlorenen Freund ist bestimmt nicht der einzige Grund, warum sich der Marquis so seltsam benimmt. Da Sie es nicht anders wollen, werde ich Ihnen einige Punkte aufzählen, die mich zu dieser Überzeugung gebracht haben.

Erstens sagte Ihre Frau, James Mair sei verlobt gewesen und habe auch die Absicht gehabt, zu heiraten, nach dem Tod von Maurice Mair aber habe er die Verlobung gelöst. Es ist doch wahrlich nicht einzusehen, warum ein ehrenwerter Mann eine Verlobung lösen sollte, nur weil er über den Tod seines Freundes betrübt ist. Viel wahrscheinlicher wäre es doch, daß er sich, um Trost zu finden, noch fester an den einzigen Menschen anschließt, der ihm verblieben ist. Jedenfalls war der Tod des Freundes durchaus kein Grund, die Verlobung mir nichts, dir nichts aufzulösen und das Mädchen sitzenzulassen.«

Der General kaute auf seinem schwarzen Schnurrbart herum, und in seine Augen trat ein wachsamer, vielleicht sogar etwas besorgter Ausdruck; aber er antwortete nichts.

»Punkt zwei«, sprach Pater Brown weiter, indem er finster auf die Tischplatte starrte. »James Mair fragte seine Freundin unablässig, ob sein Vetter Maurice nicht außergewöhnlich bezaubernd sei und ob nicht jede Frau ihn bewundern müsse. Ich weiß nicht, ob der Dame der Gedanke gekommen ist, daß diese Fragen auch einen anderen Sinn haben konnten.«

Der General hatte sich erhoben und ging mit schweren Schritten im Zimmer auf und ab.

»Ach, diese ganze verdammte Geschichte!« rief er, aber seine feindselige Stimmung schien geschwunden.

»Der dritte Punkt«, fuhr Pater Brown unerbittlich fort, »ist James Mairs sonderbare Art zu trauern – er zerstört alle Andenken, verhüllt alle Bilder und so weiter. Ich gebe zu, so etwas kann vorkommen als Zeichen einer leidenschaftlichen Trauer. Aber es kann auch etwas anderes bedeuten.«

»Zum Henker noch mal!« rief der General. »Wieviel Punkte haben Sie noch auf Vorrat?«

»Der vierte und fünfte Punkt lassen an Beweiskraft nichts zu wünschen übrig, besonders wenn man sie zusammennimmt«, fuhr der Priester ruhig fort. »Maurice Mair, der doch einer großen und bekannten Familie angehörte, scheint gar nicht besonders feierlich begraben worden zu sein. Er wurde in aller Eile bestattet, vielleicht sogar heimlich. Und schließlich ist James Mair unmittelbar danach ins Ausland gegangen – oder besser gesagt, er ist bis ans Ende der Welt geflohen und war lange Jahre verschwunden. Wenn Sie also«, fuhr er noch immer in demselben sanften Ton fort, »meine Religion anschwärzen wollen, um damit die angeblich so reine und vollkommene Liebe der beiden Vettern, wie die Geschichte sie darstellt, in ein helleres Licht zu heben...«

»Halt!« rief Outram wie aus der Pistole geschossen dazwischen. »Ich muß Ihnen wohl doch mehr darüber berichten, sonst vermuten Sie am Ende noch irgend etwas Schlimmes. Lassen Sie mich gleich eines festhalten: Es war ein ehrlicher Kampf.«

»Aha«, sagte Pater Brown und schien erleichtert aufzuatmen.

»Es war ein Duell«, erklärte der General, »wahrscheinlich das letzte, das in England ausgetragen wurde, und seitdem ist eine lange Zeit verflossen.«

»Das hört sich schon besser an«, meinte Pater Brown. »Gott sei Dank, das hört sich schon wesentlich besser an.«

»Besser als die scheußlichen Dinge, an die Sie wahrscheinlich gedacht haben, nicht wahr?« brummte der General. »Aber Sie mögen noch so sehr die reine und vollkommene Liebe anzweifeln, sie bestand trotzdem. James Mair war seinem Vetter, der wie ein jüngerer Bruder mit ihm erzogen worden war, von Herzen zugetan. Man findet es oft, daß sich ältere Brüder oder Schwestern in solcher Weise einem nachgeborenen Kind widmen, besonders wenn es so etwas wie ein Wunderkind ist. Aber James Mair gehörte zu jenen Menschen, in deren einfachem Gemüt selbst der Haß irgendwie selbstlos ist. Selbst wenn sich bei solchen Menschen zärtliche Zuneigung in Wut verwandelt, bleibt sie noch immer objektiv, das heißt auf ein Objekt gerichtet, während diese Menschen dabei an sich selbst gar nicht denken. Der arme Maurice Mair allerdings war gerade das Gegenteil von James. Er war viel umgänglicher und hatte eine Menge Freunde, aber seine Erfolge waren ihm so zugeflogen, daß er wie in einem Glashaus lebte. Stets war er der Erste, im Sport und in allen Künsten; fast immer gewann er, ohne jedoch in seiner freundlichen Art allzu überheblich zu werden. Wenn er aber zufällig einmal verlor, so kam eine weniger schöne Seite seiner Natur zum Vorschein. Er war nämlich eifersüchtig. Es würde zu weit führen, wenn ich Ihnen ausführlich erzählen wollte, wie er auf seinen Vetter eifersüchtig war, als sich dieser verlobte, wie seine ruhelose Eitelkeit ihn dazu trieb, sich in die Herzensangelegenheiten des anderen einzumischen. Es genügt, wenn ich Ihnen sage, daß James Mair, der in den meisten Dingen hinter ihm zurückstand, ein besserer Schütze war als er; und damit endete die Tragödie.«

»Sie meinen, die Tragödie begann«, erwiderte der Priester.

»Die Tragödie des Überlebenden. Ich habe mir ja gleich gedacht, daß er keine mönchischen Vampire brauchte, um unglücklich zu sein.«

»Ich bin der Meinung, daß er viel unglücklicher dran ist, als er es eigentlich verdient«, sagte der General. »Es war zwar eine schreckliche Tragödie, aber, wie ich schon sagte, ein ehrlicher Kampf. Und James war herausgefordert worden.«

»Woher wissen Sie das denn so genau?« fragte der Priester.

»Ich weiß es, weil ich alles mitangesehen habe«, antwortete Outram unbewegt. »Ich war James Mairs Sekundant, und mit eigenen Augen sah ich Maurice Mair tot vor mir im Sand liegen.«

»Ich wäre Ihnen sehr dankbar, wenn Sie mir das etwas ausführlicher erzählen würden«, meinte Pater Brown nachdenklich. »Wer war Maurice Mairs Sekundant?«

»Er hatte sich einen bekannteren Namen ausgesucht«, erwiderte der General grimmig. »Sein Sekundant war Hugo Romaine, der große Schauspieler. Maurice war aufs Theaterspielen versessen und hatte Romaine, der damals zwar schon im Aufstieg begriffen war, aber noch sehr zu kämpfen hatte, als Lehrer angenommen. Als Gegenleistung für diesen Unterricht finanzierte er den Schauspieler. Romaine, der jetzt reicher ist als irgendein Aristokrat, war damals praktisch völlig von ihm abhängig. Wenn er sich also als Sekundant zur Verfügung gestellt hat, so beweist das noch nicht, wie er über den ganzen Kampf selbst dachte. Jeder der Duellanten hatte nach englischer Sitte nur einen Sekundanten. Ich wollte wenigstens einen Arzt hinzuziehen, aber Maurice lehnte diesen Vorschlag entschieden ab: Je weniger Leute Kenntnis von diesem Duell hätten, desto besser sei es, sagte er, und notfalls könnten wir ja sofort Hilfe bekommen. ›In dem Dorf, das keine halbe Meile entfernt ist, wohnt ein Arzt‹, sagte er. ›Ich kenne ihn, und er besitzt eines der schnellsten Pferde in der ganzen Umgebung. Er könnte also in kürzester Zeit zur Stelle sein, aber er braucht erst geholt zu werden, wenn es wirklich nötig ist.‹ Nun, es war uns allen bekannt, daß Maurice als der schlechtere Schütze die größere Gefahr lief; als er daher die Hinzuziehung eines Arztes ausschlug, hatten wir keinen Anlaß, unsererseits weiter darauf zu bestehen. Das Duell wurde auf einer flachen Sandstrecke an der Ostküste von Schottland ausgetragen. Grasbewachsene Sanddünen schirmten den Platz gegen die landeinwärts gelegenen Dörfer und Weiler ab, so daß von dort aus niemand etwas hören oder sehen konnte. Durch einen tiefen Einschnitt in den Dünen gelangten wir an den Strand. Ich sehe ihn noch deutlich vor mir: zuerst ein breiter Streifen von fahlem Gelb und dahinter ein schmalerer Streifen von dunklem Rot, einem Rot, das bereits wie die Vorahnung einer Bluttat aussah.

Der Zweikampf selbst ging ziemlich rasch vor sich; es war, wie wenn plötzlich ein Wirbelwind über den Sand gefegt wäre. Schon beim ersten Schuß drehte sich Maurice wie ein Kreisel und fiel vornüber aufs Gesicht. Und sonderbar, während ich mich bis zu diesem Augenblick um ihn gesorgt hatte, wandte sich nun, als er tot war, meine ganze Liebe dem Mann zu, der ihn getötet hatte. Ich wußte, daß jetzt, da Maurice tot war, das Pendel der lebenslangen Liebe meines Freundes gewaltig zurückschwingen würde und daß, mochten auch andere noch so viele Gründe finden, ihm zu verzeihen, er selbst sich diese Tat zeitlebens nicht würde vergeben können. Und so ist der Eindruck, der sich mir am tiefsten eingeprägt hat, das Bild, das mir unvergeßlich vor Augen steht, nicht die Katastrophe selbst, der Rauch, das Aufblitzen und die fallende Gestalt. Das schien alles schon längst vorüber zu sein wie ein Geräusch, das einen aufweckt. Was ich sah und was ich immer vor mir sehen werde, ist das Bild, wie der arme James auf den Zusammengesunkenen, der ihm Freund und Feind zugleich war, zulief. Sein brauner Bart sah nun gegen die geisterhafte Blässe seines Gesichtes schwarz aus, sein Profil hob sich scharf gegen das Meer ab. Mit verzweifelten Gebärden winkte er mir, zu dem hinter den Dünen liegenden Dorf zu laufen und den Wundarzt zu holen. Er hatte die Pistole im Laufen fallen lassen, in der anderen Hand hielt er einen Handschuh, dessen lose flatternde Finger der verzweifelten Gebärde, mit der er mich antrieb, ärztliche Hilfe zu holen, einen flehentlichen Nachdruck zu verleihen schienen. Das ist das Bild, das mir immer vor Augen steht: die gelben und dunkelroten Streifen des Sandes, des Meeres und des Himmels, der tote Körper, der bewegungslos wie ein Stein dalag, und die dunkle Gestalt des Sekundanten, die sich starr und regungslos gegen den Horizont abhob.«

»Wie? Romaine stand regungslos da?« fragte der Priester erstaunt. »Ich hätte mir eher vorgestellt, daß er noch schneller auf den Toten zugelaufen wäre als James.«

»Möglich, daß er es tat, als ich fort war«, erwiderte der General. »Im Bruchteil einer Sekunde nahm ich dieses unvergeßliche Bild in mich auf, und im nächsten Augenblick war ich auch schon zwischen den Dünen und hatte die anderen aus den Augen verloren. Der arme Maurice hatte, was den Arzt angeht, eine gute Wahl getroffen. Wenn der Arzt auch zu spät kam, so war er doch schneller am Schauplatz des Duells, als ich für möglich gehalten hätte. Dieser Dorfarzt war ein sehr merkwürdiger Mann, rothaarig und sehr reizbar, aber von außerordentlicher Schnelligkeit und Geistesgegenwart. Allerdings sah ich nicht viel von ihm, denn kaum hatte ich meinen Bericht hervorgestoßen, als er sich auch schon auf sein Pferd schwang und in gestrecktem Galopp an den Strand stürmte, während ich weit zurückblieb. Aber wenn ich auch nur wenige Worte mit ihm wechselte, so machte er doch einen großen Eindruck auf mich, und ich wünschte, wir hätten ihn hinzugezogen, ehe das Duell begonnen hatte, denn ich bin fest davon überzeugt, er hätte es verhindert. Jedenfalls beseitigte er die Spuren mit wunderbarer Schnelligkeit. Ich konnte ihm nur langsam folgen, denn ich war ja zu Fuß, und ehe ich wieder an den Strand gelangt war, hatte er umsichtig schon alles erledigt. Die Leiche war vorläufig in den Dünen beerdigt worden, und den unglücklichen Mörder hatte der Arzt überredet, das einzige zu tun, was ihm übrigblieb – nämlich zu fliehen. James eilte die Küste entlang, bis er einen Hafen erreichte, wo es ihm gelang, außer Landes zu kommen. Den weiteren Verlauf der Geschichte kennen Sie ja. Der arme James blieb viele Jahre im Ausland; später, als über die ganze Sache Gras gewachsen war, kehrte er in sein düsteres Schloß zurück und erbte ohne weiteres Titel und Vermögen. Ich habe ihn seitdem niemals wiedergesehen.«

»Wie ich gehört habe, hat man auch den Versuch gemacht, zu ihm vorzudringen«, sagte Pater Brown.

»Meine Frau hat das schon zu wiederholten Malen versucht«, entgegnete der General. »Sie will nicht zugeben, daß ein Mensch durch eine solche Tat für immer aus der menschlichen Gesellschaft ausgeschlossen sein soll, und ich gestehe, daß ich derselben Ansicht bin. Noch vor achtzig Jahren hätte man sich über so etwas überhaupt nicht sonderlich aufgeregt; und James hat ja auch wirklich keinen Mord begangen, sondern einen Totschlag. Meine Frau ist mit der unglücklichen Dame, die die Ursache des Streites gewesen war, eng befreundet und meint, wenn James einwillige, Viola Grayson noch einmal wiederzusehen, so werde er dadurch vielleicht wieder zur Vernunft kommen. Ich glaube sogar, daß meine Frau in dieser Angelegenheit für morgen eine Art Kriegsrat einberufen hat. Wenn sie sich nämlich einmal etwas in den Kopf gesetzt hat, dann betreibt sie das sehr energisch.«

Pater Brown spielte mit den Stecknadeln, die neben der Karte lagen; er schien mit seinen Gedanken weit fort zu sein und nur mit halbem Ohr zuzuhören. In seiner Phantasie sah er alles stets in Bildern; und das Bild, das sich sogar dem prosaischen Gemüt des alten, wahrlich nicht romantisch veranlagten Generals so tief eingeprägt hatte, nahm in der lebhaften Phantasie des Priesters noch buntere und zugleich unheimlichere Farben an. Er sah den verlassenen dunkelroten Strand, sah den Toten, der langgestreckt auf dem Gesicht lag, sah den Mörder, der vorwärtsstürzend auf ihn zurannte und dabei in verzweifelter Reue mit seinem Handschuh gestikulierte; aber immer kehrten seine Gedanken zu einer merkwürdigen Tatsache zurück, die er noch nicht in dieses Bild einfügen konnte: Der Sekundant des Erschossenen stand rätselhaft regungslos wie eine Statue am Ufer des Meeres. Für andere wäre dies nur eine merkwürdige Einzelheit im Rahmen einer merkwürdigen Geschichte gewesen – für Pater Brown war diese starre Gestalt ein großes, geheimnisvolles Fragezeichen.

Warum hatte sich Romaine nicht sofort in Bewegung gesetzt? Das war doch die selbstverständliche Pflicht eines Sekundanten, selbst wenn er mit dem Duellanten nicht befreundet gewesen wäre. Und selbst wenn irgend etwas anderes mitspielte, irgendein Doppelspiel oder eine noch nicht erkennbare Schurkerei, so hätte er doch zum mindesten irgend etwas unternehmen müssen, um den Schein zu wahren. Auf jeden Fall hätte er sich rühren müssen, nachdem sein Duellant umgesunken war, hätte sich rühren müssen, noch ehe der andere Sekundant zwischen den Dünen verschwunden war.

»Ist dieser Romaine sehr schwerfällig?« fragte Pater Brown.

»Sonderbar, daß Sie das fragen!« antwortete Outram und warf

einen schnellen Blick auf den Pater. »Nein, wenn er sich bewegt, dann sind seine Bewegungen sehr schnell. Aber merkwürdigerweise mußte ich gerade eben daran denken, daß ich ihn heute, während des Gewitters am Nachmittag, genauso dastehen sah. In seinem durch eine silberne Schnalle zusammengehaltenen Umhang, eine Hand in die Hüfte gestemmt, stand er da wie damals auf dem Kampfplatz. Wir waren alle vom Blitz geblendet, aber er zuckte nicht einmal mit den Wimpern. Und als der Wald längst wieder dunkel war, stand er noch immer so da.«

»Aber er wird doch wohl jetzt nicht mehr dort herumstehen?« fragte Pater Brown. »Ich meine, er hat sich doch bald darauf wieder bewegt?«

»Aber sicher, er setzte sich sofort in Bewegung, als der Donner krachte«, erwiderte der General. »Er schien darauf gewartet zu haben, denn er sagte uns genau die Zeit, die zwischen Blitz und Donner lag... Was haben Sie denn?«

»Ach nichts, ich habe mich nur mit einer Ihrer Nadeln gestochen«, sagte Pater Brown. »Ich hoffe, daß der Nadel nichts passiert ist.« Aber sein Mund hatte sich plötzlich krampfhaft geschlossen, während er die Augen weit aufgerissen hatte.

»Was haben Sie? Ist Ihnen nicht wohl?« fragte der General besorgt, ihn verdutzt ansehend.

»Mir fehlt nichts«, antwortete der Priester, »ich bin nur nicht so stoisch wie Ihr Freund Romaine. Ich muß blinzeln, wenn ich Licht sehe.«

Er nahm Hut und Mantel und wandte sich zum Gehen, aber als er schon an der Tür war, schien ihm noch etwas einzufallen, und er kehrte ins Zimmer zurück. Sehr nahe trat er an Outram heran, seine Augen blickten den General hilflos mit dem Ausdruck eines sterbenden Fisches an, und mit der Hand machte er eine Bewegung, als wollte er den alten Offizier bei der Weste packen.

»Herr General«, sagte er fast flüsternd, »halten Sie um Himmels willen Ihre Frau und jene andere Dame davon ab, zu Marne zu gehen. Schlafende Hunde soll man nicht wecken, sonst ist die Hölle los.«

Pater Brown verschwand und ließ den General ziemlich verwirrt allein zurück.

Noch größer war jedoch das Erstaunen, das die Frau des Generals befiel, als sie ihre so wohlgemeinte Verschwörung anzetteln wollte. Sie hatte eine kleine Gruppe Getreuer zusammengerufen, um das Schloß des Menschenfeindes zu stürmen. Die erste Überraschung, die ihr widerfuhr, war die Entdeckung, daß einer der Hauptbeteiligten an der Tragödie von damals ohne Entschuldigung ausgeblieben war. Als man, wie verabredet, in einem ruhigen Gasthof unweit des Schlosses zusammenkam, fehlte Hugo Romaine, und man konnte sich diese Tatsache nicht erklären, bis schließlich ein Telegramm eintraf mit der Nachricht, der große Schauspieler habe England ganz plötzlich verlassen.

Als die Generalin und ihre Getreuen dann den Sturm auf Schloß Marne damit begannen, daß sie den Marquis dringend um eine Unterredung ersuchen ließen, kam die zweite Überraschung in Gestalt eines sonderbaren Männchens, das ihnen aus dem düsteren Schloßtor entgegenkam, um die Deputation im Namen des Schloßherrn zu empfangen. Diese Gestalt paßte nicht im mindesten zu den feierlich dunklen Alleen und schien auch recht ungeeignet für eine solch hochherrschaftliche Veranstaltung wie den Empfang einer Deputation. Es war weder ein betreßter Diener noch ein majestätischer Hausmeister, nicht einmal ein würdevoller Kammerdiener oder ein stattlicher Kutscher in Livree: Aus dem höhlenartigen Schloßtor trat nur die kleine, unansehnliche Gestalt von Pater Brown.

»Aber meine Damen und Herren«, sagte er in seiner einfachen Art, indem er die Förmlichkeit durch einen aus leichtem Ärger und Langeweile gemischten Ton ersetzte, »ich ließ Ihnen doch sagen, Sie täten besser daran, den Besitzer dieses Hauses in Ruhe zu lassen. Er weiß genau, was er tut, und Ihr Besuch könnte nur Unheil anrichten.«

Lady Outram, die von einer hochgewachsenen, schlicht gekleideten und noch sehr hübschen Dame, Fräulein Grayson, begleitet war, sah mit kalter Verachtung auf den kleinen Priester herab.

»Das ist denn doch die Höhe, mein Herr!« sagte sie. »Wir sind in einer privaten Angelegenheit hier, und ich verstehe nicht, warum Sie sich da einmischen wollen.«

»Haben Sie jemals einen Pfaffen gesehen, der sich nicht in fremde Angelegenheiten privatester Art einmischt?« schnarrte Sir John Cockspur. »Wie die Ratten hausen sie hinter der Wand und wühlen sich in jedermanns Gemächer ein. Sehen Sie, nun hat er auch den armen Marne schon in seine Gewalt bekommen!« Sir John war ohnehin etwas verärgert, denn seine aristokratischen Freunde hatten ihn überredet, die Sache doch nicht an die große Glocke zu hängen. Als Ersatz hierfür durfte er nun aber bei der Aufdeckung eines Gesellschaftsskandals durch höchst persönliche Anwesenheit glänzen, und es fiel ihm nicht im geringsten ein, sich zu fragen, ob nicht auch er vielleicht eine solche lauernde Ratte hinter dem Wandputz sei.

»Machen Sie bitte keine Geschichten«, sagte Pater Brown, und man merkte seinem ungeduldigen Ton an, daß sich eine gewisse Angst dahinter verbarg. »Ich habe mit dem Marquis gesprochen und auch den einzigen Priester zu Rate gezogen, mit dem er jemals zu tun gehabt hat. Übrigens sind seine kirchlichen Neigungen sehr übertrieben worden. Ich sage Ihnen, er weiß genau, was er tut und warum er nicht gestört werden will, und ich flehe Sie an, lassen Sie ihn in Ruhe!«

»Sie meinen also, wir sollen ihn wie einen lebendig Begrabenen seinem qualvollen Brüten und seinem Wahnsinn hier in diesem Gemäuer überlassen!« rief Lady Outram mit zitternder Stimme. »Und das nur deshalb, weil er das Unglück hatte, vor mehr als einem Vierteljahrhundert einen Menschen im Duell zu erschießen? Nennen Sie das vielleicht christliches Erbarmen?«

»Allerdings«, antwortete der Priester ruhig.

»So sieht also das ganze Erbarmen aus, zu dem diese Pfaffen fähig sind«, knurrte Cockspur bissig. »So also verzeihen sie einem armen Kerl eine unbesonnene Tat: Sie mauern ihn bei lebendigem Leibe ein und quälen ihn mit Fasten, Buße und Ausmalen der Höllenqualen, die ihn erwarten, zu Tode. Und all das nur, weil sich einmal eine Kugel verirrt hat.«

»Sagen Sie, Pater Brown«, fragte General Outram dazwischen, »glauben Sie wirklich, daß er solch eine schreckliche Strafe verdient? Ist das Ihr Christentum?«

»Das wahre Christentum ist sicherlich jenes«, sagte seine Frau in sanfterem Ton, »das alles versteht und alles verzeiht; es ist die Liebe, die sich erinnern und – vergessen kann.«

»Pater Brown«, fiel jetzt der junge Mallow mit großem Ernst ein, »ich stimme Ihnen meist bei, aber in diesem Fall kann ich Ihnen nicht folgen. Ein Schuß in einem Duell, der sofort so bitterlich bereut wird, kann doch kein solch furchtbares Verbrechen sein.«

»Ich muß gestehen«, sagte Pater Brown dumpf, »daß ich sein Vergehen ernster beurteile.«

»Gott möge Ihr hartes Herz erweichen«, sprach nun die Fremde, die zum erstenmal den Mund auftat. »Ich werde mich aber nicht abhalten lassen. Ich muß mit meinem alten Freund sprechen.«

Fast als hätte ihre Stimme einen Geist in dem großen, alten Haus aufgescheucht, hörte man Geräusche von innen, und eine Gestalt erschien in dem dunklen Torbogen am oberen Ende der steinernen Treppenflucht. Sie war in das Schwarz des Todes gekleidet, aber wild loderte das weiße Haar um das totenbleiche Gesicht.

Viola Grayson begann ruhig die große Treppe emporzusteigen, und Outram murmelte in seinen dichten, schwarzen Bart: »Er wird sie wohl kaum ebenso ignorieren können wie meine Frau.«

Pater Brown, der resigniert in sich zusammengesunken war, sah plötzlich zu dem General auf.

»Der arme Marne hat genug auf dem Gewissen«, sagte er. »Wir wollen ihn nicht noch mit Dingen belasten, die er nicht getan hat. Ihre Frau wenigstens hat er niemals übersehen.«

»Wie meinen Sie das?«

»Er hat sie überhaupt nie gekannt«, sagte Pater Brown.

Während sie so sprachen, hatte die hochgewachsene Dame in stolzer Haltung die Treppen erstiegen und sah nun dem Marquis von Marne direkt ins Gesicht. Seine Lippen bewegten sich, aber noch ehe er ein Wort sagen konnte, ereignete sich etwas, das den unten Stehenden das Blut in den Adern erstarren ließ.

Ein Schrei gellte auf und hallte an den düsteren Wänden schauerlich wider. Dieser plötzliche Schrei war wie in Todesnot ausgestoßen worden, derartig wild verzerrt, daß nur ein unartikulierter Laut erklang. Und doch – es war ein Wort, ein Wort, das alle mit erschreckender Deutlichkeit verstanden:

»Maurice!«

»Um Himmels willen, was ist denn?« rief Lady Outram und stürmte die Treppe hinauf, denn die Frau oben schwankte und schien stürzen zu wollen. Aber sie fing sich, wandte sich langsam um und schickte sich an, zitternd und in sich zusammengesunken die Treppe herabzusteigen. »O Gott«, stöhnte sie. »O Gott, es ist gar nicht James... Es ist – Maurice!«

»Ich halte es für ratsam«, sagte der Priester ernst zu Lady Outram, »daß Sie Ihre Freundin möglichst bald von hier fortbringen.«

Als sie sich nun abwandten, erscholl oben auf der steinernen Treppe eine Stimme, eine Stimme wie aus einem offenen Grab. Sie war rauh und heiser und unnatürlich wie die Stimme eines Menschen, der lange Zeit auf einer verlassenen Insel gelebt hat, nur von Vögeln und wilden Tieren umgeben, und das Sprechen schon fast völlig verlernt hat. Es war die Stimme des Marquis von Marne, und sie rief: »Halt!«

»Pater Brown«, fuhr die Stimme fort, »ich ermächtige Sie, ehe Ihre Freunde auseinandergehen, ihnen alles zu sagen, was ich Ihnen gesagt habe. Welche Folgen auch für mich daraus entstehen mögen, ich will und ich werde es nicht länger für mich behalten.«

»Daran tun Sie gut«, antwortete der Priester, »und es soll Ihnen hoch angerechnet werden.«

»Ja«, sagte Pater Brown später zu der kleinen Gesellschaft, die ihn mit Fragen bestürmte, »er hat mir die Erlaubnis gegeben, zu sprechen. Ich will es aber nicht erzählen, wie er es mir mitgeteilt hat, sondern so, wie ich es selbst entdeckt habe. Ich wußte von Anfang an, daß diese Geschichte seiner Versklavung durch finstere Mönche purer Unsinn sein mußte. So etwas gibt es nur in Schauerromanen. Unsere Leute mögen manchmal vielleicht einem Mann zureden, in ein Kloster einzutreten, aber sie werden niemandem raten, sich in einem mittelalterlichen Schloß zu vergraben. Auch wird es von uns durchaus nicht gern gesehen, daß sich jemand wie ein Mönch kleidet, wenn er keiner ist. Als ich deshalb hörte, daß sich der Marquis mit einer Mönchskapuze zu verhüllen pflegt, kam mir der Gedanke, daß er vielleicht besondere Gründe hierzu haben könnte. Ich hörte, daß er ein Leidtragender, dann, daß er ein Mörder sei; aber in mir war von Anfang an der Verdacht aufgestiegen, daß der Grund seiner Weltflucht nicht darin zu suchen sei, was er war, sondern wer er war. Dann hörte ich des Generals anschauliche Beschreibung des Duells, und am interessantesten war für mich dabei die Gestalt des Herrn Romaine im Hintergrund, am interessantesten deshalb, weil er sich offenbar völlig unbeweglich im Hintergrund gehalten hat. Unbeweglich stand er da, rührte und regte sich nicht, während der General davoneilte, um Hilfe zu holen. Dabei war doch Romaine der Freund des Mannes gewesen, der nun tot im Sand lag. Später hörte ich auch noch von Romaines merkwürdiger Gewohnheit, ganz still zu verharren, wenn er auf etwas wartet. So hat er ja auch im Wald auf den Donner gewartet. Diese scheinbar unbedeutende Einzelheit verriet mir alles. Hugo Romaine hat auch damals am Strand auf etwas gewartet.«

»Aber es war doch schon alles vorüber«, sagte der General. »Worauf hätte er denn warten sollen?«

»Er hat auf das Duell gewartet.«

»Aber ich habe doch das Duell mit eigenen Augen gesehen!« rief der General verblüfft.

»Und ich sage Ihnen, Sie haben das Duell nicht gesehen«, antwortete der Priester.

»Sind Sie toll?« fragte der andere aufgebracht. »Oder glauben Sie vielleicht, ich sei blind?«

»Sie waren mit Blindheit geschlagen – damit Sie nicht sehen sollten. Weil Sie ein guter Mensch sind und Gott Ihnen das Schreckliche ersparen wollte, hat er Ihre Augen von diesem unnatürlichen Kampf abgewandt. Er setzte eine Mauer von Sand und Stille zwischen Sie und das Geschehen auf dem roten Sand, wo Judas und Kain miteinander im Streit lagen.«

»Erzählen Sie doch bitte den Hergang«, drängte ungeduldig und mit weit aufgerissenen Augen die Frau des Generals.

»Ich werde es Ihnen so erzählen, wie ich es entdeckt habe«, fuhr der Priester fort. »Als nächstes fand ich heraus, daß Maurice bei Hugo Romaine Schauspielunterricht hatte. Auch ich habe einmal einen Freund gehabt, der Schauspieler wurde, und er erzählte mir sehr amüsant, daß er in der ersten Woche nichts anderes habe üben müssen als hinzufallen: Er mußte lernen, wie man der Länge nach hinfällt, als wäre man mausetot!«

»Gott, erbarme dich unser!« rief der General entsetzt und griff nach der Stuhllehne, als wolle er aufspringen.

»Amen!« sagte Pater Brown. »Sie, Herr General, haben mir berichtet, wie schnell anscheinend alles vor sich ging. In Wirklichkeit jedoch fiel Maurice schon, ehe noch der erste Schuß gekracht hatte, und dann lag er vollständig still und wartete. Und sein ruchloser Freund und Lehrer stand im Hintergrund und wartete ebenfalls.«

»Wir warten auch«, sagte Cockspur drängend. »Ich platze schon fast vor Ungeduld, endlich die ganzen Hintergründe zu erfahren.«

»James Mair, den schon die Reue gepackt hatte, lief rasch zu dem Niedergestürzten hin und beugte sich über ihn, um ihn aufzuheben. Schaudernd hatte er unterwegs die Pistole von sich geschleudert. Maurice jedoch hatte seine Pistole, aus der noch kein Schuß abgefeuert worden war, unter der Hand verborgen. Als sich James nun über ihn beugte, stützte er sich auf den linken Arm und schoß James durch die Brust. Er wußte, daß er kein guter Schütze war, aber auf diese Entfernung konnte er das Herz seines Feindes nicht verfehlen.«

Die Gruppe hatte sich erhoben, und mit bleichen Gesichtern starrte alles den Erzähler an. »Sind Sie sicher, daß sich die Sache wirklich so abgespielt hat?« fragte schließlich Sir John beklommen.

»Ich weiß es genau«, sagte Pater Brown. »Und nun überlasse ich Maurice Mair, den jetzigen Marquis von Marne, Ihrem christlichen Erbarmen. Sie haben mir ja heute bereits einen Vortrag über christliches Erbarmen gehalten. Ich war vorhin der Meinung, daß Ihre Ansichten über das Erbarmen vielleicht etwas zu weitherzig wären, aber welch ein Glück ist es doch für solch arme Sünder wie den Marquis, daß Sie hierin so großzügig sind und sich bereit erklären, alle Menschen brüderlich in die Arme zu schließen.«

»Zum Henker!« platzte der General heraus. »Sie glauben doch nicht etwa, daß ich mit solch einem schmutzigen Lumpen etwas zu tun haben will! Kein Wort würde ich für ihn einlegen, um ihn vor der Hölle zu bewahren. Ich würde ja nichts sagen, wenn es sich um ein regelrechtes, anständiges Duell gehandelt hätte. Aber solch ein Meuchelmörder...«

»...sollte gelyncht werden!« fuhr Cockspur aufgeregt dazwischen. »Man sollte ihn bei lebendigem Leib verbrennen, wie man es früher bei uns in den Staaten mit den Niggern gemacht hat! Und wenn es tatsächlich so etwas gibt wie ewiges Höllenfeuer, dann wird dieser Bursche...«

»Nicht einmal mit einer Feuerzange würde ich den Kerl anfassen«, empörte sich der sonst so sanfte Mallow.

»Es gibt denn doch eine Grenze für menschliches Mitleid«, sagte Lady Outram, am ganzen Körper zitternd.

»Gewiß«, sagte Pater Brown trocken, »und das ist auch der eigentliche Unterschied zwischen menschlichem Mitleid und christlichem Erbarmen. Sie werden mir verzeihen, daß ich heute nicht erdrückt worden bin unter der Last der Verachtung, die Sie für meine angebliche Hartherzigkeit bezeugt haben, daß ich nicht ganz und gar vernichtet wurde durch Ihren Vortrag über Nächstenliebe, den Sie mir gehalten haben. Denn mir will scheinen, daß Sie nur solche Sünden zu vergeben bereit sind, die Sie gar nicht als Sünden betrachten. Sie sind gern bereit, Verbrechern Verzeihung zu gewähren, wenn die Verbrechen in Ihren Augen nicht als solche, sondern eher als Kavaliersdelikte erscheinen. So würden Sie sicherlich ohne weiteres ein Duell oder einen Ehebruch verzeihen, weil die Gesellschaft so etwas sanktioniert. Sie verzeihen nur dann, wenn nichts zu verzeihen ist.«

»Aber zum Henker!« rief Mallow. »Sie können doch nicht von uns erwarten, daß wir eine so gemeine Tat verzeihen können?«

»Das erwarte ich eigentlich auch gar nicht«, sagte Pater Brown. »Aber wir Priester müssen sie verzeihen können.« Er stand auf und blickte jeden im Kreis fest an. »Wir Priester müssen solche Menschen aufsuchen«, sagte er, »und müssen sie berühren, nicht mit einer Feuerzange, sondern mit unserem Segen. Wir haben das Wort zu sprechen, das sie vor der Hölle bewahrt. Wir sind noch die einzigen, die sie vor der Verzweiflung bewahren können, wenn euer menschliches Mitleid sie aufgegeben hat. Geht ihr nur ruhig euren bequemen Weg weiter, verzeiht euch gegenseitig all eure Lieblingslaster, und übt Großmut gegenüber Verbrechen, welche die Gesellschaft allzu gerne verzeiht. Und überlassen Sie es uns Vampiren der Nacht, in der Dunkelheit jene zu trösten, die wirklich Trost brauchen, jenen zu helfen, die unentschuldbare Dinge tun, Taten, die weder die Welt noch sie selbst sich vergeben können, Taten, die nur ein Priester vergeben kann. Lassen Sie uns mit den Menschen allein, die wirklich gemeine und abstoßende Verbrechen begehen – Gemeinheiten, wie sie auch der heilige Petrus begangen hat, ehe der Hahn krähte. Und doch kam auch für ihn ein Morgen.«

»Ein Morgen?« wiederholte Mallow zweifelnd. »Glauben Sie, daß es für diesen da noch Hoffnung gibt?«

»Ich glaube es«, erwiderte der Priester. »Darf ich Ihnen allen eine Frage stellen? Sie als Damen und Herren der Gesellschaft sind ja bis ins Mark ehrenhaft und Ihrer völlig sicher. Sie sind fest davon überzeugt, daß Sie sich niemals zu einem so schmutzigen Verrat erniedrigen würden. Aber beantworten Sie mir bitte eines: Wenn tatsächlich jemand von Ihnen eine solche Tat begangen hätte, wer von Ihnen hätte sich durch sein Gewissen oder durch einen Beichtvater dazu bringen lassen, nach Jahren, wenn keine Gefahr der Entdeckung mehr bestand und Reichtum und Ansehen nicht gefährdet waren, ein solches Geständnis abzulegen? Sie sagen, Sie wären nicht imstande, ein so gemeines Verbrechen zu begehen. Aber wären Sie jemals imstande, ein solch gemeines Verbrechen zu gestehen?«

Einer nach dem anderen raffte seine Sachen zusammen und verließ schweigend das Zimmer. Auch Pater Brown erhob sich, und nachdenklich ging er zurück in das düstere Schloß des Marquis von Marne.

Flambeaus Geheimnis

».. an all die Morde, in denen ich die Rolle des Mörders gespielt habe«, sagte Pater Brown und setzte sein Weinglas nieder. Wie ein Film war vor den Augen Pater Browns die Reihe der blutfarbenen Bilder vergangener Tage vorbeigezogen.

»Allerdings«, fuhr er nach kurzer Pause fort, »hatte in all diesen Fällen schon ein anderer vor mir die Rolle des Mörders gespielt und die Tat als solche damit vorweggenommen. Ich war eine Art Ersatzmann und hielt mich sozusagen ständig bereit, die Rolle des Mörders zu übernehmen. Zumindest machte ich es mir immer zur Aufgabe, meine Rolle, wenn sie mir zugespielt wurde, durch und durch zu beherrschen. Ich will damit folgendes sagen: Wenn ich mich in die geistige Verfassung eines Mörders hineinzuleben versuchte, so kam mir jedesmal zum Bewußtsein, daß ich nur in einer ganz bestimmten Geistesverfassung, und nur in dieser – es war nicht immer die, die man am ehesten hätte erwarten sollen –, die Tat selbst hätte begehen können. Und dann wußte ich natürlich auch, wer wirklich der Täter war, und auch da war es durchaus nicht immer die Person, von der man es am ehesten erwartet hätte.

Ein Beispiel: Es war doch naheliegend, den revolutionären Dichter als den Mörder des alten Richters, der mit den Umstürzlern auf Kriegsfuß stand, anzusehen. Aber solche Feindschaft ist für einen revolutionären Dichter durchaus noch kein hinreichender Grund, seinen Feind zu ermorden. Um das einzusehen, brauchen Sie sich nur einmal in die Seele eines solchen Menschen zu versetzen. Also gab ich mir alle Mühe, mit meinem ganzen Empfinden und Denken ein revolutionärer Dichter zu sein, einer jener pessimistischen Anarchisten, die eine Revolution anstreben, nicht um zu reformieren, sondern um zu zerstören. Ich bemühte mich also, alle Elemente gesunden und vernünftigen Denkens, die ich nach Anlage und Erziehung mein eigen nannte, aus meinem Geist zu verbannen. Ich verstopfte, ich verhängte alle Öffnungen, durch die das freundliche Licht des Himmels eindringen kann, und stellte mir einen Geist vor, der nur durch das rote Licht der Tiefe erhellt wird, durch ein Feuer, das Felsen spaltet und Abgründe aufreißt. Aber selbst als ich mich in die schlimmste Geistesverfassung hineingesteigert hatte, konnte ich nicht einsehen, warum solch ein Mensch seinem Leben und seiner Laufbahn durch den Zusammenstoß mit einem ganz gewöhnlichen Polizisten, durch die Ermordung eines reaktionären alten Trottels, wie er diese in Millionen von Exemplaren vertretene Spezies genannt haben würde, ein so ruhmloses Ende setzen sollte. So etwas würde ihm nicht im Traum einfallen, mochten seine Gedichte auch noch so revolutionär sein. Oder, besser gesagt: Er würde es nicht tun, eben weil er revolutionäre Lieder schrieb. Ein Mann, der seine Leidenschaften in revolutionären Rhythmen entladen kann, braucht sie nicht in einem Mord abzureagieren. Jedes Gedicht war für ihn ein Erlebnis, und es war anzunehmen, daß er noch mehr solcher Erlebnisse zu haben wünschte. So wurden meine Gedanken auf eine andere Art von Heiden hingelenkt – Heiden, die die Welt nicht zu zerstören trachten, sondern die ganz von der Welt abhängen, ihrer Ehre und ihrem Ruhm. Ich dachte daran, daß es Menschen gibt, die an kein Jenseits glauben, für die es nichts gibt als dieses Erdendasein mit seinem trügerischen Schein. Solche dem Irdischen verhaftete Menschen, die wirklich nur dieser Welt leben und an keine andere glauben, denen Erfolg und Vergnügen alles bedeuten, das einzige, was sie aus dem Nichts erhaschen können – das sind die

Menschen, die tatsächlich zu allem fähig sind, wenn ihnen diese Welt zu entgleiten droht und sie in Gefahr sind, alles zu verlieren. Nicht der revolutionäre, sondern der konventionelle, der ach so ehrbare Mensch ist zu allem fähig, um – seine Stellung und seinen Ruf in der Gesellschaft zu retten. Bedenken Sie doch einmal, was es für einen Menschen wie den Rechtsanwalt bedeuten mußte, bloßgestellt zu werden, und dazu noch wegen eines Verbrechens, vor dem die Gesellschaft seiner Kreise größte Abscheu hat, dem Landesverrat. Wenn ich in seiner Lage gewesen wäre und nichts Besseres gehabt hätte als seine Philosophie – weiß der Himmel, wozu ich dann fähig gewesen wäre. Ebendarum ist diese kleine religiöse Übung so heilsam.«

»Manche Menschen würden sie im Gegenteil für krankhaft halten«, meinte Grandison Chace zweifelnd.

»Manche Menschen«, sagte Pater Brown ernst, »halten zweifellos Mitleid und Demut für krankhaft. Unser Freund, der Dichter, denkt sicherlich so. Aber ich will jetzt auf diese Fragen nicht näher eingehen, ich versuche nur, Ihre Frage zu beantworten, wie ich im allgemeinen zu Werke gehe. Einige Ihrer Landsleute haben mir anscheinend die Ehre erwiesen, sich den Kopf darüber zu zerbrechen, wie ich ein paar Justizirrtümer habe verhindern können. Sie können also meinethalben diesen Leuten erzählen, ich brächte das durch ein krankhaftes Einfühlen zustande. Aber auf keinen Fall sollen sie etwa glauben, daß ich es mit Hilfe irgendwelcher Zauberkunststücke besorge.«

Chace blickte den Pater noch immer mit nachdenklich gefurchter Stirn an. Er war zu klug, den Grundgedanken Pater Browns nicht zu verstehen, doch wenn er es hätte in Worte fassen sollen, was in ihm vorging, dann hätte er gesagt, er sei zu vernünftig, um mit solcher Geisteshaltung sympathisieren zu können. Er hatte das Gefühl, als spreche er mit einem Menschen und doch mit hundert Mördern. Etwas Unheimliches ging von dieser kleinen Gestalt aus, die wie ein Kobold neben dem koboldhaften Ofen kauerte, und unheimlich war auch der Gedanke, daß dieser runde Kopf ein solches Universum zügellos wilder Phantasien beherbergte. Es war, als sei das grenzenlose Dunkel hinter ihm von einer wogenden Masse schwarzer Gigantengestalten bevölkert, den Geistern großer Verbrecher, die nur durch den magischen Lichtkreis des roten Feuerscheins aus dem kleinen Ofen in Zaum gehalten würden, aber ständig auf dem Sprung waren, ihren Herrn und Meister in Stücke zu reißen.

»Es tut mir leid, aber ich halte Ihr Vorgehen wirklich für krankhaft«, gab Chace deshalb ganz offen zu. »Und ich bin mir nicht ganz darüber im klaren, ob es nicht doch auch etwas mit Zauberei zu tun hat. Aber was man auch darüber sagen mag – eines ist sicher: Es muß sehr interessant sein.« Und nach einigem Überlegen setzte er hinzu: »Ich weiß nicht, ob Sie wirklich einen guten Verbrecher abgeben würden; aber Sie wären sicherlich ein guter Romanschriftsteller.«

»Ich kümmere mich nur um wirkliche Geschehnisse«, sagte Pater Brown. »Aber es ist manchmal schwerer, sich wirkliche Dinge vorzustellen als unwirkliche.«

»Besonders wenn es sich um aufsehenerregende, große Verbrechen handelt.«

»Nicht die großen Verbrechen, sondern die kleinen kann man sich am schwersten vorstellen«, erwiderte Pater Brown.

»Ich verstehe nicht ganz, wie Sie das meinen«, sagte der Amerikaner.

»Ich meine gewöhnliche Verbrechen wie Juwelendiebstähle«, erklärte Pater Brown, »zum Beispiel die Sache mit dem Smaragdhalsband oder dem Rubin von Meru oder den künstlichen Goldfischen. Die Schwierigkeit besteht bei solchen Fällen darin, daß man seinen Geist ganz klein machen muß. Gewaltige Erzzauberer, die mit großen Ideen Gaunerei treiben, geben sich mit solchen Kleinigkeiten nicht ab. Es war mir von vornherein klar, daß weder der Prophet den Rubin noch der Graf die Goldfische gestohlen haben konnte. Einem Menschen wie Bankes war es jedoch zuzutrauen, daß er sich an dem Smaragdhalsband vergreifen würde. Für die anderen ist ein Edelstein nicht mehr als ein Stück Glas. Aber die geistig kleinen, prosaischen Alltagsmenschen schätzen einen Edelstein immer nach seinem Marktwert ein. Deshalb also muß man seinen Geist klein machen. Das ist freilich äußerst schwierig; es ist, als ob man die Linse einer hin und her schwankenden Kamera immer schärfer und genauer einstellen wollte. Aber einige Umstände kamen mir zu Hilfe und warfen dann Licht auf das Geheimnis. Ein Mensch beispielsweise, der sich rühmt, er habe Jahrmarktzauberer und arme Quacksalber ›hereingelegt‹, hat immer einen kleinen Geist. Er pflegt solche Leute zu ›durchschauen‹ und stellt ihnen ein Bein. Wenn man so etwas aus Pflichtbewußtsein tut, um seine Mitmenschen vor Betrug zu bewahren, so mag das noch angehen, und auch dann wäre es noch eine schmerzliche, unangenehme Pflicht. Wenn man es jedoch zu seinem Vergnügen betreibt, so ist das meines Erachtens ein ungewöhnlich gemeines Vergnügen. Nachdem ich jedenfalls erst einmal begriffen hatte, was ein kleiner Geist ist, wußte ich auch, wo ich ihn zu suchen hatte: bei dem Mann beispielsweise, der den Propheten hereinlegen wollte, und prompt war er's auch, der den Rubin stahl; oder bei dem Mann, der sich über die spiritistischen Phantastereien seiner Schwester lustig machte – genau er war der Dieb, der das Smaragdhalsband verschwinden ließ. Solche Menschen spähen immer nach Edelsteinen aus; nie können sie sich wie die Gauner großen Stils dazu erheben, Juwelen zu verachten. Verbrecher mit solch einem kleinen Geist sind immer konventionell. Vielleicht werden sie gerade deshalb zu Verbrechern, weil sie in den armseligen Grenzen ihres kleinen Lebens gefangen sind.

Es dauert natürlich eine ganze Weile, bis man sich in eine solch kleinliche, spießbürgerliche Geisteshaltung versetzt hat; man muß seine Phantasie reichlich strapazieren, ehe man so konventionell ist wie sie, ehe man fähig ist, einen so kleinen, so herzlich unbedeutenden Gegenstand so heftig zu begehren, wie sie das tun. Aber man kann es fertigbringen... Man kann sich stufenweise in diese Geisteshaltung einfühlen. Stellen Sie sich als erstes einmal vor, Sie seien ein auf Naschwerk erpichtes Kind, Sie gerieten in Versuchung, aus einem Laden ein Bonbon zu stehlen, und zwar ein ganz besonderes Bonbon, das schon lange Ihre Gelüste erweckt hat... Dann müssen Sie die kindliche Phantasie abschalten, das Zauberlicht, in dem das Kind den Zuckerbäckerladen sieht, ausschließen. Stellen Sie sich vor, Sie glaubten tatsächlich, die Welt und den Marktwert von Bonbons zu kennen... Stellen Sie Ihren Geist wie eine Kamera auf diesen einen Punkt ein... Langsam bekommt die Sache Gestalt und immer schärfere Umrisse... und plötzlich haben Sie's!«

Er sprach, als hätte er eine überirdische Vision gehabt.

Grandison Chace sah ihn noch immer mit gerunzelter Stirn an; er war verblüfft und interessiert zugleich. Einmal schoß sogar unter seinen zusammengezogenen Brauen ein Blick hervor, in dem sich eine gewisse Unruhe spiegelte – als ob das erste Entsetzen über das merkwürdige Geständnis, das der Priester zu Beginn ihrer Unterhaltung abgelegt hatte, noch schwach in ihm nachzittere wie das letzte Rollen eines Donners. Zwar sagte er sich, daß Pater Brown natürlich nicht solch ein Ungeheuer, solch ein Mörder sein konnte, wie er in jenem ersten Augenblick, da ihn das Geständnis völlig überrumpelt und verwirrt hatte, beinahe gefürchtet hatte. Aber etwas konnte doch mit diesem Menschen nicht stimmen, der sich so seelenruhig über Mörder ausließ, der sich selbst als möglichen Mörder bezeichnet hatte. War es denkbar, daß der Priester ein wenig übergeschnappt war?

»Glauben Sie nicht«, sagte er plötzlich, »daß man etwas zu nachsichtig gegen die Verbrecher wird, wenn man wie Sie versucht, sich ganz in sie hineinzufühlen?«

Pater Brown setzte sich auf und antwortete mit Entschiedenheit: »Ich weiß, daß die Wirkung genau die entgegengesetzte ist. Dieses Sich-hinein-Fühlen löst das ganze Problem unserer sündigen Zeit. Es gibt nämlich jedem die Gewissensbisse im voraus.«

Alle schwiegen. Der Amerikaner sah zu dem hohen, steilen Dach auf, das den Hof zur Hälfte überragte. Der Gastgeber blickte regungslos ins Feuer. Dann nahm der Priester das Gespräch wieder auf. Seine Stimme klang ganz anders, als komme sie aus weiter Ferne.

»Es gibt zwei Gründe, warum Menschen dem Teufel entsagen, und der Unterschied, der diese beiden Beweggründe voneinander trennt, ist vielleicht das tiefste Geheimnis der Religion unserer Zeit: Die einen haben Schauder vor dem Teufel, weil er so weit weg ist, und die anderen, weil er so nahe ist. Und zwischen keiner Tugend und keinem Laster gibt es einen so tiefen Abgrund wie zwischen diesen beiden Tugenden.«

Niemand antwortete ihm, und er fuhr in demselben ernsten Ton fort. Seine Worte schienen niederzufallen wie geschmolzenes Blei.

»Man kann ein Verbrechen für verabscheuungswürdig halten, weil man selbst es niemals begehen könnte. Ich aber halte es für entsetzlich, gerade weil ich in der Lage wäre, es zu begehen. Sie denken an ein Verbrechen so, wie man an einen Ausbruch des Vesuvs denkt: schrecklich, aber doch weit weg. Schrecklich wäre es aber, wenn in diesem Haus plötzlich eine Feuersbrunst ausbräche. Wenn unerwartet ein Verbrecher unter uns erscheinen würde...«

»Wenn tatsächlich ein Verbrecher unter uns erscheinen würde«, bemerkte Chace lächelnd, »würden Sie, glaube ich, zu nachsichtig gegen ihn sein. Sie würden ihm wahrscheinlich gleich sagen, daß Sie selbst ein Verbrecher sind, und ihm erklären, wie völlig natürlich es sei, daß er seinen Vater bestohlen oder seiner Mutter den Hals abgeschnitten habe. Offen gestanden, ich halte ein solches Vorgehen nicht für sonderlich zweckmäßig. Praktisch würde das doch wohl darauf hinauslaufen, daß sich kein Verbrecher jemals bessern würde. Es ist leicht, ins Blaue zu theoretisieren und hypothetische Fälle aufzustellen, wenn wir dabei alle wissen, daß es nur in die Luft geredet ist. Wir sitzen hier vor Herrn Durocs nettem, behaglichem Haus zusammen und sind uns unserer Wohlanständigkeit und Ehrbarkeit bewußt, und es läuft uns angenehm kribbelnd über den Rücken, wenn wir so von Mördern und Dieben und den Geheimnissen ihrer Seelen reden. Aber Leute, die wirklich mit Dieben und Mördern zu tun haben, müssen ganz anders mit ihnen umgehen. Wir sitzen in Sicherheit gemütlich am Feuer und wissen, daß das Haus nicht in Flammen steht. Wir wissen, daß kein Verbrecher da ist.«

Herr Duroc, von dessen ehrbarem Heim der Amerikaner soeben gesprochen hatte, stand langsam neben dem Ofen auf. Es war, als decke sein riesiger Schatten alles zu, als ließe er selbst die Finsternis des dunklen Nachthimmels noch dunkler werden.

»Es ist ein Verbrecher hier«, sagte er langsam. »Ich bin ein Verbrecher. Ich bin Flambeau, und die Polizei beider Hemisphären fahndet noch immer nach mir.«

Der Amerikaner starrte ihn mit weit aufgerissenen Augen an, mit Augen, die wie leblose Glasperlen wirkten. Er brachte keinen Ton hervor und saß wie versteinert da.

»Mein Bekenntnis ist ganz wörtlich zu nehmen«, sagte Flambeau. »Mit diesen beiden Händen habe ich zwanzig Jahre lang gestohlen. Auf diesen beiden Füßen bin ich vor der Polizei geflohen. Sie werden also zugeben müssen, daß ich nicht nur theoretisiert, sondern mich praktisch betätigt habe. Sie werden auch zugeben müssen, daß meine Richter und Verfolger wirklich mit Verbrechen zu tun hatten. Glauben Sie etwa, ich kenne nicht die Methoden dieser Herren, mit denen sie sich diejenigen vornehmen, die mit den Gesetzen in Konflikt kamen? O ja: Ich habe die salbungsvollen Reden der ›Gerechten‹ gehört, ich habe den kalten, hochmütigen Blick der ›ehrbaren Bürger‹ auf mir lasten gefühlt! Hat man mich nicht mit erhabener Miene und in wohlgesetzten Worten gefragt, wie jemand nur so tief fallen könne? Hat man mir nicht gesagt, daß ein anständiger Mensch sich eine solche Verworfenheit auch nicht einmal vorstellen könne? Glauben Sie mir: Ich habe auf all dies stets keine andere Entgegnung gehabt als ein Lachen! Nur ein einziger Mensch, mein Freund hier, sagte mir, er wisse genau, warum ich gestohlen hatte; und seitdem habe ich es nie wieder getan.«

Pater Brown machte eine Bewegung, als wolle er dieses Lob abwehren; und Chace, der in atemloser Spannung dagesessen hatte, stieß endlich die Luft aus, so daß es wie ein Pfeifen klang.

»Ich habe Ihnen die volle Wahrheit gesagt«, sagte Flambeau, »und es steht Ihnen jetzt frei, mich der Polizei zu übergeben.«

Einen Augenblick rührte sich keiner der Männer. Sie waren ganz still. Wie aus der Ferne hörte man schwach, daß Flambeaus Kinder noch spät in ihren Bettchen herumtollten, man hörte, wie die großen grauen Schweine im Stall quietschten und grunzten. Doch plötzlich klang eine helle, vibrierende Stimme auf, eine Stimme, in der ein wenig Entrüstung mitzitterte, fast überraschend für Leute, die nicht wissen, wie feinfühlend ein Amerikaner sein kann und wie nahe seine Haltung trotz aller offensichtlichen Gegensätze manchmal der spanischen Ritterlichkeit zu kommen vermag.

»Monsieur Duroc«, sagte Herr Chace ein wenig indigniert und

feierlich zugleich, »ich darf doch annehmen, daß ich mich schon seit längerer Zeit als einen Ihrer Freunde bezeichnen darf. Es wäre mir sehr schmerzlich, wenn ich glauben müßte, Sie hielten mich für fähig, Ihnen einen solchen Streich zu spielen, während ich Ihre Gastfreundschaft genieße und in Ihrem Familienkreise weile, bloß weil Sie es für gut gehalten haben, mir aus freien Stücken etwas von Ihrer Lebensgeschichte zu erzählen. Und Sie haben das ja nur erzählt, um Ihren Freund zu verteidigen... Nein, Monsieur, ich kann mir nicht vorstellen, daß ein Mensch unter solchen Umständen einen Mitmenschen verraten könnte. Da wäre es ja beinahe noch besser, ein schmutziger Denunziant und Verräter zu sein und anderer Menschen Blut für Geld zu verkaufen. Aber in einem solchen Falle...! Könnten Sie sich vorstellen, daß jemand ein solcher Judas sein könnte?«

»Ich könnte es ja einmal versuchen«, sagte Pater Brown.

Cäsars Kopf

Irgendwo in Brompton oder Kensington draußen gibt es eine unendlich lange Straße, auf deren Seiten sich je eine Reihe großer und stattlicher, aber meist unbewohnter Häuser hinzieht, Häuser, die aussehen wie alte Grabkammern. Sogar die Treppen, die zu den dunklen Eingangstüren hinaufführen, gleichen denen, wie man sie an Pyramiden findet; und wenn man schließlich vor einer der Türen steht, zögert man anzuklopfen, denn man hat das dunkle Gefühl, als müsse einem von einer Mumie geöffnet werden. Noch deprimierender an dieser Straße aber sind ihre unendliche Länge und das monotone Aufeinanderfolgen der grauen Fassaden. Wenn man die Straße so durchwandert, hat man den Eindruck, als komme nie eine Unterbrechung in der langen Reihe der Häuser, nie eine Ecke. Und doch – eine einzige Ausnahme gibt es, und der bedrückte Straßenwanderer begrüßt sie mit erleichtertem Aufatmen. Zwischen zweien dieser Häuser gibt es eine kleine Lücke; sie ist im Vergleich zur Länge der Straße nur ein Spalt wie eine Türritze, aber doch groß genug für ein winziges Gasthaus, das die Reichen dieser Straße ihren Stallburschen gerade noch genehmigen. Gewiß, sie ist schmutzig, diese Schenke, aber sie hat etwas Fröhliches an sich, und gerade in ihrer Unscheinbarkeit liegt zugleich etwas zauberhaft Unbekümmertes, das einem im Grau der eintönigen Häuser wirklich wohltut. Zu Füßen der grauen Steinriesen sieht die Schenke wie ein hellerleuchtetes Zwergenhäuschen aus.

An einem schönen Herbstabend nun, der an sich schon etwas

Märchenhaftes an sich hatte, wurde der kleine rote Fenstervorhang, der zusammen mit den weißen Buchstaben einer Reklame das Innere der Schenke gegen die Straße zu halb verbarg, von einer Hand beiseite geschoben, und hervor guckte ein Gesicht, das einem freundlichen Kobold hätte gehören können. Es war aber kein Kobold, sondern ein Mensch mit dem Allerweltsnamen Brown, früher Priester von Cobhole in Essex und jetzt in London tätig. Sein Freund Flambeau, ein Detektiv, der gelegentlich auch für die Polizei arbeitete, saß ihm gegenüber, damit beschäftigt, den abschließenden Bericht über einen Fall zu schreiben, den er in der Nachbarschaft aufgeklärt hatte. Die beiden saßen an einem kleinen Tischchen nahe dem Fenster, als der Priester den Vorhang beiseite schob und hinausschaute. Ein Fremder ging gerade auf der Straße vorbei, und gleich darauf ließ Pater Brown den Vorhang wieder zurückfallen. Dann richtete er seine Kugelaugen auf die weiße Aufschrift des Fensters und anschließend zum Nebentisch hinüber, wo ein Matrose bei Bier und Käse saß und ein rothaariges Mädchen bei einem Glas Milch. Als er sah, daß sein Freund das Notizbuch einsteckte, sagte er leise:

»Wenn Sie noch zehn Minuten Zeit haben, möchte ich Sie bitten, dem Mann mit der falschen Nase nachzugehen, der eben an unserem Fenster vorübergegangen ist.«

Überrascht sah Flambeau auf, aber auch das rothaarige Mädchen sah auf, und auf ihrem Gesicht zeigte sich mehr als bloßes Erstaunen. Das Mädchen war einfach, ja sogar etwas nachlässig in ein braunes Leinenkostüm gekleidet; aber sie war doch eine Dame, und, wenn man sie näher betrachtete, sogar eine unnötig hochmütige Dame.

»Ein Mann mit einer falschen Nase?« fragte Flambeau. »Wer soll denn das sein?«

»Ich habe keine Ahnung«, antwortete Pater Brown. »Das sollen Sie ja eben herausbekommen; ich bitte Sie darum. Er ist dort hinuntergegangen«, und damit deutete der Priester ungezwungen über seine Schulter hin, »und er kann noch keine drei Laternenpfähle weit gekommen sein. Ich möchte nur gerne wissen, in welche Richtung er geht.«

Flambeau starrte seinen Freund eine Weile lang mit einem halb erstaunten, halb belustigten Gesichtsausdruck an; dann stand er vom Tisch auf, schob seine riesige Gestalt durch die kleine Tür der Zwergenherberge und verschwand im Dämmerlicht.

Pater Brown zog ein kleines Büchlein aus der Tasche und begann aufmerksam darin zu lesen; es war nicht im mindesten zu erkennen, ob er überhaupt gemerkt hatte, daß die rothaarige Dame ihren Tisch verlassen und sich ihm gegenüber hingesetzt hatte. Endlich beugte sie sich vor und fragte mit leiser, aber klarer Stimme: »Warum haben Sie das gesagt? Woher wissen Sie, daß die Nase falsch ist?«

Pater Brown schlug seine ziemlich dicken Augenlider auf und schien einigermaßen verlegen zu sein. Dann schweiften seine rätselhaften Augen wieder zu der weißen Aufschrift auf dem Fenster. Die Blicke des Mädchens folgten ihm, aber sie konnte dort nichts entdecken und sah ziemlich verständnislos drein.

»Nein«, sagte Pater Brown, als ob er ihre Gedanken lesen könnte. »Es heißt nicht REIB, obwohl ich gestehen muß, daß ich es vorhin in meiner Zerstreuung auch erst so gelesen habe. Es heißt nichts anderes als BIER.«

»Ja und?« fragte die Dame, nachdenklich vor sich hinsehend. »Ist das eigentlich nicht gleichgültig?«

Seine umherirrenden Augen fielen auf die Manschetten ihrer Ärmel, die mit einer schmalen, kunstvollen Spitzenkante ihre Handgelenke umschlossen. Dies genügte, um ihm zu zeigen, daß es sich nicht um eine einfache Frau aus dem Volk handelte; eher sah das Gewand nach dem einer Kunstschülerin oder Künstlerin aus. Diese Beobachtung machte den Priester offenbar recht nachdenklich, und er antwortete nur sehr langsam und zögernd: »Ja, sehen Sie, Madame, von draußen sieht das Lokal doch... Nun, es ist sicherlich ein durchaus anständiges Lokal... Aber Damen wie Sie... Damen wie Sie sind gewöhnlich anderer Meinung. Keine Dame geht freiwillig in ein solches Lokal, außer...«

»Nun?« fragte sie.

»Außer einigen wenigen Unglücklichen, die allerdings nicht hineingehen, um Milch zu trinken.«

»Sie sind ein sehr merkwürdiger Mensch«, sagte die junge Dame. »Worauf wollen Sie eigentlich hinaus?«

»Darüber brauchen Sie sich nicht den Kopf zu zerbrechen«, erwiderte Pater Brown recht freundlich. »Ich möchte nur ein wenig vorbereitet sein, um Ihnen helfen zu können, falls Sie mich jemals von sich aus bitten sollten, Ihnen behilflich zu sein.«

»Aber warum sollte ich Ihrer Hilfe bedürfen?«

Pater Brown gab hierauf keine Antwort, sondern fuhr gedankenverloren in seinem Monolog fort. »Sie sind sicherlich nicht hereingekommen, um irgendwelche ›Schützlinge‹ zu besuchen, arme Freunde aus niedrigen Gesellschaftsklassen; denn hätten Sie diese Absicht gehabt, wären Sie bestimmt ins Wohnzimmer der Wirtsleute gegangen... Und Sie sind auch bestimmt nicht hereingekommen, weil Ihnen etwa nicht gut gewesen wäre, denn dann hätten Sie sich bestimmt an die Wirtin gewandt, die einen durchaus rechtschaffenen Eindruck macht... Und außerdem sehen Sie gar nicht krank, sondern eher unglücklich aus... Diese Straße ist eine einzige lange Straße ohne jede Nebengasse, und die Häuser zu beiden Seiten sind verschlossen... Ich kann also nur annehmen, daß Sie jemanden haben kommen sehen, dem Sie nicht begegnen wollten, und dieses Wirtshaus war der einzige Zufluchtsort in dieser Steinwüste... Ich glaube, daß es keine ungebührliche Neugierde war, wenn ich mir daraufhin den einzigen Fremden, der kurz nach Ihrem Eintritt vorbeikam, einmal etwas genauer angesehen habe... Und da ich den Eindruck hatte, daß er nicht gerade vertrauenerweckend aussah, während Sie ganz wie ein guter Mensch wirken, so war ich bereit, Ihnen zu helfen, falls er Sie belästigen sollte. Das ist die ganze Geschichte. Nun wird ja auch mein Freund bald wieder hiersein; er wird wohl nichts herausgefunden haben, während er die Straße entlangmarschierte... Aber das habe ich auch gar nicht erwartet.«

»Aber warum haben Sie ihn denn dann fortgeschickt?« fragte sie und beugte sich interessiert vor.

Zum erstenmal sah ihr Pater Brown ruhig und fest in die Augen und sagte: »Weil ich gehofft habe, daß Sie mich ansprechen würden, wenn er weg wäre.«

In ihrem erhitzten Gesicht stieg der Zorn wie ein rötlicher Schimmer auf, und sie sah den Priester eine ganze Zeitlang an. Aber schließlich konnte sie ein Lächeln aus Augen und Mundwinkeln nicht mehr zurückhalten, und sie antwortete beinahe spöttisch: »Nun, wenn Sie auf meine Unterhaltung so erpicht sind, haben Sie vielleicht auch die Freundlichkeit, endlich meine Frage zu beantworten.« Nach einer Pause fügte sie hinzu: »Falls Sie es vergessen haben sollten, ich hatte die Ehre, Sie zu fragen, warum Sie die Nase jenes Mannes für falsch halten?«

»Bei solchem Wetter wird Wachs immer ein wenig fleckig«, antwortete Pater Brown einfach.

»Aber es ist doch eine so scheußlich krumme Nase«, wandte das Mädchen ein.

Nun lächelte der Priester. »Ich habe nie behauptet, daß es eine Nase ist, wie man sie zu seinem Vergnügen herumträgt. Meines Erachtens trägt dieser Mann deshalb eine so krumme Nase, weil seine wirkliche Nase sehr viel schöner ist.«

»Aber warum denn?« fragte das Mädchen weiter.

»Wie geht doch das Kinderliedchen?« murmelte Pater Brown zerstreut vor sich hin. » ›Es war einmal ein krummer Mann, der ging einen krummen Weg . . .‹ Ich fürchte, unser Mann hat einen sehr krummen Weg eingeschlagen, indem er seiner krummen Nase nach ging.«

»Wieso? Was hat er getan?« fragte sie ein wenig unsicher.

»Ich habe nicht im mindesten die Absicht, mir Ihr Vertrauen zu erzwingen«, sagte Pater Brown sehr ruhig, »aber ich habe den Eindruck, Sie könnten mir hierüber viel mehr erzählen als ich Ihnen.«

Das Mädchen sprang auf und stand einige Sekunden vollkommen still, aber mit geballten Fäusten da, als wolle sie im nächsten Augenblick aus dem Zimmer stürzen. Dann aber öffneten sich ihre zusammengepreßten Fäuste langsam, und sie setzte sich wieder hin. »Sie sind ein noch größeres Geheimnis als all die anderen«, sagte sie verzweifelt; »aber ich habe das Gefühl, als stecke hinter Ihrem Geheimnis ein Herz.«

»Das Schrecklichste für den Menschen«, sagte der Priester leise, »ist eine Gefahr, von der man nicht weiß, woher sie kommt.«

»Ich will Ihnen alles erzählen«, sagte das rothaarige Mädchen entschlossen, »nur eines kann ich Ihnen nicht sagen, warum ich es Ihnen erzähle. Das weiß ich selbst nicht.«

Sie zupfte an dem fleckigen Tischtuch herum und fuhr dann fort: »Ich glaube, Sie können unterscheiden, was Snobismus ist und was nicht. Und wenn ich sage, daß ich aus einer angesehenen alten Familie stamme, so werden Sie wohl verstehen, daß dies ein wesentlicher Teil meiner Geschichte ist. Die größte Bedrohung liegt für mich in der hohen und unerschütterlichen Meinung, die mein Bruder von Grundsätzen wie ›noblesse oblige‹ hat. Nun, ich heiße Christabel Carstairs, und von meinem Vater, dem Oberst Carstairs, haben Sie bestimmt schon gehört. Er hat die berühmte Sammlung altrömischer Münzen zusammengestellt, die Carstairs-Sammlung. Es ist für mich unmöglich, meinen Vater zu beschreiben; vielleicht kommt es der

Sache am nächsten, wenn ich sage, daß er selbst einer römischen Münze glich. Er war ebenso schön und ursprünglich, ebenso liebenswert und hart und ebenso altmodisch und veraltet. Er war auf seine Sammlung stolzer als auf seine Uniform – und das sagt bei einem englischen Oberst doch alles. Am deutlichsten zeigt sich sein außergewöhnlicher Charakter in seinem Testament. Er hatte zwei Söhne und eine Tochter. Mit dem einen der Söhne, meinem Bruder Giles, hatte er sich verzankt und ihn mit einer kleinen monatlichen Geldzuwendung nach Australien geschickt. Dann machte er sein Testament und hinterließ die Carstairs-Sammlung meinem zweiten Bruder, Arthur, der allerdings nur ganz wenig Bargeld erbte. Arthur bekam die Sammlung als Belohnung und in Anerkennung seiner Ehrlichkeit und der Auszeichnungen, die er auf der Universität Cambridge für sein Studium der Mathematik und der Nationalökonomie errungen hatte. Der Besitz der Sammlung war die höchste Ehre, die mein Vater zu vergeben hatte. Mir hinterließ er sein ganzes Vermögen; ich bin fest davon überzeugt, daß er mir hiermit seine Verachtung zeigen wollte.

Vielleicht sind Sie der Auffassung, daß Arthur Grund gehabt hätte, sich über diese Verteilung des Erbes zu beklagen. Aber nein, Arthur ist ganz wie mein Vater. Obwohl er in früheren Jahren einige Meinungsverschiedenheiten mit ihm gehabt hatte, so wurde er doch, kaum daß er in den Besitz der Sammlung gekommen war, wie ein heidnischer Priester, der sich ganz dem Dienst in seinem Tempel weiht. Diese römischen Münzen waren für ihn ebenso wie für meinen Vater die Ehre und der Stolz der Familie. Er benahm sich ganz so, als müßte das römische Geld von allen römischen Tugenden bewacht werden. Er gönnte sich kein Vergnügen, gab nichts für sich selbst aus, er lebte nur noch für die Sammlung. Oft machte er sich sogar nicht einmal mehr die Mühe, sich für seine einfachen Mahlzeiten umzukleiden, ja, oft verzichtete er ganz auf die

Mahlzeiten und kramte statt dessen unter den braunen, verschnürten Päckchen, die kein anderer auch nur berühren durfte, und wandelte im Haus herum in einem alten, braunen Schlafrock mit Kordel und Quaste, so daß er schließlich mit seinem blassen, schmalen, feingeschnittenen Gesicht wie ein alter, asketischer Mönch aussah. Nur von Zeit zu Zeit erschien er in modisch eleganten Kleidern, aber nur, wenn er nach London zu Auktionen und Antiquitätenhändlern ging, um für die Carstairs-Sammlung irgendwelche Neuerwerbungen zu machen.

Nun, wenn Sie jemals junge Menschen gekannt haben, wird es Sie hoffentlich nicht in Erstaunen versetzen, wenn ich Ihnen sage, daß mich diese ganzen Verhältnisse ziemlich mitgenommen haben und ich in eine recht niedergedrückte Gemütsverfassung kam. Ich sagte mir schließlich, daß dieses Gerede über die Tugenden der alten Römer ja recht und gut sei; aber ich bin nicht wie mein Bruder Arthur, ich habe ganz gern einmal ein wenig Abwechslung und Freude. Von meiner Mutter, von der ich auch mein rotes Haar habe, ist eine Menge Romantik und ähnliches Zeug auf mich gekommen. Auch der arme Giles war so veranlagt, und es ist für mich gar nicht erstaunlich, daß er schließlich aus der schrecklichen Atmosphäre, in der die Münzen alles bedeuteten, auszubrechen versuchte und über die Stränge schlug. Allerdings hat er wirklich etwas Ernsthaftes angestellt und wäre auch beinahe dafür ins Gefängnis gekommen. Und doch hat er nichts Schlimmeres getan als ich, wie Sie gleich hören sollen.

Jetzt komme ich nämlich zu dem für mich unangenehmen Teil der Geschichte. Ich glaube, ein so kluger Mann wie Sie kann wohl erraten, was für ein Ereignis das langweilige und monotone Leben eines Mädchens von siebzehn Jahren unterbrochen hat. Aber seither haben mich zahlreiche schreckliche Erlebnisse so durcheinandergebracht, daß ich meine eigenen Gefühle kaum mehr verstehe; und ich weiß nicht, soll ich die ganze Sache heute als einen Flirt verachten oder als das Leid eines gebrochenen Herzens ertragen. Wir wohnten damals in einem kleinen Badeort am Meer im südlichen Wales, und ein pensionierter Kapitän, der einige Häuser weit entfernt wohnte, hatte einen Sohn, der fünf Jahre älter war als ich. Er war mit meinem Bruder Giles befreundet gewesen, ehe dieser nach Australien ging. Sein Name tut eigentlich nichts zur Sache, aber da ich Ihnen nun schon einmal alles sagen will, können Sie auch wissen, daß er Philip Hawker hieß. Wir gingen gemeinsam zum Garnelenfang und sagten und glaubten, daß wir einander liebten; zumindest sagte er es immer wieder, und ich glaubte es auch. Wenn ich Ihnen nun noch erzähle, daß er bronzefarbenes, lockiges Haar und ein scharfgeschnittenes, bronzebraunes Gesicht hatte, so tue ich das, wie Sie mir glauben dürfen, nicht, um ihn in den Himmel zu heben, sondern nur um der Geschichte willen. Denn dieses sein Aussehen war die Ursache für ein merkwürdiges Ereignis.

Eines Nachmittags im Sommer, als ich Philip versprochen hatte, mit ihm zum Strand auf Garnelenfang zu gehen, wartete ich ein wenig ungeduldig im Wohnzimmer, das auf die Straße ging, auf eine Gelegenheit, unbemerkt das Haus verlassen zu können. Dabei sah ich Arthur zu, der mit einigen neuerworbenen Münzenpäckchen herumhantierte und sie dann feierlich, immer zwei oder auch nur eines, in sein dunkles Studierzimmer trug, das Münzenmuseum, das auf der Rückseite des Hauses lag. Sobald ich schließlich die schwere Tür hinter ihm ins Schloß fallen hörte, ergriff ich schnell mein Fischernetz und wollte eben zur Vordertür hinausschlüpfen, als ich sah, daß mein Bruder eine Münze vergessen hatte, die glitzernd auf der langen Fensterbank lag. Es war eine Bronzemünze, und diese Farbe zusammen mit dem scharfgeschnittenen römischen Gesicht und der Haltung des langen, sehnigen Nackens bewirkte, daß der Kopf Cäsars, der auf der Münze abgebildet war, fast wie das Porträt von Philip Hawker aussah. Da fiel mir plötzlich ein, daß Giles einmal zu Philip etwas von einer Münze gesagt hatte, die ihm ähnlich sehe, und damals hatte Philip den brennenden Wunsch geäußert, diese Münze zu besitzen. Vielleicht können Sie sich vorstellen, welch wirre, törichte Gedanken mir zu Kopf stiegen; es kam mir vor, als sei die Münze ein Geschenk des Himmels. Ich glaubte, es müsse mir gelingen, mit der Münze davonzulaufen und sie Philip als eine Art Verlobungsring zu geben, damit ein ewiges Band zwischen ihm und mir geknüpft sei; diese und tausend andere solcher Vorstellungen schossen mir durch den Kopf. Dann aber fuhr ich wieder zurück wie vor einem Abgrund, und es kam mir zum Bewußtsein, was für eine abscheuliche Tat ich da vorhatte. Am unerträglichsten war die Vorstellung, wie wohl Arthur darüber denken würde; kalt und heiß lief es mir dabei den Rücken hinunter: Ein Carstairs ein Dieb, der noch dazu aus dem Carstairs-Schatz stahl! Ich war fest davon überzeugt, daß mein Bruder imstande wäre, mich für einen solchen Diebstahl verbrennen zu lassen wie eine Hexe. Aber gerade der Gedanke an diese fanatische Grausamkeit fachte meinen Haß gegen seine elende, heimliche Antiquitäten-Wichtigtuerei an und stärkte noch meine Sehnsucht nach Jugend und Freiheit, die das Meer mir zuzurufen schien. Draußen wehte der Wind, hell lachte die Sonne, und die gelben Blüten eines Stechginsterzweiges schlugen an die Fensterscheibe. Ich dachte an das lebendige Gold der Blüten, das mich in ferne Länder und Auen lockte – und daneben sah ich das tote, matte Gold, die Bronze und das Kupfer der Münzen meines Bruders, das im Verlauf der Jahre nur immer staubiger wurde und dessen Glanz immer mehr erlosch, wie das Leben meines Bruders zerrann. In mir tobte zum erstenmal ein Kampf zwischen der lebendigen Natur und der alten, festgefügten Tradition der Carstairs-Sammlung.

Der Kampf war schnell entschieden. Die Natur ist älter und

stärker als die Carstairs-Sammlung. Als ich die Straße zum Meer hinunterlief, die Münze fest in der geballten Faust, hatte ich das Gefühl, als laste das ganze Römische Reich, als laste der ganze Stammbaum der Carstairs auf meinen Schultern. Nicht nur der alte Silberlöwe unseres Wappens schien mir ins Ohr zu brüllen, sondern es war auch, als verfolgten mich kreischend und flügelschlagend alle Adler Cäsars.

Und doch schlug mein Herz höher und höher, wie ein Papierdrache schwang sich mein Mut empor, bis ich die Dünen mit ihrem weichen, trockenen Sand hinter mir hatte und an den flachen, wellenbespülten Sandstrand gelangt war, wo Philip schon bis über die Knöchel im seichten, glitzernden Wasser einige dreißig Meter weiter draußen im Meer stand. Der ganze Himmel flammte im roten Schein der untergehenden Sonne, und das Wasser vor mir, das auch ein paar hundert Meter weiter draußen noch kaum fußtief war, glich einem See rubinroter Flammen. Ich riß meine Schuhe und Strümpfe herunter und watete zu Philip hinaus, der ziemlich weit vom trockenen Ufer entfernt stand; und erst dann wandte ich mich um und sah zurück. Wir waren ganz allein, nur Wasser und nasser Sand umgaben uns; und da gab ich ihm die Münze mit dem Kopf Cäsars.

Im selben Augenblick durchzuckte mich die Angstvorstellung, daß ein Mann, der weit weg am Ufer auf den Sandhügeln stand, angestrengt nach mir starre. Unmittelbar darauf war mir jedoch klar, daß diese Vorstellung nur auf die Anspannung meiner überreizten Nerven zurückzuführen sein mußte, denn der Mann war nur als ein kleines, dunkles Pünktchen in der Ferne zu erkennen, und es war kaum anzunehmen, daß er mich deutlicher sehen konnte. Er stand, den Kopf leicht zur Seite geneigt, ganz still und blickte in die Ferne. Es gab überhaupt keinen Grund zu der Annahme, daß er nach mir ausschaute; vielleicht betrachtete er ein Schiff oder den Sonnenuntergang oder auch andere Leute, denn am Strand befanden sich noch andere Menschen außer uns. Aber meine schreckhafte Ahnung war prophetisch; denn als ich nun zu dem Mann hinstarrte, fing er plötzlich an, sich in Bewegung zu setzen. Weit ausschreitend kam er in gerader Linie über den nassen Sand auf uns zu. Als er nun immer näher kam, konnte ich erkennen, daß er dunkelhaarig und bärtig war und eine dunkle Brille trug. Er war ärmlich, aber ordentlich ganz in Schwarz gekleidet, angefangen von dem schwarzen, alten Zylinderhut auf dem Kopf bis zu den derben, schwarzen Stiefeln an seinen Füßen. Obwohl er also Stiefel anhatte, ging er geradewegs und ohne einen Augenblick am Strand zu zögern in das Wasser hinein und kam unbeirrbar wie eine abgeschossene Kugel auf mich zu.

Ich kann Ihnen gar nicht erzählen, welche Empfindungen in mir aufstiegen, Entsetzen und Verwunderung, als er so gelassen vom Land ins Meer hinauskam. Ich hatte das Gefühl, als wäre er eben über eine Klippe hinausgeschritten, aber anstatt in der Tiefe zu zerschellen, schritt er immer noch mitten in der Luft weiter. Mir war nicht anders, als wäre ein Haus plötzlich zum Himmel emporgeflogen oder der Kopf eines Menschen ohne ersichtlichen Grund herabgefallen. In Wirklichkeit bestand das Außergewöhnliche der Situation darin, daß der Mann sich nicht scheute, seine Schuhe naß werden zu lassen; aber mir kam er vor wie ein Dämon, der den Naturgesetzen nicht unterworfen ist. Hätte er auch nur einen Augenblick am Rand des Wassers gezögert, dann wäre der Bann gebrochen, wäre das Ganze für mich bedeutungslos gewesen. Aber so hatte ich das Gefühl, als ob er immer nur auf mich starre und auf das Meer gar nicht achte. Philip stand einige Meter entfernt von mir, hatte mir den Rücken zugewandt und beugte sich gerade über sein Netz. Der Fremde kam immer näher auf mich zu. Nun stand er fast unmittelbar neben mir, das Wasser reichte ihm bis in halbe Kniehöhe. Dann sagte er mit klarer, doch etwas gezierter Stimme: ›Würde es Ihnen etwas ausmachen, eine Münze neueren Datums anderweitig zu vergeben?‹

Eigentlich sah der Mann gar nicht außergewöhnlich aus – mit einer einzigen Ausnahme. Die farbigen Brillengläser waren nicht ganz undurchsichtig, sondern aus ganz gewöhnlichem blauem Glas, auch die Augen dahinter waren nicht unruhig flackernd, wie ich es eigentlich erwartet hatte, sondern fest auf mich gerichtet. Sein dunkler Bart war weder besonders lang noch wild; er sah nur etwas ungewöhnlich aus, weil er hoch oben im Gesicht, knapp unter den Backenknochen begann. Seine Gesichtsfarbe war weder bleich noch fahl, sondern im Gegenteil eher frisch und jugendlich, und doch sah die Haut fast wie die einer Wachspuppe aus, und das vermehrte noch das Gefühl der Gefahr und des Grauens, das mich unerklärlicherweise beim Anblick dieses Mannes packte. Das einzige Außergewöhnliche, was mir auffiel, war die Nase, die – im übrigen gut geformt – an der Spitze ein wenig seitwärts gebogen war, als wäre sie gleich nach der Geburt mit einem Hämmerchen ein wenig zur Seite geklopft worden. Man konnte sie nicht gerade verunstaltet nennen, und doch kann ich Ihnen gar nicht sagen, wie diese Nase auf mich wirkte. Als der Mann so in dem von der untergehenden Sonne tiefrot gefärbten Wasser vor mir stand, hatte ich das Gefühl, als stehe ein höllisches Seeungeheuer vor mir, das eben brüllend aus einem Meer von Blut aufgetaucht war. Ich weiß nicht, warum mich die kleine Verunstaltung seiner Nase so in Aufregung gebracht hat. Wenn ich mich recht erinnere, so hatte ich die Vorstellung, als könne er seine Nase wie einen Finger bewegen und als habe er sie eben bewegt.

›Eine kleine Zuwendung‹, fuhr er mit demselben merkwürdig affektierten Akzent fort, ›die mich der Notwendigkeit enthebt, mich mit Ihrer Familie in Verbindung zu setzen.‹

Da wurde mir plötzlich klar, daß der Fremde mich wegen der

Entwendung der Bronzemünze erpressen wollte; alle meine abergläubischen Befürchtungen und Zweifel wurden mit einem Schlag hinweggefegt durch die eine Frage, die mich plötzlich anfiel: Wie konnte er das herausgebracht haben? Ich hatte die Münze, einem plötzlichen Impuls folgend, an mich genommen, und dabei war ich bestimmt allein gewesen; denn wie immer, wenn ich mit Philip zusammentreffen wollte, hatte ich mich vergewissert, daß niemand mein Hinausschlüpfen beobachten konnte. Ich hatte auch nicht bemerkt, daß mir auf der Straße jemand gefolgt war, und selbst dann hatte ich ja die Münze in der geschlossenen Faust, und einen Menschen mit Röntgenaugen gibt es doch nicht. Und als der Mann auf den Sandhügeln gestanden hatte, war es ihm bestimmt nicht möglich gewesen zu sehen, was ich Philip gab.

›Philip‹, sagte ich hilflos, ›frag doch bitte diesen Menschen hier, was er will.‹

Philip hatte sich die ganze Zeit über damit beschäftigt, sein Netz zu flicken. Als er nun den Kopf hob, sah er ziemlich rot aus; aber vielleicht kam das nur vom Bücken oder vom Widerschein des roten Abendlichts. Wahrscheinlich litt ich immer noch unter den Einbildungen und Wahnvorstellungen, mit denen ich an jenem Tag besonders zu kämpfen hatte. Er ließ sich allerdings auf kein Gespräch mit dem Fremden ein, sondern fuhr ihn nur grob an: ›Schauen Sie, daß Sie hier verschwinden!‹ Dann winkte er mir, ihm zu folgen, und wir wateten dem Ufer zu, ohne dem Mann noch weitere Beachtung zu schenken. Philip ging einen aus Steinen errichteten Wellenbrecher entlang, der bis zu den Dünen hinführte. Vielleicht glaubte er, auf diese Weise unseren Verfolger abschütteln zu können, denn die Steine waren von Seegras und Algen grün und schlüpfrig, und während wir mit unseren jungen Beinen daran gewöhnt waren, hoffte Philip wahrscheinlich, daß der Fremde in seinen derben Schuhen ausgleiten und die Verfolgung aufgeben werde. Aber genauso wohlgesetzt, wie seine Worte gewesen waren, waren nun auch die Schritte des Unheimlichen, der vorsichtig, aber sicher von Stein zu Stein ging. Mit seiner weichen, widerwärtigen Stimme redete er von hinten auf mich ein, bis endlich, sobald wir bei den Dünen angelangt waren, Philips Geduld riß. Er wurde wütend, was bei ihm sonst recht selten ist, drehte sich plötzlich um und rief: ›Verschwinden Sie! Ich habe keine Lust, mit Ihnen zu reden!‹ Als der Mann zögerte und den Mund zu einer Antwort öffnete, schlug ihm Philip so heftig ins Gesicht, daß er die Düne hinabkollerte. Ich sah, wie er unten, ganz bedeckt mit Sand, auf allen vieren landete.

Dieser Schlag war für mich irgendwie eine Erleichterung, obwohl dadurch natürlich die Gefahr, in der ich schwebte, nur noch vergrößert wurde. Philip aber war auf diese seine Heldentat offensichtlich nicht besonders stolz, ganz im Gegensatz zu seiner sonstigen Art. Er war zwar zärtlich wie immer, kam mir aber doch recht niedergeschlagen vor, und noch ehe ich ihn bitten konnte, mir sein geheimnisvolles Benehmen näher zu erklären, verabschiedete er sich vor seiner eigenen Haustür von mir mit zwei Bemerkungen, die mir recht seltsam erschienen. Er sagte, daß ich eigentlich die Münze in die Sammlung zurücktun müsse, er sie aber ›für den Augenblick‹ selbst behalten wolle. Und dann fügte er ganz unvermittelt und wie nebenbei hinzu: ›Du weißt doch, daß Giles aus Australien zurück ist?‹«

An diesem Punkt wurde der Bericht des Mädchens unterbrochen. Die Tür der Schenke öffnete sich, und Flambeaus riesiger Schatten fiel auf den Tisch. Pater Brown stellte ihn der Dame mit einigen knappen, freundlichen Worten vor und erwähnte auch die Geschicklichkeit und die Tatkraft, die sein Freund in ähnlichen Fällen schon gezeigt habe. Seine Worte bewirkten, daß das Mädchen beinahe unbewußt ihre ganze Geschichte nochmals vor den beiden wiederholte. Flambeau aber steckte, nachdem er sich vor der Dame verbeugt und dann niedergesetzt hatte, dem Priester unauffällig einen kleinen Zettel zu. Pater Brown nahm ihn ein wenig erstaunt in Empfang und las die Worte, die daraufgeschrieben waren: ›Wagen nach Haus Wagga Wagga, 379 Mafeking Avenue, Putney.‹ Das Mädchen hatte nichts von alldem bemerkt und fuhr ruhig in ihrer Erzählung fort:

»Während ich die steile Straße zu unserem Haus hinaufging, drehte sich mir alles im Kopf. Meine Gedanken waren immer noch nicht klar, als ich an die Türschwelle kam; dort standen eine Milchkanne und – der Mann mit der krummen Nase. Aus der Tatsache, daß die Milchkanne vor der Tür stand, konnte ich ersehen, daß niemand von der Dienerschaft im Hause war. Zwar war sicherlich mein Bruder Arthur daheim, aber wahrscheinlich saß er in seinem braunen Schlafrock im Arbeitszimmer und beschäftigte sich mit den Münzen, und es war nicht zu erwarten, daß er auf mein Läuten hin öffnen würde, auch wenn er – was kaum anzunehmen war – das Läuten überhaupt hören sollte. So konnte ich von dieser Seite keine Hilfe erwarten. Denn selbst wenn es mir auch gelingen sollte, meinen Bruder herauszuklingeln, so wäre damit die Sache nur verschlimmert. Wie nämlich hätte ich ihm meine Lage erklären können, ohne den Diebstahl einzugestehen? In meiner Verzweiflung warf ich dem abscheulichen Kerl zwei Schilling zu und sagte ihm, er möge in einigen Tagen wiederkommen, wenn ich mir die Sache ein wenig durch den Kopf hätte gehen lassen. Er ging brummend davon, aber doch bereitwilliger, als ich erwartet hatte – vielleicht hatte er durch seinen Fall einen kleinen Schock bekommen –, und ich beobachtete mit einem schrecklich rachsüchtigen Vergnügen den sternförmigen Sandfleck auf dem Rücken seines Rockes, der allmählich kleiner wurde, als er sich die Straße hinabbewegte. Etwa sechs Häuser weiter verschwand er um eine Ecke.

Dann schloß ich die Tür auf, goß mir eine Tasse Tee auf und

versuchte, mir die Sache in Ruhe zu überlegen. Ich saß im Wohnzimmer am Fenster und sah in den Garten hinaus, der noch im letzten Schein der Abendsonne glühte. Doch ich war zu aufgeregt, als daß ich mir die Wiesen, die Blumenbeete und Blumentöpfe genauer angesehen hätte. Darum traf mich der Schock um so stärker, weil ich es erst so spät bemerkte.

Der unheimliche Mensch, den ich glaubte weggeschickt zu haben, stand ganz regungslos mitten im Garten. Ich weiß, wir haben alle schon eine Menge über bleichgesichtige Gespenster im Dunkel gelesen – aber diese Erscheinung war viel schrecklicher, weil der Unheimliche noch im letzten Licht der warmen Abendsonne stand und einen langen Schatten warf. Und sein Gesicht war nicht bleich, sondern trug die wachsfarbene Röte einer Friseurpuppe. Ganz regungslos stand er da, sein Gesicht mir zugewandt; und ich kann Ihnen gar nicht sagen, wie entsetzlich und grauenerregend er aussah inmitten der Tulpen und all der prunkvoll leuchtenden Blumen, die im letzten Sonnenlicht aufflammten. Es sah fast so aus, als hätten wir an Stelle einer Gartenfigur eine Wachspuppe im Garten aufgestellt.

Doch sobald er sah, daß ich mich am Fenster bewegt hatte, drehte er sich um und rannte durch die hintere Tür aus dem Garten; durch diese Tür war er sicherlich auch hineingelangt. Ich war völlig überrascht über dieses zweite Zeichen seiner Feigheit, die so ganz anders war als die unverschämte Hartnäckigkeit, die er am Strand gezeigt hatte; und zugleich hatte ich ein unbestimmtes Gefühl der Erleichterung. Alle möglichen Gedanken schossen mir durch den Kopf. Vielleicht hatte er doch größere Angst davor, Arthur gegenüberzutreten, als ich wußte. Immerhin beruhigte ich mich schließlich wieder und setzte mich allein zum Abendessen nieder – denn man durfte Arthur nicht stören, wenn er in seinem Münzenmuseum beschäftigt war. Erleichtert dachte ich an Philip, und schließlich verlor ich mich in Träumereien. Gedankenverloren, aber durchaus wohlgemut, starrte ich in Richtung auf ein anderes Fenster. Kein Vorhang war vorgezogen, aber draußen war nichts zu sehen; die Nacht war hereingebrochen, und durch das Fenster sah nur die schwarze Dunkelheit herein. Plötzlich glaubte ich zu erkennen, daß eine Schnecke an der Außenseite des Fensters klebte. Als ich aber genauer hinsah, hatte ich allerdings eher den Eindruck, als ob jemand einen Finger gegen die Scheibe presse; was da war, sah verbogen aus wie ein angedrückter Daumen. Angst und Mut stiegen zugleich in mir auf, ich stürzte zum Fenster, aber dann fuhr ich mit einem unterdrückten Aufschrei wieder zurück, so laut, daß ihn sicherlich jeder im Haus mit Ausnahme meines Bruders gehört haben muß.

Denn es war weder ein Daumen noch eine Schnecke. Es war die Spitze einer krummen Nase, die gegen die Scheibe gepreßt wurde; die Nase war weiß vom Druck, und das dazugehörige Gesicht war zuerst gar nicht zu sehen; aber bei näherem Hinsehen tauchte es grau wie ein Gespenst aus dem Dunkel auf. Mehr tot als lebendig gelang es mir, den Rolladen herunterzulassen; ich stürzte in mein Zimmer hinauf, um mich einzuschließen. Aber als ich völlig verwirrt durch den Hausgang eilte, gewahrte ich ein zweites schwarzes Fenster, und ich hätte schwören können, daß darauf wieder ein Fleck wie eine emporkriechende Schnecke war.

Nun kam mir der Gedanke, daß es vielleicht doch das beste wäre, zu meinem Bruder zu gehen und ihm den Diebstahl zu gestehen. Wenn dieser unheimliche Mensch dauernd wie eine Katze um das Haus schlich, so war es durchaus möglich, daß er noch schlimmere Absichten hatte, als mich zu erpressen. Mein Bruder mochte mich hinauswerfen und für immer verfluchen; aber wenn mir unmittelbare Gefahr drohte, würde er mich sicherlich verteidigen. Ich überlegte hin und her, schließlich gab ich mir einen Ruck und ging hinunter: Aber was ich jetzt sehen mußte, war das schrecklichste an der ganzen Sache.

Der Stuhl meines Bruders war leer, und er selbst war offensichtlich fort. Auf einem anderen Stuhl aber saß der Unheimliche mit der krummen Nase; er hatte unverschämterweise noch immer den Hut auf dem Kopf und las unter der Lampe meines Bruders in den Büchern meines Bruders. Gelassen und ruhig saß er da und schien ganz in seine Lektüre vertieft, die Nasenspitze schien der einzige bewegliche Teil seines Gesichtes zu sein – man konnte fast glauben, er habe sie soeben wie einen Elefantenrüssel von links nach rechts bewegt. Der Mann war für mich schon entsetzlich genug gewesen, als er mich verfolgte und mir nachspionierte; wie er nun aber dasaß und gar nicht merkte, daß ich ins Zimmer getreten war – das war noch viel schlimmer.

Ich glaube, ich habe laut und lange geschrien; aber das tut nichts zur Sache. Aber dann tat ich etwas Folgenschweres: Ich gab ihm alles Geld, das ich hatte, und dazu noch eine Menge Wertpapiere, die ich – obwohl sie mir eigentlich gehörten – gar nicht anzurühren berechtigt war. Endlich ging der Mann fort, und in gewundenen Worten entschuldigte er sich ekelhaft taktvoll wegen der ›Unannehmlichkeiten‹, die er mir habe machen müssen. Ich aber ließ mich mit dem Gefühl, im wahrsten Sinne des Wortes und in jeder Beziehung ruiniert zu sein, in einen Stuhl fallen. Und doch wurde ich noch in derselben Nacht durch einen sonderbaren Zufall gerettet. Arthur war plötzlich, wie er es öfters tat, in Geschäften nach London gereist und kehrte spät, doch strahlend zurück. Es war ihm nämlich gelungen, Verhandlungen wegen einer Neuerwerbung anzuknüpfen, einer Kostbarkeit, die sogar für die an sich sehr wertvolle Sammlung einen bedeutenden Zuwachs darstellte. Dieser Handel war beinahe abgeschlossen, und mein Bruder war so glücklich darüber, daß ich schon all meinen Mut zusammen-

nahm, um ihm meinen Diebstahl des weniger wertvollen Stük-
kes zu beichten. Aber er redete andauernd von dem kostbaren
Stück, das er erwerben wollte, so daß es unmöglich war, ein anderes Thema anzuschneiden. Da die Möglichkeit bestand, daß
sich der Handel in letzter Minute zerschlagen konnte, wollte er
unbedingt, daß ich die Koffer packte und mit ihm nach Fulham
übersiedelte, wo er bereits Zimmer gemietet hatte, um dem betreffenden Antiquitätengeschäft nahe zu sein. So entfloh ich
beinahe mitten in der Nacht ohne mein Zutun, ja fast gegen
meinen Willen, meinem schrecklichen Feind – aber auch Philip... Die Sache zog sich hinaus; ich belegte, um mich irgendwie zu beschäftigen, Vorlesungen an der Kunstakademie.
Heute abend kam ich eben von dort zurück, als ich in der Ferne
dieses schreckliche Scheusal die lange Straße herunterkommen
sah. Den Rest haben Sie, Pater Brown, ja schon erraten.
Ich möchte nur noch eines sagen: Ich verdiene keine Hilfe, und
ich klage nicht, wenn mich meine gerechte Strafe ereilt, denn
einmal muß ich für mein Vergehen ja bezahlen. Aber immer
noch zerbreche ich mir den Kopf darüber, wie all das geschehen
konnte. Durch welchen unheimlichen Zauber hatte der Fremde
meinen Diebstahl entdeckt? Es konnte doch niemand außer
Philip und mir wissen, daß ich ihm fast mitten im Meer diese
winzige Münze gegeben habe.«
»Das ist allerdings ein ungewöhnliches Problem«, gab Flambeau zu.
»Nicht so ungewöhnlich wie die Lösung«, bemerkte Pater
Brown ziemlich düster. »Werden Sie zu Hause sein, Fräulein
Carstairs, wenn wir Sie in etwa anderthalb Stunden in Ihrer
Wohnung in Fulham aufsuchen?«
Das Mädchen sah ihn an; dann stand sie auf und streifte die
Handschuhe über. »Ja«, sagte sie, »ich werde dort sein.« Und
mit diesen Worten verließ sie hastig das Lokal.

Der Detektiv und der Priester besprachen noch immer diesen sonderbaren Fall, als sie am selben Abend dem Haus in Fulham zuwanderten; dieses Haus war auffallend schäbig und armselig, und wenn sich die Geschwister Carstairs auch nur vorübergehend hier aufhielten, so war es doch eigenartig, daß sie eine solche schlechte Unterkunft gewählt hatten.

»Wenn man die Sache nur oberflächlich betrachtet«, meinte Flambeau, »fällt einem als erstes der Bruder aus Australien ein, der ja früher schon einmal mit dem Gesetz in Konflikt geraten ist. Vielleicht ist er zurückgekehrt, ja, nach den Worten Philips ist dies sogar sehr wahrscheinlich. Und ihm wäre es sicherlich nicht unmöglich, für ein solch gemeines Geschäft Helfershelfer zu finden, denn er hat damals in reichlich schlechten Kreisen verkehrt. Aber wie ich die Sache auch betrachte, so kann ich doch nicht einsehen, wie er in die ganze Geschichte hineinpassen könnte, wenn nicht etwa...«

»Nun?« fragte sein Begleiter ruhig.

Flambeau senkte die Stimme: »Wenn nicht auch der Freund dieses Mädchens in die Sache verwickelt ist, und dann wäre er der größte Schurke. Der Mann aus Australien wußte, daß Hawker die Münze gerne gehabt hätte. Aber er hätte unmöglich herausbekommen können, daß Hawker diese Münze auch tatsächlich erhalten hat, wenn nicht Hawker ihm oder seinem Komplizen am Strand ein Zeichen gegeben hätte.«

Der Priester nickte zustimmend. »Damit können Sie recht haben.«

»Ist Ihnen nicht noch etwas anderes aufgefallen?« fuhr Flambeau eifrig fort. »Dieser Hawker hört, wie seine Freundin belästigt wird, aber er schlägt erst zu, nachdem er zu den weichen Sanddünen gekommen ist, wo er in einem bloßen Scheinkampf Sieger bleiben kann, ohne dem anderen weh zu tun. Hätte er inmitten der Steine im Meer losgeschlagen, so hätte er seinen Verbündeten leicht verletzen können.«

»Auch das ist richtig«, stimmte der Priester bei.

»Und nun wollen wir die Sache nochmals ganz von Anfang an durchgehen. Es kommen nur einige wenige Beteiligte in Betracht, mindestens aber drei. Zu einem Selbstmord braucht es nur einen einzigen Menschen, an einem Mord sind mindestens zwei beteiligt, bei einer Erpressung wiederum mindestens drei.«

»Warum denn?« fragte der Priester ruhig.

»Nun, das ist doch ganz klar!« rief sein Freund. »Einer muß dasein, der bloßgestellt wird, einer, der die Bloßstellung androht, und schließlich zumindest ein dritter, der über die Bloßstellung entsetzt ist.«

Der Priester dachte kurz nach, dann sagte er: »Sie machen einen logischen Fehler. Theoretisch braucht man zwar drei Personen. Zur praktischen Ausführung genügen allerdings zwei.«

»Wie meinen Sie das?« fragte Flambeau verblüfft.

»Warum sollte es nicht möglich sein«, fragte Pater Brown leise, »daß ein Erpresser seinem Opfer mit sich selbst droht? Nehmen Sie an, eine Frau wäre erbitterte Abstinenzlerin und würde ihren Mann so weit bringen, daß er aus Angst vor ihr nur noch ganz heimlich ins Wirtshaus schleicht; es wäre doch möglich, daß sie dann hingeht und ihm mit verstellter Schrift Drohbriefe schreibt, in denen sie ankündigt, sie werde seiner Frau die heimlichen Besuche verraten! Warum sollte das nicht gehen? Oder nehmen Sie an, ein Vater verbietet seinem Sohn zu spielen und folgt ihm dann gut verkleidet, um dem Jungen mit seiner eigenen väterlichen Strenge zu drohen! Oder nehmen Sie einmal an... Aber da sind wir auch schon am Ziel!«

»Du lieber Gott!« rief Flambeau entsetzt. »Sie wollen doch nicht etwa sagen...«

Ein lebhafter junger Mann kam die Stufen des Hauses herunter und wandte ihnen im Lichtschein der Laterne einen charakteristischen Kopf zu, der unverkennbar der römischen Münze glich. »Fräulein Carstairs wollte das Haus erst betreten, wenn auch Sie hier wären«, sagte er ohne weitere Förmlichkeit.

»Nun«, bemerkte Pater Brown vertraulich, »das war auch das beste, was sie tun konnte, nämlich einfach draußen zu warten, da Sie ja auf sie aufgepaßt haben. Ich glaube, Sie haben schon erraten, was hinter dieser Sache steckt.«

»Allerdings«, sagte der junge Mann leise, »ich habe es schon am Strand vermutet, und jetzt weiß ich es bestimmt; deshalb habe ich ihn absichtlich weich fallen lassen.«

Flambeau nahm einen Schlüssel aus der Hand des Mädchens und eine Münze aus der Hand Hawkers entgegen, öffnete die Tür und betrat mit seinem Freund das Haus. Sie durchschritten den Korridor und gelangten in das Wohnzimmer. Drinnen war nur ein einziger Mensch: der Mann, den Pater Brown an dem kleinen Wirtshaus hatte vorbeigehen sehen. Er stand, als wollte er sich zur Wehr setzen, gegen die Wand gelehnt; er hatte den schwarzen Mantel gegen einen braunen Schlafrock vertauscht, sonst war er unverändert.

»Wir sind gekommen«, sagte Pater Brown höflich, »um diese Münze ihrem Eigentümer zurückzugeben.« Und er reichte sie dem Mann mit der krummen Nase hin.

In Flambeaus Augen blitzte es auf. »Ist dieser Mann ein Münzensammler?« fragte er.

»Dieser Mann ist Herr Arthur Carstairs«, sagte der Priester fest, »und er ist ein Münzensammler von etwas seltsamer Art.«

Der Mann wurde so schrecklich bleich, daß nur die Nase wie ein gar nicht zu seinem Gesicht gehöriger Teil hervorstand; es fiel besonders auf, weil sie trotz seiner totenbleichen Gesichtsfarbe immer noch blaßrosa glänzte. Trotzdem sprach er mit einer gewissen verzweifelten Würde. »Und doch sollen Sie sehen«, sagte er mit gespenstischer Stimme, »daß ich nicht alle Eigenschaften unserer Familie verloren habe.« Damit drehte er sich plötzlich um, eilte in ein Nebenzimmer und schlug die Tür hinter sich zu.

»Halten Sie ihn!« schrie Pater Brown entsetzt, stürzte vorwärts und fiel über einen Sessel, während Flambeau einen Anlauf nahm und die Tür mit zwei oder drei wuchtigen Schlägen eindrückte. Aber es war zu spät. Schweigend schritt Flambeau zum Telefon hinüber, um die Polizei und einen Arzt zu verständigen.

Eine leere Arzneiflasche lag auf dem Boden. Quer über den Tisch lag der Körper des Mannes im braunen Schlafrock, er lag inmitten seiner aufgeplatzten, mit braunem Packpapier umwickelten Päckchen, aus denen zwar keine römischen, aber ganz moderne englische Münzen hervorquollen.

Der Priester nahm die Bronzemünze mit dem Kopf Cäsars vom Boden auf, wohin sie aus der Hand des Toten geglitten war, und sagte langsam: »Das ist alles, was von der berühmten Carstairs-Sammlung übriggeblieben ist.«

Er schwieg. Nach einer Weile sprach er weiter, und in seiner Stimme lag eine Wehmut und Sanftheit, die ganz außergewöhnlich war. »Das Testament dieses bösen Vaters war eine Grausamkeit, und – wie Sie sehen – der Sohn nahm es nicht gut auf. Er haßte das römische Geld, das er besaß, und sein Verlangen nach wirklichem Geld, das ihm durch das Testament versagt war, wuchs immer mehr und mehr. Nicht nur, daß er die Sammlung Stück um Stück verkaufte, sondern er sank auch immer tiefer und tiefer, wandte immer gemeinere Mittel an, um zu Geld zu kommen – zuletzt versuchte er sogar seine eigene Schwester zu erpressen in der Verkleidung, wie wir ihn hier vor uns sehen. Er erpreßte übrigens auch seinen soeben aus Australien zurückgekehrten Bruder wegen des kleinen Vergehens, um dessentwillen jener nach Australien verbannt worden war. Dieser Verdacht ist mir gekommen, als er den

Wagen nach Putney nahm, wo sein Bruder wohnt. Er erpreßte seine Schwester wegen des Diebstahls, den nur er bemerkt haben konnte. Deshalb hatte sie auch ein so komisches Gefühl, als er oben auf der Sanddüne stand. Gestalt und Haltung können uns, selbst aus der Ferne gesehen, eher an eine bestimmte Person erinnern als ein geschickt zurechtgemachtes Gesicht, das wir ganz aus der Nähe sehen.«

Wieder sagte keiner der beiden ein Wort. Schließlich brummte der Detektiv: »So war also dieser große Münzensammler nichts anderes als ein ganz gewöhnlicher Geizhals?«

»Besteht denn da ein so großer Unterschied?« fragte Pater Brown im gleichen, seltsam nachsichtigen Ton. »Hat ein Sammler nicht oft dieselben schlechten Eigenschaften wie ein gewöhnlicher Geizhals? Was ist schlimmes daran, außer... ›Du sollst dir kein Bildnis machen dessen, was oben im Himmel oder unten auf der Erde ist; du sollst sie nicht anbeten und ihnen nicht dienen, denn ich, der Herr...‹ Aber wir wollen jetzt doch mal hinausgehen und nachsehen, wie es den armen jungen Leuten geht.«

»Ich glaube«, meinte Flambeau, »daß es ihnen trotz alledem recht gut geht.«

Das
Paradies der Diebe

Detektivgeschichten

Inhalt

Das Paradies der Diebe

Der große Muscari, der originellste aller toskanischen Dichter, betrat schnellen Schrittes sein Lieblingsrestaurant, das eine herrliche Aussicht auf das Mittelländische Meer bot, mit einer Sonnenplache überdeckt und von kleinen Zitronen- und Orangenbäumen umsäumt war. Kellner in weißen Schürzen legten bereits auf weiß gedeckten Tischen die Insignien eines frühzeitigen und eleganten Lunchs zurecht; und dies schien bei Muscari ein Gefühl der Befriedigung noch zu verstärken, das schon beinahe an Prahlerei grenzte. Muscari hatte eine Adlernase wie Dante, Haare und Krawatte waren schwarz und flatternd; er trug einen schwarzen Mantel und hätte beinahe eine schwarze Maske tragen können, so sehr umgab ihn die Atmosphäre eines venezianischen Melodramas. Er benahm sich, als nähme ein Troubadour immer noch eine so bestimmte soziale Stellung ein wie ein Bischof. Er ging, soweit es sein Jahrhundert zuließ, buchstäblich wie Don Juan mit Rapier und Gitarre durch die Welt.

Denn er reiste niemals ohne sein Etui mit den Degen, mittels derer er viele glänzende Duelle ausgefochten hatte, und niemals ohne sein zweites Etui mit der Mandoline, auf der er Fräulein Ethel Harrogate, der ungemein konventionellen Tochter eines Bankiers aus Yorkshire, auf einer Ferienreise wirklich und wahrhaftig Serenaden dargebracht hatte. Und doch war er weder ein Scharlatan noch ein Kind; sondern ein heißblütiger, logisch denkender Lateiner, der eine Sache liebte und für sie einstand. Seine Gedichte waren so einfach und klar wie anderer

Leute Prosa. Er verlangte nach Ruhm oder Wein oder Frauenschönheit mit einer so brennenden Unmittelbarkeit, wie sie für die nebelhaften Ideale oder nebelhaften Kompromisse des Nordens beinahe unverständlich ist; für Rassen mit verschwommenerem Empfinden roch die Intensität seines Verlangens nach Gefahr, ja nach Verbrechen. Wie das Feuer oder das Meer, war er zu einfach und ursprünglich, als daß man ihm vertrauen konnte.

Der Bankier und seine schöne Tochter wohnten in dem Hotel, zu dem Muscaris Restaurant gehörte; darum war es sein Lieblingsrestaurant. Nach einem flüchtig umhergeworfenen Blick erkannte er jedoch sofort, daß die englische Gesellschaft noch nicht heruntergekommen war. Das Restaurant funkelte und glitzerte, war aber noch verhältnismäßig leer. Zwei Priester sprachen miteinander an einem Tisch in einer Ecke, doch Muscari achtete ihrer nicht mehr als eines Paares Krähen. Aber von einem noch weiter entfernten Platz, der durch ein Zwergbäumchen voll goldener Orangen halb verdeckt war, erhob sich eine Gestalt, deren Kleidung im auffallendstem Gegensatz zu der des anderen stand, und näherte sich dem Dichter.

Diese Gestalt trug einen buntkarierten Anzug, eine rosafarbene Krawatte, einen steifen Kragen mit spitzen Ecken und leuchtendgelbe Schuhe. Der Mann brachte es zuwege, auffallend und gewöhnlich zugleich auszusehen. Doch als diese Londoner Erscheinung näher kam, mußte Muscari mit Staunen bemerken, daß der Kopf sich vom Körper gar sehr unterschied. Es war ein italienischer Kopf, dunkelfarbig, kraushaarig und ungemein lebhaft, der sich plötzlich aus dem wie Pappendeckel emporstehenden Kragen und der komischen rosafarbenen Krawatte erhob. Es war tatsächlich ein Kopf, den er kannte. Er erkannte ihn, trotz der schrecklichen Aufmachung eines englischen Ferienreisenden; es war das Gesicht eines alten, doch vergessenen Freundes namens Ezza. Dieser Jüngling war auf der Schule ein Wunder gewesen; man hatte ihm, als er fünfzehn war, den Ruhm ganz Europas vorausgesagt; doch als er in der Welt erschien, versagte er erst öffentlich als Dramatiker und Demagoge und dann privat in allen darauffolgenden Jahren als Schauspieler, Reisender, Agent und Journalist. Muscari hatte ihn zuletzt hinter den Rampenlichtern gesehen; Ezza war nur zu gut vertraut mit den Reizen dieses Berufes, und man glaubte, daß ihn irgendein moralisches Unheil befallen habe.

»Ezza!« rief der Dichter, stand auf und schüttelte ihm in angenehmer Überraschung die Hände. »Nun, ich habe dich in vielen Kostümen gesehen, aber ich hätte nie erwartet, dich als Engländer verkleidet zu sehen.«

»Dies«, antwortete Ezza ernst, »ist nicht das Kostüm eines Engländers, sondern das des Italieners der Zukunft.«

»In diesem Falle«, bemerkte Muscari, »muß ich gestehen, daß ich den Italiener der Vergangenheit vorziehe.«

»Das ist dein alter Fehler, Muscari«, sagte kopfschüttelnd der Mann im karierten Anzug. »Und der Fehler Italiens. Im sechzehnten Jahrhundert waren wir Toskaner der aufgehende Morgen: Wir hatten den neuesten Stahl, die neuesten Schnitzereien, die neuesten Chemikalien. Warum sollten wir jetzt nicht die neuesten Fabriken haben, die neuesten Motoren, die neuesten Finanzen – und die neuesten Kleider?«

»Weil es nicht lohnt, sie zu haben«, antwortete Muscari. »Du kannst Italien nicht zu einem wirklich fortschrittlichen Land machen; die Leute sind zu klug dazu. Menschen, welche die Abkürzungswege zu einem guten Leben kennen, werden niemals jene neuen, mühevollen Straßen wandern.«

»Nun, für mich ist Marconi und nicht d'Annunzio der Stern Italiens«, sagte der andere. »Darum bin ich Futurist geworden – und Reiseführer.«

»Reiseführer!« rief Muscari lachend aus. »Ist das der letzte Beruf auf deiner Liste? Und wen führst du?«

»Oh, einen Menschen namens Harrogate mit seiner Familie, glaube ich.«

»Doch nicht etwa den Bankier, der hier im Hotel wohnt?« fragte der Dichter mit einigem Eifer.

»Ja, das ist mein Mann«, antwortete der Reiseführer.

»Ist das ein einträgliches Geschäft?« fragte der Troubadour unschuldig.

»Ich werde auf meine Kosten kommen«, rief Ezza mit sehr rätselhaftem Lächeln. »Aber ich bin ein etwas merkwürdiger Reiseführer.« Dann, als wollte er das Thema wechseln, sagte er unvermittelt: »Er hat eine Tochter – und einen Sohn.«

»Die Tochter ist göttlich«, bestätigte Muscari, »Vater und Sohn sind, glaub' ich, nur menschlich. Aber, seinen harmlosen Charakter zugegeben, fällt es dir nicht auf, daß dieser Bankier ein wunderbares Beispiel für meine Behauptung ist? Harrogate hat Millionen in seinen Safes, und ich habe – ein Loch in meiner Tasche. Aber du wirst nicht sagen wollen – du kannst nicht sagen –, daß er klüger ist als ich oder kühner oder auch nur rühriger. Er ist nicht klug; er hat Augen, die wie blaue Knöpfe aussehen; er ist nicht rührig, er bewegt sich von einem Stuhl zum anderen wie ein Paralytiker. Er ist ein gewissenhafter, freundlicher alter Dummkopf; aber er hat Geld erworben, einfach weil er Geld sammelt, wie ein Knabe Marken sammelt. Du bist zu geistreich, um Geschäfte zu machen, Ezza. Du würdest nicht vorwärtskommen. Um klug genug zu sein, all das Geld zusammenzukriegen, muß man dumm genug sein, es zu wünschen.«

»Dazu bin ich dumm genug«, sagte Ezza düster. »Aber ich würde vorschlagen, deine Kritik des Bankiers aufzuschieben, denn da kommt er eben.«

Herr Harrogate, der große Finanzmann, trat wirklich ein, doch niemand sah ihn an. Er war ein kräftig gebauter, ältlicher Herr mit verwaschenen blauen Augen und verblichenem, sandgrauem Schnurrbart; doch seinen schweren Schritten nach hätte er ein Oberst sein können. Er trug einige ungeöffnete Briefe in der Hand. Sein Sohn, Frank, war ein wirklich hübscher Bursche, mit lockigem Haar, sonnverbrannt und sehnig; aber auch ihn sah niemand an. Alle Augen waren, wie gewöhnlich, zumindest für den Augenblick, auf Ethel Harrogate gerichtet, deren goldener griechischer Kopf absichtlich wie die Farbe der Morgendämmerung gegen den Hintergrund der saphirfarbenen See gestellt zu sein schien, gleich dem Haupt einer Göttin. Der Dichter Muscari holte tief Atem, als tränke er etwas mit vollen Zügen, was er auch eigentlich tat. Ezza betrachtete sie mit ebenso gierigen Blicken.

Fräulein Harrogate war bei dieser Gelegenheit besonders strahlend und zu einer Unterhaltung bereit; auch hatte sich ihre Familie den einfacheren Gebräuchen des Kontinents angepaßt, die dem Fremdling Muscari und sogar dem Reiseführer Ezza gestatteten, an ihrem Tisch Platz zu nehmen und sich an ihrem Gespräch zu beteiligen. In Ethel Harrogate fand der Konventionalismus in einer seltenen Vollkommenheit und einem ganz eigenartigen Reiz seine Krönung. Stolz auf ihres Vaters Erfolge und voll Freude an fashionablen Vergnügungen, eine liebevolle Tochter und durchtriebene kleine Kokette, war sie alles dies zugleich, und zwar mit einer Art goldener Gutmütigkeit, die sogar ihren Stolz liebreizend und ihre weltliche Respektabilität frisch und herzlich erscheinen ließ.

Die Harrogates befanden sich in großer Aufregung wegen einer angeblichen Gefährdung des Bergpfades, den sie in derselben Woche noch zu benutzen hätten. Die Gefahr rührte nicht von Felsen und Lawinen her, sondern von etwas noch Romantischerem. Man hatte Ethel ernstlich versichert, daß Räuber, wahrhaftige Halsabschneider wie in noch heute lebendigen alten Sagen, diesen Bergrücken immer noch heimsuchten und diesen Apenninenpaß besetzt hielten.

»Man sagt«, rief sie mit der vollständigen Hingabe eines Schul-
mädels, »daß dieses ganze Land nicht vom König von Italien
beherrscht werde, sondern von dem König der Räuber. Wer ist
der König der Räuber?«

»Ein großer Mann«, erwiderte Muscari, »einer, der wert ist,
mit Ihrem Robin Hood in eine Reihe gestellt zu werden, Signorina. Von Montano, dem König der Räuber, hörte man zum erstenmal vor etwa zehn Jahren in den Bergen, als die Leute sagten, daß die Räuber ausgerottet worden seien. Doch seine wilde
Autorität verbreitete sich mit der Schnelligkeit einer heimlichen Revolution. Die Leute fanden seine grimmen Proklama-
tionen in allen Bergdörfern angenagelt, seine Schildwachen,
Gewehr in der Hand, in jeder Bergschlucht. Sechsmal hat die
italienische Regierung versucht, ihn zu vertreiben, und sie
wurde in sechs richtigen Schlachten, wie von Napoleon, geschlagen.«

»Nun, so etwas«, bemerkte der Bankier mit Nachdruck,
»würde in England niemals erlaubt werden; vielleicht sollten
wir doch eine andere Route wählen. Doch unser Reiseführer
dachte, sie sei vollkommen sicher.«

»Sie ist vollkommen sicher«, sagte der Reiseführer verächtlich.
»Ich habe sie zwanzigmal passiert. Es mag sich dort irgendein
alter Zuchthäusler herumgetrieben haben zur Zeit unserer
Großmütter, aber der gehört der Geschichte an, wenn nicht
dem Reich der Fabel. Die Straßenräuberei ist vollkommen ausgerottet.«

»Sie kann niemals vollständig ausgerottet werden«, antwortete
Muscari, »weil die gewalttätige Revolte eine dem Südländer
natürliche Reaktion ist. Unsere Bauern sind wie die Berge,
reich an Anmut und grüner Heiterkeit, doch brennt das Feuer
in ihnen. Es gibt einen Punkt menschlicher Verzweiflung, an
dem die Armen des Nordens sich dem Trunk ergeben – und unsere Armen nach dem Degen greifen.«

»Ein Dichter hat das Privileg, solche Ansichten zu äußern«, sagte Ezza grinsend. »Wäre Signor Muscari ein Engländer, so würde er in Wandworth immer noch nach Straßenräubern ausschauen. Glauben Sie mir, es besteht in Italien nicht mehr Gefahr gefangengenommen zu werden, als in Boston skalpiert zu werden.«

»Dann schlagen Sie also vor, es zu wagen?« fragte Herr Harrogate stirnrunzelnd.

»Oh, das klingt ja beinahe gruselig«, rief das Mädchen und richtete ihre strahlenden Augen auf Muscari. »Glauben Sie wirklich, daß der Paß gefährlich sei?«

Muscari warf seine schwarze Mähne zurück. »Ich weiß, daß er gefährlich ist«, sagte er. »Ich überschreite ihn morgen.«

Der junge Harrogate blieb einen Augenblick lang allein zurück, während er sein Glas Weißwein leerte und eine Zigarette anzündete; die Schöne mit dem Bankier, der Reiseführer und der Dichter hatten sich erhoben und zogen sich zurück. In diesem Augenblick standen die beiden Priester in der Ecke auf, und der größere von den beiden, ein weißhaariger Italiener, verabschiedete sich. Der kleinere Priester wendete sich um und schritt auf den Sohn des Bankiers zu; dieser war erstaunt zu sehen, daß der Mann, obwohl römisch-katholischer Priester, ein Engländer war. Er erinnerte sich dunkel, ihm bei sozialen Versammlungen einiger katholischer Freunde begegnet zu sein. Aber der Mann sprach, ehe Harrogate sein Gedächtnis vollkommen sammeln konnte.

»Herr Frank Harrogate, glaube ich«, sagte der Priester. »Ich hatte vor einiger Zeit schon einmal das Vergnügen, aber ich will mich nicht darauf berufen. Das Merkwürdige, was ich Ihnen zu sagen habe, kommt wahrscheinlich besser von einem Fremden. Herr Harrogate, ich sage nur ein Wort und will dann gehen: Geben Sie auf Ihre Schwester acht, ihr droht ein schwerer Kummer.«

Sogar für Franks wahrhaft brüderliche Gleichgültigkeit schien die strahlende und ausgelassene Heiterkeit seiner Schwester etwas Klingendes, Funkensprühendes an sich zu haben; er konnte ihr Lachen noch aus dem Hotelgarten herüberhören; und voll Verwirrung starrte er seinen düsteren Ratgeber an.

»Meinen Sie die Räuber?« fragte er, und dann, sich eines undeutlichen Angstgefühls erinnernd, das er selbst empfunden hatte, »oder denken Sie vielleicht an Muscari?«

»Man denkt nie an die wahre Ursache eines Kummers«, sagte der seltsame Priester. »Man kann nur gütig sein, wenn er sich zeigt.«

Und er verließ schnell den Raum, in dem er den anderen beinahe mit offenem Mund zurückließ.

Einen Tag später kroch ein Wagen, der die Gesellschaft führte, wirklich empor und arbeitete sich in den Furchen der drohenden Bergkette aufwärts. Zwischen Ezzas fröhlicher Leugnung aller Gefahren und Muscaris prahlerischer Herausforderung derselben blieb die Familie des Finanzmannes fest in ihrem ursprünglichen Entschluß, und Muscari machte die Gebirgsreise mit ihnen zusammen. Einen überraschenderen Anblick bildete an der Station der Küstenstadt das Erscheinen des kleinen Priesters aus dem Restaurant; er brachte nur vor, daß Geschäftsangelegenheiten ihn auch nach Überschreitung der Berge in das Innere des Landes führten. Doch der junge Harrogate konnte seine Gegenwart nur mit der geheimnisvollen Angst und Warnung des vergangenen Tages in Zusammenhang bringen.

Der Wagen war eine Art bequemer kleiner Waggon, ersonnen von dem modernisierenden Talent des Reiseführers, dessen wissenschaftlicher Tatendrang und behender Geist die Expedition leiteten. Die Theorie einer von Räubern drohenden Gefahr war aus den Reden und Gedanken aller verbannt, obwohl man sich der Form halber herbeigelassen hatte, einige leichte Vorsichtsmaßregeln anzuwenden. Der Reiseführer und der junge Bankier trugen geladene Revolver, und Muscari hatte, mit viel knabenhafter Freude, eine Art Hirschfänger unter seinem schwarzen Mantel umgeschnallt.

Er hatte es verstanden, seine Person in sprungbereiter Nähe der lieblichen Engländerin zu halten; an ihrer anderen Seite saß der Priester, der Brown hieß und glücklicherweise ein stiller Mensch war; der Reiseführer, der Vater und der Sohn saßen auf dem Rücksitz. Muscari befand sich in gehobener Stimmung, denn er glaubte ernstlich an die Gefahr, und dem Gespräch nach, das er mit Ethel führte, hätte sie leicht auf den Gedanken kommen können, er leide an Manie. Aber in diesem waghalsigen und überwältigenden Aufstieg zwischen felsigen Gipfeln, an deren Hängen sich Wälder von Obstbäumen hinzogen, lag etwas, das den Geist des Mädchens mit dem des Dichters in den Purpur übernatürlicher Himmelsregionen von kreisenden Sonnen emporhob. Die weiße Straße kletterte wie eine weiße Katze hinauf; sie überbrückte düstere Abgründe wie ein gespanntes Seil; sie lag über weite Landstrecken geworfen wie ein Lasso.

Und wie hoch sie auch kamen, überall blühte das verlassene Land wie eine Rose. Die Felder waren von Wind und Sonne gebräunt und Hunderte von Blumen leuchteten in den prächtigen Farben wie Eisvögel, Papageien und Kolibris. Es gibt keine lieblicheren Wiesen und Wälder als die englischen; keine erhabeneren Hänge und Abgründe als Snowdon und Glencoe. Doch Ethel Harrogate hatte nie zuvor die südlichen Gärten zu Füßen der zerklüfteten Bergspitzen des Nordens, die Schluchten Glencoes mit den Früchten Kents beladen gesehen. Es war hier nichts von der Öde und Verlassenheit, die man in Britannien mit dem Gedanken hoher und wilder Szenerie verbindet. Es war eher wie ein vom Erdbeben zertrümmertes Mosaikschloß;

oder wie ein holländischer Tulpengarten, mit Dynamit bis zu den Sternen gesprengt.

»Es ist wie Kew Gardens auf Beachy Head«, sagte Ethel.

»Es ist unser Geheimnis«, antwortete Muscari, »das Geheimnis des Vulkans; das ist auch das Geheimnis der Revolution – daß etwas gewalttätig und doch fruchtbar sein kann.«

»Sie sind selbst ein bißchen gewalttätig«, und sie lächelte ihm zu.

»Und doch ein wenig unfruchtbar«, gab er zu; »wenn ich heute nacht sterbe, so sterbe ich unverheiratet und als Narr.«

»Es ist nicht meine Schuld, daß Sie mitgekommen sind«, sagte sie nach einem peinlichen Schweigen.

»Es ist niemals Eure Schuld«, antwortete Muscari; »es war nicht Eure Schuld, daß Troja fiel.«

Während er sprach, fuhren sie unter überhängenden Felswänden vorbei, die sich beinahe wie Flügel über eine besonders gefahrvolle Wegbiegung breiteten. Stutzig gemacht von dem großen Schatten auf der schmalen, simsartig vorspringenden Straße, scheuten die Pferde ängstlich zurück. Der Kutscher sprang ab, um sie bei den Zügeln zu fassen, doch er verlor die Gewalt über sie. Eines der Pferde bäumte sich in seiner vollen Größe auf – zu der titanischen und erschreckenden Größe eines Pferdes, wenn es zu einem Zweifüßler wird. Es war eben genug, um das Gleichgewicht zu stören; der ganze Wagen kippte um wie ein Boot und fiel krachend durch das Buschwerk am Rande der Felswand. Muscari schlang seinen Arm um Ethel, die sich an ihn klammerte und laut aufschrie. Um solcher Augenblicke willen lebte er!

In diesem Augenblick, als die ungeheuerlichen Bergwände sich um den Kopf des Dichters wie Windmühlenflügel drehten, geschah etwas, das zumindest noch erstaunlicher war. Der ältliche und lethargische Bankier sprang aufrecht im Wagen in die Höhe und in den Abgrund, ehe das umgekippte Vehikel ihn dahin bringen konnte. Im ersten Augenblick sah es wie wilder Selbstmord aus; aber im zweiten erwies es sich als so klug wie eine sichere Kapitalanlage. Der Mann aus Yorkshire verfügte augenscheinlich über mehr Schlauheit und schnelle Entschlußfähigkeit, als Muscari ihm zugetraut hätte. Denn er landete auf einem Fleckchen, das absichtlich mit weichem Gras und Klee ausgepolstert worden zu sein schien, um ihn zu empfangen. Es geschah tatsächlich so, daß die ganze Gesellschaft ebenso glücklich, wenn auch äußerlich nicht ganz so würdevoll, dort abgesetzt wurde. Unmittelbar unterhalb dieser plötzlichen Straßenbiegung befand sich eine gras- und blumenbewachsene Mulde, einer versunkenen Wiese gleich, eine Art grüne Samttasche in dem langen, grünen Schleppgewand der Hügel. Da hinein wurden sie alle mit geringem Schaden ausgeleert oder umgekippt, nur ihr kleines Gepäck und sogar der Inhalt ihrer Taschen lagen rings im Gras verstreut. Der zerbrochene Wagen hing noch oben im dichten Gebüsch, während die Pferde mühsam den Abhang herunterglitten. Der kleine Priester war der erste, der sich wieder aufsetzte und sich mit einem närrisch erstaunten Gesicht den Kopf kratzte; Frank Harrogate hörte, wie er zu sich selbst sagte: »Jetzt möchte ich wissen, wieso wir ausgerechnet hierher gefallen sind!«

Er sah sich rings unter den verstreuten Dingen um und entdeckte seinen ungewöhnlich plumpen Schirm. Dahinter lag der breitkrempige Hut Muscaris und daneben ein versiegelter Geschäftsbrief, den er nach einem flüchtig darauf geworfenen Blick dem älteren Harrogate überreichte. Auf der anderen Seite lag Fräulein Ethels Sonnenhut, halb vom Gras verdeckt, und unmittelbar daneben ein merkwürdiges kleines Glasfläschchen, kaum zwei Zoll lang. Der Priester hob es auf, öffnete den Stöpsel mit einer schnellen, unauffälligen Bewegung und schnüffelte daran; sein ausdrucksloses Gesicht wurde aschfahl.

»Gott steh uns bei!« murmelte er. »Es kann doch wohl nicht ihr gehören?« Er ließ das Fläschchen in seine Westentasche gleiten. »Ich glaube dazu berechtigt zu sein«, sagte er zu sich, »bis ich ein wenig mehr erfahren habe.«

Er guckte verstohlen mit schmerzvollen Blicken nach dem Mädchen, das in diesem Augenblick von Muscari aus den Blumen gehoben wurde, und zwar mit den Worten: »Wir sind in den Himmel gefallen; es ist ein Zeichen. Sterbliche klettern aufwärts und fallen abwärts; nur Göttern und Göttinnen ist es vergönnt, aufwärts zu fallen.«

Und wirklich erhob sie sich aus diesem Meer von Farben so schön und glücklich – eine Vision, die des Priesters Verdacht aus seinem Kopf vertreiben und vertilgen zu wollen schien. »Schließlich gehört das Gift vielleicht doch nicht ihr«, dachte er; »vielleicht ist es nur einer von Muscaris melodramatischen Tricks.«

Muscari stellte die Dame leicht auf die Beine, machte eine närrisch-theatralische Verbeugung vor ihr und hackte dann sofort mit dem gezogenen Hirschfänger aus aller Kraft auf die verwickelten Geschirre der Pferde los, bis sie auf die Beine kriechen konnten und zitternd auf der Wiese standen. Nachdem Muscari dies getan hatte, geschah etwas sehr Merkwürdiges. Ein sehr stiller Mann, sehr ärmlich gekleidet und ungemein sonnverbrannt, trat aus dem Gebüsch und faßte die Pferde an den Zügeln. Er trug ein seltsam geformtes, sehr breites, gebogenes Messer am Gürtel. Sonst war nichts Merkwürdiges an ihm, nur ebendieses plötzliche und stille Auftreten. Der Dichter fragte ihn, wer er sei, und er antwortete nicht.

Als sich Muscari rings unter den verwirrten und erstaunten Leuten in der Mulde umsah, bemerkte er, daß ein zweiter gebräunter und zerlumpter Mann, mit einem Karabiner unterm Arm, die Ellbogen ins Gras gestützt, vom unteren Rande der Wiese aus zu ihnen heraufsah. Dann blickte Muscari zur

Straße hinauf, von der sie heruntergefallen waren, und sah die Mündungen von vier weiteren Karabinern und vier weitere braune Gesichter mit weit offenen, aber vollkommen unbeweglichen Augen auf sich herabblicken.

»Die Räuber!« schrie Muscari mit einem gewissen Frohlocken. »Das war eine Falle. Ezza, wenn du die Freundlichkeit haben wolltest, zuerst den Kutscher zu erschießen, so können wir noch durchkommen. Sie sind ihrer nur sechs.«

»Der Kutscher«, sagte Ezza, der grimmig, die Hände in den Taschen, dastand, »ist zufällig ein Diener des Herrn Harrogate.«

»Dann erschieß ihn um so mehr«, rief der Dichter ungeduldig; »er ist bestochen worden, seinen Herrn umzuwerfen. Dann wollen wir die Dame in die Mitte nehmen und die Schlachtreihe dort oben durchbrechen – in einem schnellen Ansturm.«

Und durch das dichte, blumenübersäte Gras watend, näherte er sich furchtlos den vier Karabinern; doch als er bemerkte, daß ihm niemand folgte, mit Ausnahme des jungen Harrogate, drehte er sich um und schwenkte den Hirschfänger, um die anderen herbeizuwinken. Er sah den Reiseführer, immer noch etwas abseits inmitten des Wiesenrundes, die Hände in den Taschen, dastehen, indes sein schmales, ironisches, italienisches Gesicht im Abendlicht immer länger und länger zu werden schien.

»Du glaubtest, Muscari, ich sei der Mißratene unter den Schulkameraden«, sagte er, »und dich hieltest du für den Erfolgreichen. Aber ich habe doch den größeren Erfolg erzielt und werde in der Geschichte den wichtigeren Platz einnehmen. Ich habe Epen geschaffen, während du sie geschrieben hast.«

»Komm vorwärts!« donnerte Muscari von oben. »Willst du dort stehenbleiben und Unsinn schwätzen, wenn du eine Dame zu retten hast und drei starke Männer dir helfen wollen? Wie, glaubst du, wird man dich da nennen?«

»Man nennt mich Montano«, rief der seltsame Reiseführer mit ebenso lauter und volltönender Stimme. »Ich bin der König der Räuber, und ich heiße euch alle in meiner Sommerresidenz willkommen.«

Und während er sprach, traten noch fünf weitere stille Männer mit bereitgehaltenen Waffen aus dem Gebüsch hervor und blickten ihn an, als erwarteten sie seine Befehle. Einer von ihnen hielt ein großes Papier in der Hand.

»Dieses hübsche kleine Nest, in dem wir hier alle ein Picknick feiern«, fuhr der räuberische Reiseführer mit demselben spöttischen, doch düsteren Lächeln fort, »ist zusammen mit einigen unterirdischen Höhlen unter dem Namen ›Paradies der Diebe‹ bekannt. Es ist meine stärkste Befestigung auf diesen Hügeln; denn wie Sie bemerkt haben dürften, ist der Horst sowohl von der oben entlangführenden Straße wie auch von dem darunter liegenden Tal aus unsichtbar. Er ist noch etwas Besseres als uneinnehmbar; er ist unauffindbar. Hier lebe ich zumeist, und hier werde ich sicherlich sterben, falls mich die Gendarmen hier jemals aufspüren sollten. Ich gehöre nicht zu jener Art von Verbrechern, die ihre ›Verteidigung in der Reserve halten‹, sondern zu der besseren Art, die ihre letzte Kugel in Reserve halten.«

Alle starrten ihn wie vom Donner gerührt schweigend an, mit Ausnahme Pater Browns, der einen tiefen Seufzer der Erleichterung ausstieß und die kleine Phiole in seiner Tasche befingerte. »Gott sei Dank!« murmelte er. »Das ist weitaus wahrscheinlicher. Das Gift gehört natürlich diesem Räuberhauptmann. Er trägt es wie Cato bei sich, damit er niemals gefangengenommen werden kann.«

Der Räuberkönig fuhr jedoch fort, seine Ansprache mit derselben gefährlichen Höflichkeit vorzubringen. »Es bleibt mir nur noch übrig«, sagte er, »meinen Gästen die gesellschaftlichen Bedingungen mitzuteilen, unter denen ich das Vergnügen habe, sie zu bewirten. Ich brauche wohl nicht erst die althergebrachte Tradition des Lösegeldes zu erklären, das einzutreiben meine Pflicht ist; auch trifft dies nur einen Teil der Gesellschaft. Den hochwürdigen Pater Brown und den berühmten Signor Muscari werde ich im kommenden Morgengrauen freigeben und bis zu meinen äußeren Wachtposten eskortieren lassen. Poeten und Priester haben, wenn Sie meine einfache Rede freundlichst entschuldigen wollen, niemals Geld. Und darum – da es unmöglich ist, etwas aus ihnen herauszuholen – wollen wir die Gelegenheit ergreifen, unsere Bewunderung für klassische Literatur und unsere Verehrung für die heilige Kirche zu beweisen.«

Er hielt mit einem unangenehmen Lächeln inne; Pater Brown blinzelte wiederholt nach ihm hin und schien plötzlich mit großer Aufmerksamkeit zuzuhören. Der Räuberhauptmann nahm das große Papier von dem wartenden Räuber und, es flüchtig mit einem Blick streifend, fuhr er fort:

»Meine übrigen Absichten sind klar auseinandergesetzt in diesem öffentlichen Dokument hier, das ich sofort herumreichen lassen werde und das nachher an einem Baum bei jedem Dorf und an jeder Wegkreuzung in den Bergen angeschlagen werden soll. Ich will euch mit Fachausdrücken nicht langweilen, das werdet ihr dann ohnehin allein herausfinden. Das Wesentliche meiner Proklamation ist folgendes: Ich kündige zuerst an, daß ich den englischen Millionär, den Finanzkoloß Herrn Samuel Harrogate, gefangen habe. Ich kündige weiter an, daß ich bei ihm zweitausend Pfund in Noten und Wertpapieren gefunden habe, die er mir übergeben hat. Da es nun wahrhaftig unmoralisch wäre, etwas Derartiges dem gläubigen Publikum anzukündigen, wenn es nicht auch tatsächlich stattgehabt hat, so schlage ich vor, daß es ohne jede weitere Verzögerung statthabe. Ich schlage vor, daß Herr Harrogate senior mir die zweitausend Pfund, die er in der Tasche trägt, übergebe.«

Der Bankier sah ihn stirnrunzelnd an, mit rotem Gesicht und mürrischem Ausdruck, aber anscheinend eingeschüchtert. Jener Sprung aus dem stürzenden Wagen schien den Rest seiner männlichen Kraft aufgebraucht zu haben. Er war mit einer Armesündermiene zurückgeblieben, als sein Sohn und Muscari den kühnen Versuch machen wollten, aus der Räuberfalle auszubrechen.

Und jetzt fuhr seine rote, zitternde Hand widerwillig in die Brusttasche, und er überreichte dem Räuber ein Bündel Papiere und Briefumschläge.

»Ausgezeichnet!« rief der Bandit frohlockend, »so weit geht alles ganz gemütlich. Ich fahre also in der Aufzählung der Punkte meiner Proklamation fort, die bald in ganz Italien bekanntgegeben werden soll. Das dritte ist die Frage des Lösegeldes. Ich verlange von den Freunden der Familie Harrogate ein Lösegeld von dreitausend Pfund, welche Forderung – davon bin ich überzeugt – für diese Familie beinahe beleidigend ist durch die bescheidene Einschätzung ihrer Bedeutung. Wer würde nicht eine dreimal so große Summe bezahlen, um noch einen Tag länger in diesem häuslichen Kreise verbringen zu dürfen? Ich will euch nicht verbergen, daß das Dokument mit gewissen gesetzmäßig klingenden Phrasen endet über die unangenehmen Dinge, die passieren könnten, falls das Geld nicht bezahlt wird; doch inzwischen, meine Herren und Damen, lassen Sie mich Ihnen versichern, daß es mir hier an Bequemlichkeit, Wein und Zigarren nicht mangelt und ich Ihnen einstweilen meinen sportsmännischen Willkommensgruß entbiete zu allen Freuden und Genüssen des Paradieses der Räuber!«

Während der ganzen Zeit, da er sprach, hatten sich die zweifelhaft aussehenden Männer mit Karabinern und schmutzigen Filzhüten schweigend in so zunehmender Zahl versammelt, daß sogar Muscari einsehen mußte, wie geringe Hoffnungen ein Ausfall mit dem Schwert haben mochte. Er blickte um sich;

doch das Mädchen war bereits hinübergegangen, um ihren Vater zu trösten und zu beruhigen, denn ihre natürliche Zuneigung zu ihm war ebenso stark oder vielleicht noch stärker als ihr etwas snobistischer Stolz auf seinen Erfolg. Muscari, mit der mangelhaften Logik jedes Liebhabers, bewunderte diese töchterliche Ergebenheit und fühlte sich doch zugleich durch sie unangenehm berührt. Er steckte den Dolch wieder in die Scheide und zog sich zurück, um sich ein wenig schmollend auf eine der Rasenbänke zu werfen. Der Priester setzte sich ein oder zwei Ellen weit davon entfernt nieder, und Muscari wendete ihm in einer augenblicklich aufsteigenden Erregung seine Adlernase zu, während er ihn mit Adlerblicken durchbohrte.

»Nun«, sagte der Dichter herb, »halten mich die Leute immer noch für zu romantisch? Ich bin neugierig, ob es in den Bergen noch Räuber gibt oder nicht!«

»Mag schon vorkommen«, sagte Pater Brown.

»Was meinen Sie?« fragte der andere scharf.

»Ich meine, daß ich verwirrt bin«, erwiderte der Priester. »Ich bin verwirrt durch diesen Ezza oder Montano oder wie immer sonst er heißen mag. Er kommt mir als Räuber noch weit unverständlicher vor denn als Reiseführer.«

»Aber wieso?« fragte sein Gefährte beharrlich. »Santa Maria! Ich will doch meinen, der Räuber ist klar genug.«

»Ich finde drei seltsame Schwierigkeiten«, sagte der Priester mit ruhiger Stimme. »Ich würde gerne Ihre Meinung darüber hören. Vor allem muß ich Ihnen sagen, daß ich in jenem Restaurant am Meeresufer zugleich mit Ihnen gespeist habe. Als vier von Ihnen das Lokal verließen, gingen Sie und Fräulein Harrogate lachend und plaudernd voran; der Bankier und der Reiseführer folgten Ihnen und sprachen wenig und ziemlich leise. Aber ich konnte nicht umhin, Ezza die Worte sprechen zu hören: ›Nun, mag sie ihren kleinen Spaß haben; Sie wissen, der Schlag kann sie jeden Augenblick treffen.‹ Herr Harrogate antwortete nichts; darum müssen die Worte eine bestimmte Bedeutung gehabt haben. Einem Impuls des Augenblicks folgend, warnte ich den Bruder und sagte ihm, daß seine Schwester vielleicht in Gefahr schwebe; ich erwähnte nichts von der Art der Gefahr, da ich nichts Näheres darüber wußte. Doch sollte es diese Gefangennahme in den Bergen bedeuten, so wäre es ein Unsinn. Wozu sollte der räuberische Reiseführer seinen Auftraggeber warnen, wenn auch nur durch einen Wink, da sein einziger Zweck doch war, ihn in die Bergmausefalle zu locken? Es kann nicht das bedeutet haben. Wenn aber nicht, was sollte dieses andere Unglück sein, das sowohl dem Reiseführer wie dem Bankier bekannt ist und das über dem Haupte von Fräulein Harrogate schwebt?«

»Ein Unglück über dem Haupte Fräulein Harrogates?« rief der Dichter aus und richtete sich mit einiger Wildheit auf. »Erklären Sie sich näher; fahren Sie fort!«

»Alle meine Rätsel drehen sich jedoch um unseren Räuberhauptmann«, nahm der Priester nachdenklich seine Betrachtungen wieder auf. »Hier ist das zweite: Wozu sollte er in seiner Lösegeldforderung die Tatsache, daß er seinem Opfer zweitausend Pfund auf der Stelle abgenommen hat, so besonders betonen? Das fördert die Einbringung des Lösegeldes nicht im geringsten. Ganz im Gegenteil. Harrogates Freunde müßten weit mehr um sein Schicksal besorgt sein, wenn sie glaubten, daß die Räuber arm und verzweifelt seien. Und doch ist die Plünderung an Ort und Stelle ausdrücklich hervorgehoben und an die Spitze der Forderung gestellt worden. Warum sollte Ezza Montano soviel Wert darauf legen, Europa wissen zu lassen, daß er den Leuten die Taschen ausplünderte, ehe er die Erpressung vornahm?«

»Ich habe keine Ahnung«, sagte Muscari und strich sein schwarzes Haar zurück, diesmal ohne affektierte Geste. »Sie glauben vielleicht mich aufzuklären, aber Sie führen mich nur tiefer ins Dunkel. Was mag wohl der dritte Einwand gegen den Räuberkönig sein?«

»Der dritte Einwand«, sagte Pater Brown, noch immer in Nachdenken versunken, »ist diese Bank, auf der wir sitzen. Warum nennt unser räuberischer Reiseführer dies seine Hauptfestung und das Paradies der Räuber? Es ist sicherlich ein sanfter Fleck Erde, um darauf niederzufallen, und ein lieblicher Fleck Erde, um ihn anzusehen. Es ist auch ganz richtig, daß er, wie Ezza sagt, vom Tal und von der Höhe aus unsichtbar ist und darum ein Versteck bildet. Aber es ist keine Festung. Ich glaube, es wäre die schlechteste Festung der ganzen Welt. Denn sie wird tatsächlich von oben durch die allgemeine Hochstraße über die Berge beherrscht – gerade von dem Orte aus, den die Polizei voraussichtlich passieren würde. Ja, fünf schäbige kleine Gewehre haben uns vor einer halben Stunde hilflos hier festgehalten. Eine viertel Kompanie irgendwelcher Soldaten hätte uns über den Abhang feuern können. Was soll also dieser seltsame Schlupfwinkel von Gras und Blumen bedeuten? Es ist keine verschanzte Stellung. Es ist etwas anderes; es hat irgendeine andere seltsame Bedeutung; irgendeinen Vorzug, den ich nicht verstehe. Es gleicht eher einem zufälligen Theater oder einem natürlichen Rasenplatz; es ist wie die Szenerie einer romantischen Komödie; es ist wie...«

Als die Worte des kleinen Priesters sich in die Länge zogen und sich endlich ganz in unverständliche und träumerische Erwägungen verloren, hörte Muscari, dessen animalische Sinne wach und scharf waren, ein neues Geräusch, das aus den Bergen drang. Sogar für ihn war der Ton nur ganz schwach und leise vernehmbar; doch er hätte schwören können, daß die Abendbrise etwas wie das Getrappel von Pferdehufen und ferne Rufe mit sich getragen habe.

Im selben Augenblick und lange ehe die Vibration die weniger empfindsamen Ohren der Engländer erreicht hatte, lief Montano, der Räuber, zu der Höhe hinauf und spähte, in dem niedergebrochenen Buschwerk gegen einen Baum gestützt, die Straße hinunter. Er war eine merkwürdige Gestalt, wie er so dort lehnte; denn er hatte sich in seiner Eigenschaft als Banditenkönig einen phantastischen Schlapphut beigelegt und einen an Gürtel und Gehenke schleppenden Degen, doch der leuchtendkarierte prosaische Anzug des Reiseführers schimmerte in hellen Flecken rings durch das Gebüsch.

Im nächsten Augenblick wendete er sein olivfarbenes, grinsendes Gesicht um und machte eine Bewegung mit der Hand. Die Räuber verstreuten sich auf das Zeichen hin, nicht in Verwirrung, sondern, wie es schien, in einer Art kriegerischer Ordnung. Statt wie bisher die Straße selbst besetzt zu halten, verteilten sie sich längs derselben hinter den Bäumen und Gebüschen, als erwarteten sie im Hinterhalt einen Feind. Der ferne Lärm wurde lauter und fing an, die Bergstraße erbeben zu machen; man konnte deutlich eine Stimme hören, die Befehle erteilte. Die Räuber duckten sich und kauerten sich zusammen, fluchten und flüsterten, und die Abendluft war erfüllt von tausend kleinen metallischen Klängen, vom Laden der Pistolen, vom Herausziehen der Messer und vom Anschlagen der Säbel gegen Steine und Wurzeln. Dann schien sich der Lärm von beiden Seiten oben auf der Straße zu vereinen; Zweige wurden geknickt, Pferde wieherten, und Männer schrien.

»Hilfstruppen!« rief Muscari, sprang auf die Beine und schwenkte seinen Hut. »Gendarmen kommen über sie! Jetzt laßt uns für die Freiheit kämpfen! Rebellen gegen Räuber! Kommt, wir wollen nicht alles der Polizei überlassen; das ist so schrecklich modern. Wir wollen diesen Schurken in den Rücken fallen. Die Gendarmen sind uns zu Hilfe gekommen; hört, Freunde, wir wollen den Gendarmen zu Hilfe kommen!«

Er warf seinen Hut hoch über die Bäume, zog nochmals sein kurzes Schwert und begann, den Abhang hinaufzustürmen, der Straße zu. Frank Harrogate sprang auf und lief, den Revolver in der Hand, hinüber, um ihm zu helfen, hielt jedoch erstaunt inne, als er sich von der rauhen Stimme seines Vaters, der in großer Aufregung zu sein schien, höchst energisch und bestimmt zurückgerufen hörte.

»Ich will es nicht«, sagte der Bankier mit keuchender Stimme, »ich will nicht, daß du dich einmischst.«

»Aber Vater«, sagte Frank herzlich, »ein Italiener geht voran. Du wirst doch nicht wollen, daß ein Engländer zurückbleibt?«

»Es ist zwecklos«, sagte der ältere Mann heftig zitternd, »es ist zwecklos. Wir müssen uns in unser Los fügen.«

Pater Brown sah den Bankier an; dann legte er seine Hand instinktiv an die Brust, als griffe er nach seinem Herzen, doch in Wirklichkeit tastete er nach dem Fläschchen mit dem Gift; dann glitt ein Leuchten über sein Gesicht, die Erleuchtung der Offenbarung des Todes.

Muscari hatte inzwischen, ohne auf Unterstützung zu warten, die Höhe der Straße erklommen und den Räuberkönig heftig auf die Schulter geschlagen, so daß dieser schwankte und herumfuhr. Auch Montano hatte sein Schwert aus der Scheide gezogen, und Muscari, ohne ein Wort zu verlieren, führte einen Stoß gegen Montanos Kopf, den dieser parieren und auffangen mußte. Aber noch während die beiden kurzen Schwerter gekreuzt waren und gegeneinanderschlugen, ließ der König der Räuber absichtlich seine Klinge sinken und lachte.

»Wozu, alter Freund?« sagte er in munterem italienischem Dialekt; »diese verdammte Komödie wird bald vorüber sein.«

»Was meinst du mit deinen Ausflüchten?« keuchte der feuerspeiende Dichter. »Ist dein Mut nur Schein, ebenso wie deine Ehrlichkeit?«

»Alles an mir ist nur Schein«, erwiderte der Ex-Reiseführer jetzt in vollkommen heiterer Laune. »Ich bin ein Schauspieler; und wenn ich jemals einen Privatcharakter besessen habe, so kann ich mich seiner längst nicht mehr entsinnen. Ich bin ebensowenig ein echter Räuber, wie ich ein echter Reiseführer bin. Ich bin nur ein Bündel von Masken, und damit kannst du dich nicht schlagen.« Und er lachte in knabenhafter Ausgelassenheit und verfiel wieder in seine gewohnte breitbeinige Stellung, den Rücken dem Scharmützel auf der Straße zugewandt.

Die Dunkelheit fiel unter den hohen Bergwänden ein, und es war nicht leicht, viel von dem Fortgang des Kampfes zu erkennen, ausgenommen, daß große Männer die Köpfe ihrer Pferde durch eine dichte Menge von Räubern durchzuzwängen trachteten, die eigentlich mehr geneigt schienen, die Eindringlinge zu belästigen und zu bedrängen, als sie zu töten. Das Ganze glich einer Menschenansammlung in einer Stadt, bei welcher die Polizei gehindert werden soll, durchzukommen, als irgendeinem Bild, das sich der Dichter vom letzten Standhalten verurteilter und geächteter Mörder und Räuber vorgestellt hätte. Eben als er voll Verwunderung die Augen rollte, fühlte er sich am Ellbogen berührt und sah den merkwürdigen kleinen Priester, wie einen kleinen Noah mit einem großen Hut, dort stehen und ihn um die Freundlichkeit bitten, ein paar Worte mit ihm wechseln zu dürfen.

»Signor Muscari«, sagte der Priester, »in dieser seltsamen Situation werden Sie es mir nicht übelnehmen, wenn ich ein wenig persönlich werde. Ich kann Ihnen vielleicht, ohne Ihnen nahetreten zu wollen, sagen, in welcher Weise Sie mehr helfen könnten, als wenn Sie den Gendarmen beistehen, die auf jeden Fall hier durchbrechen müssen. Sie werden mir die unverschämte Intimität verzeihen; aber liegt Ihnen etwas an diesem Mädchen? Ich meine, liegt Ihnen so viel an ihr, daß Sie sie heiraten und ihr ein guter Gatte sein wollen?«

»Ja«, sagte der Dichter ganz schlicht.

»Liegt ihr etwas an Ihnen?«

»Ich glaube, ja«, lautete die ebenso ernste Antwort.

»Dann gehen Sie hin, und halten Sie um ihre Hand an«, sagte der Priester; »bieten Sie ihr alles an, was Sie anbieten können; Himmel und Erde, wenn Sie sie besitzen. Die Zeit ist knapp.«

»Warum?« fragte der erstaunte Mann der Feder.

»Weil«, sagte Pater Brown, »ihr Schicksal die Straße dort heraufkommt.«

»Nichts kommt die Straße herauf«, erwiderte Muscari, »nur die Hilfstruppen.«

»Nun, so gehen Sie hinüber, und helfen Sie ihr, den Hilfstruppen zu entrinnen.«

Beinahe noch während er sprach, wurde das Gebüsch über den ganzen Kamm hin von dem Ansturm der fliehenden Räuber niedergetreten. Sie tauchten in Buschwerk und dichtem Gras unter wie verfolgte, geschlagene Leute; und die großen, federgeschmückten Hüte der berittenen Gendarmen glitten bald oben längs der niedergetretenen Hecke vorbei. Ein anderer Befehl wurde erteilt; man hörte das Geräusch des Absitzens von den Pferden, und ein großer Offizier, mit federgeschmücktem Hut, einem grauen Spitzbart und einem Blatt Papier in der Hand, erschien in der Öffnung, welche das Tor zum Paradies der Diebe bildete.

Die augenblicklich eingetretene Stille wurde in auffallender Weise von dem Bankier unterbrochen, der mit heiserer und erstickter Stimme ausrief: »Ausgeraubt, geplündert! Man hat mich beraubt!«

»Ja, das geschah doch schon vor Stunden«, rief sein Sohn erstaunt, »daß man dir die zweitausend Pfund geraubt hat.«

»Nicht die zweitausend Pfund«, sagte der Finanzmann, plötzlich erschreckend gefaßt, »sondern nur ein kleines Fläschchen.«

Der Polizeioffizier mit dem grauen Spitzbart schritt über den grünen Rasen der Mulde hin. Als er an dem König der Räuber vorbeikam, schlug er ihm auf die Schulter, mit einer Bewegung, die zwischen einer Liebkosung und einem Schlag die Mitte hielt, und versetzte ihm einen Stoß, der ihn weit forttaumeln ließ. »Sie werden auch Unbequemlichkeiten haben«, sagte er, »wenn Sie solche Streiche spielen.«

Wieder erschien es dem Künstlerauge Muscaris nicht ganz so wie die Gefangennahme eines großen Verbrechers, dem jeder Ausweg abgeschnitten ist. Der Offizier schritt weiter und machte vor den nebeneinanderstehenden Mitgliedern der Familie Harrogate halt: »Samuel Harrogate, ich verhafte Sie im Namen des Gesetzes wegen Veruntreuung der Gelder der Hull-und-Huddersfield-Bank.«

Der große Bankier nickte mit der merkwürdigen Miene eines Geschäftsmannes, der sein Einverständnis bezeugt, schien noch einen Augenblick zu überlegen, und ehe es jemand verhindern konnte, gelangte er durch eine halbe Drehung und einige Schritte an den Rand des Abhangs der außen liegenden Bergwand. Dann, die Arme in die Höhe werfend, sprang er genauso, wie er aus dem Wagen gesprungen war. Aber diesmal fiel er nicht auf eine kleine Wiese, die gerade unterhalb lag; er fiel tausend Fuß tief, um mit zerschmetterten Gliedern im Abgrund liegenzubleiben.

Der Zorn, dem der italienische Polizeioffizier, zu Pater Brown gewendet, wortreichen Ausdruck gab, war nicht wenig mit Bewunderung vermengt. »Das sieht ihm wieder ähnlich, uns zum Schluß noch zu entwischen«, sagte er. »Er war ein großer Räuber, wenn Sie wollen. Dieser letzte Streich, den er uns spielte, ist, glaube ich, absolut einzig dastehend in der Geschichte. Er floh mit den Geldern der Gesellschaft nach Italien und ließ sich tatsächlich von Scheinräubern fangen, die er selbst bezahlte, um auf diese Weise beides – sein eigenes Verschwinden und das des Geldes – zu erklären. Jene Lösegeldforderung ist tatsächlich von der Polizei ernst genommen worden. Aber er hat seit Jahren ganz ebenso gute Ideen gehabt und ausgeführt. Es wird für seine Familie ein wirklicher Verlust sein.«

Muscari führte die unglückliche Tochter fort, die sich fest an ihn klammerte, wie sie es nachher noch viele Jahre hindurch tat. Aber sogar in dieser tragischen Situation konnte Muscari nicht umhin, dem unangreifbaren Ezza Montano ein Lächeln und eine Handbewegung halb ironischer Freundschaft zu schenken. »Und wohin gehst du jetzt?« fragte er über die Schulter hin.

»Birmingham«, antwortete der Schauspieler, an einer Zigarette paffend. »Hab' ich dir nicht gesagt, daß ich Futurist bin? Ich glaube wirklich an diese Dinge, wenn ich überhaupt an etwas glaube. Veränderungen, Bewegung und neue Dinge jeden Tag. Ich gehe nach Manchester, Liverpool, Leeds, Hull, Huddersfield, Glasgow, Chicago – kurz, zu aufgeklärten, energischen, zivilisierten Leuten!«

»Kurz«, sagte Muscari, »in das wahre Paradies der Diebe.«

Die Abwesenheit des Herrn Glaß

Die Sprechzimmer des Herrn Doktor Orion Hood, des berühmten Kriminologen und Spezialisten für gewisse moralische Störungen, erstreckten sich längs der Seeseite in Scarborough mit einer Reihe sehr großer, bis an den Boden reichender Fenster, hinter denen die Nordsee wie eine äußere Mauer von bläulichgrünem Marmor zu sehen war. An diesem Orte hatte das Meer irgend etwas von der Monotonie eines bläulichgrünen Postamentes an sich; denn in den Zimmern selbst herrschte eine schreckliche Regelmäßigkeit, nicht unähnlich der erschreckenden Regelmäßigkeit des Meeres. Man darf nicht etwa annehmen, daß die Zimmer des Herrn Doktor Hood des Luxus ermangelten, ja nicht einmal einer gewissen Poesie. Alles dies war da und am rechten Platz; aber man hatte das Gefühl, als dürfte es niemals anderswo sein als am rechten Platz. Luxus war da: auf einem eigens dazu bestimmten Tischchen standen acht oder zehn Schachteln der feinsten Zigarren; aber sie waren nach einem bestimmten System aufgeschichtet, so daß die stärksten der Wand zunächst standen und die leichtesten zunächst dem Fenster. Ein Likörständer mit drei verschiedenen Getränken, alles ausgezeichnete Marken, stand immer auf diesem Luxustischchen; aber phantasievolle Leute haben es bestätigt, daß die Whisky-, Schnaps- und Rumflaschen immer gleich voll waren. Auch Poesie war da: Die linke Ecke des Zimmers war mit einer ebenso vollständigen Sammlung der englischen Klassiker bekleidet, wie die rechte Ecke englische und fremdsprachige Physiologen aufweisen konnte. Doch nahm man einen Band Shelley oder Chaucer aus diesen Reihen, so störte sein Fehlen an seinem Platz ebenso wie die Zahnlücke zwischen den Vorderzähnen eines Menschen. Man konnte nicht sagen, daß die Bücher niemals gelesen worden waren; wahrscheinlich waren sie es, aber sie erweckten die Vorstellung, als wären sie an ihren Platz angekettet wie die Bibeln in den alten Kirchen. Doktor Hood behandelte seine privaten Bücherregale, als wären sie eine öffentliche Bibliothek. Und wenn diese strikte wissenschaftliche Unantastbarkeit sogar über den mit Lyrik und Balladen angefüllten Regalen lag und über den mit Tabak und Getränken besetzten Tischen, so ist es wohl selbstverständlich, daß noch weit mehr von dieser heidnischen Heiligkeit über den anderen Regalen mit der Bibliothek des Spezialisten waltete und über den anderen Tischen, welche die zerbrechlichen und geheimnisvollen Instrumente eines ärztlichen Laboratoriums trugen.

Doktor Orion Hood schritt der Länge nach durch die Flucht seiner Zimmer, welche im Osten – wie es in der Schulgeographie heißt – von der Nordsee und im Westen von den sachkundig zusammengestellten Reihen seiner kriminalistischen und soziologischen Bibliothek begrenzt war. Er trug eine Samtjacke wie ein Künstler, aber nicht mit der Nachlässigkeit eines Künstlers; sein Haar war stark ergraut, aber dicht und gesund; sein Gesicht war schmal, aber sanguinisch und wie in stets gespannter Erwartung. Alles um ihn und in seinem Zimmer erweckte den Eindruck einer gewissen Starrheit und Ruhelosigkeit zugleich, ähnlich diesem großen nördlichen Meer, an dem er – bloß aus hygienischen Rücksichten – sein Haus gebaut hatte.

Die heitere Laune des Zufalls öffnete die Türe und führte in diese langen, strengen, seebegrenzten Gemächer einen Mann herein, der vielleicht den überraschendsten Gegensatz zu ihnen und ihrem Besitzer darstellte. Nach einem zwar kurzen, aber höflichen Anklopfen öffnete sich die Türe nach innen, und in das Zimmer stolperte eine unförmige kleine Gestalt, die mit dem eigenen Hut und Schirm nicht fertig zu werden schien, als wären sie eine nicht zu bewältigende Menge Gepäcks. Der Schirm war ein schwarzes, prosaisches Bündel, längst aller Reparatur entwachsen; der Hut, ein breitkrempiger, schwarzer Hut von kirchlicher Form, aber in England nicht gebräuchlich; der Mann war die wahre Verkörperung alles Schlichten und Hilflosen.

Der Doktor sah den Ankömmling mit verhaltenem Erstaunen an, so etwa, wie er es gezeigt hätte, wenn irgendein riesiges, doch offensichtlich harmloses Seeungeheuer ins Zimmer gekrochen wäre. Der Ankömmling sah den Doktor mit jener strahlenden, aber atemlosen Offenheit an, wie sie dicken Scheuerweibern eignet, die es eben zustande gebracht haben, sich in einen Omnibus zu zwängen. Es liegt darin ein wirres Gemisch von sozialer Selbstgefälligkeit und körperlicher Unordnung. Der Hut fiel zu Boden, der schwere Schirm glitt mit einem dumpfen Schlag zwischen seine Knie; er griff nach dem einen und bückte sich nach dem anderen, aber zugleich sagte er mit einem unvergleichlichen Lächeln auf dem runden Gesicht folgendes:

»Mein Name ist Brown. Entschuldigen Sie, bitte. Ich komme in Sachen dieser Mac Nabs. Wie ich gehört habe, helfen Sie Leuten oft aus solchen Verlegenheiten. Entschuldigen Sie, bitte, wenn ich mich irre.«

Jetzt war es ihm mit Mühe gelungen, seines Hutes wieder habhaft zu werden, und er verbeugte sich über ihn hin mit einem seltsamen kleinen Ruck.

»Ich verstehe Sie nicht recht«, erwiderte der Mann der Wissenschaft mit betonter Kühle in seinem Benehmen. »Ich fürchte, Sie haben sich in der Türe geirrt. Ich bin Doktor Hood, und ich arbeite beinahe ausschließlich auf literarischem und erzieherischem Gebiete. Allerdings bin ich manchmal in besonders schwierigen und wichtigen Fällen von der Polizeibehörde konsultiert worden, aber...«

»Oh, die Sache ist ja von der größten Wichtigkeit«, fiel der kleine Mann namens Brown ein. »Ihre Mutter will die Verlobung nicht zugeben.« Und er lehnte sich, strahlend vor Vernünftigkeit, in seinem Stuhl zurück.

Herrn Doktor Hoods Stirne war in finstere Falten gezogen, aber die Augen darunter schimmerten in einem seltsamen Licht, das Zorn oder auch Belustigung sein mochte. »Ja, aber«, sagte er, »ich verstehe immer noch nicht.«

»Sehen Sie, die beiden wollten heiraten«, sagte der Mann mit dem kirchlichen Hut. »Maggie Mac Nab und der junge Todhunter wollten heiraten. Nun, was kann es Wichtigeres geben?«

Seine wissenschaftlichen Erfolge hatten Doktor Orion Hood um mancherlei gebracht – einige Leute sagten, um seine Gesundheit, andere meinten, um seinen Glauben; aber sie hatten ihm nicht gänzlich sein Verständnis für das Absurde geraubt. Bei dieser letzten Darlegung des findigen Priesters platzte der Doktor heraus und warf sich in einen Lehnstuhl mit all dem überlegenen Gehabe des konsultierten Arztes.

»Herr Brown«, sagte er ernst, »es sind ganze vierzehneinhalb Jahre her, seitdem man mich persönlich aufforderte, eine persönliche Sache zu untersuchen: Damals war es der Fall eines Giftmordversuches an dem französischen Präsidenten bei Gelegenheit eines Bankettes beim Lord Mayor. Jetzt handelt es sich, soweit ich verstehe, um die Frage, ob irgendeine Freundin von Ihnen namens Maggie die geeignete Braut für irgendeinen ihrer Freunde namens Todhunter ist. Nun, Herr Brown, ich tue es aus Liebhaberei. Ich nehme an. Ich will der Familie Mac Nab so gut raten wie der französischen Republik und dem König von England – nein, besser: um vierzehn Jahre besser. Ich habe heute nachmittag nichts anderes vor. Erzählen Sie mir Ihre Geschichte.«

Der kleine Geistliche namens Brown dankte ihm mit unbestreitbarer Wärme, aber immer noch mit einer seltsamen Art von Einfalt. Es war eher so, als danke er einem Fremden im Rauchsalon für die Gefälligkeit, ihm Streichhölzer gereicht zu haben, nicht aber so, als danke er eigentlich, so wie es hier der Fall war, dem Direktor von Kew Gardens dafür, daß er mit ihm aufs Feld hinausginge, um ein vierblättriges Kleeblatt zu suchen. Der kleine Mann ließ auf seine warmen Danksagungen kaum einen Beistrich folgen, ehe er mit seinem Bericht begann:

»Ich habe Ihnen gesagt, daß mein Name Brown sei; nun, so ist es, und ich bin Pfarrer jener kleinen katholischen Kirche, die Sie, wie ich wohl annehmen darf, jenseits der abseits liegenden Straße dort drüben bemerkt haben dürften, dort, wo die Stadt im Norden aufhört. In der letzten und am weitesten abliegenden Straße, die längs des Meeres wie eine Mauer läuft, lebt ein zwar ehrbares, aber leicht erregbares Mitglied meiner Gemeinde, eine Witwe namens Mac Nab. Sie hat eine Tochter und vermietet Zimmer; und zwischen ihr und der Tochter, und zwischen ihr und den Mietern – nun, ich darf wohl sagen, daß sich für beide Parteien vieles sagen läßt. Augenblicklich hat sie nur einen Mieter, den jungen Mann namens Todhunter; aber er macht mehr zu schaffen als alle übrigen, denn er will die junge Haustochter heiraten.«

»Und die junge Haustochter«, fragte Doktor Hood mit ungeheurer, aber versteckter Belustigung, »was will sie?«

»Ja, nun, sie will ihn heiraten«, rief Pater Brown und richtete sich eifrig auf seinem Stuhl empor. »Das ist ja eben die schreckliche Komplikation!«

»Es ist wirklich eine verwickelte Geschichte«, sagte Doktor Hood.

»Dieser junge James Todhunter«, fuhr der Pater fort, »ist, soviel ich weiß, ein sehr anständiger Mann; aber schließlich weiß niemand sehr viel. Er ist ein vergnügter, braunhaariger kleiner Kerl, behend wie ein Affe, glattrasiert wie ein Schauspieler und verbindlich wie ein geborener Fremdenführer. Er scheint hübsch viel Geld zu haben, aber niemand kennt seinen Beruf. Da Frau Mac Nab nun pessimistisch veranlagt ist, scheint sie fest davon überzeugt zu sein, daß es etwas Schreckliches sein muß und wahrscheinlich mit Dynamit zu tun hat. Das Dynamit muß jedoch von diskreter und lautloser Beschaffenheit sein, denn der arme Kerl schließt sich nur einige Stunden des Tages ein und studiert etwas hinter versperrten Türen. Er erklärt, sein Geheimnis sei nur vorübergehend, auch vollständig gerechtfertigt, und er verspricht, vor seiner Hochzeit alles aufklären zu wollen. Das ist alles, was man mit Sicherheit weiß, aber Frau Mac Nab wird Ihnen weit mehr erzählen, als auch nur sie mit Sicherheit sagen kann. Sie wissen, wie auf einem solchen Flecken von Unwissenheit die Geschichten wie Gras aus dem Boden schießen. Es gibt Geschichten von zwei Stimmen, die man aus jenem Zimmer gehört hat, obwohl, sobald die Türe geöffnet wird, Todhunter immer allein gefunden wird. Es gibt Geschichten von einem geheimnisvollen großen Mann mit einem Zylinderhut, der einmal aus dem Seenebel und anscheinend aus der See selbst auftauchte und in der Dämmerung mit leisen Tritten über den Sand und durch den kleinen Hintergarten geschritten ist, bis man ihn durch das offene Fenster mit dem Mieter sprechen hörte. Das Gespräch soll anscheinend mit einem Streit geendet haben: Todhunter hat sein Fenster zornig zugeschlagen, und der Mann mit dem Zylinderhut verschwand wieder im Nebel. Diese Geschichte wird von der Familie mit den wildesten Deutungen erzählt, aber ich glaube wirklich, Frau Mac Nab zieht ihre eigene ursprüngliche Version vor: daß der andere Mann – oder was immer es sein mag – jeden Abend aus der großen Kiste in der Ecke, die ständig versperrt gehalten wird, hervorkriecht. Sie sehen also, wie diese verschlossene Türe von Todhunters Zimmer als das Tor aller Märchen und Ungeheuerlichkeiten aus Tausendundeiner Nacht angesehen wird. Und doch ist dieser kleine Kerl in seinem respektablen Samtrock so pünktlich und unschuldig wie eine Pendeluhr. Er bezahlt seine Miete auf den Schlag; er ist wirklich Abstinenzler; er ist unermüdlich freundlich mit den jüngeren Kindern des Hauses und kann sich den ganzen Tag über mit ihnen unterhalten; und schließlich und hauptsächlich hat er sich bei der ältesten Tochter ebenso beliebt gemacht, die bereit ist, jeden Tag mit ihm zum Altar zu gehen.«

Ist ein Mann irgendwelchen umfassenderen Theorien herzlich ergeben, so hat er stets einen Hang dazu, sie auf jede Trivialität anzuwenden. Da der große Spezialist sich nun einmal zu der Einfältigkeit des kleinen Priesters herabgelassen hatte, so tat er es ganz. Er hatte sich bequem in seinem Lehnstuhl zurechtgesetzt und begann nun im Ton eines etwas zerstreuten Vortragenden zu sprechen:

»Sogar bei winzigen Gelegenheiten ist es das beste, zuerst die Hauptrichtlinien der Natur zu verfolgen. Irgendeine besondere Blume mag nicht zu Beginn des Winters gestorben sein, aber die Blumen sterben ab; irgendein vereinzelter Kiesel mag von der Flut nie benäßt worden sein, aber die Flut tritt ein. Für das Auge der Wissenschaft ist die Geschichte der Menschheit nur eine Reihe von Kollektivbewegungen, Zerstörungen oder Umwandlungen, wie das Hinsterben der Fliegen im Winter oder die Rückkehr der Zugvögel im Frühjahr. Nun, die Wurzel aller Tatsachen der Entwicklung ist die Rasse. Die Rasse erzeugt die Religion; die Rasse erzeugt alle politischen und ethischen Gegensätze. Es gibt keine stärkere Rasse als die des wilden, weltfremden und aussterbenden, gewöhnlich als keltisch bezeichneten Stammes, für den Sie in Ihren Freunden, den Mac Nabs, ein Beispiel sehen können. Klein, von dunkler Gesichtsfarbe, träumerisch und leicht beeinflußbar, nehmen sie leicht eine abergläubische Erklärung jedes Ereignisses an, ebenso wie sie immer noch – Sie werden es mir nicht übelnehmen – jene abergläubische Erklärung aller Geschehnisse annehmen, deren Repräsentanten Sie und Ihre Kirche sind. Es ist nicht verwunderlich, daß solche Leute, die hinter sich das Klagen der See und vor sich – nehmen Sie es mir nicht übel – die Litaneien der Kirche hören, phantastische Erklärungen finden für Dinge, die wahrscheinlich nur einfache Geschehnisse sind. Sie, mit Ihren beschränkten Verantwortungen für ein kleines Kirchspiel, sehen natürlich nur diese eine Frau Mac Nab, die von dieser einen Geschichte von den zwei Stimmen und einem großen, aus der See auftauchenden Mann erschreckt ist. Aber wer wissenschaftliche Zusammenhänge erfassen kann, erkennt die Dinge so, wie sie sind, und er sieht den ganzen Klan der Mac Nabs über die ganze Welt verstreut, im Durchschnitt schließlich ebensowenig voneinander zu unterscheiden wie ein Schwarm Vögel. Er sieht Tausende von Frau Mac Nabs in Tausenden von Häusern, die ihre kleinen Tröpfchen von Angekränkeltheit in die Teetassen ihrer Freunde tropfen; er sieht...«

Bevor der Mann der Wissenschaft seinen Satz beenden konnte, hörte man ein zweites und diesmal ungeduldigeres Klopfen von draußen; irgend jemand mit dahinfegenden Röcken wurde eiligst den Gang heruntergeleitet, und die Türe öffnete sich vor einem zwar anständig, doch etwas unordentlich gekleideten jungen Mädchen mit einem vor Hast geröteten Gesicht. Mit ihrem vom Seewind gebleichten blonden Haar wäre sie vollkommen schön zu nennen gewesen, wenn nicht die Backenknochen – wie dies oft bei Schotten vorkommt – etwas stark gebaut und rötlich gefärbt gewesen wären. Die von ihr vorgebrachte Entschuldigung klang so unvermittelt wie ein Befehl.

»Es tut mir leid, daß ich Sie unterbreche, mein Herr«, sagte sie,

»aber ich mußte Pater Brown sofort nachkommen; es handelt sich um nichts Geringeres als um Tod und Leben.«

Pater Brown begann in etwas ungeordneter Weise auf die Beine zu kommen. »Wieso, was ist geschehen, Maggie?« fragte er.

»James ist ermordet worden, soviel ich herausbringen konnte«, antwortete das Mädchen, noch immer ein wenig atemlos vom schnellen Gehen. »Dieser Mensch namens Glaß ist wieder bei ihm gewesen; ich habe sie ganz deutlich durch die Türe miteinander sprechen hören. Zwei verschiedene Stimmen; denn James spricht leise und etwas heiser, während die andere Stimme hoch und zitternd war.«

»Dieser Mensch namens Glaß?« wiederholte der Priester ein wenig erstaunt.

»Ich weiß, daß er Glaß heißt«, antwortete das Mädchen sehr ungeduldig. »Ich hab es durch die Türe gehört. Sie haben miteinander gestritten – wegen Geld, glaub' ich –, denn ich hörte James immer wieder und wieder sagen: ›Das ist richtig, Herr Glaß‹, oder: ›Nein, Herr Glaß‹, und dann: ›Zwei und drei, Herr Glaß‹. Aber wir reden zuviel. Sie müssen sofort kommen, vielleicht ist noch Zeit.«

»Aber Zeit wofür?« fragte Doktor Hood, der die junge Dame mit auffallendem Interesse beobachtete. »Was ist das für eine Geschichte von einem Herrn Glaß und seinen Geldangelegenheiten, die so große Eile erfordert?«

»Ich versuchte, die Türe mit Gewalt zu öffnen, und konnte es nicht«, antwortete das Mädchen kurz. »Dann lief ich in den Hof hinaus und kletterte auf das Fenstersims, um in das Zimmer sehen zu können. Es war ganz finster und schien leer zu sein, aber ich schwöre, daß ich James in einem Winkel zusammengekauert sah, als wäre er betäubt oder gebunden.«

»Das ist sehr ernst«, sagte Pater Brown, indem er Hut und den Schirm zusammenraffte und aufstand. »Ich habe diesem Herrn gerade Ihren Fall vorgetragen, und seine Ansicht...«

»Hat sich inzwischen vollkommen geändert«, sagte der Wissenschaftler ernst. »Ich glaube nicht, daß diese junge Dame so keltisch ist, wie ich angenommen habe. Da ich nichts anderes vorhabe, will ich meinen Hut aufsetzen und mit Ihnen in die Stadt hinuntergehen.«

In wenigen Minuten näherten sich die drei der trostlosen Straße, in der die Mac Nabs wohnten; das Mädchen mit den gleichmäßigen, weit ausholenden Schritten der Bergbewohner, der Kriminologe mit nachlässiger Grazie, die nicht einer gewissen leopardenähnlichen Schnelligkeit entbehrte, und der Priester in einem emsigen Trott, der jeder Besonderheit bar war. Der Anblick dieses Stadtteiles rechtfertigte zum Teil die Andeutungen des Doktors über die öde Umgebung und Stimmung. Längs des Ufers zog sich eine unterbrochene Reihe einzelner Häuser hin, die immer weiter und weiter voneinander weg standen. Der Nachmittag ging in eine frühe, beinahe geisterhafte Dämmerung über; das Meer war purpurfarben gleich roter Tinte und murmelte wie in übler Vorbedeutung. In dem Stückchen Hintergarten der Mac Nabs, das gegen das Sandufer zulief, ragten zwei kahle, schwarze Bäume empor, gleich Geisterarmen in wildem Erstaunen gen Himmel gestreckt; und als Frau Mac Nab ihnen entgegengerannt kam, die mageren Hände in ähnlicher Haltung, die wilden Gesichtszüge tief im Schatten, da glich sie selbst nur allzusehr einem kleinen Dämon. Der Arzt und der Priester gaben nur kärgliche Antworten, als die Mutter mit schriller Stimme die Geschichte ihrer Tochter wiederholte, nur noch mit beunruhigenderen Einzelheiten ausgeschmückt, unter Hinzufügung verschiedentlicher Racheschwüre gegen Herrn Glaß, weil er Herrn Todhunter ermordet hatte, sowie gegen diesen selbst, einmal weil er sich hatte ermorden lassen, dann weil er es gewagt hatte, ihre Tochter heiraten zu wollen, und nicht lange genug gelebt hatte, um es zu tun. Sie schritten durch die schmale Einfahrt des Hauses, bis sie an die Tür des Mieters gelangten, wo Doktor Hood mit der Routine eines alten Detektivs seine Schulter hart gegen die Täfelung preßte und sie eindrückte.

Man erblickte die Szene einer stummen Katastrophe. Schon auf den ersten Blick hin konnte niemand darüber im Zweifel sein, daß das Zimmer der Schauplatz eines aufregenden Zusammenstoßes zwischen zwei oder vielleicht mehreren Personen gewesen war. Karten waren über den Tisch verstreut oder lagen am Boden umher, als ob ein Spiel plötzlich unterbrochen worden wäre. Zwei Weingläser standen, zum Trinken bereit, auf einem kleinen Nebentischchen, aber ein drittes lag zerbrochen in einem Stern von Glassplittern auf dem Teppich. Einige Schritte davon entfernt lag etwas, das einem langen Messer oder einem geraden, kurzen Schwert mit einem verzierten und bemalten Griff glich; auf die dunkle Scheide fiel eben ein grauer Lichtschimmer aus dem dahinter liegenden trübseligen Fenster, aus dem man die schwarzen Bäume sich von dem bleiernen Hintergrund des Meeresspiegels abheben sah. Gegen die andere Ecke des Zimmers hin war ein Zylinderhut zu Boden gerollt, als hätte man ihn gerade jemandem vom Kopf geschlagen; ja, dieser Eindruck war so stark, daß man erwartete, er würde noch weiterrollen. Doch in der Ecke dahinter lag, wie ein hingeworfener Kartoffelsack und verschnürt wie ein Reisekorb, Herr James Todhunter, mit einem Knebel vor dem Mund und sechs oder sieben Stricken um Ellbogen und Handgelenke. Seine Augen waren geöffnet und glitten lebhaft umher.

Doktor Orion Hood machte einen Augenblick lang an der Türschwelle halt und trank die ganze Szene stummer Gewalttätigkeit mit gierigen Blicken. Dann schritt er schnell über den Teppich, hob den Zylinderhut auf und setzte ihn mit ernsthafter Miene dem noch immer festgebundenen Todhunter auf. Der Hut war ihm um so vieles zu groß, daß er beinahe bis auf seine Schultern herabglitt.

»Herrn Glaßens Hut«, sagte der Doktor, der zurückkommend mit einem Taschenvergrößerungsglas in den Hut hineinblickte. »Wie soll man die Abwesenheit dieses Herrn Glaß und die Anwesenheit seines Hutes erklären? Denn Herr Glaß scheint mit seinen Kleidern nicht achtlos umzugehen. Dieser Hut hat eine elegante Fasson und ist kunstgerecht gestriegelt und gebürstet, obwohl er nicht ganz neu ist. Ein alter Dandy, würde ich annehmen.«

»Ja, du lieber Himmel!« rief Fräulein Mac Nab aus, »wollen Sie nicht vorerst den Mann von seinen Stricken befreien?«

»Ich sage mit Absicht ›alt‹, obwohl ich es nicht mit voller Gewißheit behaupten kann«, fuhr der Mann der Wissenschaft mit seinen Erklärungen fort, »und meine Gründe hierfür mögen etwas weit hergeholt erscheinen. Das menschliche Haar fällt in sehr verschiedenem Maße aus, doch fällt es beinahe immer ein klein wenig aus, und mit meinem Vergrößerungsglas könnte ich die winzigen Härchen in einem kürzlich getragenen Hut sehen. Es sind keine da, was mich zu der Vermutung führt, daß Herr Glaß kahl ist. Nun, wenn dies zusammengefaßt wird mit der etwas kreischenden, zornigen Stimme, von der Fräulein Mac Nab mit so großer Lebhaftigkeit erzählt hat – Geduld, meine Verehrteste, Geduld –, wenn wir den haarlosen Hut zusammennehmen mit dem Tonfall, der senilem Zorn eigen ist, so können wir, glaube ich, auf ein etwas vorgeschrittenes Alter schließen. Nichtsdestoweniger war er vermutlich kräftig, und er war beinahe sicherlich sehr groß. Ich könnte mich bis zu einem gewissen Grad auf die Geschichte seines früheren Erscheinens am Fenster stützen – er wird da als der große Mann mit dem Zylinderhut bezeichnet –, aber ich glaube verläßlichere Anhaltspunkte zu haben. Dieses Weinglas ist durch das ganze Zimmer geschleudert worden, aber einer der Splitter liegt auf dem obersten Sims des Kamins. Dorthin hätte kein Stückchen fallen können, wenn das Glas von der Hand eines verhältnismäßig kleinen Mannes, wie es Herr Todhunter ist, geschleudert worden wäre.«

»Nebenbei gesagt«, fragte Pater Brown, »könnten wir eigentlich Herrn Todhunter nicht ebensogut von seinen Stricken befreien?«

»Wir sind noch nicht fertig mit dem, was uns das Trinkglas noch lehrt«, fuhr der Spezialist fort. »Ich muß gleich sagen, daß die Kahlheit und Nervosität des Herrn Glaß ebensogut von einem ausschweifenden Leben wie vom Alter herrühren kann. Herr Todhunter ist, wie man bemerkt hat, ein stiller, sparsamer Mann, im allgemeinen Abstinenzler. Diese Karten und Weingläser gehören nicht zu seinen alltäglichen Gewohnheiten; sie sind für einen besonderen Gefährten vorbereitet worden. Aber wir können, wie die Dinge nun einmal stehen, sogar noch weiter gehen. Herr Todhunter mag oder mag nicht im Besitz dieses Weinservices sein, aber es besteht kein Anzeichen dafür, daß er Wein besitzt. Womit denn sollten diese Gläser gefüllt werden? Ich würde sofort annehmen mit irgendeinem Schnaps oder Branntwein, vielleicht von ganz besonderer Marke, aus einem Taschenflakon des Herrn Glaß. Wir haben also dieserart so etwas wie das Bild eines Mannes oder seines Typs vor uns: groß, ältlich, elegant, aber ein wenig abgetragen, sicherlich mit einer gewissen Vorliebe für Spiel und starke Getränke, ja vielleicht nur mit einer allzu großen Vorliebe für sie. Herr Glaß ist ein Herr, der in den Grenzbezirken der Gesellschaft nicht unbekannt ist.«

»Hören Sie«, rief die junge Dame, »wenn Sie mich nicht hingehen lassen, um die Stricke aufzubinden, so werde ich hinauslaufen und nach der Polizei schreien.«

»Ich würde Ihnen, Fräulein Mac Nab«, sagte Doktor Hood sehr ernst, »nicht raten, es mit der Polizei gar so eilig zu haben. Pater Brown, ich bitte Sie, die Mitglieder Ihrer Gemeinde zu beruhigen, um ihretwillen, nicht um meinetwillen. Nun, wir haben einiges von der Erscheinung und dem Charakter des Herrn Glaß erfahren; was sind die wichtigsten Tatsachen, die wir über Herrn Todhunter wissen? Es sind deren hauptsächlich drei: daß er sparsam ist, daß er mehr oder weniger wohlhabend ist und daß er ein Geheimnis hat. Dies sind selbstverständlich die drei wichtigsten Kennzeichen eines anständigen Mannes, von dem man etwas zu erpressen sucht. Und sicherlich ist es ebenso klar, daß die verblichene Feinheit, die liederlichen Gewohnheiten und die kreischende Reizbarkeit des Herrn Glaß die unverkennbaren Kennzeichen jener Art von Leuten sind, die etwas von ihm erpressen wollen. Wir haben die beiden typischen Figuren einer Schweigegeldaffäre; auf der einen Seite den ehrenwerten Mann mit einem Geheimnis, auf der anderen den Westendgeier mit dem Spürsinn für ein Geheimnis. Diese beiden Männer sind einander hier begegnet, haben miteinander gestritten, Waffen gebraucht und Schläge ausgeteilt.«

»Wollen Sie die Stricke lösen?« fragte das Mädchen eigensinnig.

Doktor Hood setzte den Zylinderhut vorsichtig auf das Seitentischchen hin und schritt zu dem Gefangenen hinüber. Er untersuchte ihn umständlich, ja er drehte ihn sogar ein wenig herum, indem er ihn bei den Schultern aufhob, aber er antwortete nur: »Nein, ich glaube, diese Stricke werden genügen, bis Ihre Freunde, die Polizisten, die Handschellen bringen.«

Pater Brown, der teilnahmslos auf den Teppich gestarrt hatte, hob nun sein rundes Gesicht und sagte: »Was meinen Sie?«

Der Mann der Wissenschaft hatte das seltsame, dolchartige Schwert vom Boden aufgehoben und betrachtete es genau, während er antwortete:

»Weil Sie Herrn Todhunter gebunden auffinden«, sagte er, »springen Sie alle auf den Schluß los, daß ihn Herr Glaß gebunden hat und dann offenbar entflohen ist. Dagegen gibt es vier Einwände. Erstens, warum sollte ein so wohlgekleideter Herr wie unser Freund Glaß seinen Hut zurücklassen, wenn er aus freiem Willen fort ist? Zweitens«, fuhr er, sich dem Fenster nähernd, fort, »ist dies der einzige Ausgang, und der ist von innen verschlossen. Drittens trägt die Klinge hier eine winzige Blutspur an der Spitze, doch an Herrn Todhunter ist keine Verwundung wahrzunehmen. Herr Glaß hat diese Wunde mit sich fortgetragen, lebendig oder tot. Fügen Sie zu alldem die einfachste Wahrscheinlichkeit hinzu. Es ist weit glaubhafter, daß derjenige, an dem eine Erpressung versucht wird, seinen Mitschuldigen zu töten sucht, als daß der Erpresser die Gans zu töten sucht, die seine goldenen Eier legt. Wir haben hier, denk' ich, eine ziemlich vollständige Geschichte.«

»Aber die Stricke?« fragte der Priester, dessen Augen in etwas ausdrucksloser Bewunderung weit geöffnet blieben.

»Ah, die Stricke«, sagte der Experte mit einer etwas eigentümlichen Betonung. »Fräulein Mac Nab wollte so gerne wissen, warum ich Herrn Todhunter von seinen Stricken nicht befreit habe. Nun, ich will es ihr erzählen. Ich habe es nicht getan, weil Herr Todhunter sich jeden beliebigen Augenblick selbst davon befreien kann.«

»Wie?« rief die gesamte Zuhörerschaft mit sehr verschiedenen Tönen des Erstaunens.

»Ich habe mir alle Knoten des Herrn Todhunter angesehen«, begann Doktor Hood ruhig von neuem. »Ich verstehe zufällig etwas von Knoten; sie sind ein ganz spezieller Zweig der wissenschaftlichen Kriminalistik. Er hat jeden einzelnen dieser Knoten selbst gemacht und könnte sich daher befreien; kein einziger ist von einem Feind gemacht worden, der die Absicht hatte, ihn wirklich festzubinden. Diese ganze Geschichte mit den Stricken ist eine schlaue List, um uns glauben zu machen, daß er das Opfer des Kampfes ist und nicht der unglückliche Herr Glaß, dessen Leiche im Garten vergraben oder im Kamin versteckt sein mag.«

Es folgte ein etwas gedrücktes Schweigen; im Zimmer wurde es allmählich dunkel; die von der Meerluft zerfressenen Zweige der Bäume im Garten draußen sahen kahler und schwärzer aus als je; doch schienen sie näher ans Fenster herangekommen zu sein.

Man konnte sich beinahe einbilden, es seien Seeungeheuer, wie Kraken oder Tintenfische, sich windende Polypen, die vom Meer heraufgekrochen wären, um den Schluß dieser Tragödie mitanzusehen; genauso wie er, der Schurke und das Opfer zugleich, der schreckliche Mann mit dem Zylinderhut, einst vom Meere heraufgekrochen war. Denn die ganze Luft war geschwängert von der Fäulnis des Verbrechens einer Erpressung, der faulsten aller menschlichen Untaten, weil es ein Verbrechen ist, das ein Verbrechen verbirgt.

Das Gesicht des kleinen katholischen Priesters, das gewöhnlich verbindlich, zufrieden und ein wenig komisch war, zog sich plötzlich in seltsame Falten. Es war nicht die aufrichtige Neugierde seiner ursprünglichen Unschuld. Es war eher jene schöpferische Neugierde, die sich dann zeigt, wenn in einem Menschen ein Gedanke aufdämmert. »Sagen Sie das noch einmal«, bat er in ungezierter und beschäftigter Art; »meinen Sie, daß Todhunter sich ganz allein binden und wieder befreien kann?«

»Ja, das meine ich«, sagte der Arzt.

»Heiliges Jerusalem!« rief Brown plötzlich aus, »ich bin neugierig, ob es wirklich das sein kann!«

Er eilte durch das Zimmer wie ein Kaninchen und starrte mit ganz neuer Lebhaftigkeit in das zum Teil verdeckte Gesicht des Gefangenen. Dann wendete er der Gesellschaft sein eigenes, etwas einfältiges Gesicht zu. »Ja, so ist es!« rief er in unverkennbarer Erregung. »Können Sie es auf des Mannes Antlitz nicht sehen? Ja, schauen Sie ihm doch einmal in die Augen!«

Beide, der Professor und das Mädchen, folgten der Richtung

seines Blickes. Und obwohl der breite, schwarze Knebel die untere Hälfte von Todhunters Gesicht vollständig bedeckte, bemerkten sie etwas Krampfartiges und Gespanntes in den oberen Partien.

»Seine Augen sehen merkwürdig aus«, rief das junge Mädchen aufgeregt. »Ihr rohen Menschen, ihr; ich glaube, er leidet Schmerzen!«

»Das nicht, denk' ich«, sagte Doktor Hood, »die Augen haben sicherlich einen seltsamen Ausdruck. Aber ich würde diese quergezogenen Fältchen eher für den Ausdruck jener etwas abnormalen psychologischen...«

»Ach, Unsinn«, rief Pater Brown, »sehen Sie denn nicht, er lacht ja!«

»Lachen?« wiederholte der Arzt überrascht, »worüber in aller Welt sollte er denn lachen?«

»Nun«, erwiderte der hochwürdige Herr Pater Brown in entschuldigendem Ton, »um es nicht allzu scharf zu betonen: Ich glaube, er lacht über Sie. Und wirklich, ich bin geneigt, über mich selbst zu lachen, jetzt, da ich es weiß.«

»Jetzt, da Sie was wissen?« fragte Hood ein wenig verzweifelt.

»Jetzt«, erwiderte der Priester, »da ich Herrn Todhunters Beruf kenne.«

Er schob im Zimmer herum und besah sich einen Gegenstand nach dem anderen mit anscheinend ausdruckslosen Blicken und brach dann jedesmal in ebenso sinnloses Gelächter aus – ein Benehmen, das für die ihn Beobachtenden im höchsten Grade irritierend war. Er lachte mächtig über den Hut und noch weit lauter über das zerbrochene Glas, doch das Blut an der Schwertspitze rief einen wahrhaft tödlichen Lachkrampf bei ihm hervor. Dann wendete er sich dem aufgebrachten Spezialisten zu.

»Doktor Hood«, rief er, »Sie sind ein großer Dichter! Sie haben ein unerschaffenes Wesen aus dem Leeren hervorgerufen.

Wieviel göttlicher ist dies, als wenn Sie nur die bloßen Tatsachen aufgespürt hätten! Wahrhaftig, die bloßen Tatsachen sind im Vergleich dazu eher alltäglich und lächerlich.«

»Ich habe keine Ahnung, wovon Sie reden«, sagte Dr. Hood ein wenig hochnäsig; »meine Tatsachen sind alle unwiderleglich, wenn auch nicht vollständig. Es mag vielleicht der Intuition oder der Dichtkunst, wenn Sie den Ausdruck vorziehen, ein Plätzchen eingeräumt werden, aber nur, weil die entsprechenden Details noch nicht festgestellt werden können. In der Abwesenheit des Herrn Glaß...«

»Das ist es, das ist es«, sagte der kleine Priester und nickte ungemein eifrig, »das ist das erste, was festgelegt werden muß: die Abwesenheit des Herrn Glaß. Er ist so ungemein abwesend, meine ich«, fügte er nachdenklich hinzu, »wie noch niemals jemand abwesend war.«

»Meinen Sie vielleicht seine Abwesenheit von der Stadt?« fragte der Doktor.

»Ich meine seine Abwesenheit von überall«, sagte Pater Brown; »er ist sozusagen abwesend von der Natur aller Dinge.«

»Meinen Sie ernstlich«, sagte der Spezialist lächelnd, »daß es einen solchen Menschen gar nicht gibt?«

Der Priester machte eine bejahende Bewegung. »'s ist schade, nicht?« sagte er.

Orion Hood brach in ein verächtliches Lachen aus. »Nun«, sagte er, »bevor wir zu den hundertundeinen anderen Beweisen übergehen, lassen Sie uns das erste Zeichen nehmen, das wir gefunden haben; die erste Tatsache, über die wir stolperten, als wir in dieses Zimmer stolperten. Wenn es keinen Herrn Glaß gibt, wessen Hut ist das?«

»Er gehört Herrn Todhunter«, erwiderte Brown.

»Aber er paßt ihm nicht!« rief Hood ungeduldig aus. »Er könnte ihn ja gar nicht tragen!«

Pater Brown schüttelte mit unbeschreiblicher Nachsicht den Kopf. »Ich habe ja nie behauptet, daß er ihn tragen könne«, antwortete er. »Ich habe gesagt, daß der Hut ihm gehöre. Oder wenn Sie auf dem Schimmer eines Unterschieds bestehen, daß er der Eigentümer des Hutes sei.«

»Und wo ist der Schimmer eines Unterschiedes?« fragte der Kriminologe leise grinsend.

»Mein Gott, Herr«, rief der nachsichtige kleine Mann, zum erstenmal mit einer Bewegung, die der Ungeduld nahekam, »wenn Sie die Straße hinuntergehen wollen bis zum nächsten Hutgeschäft, so werden Sie sehen, daß nach dem allgemeinen Sprachgebrauch ein Unterschied ist zwischen den Hüten, die einem gehören, und solchen, deren Eigentümer man ist.«

»Ja, aber ein Hutmacher«, wendete Hood ein, »kann aus seinem Lager an neuen Hüten Kapital schlagen. Was sollte Todhunter aus seinem einen alten Hut herausschlagen?«

»Kaninchen«, erwiderte Pater Brown schlagfertig.

»Was?« rief Doktor Hood.

»Kaninchen, Bänder, Kuchen, Goldfische, ganze Rollen bunter Papiere«, sagte der hochwürdige Herr schnell. »Haben Sie das nicht gleich erkannt, als Sie auf die List mit den Stricken kamen? Und genauso ist es mit dem Schwert. Herr Todhunter trägt keine Verwundung an sich, wie Sie gesagt haben; aber er trägt sie in sich, wenn Sie mich richtig verstehen.«

»Meinen Sie innen, unter seinen Kleidern?« erkundigte sich Frau Mac Nab ernsthaft.

»Ich meine nicht innen, unter seinen Kleidern«, sagte Pater Brown. »Ich meine innen, in Herrn Todhunter.«

»Nun, was um Himmels willen meinen Sie?«

»Herr Todhunter«, erklärte Pater Brown sanft, »übt sich in dem Beruf eines Zauberers, Jongleurs, Bauchredners und Experten in Kunststücken mit dem Seil. Einen Hinweis auf den Zauberer stellt der Hut dar. Der Hut trägt keine Spuren von

Haaren an sich, nicht weil er von dem frühzeitig kahl gewordenen Herrn Glaß getragen wird, sondern weil er niemals von irgend jemandem getragen worden ist. Für das Jonglieren sprechen die drei Gläser, die Herr Todhunter in die Luft zu werfen
und im Schwung aufzufangen übte. Aber da er eben noch im
Stadium des Übens ist, zerschlug er ein Glas am Plafond. Auf
das Jonglieren deutet auch das Schwert hin, das zu verschluk-
ken Herrn Todhunters berufsmäßige Pflicht und sein Stolz
war. Aber wiederum, da er noch im Stadium des Übens ist,
ritzte er sich leicht an der Innenseite des Halses mit der Waffe.
Darum trägt er eine Wunde in sich, die, wie ich nach seinem
Gesichtsausdruck mit Sicherheit beurteilen kann, nicht ernst
ist. Er übte sich auch in dem Kunstgriff, der von den Brüdern
Davenport vorgeführt wurde: sich von Stricken zu befreien,
die ihn fest umschnürten. Er war eben daran, als wir alle ins
Zimmer platzten. Die Karten dienen natürlich zu Kartenkunst-
stücken, und sie liegen verstreut am Boden, weil er den Trick
studierte, sie durch die Luft fliegen zu lassen. Er machte aus
seinem Beruf nur darum ein Geheimnis, weil er seine Kunst-
griffe geheimhalten mußte, wie jeder andere Zauberer. Aber
die bloße Tatsache, daß ein Müßiggänger in einem Zylinderhut
einmal zu seinem Hinterfenster hereingeguckt hat und mit
großer Empörung von seiten Todhunters von dort weggejagt
wurde, genügte, um uns alle auf eine falsche, romantische Spur
zu führen, so daß wir uns einbildeten, sein ganzes Leben stehe
im Schatten des Gespenstes mit dem Zylinderhut des Herrn
Glaß.«
»Und wie ist's mit den zwei Stimmen?« fragte Maggie mit weit
aufgerissenen Augen.
»Haben Sie noch nie einen Bauchredner gehört?« fragte Pater
Brown. »Wissen Sie nicht, daß sie zuerst in ihrer natürlichen
Stimme sprechen und sich dann selbst genau in dieser schrillen,
unnatürlichen Stimme antworten, die Sie gehört haben?«

Es trat ein langes Schweigen ein, und Doktor Hood betrachtete den kleinen Mann, der eben gesprochen hatte, aufmerksam mit einem finsteren Lächeln. »Sie sind sicherlich ein sehr genialer Mensch«, sagte er; »man hätte es in einem Buch nicht klüger machen können. Aber es ist doch etwas da von diesem Herrn Glaß, was Sie nicht wegerklären konnten: sein Name. Fräulein Mac Nab hat deutlich gehört, wie ihn Herr Todhunter so ansprach.«

Der hochwürdige Herr Pater Brown brach in ein beinahe kindisches Gekicher aus. »Nun, das«, sagte er, »ist das Dümmste an dieser ganzen dummen Geschichte. Als unser Freund hier, der Jongleur, seine drei Gläser der Reihe nach in die Luft warf, zählte er sie laut, während er sie wieder auffing; in Wirklichkeit sagte er: ›Eins, zwei und drei – her ein Glas! Eins, zwei – her ein Glas!‹ Und so weiter.«

Es war einen Augenblick lang still im Zimmer, und dann brachen alle, wie auf ein Zeichen, in Lachen aus. Währenddessen knüpfte die Gestalt in der Ecke wohlgefällig alle Stricke auf und warf sie in weitem Bogen zu Boden. Dann trat er mit einer Verbeugung mitten ins Zimmer, zog aus der Tasche einen großen, blau und rot bedruckten Zettel hervor, der ankündigte, daß SALADIN, der größte Zauberer, Schlangenmensch und Bauchredner der Welt, am nächsten Montag, pünktlich acht Uhr abends, im Kaiserpavillon in Scarborough eine Vorstellung mit vollständig neuem Programm und bisher noch nie vorgeführten Kunststücken geben würde.

Das Duell des Doktor Hirsch

M. Maurice Brun und M. Armand Armagnac schritten durch die sonnenbeschienenen Champs-Élysées, gewissermaßen lebhaft und respektabel zugleich. Sie waren beide klein, frisch und zuversichtlich. Sie hatten beide schwarze Bärte, die nicht zu ihren Gesichtern zu gehören schienen, nach der seltsamen französischen Mode, die es zuwege bringt, echtes Haar wie künstliches erscheinen zu lassen. M. Brun trug einen dunklen Keil von Barthaar anscheinend unterhalb seiner Unterlippe befestigt. M. Armagnac hatte der Abwechslung halber zwei Bärte; je einen aus jeder Ecke seines scharfgeschnittenen Kinns hervorsprießend. Beide Männer waren jung. Beide waren Atheisten, mit all der deprimierenden Eintönigkeit der Aussichten, doch auch mit der großen Anpassungsfähigkeit bezüglich der Auslegung dieser Lehre. Sie waren beide Schüler des großen Doktor Hirsch: Wissenschaftler, Publizist und Moralist.

M. Brun war durch den Vorschlag berühmt geworden, den landläufigen Ausdruck »adieu« aus der französischen Schriftsprache auszumerzen und eine kleine Geldstrafe für den Gebrauch des Wortes im gewöhnlichen Leben einzuführen. »Dann würde«, meinte er, »der bloße Name eures imaginären Gottes zum letztenmal an das Ohr der Menschheit gedrungen sein.« M. Armagnac spezialisierte sich mehr auf einen gewissen Widerstand gegen den Militarismus und wünschte, daß die Worte der Marseillaise: »Aux armes, citoyens« umgeändert würden in: »Aux grèves, citoyens«. Doch sein Antimilitarismus war von einer besonderen und gallischen Art. Ein hervorragender und sehr wohlhabender englischer Quäker, der ihn einst aufsuchte, um eine Abrüstung des ganzen Planeten mit ihm zu besprechen, war nicht wenig entsetzt ob Armagnacs Vorschlag, daß, um einen Anfang zu machen, die Soldaten ihre Offiziere niederschießen sollten.

Und wirklich waren es diese beiden Punkte, in denen die zwei Männer am meisten von der Lehre ihres Führers und Vaters auf dem Gebiete der Philosophie abwichen. Doktor Hirsch – obwohl er in Frankreich geboren war und die glänzendsten Vorteile einer französischen Erziehung genossen hatte – gehörte seinem Temperament nach einem anderen Typus an; er war sanft, verträumt, menschlich und, trotz seiner skeptischen Lehre, eines gewissen Transzendentalismus nicht bar. Kurz, er war eher wie ein Deutscher, nicht wie ein Franzose; und sosehr man ihn auch bewunderte, empörte sich doch etwas in dem Unterbewußtsein dieser Gallier ob seiner so friedlichen Art, den Frieden zu predigen. Doch blieb Paul Hirsch für seine Partei in ganz Europa der Heilige der Wissenschaft. Seine umfassenden und verwegenen kosmischen Theorien zeugten von seiner strengen Lebensführung und seiner makellosen, wenn auch etwas frigiden Moralität; er nahm ungefähr die Stelle eines Darwin und Tolstoi zugleich ein. Doch war er weder Anarchist noch Antipatriot; seine Ansichten über die Abrüstung waren gemäßigt, er glaubte an eine organische Entwicklung – die republikanische Regierung setzte volles Vertrauen in ihn, besonders auf Grund von verschiedenen wichtigen Verbesserungen, wie zum Beispiel einem kürzlich von ihm entdeckten, geräuschlos wirkenden Sprengstoff, dessen Geheimnis die Regierung sorgfältig wahrte.

Sein Haus stand in einer schönen Straße nahe dem Elysée – einer Straße, die in diesem blühenden Sommer beinahe ebenso reich belaubt schien wie der Park selbst; eine Reihe von Kastanienbäumen hielt die Sonnenstrahlen ab und war nur an einer

Stelle unterbrochen, an der sich ein großes Kaffeehaus weit auf die Straße hinaus ausbreitete. Beinahe gerade gegenüber stand das Haus des großen Mannes der Wissenschaft mit weißen Mauern, grünen Jalousien und einem eisernen, ebenfalls grün angestrichenen Balkon unter den Fenstern des ersten Stockwerkes. Darunter befand sich der Eingang in einen lustig mit Zwergbäumen und Kacheln ausgeschmückten Hof, in den die beiden Franzosen, in freundliches Gespräch vertieft, eben eintraten.

Der alte Diener des Doktors, Simon, öffnete ihnen die Türe. Man hätte ihn leicht selbst für einen Doktor halten können, da er einen schlichten schwarzen Anzug trug, Brillengläser, graues Haar und ein vertrauenerweckendes Auftreten hatte. Tatsächlich sah er weit repräsentabler aus als sein Herr, Doktor Hirsch, der mit seinem knollenförmigen Kopf, unter dem der Körper verschwindend klein erschien, an ein Radieschen erinnerte. Mit der ganzen Feierlichkeit eines großen Arztes, der ein Rezept überreicht, händigte Simon dem Herrn Armagnac einen Brief aus, den dieser mit der seiner Rasse eigenen Ungeduld aufriß, um schnell folgende Zeilen zu lesen:

»Ich kann nicht hinunterkommen, um mit Ihnen zu sprechen. Es ist ein Mann in diesem Haus, den zu empfangen ich mich weigere. Er ist ein chauvinistischer Offizier, Dubosc. Er sitzt auf der Treppe. Er hat alle Möbel in sämtlichen Zimmern durcheinandergeworfen. Ich habe mich in meinem Studierzimmer vorn an der Straßenseite eingeschlossen. Wenn Sie mich lieben, gehen Sie in das Kaffeehaus hinüber, und warten Sie an einem der draußen befindlichen Tische. Ich werde versuchen, ihn zu Ihnen hinüberzuschicken. Ich möchte gerne, daß Sie ihn treffen und mit ihm verhandeln. Ich kann nicht selbst mit ihm zusammenkommen. Ich kann nicht; ich will nicht. Es wird einen zweiten Dreyfus-Prozeß geben.

P. Hirsch.«

M. Armagnac sah M. Brun an. M. Brun bat sich den Brief aus, las ihn und sah M. Armagnac an. Dann setzten sich beide gegenüber an einem der kleinen Tischchen unter den Kastanienbäumen nieder und bestellten zwei Gläser mit entsetzlichem grünem Absinth, den sie anscheinend zu jeder Zeit und bei jeder Witterung trinken konnten. Sonst war das Kaffeehaus ziemlich leer, nur an einem Tisch trank ein Soldat Kaffee, und an einem anderen Tisch saß ein großer Mann, der einen kleinen Sirup trank, mit einem Priester zusammen, der gar nichts trank.

Maurice Brun räusperte sich und sagte: »Natürlich müssen wir dem Meister in jeder Weise beistehen, aber...«

Es entstand ein plötzliches Schweigen, dann sagte Armagnac: »Er mag natürlich besondere Gründe haben, warum er dem Mann nicht selbst begegnen will, aber...«

Ehe einer von den beiden den Satz zu Ende sprechen konnte, wurde offenbar, daß man den Eindringling aus dem gegenüberliegenden Haus entfernte. Die Zwergbäumchen in der Hauseinfahrt gerieten ins Schwanken und flogen zur Seite, als der unwillkommene Gast wie eine Kanonenkugel aus ihrer Mitte herausschoß.

Er war von stämmiger Gestalt und trug einen kleinen, aufgeschlagenen Tirolerhut aus Filz und machte überhaupt den Eindruck eines Tirolers. Die Schultern des Mannes waren stark und breit, doch seine Beine, in Kniehosen und gestrickten Wollstrümpfen, waren zierlich und flink. Sein Gesicht war nußbraun; er hatte sehr große, ruhelose Augen; das dunkle Haar war vorne fest zurückgebürstet und hinten kurz geschnitten, so daß sich der mächtige, eckig geformte Schädel deutlich abzeichnete; er trug einen riesigen schwarzen Schnurrbart, der gleich Bisonhörnern abstand. Ein so kräftiger Kopf sitzt meist auf einem Stiernacken; doch dieser Hals war von einer breiten, farbigen Krawatte verdeckt, die bis zu den Ohren hinaufgewikkelt und vorne in den Rock hineingeschlungen war wie eine bunte Weste. Die Krawatte war in kräftigen, doch dunklen Farben gemustert, dunkelrot und altgold und purpurn, wahrscheinlich von orientalischer Machart. Der Mann hatte im ganzen etwas leicht Barbarisches an sich und glich eher einem ungarischen Landherrn als einem gewöhnlichen französischen Offizier.

Sein Französisch war jedoch offensichtlich das eines Einheimischen und sein französischer Patriotismus so impulsiv, daß er ein wenig absurd anmutete. Das erste, was er tat, als er aus dem Hausflur flog, war, daß er mit trompetenhafter Stimme die Straße hinunterschrie: »Gibt es hier irgendwo einen Franzosen?«, als riefe er in Mekka nach einem Christen.

Armagnac und Brun standen augenblicklich auf; doch sie kamen zu spät. Schon liefen Leute von den Straßenecken herbei, es bildete sich eine kleine, doch undurchdringliche Menschenmenge. Mit dem schnellen französischen Instinkt für Politik auf der Straße war der Mann mit dem schwarzen Schnurrbart schon bis an eine Ecke des Kaffeehauses gerannt, sprang auf einen Tisch, hielt sich an einem herabhängenden Ast eines der Kastanienbäume fest und schrie, wie einst Camille Desmoulins geschrien hatte, als er Eichenlaub unter die Bevölkerung streute.

»Franzosen!« rief er. »Ich bin kein Redner! Gott helfe mir, darum eben rede ich! Die Leute in ihrem schmierigen Parlament, die reden lernen, lernen auch schweigen – zu schweigen wie jener Spion, der sich in dem gegenüberliegenden Hause versteckt! Er schwieg, als ich an die Tür seines Schlafzimmers klopfte! Er schweigt jetzt, obwohl er meine Stimme über diese Straße hin hört und zitternd in seinem Stuhle sitzt! Oh, sie haben eine schweigende Beredsamkeit – diese Politiker! Doch die Zeit ist gekommen, da wir, die wir nicht reden können, reden müssen. Man hat euch den Preußen verraten. In diesem Augenblick verraten. Jener Mann hat euch verraten. Ich bin Jules Dubosc, Oberst der Artillerie, Belfort. Wir fingen gestern in den Vogesen einen deutschen Spion, und man fand bei ihm ein Papier – ein Papier, das ich hier in meiner Hand hielt. Oh, man versuchte wohl, es zu vertuschen; aber ich brachte es sofort dem Mann, der es geschrieben hat – dem Mann in jenem Hause! Es ist von seiner Hand. Es ist mit seinen Initialen gezeichnet. Es ist eine Anleitung zur Aufdeckung des Geheimnisses dieses neuen, geräuschlos wirkenden Sprengstoffes. Hirsch hat ihn erfunden: Hirsch schrieb diese Notiz darüber. Diese Notiz ist deutsch geschrieben und wurde in der Tasche eines Deutschen gefunden: ›Sagen Sie dem Mann, daß die Formel für Sprengstoff in einem grauen Kuvert im ersten Schrank links vom Schreibtisch des Sekretärs liegt, Kriegsministerium, mit roter Tinte. Er soll vorsichtig sein. P. H.‹«

So ratterte er kurze Sätze wie ein Maschinengewehr hervor, aber er war offensichtlich einer jener Leute, die entweder verrückt sind oder recht haben. Der größte Teil der versammelten Menschen waren Nationalisten und bereits in gefährlich aufrührerischer Stimmung. Eine Minorität ebenso zorniger Intellektueller, geführt von Armagnac und Brun, bewirkte nur, daß die Majorität noch kampflustiger wurde.

»Wenn dies ein Militärgeheimnis ist«, schrie Brun, »warum schreien Sie es auf der Straße aus?«

»Das will ich Ihnen sagen, warum ich das tue!« brüllte Dubosc über die brüllende Menschenmenge hin. »Ich ging geradewegs und höflich zu dem Mann. Hätte er mir irgendeine Erklärung zu geben gehabt, so hätte er es unter vollkommener Diskretion tun können. Er weigert sich, Erklärungen abzugeben. Er verweist mich an zwei Fremde im Kaffeehaus wie an zwei Bedienstete. Er hat mich aus dem Haus geworfen, aber ich werde wieder hineingehen, mit den Einwohnern von Paris hinter mir!«

Ein Schrei erscholl, von dem die ganze Häuserfassade zu erbeben schien, und zwei Steine flogen empor, deren einer eine Scheibe der Balkontür zertrümmerte. Der empörte Oberst tauchte noch einmal in der Hauseinfahrt unter, und man konnte ihn drinnen schreien und poltern hören. Mit jedem Augenblick wurde das Meer von Menschen größer und größer; es wogte das Geländer und die Stufen zum Haus des Verräters empor; es schien beinahe unvermeidlich, daß man das Haus stürmen würde, wie man einst die Bastille gestürmt hatte, als plötzlich die Flügel der eingeworfenen Glastür geöffnet wurden und Doktor Hirsch auf den Balkon heraustrat. Einen Augenblick lang schlug die Wut in Gelächter um, denn es war eine lächerliche Gestalt für einen derartigen Schauplatz. Der lange nackte Hals und die abfallenden Schultern ließen ihn einer Champagnerflasche gleichen, aber das war auch der einzige festliche Eindruck, den der Mann erweckte. Der Rock schlotterte an ihm herum wie an einer Puppe; er trug sein karottenfarbenes Haar lang und zerzaust; Wangen und Kinn waren dicht umrahmt von einem jener aufreizenden Bärte, die weitab vom Munde beginnen. Der Mann war sehr blaß und trug eine blaue Brille.

So blutleer sein Antlitz auch war, sprach er doch mit einer gewissen gezierten Bestimmtheit, so daß die Menge, als er in der Mitte seines dritten Satzes angelangt war, vollkommen still wurde.

».. . Ihnen jetzt nur zwei Dinge zu sagen. Das eine gilt meinen Feinden, das zweite meinen Freunden. Meinen Feinden sage ich: Es ist wahr, daß ich Herrn Dubosc nicht sprechen will, obwohl er eben vor dieser meiner Türe poltert. Es ist wahr, daß ich zwei andere Männer gebeten habe, ihn in meiner Vertretung anzuhören. Und ich will Ihnen sagen, warum! Weil ich ihn nicht empfangen will und darf – weil es gegen jede Regel der Ehre und Würde verstoßen würde, ihn zu empfangen. Ehe ich nicht vor einem Gericht vollkommen freigesprochen bin, gibt es eine andere Entscheidung, die ein Mann zur Verteidigung seiner Ehre in Anspruch nehmen kann und die er mir als Ehrenmann schuldig ist; wenn ich ihn nun darum an meine Sekundanten verweise, bin ich...«

Armagnac und Brun schwenkten wild ihre Hüte, und sogar die Feinde des Doktors brüllten laut Beifall ob dieser unerwarteten Herausforderung. Wieder blieben einige Sätze unverständlich, doch konnte man ihn sagen hören: »Meinen Freunden... ich persönlich ziehe immer rein intellektuelle Waffen vor, und eine höher entwickelte Menschheit wird sich sicherlich auf diese beschränken. Aber auch unsere eigene heiligste Überzeugung ist im Grunde nur das Ergebnis von äußeren Umständen und Vererbung. Meine Bücher hatten Erfolg; meine Theorien sind unwiderleglich; doch ich leide in politischer Beziehung unter einem beinahe physischen Vorurteil der Franzosen. Ich kann nicht sprechen wie Clemenceau oder Déroulède, denn ihre Worte sind wie der Widerhall ihrer Pistolenschüsse. Der Franzose verlangt nach einem Mann, der Duelle schlägt, wie der Engländer nach einem, der Sport betreibt. Nun, ich will meine Probe ablegen: Ich will diese barbarische Bestechung bezahlen und für den Rest meines Lebens zu Vernunftgründen zurückkehren.«

Es fanden sich sofort zwei Männer in der Menge, die dem Oberst Dubosc ihre Dienste anboten, als dieser einige Augenblicke später befriedigt herauskam.

Einer von ihnen war der gewöhnliche Soldat mit dem Kaffee, der einfach sagte: »Ich werde Sie vertreten, Sir. Ich bin der Duc de Valognes.« Der zweite war der große Mann, den sein Freund, der Priester, anfangs davon abhalten wollte; der Priester ging dann aber allein fort. –

Gegen Abend wurde im rückwärtigen Teil des Café Charlemagne ein leichtes Abendessen serviert. Der Garten war zwar weder durch Glas noch vergoldeten Gips überdacht, aber die Gäste befanden sich doch beinahe alle unter einem zarten und unregelmäßigen Laubdach; denn die reichbelaubten Bäume standen so dicht um die Tische, daß sie etwas von dem hellen Glanz und der dunklen Glut eines kleinen Obstgartens hatten. An einem der mittleren Tische saß – völlig allein – ein stämmiger kleiner Priester, voll tiefster Befriedigung mit einer Ladung Weißfische beschäftigt. Da seine tägliche Lebensführung sehr einfach war, hatte er eine besondere Vorliebe für unerwartete und besondere Genüsse; er war ein enthaltsamer Epikureer. Er hob die Augen nicht von seinem Teller, neben welchem Paprika, Zitronen, Schwarzbrot und Butter in einer geraden Reihe aufgestellt waren, bis ein großer Schatten über den Tisch fiel und sein Freund Flambeau sich ihm gegenüber niedersetzte. Flambeau war düster.

»Ich fürchte, daß ich diese Geschichte aufgeben muß«, sagte Flambeau nachdrücklich; »ich stehe ganz auf seiten der französischen Soldaten wie Dubosc und ganz im Gegensatz zu den französischen Atheisten wie Hirsch. Aber es scheint mir, daß wir in diesem Fall einen Fehler gemacht haben. Der Herzog und ich hielten es für das beste, die Anklage zu untersuchen, und ich muß sagen, ich bin froh, daß wir es getan haben.«

»Ist das Papier also ein Schwindel?« fragte der Priester.

»Das ist eben das Merkwürdige«, erwiderte Flambeau. »Es ist genau die Handschrift des Doktor Hirsch, und niemand kann irgendeinen Fehler daran feststellen. Aber Hirsch hat es nicht geschrieben. Wenn er ein französischer Patriot ist, so hat er es nicht geschrieben, weil es Deutschland eine Information gibt. Und wenn er ein deutscher Spion ist, so hat er es nicht geschrieben, nun – weil es Deutschland keine Information gibt.«

»Sie meinen, die Information ist falsch?« fragte Pater Brown.

»Falsch«, antwortete der andere, »und gerade darin falsch, worin Doktor Hirsch richtige Angaben gegeben hätte – über das Versteck seiner eigenen Formel in seinem eigenen amtlichen Departement. Mit Erlaubnis des Doktor Hirsch und der Behörden wurde es dem Herzog und mir gestattet, das Geheimfach im Kriegsministerium zu inspizieren, in dem die Formel des Doktor Hirsch aufbewahrt wird. Wir sind die einzigen Leute, die sie je zu Gesicht bekommen haben, ausgenommen der Erfinder selbst und der Kriegsminister; aber der Minister hat es gestattet, um Hirsch vor dem Zweikampf zu bewahren. Daraufhin können wir Dubosc natürlich nicht mehr vertreten, wenn seine Aufdeckung nur Blödsinn ist.«

»Und das ist sie?« fragte Pater Brown.

»Ja«, sagte sein Freund düster. »Es ist ein plumper Schwindel von jemand, der nichts von dem wahren Versteck weiß. Angeblich sollte das Papier in dem Schrank links vom Schreibtisch des Sekretärs liegen. Tatsächlich ist der Schrank mit dem Geheimfach etwas rechts von dem Schreibtisch. Weiterhin sollte das graue Kuvert ein langes Dokument enthalten, das mit roter Tinte geschrieben ist. Es ist nicht mit roter Tinte, sondern mit ganz gewöhnlicher, schwarzer geschrieben. Natürlich ist es ein Unsinn, anzunehmen, daß Hirsch über ein Papier hätte im Irrtum sein können, vom dem außer ihm selbst niemand etwas wußte, oder daß er sich bemüht haben sollte, einem fremden Dieb behilflich zu sein, indem er ihn anwies, in einem falschen Schrank zu suchen. Ich fürchte, wir müssen die Geschichte aufgeben und Freundchen Rothaar um Entschuldigung bitten.«

Pater Brown schien zu überlegen; er hob ein Stückchen Weißfisch auf die Gabel. »Sind Sie sicher, daß das graue Kuvert nicht im linken Schranke war?« fragte er.

»Ganz sicher«, erwiderte Flambeau. »Das graue Kuvert – es war eigentlich ein weißes Kuvert – war...«

Pater Brown legte das kleine Weißfischchen mit der Gabel nieder und starrte seinen Gefährten über den Tisch hin an. »Was?« fragte er mit veränderter Stimme.

»Nun, was?« wiederholte Flambeau und aß herzhaft weiter.

»Es war nicht grau?« fragte der Priester. »Flambeau, Sie machen mir angst.«

»Vor was, zum Teufel, haben Sie Angst?«

»Ich habe Angst vor einem weißen Kuvert«, sagte der andere ganz ernst. »Wenn es doch nur grau gewesen wäre! Zum Kukkuck, es hätte doch ebensogut grau sein können! Aber wenn es weiß gewesen ist, scheint das Ganze eine schwarze Geschichte zu sein. Der Doktor hat also doch irgendwie im trüben fischen wollen.«

»Aber ich sage Ihnen doch, er hätte so eine Notiz gar nicht schreiben können!« rief Flambeau. »Es stimmt ja keine einzige von den Tatsachen. Und ob er nun schuldig oder unschuldig ist, Doktor Hirsch kannte alle Tatsachen ganz genau.«

»Auch der Mann, der diese Notiz geschrieben hat, kannte alle Tatsachen genau«, sagte der Kleriker schlicht. »Er hätte sie niemals so falsch hinstellen können, wenn er sie nicht gekannt hätte. Man muß schrecklich viel wissen, wenn man in allen Punkten unrecht haben will – wie der Teufel.«

»Meinen Sie...?«

»Ich meine, wenn einer auf gut Glück etwas hätte zusammenlügen wollen, so hätte er in manchen Punkten die Wahrheit gesagt«, erwiderte der Freund mit Bestimmtheit. »Nehmen Sie an, es hätte Sie jemand auf die Suche nach einem Haus geschickt, das eine grüne Türe und blaue Fensterläden hat, ein Vorgärtchen, aber keinen Hintergarten, einen Hund, aber keine Katze, und in dem man Kaffee trinkt, aber keinen Tee. Wenn Sie ein solches Haus nicht fänden, würden Sie sagen, man habe Sie gefoppt. Aber ich sage nein. Ich sage, wenn Sie ein Haus gefunden hätten, wo die Türe blau und die Fensterläden grün wären, wo es einen Hintergarten, aber keinen Vordergarten gäbe, wo Katzen gebräuchlich wären, aber Hunde augenblicklich erschossen würden, wo man Tee literweise tränke und Kaffee verboten wäre – dann würden Sie wissen, daß Sie das Haus gefunden hätten. Der Mann mußte dieses spezielle Haus gekannt haben, um so genau ungenau sein zu können.«

»Aber was kann es bedeuten?« fragte sein Gegenüber.

»Ich kann es mir nicht vorstellen«, sagte Brown. »Ich verstehe diese Hirsch-Affäre ganz und gar nicht. Solange es nur der rechte Schrank war statt des linken und schwarze Tinte statt roter, dachte ich, daß es die zufälligen Irrtümer eines Schwindlers seien, wie Sie sagen. Doch drei ist eine mystische Zahl; es bringt die Dinge zu einem Abschluß. Es bringt dies hier zu einem Abschluß. Daß von allen Angaben – über die Stellung des Schrankes, die Farbe der Tinte, die Farbe des Kuverts – keine einzige zufällig richtig sein sollte, das kann kein Zufall sein. Das war keiner.«

»Was denn war es? Verrat?« fragte Flambeau und machte sich wieder ans Essen.

»Das weiß ich auch nicht«, antwortete Brown mit einem Gesicht, das völlige Verwirrung zeigte. »Das einzige, woran ich denken kann... Nun, ich verstand den Fall Dreyfus auch niemals. Ich kann immer Beweise moralischer Art eher fassen als die anderen. Ich richte mich nach den Augen eines Menschen und nach seiner Stimme, wissen Sie, und ob seine Familie glücklich zu sein scheint, und welche Dinge er bevorzugt – und welche er vermeidet. Nun, dieser Fall Dreyfus hat mich verwirrt. Nicht durch die schrecklichen Dinge, die man von beiden Seiten dem anderen zur Last legte; ich weiß, obwohl es der modernen Anschauung widerspricht, daß die menschliche Natur, zum äußersten getrieben, immer noch imstande ist, Cenci oder Borgia zu sein. Nein, was mich verwirrte, war die Aufrichtigkeit von beiden Parteien. Ich meine nicht die politischen Parteien; Parkett und Galerie sind im großen ganzen ehrlich und werden oft getäuscht. Ich meine die Personen des Theaterstücks. Ich meine die Verschwörer, wenn es Verschwörer waren. Ich meine den Verräter, wenn es ein Verräter war. Ich meine die Leute, welche die Wahrheit gewußt haben mußten. Nun, Dreyfus fuhr fort, sich wie ein Mann zu benehmen, der wußte, daß man ihm Unrecht tat. Und andererseits fuhren die französischen Staatsmänner und Soldaten fort, sich so zu benehmen, als ob sie wüßten, daß er nicht ein Mann wäre, dem man Unrecht täte, sondern einer, der Unrecht getan hatte. Ich meine nicht, daß sie sich richtig benommen hätten. Ich meine, sie benahmen sich so, als ob sie ihrer Sache sicher gewesen wären. Ich kann diese Dinge nicht erklären; ich weiß, was ich meine.«

»Ich wollt', ich wüßt' es«, sagte sein Freund. »Und was hat das mit dem alten Hirsch zu tun?«

»Nehmen Sie an«, fuhr der Priester fort, »daß eine Vertrauensperson anfinge, dem Feinde Informationen zu geben, weil es falsche Informationen waren. Nehmen Sie an, daß der Mann vielleicht sogar glaubte, sein Land zu retten, indem er den Fremden irreführte. Nehmen Sie an, daß ihn dies in die Kreise von Spionen brachte und daß man ihm kleine Darlehen gab und ihn ein wenig festband. Nehmen Sie an, daß er seine widerspruchsvolle Stellung auf eine komplizierte Art aufrechthielt, indem er den fremden Spionen niemals die Wahrheit sagte, sie aber mehr und mehr erraten ließ. Sein besseres Ich, soviel eben noch übrig war davon, würde immer noch sagen: ›Ich habe dem Feind nicht geholfen; ich habe gesagt, daß es der linke Schrank sei.‹ Seine schlechtere Hälfte würde jedoch schon anfangen zu sagen: ›Aber sie könnten klug genug sein, um zu merken, daß es den rechten bedeutet.‹ Ich glaube, es ist psychologisch möglich – in einem aufgeklärten Zeitalter, wissen Sie.«

»Es mag psychologisch möglich sein«, antwortete Flambeau, »und es könnte sicherlich eine Erklärung für Dreyfus sein – mit seiner eigenen Überzeugung, daß man ihm Unrecht tue, und seinen Richtern, die von seiner Schuld überzeugt waren. Aber es würde ihn historisch nicht reinwaschen, da die Papiere von Dreyfus – wenn es seine Papiere waren – buchstäblich richtig waren.«

»Ich habe nicht an Dreyfus gedacht«, sagte Pater Brown.

Es war allmählich still um sie geworden, je mehr die Tische sich leerten; es war schon spät, obwohl die Sonnenstrahlen sich noch an allen Dingen festhielten, als hätten sie sich zufällig in den Bäumen verfangen.

In dieser Stille rückte Flambeau laut seinen Stuhl zurück, was ein vereinzeltes, widerhallendes Geräusch hervorrief, und warf den Ellbogen über die Lehne.

»Nun«, sagte er etwas grob, »wenn Hirsch nichts Besseres als ein feiger Verrats-Krämer ist...«

»Sie dürfen nicht zu streng sein mit ihnen«, sagte Pater Brown sanft. »Es ist nicht nur ihre Schuld; sie haben keine Instinkte. Ich meine jene Empfindungen, die eine Frau davon abhalten, mit einem Mann zu tanzen, oder einen Mann abhalten, anvertrautes Gut zu berühren. Sie haben gelernt, daß es nur eine Sache des Gradunterschiedes ist.«

»Immerhin«, rief Flambeau ungeduldig, »es wäre keine Besudelung meiner Prinzipien; und ich will die Sache zu Ende führen. Der alte Dubosc mag ein wenig verrückt sein, aber schließlich ist er in seiner Art ein Patriot.«

Pater Brown fuhr fort, Weißfische zu verzehren.

Die ernsthafte Art, mit der er dies tat, bewog Flambeau, seinen Gefährten nochmals mit wilden, schwarzen Blicken zu streifen. »Was ist denn los mit Ihnen?« fragte er. »Mit Dubosc ist doch soweit alles in Ordnung. Oder haben Sie Mißtrauen gegen ihn?«

»Mein Freund«, sagte der kleine Priester und legte mit einer Gebärde hilfloser Verzweiflung Messer und Gabel nieder. »Ich habe heute gegen alles Mißtrauen. Ich meine gegen alles, was sich heute zugetragen hat. Ich habe gegen die ganze Geschichte Mißtrauen, obwohl sie sich vor meinen Augen abgespielt hat. Ich zweifle an allem, was meine Augen seit heute früh gesehen haben. Irgendwie unterscheidet sich diese Geschichte gar sehr von den gewöhnlichen Polizeimysterien, in denen der eine immer mehr oder weniger lügt und der andere mehr oder weniger die Wahrheit sagt. Hier sind beide Männer... Nun! Ich habe Ihnen die einzige Theorie gesagt, von der ich mir vorstellen könnte, daß sie jemand befriedigt. Aber ich bin ehrlich, mich befriedigt sie nicht.«

»Mich auch nicht«, erwiderte Flambeau stirnrunzelnd, während der andere fortfuhr, mit einer Miene vollständiger Resignation Fische zu essen. »Wenn Sie nichts anderes vorbringen können als jene Idee, daß eine Nachricht durch Angaben vermittelt wird, welche der Wahrheit entgegengesetzt sind, so würde ich das zwar ungewöhnlich klug und spitzfindig nennen, aber...«

»Ich würde es durchsichtig nennen«, sagte der Priester schnell. »Ich würde es ungewöhnlich durchsichtig nennen. Aber das ist das Merkwürdige an der Geschichte. Es ist wie eine Schulbubenlüge. Es gibt nur drei Versionen, die von Dubosc, die von Hirsch und die meine. Entweder wurde diese Nachricht von einem französischen Offizier geschrieben, um einen französischen Beamten zu ruinieren; oder sie wurde von dem französischen Beamten geschrieben, um deutschen Offizieren zu helfen; oder sie wurde von dem französischen Beamten geschrieben, um deutsche Offiziere irrezuführen. Gut also. Man würde erwarten, daß ein geheimes Papier, das zwischen solchen Leuten wie Offizieren und Beamten gewechselt wird, anders aussähe. Man würde vielleicht Chiffren, sicherlich Abkürzungen voraussetzen; jedenfalls wissenschaftliche Termini und strikte Fachausdrücke. Aber dies hier ist so absichtlich einfach wie ein Schauerroman: ›In der roten Grotte werden Sie die goldene

Kassette finden.‹ Es sieht so aus, als ob . . . es Absicht wäre, daß man es durchschaut.«

Beinahe noch ehe sie es bemerken konnten, war eine kleine Gestalt in französischer Uniform mit Windeseile an ihren Tisch herangetreten und ließ sich schwer auf einen Stuhl fallen.

»Ich bringe erstaunliche Nachrichten«, sagte der Duc de Valognes. »Ich komme eben von unserem Oberst. Er packt gerade seine Koffer, um das Land zu verlassen, und er bittet uns, *sur le terrain* seine Entschuldigung vorzubringen.«

»Was?« schrie Flambeau mit einer ganz erschreckenden Ungläubigkeit, »Abbitte tun?«

»Ja«, sagte der Herzog mürrisch, »da und dort – vor allen Leuten – wenn die Schwerter gezogen sind. Und Sie und ich sollen es machen, während er das Land verläßt.«

»Aber was kann das bedeuten?« rief Flambeau. »Er kann sich doch nicht vor diesem kleinen Doktor Hirsch fürchten! Verdammt noch einmal«, rief er in einer Art überlegener Wut, »vor dem kann sich doch niemand fürchten.«

»Ich glaube, es ist irgendeine Intrige!« schnaubte Valognes, »irgendeine Verschwörung der Juden und Freimaurer. Es soll wahrscheinlich dazu beitragen, den Ruhm dieses Doktor Hirsch zu vermehren . . .«

An Pater Browns Miene war nichts Auffallendes zu bemerken, nur seltsam befriedigt sah er drein; es konnte ebensogut Unwissenheit wie Verständnis sein, was seine Züge erhellte. Doch gab es zuweilen einen Augenblick des Aufleuchtens. Dann war es, als nähme er eine Maske ab und zeige darunter sein kluges Gesicht; und Flambeau wußte, daß sein Freund plötzlich verstanden hatte. Brown sagte nichts, sondern beendete seine Mahlzeit.

»Wo haben Sie unseren feinen Oberst zuletzt gesehen?« fragte Flambeau ärgerlich.

»Er ist drüben im Hotel Saint Louis, wohin wir ihn im Wagen begleitet haben. Er packt seine Koffer, sag' ich Ihnen.«

»Glauben Sie, daß er noch dort ist?« fragte Flambeau und blickte stirnrunzelnd über den Tisch hin.

»Ich glaube nicht, daß er schon fort sein kann«, erwiderte der Herzog; »er packt für eine lange Reise...«

»Nein«, sagte Pater Brown ganz einfach, stand aber plötzlich auf, »für eine sehr kurze Reise eigentlich. Aber wir könnten noch zurechtkommen, um ihn dort zu erwischen, wenn wir mit einem Automobil hinüberfahren.«

Es war nichts mehr aus ihm herauszubringen, bis das Auto vor dem Hotel Saint Louis um die Ecke bog, wo sie ausstiegen und er die Gesellschaft durch eine Seitenallee hinaufführte, die in der zunehmenden Dämmerung bereits in tiefem Schatten lag. Als der Herzog einmal ungeduldig fragte, ob Doktor Hirsch des Verrates schuldig sei oder nicht, antwortete der Priester ein wenig zerstreut: »Nein, nur des Ehrgeizes – wie Cäsar.« Dann fügte er ein wenig unvermittelt hinzu: »Er führt ein sehr einsames Leben; er mußte stets alles allein machen.«

»Nun, wenn er ehrgeizig ist, so sollte er jetzt befriedigt sein«, sagte Flambeau ein wenig bitter. »Ganz Paris wird ihm zujubeln, da unser verfluchter Oberst davongelaufen ist.«

»Sprechen Sie nicht so laut«, sagte Pater Brown, selbst die Stimme senkend; »Ihr verfluchter Oberst ist gerade vor uns.«

Die beiden anderen fuhren zusammen und zogen sich tiefer in den Schatten der Mauer zurück, denn die stämmige Gestalt ihres flüchtig gewordenen Duellanten konnte nun tatsächlich wahrgenommen werden. Er eilte im Zwielicht an ihnen vorbei, in jeder Hand einen Koffer. Er sah beinahe genauso aus, wie sie ihn zum erstenmal gesehen hatten, nur daß er seine malerische Kniehose gegen eine gewöhnliche vertauscht hatte. Offenbar lief er bereits aus dem Hotel davon.

Die Wiese, über die sie ihm folgten, machte den Eindruck, als wäre sie hinter den Dingen, wie die Rückseite einer Kulisse. An einer Seite lief eine farblose, ununterbrochene Mauer, in der in gewissen Abständen trübselig aussehende, beschmutzte Türen waren, alle fest verschlossen und gänzlich schmucklos, bis auf das Kreidegekritzel eines zufällig vorbeigekommenen Gamins. Baumkronen waren ab und zu über der Mauer zu sehen und dahinter im grauroten Schein des Abends die Rückseite irgendwelcher hoher Häuser, die in Wirklichkeit ziemlich nahe standen, doch aussahen wie eine ferne, unerreichbare Gebirgskette. An der anderen Seite der Wiese lief ein hohes vergoldetes Gitter, das einen finsteren Park umsäumte.

Flambeau sah sich ein wenig zaghaft um. »Wissen Sie«, sagte er, »es ist hier so merkwürdig...«

»Hallo!« rief plötzlich der Herzog, »dieser Kerl ist verschwunden. Versunken, wie durch einen verdammten Zauber!«

»Er hat einen Schlüssel«, erklärte ihr kirchlicher Berater. »Er ist nur durch eine dieser Gartentüren eingetreten.« Und schon hörten sie eine der Holztüren klirrend ins Schloß fallen.

Flambeau eilte mit langen Schritten zu der Türe hin, die solcherart beinahe vor seiner Nase zuschlug, stand einen Augenblick lang vor ihr still und biß seinen schwarzen Schnurrbart in wütender Neugierde. Dann warf er seine langen Arme empor und schwang sich wie ein Affe hinauf, so daß er aufrecht oben auf der Mauer stand, während sich seine riesige Gestalt schwarz wie die dunklen Baumgipfel gegen den roten Himmel abhob.

Der Herzog sah den Priester an. »Die Flucht dieses Dubosc ist wohlüberlegter, als wir dachten«, sagte er, »doch ich glaube, er flieht aus Frankreich.«

»Er entflieht von überall«, antwortete Pater Brown.

Valognes' Augen erhellten sich, doch seine Stimme wurde düsterer. »Meinen Sie Selbstmord?« fragte er.

»Man wird seine Leiche nicht finden«, erwiderte der andere.

Flambeau schrie auf, oben auf der Mauer. »Mein Gott«, rief er aus, »jetzt erkenn' ich den Ort! Ja, es ist die Hinterseite der Straße, in der unser Freund Hirsch wohnt. Ich dachte, ich müßte die Rückseite eines Hauses ebensogut erkennen wie den Rücken eines Menschen.«

»Und Dubosc ist da hineingegangen?« rief der Herzog und schlug sich auf die Schenkel. »Na, da werden sie einander schließlich doch noch begegnen.« Und in einer plötzlichen Anwandlung gallischer Lebhaftigkeit sprang er auf die Mauer an Flambeaus Seite und saß dort, buchstäblich mit den Beinen zappelnd vor Aufregung. Nur der Priester blieb unten, lehnte sich gegen die Mauer und drehte so dem ganzen Schauspiel den Rücken, während er sinnend auf das Staket des gegenüberliegenden Parks und auf die schwankenden Bäume sah.

Der Herzog, so angeregt er auch war, blieb seinen aristokratischen Instinkten treu und wünschte nur, das Haus anzustarren, nicht etwa, es auszuspionieren; doch Flambeau mit seinen Einbrecher- und Detektivinstinkten hatte sich bereits von der Mauer aus in die Gabelung eines Baumes geschwungen, von wo aus er ganz in die Nähe des einzigen erleuchteten Fensters an der Rückseite des hohen, dunklen Hauses klettern konnte. Über das Fenster war eine rote Jalousie herabgelassen, doch schief befestigt worden, so daß sie auf einer Seite offenstand, und Flambeau konnte, wenn er den Hals weit vorbog, hinter einem Zweig gerade noch den Oberst Dubosc erblicken, der in einem hellerleuchteten und luxuriös ausgestatteten Schlafzimmer umherging. Doch so nah Flambeau auch dem Hause war, hörte er die Worte seines Kollegen an der Mauer und wiederholte sie leise.

»Ja, jetzt werden sie einander schließlich doch begegnen.«

»Sie werden einander niemals begegnen«, sagte Pater Brown. »Hirsch hatte recht, wenn er sagte, daß in einer solchen Sache die beiden Hauptpersonen nicht direkt miteinander zusammenkommen sollten. Haben Sie jemals jene seltsame psychologische Studie von Henry James gelesen, in der zwei Leute einander durch Zufall so oft verfehlen, daß sie beide große Angst voreinander bekommen und glauben, es sei Schicksal? Das hier ist etwas Ähnliches, aber noch seltsamer.«

»Es gibt Leute in Paris, die sie von derlei krankhaften Einbildungen heilen werden«, sagte Valognes rachsüchtig. »Sie werden schön miteinander kämpfen müssen, wenn wir sie fangen und dazu zwingen, einander zu begegnen.«

»Und sie werden einander nicht einmal am Tage des Jüngsten Gerichts begegnen«, sagte der Priester. »Wenn der allmächtige Gott die Rollen der Listen hielte und St. Michael die Posaune bliese, auf daß die Schwerter gekreuzt werden – auch dann noch, wenn einer von ihnen bereitstünde, würde der andere nicht kommen.«

»Ach, was soll all dieser Mystizismus bedeuten?« rief der Herzog von Valognes ungeduldig; »warum sollten sie, um Himmels willen, einander nicht begegnen wie andere Menschen?«

»Sie sind das Gegenteil voneinander«, sagte Pater Brown mit einem seltsamen Lächeln. »Sie widersprechen einander. Sie heben einander auf, sozusagen.«

Er fuhr fort, auf die gegenüberstehenden dunklen Bäume zu starren, doch Valognes wendete schnell den Kopf, auf einen unterdrückten Ausruf Flambeaus hin. Dieser Kundschafter, der in das erleuchtete Fenster spähte, hatte eben gesehen, wie der Oberst nach einigem Aufundabgehen anfing, sich den Rock auszuziehen. Flambeaus erster Gedanke war, daß dies wirklich nach einem Duell aussehe; doch bald mußte er diese Ansicht zugunsten einer anderen fallenlassen. Die kräftigen, breiten Schultern und die starke Brust Duboscs waren nichts als ein gutes Stück Polsterung, die zusammen mit dem Rock abfiel. In Hemd und Hose war er ein verhältnismäßig schlanker Herr, der durch das Schlafzimmer in das Badezimmer ging, ohne jede andere kampflustige Absicht, als sich zu waschen. Er beugte sich über ein Becken, trocknete seine nassen Hände und sein Gesicht an einem Handtuch ab und wendete sich wieder um, so daß das helle Licht auf sein Gesicht fiel. Die braune Farbe war daraus gewichen, auch der große schwarze Schnurrbart war verschwunden; er war glatt rasiert und sehr blaß. Vom Oberst war nichts übriggeblieben als seine leuchtenden braunen Adleraugen. Unter der Mauer fuhr Pater Brown in seinen tiefsinnigen Betrachtungen fort, als spräche er zu sich selbst.

»Es ist genauso, wie ich Flambeau gesagt habe. Mit solchen Gegensätzen geht es nicht. Das stimmt nicht. Das kämpft auch nicht. Wenn es weiß anstatt schwarz ist und fest anstatt flüssig und so weiter in jedem einzelnen Fall – dann stimmt etwas nicht. Monsieur, dann stimmt etwas nicht. Einer dieser Männer ist blond, der andere schwarz. Der eine kräftig, der andere mager, der eine stark, der andere schwach. Der eine hat einen Schnurrbart und keinen Vollbart, so daß man seinen Mund nicht sehen kann; der andere hat einen Vollbart und keinen Schnurrbart, so daß man sein Kinn nicht sehen kann. Der eine hat das Haar am Hinterkopf kurz geschnitten, aber eine breite Krawatte, die seinen Hals verbirgt; der andere trägt einen niedrigen Kragen, aber langes Haar, das seinen Hinterkopf verbirgt. Es stimmt alles zu genau, Monsieur, und darum stimmt etwas nicht. Dinge, die einander so entgegengesetzt sind, sind Dinge, die miteinander nicht streiten können. Wo immer der eine herausguckt, taucht der andere unter. Wie ein Gesicht und eine Maske, wie ein Schloß und ein Schlüssel...«

Flambeau starrte in das Haus, und sein Gesicht war so weiß wie ein Blatt Papier. Der Bewohner des Zimmers stand dort und wendete ihm den Rücken zu, aber ihm gegenüber befand sich ein Spiegel, und der Mann hatte bereits um sein Gesicht eine Art Umrahmung aus rotem Haar gelegt, das ungeordnet um seinen Kopf hing und längs der Wangen bis zum Kinn herabfiel, so daß der spöttisch verzogene Mund frei blieb. So im Spiegel betrachtet glich das weiße Gesicht einem Judas, der grauenhaft lachte und von den Höllenflammen umringt war. Einen Augenblick lang sah Flambeau die wilden rotbraunen Augen tanzen, dann wurden sie von einer blauen Brille verdeckt. Als die Gestalt in einen weiten schwarzen Rock geschlüpft war, verschwand sie gegen die Vorderseite des Hauses zu. Einige Augenblicke später kündete ein Beifallssturm von der dahinterliegenden Straße an, daß Doktor Hirsch abermals auf dem Balkon erschienen war.

Der Mann in der Passage

Zwei Männer erschienen gleichzeitig an den beiden gegenüberliegenden Enden eines Verbindungsganges, der an dem einen Flügel des Apollo-Theaters in Adelphi entlanglief. Es war
gegen Abend, aber die Straßen lagen noch im Sonnenlicht, das
in die blassen Farben der Dämmerung hinüberspielte. Der
Gang war verhältnismäßig lang und dunkel, so daß jeder der
beiden Männer den anderen nur als Silhouette am gegenüberliegenden Ende sehen konnte. Nichtsdestoweniger erkannte
doch jeder den anderen, sogar in diesen tintenfarbenen Umrissen, denn beide waren Männer von auffallender Erscheinung,
und sie haßten einander.

Die überdeckte Passage führte auf einer Seite in eine der steilen
Straßen von Adelphi und auf der anderen zu einer Terrasse,
von der aus man den im Abendrot schimmernden Fluß über-
blickte. Die eine Seitenwand der Passage bildete eine kahle
Mauer, die zu einem alten Theaterrestaurant gehörte, einem
mißglückten Unternehmen, das nun geschlossen war. An der
anderen Seitenwand befanden sich zwei Türen, eine an jedem
Ende. Keine von beiden war das, was man gewöhnlich den Büh-
nenausgang nennt; sie waren eine Art privater Bühnenaus-
gang, der nur von ganz vereinzelten Darstellern benützt
wurde – und in diesem Fall von den Stars der heutigen Shake-
speare-Aufführung. So bedeutende Persönlichkeiten lieben es
oft, derartige private Aus- und Eingänge zu haben, um Freunden zu begegnen oder sie vermeiden zu können.

Die beiden in Frage stehenden Männer waren sicherlich zwei

solche Freunde, Männer, die offenbar die Türen kannten und darauf rechneten, daß man sie ihnen öffnen würde. Denn beide näherten sich der Türe an dem oberen Ende mit gleicher Gelassenheit und Zuversicht. Freilich nicht mit gleicher Eile; doch der Mann, der schneller ging, war der, welcher vom ferneren Ende kam, so daß sie beide beinahe im selben Augenblick vor der geheimen Bühnentüre ankamen. Sie grüßten einander höflich und warteten, bis einer von ihnen, der schnellere Geher, der weniger Geduld zu haben schien, an die Türe klopfte.

Darin und in allem übrigen waren sie voneinander so verschieden, daß man nicht sagen konnte, einer wäre dem anderen überlegen gewesen. Im privaten Leben waren sie beide hübsch, tüchtig und beliebt zu nennen. Als Leute der Öffentlichkeit bekleideten sie beide hervorragende Stellen. Doch alles an ihnen, vom Ruhm bis zum hübschen Äußeren, war von durchaus verschiedener und miteinander nicht zu vergleichender Art. Sir Wilson Seymour gehörte zu jenen Menschen, deren Bedeutung jedem gesellschaftlich Orientierten bekannt ist. Je näher man mit den innersten Kreisen jeder Partei oder Berufsclique bekannt wurde, um so öfter begegnete man Sir Wilson Seymour. Er war der einzige intelligente Mann auf zwanzig unintelligente Komiteemitglieder – auf jedem Gebiete, angefangen von der Reform der Royal Academy bis zum Projekt des Bimetallismus für Großbritannien. Insbesondere auf dem Gebiete der Kunst war er allmächtig. Er war so einzigartig, daß niemand ganz entscheiden konnte, ob er ein großer Aristokrat war, der die Kunst unter seine Hauptinteressen aufgenommen hatte, oder ein großer Künstler, den die Aristokraten aufgenommen hatten. Aber man konnte nicht fünf Minuten mit ihm zusammensein, ohne wahrzunehmen, daß man eigentlich sein ganzes Leben lang von ihm geleitet worden war.

Seine Erscheinung war »distinguiert« im eigentlichen Sinn des Wortes, konventionell und zugleich einzigartig. Die letzte

Mode hätte nichts auszusetzen gefunden an seinem Zylinderhut, der aber doch anders war als aller anderen Leute Hüte – ein bißchen höher vielleicht, was des Mannes natürliche Größe noch etwas unterstrich. Seine hohe, schlanke Gestalt war ein wenig vorgebeugt, doch sah sie nicht im mindesten schwächlich aus. Sein Haar war silbergrau, doch sah er nicht alt aus; er trug das Haar etwas länger als üblich, hatte aber dabei nichts Weibliches an sich; das Haar war gelockt, sah jedoch nicht gebrannt aus. Sein sorgfältig geschnittener Spitzbart ließ ihn männlicher erscheinen und ein wenig militärisch, so wie bei jenen alten Admiralen von Velasquez, mit deren dunklen Porträts sein Haus geschmückt war. Seine grauen Handschuhe waren eine Schattierung bläulicher, sein Stock mit dem Silberknopf eine Spur länger als Dutzende solcher Handschuhe und Stöcke, mit denen man in Theatern und Restaurants herumschlenkert und in die Hände schlägt.

Der andere Mann war nicht so groß, doch wäre er niemand als klein aufgefallen, sondern nur als kräftig und hübsch. Auch sein Haar war gelockt, doch blond und kurz geschnitten, es umrahmte einen mächtig geformten Schädel – jene Art von Schädel, mit denen man eine Türe einschlägt, wie Chaucer von Miller sagte. Sein militärischer Schnauzbart und die Haltung seiner Schultern ließen den Soldaten erkennen, doch hatte er ein paar jener besonders aufrichtigen und durchdringenden Augen, die man am häufigsten bei Matrosen findet. Sein Gesicht war ein wenig eckig, sein Kinn war eckig, seine Schultern waren eckig, sogar sein Rock war eckig. Tatsächlich hatte Max Beerbohm ihn in der damals modernen Richtung wilder Karikatur als die verkörperte Lehre des vierten Buches Euklid dargestellt.

Denn auch er war ein Mann der Öffentlichkeit, wenn auch seine Erfolge ganz anderer Art waren. Man mußte nicht in der besten Gesellschaft verkehren, wenn man von Kapitän Cutler hören wollte oder von der Belagerung von Hongkong und dem großen Marsch durch China. Man konnte nicht umhin, von ihm zu hören, wo immer man sich befand; sein Porträt war auf jeder zweiten Ansichtskarte zu sehen; die Karten und Berichte seiner Schlachten in jedem zweiten illustrierten Blatt; Lieder, die ihn besangen, waren in jedem zweiten Varieté oder von allen Drehorgeln zu hören. Sein Ruhm, wenn auch wahrscheinlich vorübergehender, war zehnmal größer, verbreiteter und ursprünglicher als der des anderen Mannes. In Tausenden von englischen Familienhäusern wurde er für eine überragende Größe Englands gehalten, wie Nelson. Doch hatte er unverhältnismäßig geringeren Einfluß in England als Sir Wilson Seymour.

Ein ältlicher Diener öffnete den beiden die Türe; es war ein Kammerdiener, dessen niedergeschlagene Miene und Haltung und dessen schäbiger schwarzer Rock mit der abgetragenen Hose in seltsamem Widerspruch standen zu der glitzernden Inneneinrichtung der Garderobe unserer berühmten Schauspielerin. Spiegel standen und hingen in allen erdenklichen Brechungswinkeln herum, so daß sie einem ungeheuren, hundertfach facettierten Diamanten glichen – wenn man sich im Innern eines Diamanten befinden könnte. Alle übrigen Formen des Luxus, einige Blumen, einige bunte Kissen, einige Bestandteile von Bühnenkostümen wurden von all den Spiegeln bis zum Wahnsinn arabischer Nächte vervielfältigt und tanzten umher und verschoben sich gegeneinander, je nachdem, ob der umherschleichende Bedienstete einen der Spiegel herauszog oder gegen die Wand zurückschob.

Beide sprachen den schmierigen Diener mit Namen an, nannten ihn Parkinson und fragten nach der Dame als Fräulein Aurora Rome. Parkinson sagte, sie sei im Nebenzimmer und er wolle hineingehen, um die Herren zu melden. Ein Schatten überflog das Gesicht der beiden Besucher; denn das Nebenzimmer war das Privatzimmer des großen Schauspielers, mit dem Fräulein Aurora zusammen spielte, und sie gehörte zu jener Art von Frauen, die Bewunderung nicht entfacht, ohne auch zugleich Eifersucht zu entfachen. Eine halbe Minute später jedoch wurde die Verbindungstüre geöffnet, und sie »trat auf«, wie immer – sogar im Privatleben – so, daß die Stille selbst, die sie umgab, ein Beifallsgetöse zu sein schien, und ein wohlverdientes. Sie war in ein etwas seltsames Gewand von pfauengrünem und pfauenblauem Satin gekleidet, der wie grünes und blaues Metall schimmerte – das Entzücken von Kindern oder Ästheten –, und das schwere, tiefbraune Haar umrahmte eines jener Märchengesichter, die allen Männern gefährlich sind, insbesondere jedoch Knaben und Männern mit ergrauendem Haar. Sie spielte zusammen mit ihrem Partner, dem berühmten amerikanischen Schauspieler Isidore Bruno, eine besonders poetische und phantastische Wiedergabe des Sommernachtstraums, in welcher das künstlerische Schwergewicht auf Oberon und Titania gelegt war, oder – mit anderen Worten – auf Bruno und sie selbst. Inmitten traumhafter und erlesener Dekorationen, in mythischen Tänzen bewegt, rief dieses grüne Kostüm – schillernden Käferflügeln gleich – den märchenhaften Eindruck einer Elfenkönigin wach. Doch stand ein Mann ihr persönlich in beinahe noch hellem Tageslicht gegenüber, so sah er nur auf das Antlitz dieser Frau.

Sie begrüßte beide Männer mit jenem strahlenden und verwirrenden Lächeln, mit dem sie so viele Männer in genau derselben gefahrvollen Distanz von sich hielt. Sie nahm von Cutler ein paar Blumen an, die ebenso tropisch und kostspielig waren wie seine Siege, und irgendein anderes Geschenk von Sir Wilson Seymour, das dieser Herr ihr etwas später und in etwas nonchalanterer Weise überreichte. Denn es widerstrebte seiner ganzen Art und Erziehung, heftige Gefühle zur Schau zu tragen, und zugleich seiner konventionellen Art von Konventionslosigkeit, so auffallende und allgemein sichtbare Dinge zu schenken wie Blumen. Er habe zufällig eine Kleinigkeit aufgegabelt, sagte er von etwas, das in Wahrheit eine Sehenswürdigkeit war; es war ein antiker griechischer Dolch aus dem Mykenischen Zeitalter, wie er wohl zur Zeit von Theseus und Hippolyta hätte getragen werden können. Wie alle Waffen der Heldenzeit aus Bronze gemacht, war der Dolch jedoch seltsamerweise noch immer scharf genug, um jemanden damit erstechen zu können. Es sei tatsächlich die blattartige Form gewesen, die ihn angezogen habe; das Ding sei so vollkommen wie eine griechische Vase. Wenn es von irgendwelchem Interesse für Fräulein Rome wäre oder sie es irgendwie in ihrem Stück verwenden könne, so hoffe er, werde sie...

Die Türe zum Nebenzimmer wurde aufgerissen, und es erschien die große Gestalt eines Mannes, der zu dem erläuternden Seymour sogar in noch größerem Gegensatz stand als Kapitän Cutler. Beinahe sechseinhalb Fuß hoch und mit mehr als theatralischen Muskeln und Sehnen, glich Isidore Bruno, in einem prächtigen Leopardenfell und dem goldbraunen Schmuck Oberons, einem barbarischen Gotte. Er stützte sich auf eine Art Jagdspeer, der auf der Bühne wie ein leichter Silberstab wirkte, in dem kleinen und verhältnismäßig engen Raum jedoch so schlicht wie eine spitze Eisenstange aussah – und ebenso gefährlich. Des Mannes lebhafte schwarze Augen rollten in vulkanischer Wut, sein bronzefarbenes Gesicht, so hübsch es auch war, zeigte in diesem Augenblick nur eine Kombination von hohen Backenknochen und zusammengebissenen Zähnen, die gewisse amerikanische Mutmaßungen über seine Abstammung aus den Plantagen des Südens wachrief.

»Aurora«, fing er an, mit seiner tiefen, vor Leidenschaft bebenden Stimme, die so oft die Zuhörer ergriffen hatte, »willst du...«

Er hielt unschlüssig inne, da eine sechste Gestalt plötzlich in der Türöffnung aufgetaucht war – eine Gestalt, die in diesem Milieu so wenig am Platze war, daß sie beinahe lächerlich wirkte. Es war ein auffallend kleiner Mann in der schwarzen Kleidung eines römisch-katholischen Weltgeistlichen, der, insbesondere in Gegenwart Brunos und Auroras, aussah wie ein hölzerner Noah aus einer geschnitzten Arche. Er schien sich jedoch keines Gegensatzes bewußt zu sein, sondern sagte mit schlichter Höflichkeit: »Ich glaube, Fräulein Rome hat nach mir geschickt.«

Ein scharfer Beobachter hätte bemerken können, daß die Temperatur der allgemeinen Erregung bei dieser harmlosen Unterbrechung eher stieg. Die Sonderstellung dieses professionellen Junggesellen schien es den anderen klarzumachen, daß sie um die Frau herumstanden wie ein Ring verliebter Rivalen; ebenso wird beim Eintritt eines Fremden in einem beschneiten Mantel in ein Zimmer den darin Anwesenden erst richtig klar, daß es darin so heiß wie in einem Backofen ist. Die Gegenwart dieses einen Mannes, der sie nicht liebte, verschärfte das Empfinden Fräulein Romes, daß alle anderen in Liebe für sie entbrannt waren und jeder auf eine gewissermaßen gefährliche Art: der Schauspieler mit allen Begierden eines Wilden und eines verwöhnten Kindes; der Soldat mit all dem primitiven Egoismus eines mehr willensstarken als geistigen Mannes; Sir Wilson mit jener täglich stärker werdenden Konzentration, mit der alte Hedonisten sich einer Liebhaberei hingeben; und endlich – mit der stumpfen Fasziniertheit eines Hundes – sogar der unterwürfige Parkinson, der sie vor ihren Triumphen gekannt hatte und nach Betreten der Garderobe jede ihrer Bewegungen mit seinen Augen verfolgte.

Ein schlauer Beobachter hätte jedoch noch etwas Sonderbareres bemerken können. Und der Mann, der einem schwarzen hölzernen Noah glich, dabei aber nicht ganz aller Schlauheit bar war, bemerkte es mit besonderem, wenn auch verhaltenem

Vergnügen. Es war offensichtlich, daß die große Aurora, obwohl keineswegs gleichgültig gegen die Bewunderung des anderen Geschlechtes, in diesem Augenblick alle diese Männer, die sie bewunderten, loswerden und allein sein wollte mit dem einen Mann, der es nicht tat – der sie zumindest in diesem Sinne nicht bewunderte; denn der kleine Priester bewunderte – sogar mit viel Freude – die Entschlossenheit und weibliche Diplomatie, mit der sie sich an diese Aufgabe machte. Der kleine Priester beobachtete wie einen napoleonischen Feldzug die schnelle Präzision ihrer Politik, mit der sie alle verjagte, ohne einen einzigen zu verbannen. Bruno, der große Schauspieler, war so kindisch, daß man ihn leicht hinausschicken konnte; er verließ wie ein schmollendes Kind das Zimmer und schlug die Türe hinter sich zu. Cutler, der britische Offizier, war Ideen unzugänglich, aber korrekt in seiner Handlungsweise. Er würde alle Winke ignorieren, aber eher sterben, als den bestimmten Auftrag einer Dame ignorieren. Was Freund Seymour anbelangte, so mußte der anders behandelt werden; er wurde als letzter gelassen. Die einzige Art, ihn zu entfernen, war, vertrauensvoll an ihn als alten Freund zu appellieren, ihn in das Geheimnis der Räumung einzuweihen. Der Priester bewunderte Fräulein Rome aufrichtig, wie sie alle diese drei Zwecke in eine wohlerwogene Handlung umzusetzen verstand.

Sie ging zu Kapitän Cutler hinüber und sagte in ihrer gewinnendsten Art: »Ich werde all diese Blumen werthalten, weil es wahrscheinlich Ihre Lieblingsblumen sein dürften. Aber sie sind nicht vollzählig, wissen Sie, wenn meine Lieblingsblumen nicht dabei sind. Gehen Sie doch bitte hinüber in jenes Geschäft an der Ecke dort, und holen Sie mir einige Maiglöckchen, dann wird alles ganz wunderschön sein.«

Der erste Zweck ihrer Diplomatenkunst, der Abgang des wütenden Bruno, wurde damit gleichzeitig erfüllt. Er hatte seinen

Speer bereits mit königlicher Gebärde wie ein Zepter dem erbarmungswürdigen Parkinson überreicht und war eben daran, sich auf einen gepolsterten Sitz wie auf einen Thronsessel niederzulassen. Doch bei diesem unverhohlenen Appell an den Rivalen funkelte in seinen opalisierenden Augäpfeln all die leidenschaftliche Unverschämtheit des Sklaven auf; er ballte einen Augenblick lang seine braunen Fäuste, stieß dann die Türe auf und verschwand in seine eigenen Gemächer. Doch inzwischen hatte Fräulein Romes Versuch, die britische Armee zu mobilisieren, nicht so gut geklappt, wie man hätte annehmen dürfen. Cutler hatte sich allerdings schnell und steif erhoben und war unbedeckten Hauptes zur Türe geschritten, wie auf einen Befehl hin. Doch in der gegen einen Spiegel lehnenden schlanken Gestalt Seymours lag vielleicht etwas zu aufreizend Elegantes, das den Kapitän veranlaßte, kurz bevor er den Ausgang erreichte, stehenzubleiben und den Kopf dahin und dorthin zu drehen, wie eine irregemachte Bulldogge.

»Ich muß diesem dummen Menschen den Weg zeigen«, flüsterte Aurora, zu Seymour gewandt, und lief in den Vorraum hinaus, um den sich entfernenden Gast zur Eile zu treiben.

Seymour, in seiner eleganten und sorglosen Pose, schien zu lauschen und sich erleichtert zu fühlen, als er die Dame dem Kapitän einige letzte Weisungen nachrufen hörte, dann schien sie sich kurz umzuwenden und lachend an das andere Ende der Passage zu laufen, das Ende, welches an der Terrasse oberhalb der Themse lag. Doch eine oder zwei Sekunden später verfinsterte sich Seymours Gesicht wieder. Ein Mann in seiner Position hat so viele Rivalen, und er erinnerte sich, daß an dem anderen Ende der Passage ein korrespondierender Eingang zu Brunos Privatzimmer führte. Er verlor nichts von seiner Würde, wechselte mit Pater Brown einige höfliche Worte über das Wiederaufleben byzantinischer Architektur in der Westminsterkathedrale und schlenderte dann ganz ungezwungen selbst hinaus auf die Passage. Pater Brown und Parkinson waren nun allein geblieben, und keiner von den beiden hatte etwas für unnötige Konversation übrig. Der Kammerdiener ging im Zimmer herum, zog Spiegel heraus und stieß sie wieder zurück, und seine schmierigen, dunklen Kleider sahen noch schäbiger aus, da er immer noch den prunkvollen Zauberstab König Oberons hielt. Jedesmal wenn er den Rahmen eines neuen Spiegels hervorzog, erschien eine neue schwarze Gestalt Pater Browns; das unsinnige Spiegelzimmer war voller Pater Browns; sie hingen verkehrt in der Luft wie Engel, schlugen Purzelbäume wie Akrobaten und wendeten jedermann den Rücken wie ungewöhnlich ungezogene Leute.

Pater Brown schien diese ganze Schar von Zeugen nicht zu bemerken, sondern beobachtete Parkinson mit müßigen, aufmerksamen Blicken, bis dieser sich mitsamt seinem lächerlichen Speer ins Nebenzimmer, Brunos Garderobe, entfernte. Dann gab sich der Priester abstrakten Betrachtungen, die ihn stets zu unterhalten pflegten, hin – er berechnete die Winkel der Spiegel, die Winkel jeder Brechung, die Winkel, unter welchen jeder Spiegel an der Wand befestigt sein mußte... als er einen lauten, doch erstickten Schrei hörte.

Er sprang auf und stand wie gelähmt da, um zu lauschen. Im selben Augenblick stürzte Sir Seymour, bleich wie Elfenbein, ins Zimmer herein. »Wer ist dieser Mann in der Passage?« schrie er. »Wo ist der Dolch, den ich gebracht habe?«

Ehe Pater Brown sich in seinen schweren Stiefeln umdrehen konnte, wühlte Seymour im Zimmer herum und suchte die Waffe. Doch ehe er diese oder irgendeine andere Waffe hätte finden können, hörte man auf dem Pflaster draußen eilende Schritte, und in derselben Türöffnung erschien das eckige Gesicht Cutlers. Er hielt groteskerweise immer noch einen Strauß Maiglöckchen in der Hand. »Was ist das?« schrie er. »Wer ist der Kerl unten in der Passage? Irgendeiner Ihrer Tricks?«

»Meine Tricks?« zischte sein bleicher Rivale und machte einen Schritt auf ihn zu.

In dem Augenblick, da all dies vor sich ging, trat Pater Brown hinaus in den oberen Teil der Passage, blickte den Gang hinunter und eilte schnell auf das zu, was er sah.

Daraufhin ließen die anderen beiden Männer ihren Streit fallen und stürzten ihm nach, während Cutler rief: »Wer sind Sie?«

»Mein Name ist Brown«, sagte der Priester traurig, als er sich über etwas niedergebeugt und sich dann wieder aufgerichtet hatte. »Fräulein Rome hatte nach mir geschickt, und ich kam, so schnell ich konnte. Ich bin zu spät gekommen.«

Die drei Männer sahen zu Boden; das sterbende Licht des späten Nachmittags lief wie ein Goldstreifen über die Passage, in deren Mitte Aurora Rome strahlend in ihrem goldgrünen Gewande lag, das tote Antlitz nach oben gerichtet. Ihr Kleid war wie nach einem Kampf aufgerissen und ließ die rechte Schulter entblößt, doch die Wunde, aus der das Blut strömte, war auf der anderen Seite. Der Bronzedolch lag flach und glitzernd etwa eine Elle weit entfernt.

Es herrschte eine geraume Zeit hindurch tiefes Schweigen, so daß man aus der Ferne das Lachen eines Blumenmädchens vernahm und jemanden wütend nach einem Autotaxi pfeifen hörte. Dann packte der Kapitän mit einer so plötzlichen Bewegung, daß es Leidenschaft oder Theater sein konnte, Sir Wilson Seymour beim Hals.

Seymour, unerschrocken und unbeweglich, sah ihn durchdringend an. »Sie brauchen mich nicht umzubringen«, sagte er, in vollkommen gelassenem Ton; »das werde ich schon auf eigene Rechnung tun.«

Der Kapitän zögerte und ließ die Hand fallen; doch der andere fügte mit eiskalter Aufrichtigkeit hinzu: »Wenn ich einsehen werde, daß ich die Kraft nicht habe, es mit jenem Dolch zu tun, so kann ich es in einem Monat durch Trinken erreichen.«

»Trinken ist nicht gut genug für mich«, erwiderte Cutler; »doch ehe ich sterbe, will ich dafür Blut haben. Nicht das Ihre – doch ich glaube zu wissen, wessen Blut.«

Und bevor die anderen seine Absicht erraten konnten, ergriff er den Dolch, sprang auf die nächste Türe am unteren Ende der Passage zu, stieß sie trotz Schloß und Riegel auf und stand Bruno in dessen Garderobe gegenüber. In diesem Augenblick trottete der alte Parkinson in seiner schwankenden Art aus der Türe heraus und erblickte die Leiche, die in der Passage lag. Zitternd näherte er sich ihr, blickte matt mit bebendem Gesicht nach ihr hin, ging dann zitternd in die Garderobe zurück und setzte sich plötzlich auf einen der reichverzierten und gepolsterten Stühle. Pater Brown lief augenblicklich zu ihm hinüber, ohne auf Cutler und den riesigen Schauspieler zu achten, obwohl das Zimmer bereits von ihren Schlägen widerhallte und sie anfingen, miteinander um den Dolch zu raufen. Seymour, der einigen gesunden Verstand bewahrt hatte, pfiff einen Polizisten herbei, der am anderen Ende der Passage stand.

Als die Polizei kam, mußte sie die beiden Männer auseinanderreißen, die einander mit affenähnlichem Griff umklammert hielten; und nach einigen formellen Fragen wurde Isidore Bruno auf die Beschuldigung des Mordes hin, die sein wütender Gegner vorbrachte, verhaftet. Der Gedanke, daß der große Nationalheld des Tages einen Übeltäter mit eigenen Händen gefangengenommen hatte, fiel zweifellos bei der Polizei schwer ins Gewicht, die eines gewissen journalistischen Elementes nicht ermangelt. Man behandelte Cutler mit feierlicher Hochschätzung und machte ihn darauf aufmerksam, daß er eine kleine Wunde an der Hand habe. Eben als Cutler zwischen umgeworfenen Stühlen und Tischen auf Bruno eingedrungen war, hatte dieser ihm den Dolch entwunden und ihn gerade unterhalb des Handgelenkes getroffen. Die Verletzung war wirklich nur unbedeutend, doch ehe der halbwilde Gefangene aus dem

Zimmer gebracht werden konnte, starrte er mit zufriedenem Lächeln auf das fließende Blut.

»Schaut beinahe wie ein Kannibale aus, nicht?« sagte der Polizeibeamte vertrauensvoll zu Cutler.

Cutler gab keine Antwort, sondern sagte einen Augenblick später etwas schroff: »Wir müssen nach der... Toten sehen...«, und seine Stimme wurde unhörbar.

»Nach den beiden Toten«, fiel die Stimme des Priesters von der anderen Seite des Zimmers ein. »Dieser arme Kerl war tot, bevor ich zu ihm herüberkommen konnte.« Und er stand da und sah auf den alten Parkinson hinab, der zusammengekauert wie ein schwarzes Bündel auf dem prächtigen Stuhl saß. Auch er hatte, nicht ohne Beredsamkeit, der verstorbenen Frau seinen Tribut gezahlt.

Die Stille wurde zuerst von Cutler unterbrochen, der von einer rauhen Art Zärtlichkeit erfaßt schien. »Ich wollt', ich wäre er«, sagte er heiser. »Ich erinnere mich, wie er – mehr als irgendeiner – ihr mit den Blicken zu folgen schien, wenn sie umherging. Sie war seine Luft, und jetzt ist er verschmachtet. Er ist einfach tot.«

»Wir sind alle tot«, sagte Seymour mit seltsamer Stimme und blickte die Straße hinab.

Sie verabschiedeten sich an der Straßenecke von Pater Brown mit einigen belanglosen Entschuldigungen bezüglich etwaiger Formlosigkeiten, die sie sich vielleicht hatten zuschulden kommen lassen. Die Miene beider Männer war traurig, doch auch versteckt.

Das Gehirn des kleinen Priesters war immer wie ein Kaninchengehege wilder Gedanken, die einander zu schnell jagten, als daß er sie hätte festhalten können. Wie der weiße Schwanz eines Kaninchens fuhr ihm blitzartig der Gedanke durch den Kopf, daß er zwar des Kummers dieser beiden Männer gewiß sei, nicht aber ihrer Unschuld.

»Wir gehen nun wohl am besten alle«, sagte Seymour schwermütig; »wir haben alles getan, was in unserer Macht steht, um zu helfen.«

»Werden Sie meine Motive richtig verstehen«, fragte Pater Brown ruhig, »wenn ich sage, daß Sie alles getan haben, was in Ihrer Macht stand, um zu schaden?«

Beide fuhren wie schuldbewußt zurück, und Cutler fragte scharf: »Um wem zu schaden?«

»Um sich selbst zu schaden«, antwortete der Priester. »Ich würde Ihren Kummer nicht noch vermehren, wenn es nicht allgemeine Menschenpflicht wäre, Sie zu warnen. Sie haben beinahe alles getan, was in Ihrer Macht stand, um sich an den Galgen zu bringen, wenn dieser Schauspieler freigesprochen werden sollte. Man wird mich sicherlich vorladen und verhören; ich werde gezwungen sein, auszusagen, daß, nachdem man den Schrei gehört hatte, Sie beide im Zustand höchster Aufregung ins Zimmer stürzten und einen Streit anfingen wegen jenes Dolches. Soviel ich unter Eid aussagen kann, könnte jeder von Ihnen es getan haben. Damit haben Sie sich geschadet; und dann hat Kapitän Cutler noch obendrein an jenem Dolch Schaden nehmen müssen!«

»Schaden nehmen!« rief der Kapitän verächtlich aus. »Ein dummer kleiner Kratzer.«

»Der Blut fließen machte«, erwiderte der Priester kopfschüttelnd. »Wir wissen, daß jetzt auf der Klinge Blutspuren zu finden sind. Und darum werden wir niemals erfahren, ob vorher Blut daran war.«

Es entstand eine Stille; dann sagte Seymour mit einem Nachdruck, der seiner gewöhnlichen Art zu reden ganz fremd war: »Aber ich habe einen Mann in der Passage gesehen.«

»Das weiß ich«, antwortete der Kleriker mit unbewegtem Gesicht, »auch Kapitän Cutler hat einen Mann dort gesehen. Das ist es, was so unwahrscheinlich scheint.«

Bevor sich einer darüber so weit klarwerden konnte, um auch nur zu antworten, hatte sich Pater Brown höflich entschuldigt und war mit seinem Stumpf von einem Regenschirm die Straße hinaufgegangen.

Bei modernen Zeitungen ist heute die wichtigste und sorgfältigst geführte Rubrik die Gerichtsrubrik. Wenn es wahr ist, daß im zwanzigsten Jahrhundert für Morde mehr Raum bleibt als für Politik, so hat das den einleuchtenden Grund, daß ein Mord eben eine ernstere Sache ist. Aber sogar dies würde die überwältigende Aufmachung kaum erklären können, in welcher der »Fall Bruno« oder »Das Geheimnis der Passage« in der Londoner Presse wie in allen Provinzblättern überall mit ausführlichen Details besprochen wurde. Die Aufregung war so groß, daß die Presse tatsächlich wochenlang die Wahrheit brachte; und die Berichte über die Verhöre und Kreuzverhöre waren, wenn auch endlos, ja sogar unerträglich, doch zumindest verläßlich. Der wahre Grund war natürlich das Interesse an den beteiligten Personen. Das Opfer war eine allgemein bekannte Schauspielerin; der Angeklagte war ein allgemein bekannter Schauspieler; und der Angeklagte war, wie die Dinge nun einmal standen, auf frischer Tat festgenommen worden von dem allgemein bekannten Offizier der patriotischen Saison. Durch diese ungewöhnlichen Umstände wurden die Zeitungen dermaßen in Aufregung versetzt, daß sie sich zu Aufrichtigkeit und Genauigkeit bestimmen ließen; daher kann der Rest dieser eigenartigen Geschichte tatsächlich aus den Berichten des Prozesses Bruno wiedergegeben werden.

Der Vorsitzende in diesem Prozeß war der Richter Monkhouse, einer von jenen, die man im allgemeinen als »witzige Richter« verhöhnt, die aber meist ernster sind als die ernsten Richter; denn ihre heitere Ungezwungenheit entspringt einem lebendigen Unwillen gegen alle professionelle Feierlichkeit, während der ernste Richter eigentlich von Frivolität erfüllt ist, weil er von Eitelkeit erfüllt ist. Da alle Hauptbeteiligten gesellschaftlich bekannte Persönlichkeiten waren, hatte man die Gerichtsfunktionäre sorgfältig gewählt; der Staatsanwalt war Sir Walter Cowdray, ein schwerfälliger, doch gewichtiger Beamter von jener Art, die es versteht, englisch und vertrauenerweckend zu wirken und gleichsam nur mit Widerstreben rhetorisch zu sein. Der Angeklagte wurde von Herrn Patrick Butler verteidigt. Dieser Mann wurde von Leuten, die den irischen Charakter mißverstanden, und von jenen, die noch nicht von ihm verhört worden waren, fälschlich für einen bloßen »Flaneur« gehalten.

Die medizinischen Untersuchungen ergaben keine Widersprüche, da der Arzt, den Sir Seymour an Ort und Stelle gerufen hatte, mit dem hervorragenden medizinischen Fachmann, der später die Leiche untersucht hatte, vollkommen übereinstimmte. Aurora Rome war mit irgendeinem scharfen Instrument erstochen worden, von der Art eines Messers oder Dolches; jedenfalls war es ein Instrument mit kurzer Spitze; die Wunde befand sich gerade oberhalb des Herzens, und der Tod war augenblicklich eingetreten. Als der erste Arzt sie sah, konnte sie kaum zwanzig Minuten tot gewesen sein. Daher mochten, als Pater Brown sie gefunden hatte, kaum drei Minuten nach Eintritt des Todes vergangen sein.

Dann folgte der Bericht irgendeines amtlichen Detektivs, der sich hauptsächlich mit dem Beweis oder dem Mangel eines Beweises für irgendein Anzeichen eines Kampfes beschäftigte; der einzige Hinweis darauf war, daß das Kleid an der Schulter aufgerissen war, und dies schien nicht besonders mit der Stelle des endgültigen Stoßes übereinzustimmen. Nachdem diese Details vorgebracht worden waren, obwohl sie unaufgeklärt blieben, wurde der erste Kronzeuge aufgerufen.

Sir Wilson Seymour machte seine Aussage so wie alles andere, was er überhaupt machte – das heißt: nicht nur gut, sondern in geradezu vollendeter Weise. Obgleich selbst weit mehr ein Mann der Öffentlichkeit als der Richter, verstand er, genau die feine Nuance zu finden, durch die er dem königlichen Richter gegenüber in den Hintergrund trat; und obgleich er ein Ansehen genoß wie etwa der Premierminister oder der Erzbischof von Canterbury, so konnte man doch nichts anderes sagen, als daß seine Stellungnahme zu dieser Sache die irgendeines Privatmannes von gutem Namen sei. Er war in seinen Aussagen ebenso erfrischend klar und deutlich, wie er es in allen Komiteesitzungen war. Er hatte Fräulein Rome im Theater besucht; er war dort Kapitän Cutler begegnet; eine Zeitlang hatte sich ihnen auch der Angeklagte zugesellt, war dann jedoch in seine eigene Garderobe zurückgekehrt; dann war auch noch ein katholischer Priester hinzugekommen, der nach der Dame gefragt und sich mit dem Namen Brown vorgestellt hatte. Später war Fräulein Rome ein wenig aus dem Theatergebäude hinausgetreten, bis zum Eingang der Passage, um Kapitän Cutler einen Blumenladen zu zeigen, in dem er ihr einige Blumen kaufen sollte; der Zeuge war im Zimmer geblieben und hatte einige Worte mit dem Priester gewechselt. Er hatte dann deutlich gehört, wie die Verstorbene, nachdem sie den Kapitän fortgeschickt hatte, sich lachend umgedreht hatte und die Passage hinuntergelaufen war nach dem anderen Ende zu, an dem sich die Garderobe des Angeklagten befand. In bloßer Neugierde ob dieser schnellen Bewegung seiner Freundin war er selbst auf die Passage hinausgetreten und hatte in der Richtung der Türe des Angeklagten hinuntergesehen. Ob er etwas in der Passage gesehen habe? Ja, er habe etwas in der Passage gesehen.

Sir Walter Cowdray machte eine eindrucksvolle Pause, während welcher er zu Boden blickte und noch blasser als gewöhnlich erschien. Dann fragte der Vertreter des Rechts mit leiser Stimme, die anteilnehmend klang und zugleich doch etwas Schleichendes an sich hatte: »Haben Sie es deutlich gesehen?«

So erregt Sir Wilson Seymour auch war, blieben seine Gedanken doch vollkommen klar. »Ganz genau, was die Konturen anbelangt, doch ganz undeutlich, das heißt überhaupt nicht, was die Details innerhalb der Konturen anbelangt. Die Passage ist so lang, daß jeder, der sich in der Mitte befindet, ganz schwarz erscheint gegen das Licht am anderen Ende.« Der Zeuge senkte abermals seine Blicke und fügte hinzu: »Ich hatte diese Tatsache schon vorher bemerkt, als Kapitän Cutler zum erstenmal eintrat.« Es entstand wieder ein Schweigen, und der Richter beugte sich vor, um etwas zu notieren.

»Nun«, fragte Sir Walter geduldig, »wonach sahen die Konturen aus? Glichen Sie zum Beispiel der Gestalt der ermordeten Frau?«

»Nicht im geringsten«, antwortete Seymour ruhig.

»Wonach denn schienen sie Ihnen auszusehen?«

»Es schien mir, als wäre es ein großer Mann gewesen«, erwiderte der Zeuge.

Jedermann im Saal bemühte sich, die Blicke auf seine Feder oder seinen Schirmgriff zu richten oder auf seine Schuhe oder sein Buch oder auf was immer er nur zufällig schauen konnte. Man schien gewaltsam die Blicke vom Angeklagten abzuwenden, aber man war sich seiner Gestalt auf der Anklagebank bewußt – und war sich ihrer als riesig groß bewußt. So groß Bruno dem Auge auch erscheinen mochte, schien er jetzt immer größer und größer anzuschwellen, als alle Blicke von ihm abgewendet wurden.

Cowdray lehnte sich mit feierlichem Gesicht in seinen Stuhl zurück und glättete sein schwarzes, seidenes Gewand und seinen weißen seidenen Backenbart. Sir Wilson war, nachdem er zum Schluß noch einige Einzelheiten angegeben hatte, welche auch viele andere Leute bezeugen konnten, gerade im Begriff, die Zeugenbank zu verlassen, als der Verteidiger aufsprang und ihn zurückhielt.

»Ich möchte Sie nur noch einen Augenblick aufhalten«, sagte Herr Butler, ein bäuerlich aussehender Mann mit roten Augenbrauen, der einen etwas verschlafenen Eindruck machte. »Wollen Sie bitte dem hohen Gerichtshof sagen, woher Sie wußten, daß es ein Mann war?«

Ein schwaches, vornehmes Lächeln glitt über Seymours Züge. »Ich fürchte, ich urteilte nach dem gewöhnlichen Merkmal der Hosen«, sagte er. »Als ich das helle Tageslicht zwischen den langen Beinen sah, war ich schließlich davon überzeugt, daß es ein Mann war.«

Butlers schläfrige Augen öffneten sich mit der Plötzlichkeit einer stillen Explosion. »Schließlich!« wiederholte er langsam. »So haben Sie also anfangs geglaubt, es sei eine Frau?«

Seymour sah zum erstenmal etwas bekümmert drein. »Es ist zwar kaum ein Tatsachenbeweis«, sagte er, »aber wenn es der hohe Gerichtshof wünscht, so werde ich natürlich über meinen Eindruck berichten. Es lag etwas in der Erscheinung, das zwar nicht ganz einer Frau glich, aber doch wieder nicht männlich wirkte; die Linien waren irgendwie anders. Und die Gestalt hatte etwas, das wie langes Haar aussah.«

»Danke«, sagte Herr Butler und setzte sich plötzlich nieder, als hätte er das bekommen, was er wollte.

Kapitän Cutler war ein weit weniger glaubwürdiger und gefaßter Zeuge als Sir Wilson, doch sein Bericht über die einleitenden Ereignisse war im wesentlichen derselbe. Er beschrieb, wie Bruno in seine Garderobe zurückkehrte, wie er selbst fortgeschickt worden war, um einen Strauß Maiglöckchen zu kaufen, wie er zu dem oberen Ende der Passage zurückkam, was er in der Passage gesehen hatte, wie er Seymour verdächtigt und dann mit Bruno gekämpft hatte. Doch konnte er nur wenig künstlerische Ausschmückungen hinzufügen bezüglich der schwarzen Gestalt, die er und Seymour gesehen hatten. Nach ihren Umrissen befragt, äußerte er – mit einem etwas zu offensichtlichen Grinsen gegen Seymour hin –, er sei kein Kunstkritiker. Darüber befragt, ob es eine Frau oder ein Mann war, sagte er – mit einem etwas zu offensichtlichen Knurren gegen den Angeklagten hin –, daß die Gestalt eher wie ein Tier ausgesehen hätte. Doch der Mann schien von aufrichtigem Zorn und Kummer so sehr bedrückt, daß Cowdray ihn schnell der Verpflichtung enthob, Tatsachen zu bestätigen, die schon ziemlich klar waren.

Auch der Verteidiger faßte sich kurz in seinem Kreuzverhör, obwohl er seiner Gewohnheit nach, sogar wenn er sich kurz faßte, ziemlich lange zu brauchen schien. »Sie haben einen eigentümlichen Ausdruck gebraucht«, sagte er, während er Cutler schläfrig betrachtete. »Was meinen Sie damit, daß die Gestalt eher wie ein Tier als wie ein Mann oder eine Frau aussah?«

Cutler schien ernstlich aufgeregt. »Vielleicht hätte ich das nicht sagen sollen«, erwiderte er, »doch wenn das Vieh riesige, buckelige Schultern hat wie ein Schimpanse und Borsten, die ihm vom Kopf abstehen, wie einem Schwein...«

Herr Butler fiel ihm mit seltsamer Ungeduld in die Rede. »Lassen Sie das, ob das Haar Schweinsborsten glich oder nicht«, sagte er. »Glich es Frauenhaar?«

»Frauenhaar?« schrie der Offizier. »Du lieber Gott, nein!«

»Der vorige Zeuge hat es behauptet«, erklärte der Verteidiger mit unbedenklicher Schnelligkeit. »Und hatte die Gestalt derlei geschwungene und halbweiche Linien, wie dies in so beredter Weise angedeutet wurde? Nein? Keine weiblichen Linien? Die Gestalt war, wenn ich Sie richtig verstehe, eher schwerfällig und eckig?«

»Er mag sich vielleicht vorgebeugt haben«, sagte Cutler mit heiserer und etwas schwacher Stimme.

»Oder auch nicht«, sagte Herr Butler und setzte sich plötzlich zum zweitenmal nieder.

Der dritte Zeuge, der von Sir Walter Cowdray aufgerufen wurde, war der kleine katholische Geistliche, so klein im Vergleich zu den anderen, daß sein Kopf kaum über den Rand der Balustrade emporzureichen schien und es den Eindruck erweckte, als würde ein Kind verhört. Doch unglücklicherweise hatte es sich Sir Walter anscheinend irgendwie in den Kopf gesetzt, daß Pater Brown auf seiten des Angeklagten stehe, weil der Angeklagte ein böser Mensch und ein Ausländer war und sogar zum Teil schwarzes Blut in sich hatte. Darum fuhr er Pater Brown scharf an, sooft dieser stolze Pontifex versuchen wollte, etwas zu erklären, und er hieß ihn mit »Ja« oder »Nein« antworten und einfache Tatsachen berichten ohne jesuitische Auslegungen. Als Pater Brown in aller Schlichtheit zu sagen anfing, wer, seiner Meinung nach, der Mann in der Passage war, erklärte ihm der Vorsitzende, daß er seine Theorien nicht brauche.

»Eine schwarze Gestalt wurde in der Passage gesehen. Und Sie sagen, daß Sie diese schwarze Gestalt gesehen haben. Nun, wie war sie?«

Pater Brown blinzelte wie unter einem Tadel, aber er hatte seit langem den wörtlichen Sinn des Gehorsams kennengelernt.

»Die Gestalt«, sagte er, »war kurz und dick und hatte zwei vorstehende Hörner an jeder Seite des Kopfes, und...«

»Oh! Wahrscheinlich der Teufel mit seinen Hörnern«, rief Cowdray aus und lehnte sich in triumphierender Heiterkeit zurück. »Es war wohl der Teufel, der gekommen war, die Protestanten zu fressen.«

»Nein«, sagte der Priester, »ich weiß, wer es war.«

Die Leute im Saal waren zu dem unvernünftigen, doch entschiedenen Gefühl der Erwartung von etwas Monströsem aufgestachelt worden. Sie hatten die Gestalt auf der Anklagebank vergessen und dachten nur an die Gestalt in der Passage. Und die Gestalt in der Passage, die von den drei tüchtigen und ehrenwerten Männern nach dem eigenen Augenschein beschrieben wurde, war wie ein dahinschleichender Nachtmahr: Der eine nannte sie eine Frau, der andere ein Tier und der dritte einen Teufel…

Der Richter sah Pater Brown mit halbgeschlossenen Augen und durchdringenden Blicken an. »Sie sind ein sehr merkwürdiger Zeuge«, sagte er, »aber Sie haben etwas an sich, das mich glauben macht, Sie wollen die Wahrheit sagen. Nun, wer war der Mann, den Sie in der Passage gesehen haben?«

»Ich war es selbst«, sagte Pater Brown.

Butler sprang in der herrschenden ungewöhnlichen Stille auf die Beine und sagte ganz ruhig: »Der hohe Gerichtshof wird mir ein kurzes Kreuzverhör gestatten«; und dann, ohne innezuhalten, warf er Brown die anscheinend zusammenhanglose Frage hin: »Sie haben von diesem Dolch gehört; Sie wissen, daß die Sachverständigen sagen, das Verbrechen sei mit einer kurzen Klinge verübt worden?«

»Ja, eine kurze Klinge«, stimmte Brown zu und nickte feierlich wie eine Eule, »aber mit einem sehr langen Griff.«

Bevor noch die Zuhörerschaft sich ganz von der Vorstellung befreien konnte, daß der Priester sich selbst gesehen hatte, wie er mit einer kurzen Klinge mit langem Griff, was die Sache irgendwie noch schrecklicher erscheinen ließ, einen Mord beging, beeilte er sich selbst, eine Erklärung zu geben.

»Ich meine, nicht nur Dolche haben kurze Klingen. Auch Speere haben kurze Klingen. Und auch Speere treffen mit der Spitze, geradeso wie Dolche, selbst wenn es sich um jene Spielereispeere handelt, die man im Theater verwendet. So wie der Speer, mit dem der alte Parkinson seine Frau tötete, eben als sie nach mir geschickt hatte, um ihre Familienangelegenheiten zu ordnen – und ich bin gerade zu spät gekommen, Gott verzeih mir! Aber er ist in Reue gestorben – er starb eigentlich aus Reue. Er konnte es nicht ertragen, was er getan hatte.«

Der allgemeine Eindruck der Leute war, daß der kleine Priester, der drauflosschwatzte, tatsächlich auf der Zeugenbank verrückt geworden war. Doch der Richter sah ihn immer noch mit weit offenen und gespannten Augen an; und der Verteidiger fuhr unbeirrt mit seinen Fragen fort.

»Wenn Parkinson es mit jenem Theaterspeer getan hat«, fragte Butler, »muß er ihn aus einer Entfernung von etwa vier Ellen geschleudert haben. Wie können Sie die Anzeichen eines Kampfes erklären, wie das von der Schulter gerissene Gewand?« Er war dazu übergegangen, diesen Mann, der hier bloß als Zeuge stand, wie einen Experten zu behandeln; aber niemand bemerkte dies im Augenblick.

»Das Gewand der armen Dame«, sagte der Zeuge, »war zerrissen, weil es sich in einem aus der Vertäfelung herausschiebbaren Rahmen verfangen hatte, der gerade hinter ihr herausgestoßen worden war. Sie bemühte sich loszukommen, und während sie damit beschäftigt war, kam Parkinson aus dem Zimmer des Angeklagten und schleuderte den Speer.«

»Ein verschiebbarer Rahmen?« wiederholte der Rechtsgelehrte mit seltsamer Stimme.

»Von der anderen Seite war es ein Spiegel«, erklärte Pater Brown. »Als ich in der Garderobe saß, bemerkte ich, daß einige dieser Spiegel vermutlich in die Passage hinausgeschoben werden können.«

Wieder trat ein langes, unnatürliches Schweigen ein, und diesmal war es der Richter, der endlich sprach. »Sie meinen also wirklich, daß Sie selbst der Mann waren, den Sie sahen, als Sie die Passage hinunterblickten – im Spiegel?«

»Jawohl, das wollte ich sagen«, erwiderte Brown, »aber man fragte mich nach den Umrissen der Gestalt; und unsere Hüte haben Ecken, die wie Hörner aussehen, und darum...«

Der Richter beugte sich vor, und seine alten Augen leuchteten noch mehr, und er sagte in ungemein deutlichem Tone: »Wollen Sie also wirklich sagen, daß dieses wilde, undefinierbare Etwas mit Linien und Frauenhaar und Männerhosen, das Sir Wilson Seymour gesehen hatte, Sir Wilson Seymour selber war?«

»Jawohl«, erwiderte Pater Brown.

»Und Sie wollen sagen, daß Kapitän Cutler, als er den Schimpansen mit den buckligen Schultern und Schweinsborsten sah, einfach nur sich selbst sah?«

»Jawohl.«

Der Richter lehnte sich mit einem Behagen zurück, in dem sich Zynismus oder Bewunderung ausdrückte. »Und können Sie uns sagen«, fragte er, »wieso gerade Sie Ihr eigenes Bild im Spiegel erkannt haben, wenn so erlauchte Männer dazu nicht imstande sind?«

Pater Brown blinzelte, noch peinlicher berührt als zuvor; dann stammelte er: »Wirklich, ich weiß nicht... Wenn es nicht darum ist, weil ich weniger oft hineinschaue.«

Der Fehler der Maschine

Um die Zeit des Sonnenunterganges saßen Flambeau und sein Freund im Temple Garden; die Umgebung oder eine ähnlich zufällige Ursache hatte das Gespräch auf das Thema der Gerichtsverhandlungen gelenkt. Von dem Problem der Zulässigkeit des Kreuzverhöres wendete sich das Gespräch der römischen und mittelalterlichen Folter zu, dann dem französischen Untersuchungsrichter und schließlich dem »Dritten Grad« in Amerika.

»Ich habe kürzlich«, sagte Flambeau, »etwas über diese neue psychometrische Methode gelesen, von der man besonders in Amerika jetzt soviel redet. Sie wissen, was ich meine? Man legt einem Menschen ein Pulsometer um das Handgelenk und urteilt nach dem Herzschlag des Betreffenden beim Aussprechen gewisser Worte. Was halten Sie davon?«

»Ich finde es sehr interessant«, erwiderte Pater Brown. »Es erinnert mich an jene interessante Vorstellung des dunklen Zeitalters, daß eine Leiche frisch zu bluten anfange, wenn der Mörder sie berührte.«

»Wollen Sie damit wirklich sagen«, fragte der Freund, »daß Sie beide Methoden für gleich wertvoll halten?«

»Ich halte sie für gleich wertlos«, erwiderte Brown. »Blut fließt schnell oder langsam in toten oder lebendigen Leuten, aus noch einmal soviel Millionen Gründen, wie wir je wissen können. Blut wird gar seltsam fließen müssen, Blut wird das Matterhorn hinauffließen müssen, ehe ich darin ein Zeichen erkennen werde, daß ich es vergießen sollte.«

»Die Methode ist«, bemerkte der andere, »in Amerika von einigen der bedeutendsten Wissenschaftler bestätigt worden.«

»Was diese Wissenschaftler doch sentimental sind!« rief Pater Brown aus. »Und wieviel sentimentaler noch müssen die Wissenschaftler in Amerika sein! Wer anders als ein Yankee würde je daran denken, irgend etwas auf Grund von Herzschlägen beweisen zu wollen! Ja, sie müssen rein ebenso sentimental sein wie einer, der glaubt, daß eine Frau in ihn verliebt sei, wenn sie errötet. Diesen auf der Blutzirkulation beruhenden Beweis hat der unsterbliche Harvey erfunden; auch ein recht fauler Beweis!«

»Und doch«, fuhr Flambeau beharrlich fort, »könnte er ziemlich gerade auf das eine oder das andere hindeuten.«

»Stöcke, die geradeaus zeigen, haben einen gewissen Nachteil«, antwortete der andere. »Welchen? Ja nun, das andere Ende des Stockes zeigt immer nach der entgegengesetzten Seite hin. Es hängt davon ab, ob man den Stock beim richtigen Ende zu fassen bekommt. Ich habe einmal zugesehen, wie die Sache gemacht wurde, und habe seither nie mehr an sie geglaubt.«

Und er fuhr fort, die Geschichte zu erzählen, die ihn in seinem Skeptizismus so bestärkt hatte.

Die Sache hatte sich vor etwa zwanzig Jahren zugetragen, als er Kaplan seiner Glaubensbrüder in einem Gefängnis in Chicago war – wo die irische Bevölkerung eine solche Befähigung sowohl für Verbrechen wie für Reue an den Tag legte, daß er reichlich beschäftigt war. Der zweite Kommandant, der dem Gouverneur im Rang am nächsten stand, war ein ehemaliger Detektiv namens Greywood Usher, ein leichenblasser, bedächtig sprechender Yankee-Philosoph, der seine strenge Miene gelegentlich gegen eine seltsame, wie um Entschuldigung bittende Grimasse vertauschte. Er mochte Pater Brown in einer leicht gönnerhaften Art gut leiden; und Pater Brown hatte den Kommandanten gern, obwohl er dessen Theorien von Herzen haßte, die ungeheuer kompliziert waren und mit ungeheurer Einfachheit festgehalten wurden.

Usher hatte eines Abends nach dem Priester geschickt, und der nahm seiner Gewohnheit gemäß schweigend an einem Tische Platz, auf dem die Papiere, teils in Stößen aufgehäuft, teils verstreut, umherlagen, und wartete. Der Beamte suchte aus den Papieren einen Zeitungsausschnitt heraus und reichte ihn dem Priester hin, der ihn mit ernster Miene las. Es zeigte sich, daß der Ausschnitt aus einem der bestinformierten Blätter der amerikanischen guten Gesellschaft stammte und folgende Ankündigung zum Inhalt hatte.

»Der lustigste Witwer der Gesellschaft macht wieder einmal mit einem exzentrischen Maskenfeste Sensation. Alle besseren Bürger unserer Stadt werden sich noch des Kinderwagen-Parade-Festes entsinnen, bei welchem unser ›Letzter Trick‹-Todd in seinem Palais in Pilgrims Pond so viele unserer prominentesten ›débutantes‹ noch jünger erscheinen ließ, als sogar ihre Jahre vermuten lassen mochten. Ebenso galant, doch noch abwechslungsreicher und großzügiger vom gesellschaftlichen Standpunkt aus war unseres ›Letzten Tricks‹ vorjähriges Fest, das berühmte Kannibalenmahl der guten Gesellschaft, wobei das Konfekt scherzhafterweise in Form von menschlichen Armen und Beinen serviert wurde und mancher unserer lustigsten Witzbolde sich erbot, seine Partnerin ›aufzufressen‹. Die Scherzparole, welche diesmal dem Abend zugrunde liegen wird, ruht bisher noch in Herrn Todds verschwiegenem Geiste oder ist in der mit Edelsteinen besetzten Brust des heitersten Führers unserer Stadt verschlossen. Doch hat man einiges verlauten hören über eine nette Parodie der einfachen Sitten und Gebräuche von Menschen entgegengesetzter Gesellschaftsschichten. Dies wäre um so effektvoller, als der gastliche Todd in Lord Falconroy, dem berühmten Weltreisenden, einen reinrassigen Aristokraten, frisch von den Eichenwäldern Englands, zu seinen Gästen zählt. Lord Falconroys Reisen begannen, noch bevor sein alter Adelstitel wieder auferstanden war; er ist schon in seiner Jugend einmal in der Republik gewesen, und in der vornehmen Welt munkelt man allerlei über den heimlichen Grund seiner Rückkehr. Fräulein Etta Todd ist eine unserer seelenvollen New Yorkerinnen und wird einmal zu einem Vermögen von beinahe zwölfhundert Millionen Dollar gelangen.«

»Nun?« fragte Usher. »Interessiert Sie das?«

»Nein, ich finde keine Worte dafür«, antwortete Pater Brown. »Ich kann mir auf der ganzen Welt nichts vorstellen, was mich in diesem Augenblick weniger interessieren würde. Und wenn der gerechte Zorn der Republik nicht endlich alle Journalisten auf dem elektrischen Stuhl hinrichten läßt, weil sie so schreiben, sehe ich auch nicht recht ein, warum es Sie interessieren sollte.«

»Ah!« bemerkte Usher trocken und reichte ihm einen anderen Zeitungsausschnitt hin. »Nun, interessiert Sie das vielleicht?«

Die Notiz trug die Überschrift: »Schauerliche Ermordung eines Wachtpostens! Sträfling entflohen!« und lautete: »Knapp vor Tagesanbruch wurde heute morgen in der Strafanstalt von Sequah, in diesem Staate, ein Hilferuf gehört. Als man der Richtung des Schreies nacheilte, fand man die Leiche des Wachtpostens, der auf der Nordmauer des Gefängnisses patrouillierte, der steilsten und schwierigsten Stelle, für deren Bewachung bisher immer ein einziger Mann genügt hatte. Der unglückselige Soldat war jedoch von der hohen Mauer herabgeschleudert und der Schädel ihm, wie mit einer Keule, eingeschlagen worden; sein Gewehr wurde vermißt. Weitere Nachforschungen ergaben, daß eine der Zellen leer war. Sie war von einem etwas störrischen Verbrecher, der sich Oscar Rian nannte, bewohnt gewesen. Er war nur vorübergehend irgendeines verhältnismäßig geringfügigen Vergehens wegen eingesperrt gewesen; doch hatte er auf jedermann den Eindruck eines Menschen mit einer dunklen Vergangenheit und einer gefährlichen Zukunft gemacht. Schließlich, als das Tageslicht den Schauplatz des Mordes voll erhellte, fand man, daß er auf die Mauer über der Leiche einen fragmentarischen Satz geschrieben hatte, anscheinend mit einem in Blut getauchten Finger: ›Das war Notwehr, und er hatte das Gewehr. Ich wollte weder ihm noch sonst jemandem etwas zuleide tun, bis auf einen. Ich heb' mir die Kugel für Pilgrims Pond auf. – O. R.‹ Nur tükkischster List oder erstaunlichstem und tollkühnstem Wagemut konnte es gelingen, eine solche Mauer trotz des bewaffneten Postens zu stürmen.«

»Nun«, gab der Priester heiter zu, »der literarische Stil ist etwas besser, aber ich seh' immer noch nicht ein, womit ich Ihnen dienen kann. Ich würde eine traurige Rolle spielen mit meinen kurzen Beinen, wenn ich einem Mörder so athletischer Art durch den ganzen Staat nachlaufen wollte. Ich zweifle, ob ihn irgend jemand finden kann. Die Strafanstalt von Sequah ist etwa dreißig Meilen von hier entfernt; das Land, das dazwischen liegt, ist ziemlich wild und verwachsen, und das Land jenseits, wohin er sicherlich vernünftigerweise gehen wird, ist vollkommen herrenloses Gebiet, das in die weiten Prärien übergeht. Er mag in irgendeinem Loch oder auf irgendeinem Baum sein.«

»Er ist in keinem Loch«, sagte der Beamte, »er ist auf keinem Baum.«

»Ja, woher wissen Sie denn das?« fragte Pater Brown blinzelnd.

»Möchten Sie gerne mit ihm sprechen?« fragte Usher.

Pater Brown riß seine unschuldigen Augen weit auf. »Er ist hier?« rief er aus. »Ja, wie haben Ihre Leute ihn denn erwischt?«

»Ich habe ihn selbst erwischt«, sagte der Amerikaner gedehnt, erhob sich und streckte faul seine langen Beine vor dem Feuer. »Ich hab' ihn mit dem gebogenen Ende eines Spazierstockes erwischt. Schauen Sie nicht so verdutzt drein! Es ist wirklich so. Sie wissen, daß ich manchmal auf den Feldwegen außerhalb dieses trübseligen Ortes hier spazierengehe. Nun, heute in den frühen Abendstunden war ich auf einem steilen Weg draußen, der auf beiden Seiten von dunklen Hecken und grau aussehenden, gepflügten Äckern umsäumt war, während der zunehmende Mond am Himmel stand und seinen silbernen Schein auf den Weg warf. In diesem Licht sah ich einen Mann über das Feld auf den Weg zu laufen; er rannte mit vorgebeugtem Körper und in einem guten Dauerlaufschritt. Er schien ziemlich erschöpft zu sein, doch als er zu der dichten, schwarzen Hecke kam, schoß er durch sie durch, als wäre sie aus Spinnweben gemacht, oder eher – denn ich hörte die starken Zweige brechen und aneinanderschlagen wie Bajonette – als wäre er selbst aus Stein. In dem Augenblick, da er gegen den Mond stehend auftauchte und den Weg kreuzte, hakte ich meinen Stockgriff um seine Beine, so daß er strauchelte und hinfiel. Dann pfiff ich lang und laut auf meiner Pfeife, bis unsere Leute angerannt kamen, um ihn festzunehmen.«

»Es wäre ein wenig peinlich gewesen«, bemerkte Brown, »wenn Sie herausgefunden hätten, daß es ein bekannter Sportsmann war, der für einen Dauerlauf trainierte.«

»Nein, das war er nicht!« sagte Usher grimmig. »Wir haben bald herausgefunden, wer er war, aber ich hatte es erraten, sobald ihn der erste Strahl des Mondes streifte.«

»Sie dachten, es wäre der durchgebrannte Sträfling«, bemerkte der Priester schlicht, »weil Sie heute früh in der Zeitung gelesen hatten, daß ein Sträfling durchgebrannt sei.«

»Ich hatte etwas bessere Anhaltspunkte«, erwiderte der Beamte kühl. »Ich will den ersten, allzu selbstverständlichen übergehen: nämlich, daß fashionable Sportsleute nicht über gepflügte Äcker rennen oder sich die Augen in dornigem Gebüsch ausstechen. Auch rennen sie nicht vornübergebeugt wie ein zusammengekauerter Hund. Es gab noch entscheidendere Einzelheiten für das leidlich geübte Auge. Der Mann trug grobe und zerrissene Kleider. Sie paßten so schlecht, daß es ganz grotesk aussah; sogar, als er sich nur in schwarzen Umrissen gegen das Mondlicht abhob, ließ ihn der Mantelkragen, der seinen Kopf halb verbarg, wie einen Buckligen erscheinen, und die langen, weiten Ärmel erweckten den Eindruck, als hätte er keine Hände. Es ging mir gleich durch den Sinn, daß er es irgendwie fertiggebracht hatte, seine Sträflingskleider gegen die eines Verbündeten auszutauschen, die ihm nicht paßten. Zweitens blies ein ziemlich starker Wind, so daß ich das flatternde Haar hätte sehen müssen, wenn es nicht sehr kurz gewesen wäre. Dann erinnerte ich mich, daß jenseits dieser gepflügten Äcker, die er überquerte, Pilgrims Pond lag, für das der Sträfling sich – Sie erinnern sich – seine Kugel aufgehoben hatte; daraufhin setzte ich meinen Spazierstock in Bewegung.«

»Ein Glanzstück schneller Deduktion«, sagte Pater Brown, »aber hatte er ein Gewehr?«

Als Usher mitten im Aufundabgehen plötzlich innehielt, fügte der Priester entschuldigend hinzu: »Ich habe nämlich gehört, daß eine Kugel ohne Gewehr nicht mehr halb so nützlich sei.«

»Er hatte kein Gewehr«, sagte der andere ernsthaft, »aber das lag zweifellos an irgendeinem sehr natürlichen, unglücklichen Zufall oder einer Änderung seines Planes. Wahrscheinlich hatte ihn dieselbe Politik, die ihn veranlaßt hatte, die Kleider zu wechseln, auch veranlaßt, das Gewehr fortzuwerfen.«

»Nun, das ist leicht möglich«, antwortete der Priester.

»Und es ist nicht der Mühe wert, sich darüber den Kopf zu zerbrechen«, sagte Usher, einige andere Blätter zur Hand nehmend, »denn wir wissen jetzt bereits, daß es der Mann ist.«

Der priesterliche Freund fragte zaghaft: »Aber wieso?«, und Greywood Usher warf die Zeitungen hin und nahm wieder die ersten beiden Zeitungsausschnitte zur Hand.

»Nun, da Sie so eigensinnig sind«, sagte er, »wollen wir ganz von vorn beginnen. Sie werden bemerkt haben, daß diese beiden Zeitungsausschnitte nur eine Sache miteinander gemein haben, und zwar die Erwähnung von Pilgrims Pond, dem Besitz des Millionärs Ireton Todd, wie Sie wissen. Sie wissen ferner, daß er ein bemerkenswerter Mann ist; einer von jenen Leuten, die Schritt für Schritt hochgekommen sind und zur Erreichung ihres Zweckes das Mittel...«

»Das Mittel wählten, zuvor ihr eigenes Gewissen totzuschlagen«, stimmte der Gefährte bei. »Ja, ich weiß. Petroleum, glaub' ich.«

»Immerhin«, sagte Usher, »der Name unseres ›Letzten Trick‹-Todds ist von Bedeutung in dieser wunderlichen Geschichte.«

Wieder rekelte sich Usher vor dem Feuer und fuhr in seiner weitschweifigen, selbstgefälligen, umständlichen Art zu reden fort.

»Fürs erste also gibt es hier anscheinend überhaupt nichts Geheimnisvolles. Es ist nicht geheimnisvoll, es ist nicht einmal merkwürdig, daß ein Zuchthäusler mit einem Gewehr auf Pilgrims Pond losgeht. Unsere Leute sind nicht wie die Engländer, die alle einem Menschen seinen Reichtum verzeihen, wenn er für Spitäler und Pferde Geld vergeudet. Unser Todd ist durch seine eigene Geschicklichkeit reich geworden, und es besteht kein Zweifel darüber, daß viele, an denen er seine Geschicklichkeit bewiesen hat, nun gerne ihre Geschicklichkeit an ihm beweisen würden, mit dem Gewehr. Todd könnte leicht durch einen Mann zu Fall gebracht werden, von dem er nie gehört hat; durch irgendeinen Arbeiter, den er ausgesperrt hat, oder irgendeinen Angestellten eines Geschäftes, das er ruiniert hat. Todd ist ein Mann von geistigen Fähigkeiten und hohem öffentlichem Ansehen; aber in diesem Lande sind die Beziehungen zwischen Arbeitgebern und Angestellten ziemlich gespannt.

So sieht die ganze Geschichte aus, angenommen, daß dieser Rian sich nach Pilgrims Pond aufgemacht hätte, um Todd zu töten. So sah sie für mich aus, bis eine andere kleine Entdeckung sämtliche Detektiveigenschaften in mir erweckte. Sobald ich meinen Gefangenen in Sicherheit gebracht hatte, nahm ich wieder meinen Spazierstock zur Hand und schlenderte zwei oder drei Straßen weiter hinunter, bis zu einem der Seitentore von Todds Besitztum, einem Tor zunächst jenem Teich oder See, der zu dem Besitz gehört. Es war vor etwa zwei Stunden, ungefähr um sieben Uhr. Der Mond schien um diese Zeit schon bedeutend heller, und ich konnte seine langen, weißen Strahlen auf dem geheimnisvollen Weiher mit den grauen, schlüpfrigen, schlammigen Ufern liegen sehen. Sie kennen die Stelle, die ich meine? Sie liegt nördlich von Todds Haus gegen die Wildnis zu, und es stehen zwei alte verwitterte Bäume dort, so elend und düster, daß sie eher wie riesige Schwammgewächse aussehen als wie richtiges Laubholz. Während ich dort stand und auf den Teich starrte, kam es mir vor, als sähe ich die schwachen Umrisse eines Mannes, der sich vom Hause her näherte, aber es war viel zu dunkel und zu weit, als daß ich meiner Sache hätte sicher sein können und noch viel weniger irgendwelcher Einzelheiten. Außerdem wurde meine Aufmerksamkeit plötzlich von etwas viel Näherem völlig in Anspruch genommen. Ich duckte mich hinter dem Zaun nieder, der nicht mehr als zweihundert Ellen weit von dem einen Flügel des großen Gebäudes entfernt hinläuft und glücklicherweise an verschiedenen Stellen Lücken hat, wie ausdrücklich für neugierige Blicke so gemacht. Eine Tür war in der dunklen Masse des linken Flügels geöffnet worden, und eine Gestalt erschien jetzt, schwarz gegen das erleuchtete Innere – eine vermummte Gestalt, die sich, offenbar in die Nacht hinausstarrend, vorbeugte. Sie schloß die Türe hinter sich, und ich sah, daß sie eine Laterne trug, welche einige trübe Lichtflecken auf Kleidung und Gestalt des Trägers warf. Es schien die Gestalt einer Frau zu sein, die in einen zerrissenen Mantel gehüllt und anscheinend verkleidet war, um nicht erkannt zu werden. Es lag – für einen Menschen, der aus diesen goldstrotzenden Räumen kam – etwas sehr Merkwürdiges sowohl in diesen Fetzen wie in der ganzen Verstohlenheit. Die Gestalt schritt vorsichtig über den gewundenen Gartenpfad vorwärts, was sie mir auf eine Entfernung von einem halben Hundert Ellen nahe brachte; dann blieb sie einen Augenblick auf der Rasenfläche stehen, die vor dem schlammigen See liegt, und, die brennende Laterne über den Kopf hochhebend, schwang sie diese dreimal deutlich hin und her, wie für ein Signal. Als sie die Laterne zum zweitenmal schwang, erhellte ein Lichtschimmer einen Augenblick ihr Gesicht – ein Gesicht, das ich kannte. Sie war unnatürlich blaß, und der Kopf war in ein ausgeliehenes Wolltuch gehüllt, wie Arbeiterfrauen sie zu tragen pflegen; aber ich bin sicher, es war Etta Todd, die Tochter des Millionärs.

Sie kehrte den Weg, den sie gekommen war, mit gleicher Vorsicht zurück und schloß die Türe wieder hinter sich. Ich wollte eben über den Zaun klettern, um ihr zu folgen, als mir klar wurde, daß das Jagdfieber des Detektivs, das mich in dieses Abenteuer gelockt hatte, ein wenig unwürdig sei und ich vom Standpunkt meiner höheren Autorität aus bereits alle Karten in der Hand hätte. Ich wollte mich eben zum Fortgehen wenden, als ein neues Geräusch die Stille der Nacht unterbrach. Ein Fenster wurde in einem der oberen Stockwerke aufgerissen, aber knapp um die Ecke des Hauses, so daß ich es nicht sehen konnte, und man hörte eine angsterfüllte Stimme durch die Dunkelheit des Gartens nach Lord Falconroy rufen, der in keinem Zimmer des Hauses zu finden war. Es konnte kein Zweifel darüber bestehen, wessen Stimme es war. Ich habe sie von vielen politischen Rednertribünen und in zahlreichen Direktorenversammlungen gehört: Es war Ireton Todd selbst. Einige andere Leute schienen an die unteren Fenster oder hinaus auf die Treppe getreten zu sein, und man rief zu Todd hinauf, Lord Falconroy habe vor etwa einer Stunde einen Spaziergang zum See hinunter unternommen und könne seither nicht wieder gefunden werden. Dann schrie Todd: ›Mord! Mord!‹ und schlug das Fenster heftig zu. Ich konnte ihn noch drinnen die Treppe hinunterrennen hören. Mich meines früheren und klügeren Vorsatzes entsinnend, machte ich mich davon, bevor die allgemeine Durchsuchung der Umgebung, die nun folgen mußte, begann, und kehrte nicht viel nach acht Uhr hierher zurück.

Ich bitte Sie nun, sich der kleinen Gesellschaftsnotiz zu entsinnen, die Ihnen so entsetzlich uninteressant vorgekommen ist. Wenn der Sträfling seine Kugel nicht für Pilgrims Pond aufhob, wie dies offenbar der Fall war, so ist es höchst wahrscheinlich, daß er sie für Lord Falconroy aufhob, und es sieht aus, als hätte er seine Ware abgeliefert. Es gibt keinen geeigneteren Platz, um einen Menschen zu erschießen, als die geologisch seltsame Umgebung des Teiches, wo ein hingeworfener Körper durch den zähen Schlamm bis zu unbekannten Tiefen sinken wird. Wir wollen also annehmen, daß unser Freund mit dem kurzgeschnittenen Haar gekommen war, um Lord Falconroy und nicht Todd umzubringen. Doch, wie ich bereits ausgeführt habe, gibt es viele Gründe, weshalb viele Leute in Amerika Todd umzubringen wünschen mögen. Es gibt keinen Grund, aus dem irgend jemand in Amerika einen neu gelandeten englischen Lord umzubringen wünschen sollte, bis auf jenen einzigen Grund, der in der Zeitung erwähnt ist: daß der Lord der Tochter des Millionärs seine Aufmerksamkeit schenkt. Unser kurzgeschorener Freund muß, trotz seiner schlecht sitzenden Kleider, ein hochstrebender Liebhaber sein.

Ich weiß, daß Ihnen diese Vorstellung widersinnig, ja komisch vorkommt, aber das ist nur, weil Sie ein Engländer sind. Sie tragen der emporsteigenden und aufstrebenden Macht unserer hervorragenderen Bürger nicht genug Rechnung. Sie haben einen gutaussehenden, grauhaarigen Mann im Frack mit einem Anstrich von Berühmtheit vor sich, Sie wissen, daß er eine Säule des Staates ist, und so glauben Sie auch schon, daß er eine lange Reihe von Ahnen hatte. Sie irren sich. Sie machen sich nicht klar, daß er vor verhältnismäßig wenigen Jahren in einer Siedlung oder möglicherweise im Gefängnis gewesen sein mag. Sie lassen die Spannkraft und den Aufschwung unserer Nation außer acht. Viele unserer einflußreichsten Bürger sind nicht nur erst ganz kürzlich, sondern auch in verhältnismäßig späten Jahren in die Höhe gekommen. Todds Tochter war volle achtzehn Jahre alt, als ihr Vater sein Glück machte. Es ist also eigentlich nicht so unmöglich, daß noch von früher her ein Verehrer aus den unteren Klassen an ihr hängt; oder sogar, daß sie noch an einem hängt, wie ich es mir vorstelle, wenn ich nach der Geschichte mit der Laterne urteile. Wenn dem so ist, so dürfte die Hand, welche die Laterne hielt, der Hand, welche das Gewehr hielt, nicht fremd sein. Dieser Fall, mein Herr, wird ein wenig von sich reden machen.«

»Nun«, fragte der Priester geduldig, »und was haben Sie dann getan?«

»Ich vermute, daß Sie entsetzt sein werden«, erwiderte Greywood Usher, »weil ich weiß, daß Sie mit dem Siegeslauf der Technik in bezug auf diese Dinge nicht einverstanden sind. Ich habe hier in vielen Dingen ziemlich freie Hand und nehme mir vielleicht noch ein bißchen mehr heraus, als man mir zugesteht. Und ich dachte, das hier wäre eine ausgezeichnete Gelegenheit, jenen psychometrischen Mechanismus auszuprobieren, von dem ich Ihnen schon erzählt habe. Denn meiner Meinung nach kann dieser Apparat nicht lügen.«

»Kein Apparat kann lügen«, sagte Pater Brown, »aber er kann auch nicht die Wahrheit sagen.«

»In diesem Fall hat er es getan, wie ich Ihnen zeigen werde«, fuhr Usher zuversichtlich fort. »Ich setzte den Mann in den schlecht passenden Kleidern in einen bequemen Sessel und schrieb einfach verschiedene Worte auf eine Tafel, und der Apparat verzeichnete einfach die Änderungen seines Pulsschlages, und ich beobachtete einfach sein Verhalten. Der Trick ist, irgendein Wort, das mit dem vermuteten Verbrechen in Zusammenhang steht, in eine Reihe von Worten, die irgendeinen ganz anderen Zusammenhang haben, einzufügen, jedoch so, daß es sich ganz natürlich einfügt. So schrieb ich also ›Reiher‹ und ›Adler‹ und ›Eule‹, und als ich das Wort ›Falke‹ schrieb, wurde er schrecklich aufgeregt, und als ich statt ›Falke‹ ›Falkon‹ schrieb, da begann der Zeiger des Apparates einfach zu springen. Wer sonst hätte in dieser Republik Ursache, bei dem Namen eines neu angekommenen Engländers wie Falconroy aufzufahren, wenn nicht der Mann, der ihn erschossen hat? Ist das nicht eine viel bessere Zeugenaussage als eine Menge Geschwätz von Augenzeugen? Die Zeugenaussage des verläßlichen Apparates!«

»Sie vergessen immer«, bemerkte der Gefährte, »daß der verläßliche Apparat in Betrieb gesetzt werden muß.«

»Wieso, was meinen Sie?« fragte der Detektiv.

»Ich meine den Menschen«, sagte Pater Brown, »den unverläßlichsten Mechanismus, den ich kenne. Ich will nicht unhöflich sein, und ich hoffe, Sie werden das Wort Mensch nicht als beleidigende oder ungenaue Bezeichnung von sich selbst auffassen. Sie sagen, Sie hatten das Verhalten des Mannes beobachtet; aber woher wissen Sie, daß Sie richtig beobachtet haben? Sie sagen, die Worte müßten sich ganz natürlich einfügen; aber woher wissen Sie, daß Sie es so gemacht haben? Woher wissen Sie, wenn es darauf ankommt, daß er nicht Ihr Verhalten beobachtet hat? Wer sollte beweisen, daß Sie nicht schrecklich aufgeregt waren? Es war ja kein Apparat an Ihrem Puls befestigt.«

»Ich sage Ihnen«, schrie der Amerikaner in höchster Aufregung, »daß ich so kühl wie eine Gurke war.«

»Verbrecher können auch so kühl wie Gurken sein«, sagte Brown lächelnd. »Und beinahe so kühl wie Sie.«

»Nun, der war es eben nicht«, sagte Usher und warf die Zeitungen durcheinander. »Oh, Sie langweilen mich!«

»Das tut mir leid«, sagte der andere. »Ich lege nur dar, was eine vernünftige Möglichkeit zu sein scheint. Wenn Sie an dem Benehmen des Mannes erkennen konnten, wann das Wort kam, das ihn an den Galgen bringen würde, warum sollte er nicht an Ihrem Benehmen erkennen, wann das Wort kommen würde, das ihn an den Galgen bringen sollte? Ich würde nach mehr als bloß nach Worten verlangen, bevor ich einen an den Galgen brächte.«

Usher schlug auf den Tisch und erhob sich in einer Anwandlung von Zorn und Triumph zugleich.

»Und das ist es eben, was ich Ihnen geben werde«, rief er. »Ich habe den Apparat zuerst ausprobiert, nur um die Sache nachher auf andere Weise zu prüfen – und der Apparat hatte recht!«

Er hielt einen Augenblick lang inne und fuhr dann weniger aufgeregt fort. »Ich möchte betonen, wenn es darauf ankommt, daß ich bis dahin mit Ausnahme des wissenschaftlichen Experiments sehr wenig Material hatte, mit dem ich etwas anfangen konnte. Es lag wirklich gar nichts gegen den Mann vor. Seine Kleider paßten ihm nicht, wie ich schon erwähnt habe, aber sie waren, wenn überhaupt anders, eher besser als jene der unteren Klassen, denen er sichtlich angehörte. Überdies war der Mann, abgesehen von all den Spuren, welche seine Jagd über geackerte Felder und sein Stürmen durch staubige Hecken hinterlassen hatten, verhältnismäßig sauber. Dies konnte natürlich bedeuten, daß er eben erst aus dem Gefängnis ausgebrochen war; aber es erinnerte mich mehr an die verzweifelte Anständigkeit der verhältnismäßig respektablen Armen. Sein Benehmen stimmte, wie ich gestehen muß, ganz damit überein. Er war schweigsam und würdevoll wie jene; er schien einen großen verborgenen Kummer zu haben wie jene. Er gab völlige Unkenntnis des in Frage stehenden Verbrechens vor und schien nur mit trotziger Ungeduld auf etwas Vernünftiges zu warten, dessen Eintreten ihn aus seiner unsinnigen Klemme befreien würde. Er bat mich mehr als einmal, ob er einem Advokaten telefonieren dürfe, der ihm vor langer Zeit in irgendeiner Geschäftssache behilflich gewesen war, und benahm sich in jeder Beziehung, wie man es von einem Unschuldigen erwarten würde. Es sprach absolut nichts gegen ihn, ausgenommen jener kleine Zeiger auf dem Zifferblatt, der die Veränderung des Pulsschlages angezeigt hatte.

Hier also, mein Herr, war der Apparat auf die Probe gestellt; und der Apparat hatte recht. Als ich mit ihm aus jenem Zimmer in den Vorraum kam, wo alle möglichen anderen Leute auf eine Untersuchung warteten, hatte er sich, glaube ich, mehr oder weniger schon entschlossen, die Dinge durch etwas Ähnliches wie ein Geständnis aufzuklären. Er wendete sich an mich und fing in leisem Ton zu sprechen an: ›Oh, ich kann das nicht mehr länger aushalten. Wenn Sie alles wissen wollen...‹

Im selben Augenblick stand eine von den armen Frauen, die auf der langen Bank saßen, auf, kreischte und zeigte mit dem Finger auf ihn. Ich habe in meinem Leben noch nie etwas so dämonisch Deutliches gesehen. Ihr dürrer Finger schien ihn aufs Korn zu nehmen, als zielte sie mit einem Blasrohr. Obwohl das Ganze nur wie ein Geheule klang, tönte jede Silbe so klar und deutlich wie ein einmaliger Schlag auf eine Glocke.

›Drugger Davis!‹ schrie sie. ›Sie haben Drugger Davis gefangen!‹

Von all den elenden Weibern, meist Diebinnen und Straßendirnen, wendeten sich ihm zwanzig Gesichter zu, die ihn voll Schadenfreude und Haß anstarrten. Wenn ich das Wort nie zuvor gehört hätte, so hätte ich aus dem bloßen Entsetzen auf seinem Gesicht gewußt, daß der sogenannte Oscar Rian seinen richtigen Namen hatte nennen hören. Aber Sie werden sich vielleicht wundern zu hören, daß ich nicht ganz so unwissend bin. Drugger Davis war einer der schrecklichsten und verruchtesten Verbrecher, die unsere Polizei jemals genarrt haben. Sicher hat er mehr als einen Mord begangen, lange vor seiner letzten Heldentat an dem Wachtposten. Aber er konnte seltsamerweise niemals gänzlich überführt werden, weil er es auf dieselbe Art machte wie jene geringfügigeren – oder verächtlicheren – Verbrechen, deren er ziemlich häufig überführt wurde. Er war immer ein hübscher, wohlerzogen aussehender Schuft, wie er es bis zu einem gewissen Grad noch heute ist; er pflegte meist mit Kellnerinnen oder Ladenmädchen umzugehen und ihnen ihr Geld herauszulocken. Oft ging er jedoch viel weiter, man fand die Mädchen mit Zigaretten oder Schokolade betäubt, und all ihr Hab und Gut war verschwunden. Dann kam ein Fall, wo das Mädchen tot aufgefunden wurde, aber die Mordabsicht konnte nicht ganz bewiesen werden, und, was noch wichtiger war, der Verbrecher konnte nicht aufgefunden werden. Ich hörte ein Gerücht, demzufolge er irgendwo wieder aufgetaucht sein sollte, diesmal in der entgegengesetzten Rolle, als Geldverleiher anstatt als einer, der es sich entlieh, aber immer noch in Beziehungen zu armen Witwen, die er persönlich faszinieren konnte, und immer wieder mit demselben üblen Resultat für sie. Nun, das ist unser unschuldiger Mann und seine unschuldige Geschichte. Inzwischen ist er von vier Verbrechern und drei Wachtposten identifiziert und seine Geschichte bestätigt worden. Nun, was haben Sie jetzt gegen meinen armen kleinen Apparat zu sagen? Hat es der Apparat nicht fertiggebracht, ihn zu überführen? Oder ziehen Sie vor zu sagen, daß jene Frau und ich es fertiggebracht haben?«

»Was Sie fertiggebracht haben?« erwiderte Pater Brown, indem er aufstand und sich behaglich schüttelte, »Sie haben ihn vor dem elektrischen Stuhl gerettet. Ich glaube nicht, daß man Drugger Davis um jener alten vagen Geschichte mit dem Gift hinrichten kann; und was den Sträfling anbelangt, der den Wachtposten getötet hat, glaub' ich, ist ganz offensichtlich, daß Sie ihn nicht gefangen haben. Herr Davis ist dieses Verbrechens jedenfalls nicht schuldig.«

»Was meinen Sie?« fragte der andere. »Warum sollte er dieses Verbrechens nicht schuldig sein?«

»Ja, Gott steh uns bei!« rief der kleine Mann in einer seiner seltenen temperamentvollen Anwandlungen aus, »ja, weil er der anderen Verbrechen schuldig ist! Ich versteh' nicht, aus was ihr Leute gemacht seid! Ihr scheint zu glauben, daß alle Sünden in einem Sack verwahrt werden. Ihr redet, als ob ein Geizhals vom Montag immer am Dienstag ein Verschwender wäre. Sie erzählen mir, daß der Mann, den Sie hier haben, Wochen und Monate damit verbrachte, sparsamen Frauen ihre kleinen Geldsümmchen herauszulocken; daß er bestenfalls ein Betäubungsmittel und schlimmstenfalls ein Gift verwendete; und daß er später als einer der schäbigsten Geldverleiher auftauchte und noch mehr arme Leute auf dieselbe geduldige und friedliche Art betrog. Nehmen wir als erwiesen an – nehmen wir um des Argumentes willen an, daß er all dies getan hat. Wenn dem so ist, dann will ich Ihnen sagen, was er nicht getan hat: Er hat keine mit Spitzen versehene Mauer gestürmt, gegen einen Mann mit einem geladenen Gewehr. Er hat nicht mit eigener Hand auf die Mauer geschrieben, daß er es getan hat. Er hat sich nicht damit aufgehalten, als seine Entschuldigung Notwehr anzugeben. Er hat nicht erklärt, daß er nichts gegen den armen Wachtposten habe. Er nannte nicht das Haus des reichen Mannes, in das er mit seinem Gewehr ging. Er schrieb seinen eigenen Initialen nicht mit eines Mannes Blut. Oh, ihr Heiligen! Sehen Sie denn nicht, daß er ein ganz anderer Charakter ist, im Bösen wie im Guten? Ja, Sie scheinen nicht ein bißchen so geschaffen zu sein wie ich. Man würde meinen, Sie hätten niemals ein Laster gehabt.«

Der bestürzte Amerikaner hatte bereits den Mund geöffnet, um zu protestieren, als in einer so unzeremoniösen Art an der Türe seines privaten Amtsraumes gehämmert und gerüttelt wurde, wie er es noch nie gehört hatte.

Die Türe wurde aufgerissen. Einen Augenblick zuvor war Greywood Usher gerade zu dem Schluß gekommen, daß Pater Brown vielleicht verrückt sei. Einen Augenblick später fing er an zu glauben, daß er selbst verrückt sei. In sein Privatzimmer herein stürzte ein Mann, in den schmutzigsten Fetzen und mit einem speckigen Hut, den er schief aufgesetzt weiter auf dem Kopf behielt, ein blauer Fleck zog sich unter einem seiner Augen hin, und er starrte so wild wie ein Tiger. Das übrige Gesicht war nicht zu sehen, da es zum Teil von einem wirren Bart so sehr verdeckt war, daß die Nase kaum herausgucken konnte, und zum Teil war es mit einem schmutzigen, roten Taschentuch eingebunden. Herr Usher rühmte sich, die übelsten Exemplare der Staatsbürger zu kennen, aber noch niemals hatte er einen solchen als Vogelscheuche verkleideten Pavian gesehen. Doch vor allem hatte er in seinem friedlichen wissenschaftlichen Leben noch niemals gehört, daß ein solcher Mann als erster das Wort an ihn zu richten wagte. »Schauen Sie einmal, mein lieber alter Usher«, schrie der Kerl in dem roten Taschentuch, »jetzt wird mir die Sache zu dumm. Probieren Sie Ihre Versteckspiele an einem anderen aus, aber nicht an mir; ich laß mich nicht zum Narren halten. Geben Sie meinen Gast frei, und ich werde das Zeichen geben, daß mein Fest weitergehen kann. Halten Sie ihn aber noch einen Augenblick zurück, so wird es Ihnen hübsch übel bekommen. Ich meine, ich bin nicht einer, der keinen Einfluß hätte!«

Der erhabene Usher sah das bellende Ungeheuer mit einem jedes andere Gefühl überwältigenden Erstaunen an. Der bloße Schock, den seine Augen erleiden mußten, machte seine Ohren beinahe gebrauchsunfähig. Endlich läutete er mit größter Heftigkeit an einer Zimmerglocke. Während der schrille Klang noch in der Luft lag, hörte man die sanfte, klare Stimme Pater Browns.

»Ich möchte gerne eine Vermutung aussprechen«, sagte er, »aber es klingt ein wenig verwirrend. Ich kenne diesen Herrn nicht, aber – aber ich glaube, daß ich ihn kenne. Nun, Sie kennen ihn, Sie kennen ihn ganz gut – aber Sie kennen ihn nicht, natürlich. Es klingt paradox, ich weiß.«

»Ich glaube, die Welt hat einen Sprung bekommen«, sagte Usher, ließ sich in seinen runden Schreibtischsessel fallen und spreizte die Beine von sich.

»Nun hören Sie einmal zu«, brüllte der Fremde und schlug mit der Hand auf den Tisch, und seine Stimme klang um so geheimnisvoller, als seine Worte verhältnismäßig vernünftig waren, zugleich aber überlaut hinausgeschrien wurden. »Ich laß Sie nicht aus. Ich will...«

»Wer, zum Teufel, sind Sie?« schrie Usher plötzlich und setzte sich aufrecht in seinem Sessel zurecht.

»Ich glaube, der Name dieses Herrn ist Todd«, sagte der Priester. Dann nahm er das Stückchen Zeitung zur Hand.

»Ich fürchte, Sie haben die Gesellschaftsnotizen nicht genau genug gelesen«, sagte er und fing an, mit monotoner Stimme vorzulesen: ›...oder ist er in der mit Edelsteinen besetzten Brust des heitersten Führers unserer Stadt verschlossen; doch hat man einiges verlauten hören über eine nette Parodie der einfachen Sitten und Gebräuche von Menschen entgegengesetzter Gesellschaftsklassen.‹ Es war heute abend ein großes

Spelunkenfest in Pilgrims Pond angesagt, und ein Herr, einer der Gäste, ist verschwunden. Herr Ireton Todd ist ein guter Gastgeber und hat die Spur bis hierher verfolgt, ohne sich auch nur Zeit zu lassen, sein Festkostüm abzulegen.«

»Welchen Herrn meinen Sie?«

»Ich meine den Herrn mit den komischen, schlecht sitzenden Kleidern, den Sie über den gepflügten Acker laufen sahen. Wäre es nicht besser, Sie gingen hin und forschten der Sache nach? Er wird ein wenig ungeduldig darauf warten, bald wieder zu seinem Champagner zurückzukehren, von dem er in so großer Eile fortgelaufen ist, als der Sträfling mit dem Gewehr auftauchte.«

»Meinen Sie ernstlich...« fing der Beamte an.

»Nun, schaun Sie einmal, Herr Usher«, sagte Pater Brown ruhig, »Sie haben gesagt, der Apparat könne keinen Fehler machen, und in einem gewissen Sinn hat er das auch nicht getan. Aber der andere Apparat beging den Fehler, der Apparat, welcher ihn in Betrieb setzte. Sie haben angenommen, der Puls des in Fetzen gekleideten Mannes habe bei dem Namen Falconroy zu springen begonnen, weil er Lord Falconroys Mörder sei. Er begann bei dem Namen zu springen, weil er Lord Falconroy ist.«

»Ja, zum Teufel, warum hat er es dann nicht gesagt?« fragte der verwirrt dreinschauende Usher.

»Er hatte das Gefühl, daß seine Verfassung und der kürzlich ausgestandene Schreck nicht sehr aristokratisch wirkten«, erwiderte der Priester, »darum hat er den Namen zuerst verschwiegen. Aber er war eben daran, ihn zu nennen, als –« und Pater Brown sah auf seine Stiefel nieder – »als eine Frau einen anderen Namen für ihn fand.«

»Sie werden doch nicht so verrückt sein zu glauben«, sagte Greywood Usher leichenblaß, »daß Lord Falconroy Drugger Davis war.«

Der Priester sah ihn sehr ernst, doch mit bedeutsamer und etwas spöttischer Miene an.

»Ich sage weiter nichts«, bemerkte er, »den Rest überlasse ich Ihnen. Ihr gutinformiertes Blatt sagt, daß der Titel erst kürzlich wieder für ihn neu aufgefrischt wurde; aber diese Zeitungen sind alle sehr unverläßlich. Es heißt darin auch, daß er schon in seiner Jugend in Amerika gewesen war, aber die ganze Geschichte klingt sehr unwahrscheinlich. Davis und Falconroy sind beide ziemlich große Feiglinge, aber das sind schließlich noch eine Menge anderer Menschen auch. Ich würde keinen Hund hängen, auf meine bloße Meinung darüber. Aber ich glaube«, fuhr er sanft und nachdenklich fort, »ich glaube, ihr Amerikaner seid zu bescheiden. Ich glaube, ihr idealisiert die englische Aristokratie – selbst in der Annahme, daß sie so aristokratisch wäre. Ihr seht einen gutaussehenden Engländer im Frack; ihr wißt, daß er Herrenhausmitglied ist, und da glaubt ihr auch schon, daß er eine Reihe von Ahnen hat. Sie tragen der Spannkraft und dem Aufschwung unserer Nation nicht genügend Rechnung. Viele unserer einflußreichsten Adeligen sind nicht nur erst kürzlich in die Höhe gekommen, sondern...«

»Ach, hören Sie auf!« rief Greywood Usher und versuchte verzweifelt, mit einer seiner schlanken Hände den ironischen Zug im Gesicht des anderen abzuwehren.

»Stehen Sie nicht hier, um mit diesem Narren zu reden!« rief Todd grob dazwischen. »Führen Sie mich zu meinem Freund.«

Am nächsten Morgen erschien Pater Brown mit derselben scheinheiligen Miene, in der Hand ein Stück von einem anderen bestinformierten Blatt.

»Ich fürchte, Sie vernachlässigen die Gesellschaftsnotizen in den Zeitungen ein wenig«, sagte er, »aber dieser Ausschnitt wird Sie vielleicht interessieren.«

Usher las die Überschrift: ›Letzter Trick‹-Todds verirrte

Nachtschwärmer. – Eine lustige Szene hat sich vergangene Nacht vor Wilkinsons Autogarage abgespielt. Der diensthabende Polizeibeamte wurde dort auf einen Mann aufmerksam, der in Sträflingskleidern mit bemerkenswerter Ruhe auf dem Chauffeursitz eines sehr eleganten Autos Platz nahm; er war in Begleitung eines Mädchens, das ein Wolltuch um den Kopf gewickelt hatte. Als die Polizei einschritt, schlug das junge Mädchen das Tuch zurück, und alle erkannten die Tochter des Millionärs Todd, die eben von dem Spelunkenfest in Pilgrims Pond kam, wo alle auserlesensten Gäste in ähnlichem Aufzug zusammengekommen waren. Sie und der Herr, der Gefängniskleider angelegt hatte, begaben sich auf die übliche Scherzspazierfahrt.«

Unter der Meldung dieses bestinformierten Blattes fand Herr Usher eine Notiz aus einer später erschienenen Zeitung angeheftet mit der Überschrift: »Sensationelle Flucht der Millionärstochter mit dem Sträfling. Sie hatte das Maskenfest arrangiert. Jetzt sicher in...«

Herr Greywood Usher hob die Augen, aber Pater Brown war verschwunden.

John Boulnois' seltsames Verbrechen

Herr Calhoun Kidd war ein sehr junger Mann mit einem sehr alten Gesicht, einem Gesicht, das von seinem eigenen Eifer verzehrt und von bläulichschwarzem Haar sowie einer schwarzen, wehenden Krawatte umrahmt war. Er war der englische Reporter der riesigen amerikanischen Tageszeitung namens »Die Sonne des Westens« – die auch den Spitznamen »Der aufgehende Sonnenuntergang« hatte. Das war eine Anspielung auf die bedeutungsvolle journalistische Erklärung, die man Herrn Kidd selbst unterschob: Er glaube, die Sonne werde doch noch im Westen aufgehen, wenn nur die Amerikaner noch ein wenig mehr eilen und drängen und treiben würden. Jene Leute jedoch, die sich vom Standpunkte etwas gesetzterer Traditionen aus über den amerikanischen Journalismus lustig machen, vergessen dabei einen gewissen Widerspruch, der alles zum Teil wiedergutmacht. Denn wenn der Journalismus der amerikanischen Staaten an Drastik und Gewöhnlichkeit alles überbietet, was englisch ist, so zeigt er doch auch eine aufgeregte Anteilnahme an den ernstesten geistigen Problemen und eine wirkliche Begeisterungsfähigkeit, deren englische Zeitungen bar oder, besser gesagt, unfähig sind. Die »Sonne« war voll von den feierlichsten Dingen, die in der possenhaftesten Weise behandelt wurden, und in der unendlichen Reihe der Abbildungen wechselten Gelehrte mit Boxkämpfern ab.

So kam es, daß zum Beispiel keine englische Zeitung auch nur flüchtig davon Notiz nahm, als ein bescheidenes Mitglied der Oxforder Universität namens John Boulnois in einer wenig gelesen naturwissenschaftlichen Zeitschrift einige Artikel über bestimmte schwache Punkte der Darwinschen Entwicklungstheorie veröffentlichte. Übrigens ist noch zu bemerken, daß Boulnois' Theorie, ausgehend von der Vorstellung eines verhältnismäßig stationären, nur gelegentlich von katastrophalen Veränderungen heimgesuchten Universums, sich in Oxford einer gewissen Modeberühmtheit erfreute und infolgedessen sogar den Namen »Katastrophentheorie« erhielt. Die englischen Zeitungen nahmen hiervon, wie gesagt, keine Notiz. Doch viele amerikanische Blätter griffen diese Herausforderung wie ein großes Ereignis auf, und die »Sonne« warf den Schatten des Herrn Boulnois in riesenhafter Größe über ihre Seiten. Durch den schon vorhin erwähnten Widerspruch wurden Artikel von anerkennenswerter Klugheit und Begeisterungsfähigkeit mit Überschriften gebracht wie: »Darwin kaut Unsinn! Kritiker Boulnois sagt, Welterschütterungen lassen ihn unerschüttert.« – »Haltet euch an die Katastrophen, sagt Denker Boulnois!« Und Herr Calhoun Kidd erhielt den Auftrag, sich mit seiner wehenden Krawatte und seiner finsteren Miene in das kleine Häuschen außerhalb Oxfords zu begeben, wo der Denker Boulnois in glücklicher Unkenntnis dieses Titels wohnte.

Dieser vom Schicksal gezeichnete Gelehrte hatte in einem Augenblick der Verwirrung eingewilligt, den Interviewer zu empfangen, und die Stunde des Besuches für neun Uhr abends desselben Tages festgesetzt. Der letzte Schimmer eines sommerlichen Sonnenunterganges hing in den niedrigen, bewaldeten Hügeln um Cumnor. Der romantische Yankee war zunächst des Weges nicht ganz sicher, zugleich aber auch neugierig, etwas aus der Umgebung zu erfahren, und da er die Türe eines echten alten Bauernwirtshauses, wie sie in der Nähe herrschaftlicher Landsitze meist zu finden sind, offen fand, trat er ein, um Erkundigungen einzuziehen.

In der Wirtsstube mußte er läuten und einige Zeit warten, be-

vor jemand kam. Es war außer ihm noch ein anderer Gast anwesend, ein Mann mit fest zurückgebürstetem, rotem Haar
und einem weiten Anzug aus haarigem Stoff; der Mann trank
einen sehr schlechten Whisky und rauchte eine sehr gute Zigarre. Der Whisky war natürlich das auserwählte Getränk des
Wirtshauses; die Zigarre hatte er wahrscheinlich aus London
mitgebracht. Die zynische Saloppheit seiner Erscheinung stach
gegen die trockene Adrettheit des Amerikaners in auffallender
Weise ab; doch irgend etwas Undefinierbares – der Bleistift mit
dem offenen Notizbuch, vielleicht auch der Ausdruck neugieri-
ger Wachsamkeit in den blauen Augen des Mannes – veranlaßte Kidd zu der richtigen Annahme, daß jener ein Berufskollege
sei.

»Würden Sie die Liebenswürdigkeit haben«, fragte Kidd mit
der seiner Nation eigenen Höflichkeit, »mir zu sagen, wo das
›graue Häuschen‹ ist, in dem Herr Boulnois wohnen soll?«

»Einige Ellen weiter die Straße hinunter«, sagte er rothaarige
Mann, indem er die Zigarre aus dem Mund nahm; »ich gehe
auch dort vorbei in ein paar Minuten; aber ich gehe nach Pendragon Park und werde versuchen, mir dort den Spaß anzusehen.«

»Was ist Pendragon Park?« fragte Calhoun Kidd.

»Der Besitz Claude Champions – sind Sie nicht auch darum
hierhergekommen?« fragte der andere Zeitungsmann und sah
erstaunt auf. »Sie sind doch Journalist, nicht?«

»Ich bin hierhergekommen, um Herrn Boulnois aufzusuchen«,
erwiderte Kidd.

»Nun, und ich will Frau Boulnois aufsuchen«, sagte der andere.
»Aber ich werde sie wohl nicht zu Hause antreffen«, und er
brach in ein unangenehmes Lachen aus.

»Interessieren Sie sich für die Katastrophentheorie?« fragte der
verwunderte Yankee.

»Ich interessiere mich für Katastrophen, und es werden sich

hier welche ereignen«, erwiderte der Mann düster. »Ich betreibe ein schmutziges Gewerbe, und ich habe auch nie das Gegenteil behauptet.«

Bei diesen Worten spuckte er auf den Boden; doch sogar an der Art, wie er dies tat, konnte man sehen, daß der Mann eine gute Erziehung genossen hatte.

Der Amerikaner beobachtete ihn mit wachsender Aufmerksamkeit. Das Gesicht des Rothaarigen war blaß und erweckte den Eindruck von Liederlichkeit; doch war es ein kluges und lebendiges Gesicht, ein Gesicht, hinter dem wilde Leidenschaftlichkeit verborgen zu sein schien, bereit, jeden Augenblick hervorzubrechen. Seine Kleidung war derb und ungepflegt, doch trug er einen schönen Siegelring an einem seiner langen, schlanken Finger. Sein Name war, wie sich im Laufe der Unterhaltung herausstellte, James Dalroy. Er war der Sohn eines zugrunde gegangenen irischen Gutsbesitzers und arbeitete für ein vielgelesenes Blatt, das ihm in der Seele zuwider war; es hieß »Die elegante Gesellschaft«, und er war Reporter, was der Tätigkeit eines Spions peinlich nahe kam.

Ich muß leider sagen, daß »Die elegante Gesellschaft« sich nicht im mindesten für Boulnois' Ideen interessierte, die doch anerkennenswerterweise für Herz und Hirn der »Sonne des Westens« von so großer Bedeutung waren. Dalroy war anscheinend hierhergekommen, um einer Skandalaffäre nachzuschnüffeln, die wahrscheinlich beim Scheidungsgericht enden würde, sich aber augenblicklich zwischen dem grauen Häuschen und Pendragon Park abspielte.

Sir Claude Champion war den Lesern der »Sonne des Westens« ebenso gut bekannt wie Herr Boulnois oder genauso wie der Papst und der Sieger des letzten Derbys. Doch der Gedanke an eine intime Bekanntschaft der beiden wäre Kidd ebenso unangemessen vorgekommen wie die der zuletzt erwähnten Persönlichkeiten. Er hatte von Sir Claude Champion gehört, daher auch über ihn geschrieben, ja fälschlicherweise sogar vorgegeben, daß er ihn kenne »als einen der reichsten und berühmtesten von Englands obersten Zehn«; als den großen Sportsmann, der Jachtwettfahrten um die Welt veranstaltete; als den großen Weltreisenden, der Bücher über das Himalayagebirge schrieb; als den großen Politiker, der Wählerschaften an sich zu reißen verstehe mit einer ganz neuen Art von Tory-Demokratie; und als den großen Kunstamateur in Musik und Literatur, vor allem aber auf dem Gebiete der Schauspielkunst. Sir Claude war wirklich nicht nur in den Augen der Amerikaner eine glänzende Erscheinung. Es lag etwas von dem Glanze eines Renaissancefürsten über dieser allesverschlingenden, mitreißenden Persönlichkeit mit ihrer nicht zu befriedigenden Sucht nach öffentlicher Wirkung. Sir Claude war nicht nur ein großer, sondern auch ein ehrgeiziger Amateur. Er hatte nichts von jener veralteten Frivolität an sich, die in dem Wort Dilettant inbegriffen ist.

Dieses tadellose Falkenprofil mit den leuchtendschwarzen Italieneraugen, das so oft sowohl in der »Eleganten Gesellschaft« als auch in der »Sonne des Westens« abgebildet gewesen war, erweckte in jedermann den Eindruck eines Menschen, der von Ehrgeiz, einem inneren Feuer oder vielleicht auch einer Krankheit verzehrt wird. Doch obwohl Kidd gar viel über Sir Claude wußte – eigentlich weit mehr, als wirklich zu wissen war –, so wäre es ihm doch in seinen wildesten Träumen niemals eingefallen, eine so auffällig aristokratische Erscheinung mit dem erst kürzlich ans Tageslicht geförderten Begründer der Katastrophentheorie in Zusammenhang zu bringen oder auch nur zu ahnen, daß Sir Claude Champion und John Boulnois intime Freunde wären. Doch nach Dalroys Bericht war dies tatsächlich der Fall. Die beiden hatten als unzertrennliche Busenfreunde ihre Schuljahre miteinander verbracht, und obwohl ihre soziale Laufbahn sich sehr verschieden gestaltete – denn Champion war ein großer Gutsbesitzer und beinahe Millionär, während Boulnois ein armer und bisher sogar ganz unbekannter Gelehrter war –, so blieben die beiden doch stets in enger Fühlung miteinander. Boulnois' Häuschen stand sogar unmittelbar vor den Mauern von Pendragon Park.

Doch ob die beiden Leute auch in Zukunft würden Freunde bleiben können, war eine schwierige und häßliche Frage. Ein oder zwei Jahre zuvor hatte Boulnois eine schöne und erfolgreiche Schauspielerin geheiratet, der er in seiner scheuen und schwerfälligen Art zugetan war. Doch die Nachbarschaft der Besitzung von Claude Champion gab diesem berüchtigten Phantasten Gelegenheit, sich in einer Weise zu benehmen, die peinliches und beschämendes Aufsehen erregen mußte. Sir Claude hatte es zu einer gewissen Vorbildlichkeit darin gebracht, mit allem, was er tat, an die Öffentlichkeit zu dringen, und er schien eine perverse Freude daran zu haben, auch eine Affäre, die ihm keineswegs zur Ehre gereichen konnte, möglichst aufsehenerregend durchzuführen. Unaufhörlich brachten Diener aus Schloß Pendragon Frau Boulnois Buketts ins Haus; Wagen und Automobile hielten immerfort vor dem grauen Häuschen, um Frau Boulnois abzuholen; ununterbrochen wurden auf dem Schloß Bälle und Maskenfeste abgehalten, auf denen der Baron mit Frau Boulnois paradierte wie ein Ritter mit der Königin der Liebe und Schönheit auf einem Turnier. Und denselben Abend, für den Herr Boulnois Herrn Kidd bestellt hatte, um ihm seine Katastrophentheorie zu erläutern, hatte Sir Claude Champion für eine Freilichtaufführung von »Romeo und Julia« bestimmt, in der er den Romeo spielen sollte mit einer Julia, deren Darstellerin zu nennen unnötig war.

»Ich glaube, es muß unbedingt zu einem Krach kommen«, sagte James Dalroy, stand auf und schüttelte sich. »Der alte Boulnois mag ein einfacher, leicht zu behandelnder Bursche sein, aber dafür ist er wieder schwer von seiner geraden Richtung abzubringen.«

»Er ist ein Mann von tiefem Verstand und Wissen«, sagte Calhoun Kidd mit dem Brustton der Überzeugung.

»Ja«, antwortete Dalroy. »Aber selbst ein Mann von tiefem Verstand und Wissen kann nicht so ein Narr sein. Müssen Sie schon gehen? Ich komme auch in einigen Minuten.«

Doch Calhoun Kidd schritt, sobald er sein Glas Milch mit Soda ausgetrunken hatte, schnell und entschlossen die Straße entlang auf das graue Häuschen zu, während er den zynischen Informator bei Whisky und Zigarre zurückließ. Das letzte Tageslicht war nun geschwunden; der Himmel, hie und da von einem Stern geziert, war von dunkler, grünlichgrauer Färbung wie Schiefer und nur im Osten etwas heller, eine Vorahnung des aufgehenden Mondes.

Das graue Häuschen, wie verschanzt in einem Viereck steifer, hoher Dornenhecken, stand so dicht unterhalb der Fichtenbäume und Gitterstangen des Parkes, daß Kidd es erst irrtümlich für das Portiergebäude hielt. Doch nachdem er den Namen auf dem kleinen hölzernen Gittertor gesehen und nach seiner Taschenuhr festgestellt hatte, daß die ihm von dem »Denker« bestimmte Stunde eben geschlagen habe, trat er durch das Gartentor ein und klopfte an der Eingangstüre des Hauses. Vom Garten aus konnte er sehen, daß das Häuschen zwar bescheiden aussah, aber doch weit größer und luxuriöser war, als es auf den ersten Blick hin wirkte, und jedenfalls mit einem Portiergebäude gar nichts gemein hatte. Eine Hundehütte und ein Bienenstock standen wie Symbole des alten englischen Landlebens im Vorgärtchen. Der Mond ging hinter ein paar schönen Birnbäumen auf; der Hund kam aus seiner Hütte hervor, sah prüfend drein und bellte nicht; der schlichte, ältlich aussehende Diener, der die Türe öffnete, sprach wenig, doch höflich und würdevoll.

»Herr Boulnois läßt sich entschuldigen, Herr«, sagte er, »doch er war unerwarteterweise gezwungen, das Haus zu verlassen.«

»Aber es war doch verabredet, daß ich um diese Zeit herkommen sollte«, sagte der Journalist mit verärgerter Stimme. »Wissen Sie vielleicht, wohin er gegangen ist?«

»Nach Pendragon Park, Herr«, sagte der Diener mit trauriger Stimme, schon im Begriff, die Türe zu schließen.

Kidd schaute ein wenig erstaunt auf. »Ist er mit Frau... mit der übrigen Gesellschaft hingegangen?« fragte er etwas zögernd.

»Nein, Herr«, antwortete der Mann kurz, »er blieb zurück und ging dann später allein fort.« Und damit schloß der Diener plötzlich die Türe, als hätte er ein schlechtes Gewissen.

Der Amerikaner, jenes seltsame Gemisch von Unverschämtheit und Empfindlichkeit, war verärgert. Er hatte das starke Verlangen, sie alle ein wenig aufzurütteln, den Leuten ein bißchen Geschäftsmanieren beizubringen; dem zottigen alten Hund da und diesem grauen alten Diener mit seinem ernsten Gesicht und seiner vorsintflutlichen steifen Hemdbrust, dann diesem schläfrigen alten Mond und vor allem diesem zerstreuten alten Gelehrten, der seine Verabredungen nicht einhielt.

»Wenn er sich so benimmt, geschieht es ihm schon recht, daß ihm seine Frau untreu wird«, sagte Herr Calhoun Kidd. »Aber vielleicht ist er auch hingegangen, um einen Skandal zu machen. In diesem Falle wäre, glaube ich, ein Mann von der ›Sonne des Westens‹ am Platz.«

Und mit dieser Überlegung bog er bei der offenstehenden Parktüre ein und stapfte die lange Fichtenallee entlang, die schnurgerade in das Garteninnere von Pendragon Park führte. Die Bäume standen so schwarz und wohlgeordnet wie die Federn auf einem Leichenwagen empor; am Himmel leuchteten immer noch ein paar Sterne. Kidd assoziierte leichter literarische Zusammenhänge als rein natürliche, und so kam das Wort

»Ravenswood« ihm immer wieder in den Sinn. Zum Teil war es die rabenschwarze Farbe der Fichten, zum Teil auch die nicht wiederzugebende Atmosphäre, die Scott in seiner großen Tragödie beinahe wiedergegeben hat: der Hauch von etwas Unbestimmtem, das im achtzehnten Jahrhundert gestorben ist; der Geruch eines feuchten Gartens und zerbrochener Urnen; von geschehenen Untaten, die nicht mehr gutzumachen sind; von einer seltsam unwirklichen, aber darum nicht weniger schmerzvoll-traurigen Erinnerung.

Kidd blieb mehr als einmal auf diesem wohlgepflegten, schwarzen Weg, der traurig und kunstvoll zugleich anmutete, erschreckt stehen in der Meinung, Schritte vor sich zu hören. Doch er konnte niemals etwas anderes vor sich erblicken als die beiden düsteren Mauern der Fichtenreihen und den Keil sternerhellten Himmels darüber. Zuerst hielt er es für Einbildung oder eine Täuschung durch den Widerhall der eigenen Schritte. Doch je weiter er vorwärts kam, um so mehr neigte er mit den spärlichen Resten seines gesunden Menschenverstandes zu der Annahme, daß sich wirklich noch andere Füße auf dem Wege fortbewegten. Flüchtig ging ihm der Gedanke an Geister durch den Sinn, und er war erstaunt zu finden, wie schnell er sich das Bild eines der Situation entsprechenden Geistes vorstellen konnte, das kreideweiße Gesicht eines Pierrots mit schwarzen Pflästerchen. Der Scheitelpunkt des dunkelblauen Himmelsdreieckes wurde nun heller und blauer, doch Kidd erkannte nicht gleich, daß dies von den Lichtern des großen Hauses herrührte, dem er sich näherte. Er fühlte nur, wie die Luft immer erstickender wurde, wie das Gefühl der Traurigkeit mehr und mehr durchsetzt schien von Heimlichkeiten und Gewalttätigkeiten, von – er scheute sich, das Wort zu wählen, und schloß dann, als er das richtige gefunden hatte, mit kurzem Lachen – der Vorahnung kommender Katastrophen.

Immer weitere Fichten und weitere Gartenpfade glitten an ihm vorbei, bis er plötzlich, wie von einem Zauber gebannt, stehenblieb. Es wäre unnötig zu sagen, daß er zu träumen glaubte; diesmal war er ganz überzeugt davon, in einem Buch zu leben. Denn wir Menschenkinder sind an nicht zueinander stimmende Dinge gewöhnt; das mißtönige Geklapper des Ungereimten ist uns selbstverständlich; es ist eine Melodie, die uns in den Schlaf wiegt. Treffen die zueinander passenden Ereignisse zusammen, so durchzuckt es uns wie der schmerzliche Wohlklang eines vollendeten Akkordes. Es ereignete sich das, was sich an einem solchen Ort in einem längstvergessenen Märchen ereignet hätte.

Über den schwarzen Fichtenwald kam eine nackte Degenklinge geflogen, hell glitzernd im Mondenschein, ein schlankes, funkelndes Rapier, das in diesem alten Park schon manch ungerechtes Duell gefochten haben mochte. Der Degen fiel ziemlich weit vor Kidd mitten auf den Weg nieder und lag dort glitzernd wie eine große Nadel. Kidd lief wie ein Hase und beugte sich nieder, um das Ding zu besehen. Aus der Nähe machte es einen gar prunkvollen Eindruck. Die großen roten Juwelen am Griff waren freilich ein wenig verdächtig, auf der Klinge aber waren andere rote Tropfen, über die kein Zweifel bestehen konnte.

Kidd blickte sich unschlüssig um und sah, daß in der Richtung, aus der das blendende Wurfgeschoß gekommen war, die düstere Fassade der Fichten und Tannenbäume durch einen im rechten Winkel abzweigenden Pfad unterbrochen war; als er dahin einbog, stand er plötzlich dem Herrenhaus gegenüber und genoß die volle Aussicht auf das langgestreckte, hellerleuchtete Gebäude mit einem kleinen Teich und zahlreichen Springbrunnen davor. Doch er sah nicht lange hin, da er anderes, Interessanteres zu sehen bekam. Gerade vor ihm erhob sich eine steile Wiesenwand, die zu einer jener malerischen Überraschungen führte, wie sie in jenem alten, gezierten Gartenbaustil üblich waren. Es war ein kleiner runder Hügel wie ein Riesenmaulwurfshaufen, von drei konzentrischen Rosenhecken umringt, auf dessen höchstem Punkt in der Mitte eine Sonnenuhr stand. Kidd konnte den Uhrzeiger sehen, der sich schwarz gegen den hellen Himmel abhob, ähnlich der Hinterflosse eines Haifisches; das schwache Mondlicht hing spielend an Stange und Zifferblatt dieser nun müßigen Uhr. Doch einen kurzen Augenblick sah er noch etwas anderes an der Uhr hängen – die Gestalt eines Mannes.

Obwohl er sie nur einen Augenblick lang dort sah, obwohl sie in einem fremdländischen und unwahrscheinlichen Gewande steckte – sie war von Kopf bis zu Fuß in rotes Trikot gekleidet, das stellenweise mit Gold durchwirkt war –, wußte Kidd doch sofort, wer der Mann war. Dieses weiße, gen Himmel gerichtete Gesicht mit der römischen Nase, das so unwahrscheinlich jung aussah wie Byron, diese schwarzen, an den Schläfen ein wenig ergrauten Locken – er hatte unzählige Male Fotografien von Sir Claude Champion gesehen. Die märchenhafte rote Gestalt schwankte einen Augenblick lang an der Sonnenuhr, in der nächsten Sekunde rollte sie die steile Böschung hinab und lag, nur schwach den Arm bewegend, zu Füßen des Amerikaners. Eine grelle, unnatürlich goldfarbene Zeichnung erinnerte Kidd plötzlich an »Romeo und Julia«; natürlich gehörte das rote Trikot zum Theaterstück. Doch längs des steilen Wiesenhanges, den der Mann herabgeglitten war, lief ein anderer roter Streifen – der gehörte nicht zum Theaterstück. Dem Mann war ein Degen in den Leib gerannt worden.

Herr Calhoun Kidd schrie und schrie immer wieder, um Leute herbeizurufen. Wieder schien es ihm, als hörte er Schritte von Phantomen, und er fuhr erschreckt auf, als er plötzlich die Gestalt eines anderen Mannes neben sich erblickte. Er kannte den Mann, und doch erschreckte ihn dessen Erscheinen. Der liederliche Jüngling, der sich Dalroy genannt hatte, stand mit schauerlicher Ruhe da. Wenn Boulnois die getroffene Verabredung versäumt hatte, so hatte Dalroy eine geisterhaft anmutende Art, Verabredungen zu halten, die nicht getroffen worden waren. Das Mondlicht verlieh allen Dingen eine seltsame Färbung: Dalroys bleiches Gesicht erschien unter dem roten Haar nicht weiß, sondern blaßgrün.

All diese schauerlichen Eindrücke mögen Kidd zur Entschuldigung gereichen, wenn er gegen alle Vernunft brutal aufbrüllte: »Haben Sie das getan, Sie Teufel?«

James Dalroy lächelte sein unangenehmes Lächeln, doch ehe er sprechen konnte, hatte die gefallene Gestalt schwach den Arm gehoben und deutete nach der Richtung, in die das Schwert gefallen war; dann stöhnte er laut und sagte mit sichtlicher Anstrengung:

»Boulnois... Boulnois, sage ich... Boulnois hat es getan... er war eifersüchtig... er war eifersüchtig, ja das war er...«

Kidd beugte den Kopf tief hinab, um besser zu hören, und vernahm noch die schwachen Worte:

»Boulnois... mit meinem eigenen Schwert... er warf es...«

Wieder hob sich die beinahe versagende Hand und deutete nach dem Schwert, dann fiel sie mit einem dumpfen kleinen Schlag steif auf den Boden nieder. In Kidd stieg plötzlich all der scharfe Humor auf, der dem inneren Ernst seiner Rasse die seltsame Würze gibt.

»Schaun Sie«, sagte er scharf und in befehlendem Tone, »Sie müssen einen Arzt holen. Der Mann ist tot.«

»Und einen Priester auch, glaube ich«, sagte Dalroy in seiner zweideutigen Art. »Diese Champions sind alle Papisten.«

Der Amerikaner kniete neben dem Leichnam nieder, befühlte das Herz, bettete den Kopf etwas höher und stellte einige letzte Belebungsversuche an; doch ehe der andere Journalist in Begleitung eines Arztes und eines Priesters zurückkehrte, konnte er ihnen bereits mit Gewißheit sagen, daß sie zu spät gekommen wären.

»Kamen Sie auch zu spät?« fragte der Arzt, ein kräftiger, gut-aussehender Mann mit konventionellem Backen- und Schnurrbart, doch mit lebhaften Augen, die Kidd fragend und ein wenig zweifelnd ansahen.

»In gewissem Sinne ja«, antwortete der Repräsentant der »Sonne« in dem gedehnten Tonfall der Amerikaner. »Ich kam zu spät, um den Mann zu retten, aber ich kam noch rechtzeitig, meine ich, um etwas Wichtiges zu hören. Ich hörte noch, wie der tote Mann seinen Mörder beschuldigte.«

»Und wer war der Mörder?« fragte der Arzt und zog die Stirne in Falten.

»Boulnois«, sagte Calhoun Kidd mit einem leise pfeifenden Geräusch.

Der Arzt starrte ihn in düsterem Schweigen an; sein Gesicht rötete sich langsam, aber er widersprach nicht.

Dann sagte der Priester, ein Mann von viel kleinerer Gestalt, sanft: »Ich habe gehört, daß Herr Boulnois heute abend nicht zum Fest kommen sollte.«

»Hier wieder«, sagte der Yankee grimmig, »bin ich in der glücklichen Lage, dem alten Lande einige Aufklärungen zu geben. Ja, mein Herr, John Boulnois wollte heute abend zu Hause bleiben; er hatte dort eine richtige Verabredung mit mir. Aber John Boulnois hat es sich inzwischen anders überlegt. John Boulnois verließ plötzlich ganz allein das Haus und ging vor etwa einer Stunde in diesen verfluchten Park. Das hat mir sein Diener gesagt. Ich glaube, damit haben wir einen bestimmten Anhaltspunkt – wie die allwissende Polizei zu sagen pflegt; hat man sie übrigens schon gerufen?«

»Ja«, sagte der Arzt. »Aber sonst haben wir hier noch niemanden beunruhigt.«

»Weiß es Frau Boulnois?« fragte James Dalroy; und wieder empfand Kidd das unbegründete Verlangen, ihn auf den leicht gekräuselten Mund zu schlagen.

»Ich habe es ihr nicht mitgeteilt«, sagte der Arzt grob. »Aber da kommt die Polizei.«

Der kleine Priester war in die breite Allee eingebogen und kehrte nun mit dem fortgeschleuderten Schwert zurück, das zu seiner gedrungenen Gestalt lächerlich groß aussah. »Nur noch schnell, bevor die Polizei kommt«, sagte er entschuldigend. »Hat vielleicht jemand ein Licht?«

Der amerikanische Journalist zog eine elektrische Taschenlampe hervor, und der Priester hielt sie dicht über den mittleren Teil der Klinge, die er blinzelnd und mit großer Sorgfalt beschaute. Dann, ohne auch nur einen Blick auf die Spitze oder den Griff des Degens zu werfen, reichte er dem Arzt die Waffe und sagte mit einem kurzen Seufzer:

»Ich fürchte, daß ich hier nicht mehr nötig bin. Gute Nacht, meine Herren.« Er schritt die dunkle Allee hinauf, dem Hause zu, die Hände auf dem Rücken verschränkt und den großen Kopf wie in tiefem Nachdenken zu Boden geneigt.

Die Zurückgebliebenen eilten in der Richtung des Portiergebäudes davon, wo bereits ein Polizeiinspektor in Begleitung zweier Polizisten stand und mit dem Portier verhandelte. Aber der Priester schritt langsamer und immer langsamer im Dunkel der Fichten dahin, bis er plötzlich an der Treppe stehenblieb, die zum Hause hinaufführte. Dies war seine stillschweigende Art, Kenntnis zu nehmen von einer gleichfalls stillschweigend sich ihm nähernden Gestalt; denn ihm entgegen kam ein Wesen, das sogar Calhoun Kidds Vorstellungen von einer lieblichen, aristokratischen Erscheinung aus der Geisterwelt genügt hätte. Es war eine junge Frau in einem Renaissancekleid aus silberfarbener Seide; ihr Gesicht zwischen den zwei langen goldenen Flechten war von so erstaunlicher Blässe, als wäre sie ein altes griechisches Bildnis, aus Gold und Elfenbein geschnitzt. Doch ihre Augen leuchteten hell, und ihre Stimme klang vertrauensvoll, obwohl sie leise sprach.

»Pater Brown?« fragte sie.

»Frau Boulnois?« erwiderte er ernst. Dann sah er sie an und sagte sofort: »Ich sehe, daß Sie von Sir Claude wissen.«

»Woher wissen Sie, daß ich es weiß?« fragte sie ruhig.

Er beantwortete die Frage nicht, sondern stellte eine andere: »Haben Sie Ihren Gatten gesehen?«

»Mein Mann ist zu Hause«, sagte sie. »Er hat nichts mit alldem zu tun.«

Wieder antwortete der Priester nicht, und die Frau näherte sich ihm mit einem seltsam eifrigen Gesichtsausdruck.

»Soll ich Ihnen noch mehr sagen?« fragte sie mit einem beinahe erschreckenden Lächeln. »Ich glaube nicht, daß er es tat, und Sie glauben es auch nicht.«

Pater Brown erwiderte ihren Blick, dann nickte er und wurde noch ernster.

»Pater Brown«, sagte die Dame, »ich werde Ihnen alles sagen, was ich weiß, aber vorerst erbitte ich eine Gefälligkeit von Ihnen. Wollen Sie mir, bitte, sagen, warum Sie nicht wie alle anderen von der Schuld John Boulnois' überzeugt sind? Reden Sie ungeniert; ich... ich weiß von den Tratschgeschichten und dem Schein, die gegen ihn sind.«

Pater Brown sah ungemein verlegen drein und fuhr sich mit der Hand über die Stirne. »Zwei Kleinigkeiten«, sagte er. »Zumindest ist die eine Sache sehr trivial und die andere sehr vage. Aber immerhin stimmen sie nicht mit der Annahme überein, daß John Boulnois das Verbrechen begangen haben sollte.«

Er wendete sein einfältiges, rundes Gesicht den Sternen zu und fuhr zerstreut fort: »Ich will zuerst von der vagen Idee sprechen, die nicht zu der Annahme paßt. Ich halte viel von vagen Ideen. Alle jene Dinge, die nicht ›Beweismaterial‹ sind, sind für mich die überzeugendsten. Ich halte eine moralische Unmöglichkeit für die größte, unüberwindlichste Unmöglichkeit. Ich kenne Ihren Gatten nur flüchtig, aber ich halte es für moralisch unmöglich, daß er dieses Verbrechen, dessen man ihn zeiht, begangen hat. Glauben Sie bitte ja nicht, daß ich annehme, Boulnois könnte etwas so Schlechtes nicht tun. Jedermann kann schlecht sein – so schlecht, wie er will. Wir können den Willen zu unserem moralischen Handeln frei lenken; aber wir können gewöhnlich unseren instinktiven Geschmack, wie wir die Dinge tun, nicht ändern. Boulnois könnte einen Mord begehen, aber niemals diesen Mord. Er würde nicht Romeos Schwert aus der romantischen Scheide reißen oder seinen Feind vor der Sonnenuhr wie am Fuße eines Altars erschlagen oder die Leiche auf Rosen betten oder das Schwert in die Fichtenbäume schleudern. Würde Boulnois einen Menschen töten, so täte er es mit festem, sicherem Schlag, so wie er jede andere Sache täte... etwa das zehnte Glas eines schweren Portweins trinken oder einen schlüpfrigen griechischen Dichter lesen. Nein, die romantische Staffage sieht Boulnois nicht gleich. Sie entspricht mehr dem Wesen Champions.«

»Ah!« sagte sie und sah ihn mit Augen an, die wie Diamanten leuchteten.

»Und das Triviale ist folgendes«, sagte Brown, »an dem Schwerte waren Fingerabdrücke. Auf glattem Material, wie Glas oder Stahl, bemerkt man Fingerabdrücke ziemlich lange, nachdem sie gemacht worden sind. Diese waren auf einer glatten Fläche zu finden. Sie waren nämlich ungefähr in der Mitte der Schwertklinge. Ich habe keine Ahnung, wessen Fingerabdrücke es waren, aber warum sollte jemand das Schwert in der Mitte der Klinge gehalten haben? Es war wohl ein langes Schwert, doch Länge ist ein Vorteil im Kampf gegen einen Gegner. Zumindest gegen die meisten Gegner. Gegen alle Gegner eigentlich, mit einer einzigen Ausnahme.«

»Mit einer einzigen Ausnahme!« wiederholte sie.

»Es gibt nur einen Feind«, sagte Pater Brown, »den man leichter mit einem Dolch töten kann als mit einem Schwert.«

»Ich weiß«, sagte die Frau. »Sich selbst.«

Es entstand eine lange Pause, dann sagte der Priester unvermittelt, doch ruhig: »Habe ich also recht? Hat Sir Claude sich selbst getötet?«

»Ja«, sagte sie, und ihr Gesicht war so ruhig, als wäre es aus Marmor. »Ich sah, wie er es tat.«

»Starb er«, fragte Pater Brown, »aus Liebe zu Ihnen?«

Ein sonderbarer Ausdruck huschte über ihr Gesicht, aber es war darin nichts von Bescheidenheit oder Mitleid oder Reue oder sonst irgendeinem Gefühl, das ihr Begleiter erwarten mochte; und ihre Stimme klang plötzlich stark und voll: »Ich glaube nicht«, sagte sie, »daß er sich das geringste aus mir machte. Er haßte meinen Mann.«

»Warum?« fragte der andere und wendete sein rundes Gesicht von den Sternen ab und der Dame zu.

»Er haßte meinen Mann, weil... es ist so merkwürdig, ich weiß gar nicht, wie ich es sagen soll... weil...«

»Ja?« sagte Pater Brown geduldig.

»Weil mein Mann ihn nicht hassen wollte.«

Pater Brown nickte nur und schien noch immer zu lauschen. Er unterschied sich von allen wirklichen und erfundenen Detektiven dadurch, daß er nie vorgab, nicht zu verstehen, wenn er genau verstand.

Frau Boulnois näherte sich ihm mit dem zufriedenen Gesichtsausdruck eines Menschen, der seiner Sache sicher ist. »Mein John«, sagte sie, »ist ein großer Mann. Sir Claude Champion war kein großer Mann; er war ein gefeierter und erfolgreicher Mann. Mein John ist niemals gefeiert worden und hatte niemals Erfolg, und es ist wirklich wahr, daß er auch niemals davon geträumt hat. Er erwartete ebensowenig, durch sein Denken berühmt zu werden wie etwa durch Rauchen. Er ist in all diesen Dingen von einer wundervollen Einfalt. Er ist ein Kind geblieben. Er liebte Champion genauso, wie er ihn als Bub liebhatte, und bewunderte ihn, wie er ein Zauberkunststück bewundert hätte, das in einer Gesellschaft vorgeführt wird. Aber er konnte einfach nicht dazu gebracht werden, auch nur den Gedanken zu fassen, Champion zu beneiden. Und Champion wollte beneidet werden. Er ist darüber verrückt geworden und hat sich umgebracht.«

»Ja«, sagte Pater Brown, »ich glaube, ich fange an zu verstehen.«

»Ja, sehen Sie!« rief sie. »Die ganze Szenerie ist daraufhin eingerichtet worden – es war der Ort und alles genau vorbereitet. Champion logierte John in einem kleinen Häuschen unmittelbar vor seinen Toren ein – wie einen Untertanen –, um ihm das Gefühl zu geben, daß sein Leben ein Mißerfolg sei. Aber John hatte dieses Gefühl niemals. Er denkt an derlei Dinge überhaupt nicht, ebensowenig wie ein zerstreuter Löwe. Champion pflegte zu den bei Johns einfacher Lebensweise beschämendsten Stunden oder zu den intimsten Mahlzeiten hereinzuplatzen, entweder mit einem prunkvollen Geschenk oder einer unwahrscheinlichen Ankündigung oder einem märchenhaften Unternehmen, was der Situation den Anschein eines Besuches von Harun al Raschid gab, und John pflegte anzunehmen oder abzulehnen in seiner liebenswürdigen, uninteressierten Art wie ein Schulbub, der mit einem Kameraden einer Meinung ist oder auch nicht. Nach fünf Jahren dieser Lebensweise hatte sich John nicht im geringsten geändert; und Sir Claude war ein Monomane.«

»Und Haman fing an, ihnen zu erzählen«, sagte Pater Brown, »von all den Dingen, mit denen der König ihn geehrt hatte; und er sprach: ›Aber an dem allen habe ich keine Genüge, solange ich sehe den Juden Mardochai am Königstor sitzen.‹«

»Die Krisis kam«, fuhr Frau Boulnois fort, »als ich John dazu brachte, einige seiner Abhandlungen an eine Zeitschrift einzusenden. Man wurde darauf aufmerksam, insbesondere in Amerika, und eine Zeitung wünschte ihn zu interviewen. Als Champion, der beinahe täglich interviewt wurde, von diesen letzten kleinen Brosamen des Erfolges hörte, die seinem Rivalen zugefallen waren, da schnappte das letzte Glied ein, das seinen teuflischen Haß noch zurückhielt. Da fing er an, meiner Liebe und Ehre in jener verrückten Weise Fallen zu legen, die das Getratsch der ganzen Umgebung geworden sind. Sie werden mich wahrscheinlich fragen, warum ich diese aufsehenerregenden Aufmerksamkeiten duldete. Darauf muß ich Ihnen antworten, daß ich sie nicht gut hätte ablehnen können, ohne meinem Mann alles zu erklären; und es gibt gewisse Dinge, welche die Seele nicht tun kann, so wie der Körper nicht fliegen kann. Niemand wäre übrigens imstande gewesen, es meinem Mann zu erklären. Ebensowenig wie man es ihm jetzt erklären könnte. Wenn Sie ihm mit noch so vielen Worten sagen würden: ›Champion will dir deine Frau wegnehmen‹, so hielte er den Scherz vielleicht für ein wenig derb, doch daß es irgend etwas anderes als ein Scherz sein könnte – diese Vorstellung fände keinen Eingang in sein Denkvermögen. Nun, John wollte heute abend kommen und zusehen, wie wir Theater spielen; doch eben, als wir anfangen sollten, sagte er, daß er nicht kommen wolle. Er hatte ein interessantes Buch und eine Zigarre gefunden. Ich erzählte es Sir Claude, und das war sein Todesstoß. Der Monomane wurde plötzlich von Verzweiflung ergriffen. Er rannte sich den Degen in den Leib und schrie, Boulnois habe ihn ermordet. Dort drüben im Garten liegt er nun tot; er ist an der Eifersucht gestorben, Eifersucht hervorzurufen. Und John sitzt im Speisezimmer und liest ein Buch.«

Wieder entstand ein Schweigen, dann sagte der kleine Priester: »Frau Boulnois, Ihre so lebhafte Schilderung hat nur einen schwachen Punkt: Ihr Gatte sitzt nicht im Speisezimmer bei einem Buche. Dieser amerikanische Reporter erzählte mir, daß er bei Ihnen zu Hause war und daß Ihr Diener ihm gesagt habe,

Herr Boulnois sei schließlich doch nach Pendragon Park gegangen.«

Ihre leuchtenden Augen wurden noch größer, und sie starrte ihn an, mehr verwirrt als beunruhigt oder erschreckt. »Ja, was soll denn das bedeuten?« rief sie. »Alle unsere Leute waren außer Haus, sie waren herübergekommen, um die Aufführung zu sehen. Und einen Diener haben wir überhaupt nicht, Gott sei Dank!«

Pater Brown fuhr herum und drehte sich wie ein Kreisel um sich selbst. »Was? Was?« schrie er und schien wie elektrisiert und zu plötzlichem Leben erwacht. »Schauen Sie einmal ... ja ... Glauben Sie, Ihr Gatte wird mich hören, wenn ich zu ihm hinübergehe?«

»Oh, jetzt dürften unsere Leute schon zurück sein«, sagte sie verwundert.

»Gut, gut!« erwiderte der Priester eifrig und machte sich schleunigst auf den Weg zum Parktor. Unterwegs drehte er sich nochmals um und rief: »Schauen Sie, daß Sie den Yankee erwischen, sonst geht der Ruf ›John Boulnois' Verbrechen‹ morgen in großen Lettern über die ganze Republik.«

»Ach, Sie verstehen doch nicht«, sagte Frau Boulnois. »Das wäre ihm vollständig gleichgültig. Ich glaube, er weiß gar nicht, daß es Amerika wirklich gibt.«

Als Pater Brown das Häuschen mit dem Bienenstock und dem schläfrigen Hund erreicht hatte, öffnete ihm ein kleines, nettes Stubenmädchen die Türe und führte ihn ins Speisezimmer, wo Boulnois neben einer Stehlampe saß und in einem Buch las, genau wie seine Frau es beschrieben hatte. Eine kleine Flasche Wein und ein Glas standen neben ihm auf dem Tisch, und der Priester bemerkte sofort beim Eintreten, daß die Asche von John Boulnois' Zigarre nicht abgefallen, sondern in einem langen Stück unversehrt stehengeblieben war.

»Er sitzt zumindest seit einer halben Stunde hier«, dachte Pater Brown. Tatsächlich sah es so aus, als säße John Boulnois noch so da wie zu der Zeit, da sein Abendessen abgeräumt worden war.

»Lassen Sie sich bitte nicht stören, Herr Boulnois«, sagte der Priester in seiner freundlichen, sachlichen Art. »Ich werde Sie nur einen Augenblick unterbrechen. Ich fürchte, ich störe Sie bei einer wissenschaftlichen Lektüre.«

»Nein«, sagte Boulnois. »Ich habe ›Der blutige Daumen‹ gelesen.« Er sagte es, ohne die Stirne zu runzeln und ohne zu lächeln, und dem Besucher fiel in der ganzen Art und Haltung des Mannes eine gewisse männliche Gleichgültigkeit auf, die seine Frau Größe genannt hatte. Boulnois legte einen grellgelben Band nieder und hatte so wenig das Gefühl einer gewissen Unangemessenheit, daß er nicht einmal einen Scherz darüber machte. John Boulnois war ein großer Mann mit langsamen Bewegungen und einem mächtigen, halb kahlen, halb grauhaarigen Schädel; seine Gesichtszüge waren ein wenig derb und stumpf. Er trug einen schäbigen, sehr unmodernen Frack mit einem kleinen dreieckigen Hemdausschnitt; er hatte diese Kleidung wohl in der Absicht angelegt, seine Frau als Julia spielen zu sehen.

»Ich werde Sie nicht lange vom ›Blutigen Daumen‹ oder irgendeiner anderen katastrophalen Angelegenheit abhalten«, sagte Pater Brown lächelnd. »Ich bin nur gekommen, um Sie über das Verbrechen zu befragen, das Sie heute abend begangen haben.«

Boulnois sah ihn ruhig an, doch auf seiner Stirne wurde ein roter Streifen sichtbar: Er glich einem Mann, der zum erstenmal das Gefühl der Verlegenheit entdeckt.

»Ich weiß, es war ein seltsames Verbrechen«, fuhr Pater Brown fort. »Seltsamer vielleicht als Mord – für Sie. Es ist manchmal schwerer, die kleinen Sünden zu beichten als die großen – aber darum eben ist es so wichtig, sie zu beichten. Jeder gesellige Gastgeber begeht Ihr heutiges Verbrechen sechsmal in der Woche; und doch schnürt es Ihnen die Kehle zu wie eine unaussprechliche Verruchtheit.«

»Man hat das Gefühl«, sagte der Gelehrte langsam, »so ein schrecklicher Esel zu sein.«

»Ich weiß«, gab der andere zu, »aber man muß oft wählen zwischen diesem peinlichen Gefühl und der Tatsache, wirklich ein Esel zu sein.«

»Ich kann meine Gefühle nicht so genau analysieren«, fuhr Boulnois schließlich fort; »aber als ich hier in diesem Stuhl saß und dieses Buch las, fühlte ich mich so glücklich wie ein Schulbub an einem Ferientag. Es war Sicherheit, Ewigkeit... ich kann es nicht genau erklären... die Zigarren lagen in Reichweite... die Streichhölzer lagen in Reichweite... der ›Daumen‹ mußte noch viermal erscheinen... es war nicht nur Friede, es war ein Übermaß. Da läutete diese Glocke, und ich dachte einen entsetzlichen, endlosen Augenblick lang, daß ich von dem Stuhl hier nicht aufstehen könne... buchstäblich, physisch nicht aufstehen könne. Dann endlich gelang es mir wie einem, der die Last der Welt auf seinen Schultern trägt, denn ich wußte, daß alle unsere Leute fort waren. Ich öffnete die Eingangstüre, und da stand ein kleiner Mann, bereit, den Mund zum Sprechen und das Notizbuch zum Schreiben zu öffnen. Da erinnerte ich mich jenes amerikanischen Journalisten, den ich vergessen hatte. Er trug das Haar in der Mitte gescheitelt, und ich sage Ihnen, ich hätte einen Mord...«

»Ich verstehe«, sagte Pater Brown. »Ich habe ihn gesehen.«

»Ich habe keinen Mord begangen«, fuhr der Lehrer der Katastrophentheorie sanft fort, »nur Meineid. Ich sagte, ich sei nach Pendragon Park gegangen, und machte ihm die Türe vor der Nase zu. Das ist mein Verbrechen, Pater Brown, und ich weiß nicht, was für eine Buße Sie mir auferlegen werden.«

»Ich werde Ihnen keine Buße auferlegen«, sagte der Kirchenmann und raffte mit unverkennbarer Heiterkeit Hut und Schirm zusammen; »nein, ganz im Gegenteil. Ich bin eigens dazu hergekommen, um Sie von einer kleinen Strafe zu befreien, der Sie sonst um dieser kleinen Schuld willen nicht hätten entgehen können.«

»Und was ist denn das für eine kleine Strafe«, fragte Boulnois lächelnd, »der ich so glücklich entwischt bin?«

»Gehängt zu werden«, sagte Pater Brown.

Die purpurfarbene Perücke

Herr Edward Nutt, der rührige Chefredakteur der Zeitung »The Daily Reformer«, saß an seinem Schreibtisch, las Briefe und korrigierte Bürstenabzüge, begleitet von den heiteren Klängen einer Schreibmaschine, die von einer kraftvollen jungen Dame bearbeitet wurde.

Er war ein etwas beleibter, blonder Mann in Hemdsärmeln; seine Bewegungen waren energisch, sein Mund entschlossen und sein Ton gebieterisch; doch seine runden, beinahe kindlich blauen Augen sahen verwirrt, ja oft sogar ängstlich in die Welt, was zu seinem sonstigen Gesichtsausdruck in heftigem Widerspruch stand. Dieser Eindruck war auch nicht ganz irreführend. Denn man konnte von ihm, wie von beinahe allen Journalisten, mit vollem Recht sagen, daß seine ungewöhnliche Gemütsverfassung die einer ununterbrochenen Angst war: Angst vor Verleumdungsklagen, Angst vor entgangenen Sensationen, Angst vor Druckfehlern, Angst vor Entlassung.

Sein Leben war eine Reihe von aufreibenden Kompromissen zwischen dem Eigentümer der Zeitung, einem senilen Seifensieder mit drei unausrottbaren fixen Ideen im Kopf, und dem sehr tüchtigen Stab von Mitarbeitern, den er sich zur Führung der Zeitung gesammelt hatte; einige davon waren wirklich erfahrene und ausgezeichnete Leute, die sogar, was noch schlimmer war, einen aufrichtigen Enthusiasmus für die politische Überzeugung des Blattes hatten.

Ein Brief von einem dieser Männer lag in diesem Augenblick vor ihm, und so entschlossen und schnell er sonst in seinen

Handlungen war – jetzt schien er beinahe zu zögern, bevor er den Brief öffnete. Er nahm statt dessen einen kurzen Bürstenabzug zur Hand, überflog ihn mit blauen Augen und einem blauen Bleistift, änderte das Wort »Unzucht« in »Ungehörigkeit« um und das Wort »Jude« in »Ausländer«, läutete dann und schickte die Korrektur in die Druckerei hinauf.

Hierauf riß er mit etwas nachdenklicheren Blicken den Brief eines seiner hervorragenderen Mitarbeiter auf; der Poststempel war von Devonshire, und der Brief lautete folgendermaßen:

»Lieber Nutt, da ich sehe, daß Sie Spuk- und Geistergeschichten bringen, wie wär's mit einem Artikel über jene Affäre der Eyres von Exmoor oder, wie die alten Weiber hier sagen, ›Das Teufelsohr der Eyres‹? Das Haupt der Familie ist, wie Sie wissen, der Herzog von Exmoor; er ist einer der wenigen wirklich alten, steifen Tory-Aristokraten, die wir noch haben, ein verkrusteter, alter wirklicher Tyrann, und es läge so richtig auf unserer Linie, mit ihm Streit anzufangen. Ich glaube, ich bin auf der Spur einer Geschichte, die Staub aufwirbeln wird.

Natürlich glaube ich nicht an die alte Legende von James I., und was Sie anbelangt, so glauben Sie ja überhaupt an nichts, nicht einmal an den Journalismus. Die Legende handelt, wie Sie sich wohl erinnern werden, von jenem dunkelsten Stückchen der englischen Geschichte, der Vergiftung Overburys durch diese behexte Schlange Frances Howard und dem ganz unerklärlichen, geheimnisvollen Schrecken, der den König zwang, den Mördern zu verzeihen. Es wurden da noch eine Menge durch Zeugenaussagen beglaubigte Hexereien mit der Geschichte in Zusammenhang gebracht, und man erzählte sich, daß ein Diener, der während einer Unterredung zwischen dem König und Carr am Schlüsselloch gehorcht hatte, die Wahrheit erfuhr; doch das Geheimnis, das der Mann erlauschte, war so entsetzlich, daß sein Ohr zu riesenhafter und monströser Gestalt anwuchs. Und wenn man ihn auch mit Ländereien und mit Gold überschütten mußte und ihn zum Ahnen eines Herzogsgeschlechtes machte, so ist das durch Zauberkraft geformte Ohr doch in der Familie geblieben. Nun, Sie glauben nicht an Zauberei, und wenn Sie es täten, so könnten Sie es nicht als Manuskript verwenden. Wenn in Ihrem Büro ein Wunder geschähe, so müßten Sie es vertuschen, jetzt, da so viele Bischöfe Agnostiker sind. Aber das gehört nicht zur Sache. Tatsache ist, daß mit dem Exmoor und seiner Familie wirklich etwas Merkwürdiges los ist; irgend etwas ganz Natürliches wahrscheinlich, aber etwas ganz Abnormes. Und das Ohr spielt irgendeine Rolle dabei, glaube ich; entweder als Symbol oder als Täuschung oder als Mißgestalt oder Verkrüppelung oder sonst etwas. Es gibt auch noch eine andere Legende, die besagt, daß die Kavaliere kurz nach James I. anfingen, das Haar lang zu tragen, nur um das Ohr des ersten Lords von Exmoor zu bedecken. Das ist sicherlich auch nur Einbildung.

Der Grund, warum ich Ihnen das erzähle, ist der: Ich halte es für einen Fehler, wenn wir die Aristokratie immer nur um ihres Champagners und ihrer Diamanten willen angreifen. Die meisten Leute bewundern die vornehme Gesellschaft darum, weil es ihr so gutgeht; und ich glaube, wir ergeben uns zu früh, wenn wir zugeben, daß die Aristokratie auch nur die Aristokraten glücklich gemacht hat.

Ich schlage eine Reihe von Artikeln vor, in denen dargelegt wird, wie trübselig, wie unmenschlich, ja wie geradezu diabolisch auch nur der Hauch der Atmosphäre einiger dieser großen Häuser ist. Es gibt eine Menge von Beispielen, aber man könnte kaum mit einem besseren beginnen als mit dem Ohr der Eyres. Ende der Woche hoffe ich Ihnen die Wahrheit über diese Sache mitteilen zu können.

Mit besten Grüßen Ihr ergebener Francis Finn. «

Herr Nutt starrte auf seinen linken Stiefel und überlegte einen Augenblick lang; dann rief er mit starker, lauter und vollkommen lebloser Stimme, in der eine Silbe wie die andere klang: »Fräulein Barlow, bitte, nehmen Sie einen Brief für Herrn Finn auf.

›Lieber Finn, ich glaube, es wird gehen. Das Manuskript müßte Samstag mit der zweiten Post hier sein.

Ihr E. Nutt.‹«

Diese vollendete Epistel sprach er so aus, als bestünde sie aus einem einzigen Wort, und Fräulein Barlow ratterte sie nieder, als bestünde sie aus einem einzigen Wort. Dann nahm er einen anderen kleinen Bürstenabzug und einen blauen Bleistift zur Hand und machte aus dem Wort »übernatürlich« ein »wunderbar« und änderte den Ausdruck »niederreißen« in »Einhalt tun«.

Mit derlei nützlichen und heiteren Arbeiten verbrachte Herr Nutt seine Zeit, bis ihn der darauffolgende Samstag an demselben Schreibtisch, wo er demselben Schreibmaschinenfräulein diktierte und denselben blauen Bleistift benützte, vor der ersten Teillieferung der Enthüllungen des Herrn Finn sitzen fand. Der Anfang war ein gesundes Stück zermalmender Schmähungen über die üblen Geheimnisse der Fürsten und die in den höchsten Kreisen der Gesellschaft herrschende Verrottung. Der Artikel war, obwohl wuchtig und temperamentvoll, in tadellosem Englisch geschrieben. Doch der Chefredakteur hatte, wie gewöhnlich, jemand anderem die Aufgabe zugewiesen, diese Einleitung in einzelne überschriftartige Sätze zu zerstückeln, die etwas würziger klangen, wie »Verbrechen und Verdienst«, »Adel und Angst«, »Ohr und Orden« oder »Die Eyres und ihr Eigentum« und so weiter in hundert glücklichen

Wendungen. Dann folgt die Legende des Ohrs, ausgemalt nach dem Inhalt von Finns erstem Brief, und dann der Bericht seiner späteren Entdeckungen, wie folgt:

»Ich weiß, das Wesen des Journalismus besteht darin, das Ende einer Geschichte an den Anfang zu stellen und das eine Überschrift zu nennen. Ich weiß, Journalismus besteht zum größten Teil darin, zu sagen: ›Tod des Lord Jones‹, und zwar zu Leuten, die niemals wußten, daß Lord Jones gelebt hat. Ihr augenblicklicher Mitarbeiter ist jedoch der Meinung, daß dies, wie viele andere journalistische Gewohnheiten, schlechter Journalismus ist und daß der ›Daily Reformer‹ ein besseres Beispiel in derlei Dingen geben sollte. Ich unternehme es daher, die Geschichte so zu erzählen, wie sie sich Schritt für Schritt zugetragen hat. Ich werde die wirklichen Namen der Personen nennen, die gewiß bereit wären, meine Aussage zu bezeugen. Was nun die Überschriften und die sensationellen Ankündigungen anbelangt – so werden diese erst zum Schluß kommen.

Ich schritt einen öffentlichen Weg entlang, der durch einen privaten Obstgarten in Devonshire führte und ganz den Anschein erweckte, zu einem guten Devonshire-Apfelwein hinzuführen, als ich plötzlich schon vor einem ebensolchen Ort stand. Es war ein langes, niedriges Wirtshaus oder eigentlich ein Häuschen und zwei Schuppen; das Stroh ihrer Dächer sah aus wie bräunlichgraues Haar aus irgendeiner vorsintflutlichen Zeit. Vor der Türe war ein Schild, wonach das Wirtshaus ›Zum blauen Drachen‹ hieß, und unter dem Schild stand einer jener langen Bauerntische, die früher vor den meisten guten, freien englischen Wirtshäusern zu stehen pflegten, bevor Abstinenzler und Bierbrauer miteinander die Freiheit zerstörten. Und an diesem Tisch saßen drei Herren, die vor hundert Jahren hätten leben können.

Jetzt, da ich sie näher kenne, ist es nicht schwer, die Eindrücke zu entwirren; aber gerade damals sahen sie wie drei leibhaftige Gespenster aus. Die dominierende Gestalt – dominierend, weil der Mann nach allen drei Dimensionen hin der größte war und weil er in der Mitte des langen Tisches gerade mir gegenübersaß – war ein großer, dicker Mann, ganz schwarz gekleidet, mit einem runden, apoplektischen Gesicht und kahler, bekümmerter Stirne. Als ich ihn genauer ansah, konnte ich nicht mit Bestimmtheit sagen, was eigentlich diesen Eindruck des Altertümlichen an ihm erweckt, ausgenommen der altmodische Schnitt seiner weißen, priesterlichen Krawatte und die quer laufenden Falten auf seiner hohen Stirne.

Noch schwerer zu definieren war der Eindruck in bezug auf den Mann am rechten Tischende, der, offen gestanden, ein ganz alltäglich aussehender Mensch war, wie man ihn stündlich allüberall sehen kann, mit einem runden, braunhaarigen Kopf und einer runden Stumpfnase, doch war auch er in kirchliches Schwarz gekleidet. Erst als ich seinen breiten, geschwungenen Hut auf dem Tisch neben ihm liegen sah, wurde es mir klar, warum er in mir die Vorstellung von etwas Altertümlichem erweckt hatte: Er war ein römisch-katholischer Priester.

Vielleicht hatte der dritte Mann am anderen Ende des Tisches eigentlich mehr damit zu tun als alle übrigen, obwohl er in physischer Hinsicht schmächtiger und in seiner Kleidung unauffälliger war. Seine hageren Glieder steckten in enganliegenden grauen Ärmeln und Hosenbeinen, oder, besser gesagt, sie waren hineingezwängt; er hatte ein langes, adlerartiges Gesicht, welches irgendwie darum noch melancholischer aussah, weil seine hohlwangigen Züge von einem Kragen und Halstuch umschlossen waren, wie sie von vergangenen Geschlechtern getragen wurden, und sein Haar hatte einen trüben, rötlichen Schimmer, der im Verein mit seinem gelben Gesicht mehr purpurn als rot wirkte. Die zwar nicht auffallende, aber doch ungewöhnliche Farbe war um so bemerkenswerter, als sein Haarwuchs beinahe unnatürlich gesund war und er das Haar lang und lockig trug. Doch wenn ich recht überlege, rührte mein erster Eindruck des Altmodischen wohl hauptsächlich von den hohen, altmodischen Weingläsern her, die neben einigen Zitronen und langen Pfeifen auf dem Tisch standen.

Da es anscheinend ein öffentliches Wirtshaus war, mußte ich als abgehärteter Reporter nicht erst viel von meiner Unverschämtheit zusammenraffen, um an dem langen Tisch Platz zu nehmen und ein Glas Apfelwein zu bestellen. Der große Mann in Schwarz schien sehr gelehrt, insbesondere in bezug auf die lokalen Altertümer; der kleine Mann in Schwarz überraschte mich, obwohl er weit weniger sprach, durch sein noch größeres Wissen, so daß wir uns bald ganz gut miteinander unterhielten. Doch der dritte Mann, der alte Herr mit der engen Hose, schien ein wenig unnahbar und hochmütig; bis ich auf das Thema des Herzogs von Exmoor und seiner Ahnen zu sprechen kam.

Es kam mir so vor, als brächte dieses Thema die beiden anderen ein wenig in Verlegenheit, doch jedenfalls brach es in sehr erfolgreicher Weise bei ebendiesem dritten den Bann des Schweigens. Er sprach zurückhaltend und mit dem Gehaben eines ungemein wohlerzogenen Herrn, paffte von Zeit zu Zeit an seiner langen Pfeife und erzählte mir einige der entsetzlichsten Geschichten, die ich je in meinem Leben gehört habe: wie einer der Eyres in früheren Zeiten einmal seinen eigenen Vater erhängt und ein anderer seine Frau, an einen Wagen gebunden, durchs Dorf hatte schleifen lassen; wie wieder ein anderer eine Kirche angezündet hatte, die voller Kinder war, und so weiter.

Einige von diesen Geschichten sind wirklich nicht zur Veröffentlichung geeignet. So zum Beispiel die Geschichte von der scharlachroten Nonne oder die Geschichte von dem gefleckten Hund oder das Geschehnis im Steinbruch. Und diese ganze rote Sündenliste kam in beinahe geziertem Ton von seinen vornehmen Lippen, während er dasaß und den Wein in kleinen Schlückchen aus dem hohen, dünnen Glase schlürfte.

Ich sah wohl, daß der große Mann mir gegenüber sich bemühte, ihn womöglich zu unterbrechen. Doch augenscheinlich hatte er zu großen Respekt vor dem alten Herrn und wagte es nicht, plötzlich einzufallen. Auch der kleine Priester am anderen Ende des Tisches, obwohl er von ähnlichen Gefühlen der Angst oder Verlegenheit frei zu sein schien, blickte unverwandt auf den Tisch und hörte der Erzählung scheinbar mit großem Unbehagen zu – was ja begreiflich war.

›Sie scheinen‹, sagte ich zu dem Erzähler, ›dem Geschlecht der Exmoor nicht sehr wohlgesinnt zu sein?‹

Er sah mich einen Augenblick lang an, den Mund anfangs noch zu liebenswürdigem Lächeln verzogen, doch bald wurden seine Lippen bleich und schmal. Dann plötzlich zerschlug er seine Pfeife und sein Glas auf dem Tisch und erhob sich – das wahre Bild des vollendeten Edelmannes im aufflammenden Zorn eines Unholdes.

›Diese Herren‹, rief er, ›werden Ihnen sagen, ob ich Grund habe, dies Geschlecht zu lieben. Der Fluch der alten Eyres lag schwer über diesem Lande, und viele hatten darunter zu leiden. Sie wissen, daß keiner von ihnen so sehr darunter zu leiden hatte wie ich!‹ Und damit zertrat er einen herabgefallenen Splitter des zerbrochenen Weinglases mit dem Absatz, dann schritt er im grünen Zwielicht der flimmernden Apfelbäume davon.

›Das ist ein merkwürdiger alter Herr‹, sagte ich zu den beiden anderen. ›Wissen Sie vielleicht, was die Familie der Exmoor ihm angetan hat? Wer ist er?‹

Der große Mann in Schwarz starrte mich mit der bestürzten Miene eines erschreckten Stieres an; er schien anfangs gar nicht zu begreifen. Dann endlich sagte er: ›Wissen Sie nicht, wer er ist?‹

Ich versicherte, keine Ahnung zu haben, worauf abermals ein Schweigen eintrat. Dann sagte der kleine Priester, immer noch auf den Tisch starrend: ›Das ist der Herzog von Exmoor.‹

Hierauf, bevor ich mich noch sammeln konnte, fügte er ebenso ruhig, doch in einem Tonfall, als wolle er die Dinge nun in Ordnung bringen, hinzu: ›Mein Freund hier ist Dr. Mull, Bibliothekar des Herzogs. Mein Name ist Brown.‹

›Aber‹, stammelte ich, ›wenn das der Herzog ist, warum verdammt er die alten Herzöge so sehr?‹

›Er scheint wirklich der Meinung zu sein‹, antwortete der Priester namens Brown, ›daß sie ihm einen Fluch hinterlassen haben.‹ Dann fügte er, anscheinend zusammenhanglos, hinzu: ›Darum trägt er auch eine Perücke.‹

Es dauerte einige Augenblicke, bevor der Sinn dieser Worte in mir aufzudämmern begann. ›Sie meinen doch nicht jenes Märchen von dem Ohr?‹ fragte ich. ›Ich habe natürlich davon gehört, aber es kann doch nur eine abergläubische Geschichte sein, die aus einer viel einfacheren Tatsache entstanden ist. Ich habe manches Mal daran gedacht, ob es nicht irgendeine phantastische Version einer jener Verstümmelungsgeschichten ist. Man pflegte doch im sechzehnten Jahrhundert den Verbrechern oft ein Ohr abzuhauen.‹

›Ich glaube nicht, daß es das war‹, antwortete der kleine Mann nachdenklich, ›doch widerspricht es weder dem Naturgesetz noch der gewöhnlichen wissenschaftlichen Erfahrung, daß irgendeine Deformation in einer Familie häufig wiederkehrt – und zum Beispiel ein Ohr größer ist als das andere.‹

Der große Bibliothekar hatte seine große kahle Stirn in seine großen roten Hände gelegt wie einer, der sich bemüht, ernstlich seine Pflicht zu erwägen. ›Nein‹, stöhnte er endlich, ›Sie tun dem Mann eigentlich unrecht. Ich habe keine Ursache, ihn zu verteidigen, verstehen Sie mich wohl, und auch keine Verpflichtungen ihm gegenüber. Er war gegen mich, ebenso wie gegen alle anderen Leute, immer ein richtiger Tyrann. Glauben Sie nur ja nicht einfach darum, weil Sie ihn hier sitzen sahen, daß er nicht im übelsten Sinn des Wortes ein großer Herr ist. Er würde einen Menschen eine Meile weit herbeiholen, um an einer Glocke zu läuten, die eine Elle weit entfernt ist – wenn er damit einen anderen Mann aus einer drei Meilen weiten Entfernung herbeirufen könnte, um sich eine Zündholzschachtel bringen zu lassen, die drei Ellen weit liegt. Er braucht einen Diener, der seinen Spazierstock trägt; einen Kammerdiener, um sich sein Opernglas halten zu lassen...‹

›Aber keinen Bedienten, der seine Kleider bürstet‹, warf der Priester in seltsam trockenem Tone ein, ›denn sonst würde dieser Bediente auch die Perücke bürsten wollen.‹

Der Bibliothekar wendete sich dem Priester zu und schien meine Anwesenheit gänzlich vergessen zu haben. Er war sehr erregt und wohl ein wenig vom Wein erhitzt. ›Ich weiß nicht, woher Sie es wissen, Pater Brown‹, sagte er, ›aber Sie haben recht. Er läßt die ganze Welt alles für sich tun – mit einer Ausnahme: ihm beim Ankleiden behilflich zu sein. Das muß in einer Einsamkeit geschehen, die einer Einöde gleichkommt. Jeder wird ohne Zeugnis aus dem Hause gejagt, der auch nur in der Nähe der Tür zu seinem Ankleidezimmer angetroffen wird.‹

›Scheint ein lustiger alter Kauz zu sein‹, bemerkte ich.

›Nein‹, erwiderte Dr. Mull ganz schlicht. ›Und das eben meinte ich, als ich sagte, Sie täten ihm unrecht. Meine Herren, der Herzog empfindet wirklich all diesen Groll über den alten Fluch, so wie er es eben zeigte. Mit aufrichtiger Scham und ungeheucheltem Schrecken verbirgt er unter dieser purpurfarbenen Perücke irgend etwas, dessen Anblick seiner Meinung nach jeden Sterblichen vernichten müßte. Ich weiß, daß es so ist. Und ich weiß auch, daß es keine gewöhnliche, natürliche Verunstaltung ist wie zum Beispiel die Verstümmelung eines Verbrechers oder die vererbte Mißgestaltung eines Körperteils. Ich weiß, daß es schlimmer ist als all dies, ich weiß es von dem Augenzeugen einer Szene, die kein Mensch erfunden haben konnte, wo ein stärkerer Mann als irgendeiner von uns versucht hatte, dem Geheimnis zu trotzen, und davor zu Tode erschrocken ist.‹

Ich öffnete den Mund, um zu sprechen, doch Mull fuhr – meine Anwesenheit gänzlich vergessend – aus der Höhlung seiner Hände hervor zu sprechen fort. ›Ich sage es Ihnen unverhohlen, Pater Brown, weil es eigentlich mehr den Herzog verteidigen heißt als ihn verraten. Haben Sie je von jener Zeit gehört, da er beinahe alle seine Güter verlor?‹

Der Priester schüttelte den Kopf, und der Bibliothekar fuhr fort, seine Geschichte zu erzählen, wie er sie von seinem Amtsvorgänger gehört hatte, seinem Vorgesetzten und Lehrer, dem er vorbehaltlos zu vertrauen schien. Bis zu einem gewissen Punkt war es die gewöhnliche Geschichte des Vermögensverfalls einer großen Familie, die Geschichte des Advokaten einer großen Familie. Doch dieser Advokat war klug genug, wenn man so sagen darf, auf ehrliche Weise zu betrügen. Anstatt anvertrautes Gut anzutasten, machte er sich die Nachlässigkeit des Herzogs zunutze und versetzte die Familie in eine finanzielle Zwangslage; so daß es für den Herzog notwendig werden mochte, den Advokaten die Besitztümer tatsächlich übernehmen zu lassen.

Der Advokat hieß Isaac Green, doch der Herzog nannte ihn Eliesa, wahrscheinlich im Hinblick auf die Tatsache, daß er, obwohl sicherlich nicht älter als dreißig, vollständig kahl war. Er war sehr schnell aus sehr schmutzigen Verhältnissen emporgewachsen, Spion und Denunziant gewesen und dann Wucherer; aber als Rechtsfreund der Eyres war er klug genug, nach außen hin korrekt zu bleiben, bis er soweit war, den entscheidenden Schlag zu führen. Dies geschah eines Tages beim Abendessen;

und der damalige Bibliothekar erzählte, er werde niemals das Bild vergessen, wie der kleine Advokat vor den Lampenschirmen und Weinkaraffen mit ruhigem Lächeln dem großen Gutsherrn vorschlug, den Besitz mit ihm zu teilen. Die Folge war jedenfalls nicht zu übersehen; denn der Herzog schlug, ohne ein Wort zu sagen, mit einem plötzlichen Ruck dem kleinen Advokaten eine Weinflasche an den kahlen Kopf, genauso, wie wir es ihn eben hier im Obstgarten haben tun sehen, als er das Glas auf dem Tisch zerschlug. Eine große, dreieckige Wunde blieb am Schädel des Advokaten zurück, seine Augen wurden trübe, doch nicht sein Lächeln.

Er erhob sich taumelnd und schlug zurück, wie solche Leute zurückzuschlagen pflegen. ›Ich bin froh, daß es so gekommen ist‹, sagte er, ›denn jetzt kann ich den ganzen Besitz nehmen. Ich werde ihn von Gesetzes wegen bekommen.‹

Exmoor soll aschfahl gewesen sein, nur seine Augen funkelten. ›Das Gesetz wird Ihnen den Besitz zusprechen‹, sagte er, ›aber Sie werden ihn nicht nehmen... Warum nicht? Nun, weil das für mich der Jüngste Tag wäre; und wenn Sie ihn nehmen, so nehme ich meine Perücke ab... Sehen Sie, Sie erbärmlicher, gerupfter Vogel, jeder kann Ihren kahlen Schädel sehen. Aber niemand wird je den meinen schauen und weiterleben!‹

Nun, Sie mögen sagen, was Sie wollen, und darüber denken, was Sie wollen. Mull beschwört feierlich die Tatsache, daß der Advokat, nachdem er eine Weile lang verzweifelt die geballten Fäuste in der Luft geschüttelt hatte, einfach aus dem Zimmer hinausrannte und nie mehr wieder in der ganzen Umgebung auftauchte. Und seither wurde Exmoor, der Zauberer und der Hexenmeister, mehr gefürchtet als vorher der Gutsherr und der Beamte.

Doktor Mull erzählte wohl die ganze Geschichte mit etwas übertrieben theatralischen Bewegungen und mit einer Leidenschaft, die ich zumindest für parteilich hielt. Ich war mir der

Möglichkeit wohl bewußt, daß das Ganze die Übertreibung einer alten Aufschneiderei und eines überlieferten Geschwätzes sei. Doch ehe ich diese erste Hälfte meiner Entdeckungen beschließe, halte ich es für meine Pflicht zu berichten, daß meine ersten beiden Nachforschungen diese Erzählung bestätigt haben. Ich erfuhr von einem alten Apotheker im Dorfe, daß einmal des Nachts ein kahlköpfiger Mann, der sich Green nannte, im Frack zu ihm gekommen war, um sich eine dreieckige Wunde auf der Stirn mit einem Pflaster schließen zu lassen. Und ich fand aus alten Zeitungen und Gerichtsdokumenten, daß ein gewisser Green einmal ein gerichtliches Verfahren gegen den Herzog von Exmoor angestrengt oder zumindest in die Wege geleitet hatte.«

Herr Nutt, Chefredakteur des »Daily Reformer«, schrieb einige im höchsten Grade unangemessene Worte an die Spitze des Manuskriptes und einige im höchsten Grade geheimnisvolle Zeichen an den Rand desselben, dann rief er mit derselben lauten, monotonen Stimme wie sonst zu Fräulein Barlow hinüber: »Bitte, nehmen Sie einen Brief an Herrn Finn auf.

›Lieber Finn, Ihr Manuskript wird gehen, aber ich mußte einige Überschriften dazusetzen lassen; auch würde unser Publikum niemals einen römischen Priester in der Geschichte dulden – man darf die Vorstadt nicht aus dem Auge verlieren. Ich habe einen Spiritisten namens Brown aus ihm gemacht.

Ihr E. Nutt.‹«

Einen oder zwei Tage später befand sich derselbe rührige und kritische Redakteur mit immer runder und runder werdenden blauen Augen bei der Überprüfung der zweiten Teilsendung von Herrn Finns Schauergeschichte aus der höchsten Gesellschaft. Sie begann mit den Worten:

»Ich habe eine erstaunliche Entdeckung gemacht. Allerdings ist es ganz etwas anderes, als was ich mir vorgestellt habe, aber es wird das Publikum noch weit mehr in Erstaunen setzen, als ich gedacht hatte. Ich wage ohne allzu große Eitelkeit zu behaupten, daß man die Worte, die ich hier schreibe, in ganz Europa und sicherlich in ganz Amerika und in allen Kolonien lesen wird. Und doch erfuhr ich alles, was ich zu erzählen habe, noch bevor ich jenen unscheinbaren hölzernen Tisch in jenem Apfelbaumgarten verließ.

Ich verdanke alles jenem kleinen Priester Brown. Das ist ein ganz ungewöhnlicher Mensch. Der große Bibliothekar hatte den Tisch verlassen, vielleicht ein wenig beschämt wegen seiner Geschwätzigkeit, vielleicht auch beunruhigt ob des Zorns, in dem sein geheimnisvoller Herr verschwunden war. Jedenfalls folgte er schweren Schrittes den Spuren des Herzogs und entschwand zwischen den Bäumen. Pater Brown hatte eine der auf dem Tisch liegenden Zitronen zur Hand genommen und besah sie mit merkwürdigem Vergnügen.

›Was für eine wunderschöne Farbe so eine Zitrone hat!‹ sagte er. ›Der Herzog hat etwas an sich, was mir nicht gefällt: die Farbe seiner Perücke.‹

»Ich glaube, ich verstehe Sie nicht recht‹, antwortete ich.

›Er muß wohl seinen guten Grund haben, warum er seine Ohren bedecken will wie König Midas‹, fuhr der Priester in einem heiteren, schlichten Ton fort, der mich unter den gegebenen Umständen als ein wenig oberflächlich berührte. ›Ich kann mir gut vorstellen, daß es hübscher ist, seine Ohren mit Haaren zu bedecken als mit Messingplättchen oder Lederlappen. Aber wenn er Haare verwendet, warum will er dann nicht, daß es wie Haar aussieht? Es hat noch niemals auf der ganzen Welt Haare von dieser Farbe gegeben. Es sieht eher aus wie eine Abendwolke, die bei Sonnenuntergang durch die Bäume schimmert. Warum versteckt er den Familienfluch nicht geschickter, wenn er sich dessen wirklich so sehr schämt? Darum, weil er sich dessen nicht schämt. Er ist sogar stolz darauf.‹

›Es ist eine häßliche Perücke, auf die man nicht stolz zu sein brauchte – und eine häßliche Geschichte‹, sagte ich.

›Überlegen Sie einmal‹, sagte der merkwürdige kleine Mann, ›wie Sie selbst über derlei Dinge denken. Ich nehme an, Sie sind nicht mehr versnobt und nicht angekränkelter als wir anderen; aber haben Sie nicht irgendwie das Gefühl, daß es eigentlich eine ganz feine Sache ist, einen echten alten Familienfluch zu besitzen? Würden Sie sich dessen schämen, oder wären Sie nicht eher ein wenig stolz darauf, wenn der Erbe aller Schrecken der Glamis Sie seinen Freund hieße oder wenn Byrons Familie Ihnen allein die üblen Abenteuer ihres Geschlechtes anvertraut hätte? Seien Sie nicht zu streng mit den Aristokraten, wenn ihre Köpfe ebenso schwach sind, wie die unseren es sein würden, und sie bezüglich ihrer eigenen Sorgen und Kümmernisse Snobs sind.‹

›Bei Gott!‹ rief ich. ›Das ist wirklich wahr. In der Familie meiner Mutter gab es einen Geist, und wenn ich es mir ehrlich überlege, so hat mich das in mancher trüben Stunde getröstet.‹

›Und denken Sie nur‹, fuhr er fort, ›was für ein Strom von Blut und Gift bereitwillig von seinen schmalen Lippen drang, sowie Sie nur seine Ahnen erwähnten! Warum sollte er jedem Fremden gleich jene Schreckenskammern zeigen, wenn er nicht stolz auf sie wäre? Er verbirgt weder seine Perücke noch sein Blut, noch den Familienfluch, noch die Verbrechen seiner Familie – aber ...‹

Die Stimme des kleinen Mannes veränderte sich so plötzlich, seine Hände krampften sich so schnell zusammen, und seine Augen blitzten auf einmal so eulenhaft rund und leuchtend auf, daß das Ganze wie eine kleine Explosion am Tische wirkte. ›Aber‹, schloß er, ›er verbirgt wirklich das Geheimnis seiner Toilette.‹

Es paßte irgendwie zu dem Schauer, der meine erregten Nerven ergriffen hatte, daß der Herzog in diesem Augenblick wieder unter den flimmernden Bäumen auftauchte. Er kam mit leisen Schritten und seinem abendrotfarbenen Haar in Gesellschaft des Bibliothekars um die Ecke des Hauses. Ehe er in Hörweite gelangte, hatte Pater Brown noch vollkommen ruhig und erwägend hinzugefügt: ›Warum verbirgt er das wirkliche Geheimnis mit dieser purpurfarbenen Perücke? Weil es nicht solcherart ist, wie wir vermuten.‹

Der Herzog kam näher und nahm mit der ganzen ihm angeborenen Würde seinen Platz am Tische wieder ein. Der Bibliothekar tanzte vor lauter Verlegenheit wie ein großer Bär auf den Hinterbeinen. Der Herzog wendete sich mit tiefem Ernst an den Priester. ›Pater Brown‹, sagte er, ›wie mir Doktor Mull mitteilt, sind Sie hergekommen, um irgendwelche Nachforschungen anzustellen. Ich will nicht vorgeben, daß ich die Religion meiner Väter hochhalte. Doch um Ihretwillen und um der früheren Tage willen, da wir einander schon begegneten, bin ich gerne bereit, Sie anzuhören. Aber ich nehme an, es wird Ihnen lieber sein, wenn dies privat geschähe.‹

Alles, was ich noch von einem Gentleman in mir habe, hieß mich aufstehen und den Tisch verlassen. Doch alles, was ich von einem Journalisten in mir habe, hieß mich bleiben. Noch ehe dieser Augenblick des Schwankens entschieden war, hatte der Priester eine Bewegung gemacht, die mich zurückhielt. ›Wenn Euer Gnaden meine eigentliche Bitte erfüllen wollten‹, sagte er, ›oder wenn ich das Recht hätte, einen Rat zu erteilen, so würde ich darauf dringen, daß so viele Leute wie nur irgend möglich anwesend sein sollten. Ich habe in dieser Gegend Hunderte von Leuten gefunden, sogar unter meiner eigenen Gemeinde, deren ganzes Denken vergiftet wird von diesem Bann, den zu brechen ich Sie beschwöre. Ich wollte, wir könnten ganz Devonshire hier haben, wenn Sie es tun.‹

›Wenn ich was tue?‹ fragte der Herzog mit emporgezogenen Augenbrauen.

›Wenn Sie die Perücke herunternehmen‹, sagte Pater Brown. Das Gesicht des Herzogs blieb unverändert, aber der gläserne, stiere Blick, mit dem er den Bittsteller ansah, gab seinem Gesicht einen so entsetzlichen Ausdruck, wie ich ihn nie zuvor an einem Menschen gesehen hatte. Ich sah, wie die langen Beine des Bibliothekars unter ihm zu schwanken anfingen gleich den Schatten von Zweigen über einem Teich; und ich konnte die Vorstellung nicht loswerden, daß in der herrschenden Stille die Bäume ringsumher sich langsam mit Teufeln an Stelle von Vögeln füllten.

›Ich will Sie verschonen‹, sagte der Herzog schließlich mit dem Tonfalle übermenschlichen Mitleides. ›Ich weigere mich. Gäbe ich Ihnen den schwächsten Wink all jener Last des Entsetzens, die ich allein zu tragen habe, so lägen Sie jammernd zu meinen Füßen und schrien, daß Sie nicht mehr wissen wollten. Ich will Sie mit diesem Wink verschonen. Sie sollen den ersten Buchstaben dessen nicht entziffern, was auf dem Altar des unbekannten Gottes geschrieben steht!‹

›Ich kenne den unbekannten Gott‹, sagte der kleine Priester mit der unbewußten Gebärde einer Sicherheit, die wie ein granitener Turm emporragt. ›Ich kenne seinen Namen, er heißt Satan. Der wahre Gott war aus Fleisch und Blut und lebte in unserer Mitte. Und ich sage Ihnen, wo immer Sie Menschen finden, die von einem Geheimnis beherrscht werden, so können Sie sicher sein, daß es das Geheimnis des Bösen und der Sünde ist. Wenn Ihnen der Teufel sagt, daß etwas zu schrecklich sei, um geschaut zu werden, so schauen Sie es an! Wenn er sagt, daß es zu schrecklich sei, um gehört zu werden, so hören Sie es an! Wenn Sie etwas für unerträglich halten, so ertragen Sie es! Ich beschwöre Euer Gnaden, diesem Nachtmahr jetzt ein Ende zu machen, gleich hier an dem Tische.‹

›Wenn ich es täte‹, sagte der Herzog mit leiser Stimme, ›so würden Sie und all Ihr Glaube und all das, wodurch allein Sie leben, als erstes zunichte. Es würde einen Augenblick lang das große Nichts über Sie kommen, bevor Sie stürben.‹

›Das Kreuz Christi stehe zwischen mir und irgendwelchem Übel‹, sagte Pater Brown. ›Nehmen Sie Ihre Perücke ab!‹

Ich beugte mich in unbeherrschbarer Erregung weit über den Tisch. Während ich diesem Wortgefecht lauschte, war ein halber Gedanke in mir erwacht. ›Euer Gnaden‹, rief ich, ›Sie bluffen. Nehmen Sie die Perücke ab, oder ich reiße sie herunter!‹

Ich glaube, man kann mich wegen Überfalls belangen, aber ich bin sehr froh, daß ich es getan habe. Als er mit derselben steinernen Stimme wiederholte: ›Ich weigere mich‹, da sprang ich einfach auf ihn los. Drei lange Sekunden lang wehrte er sich, als hülfe ihm die ganze Hölle, doch ich beugte seinen Kopf so weit zurück, bis die Haarmütze abfiel. Ich gebe zu, daß ich während des Ringens die Augen schloß, als die Perücke herunterfiel.

Ein Schrei des Doktor Mull, der in diesem Augenblick auch neben dem Herzog stand, erweckte mich. Doktor Mulls Kopf war zusammen mit dem meinen über den kahlen Schädel des Herzogs gebeugt. Dann wurde das Schweigen plötzlich durch den Ausruf des Bibliothekars unterbrochen: ›Was soll das bedeuten? Ja, der Mann hatte doch nichts zu verbergen. Seine Ohren sind genauso wie die aller anderen Menschen!‹

›Gewiß‹, sagte Pater Brown, ›das war es, was er zu verbergen hatte.‹

Der Priester ging geradewegs auf den Herzog zu, doch blickte er seltsamerweise gar nicht nach seinen Ohren. Er starrte mit beinahe komischem Ernst auf seine kahle Stirn. Dann deutete er auf eine dreieckige, längst verheilte, doch noch wahrnehmbare Narbe und sagte höflich: ›Herr Green, glaube ich, und er hat also doch den ganzen Besitz bekommen.‹

Und jetzt will ich den Lesern des ›Daily Reformer‹ sagen, was ich an der ganzen Geschichte für das Merkwürdigste halte. Diese Verwandlungsszene, die Ihnen so verworren und purpurfarben wie ein persisches Märchen vorkommen wird, war von allem Anfang an – bis auf meinen regelrechten Überfall – streng gesetzmäßig und rechtlich. Dieser Mann mit der wunderlichen Narbe und den gewöhnlichen Ohren ist kein Betrüger. Obwohl er in einem gewissen Sinn eines anderen Mannes Perücke trägt und vorgibt, eines anderen Mannes Ohren zu besitzen, so hat er doch nicht eines anderen Mannes Adelstitel gestohlen. Er ist tatsächlich der einzige Herzog von Exmoor, den es gibt. Es ist folgendes geschehen: Der alte Herzog hatte wirklich ein leicht verunstaltetes Ohr, was wirklich mehr oder weniger in der Familie erblich war. Er war in dieser Beziehung etwas angekränkelt, und es ist sehr wahrscheinlich, daß er diese körperliche Mißbildung als eine Art Fluch anrief in jener heftigen, zweifellos vorgefallenen Szene, in der er Green die Flasche an den Kopf warf. Doch der Streit endete ganz anders. Green bestand auf seiner Forderung und bekam den Besitz; der enteignete Edelmann erschoß sich und starb ohne Nachkommen. Nach einem angemessenen Zeitablauf ließ unsere schöne englische Regierung den ›erloschenen‹ Adelstitel der Exmoor wieder erneuern und verlieh ihn, wie gewöhnlich, dem bedeutendsten Mann, dem Mann, dem die Besitztümer der alten Exmoors gehörten.

Dieser Mann machte sich die alte Familienlegende zunutze – wahrscheinlich beneidete und bewunderte er in seinem versnobten Herzen die Leute wirklich darum. Und so zittern Tausende von armen englischen Leuten vor einem geheimnisvollen Oberhaupt mit einem Ahnenschicksal und einem Diadem von Sündensternen – während sie in Wirklichkeit vor einem Schurken aus der Gosse zittern, der erst Winkeladvokat und vor noch kaum zwölf Jahren ein Pfandleiher war. Dieser Fall erscheint mir ungemein bezeichnend für den wirklichen Stand unserer Aristokratie, wie sie heute ist und wie sie immer sein wird bis zu dem Tage, da Gott uns tapferere Männer schickt.«

Herr Nutt legte das Manuskript beiseite und rief mit ungewöhnlicher Strenge: »Fräulein Barlow, bitte, nehmen Sie einen Brief an Herrn Finn auf.

›Lieber Finn, Sie müssen verrückt sein; auf so etwas können wir uns nicht einlassen. Ich wollte Vampire und die schlechte alte Zeit und die Aristokratie Hand in Hand mit dem Aberglauben. Das hat man gern. Aber es muß Ihnen doch klar sein, daß die Exmoors uns das nie verzeihen würden. Und was würden unsere Leute dann sagen, möcht' ich nur wissen? Ja, Sir Simon ist einer der besten Freunde der Exmoors; und es wäre der Ruin jenes Vetters der Eyres, der für uns in Bradford arbeitet. Außerdem war der alte Seifensieder unglücklich genug, daß er im vergangenen Jahr keinen Adelstitel bekommen konnte; er würde mich telegrafisch hinauswerfen lassen, wenn ich es ihm mit solchen Verrücktheiten für diesmal verdürbe. Und was wäre mit Duffey? Der schreibt einige klingende Artikel für uns über »Die Fußstapfen der Normannen«. Und wie kann er über die Normannen schreiben, wenn der Mann ein Advokat ist? So seien Sie doch bitte vernünftig!

Ihr E. Nutt.‹«

Während Fräulein Barlow den Brief lustig herunterratterte, knüllte Nutt das Manuskript zusammen und warf es in den Papierkorb, doch erst, nachdem er ganz mechanisch und nur infolge der Macht der Gewohnheit das Wort »Gott« in »die Umstände« korrigiert hatte.

Der Fluch auf dem Hause Pendragon

Pater Brown war nicht in Abenteuerstimmung. Er war kürzlich infolge von Überarbeitung krank gewesen, und als er sich zu erholen anfing, hatte ihn sein Freund Flambeau auf eine Vergnügungsfahrt in seiner kleinen Jacht mitgenommen. Sie kreuzten zusammen mit Sir Cecil Fanshaw, einem jungen cornischen Squire und begeisterten Liebhaber cornischer Küstenlandschaften. Doch Brown war immer noch sehr schwach; auch war er kein fanatischer Seemann; und obwohl er niemals murrte oder mißlaunig war, konnte er doch nicht mehr aufbringen als Geduld und Höflichkeit. Wenn die beiden anderen die Wolkenfetzen im violetten Abendschein oder die zerrissenen Klippen der vulkanischen Bergformationen priesen, stimmte er ihnen zu. Wenn Flambeau auf einen Felsen deutete, der einem Drachen glich, so schaute auch er hin und fand, daß der Fels wirklich ganz wie ein Drachen aussah. Wenn Fanshaw in seiner noch leichter erregbaren Phantasie auf einen Felsen wies, der ihm wie Merlin vorkam, so sah auch Pater Brown hin und nickte Beifall. Wenn Flambeau fragte, ob dieses Felsentor über dem gewundenen Fluß nicht wie das Tor ins Märchenland aussähe, sagte Pater Brown: »Ja.« Er hörte die wichtigsten und die trivialsten Dinge mit derselben teilnahmslosen Versunkenheit an. Er hörte, daß die Küste für jeden, ausgenommen den erfahrensten und vorsichtigsten Seemann, den sicheren Tod bedeutete; er hörte auch, daß die Katze eingeschlafen sei. Er hörte, daß Fanshaw seine Zigarrenspitze nirgends finden konnte; er hörte auch den Steuermann seinen Orakelspruch verkünden: »Beide Augen klar, gute Fahrt fürwahr; scheint nur eins der Augen, wird's ihr nimmer taugen.« Er hörte Flambeau zu Fanshaw sagen, dies bedeute zweifellos, daß der Steuermann beide Augen offenhalten und wachsam bleiben müsse. Und er hörte Fanshaw zu Flambeau sagen, daß es seltsamerweise etwas anderes bedeute; es bedeute nämlich folgendes: Solange man zwei Küstenlichter, ein nahes und ein entferntes, genau nebeneinander sähe, so lange liefe das Schiff den richtigen Kurs im Fluß; wenn aber ein Licht hinter dem anderen versteckt wäre, so würde man auf den Felsen auffahren. Er hörte Fanshaw noch hinzufügen, diese ganze Gegend sei voll von derlei seltsamen Fabeln und Redensarten, es wäre die wahre Heimat der Romantik; ja er erhob für diesen Landstrich von Cornwall sogar gegenüber dem von Devonshire den ernsthaften Anspruch auf den Siegeslorbeer elisabethanischer Seefahrtskunst. Seiner Meinung nach hätte es in diesen Buchten und Inselchen hier Schiffskapitäne gegeben, im Vergleich zu denen sogar Drake eigentlich nur eine Landratte gewesen wäre. Brown hörte Flambeau lachen und fragen, ob vielleicht der abenteuerlustige Seemannsruf »Nach Westen, ho!« im Grunde nur bedeute, daß alle Leute aus Devonshire in Cornwall zu leben wünschten. Er hörte Fanshaw sagen, es sei kein Grund vorhanden, dummes Zeug zu reden, es habe nicht nur früher wirkliche Helden unter den cornischen Kapitänen gegeben, sondern sie seien es auch heute noch; hier ganz in der Nähe lebe ein alter Admiral, der sich jetzt zurückgezogen habe, der aber noch die Narben der schauerlichsten Abenteuerfahrten trage; in seiner Jugend hätte er die letzte Gruppe von acht Inseln des Pazifischen Ozeans entdeckt, die auf der Landkarte der Welt eingezeichnet worden wären. Cecil Fanshaw gehörte zu den Leuten, die noch solchen stürmischen, doch sympathischen Enthusiasmus aufbringen; er war ein sehr junger, blonder Mann mit einem kühnen Profil, knabenhaft erregbarer

Phantasie und einem beinahe mädchenhaft zarten Teint. Flambeaus breite Schultern, seine schwarzen Augenbrauen und sein derbes Gehaben eines alten Musketiers bildeten dazu den denkbar stärksten Gegensatz.

Brown hörte und sah all diese Trivialitäten; doch er hörte sie, wie ein müder Mann eine Melodie aus dem gleichmäßigen Geräusch der Räder eines fahrenden Eisenbahnzuges heraushört, und sah sie, wie ein Kranker das Muster der Zimmertapete zu sehen pflegt. Niemand kann den Stimmungswechsel eines Rekonvaleszenten voraussagen. Pater Browns Niedergeschlagenheit hing vielleicht auch damit zusammen, daß er so wenig seegewohnt war. Denn je mehr sich die Flußmündung wie ein Flaschenhals verengte, das Wasser stiller und die Luft wärmer wurde und je mehr der rauhe Seewind in einen Landwind umschlug, um so mehr schien der Priester aufzuwachen und wie ein Kind an den ihn umgebenden Dingen Anteil zu nehmen. Man hatte diese Phase knapp nach Sonnenuntergang erreicht, da Luft und Wasser hell zu leuchten pflegen, während die Erde mit all ihren Gewächsen im Vergleich dazu beinahe schwarz erscheint. An diesem besonderen Abend jedoch war es anders. Die Luft war so seltsam klar, als sei ein rauchgeschwärztes Glas, das sonst die Natur verhüllte, plötzlich beiseite geschoben, so daß an diesem Tage sogar dunkle Farben prunkvoller zu leuchten schienen als glänzende Farben an bewölkteren Tagen. Die niedergetrampelte Erde des Flußufers mit ihren Tümpeln sah nicht gelbgrau aus wie sonst, sondern braun wie Eschenholz, und die dunklen Bäume, die sich im Winde bewegten, sahen nicht, wie gewöhnlich in der Ferne, trübblau aus, sondern glichen eher sturmgetriebenen Massen irgendwelcher leuchtendvioletten Blüten. Diese magische Klarheit und Intensität der Farben ließ für die langsam wiedererwachenden Sinne Pater Browns das Romantische, ja sogar Geheimnisvolle der Landschaft noch deutlicher hervortreten.

Der Fluß war immer noch breit und tief genug für ein so kleines Luxusboot, wie es das ihre war; doch die Biegungen des Ufers erweckten die Vorstellung, als wollte es sich von beiden Seiten vor ihnen schließen. Die Bäume schienen flüchtige und schwache Versuche zu machen, eine Brücke zu schlagen, als glitte das Boot allmählich aus der romantischen Szenerie eines Flußtals in die noch romantischere Umgebung einer Schlucht und endlich durch die höchste Romantik eines Tunnels hindurch. Außer dem Anblick dieser Dinge erhielt Pater Browns neubelebte Phantasie wenig Nahrung; er sah keine menschlichen Wesen bis auf einige Zigeuner, die an der Küste mit Bündeln und Körben voll abgeschnittener Äste hinzogen, und einmal genoß er den zwar nicht mehr ungewöhnlichen, doch in so abseits gelegenen Gegenden immerhin unerwarteten Anblick einer dunkelhaarigen, barhäuptigen jungen Dame, die allein ihr Kanu paddelte. Wären Pater Brown diese Dinge im Augenblick auch aufgefallen, so hätte er sie doch sicherlich bei der nächsten Biegung des Flusses sofort vergessen, wo plötzlich ein höchst merkwürdiges Ding vor ihnen auftauchte.

Der Fluß schien sich hier zu verbreitern und zu teilen, während eine kleine, bewaldete Insel von schiffsähnlicher Gestalt ihn in der Mitte wie ein Keil spaltete. Je mehr sie sich der kleinen Insel näherten, schien diese wie ein Schiff auf sie zuzukommen – ein Schiff mit einem sehr hohen Bug oder, genauer gesagt, mit einem sehr hohen Rauchfang. Denn an dem äußersten, ihnen zunächst liegenden Ende der Insel ragte ein seltsam aussehendes Gebäude empor, unähnlich jedem anderen Gebäude, dessen sie sich entsinnen konnten, und unvereinbar mit irgendeinem Zweck, den sie sich ausdenken mochten. Das Ding war nicht besonders hoch, doch war es im Vergleich zu seiner Breite zu hoch, um irgendwie anders als ein Turm genannt zu werden. Es schien ganz aus Holz gebaut zu sein, doch in einer sehr ungleichmäßigen und exzentrischen Art und Weise. Einige Planken und Balken waren aus gutem, ausgetrocknetem Eichenholz, andere wieder zwar aus demselben Holz, doch erst kürzlich geschnitten und nur roh zugehauen; einige waren aus weißem Fichtenholz, die meisten waren aber zwar aus Fichtenholz, doch mit Teer geschwärzt. Diese schwarzen Balken waren kreuz und quer nach allen Seiten eingefügt und gaben so dem Ganzen ein sehr fleckiges und verwirrendes Aussehen. Es waren ein oder zwei Fenster da, deren farbige Gläser mehr einen altertümlichen und sorgfältiger gearbeiteten Eindruck erweckten. Die Reisenden blickten das Ding mit jenem wunderlichen Gefühl an, wie man es hat, wenn einen etwas an Bekanntes erinnert und man doch sicher ist, etwas ganz anderes vor sich zu haben.

Pater Brown verstand es, selbst wenn er getäuscht wurde, diese Täuschung geschickt zu analysieren. Und so überlegte er, ob nicht vielleicht die Merkwürdigkeit darin bestehe, daß eine eigenartige Form aus einem sonst nicht gebräuchlichen Material geschaffen war; als sähe man einen Zylinderhut aus Blech oder einen Frack aus schottischem Stoff. Er war davon überzeugt, daß er verschieden gefärbtes Bauholz schon anderswo in dieser Art verwendet gesehen hatte, doch niemals in derlei architektonischen Proportionen. Im nächsten Augenblick belehrte ihn ein Blick durch die dunklen Bäume über alles, was er wissen wollte, und er lachte vergnügt auf. Durch eine Lücke in den dichten Baumkronen sah man einen Augenblick lang eines jener hölzernen Häuser mit einer Fassade aus schwarzen Balken, wie man sie hin und wieder noch in England findet, während man sie meist nur von Ausstellungen kennt, wo sie unter dem Titel »Das alte London« oder »England zur Zeit Shakespeares« nachgebildet sind. Der Priester konnte das Haus eben nur lange genug sehen, um festzustellen, daß es – so altmodisch es auch aussah – ein bequemes und gut gehaltenes Landhaus war, mit schönen Blumenbeeten davor. Es bot durchaus nicht den scheckigen und verrückten Anblick des Turmes, der aus den Überbleibseln des Hauses erbaut zu sein schien.

»Was ist das, um Himmels willen?« fragte Flambeau, der immer noch den Turm anstarrte.

Fanshaw sprach triumphierend und mit leuchtenden Augen: »Aha, so etwas haben Sie wohl noch nie gesehen, nicht wahr? Darum eben habe ich Sie hierhergeführt, mein Lieber. Jetzt sollen Sie sehen, ob ich übertreibe mit meinen Seeleuten von Cornwall! Dieser Besitz gehört dem alten Pendragon, den wir Admiral nennen, obwohl er sich zurückzog, bevor er diesen Rang erlangte. Der Geist Raleighs und Hawkins ist für die Leute aus Devon zu einer Erinnerung geworden; für die Pendragons ist das eine moderne Tatsache. Würde die Königin Elisabeth aus dem Grabe auferstehen und in einer goldenen Barke den Fluß heraufkommen, so könnte sie von dem Admiral in einem Hause empfangen werden, das in jeder Ecke und jedem Fensterflügel, in jeder Wandtäfelung und jedem Teller auf dem Tische genau den Häusern gleicht, an die sie gewöhnt war. Und sie würde einen englischen Kapitän vorfinden, der immer noch begeistert von der Entdeckung neuer Länder spräche, ganz ebenso als speiste sie mit Drake.«

»Sie fände aber auch ein närrisches Ding im Garten, das ihrem Renaissance-Geschmack nicht gefiele«, sagte Pater Brown. »Jene elisabethanische Architektur ist in ihrer Art ganz reizend, aber es ist gegen ihre Natur, in Türmchen auszuarten.«

»Und doch«, entgegnete Fanshaw, »ist das der romantischste und elisabethanischste Teil des Ganzen. Der Turm wurde zur Zeit der spanischen Kriege von den Pendragons erbaut, und obwohl er renoviert und sogar aus einem gewissen Grund neu aufgebaut werden mußte, wurde er immer nach dem alten Muster neu errichtet. Es heißt, daß die Gattin Sir Peter Pendragons ihn an dieser Stelle und in der jetzigen Höhe hat erbauen lassen, weil man von seiner Spitze aus gerade die Biegung sehen kann, an der die Schiffe in die Flußmündung einlaufen, und sie als erste das Schiff ihres Gatten sehen wollte, wenn er aus dem Kampf mit der spanischen Armada heimkehrte.«

»Aus welchem Grunde«, fragte Pater Brown, »glauben Sie, wurde der Turm wieder neu aufgebaut?«

»Ach, auch darüber gibt es eine merkwürdige Geschichte«, erzählte der junge Squire bereitwillig. »Sie sind wirklich in dem Lande der wunderlichsten Geschichten. Hier ist König Arthur gewesen und Merlin und vor ihm die Feen und Nymphen. Es heißt, daß Sir Peter Pendragon, der – wie ich fürchte – die Laster eines Piraten ebenso wie die Tugenden eines Seemannes besaß, drei spanische Edelleute in ehrenvoller Gefangenschaft heimführte, um sie an den Hof der Königin Elisabeth zu bringen. Doch er war ein hitziger, jähzorniger Mann, und als er mit einem dieser Leute in Streit geriet, packte er ihn an der Gurgel und warf ihn – ob absichtlich oder zufällig – ins Meer. Darauf zog der Bruder dieses Spaniers sofort sein Schwert und drang auf Pendragon ein. Nach kurzem und wildem Kampf, in dem jeder der beiden in drei Minuten ebenso viele Wunden davontrug, rannte Pendragon dem anderen die Klinge in den Leib, wodurch es um den zweiten Spanier geschehen war. Zufällig lenkte das Schiff eben in die Flußmündung ein, so daß es dem verhältnismäßig seichten Wasser nahe war. Da sprang der dritte Spanier über Bord, schwamm dem Ufer zu und war bald nahe genug an dasselbe herangekommen, um aufrecht stehen zu können, ohne daß das Wasser ihm weiter als bis zur Mitte reichte. Dann drehte er sich um, streckte, das Gesicht dem Schiffe zugewendet, beide Arme zum Himmel empor und rief, wie ein Prophet, der eine Plage über eine böse Stadt herabbeschwört, mit durchdringender und schrecklicher Stimme Pendragon zu, daß zumindest er noch lebe und weiterleben werde bis in alle Ewigkeit; das Haus der Pendragons solle Generation um Generation weder ihn noch seinesgleichen jemals wieder erblicken, aber doch an unverkennbaren Zeichen gewahr werden, daß er und seine Rache lebendig seien. Damit tauchte er unter und fand entweder in den Wellen den Tod oder schwamm so lange unter Wasser, daß auch nicht ein Haar seines Hauptes je wieder zum Vorschein kam.«

»Da ist dieses Mädchen im Kanu wieder«, unterbrach ihn Flambeau höchst unehrerbietig, denn hübsche junge Damen vermochten ihn jederzeit von jedem Thema abzulenken. »Sie scheint über den merkwürdigen Turm ebenso erstaunt zu sein wie wir.«

In der Tat ließ die schwarzhaarige junge Dame ihr Kanu langsam und leise an der seltsamen Insel vorbeigleiten und blickte aufmerksam zu dem merkwürdigen Turm empor, während unverhohlene Neugier aus ihrem ovalen, olivenfarbenen Gesicht sprach.

»Kümmern Sie sich nicht um junge Mädchen«, sagte Fanshaw ungeduldig, »es gibt ihrer eine Menge auf dieser Welt, aber es gibt wenige Dinge, die dem Turm der Pendragons gleichen. Sie können sich leicht vorstellen, daß viele abergläubische Versionen und Klatschgeschichten sich an diesen Fluch des Spaniers knüpfen, und zweifellos hat – wie Sie es nennen werden – die Leichtgläubigkeit der bäuerlichen Bevölkerung jedes zufällige Unglück dieser cornischen Familie mit jenem Fluch in Verbindung gebracht. Sicherlich aber ist es wahr, daß dieser Turm zwei- oder dreimal niedergebrannt ist; auch kann man die Familie nicht eben glücklich preisen, denn zwei der nächsten Verwandten des Admirals sind, glaube ich, durch Schiffbruch zugrunde gegangen, und einer zumindest, soviel ich weiß, tatsächlich an derselben Stelle, wo Sir Peter den Spanier über Bord warf.«

»Wie schade!« rief Flambeau aus. »Jetzt verschwindet sie dort drüben.«

»Wann hat Ihnen der Admiral diese Familiengeschichte erzählt?« fragte Pater Brown, während das Mädchen im Kanu davonpaddelte, ohne die geringste Absicht zu verraten, ihr Interesse an dem Turm auch auf die Jacht zu übertragen, die Fanshaw bereits an der Insel hatte landen lassen.

»Vor vielen Jahren schon«, erwiderte Fanshaw; »er war jetzt schon lange nicht mehr auf hoher See, obwohl er ganz ebenso erpicht darauf ist wie ehemals. Ich glaube, es gibt da ein Familienabkommen oder etwas Ähnliches. Nun, hier ist der Landungssteg. Kommen Sie an Land, wir wollen den alten Knaben aufsuchen.«

Sie folgten ihm ans Ufer unmittelbar unterhalb des Turmes. Pater Brown schien seine alte Lebhaftigkeit seltsam schnell wiedergewonnen zu haben, sei es durch die bloße Berührung mit dem Festlande, sei es durch das Interesse an irgend etwas drüben am anderen Ufer des Flusses – wohin er nämlich seit einigen Sekunden angestrengt starrte. Die drei Männer betraten nun eine Allee, die zwischen zwei Reihen graubrauner Hecken hinführte, wie man sie oft am Rande von Gärten oder Parkanlagen findet. Und darüber sah man die Kronen der dunklen Bäume hin und her schwanken wie purpurne und schwarze Federn am Leichenwagen eines Riesen. Der Turm, den sie nun hinter sich ließen, sah jetzt um so merkwürdiger aus, da ähnliche Zugänge meist von zwei Türmen flankiert sind, während dieser hier einseitig erschien. Mit Ausnahme davon glich die Allee dem gewöhnlichen Zugang zu einem Herrensitz. Eine Biegung der Allee, die das Haus zeitweilig verdeckte, ließ den Park irgendwie weit größer erscheinen, als es auf einer so kleinen Insel eigentlich möglich war. Pater Brown, dessen Phantasie vielleicht durch seine Übermüdung noch ein wenig erregbar war, meinte beinahe zu spüren, daß alles ringsumher fortwährend zu wachsen schien wie in einem bösen Traum. Immerhin war eine gewisse geheimnisvolle Monotonie das einzig Charakteristische dieses Marsches, bis Fanshaw plötzlich stehenblieb und auf etwas deutete, das aus dem grauen Gebüsch hervorragte – es sah aus, als habe sich da das Horn irgendeines Tieres verfangen. Bei genauerer Betrachtung jedoch erwies es sich als eine gebogene Metallklinge, die schwach im untergehenden Lichtschein schimmerte.

Flambeau, der, wie alle Franzosen, Soldat gewesen war, beugte sich darüber und sagte verwundert: »Ja, das ist ein Säbel! Ich denke, ich kenne dergleichen Dinge; schwer und gebogen, doch kürzer, als die Kavalleriesäbel sind; sie wurden bei der Artillerie verwendet und...«

Während er sprach, wurde die Klinge aus der Kerbe, in die sie sich eingehauen hatte, herausgezogen und sauste mit einem noch kräftigeren Hieb abermals nieder, wobei das dicht verzweigte Geäst der Hecke krachend von oben bis unten geteilt wurde. Wieder wurde die Klinge zurückgezogen, blitzte einige Fuß weiter wieder oberhalb der Hecke auf und schlug sie wieder mit einem Hieb halb durch; dann wurde sie nach einigem Hinundherrücken wieder herausgerissen, was von Flüchen aus der dahinterliegenden Dunkelheit begleitet wurde, und hieb die Hecke mit einem zweiten Schlag ganz durch. Hierauf schleuderte ein verteufelt kräftiger Fußtritt die ganze losgehauene Masse des Gebüsches mitten auf den Weg, und eine große dunkle Lücke klaffte in der dichten Heckenmauer.

Fanshaw guckte in die finstere Öffnung und ließ einen Ausruf des Erstaunens hören. »Oh, mein lieber Admiral! Pflegen Sie sich immer erst eine neue Ausgangstür zu hauen, sooft Sie einen Spaziergang unternehmen wollen?«

Wieder hörte man aus der Dunkelheit eine Stimme fluchen, dann brach sie in ein lautes Lachen aus. »Nein«, sagte sie, »ich mußte diese Hecke wirklich ein wenig niederhauen. Sie hindert hier alles Wachstum, und es ist außer mir niemand da, der es machen kann. Ich will das Tor nur noch ein wenig größer machen, dann komme ich hinaus, um Sie zu begrüßen.«

Und wirklich schwang er nochmals seine Waffe und hackte mit zwei Hieben ein ähnlich großes Stück der Hecke nieder, so daß die Öffnung nun im ganzen ungefähr vierzehn Fuß breit war. Dann trat er durch dieses weite Waldtor in das Abendlicht heraus, während ein Stückchen graues Holz an seiner Säbelspitze baumelte.

Seine Erscheinung erfüllte im ersten Augenblick alle Erwartungen, die man nach Fanshaws Schilderung mit der Vorstellung eines alten Piraten-Admirals verband, obwohl es sich später zeigte, daß die Einzelheiten nur dem Zufall zu verdanken waren. Zum Beispiel trug er einen gewöhnlichen, breitkrempigen Hut wie zum Schutz gegen die Sonne; doch der vordere Teil der Krempe war kerzengerade in die Höhe gebogen, während die Krempe an beiden Seiten bis unter die Ohren herabgezogen war, so daß sie sich halbmondartig über seiner Stirn wölbte wie Nelsons Hut. Er trug einen gewöhnlichen dunkelblauen Rock mit ganz gewöhnlichen Knöpfen, der aber in Verbindung mit der weißen Leinenhose an die Kleidung eines Matrosen erinnerte. Der Mann war groß, hatte eine freie Haltung und wiegte sich leicht beim Gehen. Es war nicht eigentlich der Gang eines Matrosen, doch erinnerte er daran. In der Hand trug der Mann einen kurzen Säbel, der einem Matrosenmesser glich, nur doppelt so lang war. Sein adlerartiges Gesicht mit den durchdringenden, ein wenig vorstehenden Augen sah mit einem Ausdruck von Neugier unter dem Hut hervor, ein Eindruck, der dadurch erweckt wurde, daß das Gesicht nicht nur glatt rasiert, sondern auch ohne Augenbrauen war. Es schien beinahe, als wären alle Haare aus diesem Gesicht verschwunden, weil es durch den Ansturm aller Elemente gejagt worden war. Besonders auffallend, ja beinahe tropisch war seine Gesichtsfarbe; rötlich und sanguinisch, erinnerte die Farbe vage an eine Blutorange mit einem Stich ins Gelbliche, der keineswegs kränklich wirkte, sondern eher golden leuchtete wie die

Äpfel der Hesperiden. Pater Brown überlegte, daß er noch nie ein Gesicht gesehen hatte, das so deutlich alles Märchenhafte aus den Ländern der Sonne wiedergab.

Nachdem Fanshaw seine beiden Freunde dem Gastgeber vorgestellt hatte, begann er wieder über die an der Hecke angerichtete Verwüstung zu scherzen, die nur dem Wüten eines Kreuzritters gegen die Ungläubigen zu vergleichen wäre. Der Admiral versuchte erst, leicht über die Sache hinwegzugehen, und gab vor, daß es ein Stück notwendige, wenn auch ärgerliche Gartenarbeit sei, doch schließlich drang sein früheres kraftvollaufrichtiges Lachen wieder durch, und er rief halb ungeduldig, halb vergnügt: »Nun, vielleicht packe ich die Sache ein wenig wütend an und empfinde eine gewisse Freude daran, alles niederzuhauen. Sie täten es auch nicht anders, wenn Sie eigentlich nur daran Vergnügen hätten, auf dem Meere zu kreuzen, um eine neue Kannibaleninsel zu entdecken – und statt dessen auf diesem schlammigen Felsennest inmitten eines Tümpels sitzen müßten. Wenn ich daran denke, wie ich mich einst anderthalb Meilen durch grünes, giftiges Dschungelgestrüpp durchgehauen habe, mit einem alten Matrosenmesser, das halb so scharf war wie dieses hier, und wenn ich dann überlege, daß ich hierbleiben und dieses Brennholz kleinhacken soll wegen irgendeiner verfluchten Bestimmung, die man in eine Familienbibel hineingekritzelt hat, ja, dann...«

Wieder schwang er den schweren Säbel, und diesmal hieb er die Hecke mit einem Schlag von oben bis unten durch.

»So ist mir zumute«, sagte er lachend. Dann schleuderte er den Säbel wütend einige Ellen weit über den Fußweg hin. »Aber jetzt wollen wir ins Haus gehen, damit Sie etwas zu essen bekommen.«

Der halbkreisförmige Rasen vor dem Hause war durch drei kreisrunde Blumenbeete unterbrochen; das eine war mit roten Tulpen besetzt, das andere mit gelben und das dritte mit irgendwelchen weißen, wachsartigen, offenbar exotischen Blüten, die den Besuchern nicht bekannt waren. Ein plumper, mürrisch dreinschauender Gärtner mit struppigem Barte wikkelte das verwirrte Knäuel eines Spritzschlauches auf. Die letzten Strahlen des Abendrotes, die um die Ränder des Hauses spielten, erhellten hier und da noch die Farben weiter abliegender Blumenbeete, und in der baumleeren Öffnung, durch die man von der einen Seite des Hauses zum Fluß hinuntersah, stand ein hohes, dreifüßiges Messinggestell mit einem großen Messingteleskop darauf. Unmittelbar vor den Stufen zum Hauseingang stand ein kleiner grüner Gartentisch, als hätte jemand dort eben Tee getrunken. Zu beiden Seiten der Tür standen zwei jener halbbearbeiteten Steinklumpen mit Löchern statt Augen, die man für Götzenbilder aus den Ländern der Südsee hält; und auf dem braunen Eichenholzbalken oberhalb der Tür waren einige undeutliche Zeichen eingegraben, die beinahe ebenso barbarisch aussahen.

Als die Herren im Begriffe waren einzutreten, sprang der kleine Priester plötzlich auf den Tisch und starrte von dort aus unbefangen durch seine Brillengläser auf die Schnitzerei in dem Holzbalken. Admiral Pendragon sah sehr erstaunt, wenn auch nicht gerade ärgerlich drein, während Fanshaw über diesen Anblick, der ihn an eine Zwergenvorführung erinnerte, so belustigt war, daß er das Lachen nicht zurückhalten konnte. Doch Pater Brown kümmerte sich natürlich weder um das Lachen noch um das Erstaunen.

Er starrte drei eingeschnitzte Darstellungen an, die, obzwar sehr verwittert und dunkel, für ihn doch irgendeinen Sinn ergaben. Das erste Bild sollte wohl den Umriß eines Turmes oder eines anderen Gebäudes darstellen, um dessen Spitze eingerollte Bänder zu flattern schienen. Das zweite Bild war deutlicher: eine alte Galeere aus der Zeit Elisabeths, darunter stilisierte Wellen, mitten darin aber ein seltsam zackiger Fels, der

entweder nur ein Fehler im Holz oder irgendeine konventionelle Darstellung des in das Schiff eindringenden Wassers sein
mochte. Das dritte Bild stellte den Oberkörper einer menschlichen Gestalt dar, die ebenfalls von einer wellenartigen Linie
überschnitten war. Die Gesichtszüge waren verwischt und unkenntlich und beide Arme sehr steif in die Höhe gestreckt.

»Nun«, brummte Pater Brown blinzelnd, »hier ist die Legende
von dem Spanier ganz deutlich zu sehen. Hier steht er im Meer
und streckt seine Arme empor und verkündet seinen Fluch;
und das sind die beiden Flüche: das zerschellte Schiff und der
brennende Turm der Pendragons.«

Pendragon schüttelte mit einer gewissen ehrfurchtsvollen Belustigung den Kopf. »Wie viele andere Dinge kann es noch bedeuten?« sagte er. »Wissen Sie nicht, daß solche halben Men-
schengestalten ebenso wie halbe Löwen oder halbe Hirsche
sehr gebräuchliche Wappengestalten sind? Auch sieht der
Turm auf dem Bilde hier eher aus, als wäre er mit Lorbeeren
umkränzt, nicht, als stünde er in Flammen.«

»Aber es ist doch auffallend, daß es genau mit der alten Legende übereinstimmt«, sagte Flambeau.

»Ach«, erwiderte der skeptische alte Weltumsegler. »Sie wissen doch nicht, wieviel von der alten Legende nach diesen alten
Figuren zusammengedichtet wurde. Außerdem ist es gar nicht
die einzige alte Legende. Fanshaw hier, der derlei Dinge liebt,
wird Ihnen bestätigen, daß es noch andere Versionen dieser
Geschichte gibt und sogar noch weit schauerlichere. Eine Erzählung besagt, daß mein unglücklicher Vorfahr den Spanier
mit dem Schwerte mitten entzwei geschlagen habe; das würde
auch zu dem hübschen Bildchen passen. Einer anderen Sage
zufolge war meine Familie im Besitze eines Turmes voller
Schlangen, worauf diese kleinen geringelten Gebilde auch hindeuten könnten. Eine dritte Theorie hält diese gezackte Linie
auf dem Schiff für eine konventionelle Darstellung des Blitzes;

doch das allein, ernstlich betrachtet, würde zeigen, wie wenig mit diesen unglücklichen Zufällen eigentlich anzufangen ist.«

»Warum, wie meinen Sie das?« fragte Fanshaw.

»Zufällig«, erwiderte der Gastgeber überlegen, »hat es bei den zwei oder drei Fällen von Schiffbruch, die ich in unserer Familie kenne, weder Blitz noch Donner gegeben.«

»Oh!« sagte Pater Brown und sprang von dem kleinen Tisch herunter.

Es entstand wieder ein Schweigen, in dem man nur das ununterbrochene Murmeln des Flusses hörte. Dann sagte Fanshaw in zweifelndem und vielleicht enttäuschtem Tonfall:

»Dann glauben Sie also nicht, daß an den Geschichten von dem brennenden Turm etwas dran ist?«

»Es bleiben schließlich immerhin noch die überlieferten Geschichten«, sagte der Admiral achselzuckend; »und einige davon stützen sich – was ich nicht leugnen will – auf so verläßliche Zeugenaussagen, wie man sie in derlei Dingen nur überhaupt bekommen kann. Irgend jemand sah einen Feuerschein hier in der Gegend, wissen Sie, während er durch den Wald heimging; und ein anderer, der landeinwärts auf den Höhen drüben die Schafe hütete, meinte oberhalb des Turmes der Pendragons die Flammen auflodern zu sehen. Nun, ein nasser Erdhaufen wie diese verdammte Insel hier wäre doch sicherlich der letzte Ort, an dem man von Feuer träumen würde.«

»Was ist das dort drüben für ein Feuer?« fragte Pater Brown sanft und unvermittelt, während er auf den Wald am linken Flußufer deutete. Alle waren durch diese Bemerkung ein wenig aus dem Gleichgewicht gebracht, und Fanshaw, dem phantasievollsten unter ihnen, fiel es sogar ein wenig schwer, sich zu fassen, denn man sah eine lange, dünne, blaue Rauchsäule langsam und lautlos in das schwindende Abendlicht emporsteigen.

Dann brach Pendragon in ein spöttisches Lachen aus. »Zigeuner!« sagte er. »Sie kampieren hier seit ungefähr einer Woche. Meine Herren, Sie werden hungrig sein«, und er wendete sich um in der Absicht, ins Haus zu gehen.

Doch in Fanshaw bebte noch die Vorliebe für Aberglauben und Altertümer; hastig fragte er: »Aber was ist das für ein zischendes Geräusch hier ganz nahe der Insel, Admiral? Es klingt wie Feuersbrunst.«

»Nein, eher wie das, was es wirklich ist«, sagte der Admiral lachend, während er seinen Gästen voranging, »es ist irgendein vorbeifahrendes Kanu.«

Noch während er sprach, erschien ein Diener in der Türöffnung, ein hagerer, schwarzgekleideter Mann mit auffallend schwarzem Haar und einem sehr langen, gelben Gesicht, und kündigte an, daß das Essen aufgetragen sei.

Das Speisezimmer sah so schiffsmäßig aus wie eine Kabine an Bord, doch hatte sie mehr die Note eines modernen als eines elisabethanischen Kapitäns an sich. Oberhalb des Kamins hingen zwar in der Tat drei alte Säbel an der Wand und eine braune Landkarte aus dem sechzehnten Jahrhundert mit pünktchenartig eingezeichneten Tritonen und Schiffen in dem wellenartig dargestellten Wasser. Aber diese Dinge waren an der weißen Täfelung nicht so auffallend wie einige Kästen mit seltsam gefärbten und kunstvoll ausgestopften südamerikanischen Vögeln, phantastischen Muscheln aus dem Pazifischen Ozean und einigen Werkzeugen, so absonderlich und grob gestaltet, daß die Wilden sie ebensogut zum Erschlagen wie zum Braten der Feinde verwendet haben mochten. Doch am meisten trug zu dem Eindruck des Fremdartigen zweifellos bei, daß außer dem Kammerdiener nur noch zwei Bedienstete des Admirals zu sehen waren, zwei Neger, die in seltsam enganliegende gelbe Livreen gekleidet waren. Pater Browns instinktiver Trick, die eigenen Eindrücke zu analysieren, sagte ihm, daß die gelbe Farbe und die kleinen geschwänzten Röcke dieser Zweifüßler ihm das

Wort »Kanarienvogel« suggeriert hatten, was sich durch freie Gedankenassoziation mit Reisen nach südlichen Ländern verband. Gegen Ende der Mahlzeit verschwanden die gelben Anzüge und schwarzen Gesichter aus dem Zimmer und ließen dort nur den schwarzen Anzug und das gelbe Gesicht des alten Dieners zurück.

»Es tut mir ein wenig leid, daß Sie die Dinge so leicht nehmen«, sagte Fanshaw zu dem Gastgeber, »denn ich habe meine beiden Freunde hier eigentlich in der Absicht hergebracht, Ihnen womöglich behilflich zu sein, denn sie verstehen beide sehr viel von derlei Dingen. Glauben Sie wirklich gar nicht an diese Familiengeschichte?«

»Ich glaube an gar nichts«, antwortete Pendragon abweisend und starrte geradeaus zu einem Tropenvogel empor. »Ich bin ein Mann der Wissenschaft.«

Zu Flambeaus nicht geringem Erstaunen nahm sein kirchlicher Freund, der nun völlig aufgewacht zu sein schien, das Stichwort auf und unterhielt sich mit dem Gastgeber in einem wahren Redeschwall und mit unerwarteter Sachkenntnis zunächst über naturgeschichtliche Fragen so lange, bis das Dessert und die Weinflaschen auf den Tisch gestellt wurden und auch der letzte Diener aus dem Zimmer verschwand. Dann sagte er in unverändertem Tone:

»Nehmen Sie es mir bitte nicht übel, Herr Admiral. Ich frage nicht aus Neugierde, sondern wirklich nur zu meiner Belehrung und zu Ihrem Wohl. Irre ich mich, wenn ich annehme, daß Sie diese uralten Geschichten nicht gern in Gegenwart Ihres Dieners erörtern wollen?«

Der Admiral zog die augenbrauenlose Stirne in die Höhe und rief: »Nun, ich weiß nicht, woher Sie es wissen, aber es ist wahr, ich kann den Kerl nicht leiden, obwohl ich keinen triftigen Grund habe, einen alten Familiendiener zu entlassen. Fanshaw mit seinem Märchenglauben würde sagen, mein Blut sträubte sich gegen Leute mit diesem schwarzen Haar, das an die Spanier erinnert.«

Flambeau schlug mit seiner schweren Faust auf den Tisch. »Bei Gott«, rief er, »das Mädchen hatte auch solches Haar!«

»Ich hoffe, heute nacht wird sich alles entscheiden«, fuhr der Admiral fort, »sobald mein Neffe heil und gesund von seiner Seefahrt heimkehrt. Sie sehen so verwundert drein? Ja, das können Sie auch nicht verstehen, bevor ich Ihnen nicht die ganze Geschichte erzähle. Sehen Sie, mein Vater hatte zwei Söhne; ich blieb Junggeselle, doch mein älterer Bruder heiratete und hatte einen Sohn, der, wie wir alle, Seemann wurde und diesen ganzen Grundbesitz erben wird. Nun, mein Vater war ein merkwürdiger Mann; in ihm vermischte sich irgendwie Fanshaws Aberglaube mit einem guten Teil meines Skeptizismus; beides kämpfte stets in ihm. Nach meiner ersten Reise hatte er sich eine Methode zurechtgelegt, welche, wie er meinte, endgültig entscheiden würde, ob dieser Fluch wahr sei oder leeres Gewäsch. Wenn alle Pendragons immerfort umhersegelten, dachte er, dann bestünde eine zu große Wahrscheinlichkeit, daß sie durch natürliche Katastrophen ums Leben kämen, und man könnte daraus keine Beweise folgern. Doch wenn wir in genau festgelegter Reihenfolge, jeweils nur einer zur selben Zeit, zur See gingen, so könnte es sich, dachte er, zeigen, ob ein besonders übles Schicksal die Familie als solche verfolge. Es war natürlich eine dumme Idee, finde ich, und ich stritt ziemlich heftig mit meinem Vater darüber; denn ich war ein ehrgeiziger Mann, und es war so ziemlich meine letzte Chance, da ich im Erbrecht hinter meinem eigenen Neffen stehe.«

»Und Ihr Vater und Ihr Bruder«, fragte der Priester sehr sanft, »starben, fürchte ich, auf hoher See?«

»Ja«, seufzte der Admiral. »Durch einen jener grausamen Zufälle, auf denen all die verlogene Mythologie der Menschheit aufgebaut ist, gingen sie beide durch Schiffbruch zugrunde. Mein Vater wurde auf seiner Heimreise vom Atlantischen Ozean auf diesen cornischen Felsen an Land geworfen. Das Schiff meines Bruders sank, niemand weiß, wo, auf seiner Heimfahrt von Tasmanien. Seine Leiche wurde nie gefunden. Ich sage Ihnen, es waren einfache und ganz natürliche Unglücksfälle. Eine Unmenge anderer Leute außer den Pendragons sind schon ertrunken; und beide Unglücksfälle werden von Seeleuten als durchaus normal angesehen. Aber natürlich fing dieser Wald von Aberglauben sofort Feuer daran, und die Menschen wollten überall den brennenden Turm gesehen haben. Darum sage ich, daß alles in Ordnung sein wird, sobald nur mein Neffe zurückkommt. Das Mädchen, mit dem er verlobt ist, sollte heute hierherkommen; aber ich hatte solche Angst, sie könnte über irgendeine zufällige Verspätung zu Tode erschrecken, daß ich ihr telegrafierte, sie möchte erst kommen, wenn sie wieder etwas von mir hörte. Doch ist es ziemlich sicher, daß Walter irgendwann heute nacht hier ankommt, und dann wird sich alles in Rauch auflösen – in Tabaksrauch nämlich. Wir werden dieser alten Lüge den Kragen brechen, wenn wir gemeinsam einer dieser alten Weinflaschen den Hals brechen.«

»Ein guter Wein«, sagte Pater Brown ernst und hob sein Glas, »doch, wie Sie sehen, ein sehr schlechter Zechbruder. Ich bitte vielmals um Entschuldigung«, denn er hatte bei diesen Worten ein wenig Wein auf das Tischtuch vergossen. Dann trank er und stellte das Glas mit unbefangener Miene nieder, doch beim ersten Heben des Glases hatte er genau in demselben Augenblick ein Gesicht wahrgenommen, das durch ein Fenster hinter dem Rücken des Admirals vom Garten aus hereingeschaut hatte – es war das Gesicht einer dunkelfarbenen Frau gewesen, mit den Haaren und Augen der Südländerinnen, jung, doch gleich einer Maske tiefster Tragik.

Nach einer Pause sprach der Priester in seiner sanften Art weiter. »Admiral Pendragon«, sagte er, »wollen Sie mir einen Gefallen tun? Lassen Sie mich und meine Freunde, wenn Sie wollen, nur für die eine heutige Nacht in Ihrem Turm schlafen. Wissen Sie, daß Sie in meinen Augen in erster Linie ein Teufelsaustreiber sind?«

Pendragon sprang auf und ging schnellen Schrittes vor dem Fenster auf und ab, hinter dem das Gesicht augenblicklich verschwunden war. »Ich sage Ihnen doch, daß nichts dahintersteckt«, rief er in höchster Aufregung. »Eines weiß ich ganz genau in dieser Sache. Sie mögen mich einen Atheisten nennen. Ich bin ein Atheist.« Bei diesen Worten schwang er sich herum und sah Pater Brown mit einem Gesichtsausdruck erschreckender Konzentration fest ins Auge. »Die Sache ist vollkommen natürlich. Es ist auch nicht der Schimmer eines Fluches daran.«

Pater Brown lächelte. »In diesem Falle«, sagte er, »könnte doch nicht das mindeste dagegen sprechen, daß ich in Ihrem entzükkenden Sommerhäuschen schlafe.«

»Das ist eine ganz lächerliche Idee«, erwiderte der Admiral und hämmerte wild mit den Fingern auf die Lehne eines Stuhles.

»Bitte verzeihen Sie mir alle meine Verstöße«, sagte Pater Brown in seinem teilnehmendsten Ton, »einschließlich das Verschütten des Weines. Aber es kommt mir vor, als wären Sie, was den brennenden Turm anbelangt, nicht so ruhig, wie Sie gerne sein möchten.«

Admiral Pendragon setzte sich ebenso plötzlich nieder, wie er aufgesprungen war; doch er saß vollkommen still, und als er wieder sprach, geschah es mit ruhiger Stimme. »Sie tun es auf Ihre eigene Gefahr«, sagte er, »aber würden Sie nicht auch zu einem Atheisten werden, um in dieser ganzen Teufelsgeschichte nicht den Verstand zu verlieren?«

Etwa drei Stunden später strichen Fanshaw, Flambeau und der Priester noch im Finstern im Garten umher; auch wurde es den beiden andern langsam klar, daß Pater Brown nicht im mindesten die Absicht hatte, zu Bett zu gehen, weder im Turm noch im Hause.

»Ich glaube, man sollte auf dieser Wiese das Unkraut ausjäten«, sagte er träumerisch; »wenn ich ein Jätmesser oder irgend etwas Ähnliches finden könnte, täte ich es selbst.«

Die beiden anderen folgten ihm lachend und ein wenig widersprechend; doch er antwortete mit der größten Feierlichkeit und erklärte ihnen in einer kleinen Predigt, die einen rasend machen konnte, es sei stets möglich, irgendeine kleine Beschäftigung zu finden, die für andere von Nutzen sei. Er fand zwar kein Jätmesser, doch fand er einen alten Reisigbesen, und mit diesem fing er energisch an, die abgefallenen Blätter von der Wiese wegzukehren.

»Es gibt immer irgendeine Kleinigkeit zu tun«, sagte er mit idiotischer Heiterkeit, »so wie George Herbert sagt: ›Wer den Garten eines Admirals in Cornwall fegt um Deinetwillen, heiliget sich und seine Werke zugleich.‹ Und nun«, fügte er hinzu, den Besen plötzlich fortschleudernd, »wollen wir die Blumen gießen gehen.«

Mit derselben Verwunderung und Unschlüssigkeit sahen die Freunde ihm zu, wie er ein beträchtlich langes Stück des Spritzschlauches abwickelte und ernstlich erwägend bemerkte: »Zuerst die roten Tulpen, glaube ich. Sehen sie nicht ein wenig trocken aus?«

Er drehte den Hahn auf, und das Wasser schoß gerade und stark hervor wie eine Stange aus Stahl.

»Wach auf, Simson!« rief Flambeau, »schau, du hast die Tulpen geköpft.«

Pater Brown stand und besah reumütig die enthaupteten Pflanzen.

»Meine Methode, Blumen zu bewässern, scheint ja eine wahre Roßkur zu sein«, gab er zu, während er sich den Kopf kratzte. »Ich denke, es ist doch schade, daß ich kein Jätmesser gefunden habe. Ihr hättet mich mit einem Jätmesser umgehen sehen sollen! Da wir übrigens von Werkzeugen reden – Sie haben doch den Stockdegen bei sich, Flambeau, den Sie immer tragen? Das ist gut, und Sir Cecil könnte jenes Schwert haben, das der Admiral dort an der Hecke fortwarf. Wie grau alles aussieht!«

»Der Nebel steigt vom Fluß auf«, sagte Flambeau, in die Dunkelheit starrend.

Noch während er sprach, erschien die riesige, haarige Gestalt des Gärtners weiter oben auf dem terrassenförmig angelegten Rasen und rief ihnen, einen Rechen schwingend, mit schrecklicher, wütender Stimme zu: »Lassen Sie die Spritze liegen, und scheren Sie sich zum...«

»Ich bin so entsetzlich ungeschickt«, erwiderte der hochwürdige Herr zaghaft. »Wissen Sie, ich habe schon bei Tisch ein wenig Wein ausgegossen.« Dabei wendete er sich mit einer halben Drehung dem Gärtner zu, den spritzenden Schlauch immer noch in der Hand. Der kalte starke Wasserstrahl traf den Gärtner mitten ins Gesicht wie eine Kanonenkugel; er schwankte, glitt aus und fiel nieder, die Beine hoch in der Luft.

»Das ist ja schrecklich!« sagte Pater Brown und sah verwundert um sich. »Ja, jetzt hab' ich diesen Mann getroffen!«

Er stand einen Augenblick mit vorgebeugtem Kopfe still, als horche er oder blicke aufmerksam in die Ferne, dann setzte er sich im Laufschritt in der Richtung auf den Turm zu in Bewegung, den Schlauch immer noch hinter sich herschleifend. Der Turm stand ganz nahe, doch waren seine Umrisse merkwürdig verschwommen.

»Ihr Flußnebel«, sagte Pater Brown, »hat einen merkwürdigen Geruch.«

»Ja, bei Gott, das hat er«, rief Fanshaw, kreidebleich im Gesicht. »Aber Sie wollen doch nicht sagen...«

»Ich will sagen«, erwiderte Pater Brown, »daß eine der wissenschaftlichen Prophezeiungen des Admirals sich heute nacht erfüllen wird. Diese Geschichte wird sich in Rauch auflösen.«

Bei diesen Worten brach ein wunderschönes rosenrotes Licht hervor, als wäre eine gigantische Rose erblüht, doch war dies von einem krachenden, knisternden Geräusch begleitet, das wie das Lachen aller Teufel der Hölle klang.

»Mein Gott! Was ist das?« schrie Sir Cecil Fanshaw.

»Das Zeichen des brennenden Turmes«, sagte Pater Brown und sandte den Wasserstrahl seines Spritzschlauches mitten in das Herz des roten Fleckes.

»Es ist ein Glück, daß wir nicht schlafen gegangen sind!« rief Fanshaw. »Ich denke, das Feuer kann nicht auf das Haus übergreifen?«

»Sie werden sich wohl noch erinnern«, sagte der Priester ruhig, »daß die Hecke, welche es hätte hinüberleiten können, niedergehauen wurde.«

Flambeau starrte seinen Freund mit funkelnden Augen an, doch Fanshaw sagte nur wie geistesabwesend, »nun, dann kann wenigstens niemand ums Leben kommen.«

»Das ist ein sehr merkwürdiger Turm«, bemerkte Pater Brown, »sooft er sich darauf verlegte, Leute zu töten, tötete er immer solche, die irgendwo anders waren.«

Im selben Augenblick stand die riesige Gestalt des Gärtners mit dem wallenden Bart wieder auf der Höhe der Wiese, wo sie sich scharf gegen den Himmel abhob; er winkte Leute herbei, doch diesmal nicht mit einem Rechen, sondern mit einem Säbel.

Hinter ihm kamen die zwei Neger, ebenfalls mit Säbeln, den beiden alten gebogenen Waffen von der Wand des Speisezimmers. Doch in dem blutroten Schein sahen sie mit ihren schwarzen Gesichtern und gelben Gestalten wie Teufel aus, die

Folterwerkzeuge trugen. Aus dem trüb erhellten Garten hinter ihnen hörte man eine Stimme, die ihnen kurze Befehle zurief. Als der Priester diese Stimme vernahm, glitt eine schreckliche Veränderung über seine Züge.

Doch behielt er seine Fassung und blickte nicht ein einziges Mal auf von dem Flammenherd, der zuerst aufgelodert war, doch jetzt ein wenig einzuschrumpfen schien unter dem Zischen des langen silberfarbenen Wasserstrahls. Er hielt den Finger an der Öffnung des Schlauches, um genau zielen zu können, und hatte auf nichts anderes acht; nur dem Geräusch nach und mit dem halben Auge erkannte er die aufregenden Vorgänge, die sich in dem Inselgarten abspielten. Zwei kurze Weisungen gab er seinen Freunden. Die eine lautete: »Haut diese Kerle irgendwie nieder und bindet sie, wer sie auch immer sein mögen; dort unten bei den Reisigbündeln sind Stricke. Sie wollen mir meinen schönen Spritzschlauch wegnehmen.« Die zweite Weisung war: »Sobald ihr könnt, ruft jenes Mädchen aus dem Kanu herbei, sie ist mit den Zigeunern drüben auf dem anderen Flußufer. Fragt sie, ob sie einige Eimer herüberbringen und sie beim Fluß unten füllen könnte.« Dann schwieg er und fuhr fort, die neue rote Blume ebenso unbarmherzig zu bewässern, wie er es mit den roten Tulpen getan hatte.

Er wendete nicht ein einziges Mal den Kopf, um den seltsamen Kampf zu verfolgen, der sich zwischen den Freunden und Feinden dieses geheimnisvollen Feuers entspann. Er spürte beinahe die Erde unter sich schwanken, als Flambeau mit dem riesigen Gärtner zusammenstieß; er konnte nur erraten, wie alles aufgewirbelt wurde rings um die beiden Ringenden. Er hörte den krachenden Sturz und das triumphierende Atemholen, als sein Freund dann auf den einen Neger losstürzte, und er hörte endlich die beiden Schwarzen schreien, als Flambeau und Fanshaw. sie banden. Flambeaus ungeheüre Körperstärke machte die kleine Ungleichheit in der Kräfteverteilung der Kämpfenden mehr als wett, insbesondere da der vierte Mann sich noch zögernd in der Nähe des Hauses herumtrieb – ein bloßer Schatten mit einer Stimme. Pater Brown hörte auch das Geräusch des Wassers, das von dem Paddelruder eines Kanus geteilt wurde; die Stimme des Mädchens, welche Anordnungen gab, die Stimmen der Zigeuner, die antworteten und herbeikamen, das gurgelnde Geräusch leerer Eimer, welche in die Strömung des Flusses getaucht wurden, und schließlich das Geräusch vieler Füße um das Feuer herum. Aber all dies beschäftigte ihn weniger als die Tatsache, daß die rote Spalte, die erst wieder breiter geworden war, nun immer mehr an Größe und Lichtstärke abgenommen hatte.

Dann ertönte ein Schrei, der ihn beinahe zwang, den Kopf zu wenden. Flambeau, Fanshaw und einige der neu hinzugekommenen Zigeuner waren auf die geheimnisvolle Gestalt in der Nähe des Hauses eingedrungen. Vom anderen Ende des Gartens herüber hörte Brown den Schrei des Entsetzens und der Verwunderung, den der Franzose ausstieß. Darauf folgte ein nicht mehr menschlich zu nennendes Aufheulen, als das Geschöpf sich gewaltsam losriß und durch den Garten davonrannte. Dreimal zumindest liefen sie um die ganze kleine Insel, und das Ganze war ebenso grauenhaft anzusehen wie die Jagd auf einen Verrückten; diese Vorstellung wurde noch verstärkt durch die Schreie des Verfolgten und dadurch, daß die Verfolger Stricke trugen; das Grauenhafteste daran war jedoch, daß es zugleich an ein Fangenspielen von Kindern im Garten erinnerte. Dann, als die Gestalt sah, daß sie von allen Seiten abgeschnitten war, sprang sie von einer der höher gelegenen Stellen des Ufers hinab und verschwand unter dem Aufspritzen des Wassers in dem dunklen, dahinströmenden Fluß.

»Ich fürchte, Sie können nichts mehr machen«, sagte Brown mit schmerzerstickter Stimme. »Er ist jetzt sicherlich schon zu den Felsen hinuntergeschwemmt worden, wohin er so viele andere geschickt hat. Er kannte die Anwendungsmöglichkeit einer Familienlegende.«

»Ach, reden Sie doch nicht in solchen Parabeln«, rief Flambeau ungeduldig. »Können Sie es nicht in gewöhnlichen, eindeutigen Worten sagen?«

»Ja«, antwortete Brown, den Blick auf die Spritze gerichtet. »›Beide Augen klar, gute Fahrt fürwahr; scheint nur eins der Augen, wird's ihr nimmer taugen.‹«

Das Feuer zischte und pfiff immer mehr und mehr, wie etwas, das dem Ersticken nahe ist, je mehr es unter dem einströmenden Wasser aus Spritze und Eimern kleiner und kleiner wurde; doch Pater Brown hielt weiter seine Blicke darauf gerichtet, während er zu sprechen fortfuhr.

»Ich habe daran gedacht, die junge Dame hier zu bitten, sobald es Morgen würde, durch das Fernrohr nach der Flußmündung hinzuschauen. Sie könnte vielleicht etwas sehen, was sie interessieren dürfte: ein Schiff oder auch Herrn Walter Pendragon auf seiner Heimreise. Er ist um Haaresbreite der Gefahr eines neuerlichen Schiffbruchs entronnen und wäre niemals entronnen, wenn die junge Dame nicht genug Verstand gehabt hätte, dem alten Admiral zu mißtrauen und trotz seines Telegramms herzukommen, um ihn im Auge zu behalten. Aber wir wollen nicht von dem alten Admiral reden. Wir wollen von gar nichts reden. Es genügt zu sagen, daß, wann immer dieser Turm, der aus Pech und harzigem Holz besteht, Feuer fing, der Widerschein am Himmel stets wie das Zwillingslicht des Leuchtturms am Ufer aussah.«

»Und so«, sagte Flambeau, »sind der Vater und der Bruder zugrunde gegangen? Der böse Onkel aus dem Märchen hätte schließlich beinahe doch den Besitz geerbt.«

Pater Brown antwortete nicht; in der Tat sprach er bis auf einige Höflichkeiten nichts mehr, bis alle wieder ruhig und gesund um eine Kiste Zigarren in der Kabine der Jacht beisammensaßen. Er sah, daß das Feuer rechtzeitig erstickt worden war und weigerte sich, dann noch länger zu bleiben, obwohl er den jungen Pendragon, von einer begeisterten Schar geleitet, tatsächlich vom Ufer anmarschieren hörte; auch hätte er, wenn er von romantischer Neugierde bewegt gewesen wäre, die gemeinsamen Danksagungen des Mannes aus dem Schiff und des Mädchens aus dem Kanu entgegennehmen können. Aber er war neuerlich von seiner früheren Müdigkeit befallen worden und wachte nur einmal auf, als ihm Flambeau unvermittelt sagte, daß er ein wenig Zigarrenasche auf seine Hose habe fallen lassen.

»Das ist keine Zigarrenasche«, sagte er müde. »Das ist vom Brand; aber daran denkt ihr nicht, weil ihr alle Zigarren raucht. Eben auf diese Weise habe ich zuerst Verdacht gegen die Karte gefaßt.«

»Meinen Sie Pendragons Karte von seinen Inseln im Pazifischen Ozean?« fragte Fanshaw.

»Sie haben geglaubt, daß es eine Karte vom Pazifischen Ozean sei«, antwortete Brown. »Legen Sie eine Feder zu einem Stückchen Mineral und einer Koralle, so wird jedermann es für irgendwelche naturwissenschaftlichen Probestücke halten. Legen Sie dieselbe Feder zu einem Stückchen Band und einer künstlichen Blume, so wird es jedermann für den Hutschmuck einer Dame ansehen. Legen Sie dieselbe Feder zu einem Tintenfaß, einem Buch und einem Stück Löschpapier, so werden die meisten Leute glauben, daß sie eine Schreibfeder gesehen haben. So haben Sie diese Karte unter tropischen Vögeln und Muscheln gesehen und sie für eine Karte des Pazifischen Ozeans gehalten. Es war die Karte dieses Flusses.«

»Aber woher wissen Sie das?« fragte Fanshaw.

»Ich sah den Felsen, der Sie an einen Drachen erinnerte, und den, der Ihnen wie Merlin vorkam, und...«

»Sie scheinen eine Menge Dinge bemerkt zu haben, während

wir einfuhren«, rief Fanshaw. »Wir dachten, Sie wären zerstreut gewesen.«

»Ich war seekrank«, sagte Pater Brown schlicht. »Mir war entsetzlich übel. Aber das hat nichts damit zu tun, daß man die Dinge nicht sieht«, und er schloß die Augen.

»Glauben Sie, daß die meisten anderen Leute das gesehen hätten?« fragte Flambeau.

Er erhielt keine Antwort. Pater Brown war eingeschlafen.

Der Gott des Gongs

Es war an einem jener kalten, leeren Nachmittage zu Anfang des Winters, an denen das Tageslicht eher silberfarben als golden und eher zinnfarben als silbern zu nennen ist. Eine trübselige Stimmung lag über Hunderten von öden Büroräumen und gähnenden Wohnzimmern, und noch trübseliger sah es längs der flachen Küste in Essex aus; die Monotonie erschien hier um so unmenschlicher, als sie in sehr großen Abständen unterbrochen war, bald von einem Laternenpfahl, der noch unzivilisierter aussah als ein Baum, bald von einem Baum, der noch häßlicher aussah als ein Laternenpfahl. Ein wenig Schnee war bis auf einige Streifen wieder weggeschmolzen, und auch diese sahen an Stellen, wo sie vom Frost festgehalten worden waren, eher bleifarben als silberglänzend aus. Es war kein neuer Schnee gefallen, doch ein schmales Band des alten Schnees lief knapp am Uferrand parallel dem schmalen Streifen von Wogenschaum entlang. Der Ufersaum des Meeres schien trotz seines leuchtend violettblauen Schimmers gefroren zu sein wie die Adern eines erfrorenen Fingers. Meilenweit und meilenweit vor- und rückwärts war keine lebende Seele zu sehen bis auf zwei Fußgänger, die schnellen Schrittes nebeneinander einhergingen, obwohl einer von ihnen weit längere Beine hatte, mit denen er viel weiter ausholen konnte als der andere.

Weder Ort noch Zeit schienen für einen Ferientag sehr geeignet, doch Pater Brown hatte wenige Ferientage und mußte sie nehmen, wann sie eben kamen, auch zog er es immer vor, sie, wenn möglich, in Gesellschaft seines alten Freundes Flambeau, des ehemaligen Verbrechers und ehemaligen Detektivs, zu verbringen. Der Priester hatte sein altes Kirchspiel in Cobhole wieder einmal aufsuchen wollen und wanderte nun nordöstlich die Küste entlang.

Nach etwa einer oder zwei Meilen bemerkten sie, daß das Ufer von da an ausgemauert war und so eine richtige Esplanade bildete; die häßlichen Laternenpfähle wurden zahlreicher und standen näher beieinander, sie waren auch reicher verziert, wenngleich nicht weniger häßlich.

Nach einer weiteren halben Meile wurde Pater Brown durch den Anblick eines kleinen Labyrinthes von blumenleeren Blumentöpfen verwirrt, die mit kurzstieligen, flachen, ganz farblosen Blattpflanzen gefüllt waren und so weniger einer Gartenanlage als einem gewürfelten Pflaster glichen. Pater Brown spürte die Atmosphäre einer gewissen Sorte von Badeorten, die er nicht besonders liebte, und als er etwas weiter auf der Esplanade vor sich hinschaute, sah er etwas, das jeden Zweifel ausschloß. Grau durch die Entfernung, ragte das überdachte Podium eines Musikpavillons wie ein Riesenpilz auf sechs Beinen empor.

»Ich glaube«, sagte Pater Brown, indem er den Rockkragen in die Höhe klappte und seinen Wollschal etwas fester um den Hals zog, »wir nähern uns einer Zufluchtsstätte von Freuden und Vergnügungen aller Art.«

»Ich fürchte«, erwiderte Flambeau, »es werden jetzt nur wenige Leute das Vergnügen haben, hierher ihre Zuflucht zu nehmen. Man hat versucht, diese Orte auch im Winter populär zu machen, aber das ist nirgends gelungen, ausgenommen in Brighton und an einigen wenigen anderen, altrenommierten Orten. Das hier muß Seawood sein, glaube ich – ein Versuch Lord Pooleys; er will zu Weihnachten sizilianische Sänger herkommen lassen, und es geht das Gerücht, daß hier einer der größten Boxkämpfe veranstaltet werden soll. Aber man wird das ganze verfallene Nest ins Meer werfen müssen; es sieht ebenso trübselig aus wie ein verlassener Eisenbahnwaggon.«

Sie waren nun bis an das Orchesterpodium herangekommen, und der Priester sah, den Kopf wie ein Vogel leicht zur Seite geneigt, mit einer ganz merkwürdig berührenden Neugier dazu empor. Es war das konventionelle, geschmacklos-prunkvolle Podium, das man für solche Zwecke zu errichten pflegt; ein abgeflachtes, zum Teil vergoldetes Dach, das wie ein Baldachin auf sechs schlanken Pfeilern aus bunt bemaltem Holze ruhte; das Ganze etwa fünf Fuß oberhalb der Esplanade auf einer runden, hölzernen, trommelartigen Tribüne. Aber in dieser Kombination von Schnee und Gold lag etwas Phantastisches und Künstliches zugleich, das sowohl Flambeau wie seinem Freund auffiel, es rief irgendeine Vorstellung in ihnen wach, über die sie sich nicht ganz klarwerden konnten; aber jedenfalls hatte es etwas Kunstvolles und zugleich Fremdartiges an sich.

»Ich weiß schon«, sagte Flambeau endlich. »Es wirkt japanisch. Wie auf jenen japanischen Holzschnitten, wo der Schnee auf den Bergen wie Zucker aussieht und das Gold auf den Pagoden wie das von vergoldeten Lebkuchen. Es sieht ganz wie ein kleiner heidnischer Tempel aus.«

»Ja«, sagte Pater Brown. »Wir wollen uns einmal den Götzen darin ansehen.« Und mit einer Behendigkeit, die man ihm kaum zugetraut hätte, hüpfte er auf die Tribüne hinauf.

»Oh, sehr gut«, rief Flambeau lachend, und im nächsten Augenblick war auch seine Riesengestalt auf der seltsamen Erhöhung zu sehen.

So gering der Höhenunterschied auch war, erweckte er in dieser weiten Ebene doch die Vorstellung, als könnte man von hier aus weiter und immer weiter über Land und Meer sehen. Landeinwärts ging die kleine winterliche Gartenanlage in ein wirres graues Gehölz über, dahinter sah man die langen niedrigen Scheunen und Schuppen eines seltsamen Bauernhauses und dahinter wieder nichts als die weiten Ebenen Ostenglands. See-wärts war weder ein Segel noch sonst irgendein Lebenszeichen zu sehen bis auf ein paar Seemöwen, und sogar diese sahen wie verspätete Schneeflocken aus und schienen mehr zu flattern als zu fliegen.

Flambeau hörte plötzlich hinter sich einen Ausruf und fuhr herum. Das Geräusch schien von tiefer unten zu kommen, als er erwartet hatte, und schien eher an seine Fersen gerichtet worden zu sein als an seinen Kopf. Er streckte sofort die Hand aus, doch konnte er nicht umhin, bei dem, was er sah, in hefti-ges Lachen auszubrechen. Aus irgendeinem Grund war der Bo-den unter Pater Browns Füßen gewichen, und der unglückse-lige kleine Mann war bis auf den Erdboden eingebrochen. Er war gerade so groß oder so klein, daß eben noch sein Kopf aus dem Loch zwischen den gebrochenen Bretterplanken heraus-guckte – wie das Haupt Johannes des Täufers auf dem Becken. Der Kopf zeigte einen verstörten Gesichtsausdruck – wie viel-leicht der Johannes des Täufers. Einen Augenblick später fing er ein wenig zu lachen an.

»Das Holz muß verfault sein«, sagte Flambeau; »obwohl es merkwürdig erscheinen mag, daß es mich trägt und gerade Sie an einer schwachen Stelle eingebrochen sind. Kommen Sie, ich will Ihnen heraushelfen.«

Doch der kleine Priester blickte ein wenig neugierig die Ecken und Ränder des Holzes an, das man als verfault bezeichnet hatte, und irgend etwas schien seinen Geist zu bekümmern.

»Kommen Sie«, rief Flambeau ungeduldig, die große, braune Hand immer noch ausgestreckt. »Wollen Sie nicht herauskom-men?«

Der Priester hielt einen abgebrochenen Splitter des Holzes zwi-schen Zeigefinger und Daumen und antwortete nicht gleich. Endlich sagte er nachdenklich: »Ob ich herauskommen will? Eigentlich nein. Ich glaube, ich möchte lieber hineingehen.«

Und er tauchte so plötzlich in die Dunkelheit unter dem Holz-
boden nieder, daß er seinen breitkrempigen kirchlichen Hut
herunterstieß, der nun, ohne ein kirchliches Haupt darunter,
oben auf den Brettern liegenblieb.

Flambeau blickte nochmals erst landeinwärts, dann seewärts,
und wieder konnte er nichts anderes sehen als die Meeresflä-
chen, die ebenso winterlich aussahen wie der Schnee, und
Schneeflächen, die dem Meere glichen.

Er hörte ein flüchtiges Geräusch hinter sich und sah den kleinen Priester weit schneller aus dem Loch herauskriechen, als er
hineingefallen war. Sein Gesichtsausdruck war nicht mehr verstört, sondern eher entschlossen und – vielleicht nur durch den
Widerschein des Schnees – ein wenig blässer als sonst.

»Nun?« fragte sein großer Freund. »Haben Sie den Götzen dieses Tempels gefunden?«

»Nein«, sagte Pater Brown. »Ich habe etwas Wichtigeres gefunden. Das Opfer.«

»Was, zum Teufel, meinen Sie?« rief Flambeau ganz erschrok-
ken.

Pater Brown antwortete nicht. Er starrte mit einer tiefen Fur-
che auf der Stirn in die Landschaft, und plötzlich deutete er auf
etwas hin und fragte: »Was ist das dort drüben für ein Haus?«

Der Richtung des Zeigefingers folgend, sah Flambeau jetzt erst
die Ecke eines Gebäudes, das näher als das Bauernhaus, doch
zum größten Teil von einer Baumreihe verdeckt war. Es war
kein großes Gebäude und stand ein gutes Stück abseits vom
Ufer; doch der Schimmer einer Verzierung daran rief die Vermutung wach, daß es einem ähnlichen Verschönerungszweck
in diesem Badeorte diente wie der Musikpavillon, die kleine
Gartenanlage und die schwarzen Eisenbänke mit den reichverzierten Rückenlehnen.

Pater Brown sprang von dem Podium des Musikpavillons herunter, sein Freund folgte ihm; und als sie in der angegebenen

Richtung weitergingen, wichen die Bäume bald nach rechts und links zurück, und sie erblickten ein kleines, geschmackloses und auffallendes Gebäude – das gewohnte Hotel ähnlicher Badeorte. Beinahe die ganze Front war vergoldet und aus bemaltem Glas, und diese kitschige Art wirkte inmitten dieser grauen Seelandschaft und der grauen Bäume geisterhaft und schwermütig. Die beiden Männer hatten die Empfindung, als dürfe man in einer solchen Gastwirtschaft an Speisen und Getränken nur den Papiermaché-Schinken und den leeren Becher eines Pantomimenspiels erwarten.

Darin jedoch hatten sie, wie es schien, nicht recht. Im Näherkommen sahen sie vor dem Buffet, das augenscheinlich geschlossen war, eine jener eisernen Sitzgelegenheiten mit geschwungenen Rückenlehnen stehen, wie sie auch die Gartenanlage geschmückt hatten; doch war diese Bank hier viel länger als alle anderen. Sie hatte wahrscheinlich den Zweck, daß vor dem Hause sitzende Gäste von dort aus aufs Meer hinausschauen konnten; aber bei einem solchen Wetter war nicht anzunehmen, daß irgend jemand dies auch wirklich täte.

Nichtsdestoweniger stand gerade vor dem äußersten Ende der eisernen Bank ein kleiner runder Wirtstisch und darauf eine kleine Flasche Wein und ein Schüsselchen mit Mandeln und Rosinen. Auf der Bank hinter dem Tisch saß barhaupt ein schwarzhaariger junger Mann und starrte in einem Zustande beinahe erstaunlicher Unbeweglichkeit auf das Meer hinaus.

Doch obwohl er, aus einer Entfernung von vier Ellen gesehen, eine Wachspuppe hätte sein können, sprang er wie ein Stehaufmännchen in die Höhe, als die beiden Ankömmlinge nur mehr drei Ellen weit von ihm waren, und sagte in ehrerbietiger, wenn auch nicht unterwürfiger Art:

»Wollen Sie bitte näher treten, meine Herren? Meine Leute sind augenblicklich nicht hier, aber ich kann Ihnen selbst eine Kleinigkeit bringen.«

»Danke vielmals«, sagte Flambeau. »Sie sind wahrscheinlich der Besitzer?«

»Ja«, sagte der Mann mit einem kleinen Rückfall in seinen vorherigen Zustand der Unbeweglichkeit. »Meine Kellner sind alle Italiener, wissen Sie, und da habe ich eingesehen, daß sie dabeisein müssen, wenn ihr Landsmann den Schwarzen schlägt, vorausgesetzt, daß er es wirklich fertigbringt. Sie wissen, der große Kampf zwischen Malvoli und dem Neger Ned soll doch heute stattfinden.«

»Ich fürchte, wir haben nicht genug Zeit, um Ihre Gastfreundschaft ernstlich in Anspruch zu nehmen«, sagte Pater Brown. »Aber ich glaube, mein Freund würde gerne ein Glas Sherry trinken, um sich zu erwärmen und auf das Wohl des lateinischen Champions zu trinken.«

Flambeau verstand nicht recht, was für eine Bewandtnis es mit dem Sherry hatte, aber er erhob nicht den mindesten Einspruch. Er sagte nur liebenswürdig: »Oh, danke sehr.«

»Sherry, Herr – ja, gewiß«, sagte der Wirt und wendete sich dem Hotel zu. »Entschuldigen Sie mich, wenn ich Sie einen Augenblick warten lasse. Ich habe Ihnen ja bereits gesagt, meine Leute sind nicht da...« Und er ging auf die schwarzen Fenster seines Gasthauses zu, dessen Läden verschlossen waren und in dem kein Licht brannte.

»Oh, es ist gar nicht so wichtig«, fing Flambeau an, doch der Mann drehte sich um und versicherte ihm:

»Ich habe die Schlüssel, und ich finde mich schon im Finstern zurecht.«

»Ich wollte wirklich nicht...« fing Pater Brown an.

Da wurde er von einer bellenden, kaum menschlich zu nennenden Stimme unterbrochen, die aus dem Innern des unbewohnten Hauses kam. Sie rief laut, doch unverständlich einen fremden Namen, worauf der Hotelbesitzer sich weit schneller dem Hause näherte, als er es um Flambeaus Sherrys willen getan hatte. Wie sich sofort erwies, hatte der Besitzer damals und auch nachher nur die lautere Wahrheit gesprochen, doch sowohl Flambeau wie Pater Brown haben oft versichert, bei all ihren oft sehr wilden Abenteuern noch nie so sehr erschrocken zu sein wie bei dem Klang dieser Menschenfresserstimme, die so plötzlich aus der Stille des leeren Wirtshauses drang.

»Mein Koch!« beeilte sich der Besitzer zu erklären. »Ich hatte ihn vergessen. Er wird gleich fortgehen. Sherry, mein Herr, nicht wahr?«

Und tatsächlich erschien in der Türöffnung ein großer, weißer Körper mit einer weißen Schürze, wie es sich für einen Koch gehört, doch mit der nicht unbedingt notwendigen Zugabe eines schwarzen Gesichtes. Flambeau hatte oft gehört, daß Neger gute Köche seien. Doch irgendwie vermehrte der Gegensatz zwischen der Farbe des Gesichtes und der Berufskleidung sein Erstaunen darüber, daß der Besitzer dem Ruf des Kochs folgen sollte und nicht der Koch dem des Besitzers. Aber er überlegte, daß Küchenchefs immer anmaßend sind – und außerdem kam der Wirt eben mit dem Sherry zurück, und das war die Hauptsache.

»Ich wundere mich«, sagte Pater Brown, »daß so wenige Leute hier zu sehen sind, wenn dieser berühmte Zweikampf nun doch zustande kommen soll. Wir sind Meilen und Meilen im Umkreis nur einem einzigen Menschen begegnet.«

Der Hotelbesitzer zuckte die Achseln. »Die Leute kommen vom anderen Ende der Stadt, wissen Sie, von der Eisenbahnstation, das ist drei Meilen weit von hier. Sie gehen nur zum Boxkampf und bleiben bloß über Nacht hier. Es ist auch nicht das richtige Wetter, um sich am Strand zu sonnen.«

»Oder hier auf der Bank«, sagte Flambeau und deutete zu dem Tischchen hin.

»Ich muß Umschau halten«, sagte der Mann mit dem unbeweglichen Gesicht. Er war ein stiller, unauffälliger, etwas blei-

cher Mensch, an dessen schwarzer Kleidung nichts Bemerkens-
wertes war, nur war die schwarze Krawatte etwas hoch gebunden und mit einer Krawattennadel, die einen grotesken Gold-
knopf hatte, befestigt. Auch an seinem Gesicht war nichts Ungewöhnliches, bis auf einen gewissen nervösen Tick, die Gewohnheit nämlich, das eine Auge nicht so weit zu öffnen wie
das andere, was den Eindruck erweckte, als ob das andere größer oder vielleicht künstlich sei.

Das einsetzende Schweigen wurde von dem Wirt mit der ruhigen Frage unterbrochen: »Wo ungefähr sind Sie auf Ihrem
Marsche dem einen Mann begegnet, von dem Sie sprechen?«
»Merkwürdigerweise«, sagte der Priester, »ganz nahe von hier
– dort drüben bei dem Musikpavillon.«

Flambeau, der auf der langen eisernen Bank saß, um seinen
Sherry auszutrinken, stellte das Glas nieder und erhob sich. Er
starrte seinen Freund voll Verwunderung an. Er öffnete den
Mund, um zu sprechen, schloß ihn jedoch wieder.

»Merkwürdig«, sagte der schwarzhaarige Mann nachdenklich.
»Wie sah er denn aus?«

»Es war ein wenig dunkel, als ich ihn sah«, fing Pater Brown an,
»aber er war...«

Wie schon gesagt, zeigte es sich, daß der Hotelbesitzer die lautere Wahrheit gesprochen hatte. Seine Angabe, daß der Koch
gleich fortgehen werde, stimmte genau; denn dieser trat eben
aus dem Hause und stand im Begriff, sich die Handschuhe anzuziehen, während die anderen miteinander sprachen.

Doch diesmal war es eine ganz andere Erscheinung als jene
schwarze und weiße Masse, die vorhin einen Augenblick in der
Türöffnung aufgetaucht war. Er war geschniegelt und gebügelt
und bis zu seinen hervorstehenden Augäpfeln hinauf nach der
allerletzten Mode gekleidet. Ein hoher schwarzer Zylinderhut
saß auf seinem breiten schwarzen Kopf – ein Hut, den französischer Humor mit acht Spiegeln verglichen hat. Der schwarze

Mann glich überhaupt einigermaßen diesem schwarzen Hut. Er war nicht nur ebenfalls schwarz, sondern seine glänzende Haut spiegelte auch das Licht in mindestens acht Reflexwinkeln wider. Es ist unnötig zu sagen, daß er weiße Gamaschen trug und einen weißen Vorstoß an der Innenseite seiner Weste. Die rote Blume in seinem Knopfloch stand herausfordernd in die Höhe, als wäre sie dort plötzlich emporgewachsen. Und in der Art, wie er in der einen Hand den Spazierstock und in der anderen die Zigarette trug, lag eine gewisse Haltung – eine Haltung, die wir nie außer acht lassen dürfen, wenn wir von Rassevorurteilen sprechen: etwas Unschuldiges und zugleich Unverschämtes – der Cakewalk.

»Manchmal«, sagte Flambeau, ihm nachblickend, »wundert es mich gar nicht, daß man sie lyncht.«

»Ich wundere mich niemals«, antwortete Pater Brown, »über irgendein Werk der Hölle. Aber, wie ich eben sagte«, fuhr er zusammenfassend fort – während der Neger, immer noch mit prahlerischer Gebärde seine gelben Handschuhe anziehend, sich schnell in der Richtung des Kurortes entfernte, eine seltsame Varietéfigur, die sich scharf gegen den grauen, winterlichen Hintergrund abhob –, »wie ich eben sagte, ich könnte den Mann nicht sehr genau beschreiben, aber er hatte einen wohlgepflegten, altmodischen Backen- und Schnurrbart, dunkel oder gefärbt, wie man es auf Bildnissen ausländischer Finanziers sieht; um seinen Hals war eine lange purpurrote Binde geschlungen, die beim Gehen im Winde flatterte. Sie war auf eine Weise befestigt, wie Kinderfrauen kleinen Kindern die Schals mit einer Sicherheitsnadel zu befestigen pflegen. Nur trug er«, sagte der Priester, während er gelassen auf das Meer hinausschaute, »keine Sicherheitsnadel.«

Auch der Mann, der auf der langen eisernen Bank saß, sah gelassen auf das Meer hinaus. Jetzt, da er sich wieder ganz in Ruhe befand, bemerkte Flambeau ganz deutlich, daß eines seiner Augen von Natur aus größer war als das andere. Beide standen nun weit offen, und es wollte beinahe scheinen, als würde das linke Auge zusehends größer, während der Mann vor sich hinstarrte.

»Es war vielmehr eine sehr lange Goldnadel, und der Kopf stellte einen geschnitzten Affen dar oder etwas Ähnliches«, fuhr der Priester fort; »sie war auch in merkwürdiger Weise befestigt – der Mann trug einen Zwicker und einen breiten, schwarzen...«

Der unbewegliche Mann starrte immer noch auf das Meer hinaus, und die beiden Augen in seinem Kopfe hätten zwei verschiedenen Leuten gehören können. Dann machte er eine Bewegung von blitzartiger Schnelligkeit.

Pater Brown stand vor ihm und wendete ihm den Rücken zu, und der Priester hätte in der Sekunde dieses Aufzuckens tot vornüberfallen können. Flambeau hatte keine Waffe, doch seine großen, braunen Hände ruhten auf dem Ende der langen Eisenbank. Seine Schultern veränderten plötzlich ihre Form, und er schwang das ganze riesige Ding hoch über seinen Kopf, wie ein Scharfrichter das Beil, bevor er es niedersausen läßt. Die Länge der senkrecht hoch gehaltenen Bank erweckte die Vorstellung, als hielte er eine eiserne Leiter und lade die Menschen ein, darauf zu den Sternen emporzusteigen. Doch sein langer Schatten in dem beinahe horizontal einfallenden Abendlicht glich einem Riesen, der den Eiffelturm schwingt. Überwältigt vor Schreck beim Anblick dieses Schattens, sprang der Fremde beiseite noch vor dem drohenden Niedersausen des Eisens; dann stürzte er in sein Wirtshaus und ließ den flachen, glitzernden Dolch genau an der Stelle liegen, wo er ihn hatte fallen lassen.

»Wir müssen augenblicklich von hier fort«, rief Flambeau und schleuderte die riesige Bank mit wütender Gleichgültigkeit irgendwohin zu Boden. Dann packte er den Priester beim Arm und rannte mit ihm quer durch einen öde daliegenden Hinter-garten, an dessen Ende sich eine geschlossene Gartentür be-fand. Flambeau stand einen Augenblick lang in wütendem Schweigen gebückt vor dieser Tür, dann sagte er: »Das Tor ist versperrt.«

Bei diesen Worten fiel ein Zweig der hier zum Schmuck ge-pflanzten Föhrenbäumchen nieder und fegte über die Krempe seines Hutes hin. Dies schreckte ihn unmittelbarer auf als die kleine Detonation, die knapp vorher an sein Ohr gedrungen war. Dann hörte man eine zweite Detonation in der Ferne, und die Tür, die Flambeau zu öffnen versuchte, bebte unter dem Aufprall einer Kugel, die im Holze steckenblieb. Wieder wölb-ten sich Flambeaus Schultern und änderten plötzlich ihre Form. Drei Riegel und ein Schloß brachen im selben Augen-blick, und er schoß auf den leeren Pfad hinter dem Tor hinaus, die große Gartentür mit sich reißend, wie Simson die Tore von Gaza trug.

Dann warf er die Tür über die Gartenmauer zurück, eben als ein dritter Schuß eine Handvoll Schnee und Erde hinter seiner Ferse aufwirbelte. Ohne viel Umstände packte er den kleinen Priester, schwang ihn rittlings auf seine Schultern und rannte in der Richtung auf Seawood zu, so schnell ihn seine langen Beine trugen. Erst etwa zwei Meilen weiter setzte er seinen kleinen Begleiter nieder. Es war zwar kein würdevoller Abgang gewesen, trotz des klassischen Beispiels von Anchises, doch auf Pater Browns Antlitz war ein breites Grinsen zu sehen.

»Nun«, sagte Flambeau nach einem ungeduldigen Schweigen, währenddessen sie in etwas konventioneller Art durch die äu-ßeren Straßen der Stadt wanderten, wo kein Überfall mehr zu befürchten war, »ich weiß zwar nicht, was das alles bedeuten soll, aber ich meine, ich kann meinen eigenen Augen wohl so weit trauen, um zu wissen, daß Sie dem Mann, den Sie so ge-nau beschrieben haben, niemals begegnet sind.«

»Ich bin ihm gewissermaßen begegnet«, sagte Pater Brown, etwas nervös an seinen Fingern nagend – »ja, wirklich. Auch war es zu dunkel, um ihn genau zu sehen, denn es war unter jenem Musikpavillon. Aber ich fürchte, ich habe ihn doch nicht präzise genug beschrieben, denn sein Zwicker war gebrochen, und die lange goldene Nadel steckte nicht in der roten Krawatte, sondern in seinem Herzen.«

»Und ich nehme an«, sagte der andere mit gesenkter Stimme, »daß dieser Bursche mit dem Glasauge etwas damit zu tun hatte.«

»Ich hatte gehofft, daß er nur entfernt damit zu tun hätte«, antwortete Brown betrübt, »und was ich getan habe, war vielleicht nicht gut. Ich handelte auf Grund eines Impulses. Aber ich fürchte, diese Geschichte hat tiefe und dunkle Wurzeln.«

Sie gingen schweigend noch durch einige Straßen weiter. Man hatte angefangen, in dem blauen Abendlicht die gelben Laternenlichter anzuzünden, und die beiden näherten sich augenscheinlich dem inneren Stadtviertel. An den Mauern waren grellfarbige Plakate angeschlagen, auf denen der Boxkampf zwischen dem Nigger Ned und Malvoli angekündigt war.

»Nun«, sagte Flambeau endlich, »ich habe noch niemals einen Menschen erschlagen, auch nicht in meiner Verbrecherzeit, aber ich kann beinahe verstehen, wie man an einem so trostlosen Ort in Versuchung kommt, es zu tun. Von allen gottverlassenen Kehrichthaufen dieser Welt sind, glaube ich, die herzzerbrechendsten Orte die, welche – wie jener Musikpavillon dort – ursprünglich für festliche Zwecke bestimmt waren und dann verödet stehen. Ich kann mir vorstellen, wie ein angekränkelter Mann unter dem Eindruck der Einsamkeit und Ironie eines solchen Schauspiels das Gefühl hat, seinen Gegner umbringen zu müssen. Ich erinnere mich, daß ich einmal auf einer Fußtour durch euer wundervolles Hügelland von Surrey – als ich an nichts anderes dachte als an Stechginster und Feldlerchen –

plötzlich auf einen weiten, kreisförmig abgegrenzten Platz herauskam, wo sich in weiten stummen Reihen Sitzplätze an Sitzplätze hoch übereinandertürmten, riesengroß wie ein römisches Amphitheater und leer wie ein neuer Briefkasten. Ein Vogel segelte hoch am Himmel darüber hin. Es war der große Wettrennplatz in Epsom. Und ich hatte das Gefühl, als könnte dort kein Mensch je wieder vergnügt sein.«

»Es ist merkwürdig, daß Sie Epsom erwähnen«, sagte der Priester. »Erinnern Sie sich jener Affäre, die man das Sutton-Mysterium nannte, weil zwei verdächtige Männer zufällig in Sutton wohnten – zwei Eiswagen-Männer waren es, glaube ich. Die beiden wurden schließlich freigesprochen. Man hatte einen erwürgten Mann, wie es hieß, auf den Wiesenhügeln jener Gegend gefunden. Tatsächlich aber, wie ich von einem irischen Polizeibeamten, einem meiner Freunde, erfuhr, hatte man ihn unmittelbar am Wettrennplatz gefunden – und zwar nicht eben sehr sorglich versteckt, sondern einfach hinter einer der unteren Türen, die offengeblieben war.«

»Das ist sonderbar«, gab Flambeau zu. »Aber es bestätigt nur meine Ansicht, daß solche Vergnügungsorte außer der Saison entsetzlich verlassen aussehen, sonst wäre der Mann dort nicht ermordet worden.«

»Ich bin nicht so sehr überzeugt davon, daß er ...«, fing Brown an und hielt dann plötzlich inne.

»Nicht so überzeugt, daß er ermordet worden ist?« fragte sein Begleiter.

»Nicht so überzeugt, daß er nicht während der Saison ermordet worden ist«, antwortete der Priester schlicht. »Finden Sie nicht auch, Flambeau, daß es mit dieser Einsamkeit so eine merkwürdige Bewandtnis hat? Sind Sie ganz überzeugt davon, daß ein kluger Mörder immer einen wirklich verlassenen Ort sucht? Es kommt doch sehr, sehr selten vor, daß man ganz allein ist. Und darum, je mehr er allein ist, desto eher wird er gesehen. Nein, ich glaube, da muß ein anderer... Nun, hier sind wir ja beim Pavillon oder Palast – oder wie man das nennt.«

Sie waren auf einen kleinen Platz herausgekommen, der hell erleuchtet war. Das Hauptgebäude strahlte vor Vergoldung und prangte voll Plakaten; zu beiden Seiten der Eingangstür hingen Riesenfotografien von Malvoli und dem Neger Ned.

»Hallo!« schrie Flambeau, als sein kirchlicher Freund zu seiner großen Verwunderung geradewegs die breite Treppe hinaufstapfte. »Ich wußte nicht, daß Boxen Ihre neueste Liebhaberei sei. Wollen Sie dem Kampf beiwohnen?«

»Ich glaube nicht, daß ein Kampf stattfinden wird«, antwortete Pater Brown.

Sie schritten schnell durch Vorräume und innere Räume; sie schritten sogar durch die Halle des Kampfschauplatzes, in der unzählige Sitze aufgeschlagen, Schnüre gespannt und ein Podium errichtet war, und immer noch sah der Kirchenmann weder rechts noch links und hielt nicht eher an, als bis sie zu einem Beamten kamen, der vor einer Tür mit der Aufschrift »Komiteeraum« saß. Dort blieb Brown stehen und verlangte Lord Pooley zu sprechen. Der Diener bemerkte, Seine Lordschaft sei sehr beschäftigt, da der Boxkampf bald beginnen solle, doch Pater Brown fuhr fort, mit einer so unerträglichen Gelassenheit sein Ansuchen immer von neuem zu wiederholen, daß ihr kein Angestellter gewachsen war. In wenigen Augenblicken befand sich der etwas verdutzte Flambeau in Gegenwart eines Herren, der einem aus dem Zimmer gehenden Mann eben noch einige Weisungen nachschrie: »Seien Sie vorsichtig bezüglich der Schnüre, Sie wissen ja, nach der vierten... Ja, und was wollen Sie, wenn ich bitten darf?«

Lord Pooley war ein Gentleman und, wie die meisten von den wenigen, die uns erhalten geblieben sind, geplagt, insbesondere von Geldsorgen. Er war halb grau und halb blond, hatte fiebrige Augen und eine geschwungene, erfrorene Nase.

»Nur ein Wort«, sagte Pater Brown. »Ich bin gekommen, um zu verhüten, daß ein Mann getötet werde.«

Lord Pooley sprang von seinem Stuhl auf, als wäre er von einer Feder in die Höhe geschleudert worden. »Ich will verdammt sein, wenn ich so etwas noch länger dulde!« rief er. »Sie, mit Ihren Komitees und Geistlichen und Bittstellern! Gab es nicht auch früher, als man noch ohne Handschuhe focht, Geistliche? Und jetzt boxt man mit den vorschriftsmäßigen Handschuhen, und es besteht nicht der leiseste Schimmer einer Möglichkeit, daß einer von den beiden Boxern getötet wird!«

»Ich dachte nicht an einen der beiden Boxer«, sagte der kleine Priester.

»Nun, nun!« sagte der Edelmann ein wenig ablehnend, doch belustigt. »Wer denn soll getötet werden? Der Schiedsrichter?«

»Ich weiß nicht, wer getötet werden wird«, erwiderte Pater Brown, nachdenklich vor sich hinstarrend. »Wüßte ich's, so müßte ich Sie nicht hier stören. Ich könnte dem Mann einfach zur Flucht verhelfen. Ich habe nie etwas gegen den Boxkampf gehabt. Aber wie die Sache nun einmal steht, muß ich Sie bitten, ankündigen zu lassen, daß der Kampf für den Augenblick verschoben werden muß.«

»Weiter nichts?« höhnte der Mann mit den fieberglänzenden Augen. »Und was halten Sie von den zweitausend Menschen, die hergekommen sind, um dem Kampf beizuwohnen?«

»Ich sage, daß eintausendneunhundertneunundneunzig von ihnen lebend davonkommen werden, wenn sie dem Kampf beigewohnt haben werden«, sagte Pater Brown.

Lord Pooley sah Flambeau an. »Ist Ihr Freund verrückt?« fragte er.

»Ganz gewiß nicht«, lautete die Antwort.

»Und schauen Sie einmal«, fuhr Lord Pooley in seiner zerfahrenen Art fort, »was noch schlimmer ist, es ist da eine ganze

Reihe von Italienern aufgetaucht, die auf seiten Malvolis stehen – schwarze, wilde Kerle aus irgendeinem fremden Land. Sie wissen ja, wie diese Mittelmeervölker sind. Wenn ich die Nachricht hinausschicke, daß der Kampf verschoben werde, so wird dieser Malvoli an der Spitze seines ganzen korsischen Klans hier hereinstürmen.«

»Mein Lord, es ist eine Frage von Tod und Leben«, sagte der Priester. »Läuten Sie bitte. Lassen Sie Ihre Nachricht verkünden. Und sehen Sie dann zu, ob Malvoli erscheinen wird.«

Der Edelmann läutete mit einem merkwürdigen Ausdruck der Neugier an der Tischglocke. Er sagte zu dem Diener, der beinahe im selben Augenblick in der Türöffnung erschien: »Ich werde den Zuschauern draußen bald eine wichtige Mitteilung zu machen haben. Wollen Sie, bitte, inzwischen den beiden Champions sagen, daß der Kampf verschoben werden muß.«

Der Diener starrte den Sprecher einen Augenblick lang wie einen bösen Geist an und verschwand dann.

»Was für Beweise haben Sie für das, was Sie sagen?« fragte Lord Pooley plötzlich. »Von wem haben Sie Ihre Informationen?«

»Von einem Musikpavillon«, sagte Pater Brown und kratzte sich den Kopf. »Aber nein, das ist falsch; ich habe sie auch aus einem Buch. Das habe ich in London in einem Buchladen gefunden – sehr billig, wirklich.«

Er hatte ein kleines Lederbändchen aus der Tasche gezogen, und Flambeau, der über seine Schulter blickte, konnte sehen, daß es eine alte Reisebeschreibung war und daß die Ecke eines Blattes als Merkzeichen umgebogen war.

»›Die einzige Form, in der Voodoo...‹«, fing Pater Brown an, laut vorzulesen.

»In der was?« fragte Seine Lordschaft.

»In der Voodoo«, wiederholte der Leser beinahe mit Erleichterung, »außerhalb Jamaikas weitere Verbreitung findet, ist die

Form des Affen oder des Gottes des Gongs, die in vielen Teilen der beiden amerikanischen Kontinente Macht und Verehrung genießt, insbesondere unter den Halbblütigen, von denen viele wie Weiße aussehen. Diese Form der Teufelsanbetung und Menschenopferung unterscheidet sich von vielen anderen durch die Tatsache, daß das Blut nicht öffentlich auf dem Altar vergossen wird, sondern durch eine Art Ermordung einzelner in einer Menschenmenge. Der Gong wird mit betäubendem Lärm geschlagen, während die Türen des Schreins geöffnet werden und der Affengott enthüllt wird; beinahe die ganze Versammlung starrt mit ekstatischen Blicken darauf. Doch nachher...«

Die Türe des Zimmers wurde aufgerissen, und der fashionabel gekleidete Neger stand im Rahmen der Öffnung, mit rollenden Augen, den Zylinderhut immer noch unverschämt auf den Kopf gestülpt. »Ho!« brüllte er, die Zähne entblößend. »Was soll das? Huh! Huh! Sie stehlen einem Schwarzen den Preis – Preis ist es schon – Sie glauben, Sie können den italienischen Lumpen retten...«

»Die Sache wird ja nur verschoben«, sagte der Edelmann ruhig. »Ich werde Ihnen alles in einigen Minuten erklären können.«

»Wer sind Sie, daß...«, schrie der Neger Ned jetzt und fing an, in Wut zu geraten.

»Mein Name ist Pooley«, erwiderte der andere mit anerkennenswerter Gelassenheit. »Ich bin der Sekretär der Veranstaltung, und ich rate Ihnen, sofort das Zimmer zu verlassen.«

»Wer der Kerl?« fragte der schwarze Champion und deutete verächtlich auf den Priester.

»Mein Name ist Brown«, lautete die Antwort. »Und ich rate Ihnen, sofort das Land zu verlassen.«

Der Boxkämpfer stand einige Augenblicke still und starrte ihn an, dann, zum höchsten Erstaunen Flambeaus und der anderen, schritt er hinaus und schlug die Türe krachend hinter sich zu.

»Nun«, fragte Pater Brown und fuhr mit der Hand über sein verstaubtes Haar, »was halten Sie von Leonardo da Vinci? Schöner italienischer Kopf, nicht?«

»Schauen Sie«, sagte Lord Pooley, »ich habe auf Ihr bloßes Wort hin eine ziemliche Verantwortung auf mich genommen. Ich meine, Sie sollten mir jetzt mehr hierüber erzählen.«

»Sie haben ganz recht, mein Lord«, antwortete Brown. »Und es wird keine lange Geschichte werden.« Er steckte das kleine Lederbändchen in die Tasche seines Überrockes. »Ich glaube, wir wissen alles, was hieraus zu entnehmen ist, aber Sie sollen selbst sehen, ob ich recht habe. Dieser Neger, der eben hier hinausschwankte, ist einer der gefährlichsten Menschen von der ganzen Welt, denn er hat den Verstand eines Europäers zusammen mit dem Instinkt eines Kannibalen. Er hat das, was unter seinen barbarischen Genossen reines, gesundes Schlächterhandwerk war, zu einer ganz modernen, wissenschaftlichen und geheimen Gesellschaft von Mördern gemacht. Er weiß nicht, daß ich es weiß, auch nicht, daß ich es beweisen kann.«

Es entstand ein Schweigen, dann fuhr der kleine Mann fort:

»Doch wenn ich einen Menschen ermorden wollte, wäre es da wirklich der klügste Plan, mich soweit wie möglich zu vergewissern, daß ich mit ihm allein bin?«

Lord Pooley maß den Geistlichen wieder mit ablehnenden Blicken und sagte nur: »Wenn Sie wirklich jemanden ermorden wollten, würde ich Ihnen dies wohl empfehlen.«

Pater Brown schüttelte den Kopf wie ein Mörder mit weit größerer Erfahrung. »Das hat Flambeau auch gesagt«, antwortete er seufzend. »Aber überlegen Sie doch nur einmal. Je einsamer sich ein Mensch fühlt, um so weniger sicher ist er, allein zu sein. Das müßte weite, leere Ebenen rings um ihn bedeuten, und ebendas würde ihn so leicht sichtbar machen. Haben Sie noch nie von der Höhe eines Hügels aus einen einzelnen Bauern auf einem Acker pflügen sehen oder vom Tale aus einen einsamen Hirten beobachtet? Sind Sie nie auf einer Klippe gestanden und haben einen einzelnen Menschen die Küste entlang wandern sehen? Hätten Sie es nicht bemerkt, wenn er eine Krabbe getötet hätte? Nein! Nein! Nein! Ein kluger Mörder, wie etwa Sie oder ich, würde die Sache nie so anpacken, daß er sich zu vergewissern suchte, ob ihn niemand sähe.«

»Wie denn kann man es anstellen?«

»Es gibt nur eines«, sagte der Priester. »Sich zu vergewissern, daß alle Leute auf etwas anderes hinschauen. Ein Mann wurde am Wettrennplatz in Epsom erdrosselt. Jeder hätte es sehen können, wenn der Platz leer gewesen wäre – jeder Fußgänger hinter der Hecke, jeder Automobilist auf den Hügeln. Aber niemand hatte es gesehen, als der Platz von Menschen voll war und alle schrien und schauten, weil der Favorit als erster durchs Ziel kam – oder auch nicht. Ein Halstuch zuziehen oder einen Körper hinter eine Türe schleudern, das kann in einem Augenblick geschehen – wenn es nur der richtige Augenblick ist. Es war natürlich dasselbe«, fuhr er, zu Flambeau gewendet fort, »mit jenem armen Kerl unter dem Musikpavillon. Man hatte ihn durch das Loch fallen lassen – denn das war keine zufällig eingebrochene Stelle – gerade an irgendeinem dramatischen Höhepunkt der Unterhaltung, beim ersten Bogenstrich eines berühmten Violinkünstlers oder beim ersten Ton einer großen Sängerin. Und hier natürlich, wenn der Knock-out-Schlag gekommen wäre – wäre es nicht der einzige gewesen. Das ist der kleine Trick, den Neger Ned von seinem alten Gott des Gongs gelernt hat.«

»Bei der Gelegenheit, Malvoli...«, begann Pooley.

»Malvoli«, sagte der Priester, »hat nichts damit zu tun. Es ist wohl wahr, daß er einige Italiener hinter sich hat, doch unsere lieben Freunde sind nicht Italiener. Sie sind Mischlinge, afrikanisches Halbblut verschiedenster Nuancen; doch ich fürchte, wir Engländer halten alle Ausländer, insofern sie schwarz und schmutzig sind, für ein und dasselbe.« Und mit einem Lächeln fügte er hinzu: »Ich fürchte sogar, die Engländer lehnen es auch ab, irgendwelche feineren Unterscheidungen zu machen zwischen dem moralischen Charakter, den meine Religion schafft, und jenem, der aus Voodoo erblüht.«

Die Frühjahrssaison hatte ihre ganze Pracht über Seawood ausgeschüttet, das Ufer mit Menschen und Badekarren bestreut, mit Wanderpredigern und Negerkapellen, bevor unsere beiden Freunde den Ort wiedersahen und lange bevor die Verfolgungsjagd gegen die seltsame, geheime Gesellschaft zur Ruhe gekommen war. Beinahe überall ging das Geheimnis ihrer Absicht mit ihnen selbst zugrunde. Der Besitzer des Hotels war tot an die Küste gespült worden wie ein Klumpen Seegras; sein rechtes Auge war friedlich geschlossen, doch das linke stand weit offen und glitzerte wie Glas im Mondenschein. Neger Ned war eine oder zwei Meilen weit entfernt eingeholt worden, hatte mit der linken Faust drei Polizeibeamte erschlagen, und der Neger war auf diese Weise entkommen. Aber das genügte, um alle englischen Zeitungen in Bewegung zu setzen, und einen oder zwei Monate lang widmete die englische Regierung beinahe ausschließlich ihre ganze Kraft dem Bestreben, den Neger-Leithammel – was er in des Wortes zweifacher Bedeutung war – an seinem Entkommen aus einem englischen Hafen zu hindern. Alle Leute, die ihm an Gestalt nur im entferntesten glichen, wurden zu ganz ungewöhnlichen Untersuchungen herangezogen, sie mußten sich das Gesicht abreiben lassen, bevor man sie an Deck eines Schiffes ließ, als ob alle weißen Gesichter wie Masken geschminkt wären. Jeder Neger in England erhielt bestimmte Verhaltensmaßregeln und mußte sich melden; die auslaufenden Schiffe hätten eher einen Basilisken an Bord genommen als einen Neger. Denn man hatte herausgefunden, wie entsetzlich, wie weit verbreitet und verborgen die Macht der wilden, geheimen Gesellschaft war, und um die Zeit, da Flambeau und Pater Brown in der warmen Aprilsonne ans Geländer der Promenade gelehnt standen, hatte der »schwarze Mann« in England beinahe dieselbe Bedeutung bekommen wie einst in Schottland.

»Er muß immer noch in England sein«, bemerkte Flambeau, »und obendrein verteufelt gut versteckt. Man hätte ihn in einem Hafen finden müssen, wenn er nur sein Gesicht weiß angemalt hätte.«

»Ja, sehen Sie, er ist eben ein wirklich kluger Mann«, sagte Pater Brown entschuldigend. »Und ich bin ganz überzeugt davon, daß er sein Gesicht niemals weiß anstreichen würde.«

»Aber was könnte er denn sonst machen?«

»Ich glaube«, sagte Pater Brown, »er würde sein Gesicht schwärzen.«

Flambeau stand regungslos ans Geländer gelehnt da und lachte.

Pater Brown lehnte auch regungslos am Geländer, hob einen Augenblick den Finger und deutete in die Richtung der maskierten Negersänger mit rußgeschwärzten Gesichtern, die am Ufer eine Vorstellung gaben.

Der Salat des Oberst Cray

Pater Brown schritt an einem geisterhaft weißen Morgen von der Messe heimwärts. Der Nebel stieg langsam empor – es war einer jener Morgen, da das Licht selbst wie ein geheimnisvolles Element auf uns wirkt. Die Umrisse einzelner Bäume traten immer deutlicher aus diesen wallenden Dämpfen hervor, als wären sie zuerst mit grauer Kreide und dann in Kohle gezeichnet worden. In noch weiterer Entfernung tauchten nun zeitweise die Häuser aus der zerrissenen Kette der äußersten Vorstadtgrenze auf. Auch ihre Umrisse wurden immer klarer, bis Pater Brown die einzelnen Häuser unterschied, deren Besitzer er zum Teil flüchtig kannte oder doch zumindest größtenteils dem Namen nach. Doch alle Türen und Fenster waren geschlossen; jene Leute dort pflegten um diese Stunde noch nicht auf zu sein, geschweige denn um eines solchen Zweckes willen unterwegs wie er. Doch als er an einer hübschen Villa mit Veranda und großem, schön angelegtem Garten vorbeiging, vernahm er ein Geräusch, das ihn beinahe unwillkürlich haltmachen ließ. Es war das unverkennbare Geräusch einer abgeschossenen Pistole oder einer kleinen Büchse oder sonstigen leichten Feuerwaffe; aber es war nicht dies, was den Priester am meisten stutzig machte. Auf das erste starke Geräusch folgten augenblicklich eine Reihe schwächerer Geräusche – er zählte ungefähr sechs. Erst vermutete er, es sei das Echo; doch das Merkwürdige war, daß das Echo dem ursprünglichen Geräusch nicht im mindesten glich. Es glich auch nichts anderem, was er sich vorstellen konnte; die drei Dinge, die der Sache noch am nächsten kamen, waren das Geräusch beim Öffnen einer Sodawasserflasche oder eines der vielen Geräusche, die ein Tier macht, oder das Geräusch, das entsteht, wenn ein Mensch das Lachen zurückzuhalten versucht. Keines von diesen schien hier irgendeinen Sinn zu ergeben.

Pater Brown bestand aus zwei Menschen. Da gab es einen Mann des praktischen Lebens, der, bescheiden wie eine Primel und pünktlich wie eine Uhr, die kleine Runde seiner Pflichten machte und niemals davon träumte, etwas daran zu ändern. Dann gab es da noch einen Mann der theoretischen Überlegung, der noch viel schlichter, aber auch viel stärker war und sich nicht leicht aufhalten ließ; ein Mann, dessen Gedanken immer – in dem einzig vernünftigen Sinn des Wortes – freie Gedanken waren. Er konnte nicht umhin, sich, wenn auch nur unbewußt, alle irgendwie möglichen Fragen zu stellen und so viele davon zu beantworten, wie er eben konnte; all dies ging mit der Selbstverständlichkeit des Atmens oder der Blutzirkulation vor sich. Aber vorbedachterweise ließ er sich durch seine Handlungen niemals über den Bereich seiner Pflichten hinausführen; in diesem Falle jedoch wurden seine beiden Fähigkeiten hart auf die Probe gestellt. Er entschloß sich, wieder durch die Dämmerung weiterzuwandern, mit der Begründung, daß ihn die Sache nichts anginge, aber er konnte doch nicht umhin, instinktiv zwanzig verschiedene Theorien im Geiste zu erwägen, was für ein merkwürdiges Geräusch das gewesen sein mochte. Dann plötzlich glänzte die graue Horizontlinie silberfarben auf, und Pater Brown erkannte, daß jenes Haus einem angloindischen Major namens Putnam gehörte, dessen aus Malta stammender Koch Pater Browns Kirchengemeinde angehörte. Er erinnerte sich jetzt auch langsam, daß Pistolenschüsse oft eine gefährliche Sache sind und Folgen nach sich ziehen, die legitimerweise in seinen Pflichtbereich fielen. Er drehte um und schritt auf die Tür des Hauses zu.

An der Seitenmauer des Hauses, ungefähr in der Mitte derselben, ragte ein Vorsprung heraus, der wie ein sehr niedriger Schuppen aussah; es war, wie Pater Brown später herausfand, ein großer Kehrichtbehälter. Dort um die Ecke kam eine Gestalt, die – erst wie ein bloßer Schatten im Nebel – sich anscheinend vorbeugte und suchend umherschaute. Im Näherkommen verdichtete sich die Gestalt zu einem Körper, der allerdings ungewöhnlich kompakt zu nennen war. Major Putnam war ein kahlköpfiger Mann mit einem Stiernacken, klein und sehr breit, mit einem jener apoplektisch wirkenden Gesichter, die durch den dauernden Versuch entstehen, orientalisches Klima mit okzidentalem Wohlleben zu vereinen. Doch war es ein gutmütiges Gesicht und zeigte sogar jetzt, da es einen offenkundig bestürzten und fragenden Ausdruck trug, ein gewisses unschuldiges Grinsen. Der Mann hatte einen großen Hut aus Palmblättern auf den Hinterkopf zurückgeschoben, was wie ein zu diesem Gesicht keineswegs passender Heiligenschein wirkte, doch sonst trug er nur einen sehr grellfarbigen, rot und gelb gestreiften Pyjama, der zwar sehr prächtig anzusehen war, an einem so frischen Morgen jedoch ziemlich kühl sein mochte. Er war offenbar in großer Eile aus dem Hause gestürzt, und der Priester war gar nicht erstaunt, ohne weitere Umstände von ihm angerufen zu werden: »Haben Sie das Geräusch gehört?«

»Ja«, antwortete Pater Brown. »Ich bin darum hereingekommen; ist vielleicht etwas nicht in Ordnung?«

Der Major sah ihn ein wenig merkwürdig mit seinen gutmütigen Stachelbeeraugen an. »Was für ein Geräusch, glauben Sie, war das?« fragte er.

»Es klang wie ein Gewehr oder etwas dergleichen«, antwortete der andere etwas zögernd; »aber es schien von einem so eigentümlichen Widerhall gefolgt.«

Der Major sah ihn immer noch ruhig, doch ein wenig neugierig an, als die Haustüre aufgerissen wurde und eine Flut von Gaslicht sich in den schwindenden Morgennebel ergoß. Eine zweite Gestalt im Pyjama sprang oder stolperte in den Garten hinaus. Es war eine längere, schlankere und mehr athletische Gestalt; der Pyjama, obwohl gleichfalls von tropischer Färbung, war verhältnismäßig geschmackvoll, nämlich weiß mit hellen, zitronengelben Streifen. Der Mann sah verstört aus; doch war er hübsch zu nennen, und sein Gesicht war sonnenverbrannter als das des anderen. Er hatte ein Adlerprofil und tiefliegende Augen; seltsam wirkte das schwarze Haar zusammen mit dem viel helleren Schnurrbart. Pater Brown beobachtete all diese Details später in größerer Muße. Für den Augenblick fiel ihm an dem Mann nur ein einziges Ding auf: Er trug nämlich einen Revolver in der Hand.

»Cray!« rief der Major aus und starrte ihn an. »Hast du den Schuß abgefeuert?«

»Ja«, antwortete der schwarzhaarige Mann aufgeregt, »und du hättest an meiner Stelle dasselbe getan. Wenn du überall von Teufeln verfolgt und gejagt wärest und beinahe...«

Der Major unterbrach ihn schnell. »Das hier ist mein Freund, Pater Brown«, sagte er. Und dann zu Brown gewendet: »Ich weiß nicht, ob Sie Oberst Cray von der Königlichen Artillerie kennen?«

»Ich habe natürlich schon von ihm gehört«, sagte Pater Brown schlicht. »Haben Sie – haben Sie etwas getroffen?«

»Ich hätte es eigentlich angenommen«, sagte Cray ernsthaft.

»Ist er...«, fragte Major Putnam leise, »ist er niedergefallen, oder hat er aufgeschrien oder etwas dergleichen?«

Oberst Cray sah seinen Gastgeber mit seltsamen, festen Blicken an. »Ich werde dir genau sagen, was er getan hat«, erwiderte er. »Er hat geniest.«

Pater Brown hob die Hand, als wollte er sich an den Kopf greifen. Es war die Gebärde eines Menschen, der sich eines entfallenen Namens erinnert. Jetzt wußte er, was jenes Geräusch war, das weder mit Sodawasser noch mit dem Schnaufen eines Hundes ganz übereinstimmte.

»Nun«, äußerte der Major, »ich dachte nie, daß ein Dienstrevolver einen Menschen zum Niesen bringt.«

»Ich auch nicht«, sagte Pater Brown leichthin. »Es ist ein Glück, daß Sie nicht Ihre Kanonen gegen ihn gerichtet haben; er hätte sich sonst leicht tüchtig verkühlen können.« Dann sagte er nach einem verlegenen Schweigen: »War es ein Einbrecher?«

»Gehen wir hinein«, sagte Major Putnam etwas scharf und führte die Gesellschaft ins Haus.

Drinnen wurden sie von der widerspruchsvollen Tatsache überrascht, die zu solcher Morgenstunde schon viele Leute in Erstaunen gesetzt hat, daß das Zimmer nämlich, selbst nachdem der Major in der Halle das Gaslicht abgedreht hatte, heller zu sein schien als der Himmel draußen. Pater Brown bemerkte voll Verwunderung, daß der Speisetisch wie zu einem Festmahl gedeckt war; die Servietten steckten in Ringen, und neben jedem Teller standen Weingläser von etwa sechs ungebräuchlichen Formen. Es wäre ziemlich selbstverständlich gewesen, zu einer solchen Stunde die Überreste eines Banketts der vergangenen Nacht vorzufinden; doch so zeitig in der Frühe alles für ein Festmahl vorbereitet zu finden, war ungewöhnlich.

Während Brown unschlüssig in der Halle stand, eilte Major Putnam an ihm vorbei und ließ seinen prüfenden Blick über den ganzen länglichen Tisch gleiten. Endlich stieß er hastig hervor: »Das ganze Silber ist fort! Die Fischbestecke und alle Gabeln fehlen. Das alte Essig-und-Öl-Gestell fehlt. Sogar das alte silberne Sahnekännchen fehlt. Und jetzt, Pater Brown, kann ich auch Ihre Frage beantworten, ob es ein Einbruch war.«

»Das ist nur ein Blendwerk«, sagte Cray eigensinnig. »Ich weiß besser als ihr, warum dieses Haus verfolgt wird; ich weiß besser, warum...«

Der Major klopfte ihm mit einer Gebärde auf die Schulter, welche an den Versuch erinnerte, ein krankes Kind zu beruhigen. Er sagte: »Es war ein Einbrecher. Es war offenbar ein Einbrecher.«

»Ein Einbrecher, der einen Schnupfen hatte«, bemerkte Pater Brown, »das kann Ihnen helfen, seine Spur in der Umgebung zu verfolgen.«

Der Major schüttelte mit trübseliger Miene den Kopf. »Der muß schon viel zu weit sein, fürchte ich, als daß man seine Spur noch verfolgen könnte«, sagte er.

Dann, als der ruhelose Mann mit dem Revolver sich wieder dem Garten zuwendete, fügte der Major mit leiser Stimme vertraulich hinzu: »Ich weiß nicht, ob ich nach der Polizei schicken soll, denn ich fürchte, mein Freund ist ein wenig zu leichtsinnig mit seiner Kugel umgegangen und hat sich nicht innerhalb der Schranken des Gesetzes gehalten. Er hat bisher in sehr wilden Gegenden gelebt, und, um aufrichtig zu sein, ich glaube, er bildet sich gewisse Dinge oft nur ein.«

»Sie haben mir einmal, wenn ich mich recht erinnere, erzählt, er bilde sich ein, von einer geheimen indischen Sekte verfolgt zu werden.«

Major Putnam nickte, doch zuckte er gleichzeitig die Achseln. »Ich meine, wir täten jetzt besser, ihm zu folgen«, sagte er, »ich möchte nicht, daß noch mehr – sagen wir, geniest wird.«

Sie traten nun in das helle Morgenlicht hinaus, das jetzt schon eine Spur Sonnenschein in sich trug, und sahen die hohe Gestalt des Oberst Cray so tief gebeugt, daß sie beinahe in der Mitte zusammengefaltet schien; er war damit beschäftigt, den Kiesweg und den Rasen um das Haus genau zu untersuchen. Während der Major unauffällig auf ihn zuschlenderte, wendete sich der Priester, gleichfalls wie von ungefähr, nach einer anderen Richtung, die ihn um die Ecke des Hauses führte, etwa eine Elle von jenem hervorstehenden Kehrichtbehälter entfernt.

Er stand und starrte dieses trübselige Ding einige Sekunden lang an, dann schritt er näher hinzu, öffnete den Deckel und steckte den Kopf hinein, Staub und andere farblose Dinge wurden dabei emporgewirbelt, aber auf seine äußere Erscheinung achtete Pater Brown niemals, was immer sonst er auch beachtete. So blieb er eine geraume Zeit, wie in irgendwelche mystischen Gebete versunken. Dann tauchte er wieder hervor, ein wenig Asche im Haar, und schritt unbekümmert hinweg.

Als er wieder zu der Gartentüre kam, fand er dort eine kleine Menschenansammlung, die alles Krankhafte fortzufegen schien, wie das Sonnenlicht den Nebel verscheucht hatte. Der Anblick wirkte in keiner Weise durch irgendwelche Vernunftgründe beruhigend, er war nur einfach so grotesk komisch wie eine Gruppe von Dickens-Figuren. Major Putnam hatte inzwischen Zeit gefunden, ins Haus zu schlüpfen und ein vernünftiges Hemd, eine Hose und eine kurze, leichte Bluse anzuziehen. In dieser normalen Kleidung schien sein rotes, wohlgenährtes Gesicht vor Alltagsherzlichkeit schier platzen zu wollen. Er redete mit großer Nachdrücklichkeit, aber das geschah darum, weil er mit seinem Koch sprach – jenem dunkelfarbenen Sohne Maltas, dessen gelbes, schmales und beinahe sorgenvolles Gesicht seltsam von seiner schneeweißen Mütze abstach. Der Koch hatte auch allen Grund, bekümmert und sorgenvoll auszusehen, denn die Kochkunst war des Majors Steckenpferd. Er war einer jener Amateure, die immer mehr verstehen als Professionals. Der einzige Mensch, dem er ein Urteil über eine Omelette zubilligte, war sein Freund Cray – und bei diesem Gedanken sah sich Brown nach jenem anderen Offizier um. In dem neuen Morgenlicht und in Gegenwart ordentlich gekleideter Leute, die mit vernünftigen Dingen beschäftigt waren, wirkte der Anblick wie ein Schock. Die hohe, elegante Gestalt war immer noch im Nachtgewand, und so kroch er mit zerzaustem Haar auf Händen und Knien im Garten herum und suchte die Spur des Diebes; von Zeit zu Zeit schlug er vor Ärger, sie nicht gefunden zu haben, mit der Faust gegen den Boden. Als der Priester den Mann gleich einem Vierfüßler im Grase erblickte, zog er bekümmert die Brauen in die Höhe, und es fiel ihm zum erstenmal ein, daß jenes Wort des Majors, »Cray bilde sich gewisse Dinge ein«, vielleicht nur ein beschönigender Ausdruck gewesen sein mochte.

Die dritte Person in der Gruppe des Kochs und des Epikureers war gleichfalls eine dem Priester bekannte Erscheinung. Es war Audrey Watson, des Majors Mündel und Wirtschafterin; in diesem Augenblick – nach ihrer Schürze, den aufgerollten Ärmeln und ihrem entschlossenen Benehmen zu urteilen – viel mehr seine Wirtschafterin als sein Mündel.

»Das geschieht dir recht«, sagte sie; »ich habe dir immer gesagt, daß du das altmodische Essig-und-Öl-Gestell nicht verwenden sollst.«

»Ich hab' es aber lieber als das andere«, sagte Putnam versöhnlich. »Ich bin selbst altmodisch, und die Dinge sollen zusammenpassen.«

»Und zusammen verschwinden, wie du siehst«, erwiderte sie. »Nun, wenn du dir aus dem Einbruch nichts machst, so würde ich mir wegen des Lunchs keine Sorgen machen. Aber es ist Sonntag, und man kann nicht um Essig und all das Zeug in die Stadt schicken; und ihr Herren aus Indien könnt ein Essen ohne diese Zutaten nie recht genießen. Ich wollte jetzt, du hättest meinen Vetter Oliver nicht gebeten, mich zu dem musikalischen Gottesdienst zu begleiten. Der ist sicher nicht vor halb ein Uhr zu Ende, und der Oberst muß vor dieser Zeit von hier fort. Ich glaube wirklich nicht, daß ihr Männer allein fertig werden könnt.«

»O ja, ganz gewiß, meine Liebe«, sagte der Major und sah sie liebevoll an. »Marco hat alle möglichen sauren Soßen, und wir haben es uns schon oft in sehr wilden Gegenden einzurichten verstanden, wie du eigentlich wissen solltest. Auch ist es Zeit, daß du endlich einmal eine Unterhaltung hast, Audrey, du darfst doch nicht den ganzen Tag nur Wirtschafterin sein, und ich weiß, daß du gerne Musik hörst.«

»Ich möchte gerne in die Kirche gehen«, sagte sie und warf ihm einen strengen Blick zu.

Sie war eine jener schönen Frauen, die immer schön sind, weil ihre Schönheit nicht von einer gewissen Beleuchtung oder einer besonderen Haltung und Gebärde abhängt, sondern in der Form ihres Kopfes und der Linie ihrer Gesichtszüge liegt. Doch obwohl sie noch jung zu sein schien und ihr kastanienbraunes Haar von tizianischer Fülle und Schattierung war, lag um ihren Mund und um ihre Augen ein Zug, der den Eindruck erweckte, als wäre sie von einem geheimen Kummer frühzeitig verbraucht, wie der Wind mit der Zeit die Kanten und Ecken eines griechischen Tempels verwüstet. Denn die kleine häusliche Schwierigkeit, der sie jetzt so große Bedeutung beizumessen schien, war eher komisch als tragisch. Pater Brown entnahm aus der Unterhaltung, daß Cray, der andere »gourmet«, vor der gewöhnlichen Speisestunde abreisen mußte und daß Putnam, sein Gastgeber, sich nicht um ein Abschiedsfest für den alten Busenfreund bringen lassen wollte und darum ein eigenes »déjeuner« bestellt hatte, das im Laufe des Vormittags, während Audrey und andere ernsthafte Leute dem Gottesdienst beiwohnten, serviert und eingenommen werden sollte. Audrey sollte zur Kirche gehen in Begleitung eines Verwandten und alten Freundes, Doktor Oliver Omans, der zwar ein etwas vertrockneter Wissenschaftler, aber ein begeisterter Musikliebhaber war, bereit, sogar in die Kirche zu gehen, wenn es galt, ein Orgelkonzert zu hören. An alldem war nichts zu finden, was auf den Grund der Traurigkeit in Fräulein Watsons Gesicht hätte schließen lassen können, und Pater Brown wendete sich instinktiv und halb unbewußt wieder dem anscheinend verrückten Mann zu, der im Grase herumkroch.

Als er sich Cray näherte, wendete dieser plötzlich den zerzausten Kopf zu ihm empor, als wundere er sich über die verlängerte Anwesenheit des anderen. Und wirklich war Pater Brown, aus Gründen, die wohl nur ihm selbst bekannt waren, länger geblieben, als es die Höflichkeit verlangte, ja sogar im gewöhnlichen Sinne länger, als eigentlich nach den Regeln der Höflichkeit zulässig gewesen wäre.

»Nun!« rief Cray und sah ihn zornig an. »Ich vermute, Sie halten mich auch für verrückt, so wie alle anderen hier es tun?«

»Ich habe diese Annahme freilich erwogen«, antwortete der kleine Priester ruhig und gefaßt. »Aber ich bin geneigt, Sie nicht dafür zu halten.«

»Was wollen Sie damit sagen?« schnauzte Cray ihn wütend an.

»Verrückte Leute«, erklärte Pater Brown, »versuchen ihre Krankheit immer zu schützen und zu nähren, sie sträuben sich niemals dagegen. Sie aber wollen Spuren des Einbrechers finden, selbst wenn keine vorhanden sind. Sie kämpfen dagegen an. Sie suchen, was kein Wahnsinniger sucht.«

»Und was ist das?«

»Sie suchen, eines Irrtums überführt zu werden«, sagte Pater Brown.

Während der letzten Worte war Cray auf die Beine gesprungen oder hatte sich, besser gesagt, taumelnd aufgerichtet und starrte den Priester aufgeregt an. »Zum Teufel, das ist wahr!« rief er. »Sie wollen mich hier alle davon überzeugen, daß der Kerl nur auf das Silber aus war – als ob ich es nicht gar zu gerne selbst glauben möchte! Sie wollte mich auch davon überzeugen«, und er deutete mit seinem zerrauften schwarzen Kopf nach Audrey hin, »sie hat mir Vorwürfe gemacht, wie grausam es von mir sei, einen harmlosen Einbrecher niederzuschießen, und daß ich den leibhaftigen Teufel im Leibe hätte in meiner Verfolgungssucht gegen harmlose Eingeborene. Aber ich war früher ganz gutmütig – ebenso gutmütig wie Putnam.«

Nach einer Pause fügte er noch hinzu: »Schaun Sie, ich habe Sie nie zuvor gesehen, aber Sie sollen selbst über diese ganze Geschichte urteilen. Der alte Putnam und ich waren Regimentskameraden, doch dank irgendeines Vorfalls an der Grenze von Afghanistan bekam ich viel früher als alle anderen ein eigenes Regiment; dann wurden wir beide für einige Zeit auf Krankenurlaub nach Hause geschickt. Dort draußen hatte ich mich mit Audrey verlobt, und später reisten wir alle gemeinsam wieder zurück. Doch auf der Rückreise ereigneten sich seltsame Dinge. Infolge davon will Putnam die Verlobung rückgängig machen, und sogar Audrey zieht die Sache hin und ist unentschlossen – und ich weiß, was sie glauben. Ich weiß, wofür sie mich halten. Und Sie wissen es auch.

Nun, das sind die Tatsachen: Wir waren einmal in einer indischen Stadt, und ich bat Putnam, mir einige Zigarren zu verschaffen. Er sagte mir, ich würde sie seinem Hause gegenüber bekommen. Ich habe später erfahren, daß er recht hatte, aber ›gegenüber‹ ist eine gefährliche Bezeichnung, wenn ein anständiges Haus sechs elenden Hütten gegenübersteht, und ich muß mich eben in der Türe geirrt haben. Ich konnte sie nur mit Mühe öffnen, und, als es mir endlich gelang, befand ich mich in einem finsteren Raum. Als ich mich jedoch umwendete, hatte sich die Türe langsam wieder geschlossen und war endlich mit einem Geräusch wie von unzähligen Riegeln ins Schloß gefallen. Es blieb mir nichts anderes übrig, als vorwärts zu gehen, was ich auch tat. Ich schritt durch stockfinstere Gänge, dann gelangte ich an eine Treppe und endlich an eine geschlossene Türe, deren Klinke ich tastend fand und endlich öffnete. Wieder trat ich ins Halbdunkel heraus, das durch eine Unmenge kleiner, doch ruhig brennender Lampen in einen grünlichen Dämmerschein verwandelt wurde. Die Lampen brannten tief unten am Boden und erhellten nur den Fußboden oder den Saum irgendeines riesigen, leeren Raumes. Knapp vor mir befand sich etwas, das wie ein Berg aussah. Offen gestanden wäre ich beinahe umgefallen, als ich erkannte, daß es ein Götzenbildnis war. Und was noch schlimmer war, ein Götzenbildnis, das mir den Rücken zukehrte.

Es war wohl kaum eine menschenähnliche Gestalt, soviel ich nach dem kleinen, plattgedrückten Kopf und mehr noch nach dem Schwanz oder dem schwanzähnlichen Glied urteilen konnte, das, hinten hinaufgedreht, wie ein widerlicher, großer Finger auf irgendwelche mystischen, in der Mitte des riesigen Steinrückens eingeschnitzte Zeichen deutete. Ich wollte, nicht ohne leises Entsetzen, eben versuchen, die Hieroglyphenschrift in der trüben Beleuchtung zu entziffern, als sich etwas noch Entsetzlicheres ereignete. Eine Türe öffnete sich leise in der Tempelmauer hinter mir, und ein Mann mit einem braunen Gesicht und in einem schwarzen Rock trat herein. Auf seinem Gesicht lag ein starres Lächeln, er hatte eine kupferfarbene Haut und elfenbeinfarbene Zähne; doch ich glaube, das Schreckliche an ihm war, daß er europäische Kleider trug. Ich wäre vielleicht darauf gefaßt gewesen, glaube ich, vermummte Priester oder nackte Fakire zu erblicken. Aber dies schien zu besagen, daß die Teufelei über die ganze Welt verbreitet sei. Was sich auch später als wahr erwies.

›Hättest du nur des Affen Füße erblickt‹, sagte der Mann ohne jede Einleitung, immer noch mit jenem starren Lächeln, ›so wären wir sanft mit dir umgegangen, du wärest einfach gemartert worden und wärest endlich gestorben. Hättest du des Affen Antlitz erblickt, wären wir immer noch milde und tolerant geblieben – du wärest nur gemartert worden und hättest weitergelebt. Doch da du des Affen Schwanz gesehen hast, müssen wir das schrecklichste Urteil sprechen. Das heißt: Zieh frei von hinnen!‹

Als er diese Worte gesprochen hatte, hörte ich, wie die eiserne Klinke, mit der ich mich geplagt hatte, sich automatisch öffnete und wie dann weit draußen am Ende des Ganges, den ich durchschritten hatte, die Straßentüre ihre eigenen Riegel zurückschob.

›Es wäre vergebens, um Gnade zu bitten; du bist frei und mußt gehen‹, sagte der Mann mit dem Lächeln. ›Von nun an soll dich ein Haar wie ein Schwert treffen und ein Atemzug wie Schlangenbisse brennen; die Waffen sollen aus dem Nichts auf dich eindringen, und du sollst tausend Tode sterben.‹ Und damit verschlang ihn die Mauer wieder; und ich ging auf die Straße hinaus.«

Cray schwieg, und Pater Brown setzte sich unbefangen ins Gras und fing an, mit den Gänseblumen zu spielen.

Dann fuhr der Offizier fort: »Putnam machte sich natürlich mit seinem heiteren gesunden Menschenverstand über alle meine Befürchtungen lustig, und von jenem Tage an hat er angefangen, an meinem normalen Geisteszustand zu zweifeln. Nun, ich will Ihnen einfach mit möglichst wenigen Worten die drei Dinge erzählen, die sich seither zugetragen haben, und Sie sollen selbst urteilen, wer von uns beiden recht hat.

Das erste ereignete sich in einem indischen Dorfe am Rande des Dschungels, doch viele hundert Meilen von jenem Tempel entfernt, wo der Fluch über mich gesprochen worden war. Ich wachte mitten in der Nacht auf und lag im Bett, ohne an etwas Besonderes zu denken. Da fühlte ich ein leises Kitzeln, als würde ein Faden oder ein Haar über meinem Halse vorbeigezogen. Ich fuhr ausweichend zurück und konnte nicht umhin, an jene Worte im Tempel zu denken. Doch als ich aufstand, Licht machte und einen Spiegel zur Hand nahm, sah ich, daß eine blutrote Linie über meinen Hals lief.

Das zweite ereignete sich in einem Quartier in Port Said, einige Zeit später, auf unserer gemeinsamen Heimreise. Es war ein Zwischending zwischen Herberge und Raritätenladen, und, obwohl dort nichts zu sehen war, was auch nur im entferntesten an den Affenkult erinnerte, ist es natürlich doch möglich, daß sich einige Bildnisse oder Talismane dieser Art von Götzenverehrung an einem solchen Ort befanden. Jedenfalls war der Fluch dort wirksam. Wieder wachte ich in der Dunkelheit der Nacht auf mit einer Empfindung, die man durch kein nüchterneres und treffenderes Wort wiedergeben kann, als daß ein Atemhauch wie Schlangenbisse brannte. Alles Leben in mir war nur noch der Todeskampf vor dem Verlöschen. Ich stieß mit dem Kopf gegen viele Mauern, bevor ich gegen ein Fenster stieß und in den darunter befindlichen Garten mehr fiel als sprang. Putnam, der arme Kerl, der das andere einen zufälligen Kratzer genannt hatte, wurde nun gezwungen, die Tatsache, daß er mich am nächsten Morgen halb bewußtlos im Grase liegen fand, etwas ernster zu nehmen. Doch ich fürchte, er hat nur meinen Geisteszustand ernst genommen, nicht aber meine Geschichte.

Das dritte Ereignis trug sich in Malta zu. Wir befanden uns dort in einer Festung, und unsere Schlafzimmer hatten zufällig die Aussicht aufs Meer, das beinahe bis zu unseren Fenstersimsen herangereicht hätte, wäre nicht die flache weiße äußere Festungsmauer gewesen, die ebenso kahl war wie das Meer. Wieder erwachte ich, aber diesmal war es nicht dunkel. Heller Mondenschein erleuchtete das Zimmer, als ich zum Fenster schritt. Ich hätte einen Vogel auf der kahlen Mauer sehen können oder ein Segel am Horizont. Was ich jedoch sah, war eine Art Stock oder ein Zweig, der in kreisförmigen Linien frei im leeren Raume schwebte. Dann schoß das Ding plötzlich schnurgerade in mein Fenster und zertrümmerte die Lampe neben meinem Bett, das ich eben verlassen hatte. Es war eine jener seltsam geformten Keulen, die von einigen Stämmen des Ostens als Waffen verwendet werden. Doch war sie von keiner Menschenhand geschleudert worden...«

Pater Brown warf einige abgerissene Gänseblümchen fort und erhob sich mit nachdenklichem Gesichtsausdruck. »Besitzt Major Putnam«, fragte er, »irgendwelche Sehenswürdigkeiten oder Götzenbilder oder exotische Waffen, die man flüchtig sehen könnte?«

»Ja, eine ganze Menge, obwohl das nicht viel nützen dürfte, fürchte ich«, erwiderte Cray, »aber kommen Sie auf alle Fälle in sein Arbeitszimmer.«

Beim Betreten des Hauses begegneten sie Fräulein Watson, die im Begriffe war, die Handschuhe zuzuknöpfen, und von weiter unten hörten sie die Stimme Putnams, die dem Koch immer noch eine Vorlesung hielt über irgendeine Kochkunst. Im Arbeitszimmer des Majors stießen sie plötzlich auf einen neuen Gast, der im Zylinderhut und Straßenanzug am Rauchtischchen saß, über ein offenes Buch gebeugt – ein Buch, das er ein wenig schuldbewußt fallen ließ, um sich den Eintretenden zuzuwenden. Cray stellte ihn höflich als Doktor Oman vor, doch sein Gesicht zeigte so deutlich alle Anzeichen einer tiefen Abneigung, daß Brown die Rivalität der beiden – ob Audrey nun davon wußte oder nicht – auf den ersten Blick erkannte. Doktor Oman war ein auffallend gut gekleideter Herr; er hatte angenehme Gesichtszüge, wenn seine Haut auch beinahe so dunkel war wie die eines Asiaten.

Cray schien das kleine Gebetbuch in Omans behandschuhter Hand besonders aufreizend zu finden.

»Ich wußte nicht, daß Ihnen dergleichen liege«, sagte er ein wenig unhöflich.

Oman lachte milde, doch wirkte seine Art nicht beleidigend. »Das hier gehört mehr in mein Fach, ich weiß«, sagte er und legte die Hand auf das Buch, das er hatte fallen lassen, »es ist ein Nachschlagewerk über betäubende Getränke und ähnliches. Aber es ist ein wenig zu groß, um es mit in die Kirche zu nehmen.« Damit schlug er das Buch zu, und wieder lag etwas wie Eile oder Verlegenheit in dieser Gebärde.

»Ich nehme an«, sagte der Priester, der das Gesprächsthema wechseln wollte, »daß alle diese Speere und die übrigen Dinge hier aus Indien stammen?«

»Oh, die sind von überall«, antwortete der Doktor. »Putnam ist ein alter Soldat und war, soviel ich weiß, in Mexiko und in Australien und auf den Inseln der Kannibalen.«

»Ich hoffe, daß er zumindest seine Kochkunst nicht bei den Kannibalen gelernt hat«, sagte Pater Brown. Und er ließ seine Blicke über die Bratpfannen und anderen seltsamen Gegenstände schweifen, die an der Wand hingen.

In diesem Augenblick steckte der heitere Gegenstand ihrer Unterhaltung sein lachendes, krebsrotes Gesicht zur Türe herein. »Komm, Cray!« rief er. »Das Essen ist fertig. Und die Glocken läuten für jene, die zur Kirche gehen wollen.«

Cray schlüpfte hinaus, um sich umzukleiden; Doktor Oman und Fräulein Watson gingen gemessenen Schrittes die Straße hinab und schlossen sich einem Strom anderer Kirchgänger an; doch Pater Brown bemerkte, daß der Doktor sich zweimal umsah, ja sogar, bei der Ecke der Straße angelangt, wieder umkehrte und nochmals scharf prüfend zu dem Hause hinaufblickte.

Der Priester war ein wenig verwirrt. »Er kann doch nicht bei dem Kehrichtbehälter gewesen sein«, brummte er leise vor sich hin. »Zumindest nicht in diesen Kleidern. Oder ist er zu einer noch früheren Morgenstunde dagewesen?«

Pater Brown war in bezug auf andere Menschen so empfindlich wie ein Barometer; doch heute schien er die Empfindsamkeit eines Rhinozerosses zu haben. Nach keiner Regel gesellschaftlicher Konvention, weder nach der strengsten noch nach der selbstverständlichsten, konnte man annehmen, daß er auch noch während des Essens der beiden Freunde weiter bleibe. Doch er blieb und verbarg die merkwürdige Situation unter einem Schwall zwar amüsanten, doch ganz zwecklosen Unterhaltungsgeredes. Sein Bleiben wurde um so verwunderlicher, als er nichts essen wollte. Es wurden nacheinander die gewähltesten und köstlichst bereiteten Gerichte aufgetragen, doch Pater Brown wiederholte immer nur, daß er einen Fasttag habe, und knabberte an einem Stückchen trockenem Brot. Doch in seinen Reden war er von übersprudelnder Laune.

»Ich werde Ihnen etwas sagen«, rief er; »wissen Sie, was ich für Sie tun werde? Ich werde Ihnen einen Salat anmachen! Ich darf ihn nicht essen, aber ich will ihn wie ein Engel zubereiten! Da haben Sie ja einen Kopfsalat.«

»Es ist leider das einzige, was wir haben«, antwortete der gutmütige Major. »Sie dürfen nicht vergessen, daß Senf, Essig, Öl und so weiter alles zusammen mit dem Ständer und dem Einbrecher verschwunden sind.«

»Ich weiß«, sagte Pater Brown ein wenig gleichgültig. »Das war es, was ich schon stets befürchtete. Darum trage ich diese Dinge immer bei mir. Ich esse Salat nämlich sehr gerne.«

Und zum Erstaunen der beiden Männer nahm er aus seiner Westentasche eine Pfefferdose und stellte sie auf den Tisch.

»Ich wundere mich, wozu der Einbrecher auch den Senf mitnahm«, fuhr er fort und holte aus einer anderen Tasche einen Senftiegel hervor. »Wahrscheinlich für ein Senfpflaster. Und Essig«, er zog diese Würze hervor, »ich glaube, ich habe einmal etwas über Essig und Packpapier gehört? Was nun das Öl anbelangt, so habe ich dieses, wenn ich nicht irre, in die linke...«

Er hielt plötzlich einen Augenblick lang mitten in seinem Geschwätz inne, denn als er zufällig die Augen hob, sah er, was keiner von den anderen sah: die schwarze Gestalt des Doktor Oman, die auf dem sonnenbeschienenen Rasen draußen stand und angestrengt ins Zimmer starrte. Bevor er sich wieder gesammelt hatte, war Cray ihm ins Wort gefallen.

»Sie sind ein merkwürdiger Kauz«, sagte er. »Ich werde mir Ihre Predigten anhören kommen, wenn diese ebenso unterhaltend sind wie Ihr Benehmen.« Da schlug seine Stimme um, und er lehnte sich in seinem Stuhl zurück.

»Oh, man kann auch über einen Gewürzständer predigen«, sagte Pater Brown ernsthaft. »Haben Sie nie von dem Glauben gehört, der wie ein Senfkorn war, oder von einer Salbung mit Öl? Und was den Essig anbelangt, kann denn ein Soldat jemals jenen Soldaten vergessen, der, als die Sonne sich verdunkelte...«

Oberst Cray beugte sich ein wenig vor und griff nach dem Tischtuch.

Pater Brown, der den Salat bereitete, tat schnell zwei Löffel Senf in ein Glas Wasser, das neben ihm stand, erhob sich und sagte mit plötzlich veränderter, lauter Stimme: »Trinken Sie das!«

In demselben Augenblick kam der Doktor, der bisher regungslos im Garten gestanden hatte, angerannt und riß ein Fenster auf. »Werde ich benötigt?« rief er. »Ist er vergiftet worden?«

»Beinahe«, sagte Brown mit einem ganz schwachen Lächeln; denn das Brechmittel hatte sofort gewirkt. Cray lag in einem Lehnsessel, keuchend, als schnappte er nach Luft, aber lebendig.

Major Putnam war aufgesprungen, sein purpurfarbenes Gesicht war weiß gefleckt. »Ein Verbrechen!« schrie er heiser. »Ich werde die Polizei holen!«

Der Priester hörte, wie er seinen Hut vom Kleiderhaken riß und zur Türe hinausstürzte; dann wurde die Gartentüre zugeschlagen. Doch Brown stand ruhig da, sah Cray an und sagte nach einer Pause leise:

»Ich werde jetzt nicht viel mit Ihnen reden; aber ich werde Ihnen sagen, was Sie wissen wollen. Es liegt kein Fluch auf Ihnen. Der Tempel des Affen war entweder ein Zufall oder ein Teil der Vorspiegelungen, und diese waren das Werk eines weißen Mannes. Es gibt nur eine Waffe, die bei federleichter Berührung Blut hervorbringt: eine Rasierklinge, von der Hand eines Weißen geführt. Es gibt nur eine Methode, einen gewöhnlichen Raum mit unsichtbaren, überwältigenden Giftdämpfen zu erfüllen: das Gas aufzudrehen – das Verbrechen eines Weißen. Und es gibt nur eine Keule, die, aus einem Fenster geschleudert, sich mitten in der Luft umdrehen und in das benachbarte Fenster fliegen wird: ein australischer Bumerang. Sie können einige davon im Arbeitszimmer des Majors sehen.«

Damit ging er hinaus und sprach einen Augenblick lang mit dem Doktor. Im nächsten Augenblick stürzte Audrey Watson ins Haus und sank vor Crays Stuhl auf die Knie. Brown konnte nicht hören, was die beiden miteinander sprachen, doch in ihren Gesichtern malte sich reines Erstaunen, keine Spur von Traurigkeit. Der Doktor und der Priester gingen langsam miteinander auf die Gartentüre zu.

»Ich nehme an, daß der Major auch in sie verliebt war«, sagte Brown seufzend, und als der andere nickte, bemerkte er: »Sie haben sich großmütig benommen, Doktor, das war schön von Ihnen. Aber wieso haben Sie Verdacht geschöpft?«

»Aus einer Kleinigkeit«, sagte Oman; »doch ich konnte in der Kirche keine Ruhe finden und mußte zurückkommen und sehen, ob alles in Ordnung sei. Jenes Buch auf seinem Tische war ein Werk über Gifte und lag an einer Stelle aufgeschlagen, wo erklärt wird, daß ein gewisses indisches Gift zwar tödlich wirke und schwer nachzuweisen sei, aber durch das einfachste Brechmittel besonders leicht unschädlich gemacht werden könne. Ich nehme an, daß er das im letzten Augenblick las . . .«

»Und sich erinnerte, daß im Gewürzständer Brechmittel zur Hand wären«, sagte Pater Brown. »Ganz richtig. Er hat, um ei-

nen Einbruch zu fingieren, das Silber zusammen mit dem Ständer in die Kehrichtkiste geworfen, wo ich alles fand. Doch wenn
Sie die Pfefferdose genau ansehen, die ich auf den Tisch gestellt
habe, so werden Sie ein kleines Loch darin finden. Dort hat
Crays Kugel eingeschlagen, den Pfeffer in die Luft geblasen
und den Verbrecher zum Niesen gezwungen.«

Es entstand eine Pause. Dann sagte Doktor Oman boshaft:
»Der Major sucht aber lange nach der Polizei.«

»Oder die Polizei sucht ihn«, sagte der Priester. »Nun, leben
Sie wohl.«

Pater Browns Märchen

Das malerische Städtchen Heiligwaldenstein bildet mit dem gleichnamigen Staate eines jener Duodez-Fürstentümer, aus denen das Deutsche Reich zum Teil noch so lange bestand. Es war der preußischen Hegemonie erst verhältnismäßig spät angegliedert worden – kaum fünfzig Jahre vor dem Tage, da Flambeau und Pater Brown in einem der Wirtsgärten des Städtchens zusammensaßen und von dem köstlichen einheimischen Biere tranken. Die Erinnerung an Krieg und Vergewaltigung des Rechtes lebte noch frisch im Herzen der Bevölkerung, wie hier gleich gezeigt werden soll. Doch konnte man sich, dem äußeren Anschein des Ortes nach, jenes Eindruckes von Kindlichkeit nicht erwehren, der den größten Reiz Deutschlands bildet – jener kleinen patriarchalischen Monarchien, in denen ein König ebenso häuslich erscheint wie ein Koch. Die deutschen Soldaten vor ihren unzähligen Schilderhäuschen sahen Zinnsoldaten merkwürdig ähnlich, und die sauberen Konturen des festungsartigen Schlosses, die im goldenen Sonnenschein glitzerten, sahen noch mehr wie vergoldeter Lebkuchen aus. Das Wetter war strahlend schön, der Himmel von so reinem Preußischblau, wie Potsdam selbst es nicht besser hätte verlangen können, doch schien die Farbe so verschwenderisch aufgetragen worden zu sein, wie Kinder dies mit ihren Ein-Schilling-Malkästen zu tun pflegen. Sogar die grau gerippten Bäume muteten jugendlich an, denn die spitzen Knospen daran waren noch rosafarben und sahen gegen den dunkelblauen Himmel wie eine Kinderzeichnung aus.

Obwohl Pater Brown höchst prosaisch aussah und sich beinahe ausschließlich mit höchst praktischen Dingen beschäftigte, ermangelte sein Wesen nicht einer gewissen Romantik, wenn er auch seine Wachträume meist für sich behielt, wie Kinder dies gewöhnlich zu tun pflegen. Inmitten der klaren, leuchtenden Farben eines solchen Tages und in dem Rahmen einer solchen Stadt hatte er ein wenig das Gefühl, als wäre er in einem Märchenland. Er empfand eine kindliche Freude an dem mächtigen Stockdegen, den Flambeau beim Gehen immer zu schwingen pflegte und der nun aufrecht neben seinem hohen Bierkrug stand. Ja, in dieser verspielten, träumerischen Stimmung sah er sogar in dem knotigen plumpen Griff seines eigenen schäbigen Schirmes eine schwache Ähnlichkeit mit der Keule irgendeines Ungeheuers, deren er sich aus einem Bilderbuch erinnerte. Doch niemals hatte er mit Ausnahme der folgenden Erzählung Märchen gedichtet.

»Ich möchte gerne wissen«, sagte er, »ob man an einem solchen Ort wirkliche Abenteuer erleben könnte, wenn man es darauf anlegte. Es wäre der richtige Hintergrund dafür, aber ich habe immer irgendwie das Gefühl, als ob die Leute hier mit Pappendeckelsäbeln auf einen losgingen, nicht mit wirklichen, schrecklichen Schwertern.«

»Sie irren sich«, sagte sein Freund. »Man kämpft hier nicht nur mit Schwertern, sondern man tötet sogar ohne sie. Ja, es gibt sogar noch schlimmere Dinge.«

»Wieso, was meinen Sie?« fragte Pater Brown.

»Nun«, erwiderte der andere, »ich möchte behaupten, daß dies der einzige Ort in Europa ist, an dem ein Mensch jemals ohne Feuerwaffe erschossen wurde.«

»Meinen Sie Pfeil und Bogen?« fragte Pater Brown verwundert.

»Ich meine, eine Kugel durch den Kopf schießen«, erwiderte Flambeau. »Kennen Sie nicht die Geschichte des letzten Fürsten hier? Das war vor etwa zwanzig Jahren einer der großen unaufgeklärten Kriminalfälle. Wie Sie sich gewiß erinnern, wurde dieser Staat gleich zu Beginn von Bismarcks Konsolidierungspolitik gewaltsam annektiert – wenn ich sage ›gewaltsam‹, so bedeutet das nicht, daß es gar so leicht war. Das Reich, oder was damals erst eines werden wollte, schickte einen Fürsten Otto von Großenmark hierher, um das Land nach den imperialistischen Grundsätzen des Reiches zu regieren. Wir haben das Porträt dieses Fürsten drüben in der Galerie gesehen; er wäre ein hübscher alter Herr zu nennen, wenn er nur eine Spur von Haaren oder Augenbrauen hätte und das Gesicht nicht gar so verrunzelt wäre; doch daran waren auch die aufreibenden Dinge schuld, die er mitzuteilen hatte und von denen ich Ihnen gleich erzählen werde. Er war ein erfolgreicher und geschickter Soldat, aber es war eben keine leichte Aufgabe, mit diesem kleinen Land hier fertig zu werden. Er wurde auch in mehreren Schlachten von den berühmten Brüdern Arnhold geschlagen – jenen drei kriegerischen Patrioten, denen Swinburne, wie Sie sich vielleicht erinnern werden, ein Gedicht widmete. Ja, es ist sogar höchst zweifelhaft, ob die Besetzung je hätte durchgeführt werden können, wenn nicht einer dieser drei Brüder, Paul, plötzlich niederträchtigerweise erklärt hätte, er wolle nicht mehr mittun; er hat dann auch tatsächlich alle Geheimnisse der Aufständischen verraten und es durchzusetzen verstanden, daß ihre Partei gestürzt und er schließlich zum Kämmerer des Fürsten Otto ernannt wurde. Danach wurde Ludwig, der einzige wirkliche Held unter den dreien, bei Einnahme der Stadt mit dem Schwert in der Hand getötet, während Heinrich, der dritte Bruder – der, wenn auch kein Verräter, doch immer der zahmste und ängstlichste von ihnen gewesen war –, sich in eine Art Einsiedelei zurückzog und sich zu einem christlichen Quietismus bekehrte, der beinahe etwas Quäkerhaftes an sich hatte. Er wollte überhaupt nichts mehr mit anderen Menschen zu tun haben, ausgenommen, daß er beinahe alles, was er besaß, den Armen schenkte. Man sagt, er sei noch vor kurzer Zeit gelegentlich hier in der Umgebung gesehen worden, ein Mann in einem schwarzen Mantel, beinahe gänzlich blind, mit weißem, wild flatterndem Haar und einem Antlitz von ganz erstaunlicher Sanftmut.«

»Ich weiß«, sagte Pater Brown, »ich habe ihn einmal gesehen.«

Sein Freund sah ihn erstaunt an. »Ich wußte nicht, daß Sie schon jemals hiergewesen sind«, sagte er. »Da wissen Sie vielleicht ebenso viel von diesen Dingen wie ich. Immerhin, das ist die Geschichte der Arnholds, und er war der letzte von ihnen. Ja, und der letzte von all denen, die in diesem Drama eine Rolle spielten.«

»Sie meinen, daß der Fürst schon vor langer Zeit starb?«

»Starb?« wiederholte Flambeau. »Ja, das ist so ziemlich alles, was wir darüber sagen können. Sie müssen nämlich wissen, er wurde gegen Ende seines Lebens von jenen Nervenzuständen geplagt, die bei Tyrannen nichts Seltenes sind. Er vergrößerte die Anzahl der gewöhnlichen Tages- und Nachtwachen rings um sein Schloß, bis es mehr Schilderhäuser in der Stadt zu geben schien als andere Häuser, und zweifelhafte Gestalten wurden ohne Gnade niedergeschossen. Er lebte beinahe ausschließlich in einem der innersten Gemächer des Schlosses, inmitten des ungeheuren Labyrinthes anderer Gemächer, und auch darin noch ließ er eine Art frei stehenden Verschlag errichten, dessen Wände aus Stahl waren wie ein Geldschrank oder ein Kriegsschiff. Man erzählt sogar, im Fußboden dieses Kämmerchens sei wieder noch ein geheimes Loch gewesen, kaum größer, als eben für seinen Körper nötig war, so daß er aus Angst vor dem Grab sich schon bei Lebzeiten an einem sehr ähnlichen Ort aufhielt. Aber er ging sogar noch weiter. Die Bevölkerung war seit der Unterdrückung des Aufstandes entwaff-

net, doch Otto bestand nun auf einer so gründlichen und abso-
luten Durchführung dieser Verordnung, wie sie nur höchst selten verlangt wird. Die Sache wurde mit ganz ungewöhnlicher
Sorgfalt und Strenge durchgeführt, und zwar durch sehr gut
organisierte Beamte, die ein jeweils ganz kleines ihnen bekanntes Gebiet durchsuchten; soweit man nach menschlichem Wissen überhaupt irgendeiner Sache vollkommen sicher sein kann,
durfte Fürst Otto sicher sein, daß auch nicht einmal eine Kinderpistole nach Heiligwaldenstein gebracht würde.«

»Menschliches Wissen kann niemals einer solchen Sache ganz
sicher sein«, sagte Pater Brown und sah immer noch nach den
roten Knospen an den Zweigen über seinem Kopfe, »und wäre
es auch nur wegen der Schwierigkeit einer genauen Definition
und Bezeichnung. Was ist eine Waffe? Es wurden schon Leute
mit den sanftesten Hausgeräten getötet; sicherlich schon mit
Teekesseln, vielleicht auch schon mit Teepuppen. Andererseits, wenn Sie einem alten Briten einen Revolver gezeigt hätten, so mag es zweifelhaft erscheinen, ob er ihn für eine Waffe
gehalten hätte – natürlich bevor man den Revolver auf ihn ab-
geschossen hätte. Vielleicht hat jemand eine so neuartige
Waffe eingeführt, daß man sie gar nicht als solche erkannte.
Vielleicht sah sie wie ein Fingerhut aus oder so ähnlich. War an
der Kugel irgend etwas Besonderes zu bemerken?«

»Nicht, daß ich wüßte«, antwortete Flambeau, »aber alle meine
Informationen sind nur mangelhaft und stammen von meinem
alten Freund Grimm. Er war ein sehr begabter Detektiv in
deutschen Diensten und hatte versucht, mich zu verhaften.
Statt dessen habe ich ihn verhaftet, und wir hatten manch interessante Unterhaltung miteinander. Er sollte hier Erkundigungen über Fürst Otto einholen, aber ich habe nie nach der
Kugel gefragt. Nach den Berichten Grimms hat sich folgendes
zugetragen.« Flambeau hielt einen Augenblick inne, um den
größten Teil seines Bierkruges zu leeren, und fuhr dann fort:

»An dem betreffenden Abend sollte der Fürst offenbar in einem der äußeren Gemächer erscheinen, um dort einige Besucher zu empfangen, die er sprechen mußte. Es waren geologische Sachverständige, die man hierhergeschickt hatte, um das Gestein der Umgebung auf seinen Goldgehalt hin zu prüfen; denn angeblich hatte der kleine Stadtstaat auf Grund dieses Reichtums seinen Kredit so lange wahren und sogar während der Belagerung den Handel mit den Nachbarländern weiter aufrechterhalten können. Bisher aber hatte selbst durch die allergenauesten Prüfungen nichts gefunden werden können...«

»Und dabei war man doch ganz sicher, eine Kinderpistole zu finden«, sagte Pater Brown lächelnd. »Aber was war mit dem verräterischen Bruder? Konnte der dem Fürsten nichts sagen?«

»Der beteuerte stets, er wisse nichts«, erwiderte Flambeau; »dies sei das einzige Geheimnis, das seine Brüder ihm nicht anvertraut hätten.

Übrigens wurde diese Aussage, wie man der Gerechtigkeit halber betonen muß, zum Teil durch einen abgebrochenen Satz des großen Ludwig bestätigt, der in seiner Sterbestunde, zu Heinrich gewandt und auf Paul deutend, sprach: ›Du hast ihm doch nicht gesagt...‹ Bald darauf war er nicht mehr imstande zu sprechen. Immerhin waren die Deputationen der berühmtesten Geologen und Mineralogen von Paris und Berlin in ihren prächtigsten und vorschriftsmäßigsten Gewändern erschienen, denn niemand trägt seine Orden so gerne wie Männer der Wissenschaft – wie jedermann weiß, der je einer Soirée bei Hofe beigewohnt hat. Es war eine glänzende Versammlung, aber erst spät und ganz allmählich entdeckte der Kämmerer – Sie haben auch sein Porträt gesehen, ein Mann mit schwarzen Augenbrauen, ernstem Blick und einem nichtssagendem Lächeln –, entdeckte der Kämmerer, sage ich, daß alle anwesend waren bis auf den Fürsten. Der Kämmerer durchsuchte sämtliche Zimmer und eilte endlich, der wahnsinnigen Angst des Fürsten eingedenk, in das innerste Gemach. Auch dieses war leer, und es dauerte eine Weile, bis man das eiserne Häuschen, das in der Mitte des Raumes stand, geöffnet hatte. Doch dann fand man auch dieses leer. Dann sah er in dem Loch unter dem Boden nach, das ihm, wie er berichtete, tiefer und grabähnlicher vorkam als je zuvor. In diesem Augenblick hörte er von den äußeren Räumen und Gängen her wildes Schreien und Lärmen.

Erst klang es wie dumpfes, verwirrtes Rufen aus weiter Ferne oder sogar von außerhalb des Schlosses; dann wieder war es wie wortlose Schreie aus unmittelbarer Nähe und laut genug, um jedes Wort unterscheiden zu können, wenn nicht eines das andere erschlagen hätte. Dann hallten Worte von erschreckender Deutlichkeit näher und immer näher, bis endlich ein Mann ins Zimmer stürzte und die Nachricht so kurz mitteilte, wie eine solche Nachricht eben mitgeteilt werden kann.

Otto, Fürst von Heiligwaldenstein und Großenmark, lag in der einbrechenden Dämmerung des Sonnenunterganges draußen im Wald hinterm Schloß, die Arme weit von sich gestreckt, das Antlitz dem Monde zugekehrt. Das Blut tropfte noch von seiner zerschmetterten Schläfe, aber das war auch das einzige an ihm, was sich bewegte. Er lag in seiner vollen, weiß und gelben Uniform, als stünde er im Begriffe, seine Gäste im Schloß zu empfangen; nur seine Schärpe war losgebunden und lag ein wenig zerknüllt an seiner Seite. Ehe man ihn aufheben konnte, war er tot. Doch, tot oder lebendig, war er ein Rätsel – er, der sich sonst immer in dem allerinnersten Raum versteckt hatte, nun dort draußen im Wald, unbewaffnet und allein.«

»Wer hatte die Leiche gefunden?« fragte Pater Brown.

»Ein Mädchen aus dem Schlosse namens Hedwig von irgend etwas«, erwiderte der Freund; »sie war im Wald gewesen, um Blumen zu pflücken.«

»Hatte sie welche gepflückt?« fragte der Priester und starrte zerstreut zu den Zweigen hinauf.

»Ja«, antwortete Flambeau. »Ich erinnere mich noch genau, der Kämmerer oder Grimm oder sonst jemand sagte, es wäre so schrecklich gewesen, als man auf ihr Rufen herbeikam, das Mädchen mit den Frühlingsblumen über den blutigen Leichnam gebeugt zu sehen. Das wichtigste jedoch ist, daß der Mann tot war, ehe Hilfe herbeigeschafft werden konnte. Die Verwirrung, welche diese Nachricht im Schloß hervorrief, überstieg noch bei weitem all das, was bei Hofe anläßlich des Sturzes eines Potentaten üblich ist. Die ausländischen Herren, insbesondere die Bergwerksexperten, waren in nicht geringerer Erregung als die preußischen Beamten, und es wurde bald klar, daß der Plan, den Schatz zu heben, von weit größerer Bedeutung war, als man angenommen hatte. Den Sachverständigen und Beamten waren hohe Belohnungen und Vergünstigungen versprochen worden, und man behauptete sogar, die geheimen Gemächer des Fürsten und seine starke militärische Bewachung seien weniger aus Angst vor der Bevölkerung als zur Verfolgung privater Nachforschungen geschaffen worden...«

»Hatten die Blumen lange Stengel?« fragte Pater Brown.

Flambeau starrte ihn mit weit aufgerissenen Augen an. »Was Sie doch für ein merkwürdiger Mensch sind!« rief er. »Genau dasselbe hat der alte Grimm gesagt. Er meinte, das Häßlichste an der ganzen Geschichte – häßlicher sogar als das Blut und die Kugel – sei, daß die Blumen nur mit ganz kurzen Stengeln knapp unterhalb der Blüten abgerissen waren.«

»Natürlich«, sagte der Priester, »wenn ein erwachsenes Mädchen wirklich Blumen pflücken geht, so pflückt es sie mit langen Stengeln. Wenn nur die Köpfe abgerissen wurden, wie es etwa ein Kind täte, so sieht es so aus, als...« Er zögerte.

»Nun?« fragte der andere.

»Nun, es sieht beinahe so aus, als hätte das Mädchen sie nur schnell abgerissen, um eine Ausrede für ihr Dortsein zu haben, nachdem... nun, nachdem sie eben dort war.«

»Ich weiß, wo Sie hinauswollen«, sagte Flambeau düster. »Aber dieser Verdacht wird so wie alle übrigen durch die eine Tatsache hinfällig, daß keine Waffe gefunden werden konnte. Der Fürst hätte, wie Sie ganz richtig behaupteten, mittels vieler anderer Dinge getötet werden können – sogar mit seiner Schärpe. Aber es soll nicht erklärt werden, wie er getötet wurde, sondern wie er erschossen wurde. Und das eben ist unerklärlich. Man ließ das Mädchen genau durchsuchen, denn, um die Wahrheit zu sagen, sie war ein wenig verdächtig, obwohl sie die Nichte und Haushälterin des bösen alten Kämmerers, Paul Arnhold, war. Doch man kannte ihre romantischen Anschauungen und verdächtigte sie als begeisterte Anhängerin der revolutionären Gesinnung ihrer Familie. So romantisch man aber auch sein mag, so kann man doch ohne Schußwaffe niemandem eine Kugel durch den Kopf jagen. Und man fand keine Schußwaffe, obwohl man zwei Schüsse fand. Was sagen Sie nun, mein Freund?«

»Woher wissen Sie, daß es zwei Schüsse waren?« fragte der kleine Priester.

»Im Kopf fand man nur einen«, sagte sein Gefährte, »aber in der Schärpe fand man ein zweites Kugelloch.«

Pater Brown zog plötzlich seine glatte Stirn in tiefe Falten. »Fand man auch die zweite Kugel?« fragte er.

Flambeau sah ein wenig verdutzt drein. »Ich erinnere mich nicht«, sagte er zögernd.

»Warten Sie, warten Sie, einen Augenblick!« rief Brown und zog die Stirn immer mehr in Falten mit ganz ungewöhnlicher Konzentration oder Neugierde. »Entschuldigen Sie bitte, lassen Sie mich einen Augenblick lang in Ruhe nachdenken.«

»Bitte sehr«, sagte Flambeau lachend und trank sein Bier aus.

Ein leichter Wind fuhr durch die Zweige und wehte kleine weiße oder rosafarbene Wölkchen in die Luft, die den Himmel blauer und das farbenprächtige Bild noch seltsamer erscheinen ließen. Die bunten Flöckchen glichen kleinen Engeln, die aus einem himmlischen Kindergarten heimwärts flogen. Der älteste Turm des Schlosses, der Drachenturm, ragte ebenso grotesk empor wie der Bierkrug und ebenso gemütlich. Nur hinter dem Turme schimmerte der Wald hervor, in dem man den toten Mann gefunden hatte.

»Was wurde übrigens aus dieser Hedwig?« fragte endlich der Priester.

»Sie heiratete einen General Schwartz«, sagte Flambeau. »Sie haben doch sicherlich von seiner ziemlich romantischen Karriere gehört. Er hatte sich schon vor seinen Heldentaten bei Sadowa und Gravelotte ausgezeichnet; eigentlich hat er sich vom gemeinen Soldaten emporgearbeitet, was selbst in den allerkleinsten deutschen...«

Pater Brown richtete sich plötzlich erstaunt auf.

»Vom gemeinen Soldaten emporgearbeitet!« rief er und spitzte den Mund, als wollte er pfeifen. »Schau, schau! Was für eine merkwürdige Geschichte! Was für eine merkwürdige Art, einen Menschen zu töten! Aber ich glaube, es war die einzige Möglichkeit. Und doch, zu denken, daß Haß so geduldig...«

»Was meinen Sie?« fragte der andere. »Wie hat man den Mann getötet?«

»Man hat ihn mit der Schärpe getötet«, sagte Brown vorsichtig; und dann, als Flambeau widersprach: »Ja, ja, ich weiß schon, die Kugel. Vielleicht sollte ich sagen, er starb, weil er eine Schärpe hatte. Ich weiß schon, dies klingt seltsamer als: weil er irgendeine Krankheit hatte.«

»Ich nehme an, Sie haben eine bestimmte Theorie über die Sache im Kopfe«, sagte Flambeau, »aber damit allein bekommen wir die Kugel nicht aus dem Kopf des anderen heraus. Ich habe

Ihnen doch schon vorher gesagt, er hätte auch stranguliert werden können. Aber er ist eben erschossen worden. Von wem? Wie?«

»Er wurde auf seinen eigenen Befehl erschossen«, sagte der Priester.

»Sie glauben, er hat Selbstmord begangen?«

»Ich habe nicht gesagt, daß es sein Wunsch war, erschossen zu werden. Ich sagte nur, daß er den Befehl dazu gegeben hat.«

»Nun, was für eine Theorie haben Sie sich zurechtgelegt?«

Pater Brown lachte. »Ich bin auf einer meiner seltenen Urlaubsreisen«, sagte er. »Ich habe mir keine Theorien zurechtgelegt. Nur erinnert mich der Ort hier an ein Märchen, und wenn Sie wollen, werde ich es Ihnen erzählen:

An einem trüben Abend, da der Regen noch von den Bäumen tropfte und der Tau sich schon zu sammeln begann, trat Fürst Otto von Großenmark eilig aus einem Seitentor des Schlosses und schritt schnell in den benachbarten Wald. Einer der unzähligen Wachtposten grüßte ihn, doch er achtete nicht darauf. Er wünschte auch nicht, selbst viel gesehen zu werden, und war daher froh, als die grauen, vom Regen schweren Bäume ihn verschlangen. Er hatte absichtlich die am wenigsten besuchte Seite des Schlosses gewählt, aber auch hier waren mehr Leute, als ihm lieb war. Doch war es nicht wahrscheinlich, daß jemand ihm nachgehen würde, da er, einem plötzlichen Impuls folgend, das Haus verlassen hatte. All die Diplomaten in voller Uniform, die er dort zurückgelassen hatte, schienen auf einmal ganz unwichtig. Er hatte plötzlich erkannt, daß er ohne sie fertig werden könne.

Seine große Leidenschaft war nicht das weitaus edlere Gefühl der Angst vor dem Tode, sondern jene seltsame Gier nach Gold. Um dieser Legende des verborgenen Schatzes willen hatte er Großenmark verlassen und Heiligwaldenstein besetzt. Darum und nur darum hatte er den Verräter gekauft und den

Helden erschlagen; um des Goldes willen hatte er den falschen Kämmerer immer wieder mit Fragen bestürmt und bedrängt, bis er zu der Überzeugung gelangte, daß der Verräter diesmal die Wahrheit sprach, wenn er seine Unwissenheit beteuerte. Darum hatte er, ein wenig widerstrebend zwar, viel Geld bezahlt und große Belohnungen versprochen um der Chance willen, des Schatzes habhaft zu werden; und darum hatte er sich schließlich wie ein Dieb im Regen aus seinem eigenen Schloß geschlichen, weil ihm ein anderes Mittel eingefallen war, um in den Besitz seines Herzenswunsches zu gelangen, und zwar auf billigem Wege.

Dort oben am Ende eines steilen Bergpfades, auf den er nun zuschritt, unter den aufgetürmten Felsen, welche sich wie eine Bergkuppe hinter der Stadt erheben, stand die Einsiedelei, kaum mehr als eine von Dornenbüschen umzäunte Höhle, in die der dritte Bruder seit langem seine Zuflucht vor der Welt genommen hatte. Der, meinte Fürst Otto, könnte eigentlich keinen rechten Grund haben, ihm das Geld vorzuenthalten.

Dieser dritte Bruder, Heinrich, kannte seit vielen Jahren den Ort, wo das Gold verborgen lag, und hatte doch niemals den Versuch gemacht, es zu heben, auch früher nicht, bevor sein neuer, asketischer Glaube ihm den Besitz von Schätzen und alle weltlichen Vergnügen verbot. Allerdings war er früher ein Feind des Fürsten gewesen; aber nun gehörte es zu seinen Pflichten, keine Feinde mehr zu haben. Einige Konzessionen in bezug auf den Rechtsfall und ein Appell an seine Lehre würden wahrscheinlich genügen, um dem Manne das Geheimnis des Goldes zu entlocken. Otto war kein Feigling trotz des Netzes militärischer Vorsichtsmaßregeln, mit dem er sich umgab; jedenfalls war seine Habsucht größer als seine Angst. Auch gab es nicht viel Grund zur Angst. Er konnte sicher sein, daß im ganzen Fürstentum keine Waffen im Privatbesitz waren; um so weniger also in der kleinen Einsiedelei am Hügel oben, wo der alte Mann seit Jahren von Wurzeln und Kräutern lebte und keines anderen Menschen Stimme hörte als die seiner beiden alten Diener. Fürst Otto blickte mit einem grimmigen Lächeln auf das helle Labyrinth der laternenerleuchteten Stadt zu seinen Füßen nieder. Denn so weit das Auge reichte, herrschten die Waffen seiner Freunde, und seine Feinde besaßen auch nicht einen Fingerhut voll Pulver. Die Gewehre standen so dicht, sogar in der nächsten Umgebung dieses Waldpfades, daß ein Ruf von ihm genügen würde, um die Soldaten den Hügel heraufstürmen zu lassen; außerdem wurde auch der Wald und der ganze Berghang hinter dem Schlosse in regelmäßigen Abständen von Patrouillen begangen. Die Gewehre reichten so weit in den dunklen Wald hinein, bis über den Fluß dort drüben in weiter Ferne, daß kein Feind auf Umwegen oder Schleichwegen in die Stadt hätte gelangen können. Und rings um die vier Seiten des Schlosses standen die Gewehre in geschlossenen Reihen vom westlichen bis zum östlichen Tore und vom nördlichen bis zum südlichen. Er war sicher.

Das wurde ihm nun um so klarer, als er endlich die Höhe erklommen hatte und sah, wie kahl das Nest seines alten Feindes war. Er befand sich auf einem kleinen Felsplateau, das auf drei Seiten von steilen Abhängen begrenzt war. Die dunkle Höhle mit dem grünen Dornengebüsch davor war so niedrig, daß es kaum zu verstehen war, wie ein Mann dort eintreten konnte. Im Vordergrunde stand ein altes Lesepult aus Bronze, auf dem eine schwere, deutsche Bibel lag. Die Bronze des Gestells war unter der Einwirkung der Luft hier im Freien grün geworden, und dem Fürsten fuhr es plötzlich durch den Sinn, daß irgendwelche Waffen, selbst wenn die Leute hier oben welche besaßen, längst verrostet sein müßten. Der Mond war inzwischen aufgegangen und warf sein fahles Licht über die Gipfel und Zacken der Berge; der Regen hatte inzwischen aufgehört. Ein sehr alter Mann stand hinter dem Lesepult und blickte ins

Tal hinab; er trug ein schwarzes Gewand, das so senkrecht wie die steilen Felsen des Abhanges an ihm herabfiel; sein weißes Haar und seine schwache Stimme schienen gleichermaßen im Winde zu flattern. Er las anscheinend irgendein tägliches Pensum seiner religiösen Übungen. ›Sie vertrauten auf ihre Pferde...‹

›Mein Herr‹, sagte der Fürst von Heiligwaldenstein mit einer ihm sonst fremden Höflichkeit, ›ich möchte gerne ein Wort mit Ihnen sprechen.‹

›...und auf ihre Streitwagen‹, fuhr der alte Mann mit zitternder Stimme fort, ›doch wir vertrauen auf den Namen des Herrn aller Heerscharen...‹

Diese letzten Worte waren beinahe unverständlich, doch schloß er das Buch mit ehrfürchtiger Gebärde, und da er beinahe blind war, fuhr er tastend am Lesegestell herum, bevor er es richtig zu fassen bekam. Augenblicklich schlüpften die beiden Diener aus der niedrigen Höhle und halfen ihm. Auch sie trugen dunkle Gewänder, ähnlich dem seinen, doch glänzte ihr Haar nicht in dem silberfarbenen Schimmer des Eises, und ihre Gesichter trugen nicht den eiskalten Zug der Läuterung und Veredelung. Es waren Bauern, Kroaten oder Ungarn, mit breiten, einfältigen Gesichtern und blinzelnden Augen. Zum erstenmal stiegen dem Fürsten bange Zweifel auf, doch sein Mut und sein diplomatischer Sinn blieben stark.

›Ich fürchte‹, sagte er, ›wir sind einander seit der schrecklichen Schlacht, in der Ihr armer Bruder fiel, nicht mehr begegnet.‹

›Alle meine Brüder sind gestorben‹, sagte der alte Mann, und seine Blicke schweiften immer noch über das weite Tal. Dann wendete er Otto einen Augenblick lang sein zartes, abgemagertes Antlitz zu, und das winterlich graue Haar schien ihm wie Eiszapfen über die Augenbrauen zu fallen; er fügte hinzu: ›Sie sehen, auch ich bin tot.‹

›Ich hoffe, Sie verstehen‹, sagte der Fürst, indem er sich zur größten Versöhnlichkeit zwang, ›daß ich nicht hergekommen bin, um Sie wie ein Geist an jenen großen Streit zu erinnern. Wir wollen nicht darüber sprechen, wer darin recht hatte und wer unrecht; aber es gibt einen Punkt zumindest, in dem wir Ihnen nie unrecht taten, weil Sie immer im Rechte waren. Was immer man gegen die Politik Ihrer Familie sagen mag, so kann doch niemand auch nur einen Augenblick lang glauben, daß Sie sich je durch Gold haben bewegen lassen. Sie haben sich über jeden Verdacht erhaben gezeigt…‹

Die wässerigen blauen Augen des alten Mannes in dem alten schwarzen Gewand hatten den Fürsten bisher mit einem Ausdruck matter Weisheit angestarrt. Doch als das Wort ›Gold‹ ausgesprochen wurde, streckte der Alte seine Hand aus, als wollte er etwas festhalten, und wendete sein Gesicht der Bergwand zu.

›Er hat von Gold gesprochen‹, sagte er. ›Er hat von unerlaubten Dingen gesprochen. Man hindere ihn, weiterzusprechen.‹

Otto besaß den Fehler seiner preußischen Landsleute, nämlich, den Erfolg nicht als ein gelegentliches Ereignis, sondern als eine Charaktereigenschaft anzusehen. Er betrachtete sich und seinesgleichen stets als dauernde Sieger über Leute, die immerwährend besiegt wurden. Darum war Überraschung ein ihm fremdes Gefühl, und er war für das unmittelbar eintretende Ereignis, das ihn erschreckte und erstarren machte, schlecht vorbereitet. Er hatte eben den Mund geöffnet, um dem Einsiedler zu antworten, als die Bewegungsfreiheit seines Mundes plötzlich gehindert und seine Stimme erstickt wurde durch einen dicken, weichen Knebel, den man ihm zwischen die Zähne preßte und mittels einer festen Bandage um den Kopf befestigte. Es dauerte volle vierzig Sekunden, bevor er sich darüber klar wurde, daß die beiden ungarischen Diener dies getan hatten, und zwar mit seiner eigenen Schärpe.

Der alte Mann hingegen ging wieder wankenden Schrittes zu

seinem großen Lesepult zurück, blätterte mit einer Geduld, die etwas Entsetzliches an sich hatte, in seiner großen Bibel, bis er zur Epistel des heiligen Jakob gekommen war, und begann dann laut zu lesen: ›Also ist auch die Zunge ein klein Glied und richtet große Dinge an...‹

Und irgend etwas in der Stimme des Greises veranlaßte den Fürsten, plötzlich kehrtzumachen und den Bergpfad hinunterzustürmen, den er mühsam heraufgewandert war. Erst auf halbem Wege zu den Gärten seines Schlosses fiel es ihm ein, zu versuchen, die Schärpe von Hals und Mund herunterzureißen. Er versuchte es immer von neuem, doch es war unmöglich. Die Männer, welche den Knebel befestigt hatten, kannten den Unterschied zwischen dem, was ein Mann mit seinen Händen vor sich und was er hinter seinem Kopfe mit ihnen zu tun imstande ist. Seine Beine waren frei, um wie die einer Antilope über die Felsen zu springen; seine Arme waren frei, jede Bewegung zu machen und jedes Zeichen zu geben – aber er konnte nicht reden und nicht rufen. Ein stummer Teufel hauste in ihm.

Er kam bis dicht an den Wald heran, der das Schloß umgab, bevor er sich völlig darüber im klaren war, was sein wortloser Zustand eigentlich bedeutete und bedeuten sollte. Wiederum blickte er grimmig über das Labyrinth der laternenerhellten Stadt zu seinen Füßen; doch diesmal lächelte er nicht. Die Worte, die er vorhin gesprochen hatte, gingen ihm wieder durch den Sinn, und ein Gefühl wilder Ironie überkam ihn. So weit das Auge blicken konnte, reichten die Waffen seiner Freunde, und jeder von ihnen würde ihn totschießen, wenn er das Losungswort nicht sagen könnte. Die Gewehre standen so dicht, daß der Wald und die ganze Bergkette in regelmäßigen Zeitabständen von Patrouillen begangen werden konnten; darum war es zwecklos zu versuchen, bis zum Morgengrauen im Wald versteckt zu bleiben. Die Reihen der Gewehre standen bis in die weite Ferne, so daß kein Feind auf irgendwelchen Umwegen in die Stadt gelangen konnte. Ein Schrei von ihm würde die Soldaten den Hügel heraufstürmen lassen. Doch kein Schrei konnte von seinem Munde ertönen.

Der Mond war höher gestiegen, und sein Silberglanz strahlte heller als zuvor; der Himmel leuchtete in dunklem, nächtlichem Blau zwischen den schwarzen Reihen der Tannen, die das Schloß umrahmten. Blumen von zarter und märchenhafter Gestalt – denn er hatte derlei Dinge nie zuvor bemerkt – leuchteten hell, aber farblos im Mondenschein, sie erschienen unwirklich und phantastisch, wie sie sich so um die Wurzeln der Bäume schmiegten, als wollten sie vorwärts kriechen. Vielleicht war sein gesunder Menschenverstand durch den seltsamen Zustand unnatürlicher Unfreiheit etwas beeinträchtigt; jedenfalls erlebte er in diesem Wald etwas Unergründliches, spezifisch Deutsches – das Märchen.

Er hatte die unklare Vorstellung, als ob er sich dem Schlosse eines Ungeheuers nähere – er hatte ganz vergessen, daß er selbst das Ungeheuer war. Er erinnerte sich, einmal seine Mutter gefragt zu haben, ob im Schloßgarten Bären hausten. Da bückte er sich, um eine Blume zu pflücken, als wäre dies ein Schutzmittel gegen Verzauberung. Der Stengel war stärker, als er vermutet hatte, und riß mit einem leichten Knacken ab.

Plötzlich erscholl der Ruf: ›Wer da?‹ Nun erst erinnerte er sich, daß seine Schärpe nicht an ihrer gewohnten Stelle war.

Er versuchte zu schreien, doch er blieb stumm. Zum zweitenmal ertönte der Ruf; dann kam ein Schuß, ein Sausen durch die Luft und plötzliche Stille nach einem Anprall. Otto von Großenmark lag ganz friedlich unter den Bäumen des Märchenwaldes, unfähig, je noch Übel zu stiften, sei es durch Gold oder durch Stahl. Nur der Silberstift des Mondes zeichnete Einzelheiten seiner Uniform und einige Falten auf seiner Stirne mit besonderer Sorgfalt heraus. Möge Gott seiner Seele gnädig sein!

Der Wachtposten, welcher der ausdrücklichen Vorschrift zufolge gefeuert hatte, lief natürlich vor, um die Spuren seines Opfers zu suchen. Es war ein gemeiner Soldat namens Schwartz, und er fand einen alten Mann mit kahlem Kopfe in Uniform; doch das Gesicht des Mannes war wie hinter einer Maske durch seine eigene umgewundene Schärpe so verdeckt, daß man nichts als offenstehende, doch tote Augen sah, die steinern im Mondenlichte glänzten. Die Kugel war durch die Schärpe in den Kopf gedrungen; darum fand man ein Schußloch in der Schärpe; aber nur einen Schuß. Natürlicher-, wenn auch nicht ganz korrekterweise hatte der junge Schwartz nämlich die mysteriöse Seidenmaske heruntergerissen und sie ins Gras geworfen; dann erst sah er, wen er erschossen hatte.

Über die nächste Phase sind wir nicht ganz im klaren. Aber ich neige zu der Ansicht, daß sich in dem kleinen Wäldchen, so schauerlich die Gelegenheit auch war, doch ein kleines Märchen abspielte. Wir werden wahrscheinlich nie erfahren, ob die junge Dame namens Hedwig den Soldaten, den sie rettete und später auch heiratete, schon vorher gekannt hatte oder nur zufällig auf dem Schauplatz erschien, wo ihre Freundschaft begann. Aber jedenfalls war diese Hedwig eine Heldin und verdiente, die Gattin eines Mannes zu werden, der später ein Held wurde. Sie tat das Kühnste und Klügste, was zu tun war. Sie überredete den Soldaten, an seinen Posten zurückzukehren, wo nichts ihn mit dem Unglück in Zusammenhang bringen konnte. Er war nur einer der treuesten und gehorsamsten Leute unter fünfzig solcher Wachtposten in nächster Nähe. Und auch Hedwig konnte man mit dem Unglück nicht in Zusammenhang bringen, da sie keine Waffe hatte und keine haben konnte.

»Nun«, schloß Pater Brown und erhob sich vergnügt, »ich hoffe, die beiden sind glücklich.«

»Wohin gehen Sie?« fragte sein Freund.

»Ich will mir das Porträt dieses Kämmerers noch einmal ansehen, jenes Arnhold, der seine Brüder verriet«, antwortete der Priester. »Ich möchte wissen, welche Rolle . . . Ich möchte wissen, ob ein Mann darum weniger ein Verräter ist, wenn er es zweimal ist.«

Und lange stand er in Gedanken versunken vor dem Bildnis eines weißhaarigen Mannes mit schwarzen Augenbrauen und einem wie aufgemalten Lächeln, das dem drohenden Blick aus seinen Augen zu widersprechen schien.